KB099248

大望

대망 35 언덕위 구름 2

시바 료타로/박재희 옮김

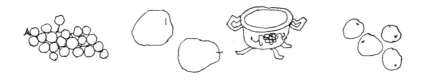

대망 35 언덕 위 구름 2
차례

여순구(旅順口)

인천 습격은 연합함대에 있어서는 별동대의 일이었으나 여순을 습격하는 것은 주력의 일이었다.

블라디보스토크가 이미 결빙기에 있었기 때문에 러시아의 극동함대 19만 톤이나 되는 대해상 병력은 거의가 여순항에 들어가 있었다.

그것을 격멸해야 하는데 적 함대가 해상에 나오지 않는 한, 요새포로 방위되어 있는 이 항구에 일본 함대는 접근할 수 없었다.

그래서 수뢰 전술이 중시되었다.

'구축함이 수뢰를 안고 뛰어든다'는 것이 군령부측에서 전부터 예정하고 있었던 해군 전술이었다. 그러나 여순의 포대 상황이나 함대의 형편 등이 일본 측에 전혀 알려지지 않고 있었다.

"여순은 절대로 그렇게 만만한 곳이 아니다."

이렇게 말한 것은 군령부 작전부장 야마시타 겐타로이다. 그는 개전 전해 9월 지부(芝罘)에 출장 갔다 돌아와서 법석을 떨며 말했다. 야마시타의 지부 출장은 여순의 상황을 살피기 위한 것으로 이 시기의 상황에서는 산동 반도의 지부에서 발해 해협을 사이에 두고 관찰하는 것이 고작이었다. 그래도 해양의 상황 정도는 알 수 있었다.

"여순의 그 좁은 포구에 구축함이 뛰어들게 한다는 것은 겨울 바다의 상황을 모르니까 할 수 있는 말이다. 삼한 사온으로 삼한의 삭풍이 심할 때에는 파도가 거세어 작은 구축함은 속력이 나지 않고 비틀거리게 된다. 그때 습격당하면 꼼짝도 못해. 여순의 경계가 엄중하여 '노비크'(삼등 순양함) 같은 것은 매일 산동의 고각(高角) 근처까지 얼굴을 내민다. 이놈의 먹이가 되어서는 끝장이야."

야마시타는 이렇게 말했다. 개전 전 도고와 시마무라, 아키야마에게도 그런 말을 했다. 여순의 상황은 이 야마시타가 시찰한 정도밖에 몰랐다.

그렇다면 상당한 호위 병력을 여순 포대의 사정거리 가까이까지 진출시키면 되겠다고 얘기가 되어, 그 호위에는 연합함대의 주력 구축함대가 맡으면 된다는 것이 계획의 핵심이 되었다. 아키야마 사네유키는 이 구축함의 돌격 작전을 펼치는 동시에, 나중에 등장하는, 항구에 고물 기선을 가라앉혀 폐색해 버리는 비상 작전 두 가지를 병용할 작정이었으나 사네유키가 계획하는 것을 모두 허가해 온 도고도 폐색에 대해서만은 묵살해 버렸다.

"그것을 실시하는 부대는 생환을 기대하기 어렵다. 그건 해서는 안 될 일이다."

결국 구축함만 뛰어들기로 했다.

2월 6일 아침 사세보를 떠난 연합함대 주력이 여순구의 동쪽 44해리의 원도(圓島) 부근 해상에 이른 것은 8일 오후 5시였다.

물결은 잔잔하고 북서풍이 약간 불었으며 하늘은 다소 붉은 빛을 띠고 맑게 개어 있었다.

사네유키는 이곳을 여순에 구축함대를 내보내는 예정 지점으로 정했다.

"그럼 이 근처에서."

사네유키가 시마무라 참모부장에게 말했다. 시마무라도 도고를 향해, 그럼 이 근처에서, 하고 같은 말을 되풀이했다.

도고는 끄덕였다.

이윽고 기함 '미카사'의 마스트에 신호기가 펄럭거렸다.

"예정대로 진격하라. 성공을 바란다."

사네유키는 이 습격에 연합함대가 가지고 있는 구축함 병력을 송두리째 투입할 작정으로 계획했고, 또한 그렇게 실시했다. 여순구에는 제1, 제2, 제3 구축함대를 보내고, 대련 만에는 제4, 제5 구축함대를 보냈다(그러나 대련 만에는 결과적으로 적이 없었다).

"확실한 성공을 기하겠다."

습격 부대를 대표하여 응답의 신호를 내건 것은 '시라쿠모(白雲)'(372톤)에 탑승하는 제1구축함대 사령인 대령 아사이 마사지로(淺井正次郎)였다.

모든 습격 부대가 하얀 항적을 둥글게 그리며 함대 주력에서 떨어져 갔다.

이윽고 그 구축함대가 저물어 가는 수평선 너머로 사라졌을 때 연합함대는 예정된 침로로 항진했다. 결국은 이 주력도 여순으로 가는 것이다. 그때까지 해상에서 시간을 보내야 한다.

"어때, 성공할까?"

시마무라 참모장이 사네유키에게 물었다.

"하늘의 도움을 빌 뿐입니다."

사네유키는 무뚝뚝하게 대답했다. 사네유키는 이 구축함대에 의한 기습으로 러시아 군함을 다섯 척은 격침시키고 싶었다. 적의 군함을 줄여놓지 않으면 닥쳐올 해상에서의 주력 결전에서 이쪽이 몹시 불리하게 된다. 적을 감소시킨다는 것이 이 기습 작전의 모든 과제였다.

그런데 결과는 시원치 않았다. 한 척도 격침시키지 못하고 전함 두 척, 순양함 한 척에 상당한 손상을 입혔을 뿐으로 끝났는데, 사네유키로서는 그가 생전 처음 실시하는 그의 작전 계획이 성공하기를 비는 마음뿐이었다.

작전가는 실시 부대가 출발한 뒤에는 다소 여가가 생긴다. 사네유키는 그동안 잠을 자두려 했다. 군대인 이상 취침 시간이 정해져 있지만 사네유키는 그러한 군규에는 무관심하여

"참모장님, 잠시 눈을 붙이고 오겠습니다."

자기 방에 들어가 군복을 입은 채 침대에 누웠다. 시마무라는 그것을 묵인했으나 도고는 이러한 사네유키의 행동에 대하여 늘 언짢은 얼굴을 했다. 시마무라는

——저놈은 천재니까.

이렇게 말하지는 않았지만 도고에게도 묵인해 줄 것을 은근히 표정으로 나타냈다. 물론 도고도 입 밖에 내어 잔소리를 한 적은 없었다.

여순에 있던 러시아 함대의 불행은, 일본의 개전을 눈치채지 못하고 더욱이 이날 밤 구축함에 의한 기습 부대가 접근하고 있는 것도 눈치채지 못하고 있었던 데 있었다. 해상을 널리 초계하는 일도 별로 하고 있지 않았다.

그러나 황제의 가장 중대한 칙전(勅電)이 알렉세예프 극동 총독 앞으로 이미 와 있었다.

"일본이 개전할지도 모른다. 만약 일본 함대가 조선 서안에 나타나 북진하는 것을 발견하면 경은 그들의 발포를 기다리지 말고 먼저 공격하라."

이런 내용이었다.

그러나 이날 밤 여순은 어떠한 위험도 예상하는 것이 우스울 만큼 평온했다.

러시아 측으로서는 불행하게도 이날은 마리아 축제일이었다. 러시아의 종교 습관으로서 이 성모 마리아의 이름을 가진 복된 마리아라는 이름의 여성을 축하하기로 되어 있었다.

육군 장교들의 일부는 군의장의 부인이 마리아이기 때문에 이날 밤 예복 차림으로 그의 관사에 가서 부인을 중심으로 파티를 열고 무도를 즐기고 있었다. 가장 불행한 것은 함대의 사령장관인 스타르크 중장의 부인이 마리아라는 이름을 가졌던 것이었다.

이 때문에 사령장관 부인은 부하 장교 다수를 관저에 초대하여 파티를 열었다. 재치 있는 대화와 품위있는 춤은 규모는 작지만 수도 페테르부르크의 귀족들의 밤파티를 연상케 했다. 파티는 쉽사리 끝나지 않은 채 한밤중에 이르렀다. 이때 그들이 말하는 비문명적인 원숭이가 항구에 다가오고 있었던 것을 예감하는 자는 아무도 없었다.

오전 0시 30분경, 갑자기 마룻바닥을 뒤흔드는 듯한 포성이 대여섯 발 계속해서 들려왔다.

"무슨 일인가?"

스타르크 중장은 좌중의 흥이 자신의 놀라움으로 깨지지 않도록 될 수 있는 대로 태연한 태도로 옆의 장교에게 물었다.

장교 몇 사람이 홀을 나가 육군의 요새 참모부에 문의했다. 요새 참모부의 대답도 태평한 것이었다.

"기함 레트비잔이 야간 사격 연습을 한 것으로 생각된다."

이런 보고였다.

사람들은 마음을 놓고 다시 파티를 계속했다. 30분쯤 있다가 또다시 굉장한 포성이 유리창을 진동시켰다.

모든 사람은 다소 불안한 빛에 뒤덮였으나 자리를 뜨는 사람은 아무도 없었다. 그들은 자기 나라 함대의 거대함과 위력을 너무나 신뢰하고 있었다. 그 뒤 얼마 안 되어 경보가 울렸다.

비로소 그들은 일본군의 내습을 알고 당황하여 전투복으로 갈아입을 틈도 없이 입고 있던 복장 그대로 저마다 임무의 장소를 향하여 달려 갔다. 사령부도 함대도 요새도 아우성치며 이리저리 달리는 사람들로 아수라장이 되어 그 혼란은 형언할 수 없을 정도였다.

여순의 러시아 함대는 완전히 방심하고 있었다.

항구에는 수뢰방어망을 치지 않았을 뿐 아니라 러시아 함대는 마치 낮잠을 자고 있는 오리 모양으로 한줄로 주욱 늘어서 있었다. 그 가운데 전함은 해안 가까이에 닻을 내리고 순양함은 약간 앞바다 쪽에 위치하였다.

그것을 노리고 일본의 구축함대가 항구에 접근한 것은 8일 밤 10시 반경이었으나, 곧장 돌입하지 않고 적정을 알기 위해 항구 밖에서 두 시간 남짓 소비했다. 그동안 러시아 측의 탐조등이 연거푸 해상을 핥듯이 비추었다.

그러는 중 러시아 측의 초계 임무를 띤 구축함 두 척이, 탐조등을 비추면서 항 밖으로 나온 것이 일본 측의 행동개시를 방해했다.

마침 일본 측은 제1에서 제3까지의 구축대가 네 척씩 나란히 나아갈 때였다. 그 선두가 갑자기 당황하여 러시아의 초계함에 발견되지 않으려고 갑자기 속도를 늦추고, 뒷걸음질치기 시작했다. 이 때문에 뒤따르던 전대가 혼란에 빠졌다. 야간인데다 불을 켜지 않았다. 완전히 대열이 흩어져 구축대는 자기함의 위치도 모르게 된 경우도 있었다.

이렇게 된 이상 뒤는 제각기 흩어져 공격하지 않을 수 없었다. 각 함은 어둠 속을 마구잡이로 나아갔다. 이 무질서가 러시아 측이 부주의했음에도 불구하고 일본 측의 전과가 크지 않았던 원인이 되었다.

물론 러시아 측에도 믿지 못할 만큼 중대한 실수가 있었다. 모처럼 일본군의 기습을 발견한 두 척의 초계 구축함이 발포하지 않은 일이다. 발포하지 않았을뿐더러 사령부에 보고하기 위해 현장을 버리고 그냥 항내로 되돌아가고 만 것이었다. 발포하지 않았기 때문에 정박 중인 러시아의 각 함은 아직도 잠에서 깨어날 줄 몰랐다. 바로 그때 일본의 구축함이 어뢰를 안고 쳐들어간 것이다.

이 두 척의 초계 구축함의 행동은 믿을 수 없을 만큼 어리석었지만 정당한 이유가 있었다.

이보다 앞서 그야말로 상식 밖의 지시가 스타르크 사령관의 명령으로 이 두 척에 하달되어 있었던 것이다.

이에 대하여는 이 항내에 있었던 포함 '보블'(950톤)의 함장이었던 부브노프 중령이 나중에 '여순'이라는 회상기에 쓰고 있다.

"그날 밤 두 척의 초계 구축함에는 스타르크 사령장관으로부터 적의 기습을 발견해도 결코 사격을 해선 안 되며, 만약 의심스러운 것을 발견했을 때는 되돌아와 장관에게 직접 보고하라는 훈령을 받고 있었다. 이윽고 그들은 일본 구축함을 발견하고 놀랐으나 두 함의 함장은 명령에 충실했다. 사격을 하지 않고 그냥 얌전하게 항내 깊숙이 되돌아와 사령장관에게 보고하기 위해 장관 승무함에 접근했을 때 아득히 등 뒤의 어둠 속에서 순양함 '팔라다'에 커다란 불기둥이 솟았다."

일본군의 공격이 시작된 것이다.

그 당시의 구축함은 함이라는 이름이 겨우 붙여질 정도의 작은 배로, 200톤에서 300톤이 될까말까한 것이었다. 어뢰는 두 개만 싣고 있었다.

──쏘면 곧바로 달아난다.

이렇게 되어 있었다.

암야의 항해였다. 이를테면 목표인 적함이 2,000m 저쪽에 있다고 치고, 이쪽은 기관의 회전수를 규칙적으로 하여 12노트의 속력으로 파도를 헤치고 간다. 그 속력에 의해 시간을 재어 적함대와 거리를 시시각각으로 알 수 있도록 계산한다. 1,000m쯤 접근하면 어두운 밤이라도 쌍안경으로 희미하게나마 적의 함영같은 그림자를 알아볼 수 있게 된다.

이 습격으로 어뢰를 맞은 순양함 '팔라다'(6,731톤)의 경우에는, 이날 밤 전혀 무방비 상태였다. 그래도 이 순양함은 전쟁이 머지않았다는 이유로 날이 새면 출항하여 쓰시마(對馬) 해협 근처까지 경계하러 나가라는 명령을 받고 있었다. 저녁때까지 석탄을 가득 실었다. 내일은 출항 예정이라 나름대로 함내에 긴장감이 감돌고 있었을 것이다.

그날 밤 몇 사람의 고급 사관이 상륙했다.

당직 사관 한 사람은 갓 임관된 젊은 소위로, 그가 맨먼저 일본 구축함대의 접근을 보았다. 4척이었다. 설마 그것이 일본 구축함대일 것이라고는 생각하지 않았다. 굴뚝이 네 개였다. 함형은 러시아의 네프스키 조선소에서 만든 구축함과 비슷했다.

"저 구축함은 뭐지?"

소위가 그렇게 말하며 신호병을 뒤돌아보려 했을 때, 그 괴선에서 섬광이 번쩍이는 것이 보였다. 아무리 경험이 없는 소위라도 그것이 어뢰를 발사할 때 일어나는 섬광이라는 것은 알고 있었다.

어뢰의 하얀 항적도 보였다.

"좌현에 어뢰!"

소위가 소리쳤으나 함은 닻을 내리고 정박하고 있었기 때문에 피할 수가 없었다. 그 직후, 천지가 무너지는 것 같은 대굉음이 일어나고 6,731톤의 팔라다의 함체가 심하게 요동치며 갑판이 기울어졌다. 폭발과 함께 바닷물이 치솟으며 거대한 물기둥이 일더니 그것이 무너져 내리며 폭포처럼 갑판에 쏟아졌다.

함내에는 대소동이 일어났다. 사병과 하사관이 이리 뛰고 저리 뛰고 포원들은 사관의 명령도 듣지 않고 포에 달라붙어 어두운 수면을 향해 무작정 쏘아 대기 시작했다.

전함 '체자레비치'와 '레트비'의 경우도 비슷했다.

항내의 모든 함에서 마구 쏘아 대는 포성이 굉음을 토하고 20여 개의 탐조등의 빛살이 미친 듯이 해면을 분주히 비치기 시작했으나 일본의 구축함들은 쥐새끼처럼 달아나 버린 뒤였다.

그러나 일본의 이 수뢰 공격 부대도 지극히 서툴렀다. 전부 18발의 어뢰를 발사했는데도 전함 둘, 순양함 하나를 대파시킨 것으로 끝났다. 대파된 3척 모두 2개월의 수리로 전열에 복귀할 수 있을 정도의 손상이었다. 좋은 조건 아래에서의 습격으로는 생각할 수 없을 정도로 빈약한 전과였다.

이때 러시아의 극동 총독 알렉세예프는 여순에 와 있었다. 그는 해군 대장으로서의 예복 차림으로 해군 공관 홀에서 막료와 문관들을 모아놓고 주연을 벌이고 있었다.

그는 항내에서 포성이 일어난 뒤에도 보고가 올 때까지 조금도 당황하지 않았다. 그것이 일본의 수뢰 공격 부대의 기습이라는 것을 알고 나서도 여전히 술잔을 놓지 않았다. 오히려 의심하는 얼굴로 보고자에게 다짐을 두었다.

"정말 일본인이 왔단 말인가?"

확실히 일본의 구축함이었습니다, 하고 보고자는 같은 말을 되풀이하지 않으면 안 되었다. 알렉세예프만큼 러시아의 강대함에 대해 확고부동한 신념을 가지고 있는 자는 없었다. 그는 일본이 개전할지도 모른다는 데 대한 온갖 정보를 갖고 있었으면서도, 여순항 내의 각 함에 수뢰 방어망을 치는 일조차 게을리했다. 그에 대한 제안이 해군부에서 나왔을 때도 그는

"아직 이르지 않을까?"

이렇게 말했을 정도였다.

알렉세예프는 해군 대장으로서는 유능하다는 평판이 전혀 없었던 인물이지만 극동 총독이라는 정치가로서는 대범한 사람이었는지도 모른다. 그는 일본군의 기습을 안 다음에도 주연을 계속했다.

——고작 일본인쯤이야.

그는 처음부터 그렇게 얕보고 있었으나, 그보다도 이 경우의 그의 배려는 고작 일본군의 구축함이 항내에 뛰어들었다는 것으로 부하들을 당황하게 하는 것은 오히려 사기를 떨어뜨리는 일이라고 생각했던 것 같다.

여순에서의 육군 최고관은 여순 요새 사령장관인 육군 중장 아나톨리 미하일로비치 스테셀이다.

그는 관저에 있었다.

항내에서 갑자기 일어난 포성에 놀라기는 했지만 그것이 무엇인지를 조사하라는 명령만 내렸을 뿐이었다.

"해군의 연습입니다."

이 보고를 곧이듣고 요새에 아무런 명령도 내리지 않은 채 그날 밤은 평소와 다름없이 잠자리에 들었다. 그에게 있어 최후의 평화로운 밤이었다.

생각할 수 없는 일이지만 최초의 포성이 있은 뒤 한 시간 남짓 지나서 그의 관저에 가장 정확한 보고자가 뛰어들었다.

보고자는 극동 총독 막료로부터 연락을 받은 스테셀의 고급 부관 드미트리예프스키 대령이었다.

그는 관저의 사령에게 스테셀 장군을 깨우도록 명령했다. 그러나 사병은 대령님이 깨워주십시오, 하고 부탁했다.

하는 수 없이 대령은 장군의 침실 문을 두드렸다. 문을 연 것은 스테셀 부인 벨라였다.

"일본인이 항구에 왔습니다."

대령은 자신이 파악한 만큼의 정보를 부인에게 전했다.

이윽고 스테셀이 일어나 오전 2시, 사령부에 나왔다.

이미 막료들은 모여 있었다.

스테셀의 휘하에는 세계에서 이름 높은 대요새가 있었으나 그 요새 수비군이 막상 싸움이 벌어질 때 기능적으로 움직이기 위한 동원 계획은 아직 되어 있지 않았다. 일본이 일어선다는 것을 러시아는 전혀 믿지 않았다는 것을 이 한 가지 예로도 알 수 있었다.

일본이 여순을 기습한 날 밤, 그 내용을 알리는 전보가 페테르부르크에 들어갔을 때, 이미 한밤중이었으나 니콜라이 2세는 불쾌해하지 않았다.

영웅적 사업을 동경하는 이 황제는 아시아와 일본에 대한 감각이 극동 총독 알렉세예프와 조금도 다르지 않았다. 오히려 총신 알렉세예프에게서 러시아의 대팽창주의에 대한 위세 좋은 선전을 너무 듣고 있기 때문에, '원숭이'가 걸어온 전쟁이, 대러시아가 착수한 아시아 경영을 위한 빛나는 출발이 될 거라는 정도로 생각한 것이 틀림없었다. 설마 이 개전이 결국은 혁명을 부르고 그와 그 일족의 비참한 죽음에까지 연결되리라고는 꿈에도 생각지 않았다.

그렇기는커녕 황제는 군부에 영합적인 장관의 한 사람이자 국내 경찰을 장악하고 있는 내무장관 플레베에게서 전쟁과 혁명에 대한 플레베의 독특한 '이론'을 듣고 있었음이 틀림없었다.

"지금 국민의 마음속에 잠재해 있는 혁명적 기분을 일소하기 위해서는 아무래도 소규모의 전쟁이 필요합니다. 물론 그 전쟁에 이겨서 제정의 위신을 보여줄 필요가 있습니다."

물론 이것은 플레베의 독특한 이론이라기보다는 플레베가 속해 있는 정치적인 모험단이 갖고 있는 이론이었다.

황제는 플레베가 말하는 잠재적 혁명 기분이라는 것에 둔감하기는 했으나 그래도 이 플레베의 모험 이론은 듣고 있었을 것이다. 그래서 전쟁을 하는 것은 러시아의 내정과 외정 두 가지 면에서 좋은 일이라고 생각하고 있었으리라.

그러나 러시아의 불행은, 비테가 이름 지은, 전쟁을 즐기는 '정치적 모험단'이 현 각료 중에 플레베 한 사람밖에 없었다는 것에 있다. 이윽고 야전 사령관이 되는 육군 장관 크로파트킨조차 플레베에 대해 비판적이었다.

9일 밤이 새자 황제는 선전 포고를 발했다.

동시에 겨울궁전에서 성대한 기도식이 거행되었다. 러시아의 국교인 그리스 정교는 이 지상의 어느 종교보다 장엄한 장식성이 넘쳐난다. 이날의 기도식은 더 말할 것이 없었다.

그러나 여기에 동석한 비테에 의하면 '식장은 어쩐지 음산한 분위기에 휩싸여 있어 사람들의 사기는 좀체로 고양되지 않았다'고 한다.

식을 마치고 황제가 편전으로 가는 도중 보그다노비치 장군이 이 식장의 음울함을 제거하기 위해선지 큰 소리로

"우라!"

외쳤다. 그러나 이에 화답한 자는 비테가 보는 바로는 몇 사람에 불과했다고 한다.

귀족들마저 이 먼 극동에서 벌어지는 전쟁에 대해 무관심하거나, 아니면 반대에 가까운 감정을 갖고 있었다. 하물며 국민들 사이에서는 확실히 인기가 없었으며 오히려 저주하는 사람이 많았다.

이러한 국민의 기분을 고양시키기 위해 내무성에서는 사람을 모아 집회나 시위 행렬 등을 개최했으나 그래도 도무지 기세가 오르지 않았다.

러시아의 궁전에서 기세가 오르지 않는 전승 기도식이 거행되고 있던 2월 9일 아침 거의 같은 시각에 도고(東鄕)는 황해 해상에 있었다.

그는 주력 함대를 이끌고 여순항을 향하였다. 항내의 러시아 함대와 결전을 하기 위해서였다. 이를 우선 모조리 궤멸시키지 않으면 적의 본국 함대를 맞이할 수가 없었다.

참고로 그는 해상의 대기 지점에서 전날 밤의 구축함에 의한 수뢰 공격의 결과를 알아보았다.

"적의 거함 세 척에 손상을 입혔음."

이런 전보를 도쿄에 보냈다. 격침시키지 못한 것이 도고에게는 기대를 벗어난 것이었다.

하여튼 도고는 주력을 이끌고 여순에 접근했다.

"참모장님, 1회 내지 2회가 좋다고 생각합니다."

항해 중 아키야마 사네유키가 시마무라 하야오 대령에게 말했다. 이 주력에 의한 여순 습격의 실시횟수를 말하는 것이다. 도고로서는 발틱함대가 오기 전에 여순함대를 반드시 괴멸시키지 않으면 안 되었다. 그렇다고 여순에서의 싸움에 너무 열중하여 이쪽이 커다란 손실을 입으면 발틱함대와 싸울 전력이 없어져 버린다. 도고에게는, 이쪽은 손실을 입지 않고 적을 모조리 격침시켜야 하는 곤란한 과제가 부과되어 있었다.

그런데 여순의 러시아 해군은 이런 술책에 넘어가지 않으려고 했다. 일본 측과 거의 같은 병력을 갖고 있음에도 불구하고 '요새 함대주의'를 취했다. 항내 깊숙이 틀어박혀 요새에 방어되어 줄곧 소극주의를 취하는 방법이다. 도고를 쫓아내기 위한 포전(砲戰)은 주로 육군의 요새포에 맡기는 전술로, 머지않아 내항할 발틱함대가 출현할 때까지 항내에서 기다리려는 것이다. 설사 항구 밖으로 나가더라도

"요새포의 사정거리 안에 머무르라."

이것이 사령장관 스타르크가 전 함대에 내린 명령이었다. 스타르크의 전술은 산술적으로는 옳았다. 그러나 그는 장병들의 사기라고 하는, 전쟁에 있어 극히 중요한 요소를 계산에 넣지 않았다는 점에서 실패했다고 할 수 있다. 이 스타르크의 주의는 결과적으로 여순함대의 사기를 크게 저하시켰다. 도고는 계속 항행하였다.

기함 '미카사'를 선두로 한 단종진(單縱陣)이었다. 2번 함은 '아사히'였다. 그 뒤로 후지, 야시마, 시키시마, 하쓰세, 그리고 제2전대인 이즈모, 아즈마, 야쿠모, 도키와, 이와테, 제3전대인 지토세, 다카사고, 가사기, 요시노의 순서로 이어졌다.

여순 항구에 접근하자 때마침 항구 밖에 나와 있던 이등 순양함 '디아나'(6,731톤)가 일본 함대를 발견하자 대담하게도 접근해 와서 도발했다. 요새포의 사정거리 내에 일본 측을 끌어들이려는 속셈이었다.

이윽고 디아나는 돌변하여 퇴각하기 시작했으나 달아나면서 기함 미카사를 향해 그 함미포를 세 번 발사했다.

물보라가 미카사 전후에 떨어졌으나 명중탄은 없었다. 도고는 앞함교에 서 있었다.

그는 전투기를 게양하라는 명령을 내렸다. 미카사가 게양한 최초의 전투기였다. 그리고 사네유키에게 명하여 일련의 신호기를 올리게 했다. 곧 마스트에 올라간 것은

"승패는 이 일전에 달려 있다. 각자 노력하라."

이런 신호였다.

이 해전은 나중에 '여순 항구 밖의 해전'이라고 일컬어졌는데 일본 측은 반드시 성공했다고는 할 수 없는 싸움이었다.

앞함교에 서 있던 도고의 쌍안경이 최초로 항내의 적함을 포착했다. 그가 갖고 있는 쌍안경은 일본 해군에서 여덟 배로 확대되는 유일한 차이스제의 최신형으로, 옆에 있는 시마무라 참모장이나 아키야마 사네유키는 모두 두 배 정도의 구식 쌍안경밖에 갖고 있지 않았다. 이 때문에 세 사람 중 도고가 늘 맨 먼저 적을 발견했다.

"허어, 보입니까?"

체구가 큰 시마무라가 감탄하는 듯한 소리를 지른 것은 일종의 인덕(人德)이었는지도 모른다. 이 때문에 막료들의 기분이 누그러졌다.

러시아 측은 태평스럽게도, 전날 밤에 일본의 수뢰 기습으로 당했을 때와 조금도 달라지지 않은 모습이었다. 대파된 세 척이 좌초한 채 있다는 것은 할 수 없다 하더라도 다른 여러 함도 대부분 닻을 내리고 있다. 전함이 일곱 척, 순양함이 여섯 척, 기타 구축함, 포함이 어수선하게 한 무리를 이루고 있다.

도고는 그것을 쌍안경으로 계속 포착하였다. 이윽고 적과의 거리가 8,500 미터가 되었을 때 침로를 바꿨다. 동쪽에서 서쪽으로 향하여 적의 정면을 통과하려는 태세를 취했다. 도발하기 위해서였다.

적은 그제야 당황했다. 부랴부랴 닻을 올리는 함도 있고 검은 연기를 내뿜으며 우회전하려는 함, 좌회전하여 항내로 도망치려는 함 등 전혀 통제가 되지 않고 있었다.

이에 대해 러시아측의 부브노프 중령은 수기를 남겼다.

이보다 조금 전에 일본의 정찰 부대인 네 척의 순양함이 항구의 상황을 탐지하러 왔을 때, 러시아 측의 삼등 순양함 '보얄린'(3,020톤)이 갑자기 달려가 그것을 쫓기도 하고 후퇴하기도 하는 소란이 있었다. 부브노프 중령의 수

기에 의하면 '이때 러시아 측은 중요한 사령장관이 함대에 없었다'고 한다. 사령장관 스타르크 중장은 기함에 타고 있다가, 하필 이 북새통에 극동 총독 알렉세예프의 호출을 받는 기묘한 사태가 벌어졌다.

"사정을 듣고 싶소."

알렉세예프가 말했다. 이 총독은 물론 여순 시내의 총독 관저에 있었다.

해상에서 거기까지 가려면 왕복 한 시간은 걸린다. 스타르크는 기함에서 내려 기정을 타고 상륙한 뒤에는 마차로 달렸다.

그동안 해상의 도고는 '미카사'에 전투기를 게양하고 거리 8,000미터에서 미카사의 전부(前部) 12인치 포로 시발탄을 쏘아 항내에 낙하시켰다. 이어서 도고는 7,500미터 지점에서 전함대에 포격 명령을 내렸다.

그때가 낮 12시 9분이었다.

여순구를 고슴도치처럼 무장시키고 있던 모든 포대가 포효하기 시작했고 항내의 함대에서도 포를 마구 쏘아 댔다.

그 중에서도 전기초(電氣礁)의 포대가 다른 것보다 월등하게 사격 능력이 높아, 미카사는 금방 세 발의 거탄을 맞았다. 그 중의 하나는 메인마스트를 스치고 지나가면서 기를 게양하는 밧줄을 끊어놓았을 뿐만 아니라 다른 낙하탄은 막료 등 일곱 사람에게 부상을 입혔다.

해상의 군함은 육상의 요새포와 포전으로 도저히 맞설 수가 없다. 그것은 철칙이었다.

도고는 여순 요새와는 싸우고 싶지 않았다. 그러나 그 요새포의 사정거리 내에 들어가지 않으면 항내의 함대에 포탄을 쏠 수가 없었다.

"골치아픈 과제야."

시마무라 참모장은 이에 대해서 늘 사네유키에게 불평을 말하였다. 사네유키는 그럴 때마다 이렇게 말했다.

"폐색밖에 도리가 없겠군요."

그러나 도고가 그것을 허가하지 않았다. 폐색이라는 너무 모험적인 작전에서는 우선 실시자의 생환을 기대할 수 없다. 병사들에게 죽음을 강요하는 듯한 작전은 작전자의 무능을 의미하는 것이며 그것은 작전이 아니라고 도고는 생각하는 것 같았다.

해전은 계속되었다.

러시아 측 해안 포대는 모조리 불을 토하였다. 함대의 움직임도 활발해져서 요새포와 함포가 도고의 함대를 불과 연기, 물기둥으로 휩쌌다.

물론 아군의 포연도 있었다. 그것들이 하늘과 바다를 어둡게 가려서 적과 아군의 군함을 분간하기도 어려웠다.

미카사는 처음으로 게양한 전투기가 포탄을 맞아 떨어지자 곧 새로운 기를 게양했다. 그러나 그것도 약간 높이 쏜 포탄이 휩쓸어가고 말았다. 3번함인 전함 '후지'도 이 탄에 맞아 포술장(砲術長)이 즉사했다. 사상자는 12명이었다. 5번함인 전함 '시키시마'는 한 발을 맞고 항해장 이하 17명이 순식간에 부상당하고, 맨 뒤에 달리고 있는 전함 '하쓰세'에도 두 발이 명중하여 항해장 이하 16명이 죽거나 부상했다. 마스트에 살덩이가 튀고 갑판에 피가 흐르는 등, 어느 함의 함상이나 모두 처참한 꼴이 되었다.

그러나 도고는 태연했다.

그는 단종진이라는 소위 장사진의 종대를 이끌고 여순구를 지나 계속 서쪽으로 나아갔다.

그 적전(敵前)을 다 통과하자 각 함은 모두 머리를 돌려 남쪽으로 향하였다. 선두인 '미카사'가 적의 사정거리에서 벗어났을 무렵, 가미무라 히코노조(上村彦之丞)가 이끄는 제2함대의 제2전대가 마침 적전에 나타나 포전을 개시하였다.

러시아 측에도 용감한 함장이 있었다.

삼등 순양함 '노비크'(3,080톤)의 폰 에센이라는, 독일계 러시아인인 젊은 중령은, 자신의 용맹성과 함을 조종하는 교묘한 기술로 러일전쟁을 통해 적과 아군의 화제가 되었다.

에센의 부하 수병들은, 여순함대 중에서도 각 함에서 골치를 앓던 난폭자들이 모두 모여 있었다. 에센은 그들을 잘 통솔하여 그의 함은 유달리 사기가 높았다.

에센의 노비크가 자기편의 함군(艦群)에서 떨어져 일본의 제2함대의 전열을 향해 돌진해 오는 데는 일본 측도 놀랐다. 삼등 순양함이면 장갑도 양철처럼 얇고, 이등 순양함이면 목조 부분이 많아 한 발이라도 맞으면 다시는 일어서기 힘들다. 에센은 말하자면 갑옷도 입지 않고 알몸으로 쳐들어오는 꼴이었다.

그 사격도 정확하여 일본측의 제2전대(순양함 편성)에 번번이 들어맞았다.

"저건 마치 매 같잖아?"

제2전대의 3번함 '야쿠모'의 함장 마쓰모토 아리노부(松本有信)는 노비크의 맹렬 단신 돌격에 혀를 찼다.

물론 노비크는 배후에서 요새포가 원호하고 있기는 했지만 그 자체는 3,000톤이 좀 넘는 삼등 순양함에 불과하고, 이쪽의 제2전대는 순양함 편성이지만 모두 1만 톤 가까운 대함들이다. 더구나 기함 '이즈모'를 선두로 '아즈마', '아사마', '야쿠모', '도키와', '이와테' 등 6척이 갖추어져 있다. 노비크로서는 승산이 있을 리 만무했다. 실제로 일본 측 각 함들은 노비크를 무시하고 아득히 저쪽에 물러나 있는 대형함을 노려 포탄을 발사하였다. 노비크는 아랑곳도 하지 않았다.

야쿠모만이 노비크와 맞붙기로 했다. 그 주포가 불을 토했다.

제1탄이 노비크의 중앙에 명중하여 함상의 시설을 날려보냈으나 놀랍게도 노비크는 기세가 꺾이지도 않고 재빨리 움직이며 사격을 계속했다. 야쿠모는 오기가 생겼다.

야쿠모만한 대함이 사냥개 같은 이 일개 소함에만 붙어서 맹사를 퍼부었다. 그러나 오기가 생기면 생길수록 잘 맞지 않았다. 그러다가 야쿠모는 항구를 통과하여 사정거리 밖으로 나가버렸다.

가미무라 장관은 도고가 직접 인솔하는 제1전대에 이어 각 함의 방향을 돌리게 했다. 그 때문에 함대의 움직임이 둔해졌다.

바로 그것이 러시아의 표적이 되었다. 전 요새포가 포효하고 항구 내의 여순함대 각 함들의 발사 속도도 점점 빨라졌다.

이때 야쿠모는 한 발을 맞아 부상자 한 명, 아즈마에도 한 발이 명중하여 군함기가 날아갔다. 이와테는 두 발을 맞아 포술장 이하 10명이 부상했다.

여순 요새의 엄청난 위력을 일본 해군은 절실히 느꼈다.

아득히 왼쪽에 요동 반도의 끝자락인 노철산의 바위가 떠올라 그곳만 불을 토하지 않을 뿐, 다른 봉우리들과 암초는 모두 시뻘게지도록 계속 불을 토하였다. 그 중에서도 황금산과 전기초 포대의 맹렬한 공격은 근대적인 요새라는 것이 어떤 것인가를 해상의 일본인 모두에게 가르쳐 줬다.

'여순에 비하면 미군이 봉쇄한 산티아고 요새는 어린애 장난이다.'

일본 측의 작전 담당자인 사네유키 자신이 은근히 놀랐다.

그 가운데 노비크만이 여전히 이리저리 뛰어다녔다. 제2전대가 사라진 뒤의 순서로 제3전대가 등장했다. '지토세'(4,760톤)를 기함으로 4척의 이등 순양함으로 편성되어 있는데 노비크가 거기에 접근했다. 이 함뿐만 아니라 이등 순양함 '아스코리드'(5,905톤)까지 함렬을 벗어나 밖으로 나왔다. 그 맹공이 어찌나 굉장한지 제3전대는 더이상 싸우면 한 척쯤은 잃어버릴지도 모른다는 위기에 빠졌다.

도고는 먼 데서 이것을 바라보고 있다가 그 위세가 어찌나 굉장한지 탈출을 명령했다.

"제3전대는 탄착거리 밖으로 나가라."

도고로서는 발틱함대와의 결전이 늘 염두에 있어서 그때까지 한 척이라도 잃고 싶지 않았다.

제3전대는 급히 탈출했고 이윽고 일본의 연합함대 자체가 이 수역에서 떠났다.

이 여순 항구 밖에서의 러일간의 최초의 주력 결전은 양쪽 다 한 척도 침몰하지 않았다. 그 이유의 하나는 쌍방의 사격 거리가 너무 멀었다는 점일 것이다. 또 하나는 일본 함대가 항구 밖을 통과하는 약 한 시간이 전투 시간이었는데, 전투를 하기에는 시간이 너무 짧았던 것이 쌍방의 손실을 가볍게 했다.

명중탄을 더 많이 쏜 쪽은 일본이었으나 그것이 반드시 사격 능력의 우수성을 나타내는 것은 아니다. 러시아의 각 함이 닻을 내리고 방심하고 있을 때 일본 측이 기습했다. 러시아 측은 닻을 올리는 시간에는 움직일 수가 없어서 일본 측에게는 부동의 목표물이 되었기 때문에 쏘기가 쉬웠다.

러시아 측을 채점하면 순양함 한두 척은 눈에 띄게 활약했으나 전함의 함장은 나이 많은 자가 많은 탓인지 모두 둔중했다. 대체적으로 해군은 활발하지 못했고 오히려 육군 요새 포병의 활약이 높이 평가할 만했다. 스테셀은 코가 높아졌을 것이다.

"이번엔 실패였습니다."

아키야마 사네유키는 여순구를 떠날 무렵에 시마무라 참모장에게 솔직하게 말했다. 이 작전의 목적은 적을 유도하는 데 있었다. 그러나 유도하지도 못하고 목적도 이루지 못했으니 실패였다.

그러나 러시아 해군 측에서 볼 때 이 전투는 함대의 사기를 현저하게 약화시켰다.

그들은 알렉세예프 총독으로부터 '함대는 요새포의 사정거리 밖으로 나가서는 안 된다'는 명령을 받고 있었다.

이 때문에 그만한 포전을 하고서도 병사들의 실감으로는 일본군에 얻어맞기만 하고 끝났다는 느낌에서 벗어날 수 없었다. 일본 함대가 함미를 보이며 사라지려고 할 때 러시아군은 그것을 추적할 수가 없었다. 그것은 전투원의 심리에서 보아 크게 불리했을 것이다.

러시아 해군사상 명장이라 일컬어지는 나히모프는 1853년 크리미아 전쟁 때 흑해함대를 이끌고 터키함대와 결전하여 승리를 거두었다. 나중에 그는 중상을 입고 죽었다. 그가 남긴 말 가운데

"적에 대해서는 발견하는 대로 공격해야 한다. 그때는 피차의 병력을 고려해서는 안된다."

이런 말이 있는데 여순에서 러시아 해군의 수뇌는 이것을 잊고 함대 보전주의를 엄수한 나머지, 군함 두세 척이 침몰하는 것보다 훨씬 큰 손실인 병사들의 사기저하라는 중대한 문제를 잊고 있었다.

도고는 조선의 인천항 밖을 기지로 삼았다.

여기에 함대를 넣은 도고는 그 기지에서 각 전대 사령관을 모아놓고 훈시했다.

"나오기 싫어하는 적을 외양으로 유도하는 데는 대단한 인내가 필요하다. 그것과 끊임없는 맹공의 지속이 필요하다."

이틀 후는 비바람이 이는 거센 날씨였다.

해상에는 큰 파도가 치고 바람이 강하며 눈발마저 휘날렸다. 이 거친 날씨를 무릅쓰고 겨우 375톤의 구축함 '하야토리(速鳥)'와 '아사기리(朝霧)'가 그 어렵다는 황천(荒天) 항해를 결행하여 황해를 돌파한 뒤 여순구에 뛰어들었다. 곧 수뢰를 발사하고 돌아왔는데 나중에 기함 '페트로파블로스크'를 대파시킨 것이 판명되었다. 그것도 항내에서 꼼짝하지 않고 있는 러시아 함대의 사기를 약화시켰다.

"여순을 폐색하는 수밖에 없다."

이 비상 작전을 강력히 발설한 것은 실은 아키야마 사네유키가 아니었다.

사네유키는 미서전쟁의 관전 무관으로 산티아고 항의 폐색 작전을 실제로 상세히 참관하고 해군성을 놀라게 했을 정도로 과학적인 보고서를 썼다. 그런 의미에서 그는 미국이 고안한 이 특수 작전에 대한 일본의 유일한 권위자였다.

"아키야마는 뭐니뭐니 해도 폐색에 대해 알고 있다."

그것이 그가 함대 참모로 발탁된 작은 이유의 하나인지도 몰랐다. 러시아와 싸우는 경우 당연히 해군의 제1기 작전은 여순항과의 격투가 된다. 해군 군령부의 안으로서 '폐색'이라는 것은 일찍부터 있었다.

여순구에 낡은 선박을 침몰시켜 그 병목을 막아 버림으로써 항내의 적 함대를 물리적으로 가두어 버리는 것이다.

여순 항구는 참으로 좁다. 폭이 273미터인데다, 그나마 양쪽이 얕기 때문에 거함이 드나들 수 있는 폭은 91미터밖에 안 된다. 거기에 낡은 배를 가로로 나란히 대여섯 척 가라앉히는 것이다.

"그 방법 외에는 없어."

개전 전부터 이렇게 주장하였던 것은 도고의 참모 중 한 사람인 아리마 료키쓰(有馬良橘) 중령과 전함 '아사히'의 수뢰장인 히로세 다케오(廣瀨武夫) 소령이었다.

아리마가 더욱 주도적이었는데 그는 실행력이 풍부한 사람이었다.

'이러쿵저러쿵 논의만 할 게 아니라 준비를 해야 돼.'

이렇게 생각하고 개전 전 함대가 아직 사세보에 있을 때부터 반 공식적인 형태로 준비를 시작했다. 도고는 그것에 대해서 언제나 애매한 태도를 취했다.

아리마는 다섯 척의 기선까지 정해 버리고 거기에 싣고 갈 폭약과 기타 물품도 준비하여 다섯 척에 실었다.

그러한 준비를 한 것은 아리마와 또 한 사람이 있었다. 역시 도고의 참모로 마쓰무라 기쿠오(松村菊勇) 대위였다. 이 두 사람은 참모이면서도 실시 부대의 지휘관이 될 예정이었다. 도고는 이 점에서도 마음에 들지 않았다.

그런데 마쓰무라 기쿠오 대위가 2월 9일에 연합함대 주력이 최초로 여순을 공격했을 때 '미카사'의 뒷함교에서 부상을 입고 사세보 해군 병원에 후송되었기 때문에, 아리마로서는 마쓰무라를 대신할 사관이 필요하게 되었다.

그것을 히로세에게 제의한 것이다. 히로세는 평소부터 그런 생각을 하고 있었으므로 서로 의논할 필요도 없이 이 계획에 동조했다.

그런데 '폐색'의 권위자인 사네유키는 실제로는 태도가 분명치 않았다.

그는 여순 요새의 실정을 파악함에 따라

"산티아고 항에서는 가능했으나 여순 요새는 전혀 다르다. 산티아고 항의 천 배의 포력을 갖고 있고, 첫째 항내의 함대는 스페인 함대가 아니라 러시아의 대함대이다. 하면 반드시 죽는다."

이렇게 말하기 시작한 것이다.

사네유키는 '유혈이 가장 적은 작전이야말로 최고의 작전'이라고 평소 말하며 폐색에는 냉담해졌다. 그러나 자기의 선임참모인 아리마가 하겠다는 것을 정면에서 반대할 수도 없어 모호한 상태에 있었다.

사네유키의 생각은 시계추처럼 흔들렸다. 이따금

——역시 폐색밖에 도리가 없는 게 아닐까.

이런 생각이 들기도 했다. 사네유키만큼 결단력이 있는 사람으로서는 이상할 정도였다.

참모는 전쟁과 전투의 설계가라고 불린다. 시시각각 변하는 싸움의 양상에 따라 시시각각 설계를 바꾸어 간다. 그것을 그때그때 실시 부대가 실시한다. 그 설계의 좋고 나쁨에 따라 전사자의 수가 달라지는 것이다.

"작전만큼 무서운 것은 없다."

사네유키가 항상 하는 말이었다. 이 인물은 군인으로는 다소 부적격이라 할 정도로 유혈을 싫어하여, 이 러일전쟁이 끝난 뒤 '군인을 그만두고 싶다'고 말하기도 했다. 스님이 되어 자기의 작전으로 전사한 사람들을 추도하고 싶다는 것이었다. 해군성은 당황하여 사네유키와 친한 사람들을 동원하여 설득에 나섰지만 사네유키는 듣지 않았고 한때는 발광설까지 나돌았을 정도였다. 하여튼 해군성으로서는 사네유키가 스님이 되어서는 곤란했다. 그가 하는 말을 해군이 인정한다면, 전쟁이 한 번 끝날 때마다 스님이 대량으로 태어나는 셈이 된다.

그런 점이 있는만큼 그는 폐색 작전의 유일한 권위이면서도 그것을 계획화하는 일에 있어서는 소극적이었고 때로는 명백하게

"처음부터 운과 병사들의 대량 전사를 바라고 세우는 작전이라면 작전가

따위는 필요하지 않다."

이렇게 말하기도 했다.

그런데 이 무렵 참모로서 그의 상위에 선임인 아리마 료키쓰 중령이 있었다. 아리마는 나중에 다른 데로 전임되고 사네유키가 소령으로 선임 참모가 되는데 이 시기에는 아리마가 선임이었다. 아리마는 처음부터 폐색론자였으므로 도고에게도 독단으로 준비를 추진시키고 있었던 것은 이미 언급했다. 작전가로서의 도덕성에 대해서 아리마는 말했다.

"입안한 나 자신이 대장으로서 사지에 뛰어들면 될 게 아닌가. 그것이 바로 도리 밖의 도리라는 것이다."

이 폐색전이 드디어 2월 18일에 명령되어 제1회 실시가 끝나고 제2회 출격이 준비되었을 때, 미카사 함상에 실시 부대의 각 지휘관이 소집되어 회의가 열렸다. 그 회의 석상에서 사네유키는 참으로 유약한 말을 했다.

"만약 도중에 발견되어 맹사를 받을 경우 다시 출동하는 것으로 하고 철수하면 어떨까?"

그 말을 듣고 실시자인 히로세 다케오가 일어나서 반대했다.

"그건 안돼. 이 작전에서는 마음을 약하게 먹어서는 안돼. 결단코 행하면 귀신도 피한다는 말이 있네. 적이 맹사를 퍼붓는 건 당연한 사태야. 무슨 일이 있어도 밀고 또 밀어붙이는 것 외에는 성공의 길은 열리지 않아. 자네가 말하는 식으로는 몇 번을 해도 성공하지 못하네."

최후로 도고가 결정을 내렸다. 그는 그 중간을 취했다.

"돌아올 것인지 갈 것인지는 상황에 따라 각 지휘관의 판단에 맡긴다."

그러고는 실시 뒤의 탈출 구조에 대해 도고는 기선 한 척에 대해서 수뢰정 한 척을 붙여 각 수뢰정을 항구 밖에 대기시키는 등 만전을 기했다.

폐색 실시 계획에 대해서는 중령 아리마 료키쓰가 소령 히로세 다케오 등과 안을 짰다.

항구에 가라앉힐 기선은 다섯 척이었다. '덴신마루(天津丸)', '호코쿠마루 (報國丸)', '진센마루(仁川丸)', '부요마루(武陽丸)', 부슈마루(武州丸) 각각에 열너댓 사람씩 탄다. 총인원은 지휘관과 기관장을 제외하면 60명이 필요했다.

하사관 이하의 인원은 널리 함대에서 지원자를 모집했다.

단번에 2,000명이 지원해 아리마와 히로세를 놀라게 했다. 그 중에는 혈서로 지원한 자도 있었다.

"이 싸움은 이긴다."

히로세가 사네유키에게 말했다. 히로세의 말로는 자기들 사관은 어릴 때부터 지원하여 예우를 받고 싸움터에서 죽는 것을 목적으로 삼아왔으나 사병은 외국에서 말하는 시빌리언(민간인) 출신이다. 그들 대부분이 지원했다는 것은 이 전쟁이 국민 전쟁이라는 증거라는 것이었다.

히로세가 그런 말을 하는 것은 그가 러시아에 정통하기 때문이리라. 히로세는 개전 전에 귀국하였으므로 개전 후의 러시아의 사정은 모르지만 상상은 할 수 있었다. 제정 러시아의 국민은 황제의 중국에서 새로운 재산을 지키기 위한 이 원정을 기뻐할 만큼 단순하지는 않다.

이미 도시에서는 혁명의 기운이 감돌았고 제정 자체가 위태로워졌다. 히로세는 그러한 것을 잘 알고 있었다.

2,000명 중에서 딸린 가족이 적은 것을 기준으로 67명을 선발하였다.

2월 19일 오후 6시, 도고는 기함 '미카사' 함상에 이 폐색대 사관을 불러 송별연을 베풀었다. 히로세는 물론 주빈의 한 사람이다. 보내는 쪽으로서 사네유키도 참석했다.

일동이 자리에 앉자 도고는 천천히 일어나서 테이블 위에 놓인 샴페인 잔을 들고 낮은 소리로 이렇게만 말했다.

"모두들 수고한다. 충분한 성공을 바란다."

말없는 도고로서는 오히려 길다 싶은 인사였다.

——충분한 성공을 바란다.

도고는 말했으나 과연 가슴속에 성공에 대하여 어느 정도의 공산(公算)이 있었는지 의문이다. 무엇보다 입안자이며 실시상의 총지휘관이기도 한 아리마 료키쓰에게는 그러한 의문이 더욱 강했다.

이 폐색 작전은 야간에 결행되는데 어둠속에서 감에 의지하는 작업인만큼 과연 잘 될지 장담할 수 없는 일이었다. 아리마의 계획은 동트기 전에 돌입하여 동틀 무렵에 개시할 작정이었다. 물론 밝을 때 하는 일이므로 전원 전사할 것이다.

그런데 도고는 그 계획 시간을 변경하여 야간에 하게 했다. 야간이라면 작업 후 전원을 수용할 수 있다. 이것으로 생환 가능성이 커지지만, 그것에 비례하여 성공률은 낮아진다.

이 시기의 히로세 다케오에 대해 언급해 둘까 한다.

그가 지휘하는 배는 호코쿠마루(2,400톤)로 결정되었다. 기관장은 구리다 도미타로(栗田富太郎)이며 하사병은 14명이다. 배에는 이미 자침(自沈)을 위한 석재며 콘크리이트 등이 실렸다. 폭파장치도 다른 기술자의 손으로 작업이 끝났다.

히로세와 사네유키에게 형님뻘 되는 야시로 로쿠로(八代六郞) 대령은 일등 순양함 '아사마'의 함장이다. 야시로의 아사마에 대해서는 이 함이 인천 앞바다 해전에 등장하여 '발랴그'와 '코레츠'를 가라앉힌 것은 앞에서 언급했다.

야시로는 히로세를 좋아했다. 그는 히로세가 폐색대의 다섯 명의 지휘관 중의 한 사람이 된 것을 알자 곧 통신정을 보내어 히로세가 타고 있는 전함 '아사히'에 편지를 보냈다. 히로세가 열어 보니

"이번 장거에 죽으면 구인 득인(求仁得仁)하는 것이다. 국가의 전도는 융성을 의심할 바 없다. 우려할 필요 없이 안심하고 죽으라."

이렇게 씌어져 있었다. '해군의 협웅(俠雄)'으로 불린 야시로 로쿠로는 서간 문장을 잘 써서 그의 사후 《야시로 해군대장 서한집》(1941년간)이라는 책이 나왔을 정도였다.

히로세에게 보낸 이 문장은 간단하지만 그 배후의 뜻은 이런 것이리라.

유신 후 번을 없애고 사족의 특권을 폐지하여 징병령을 폄으로써 사족과 평민을 불문하고 병사로 하여 이럭저럭 일본 사상 최초의 국민 국가가 형태만 만들어졌으나 국민 의식과 실질은 아직 모호했다. 그것이 청일전쟁에 의해 높아졌으나, 청일전쟁에 있어서는 아직 평민 출신의 병사가 자발적으로 국가의 위난에 몸을 바치는 일은 적었다.

10년 뒤에 러일전쟁이 이같이 해서 시작되어 그 초두에 폐색대 지원이라는 사태가 생겼다. 야시로는 지원자가 고작 100명쯤일 거라고 생각했는데 2,000명 이상이 지원했다. 유신 후의 신국가에 있어 처음으로 국민의 기개가 이 장거에 의하여 나타났다는 것이 야시로 로쿠로의 견해인 듯하다. '국가의 전도는 융성을 의심할 바 없다'고 야시로가 쓴 것은 그것을 말하는 것이다.

야시로와 히로세의 관계는 두 사람 다 유도를 좋아했던 것에서 시작되었다. 그 후 러시아어 공부로 교류가 깊어진 데다 또 두 사람이 거의 동시에 러시아 주재 무관으로 러시아 수도 페테르부르크에 부임함으로써 형제 이상

의 사이가 되었다.

기질이 닮은 데가 있었으나 두 사람 다 시문에 관심이 컸던 것도 서로 끌린 점일 것이다.

어느날 페테르부르크의 일본 공사관에 가다가 야시로가 갑자기

"만리장성, 호(胡)를 막지 못하다."

시구를 읊더니, 히로세, 이것을 하이쿠(俳句)로 만들어 보게, 그것도 지금부터 30보 걷는 동안에 만들어야 하네, 하고 요구했다.

히로세는 대여섯 걸음 걷더니 벌써 뒤돌아보며 말했다.

"자기 자식이 도둑인 줄도 모르고 울을 만드네."

야시로는 감탄했다.

히로세는 러시아 체류 중 푸시킨의 시 몇 편을 한시로 번역하기도 하고, 고골리의 '대장 부리바'와 톨스토이의 전집을 읽는 일에 열중한 적도 있었다. 일본인으로서 러시아 문학을 러시아어로 읽을 수 있었던 극히 초기의 사람들 중의 한 사람일 것이다.

히로세 다케오는 평생 독신이었다. 상륙해서는 유도만 하며 구레나 사세보 근처에서 기생들과 논 흔적이 없다. 아마 36년의 생애에 끝내 여성을 모르고 지낸 것 같다.

"히로세는 명랑하고 호쾌한 사나이로, 더욱이 부하를 끔찍이도 아끼는 사람이어서 그가 타는 함은 모두 밝은 공기가 가득하고 성적도 좋았다."

병학교 동기생인 다케시타 유지로(竹下勇次郎 : 뒤에 이사무로 개명, 대장)는 그같이 히로세를 말하고 있다. 그 자신 어떤 신조에서 여성을 가까이 하지 않았다 하더라도 여성 쪽에서 보면 꽤 호감을 가질 수 있는 남자였던 모양이다.

그가 페테르부르크에 주재할 당시 그가 드나든 사교계에서 그만큼 여성들의 화제에 오른 일본인도 없었다. 과장해서 말하면 메이지 이후 오늘날에 이르기까지 히로세만큼 유럽 여성들의 호감을 산 남자도 없을 것이다.

특히 히로세를 집안의 가장 절친한 친구로 대해 준 해군 소장 코바레프스키 백작의 딸인 아리아즈나 우라지미로브나라는 아름다운 소녀가 히로세를 몹시 따랐다. 아리아즈나는 문학적인 교양이 높은 아가씨로 그 지성과 아름다움이 러시아 해군의 독신 사관들 사이에서 소문이 자자했다. 히로세가 5년 가까이 체재하는 동안 마침내 그녀는 히로세 이외의 남성은 생각할 수 없

게 되었다.

히로세도 나중에는 결국 보통 이상의 감정이 된 것은 그녀와 주고받은 편지에서도 엿볼 수 있다. 그녀가 러시아어로 쓴 시를 보내면 히로세가 그것에 대하여 한시로 답하고 그것을 러시아어로 번역하여 보내기도 했다. 이 연가 같은 왕복 서한을 비교 문학의 대상으로 연구한 것은 전 도쿄 대학 교수 시마다 긴지(島田謹二)로, 《러시아에서의 히로세 다케오》라는 명저가 있다.

아리아즈나와의 사랑은 히로세의 귀국으로 끝난다. 히로세는 폐색선 '호코쿠마루'를 타고 여순의 적지로 향하는 날 오전에 선장실에서 그녀에게 최후의 편지를 썼다. 편지는 통신정에게 넘기기만 하면 중립국을 통하여 언젠가는 페테르부르스그에 닿게 되는 것이다.

페테르부르크에서 히로세는 폰 파블로프 박사와 그 가족의 사랑도 받았다. 그 파블로프 집안에 출입하던 보리스 비르키키라는 해군 병학교를 갓 졸업한 소위 후보생이 있었다. 비르키키는 히로세를 형처럼 따랐다.

"다케 형님."

일본어로 부르며 따라다녔는데 히로세가 마침내 귀국하게 될 때, 파블로프 집안의 송별회 자리에서 그는 이 청년과 다음과 같은 약속을 했다.

"러시아와 일본 사이에 장차 전쟁이 벌어지는 불행이 닥칠지도 모른다. 그때는 서로의 조국을 위하여 전력을 다하여 싸워야겠지만 우리의 우정은 우정으로서 평생 소중하게 간직하고 싶다. 전쟁이 일어나도 서로가 있는 장소를 어떻게든 알리도록 하자."

이런 약속이었다.

실은 그 보리스 비르키키라는 청년의 그 후의 소재를 히로세는 알고 있었다.

비르키키는 그 후 소위에 임관됐다.

그가 배속된 것은 전함이었다. 그가 행복했는지 어떤지에 대해서는 그만두고라도 그 전함은 러시아 해군 최대 최신의 '체자레비치'(1만 2,912톤)로 이 소위가 배속된 지 얼마 뒤 이 함은 동양으로 회항되어 여순항에 들어갔다.

개전 전인 1월초였다.

보리스 비르키키 소위는 곧 히로세와의 약속을 지켜 히로세가 있을 것으로 예상되는 사세보에 편지를 썼다.

"나는 여순에 있습니다. 전함 체자레비치에 타고 있습니다."

이런 내용이었다.

히로세는 이 편지를 사세보에 정박 중인 전함 '아사히'의 수뢰장실에서 읽고 페테르부르크 시절 그에게 친절했던 모든 사람들을 회상하며 감개무량해 했다. 특히 그의 생애에 단 한 사람의 여성이었던 아리아즈나를 생각했다. 기억력이 좋은 히로세는 아리아즈나가 그에게 보낸 사랑의 시를 전부 암송할 수 있었다.

그 무렵, 히로세는 바빠서 여순에 있는 비르키키 소위에게 답장을 쓸 수가 없었다.

그 직후 개전이 되었다.

전함 체자레비치는 불행하게도 개전하자마자 감행된 일본군의 수뢰 야습으로 배바닥이 파괴되어 움직이지 못하게 되었다.

그 수뢰 야습의 다음날인 9일 일본의 연합함대가 여순항 밖에 접근, 전함군의 거포에 의한 6,000미터의 원거리사격으로 항구 부근의 러시아 함대를 포격했는데, 히로세의 아사히도 이에 참가했다. 히로세는 함상에서 적인 체자레비치를 찾았으나, 앞쪽으로 대파하여 기울어진 채 좌초하고 있는 전함 '레트비잔'에 가려 잘 보이지 않았다.

비르키키 소위는 얕은 여울에 좌초한 신조 전함에 있다. 일본의 연합함대가 왔을 때 좌초하면서도 이 함은 뱃전의 6인치 포를 쉴 새 없이 쏘아댔다. 페테르부르크 시절 히로세와 비르키키가 은근히 두려워했던 그 현실이 닥쳐온 것이다.

히로세는 지금 폐색선 '호코쿠마루'의 선장실에서 편지를 쓰고 있다.

우선 그가 지상에서 다시는 만날 수 없을 애인 아리아즈나에게 편지를 썼다. 그녀에게 쓴 편지의 내용은 지금은 알 도리가 없다.

이어 여순에 있는 보리스 비르키키 소위에게 썼다. 이 편지의 내용은 알려져 있다. 히로세가 이 편지를 쓰고 있을 때 마침 러시아 시절에 잠시 같이 있었던 '아사히'의 가토 간지(加藤寬治) 소령이 찾아와서 히로세가 그 내용을 이야기했던 것이다.

"지금 불행하게도 귀국과 전쟁하게 된 것은 참으로 유감스러운 일이다. 그

러나 우리는 저마다의 조국을 위하여 일하는 것이며 개인으로서의 우정에
는 조금도 변함이 없다. 나는 이미 지난 9일 군함 아사히에서 귀국의 함대
를 열심히 포격했다. 그것도 서로의 우정에서 보면 보통일이 아닌것을 지
금 또 폐색선 호코쿠마루를 지휘하여 여순 항구를 폐색하려는 중이다. 나
의 절친한 벗이여, 건강하기를."

이 편지는 통신정에 의탁되어 몇 달 뒤에 중립국을 거쳐서 그 소위의 손에
들어갔다.

폐색대 다섯 척은 2월 23일 땅거미질 무렵, 원도 동남쪽 20해리 해상에
모였다. 그곳을 출발점으로 하여 각 대가 저마다의 항로를 취하여 여순으로
가게 된다.
연합함대도 그들을 전송하기 위해 이 해상에 집결했다. 드디어 출발할 때
미카사의 군악대가 음악을 연주하고 각 함에서는 승조원들이 등현예식으로
만세를 삼창했다.
호위를 위한 제1구축함대가 5척의 전위가 되어 나아가고, 수뢰정 '지토리'
이하 네 척의 제14정대는 위정(衛艇)으로 그 다섯 척의 오른쪽에 위치하고
제9정대가 그 뒤를 따랐다.
해가 지고 상현달이 떴다. 풍랑이 심했던 전날에 비하여 바다는 잔잔했다.
총지휘관 아리마 료키쓰(有馬良橘) 중령이 탄 '덴신마루(天津丸)'를 선두로
히로세의 호코쿠마루, 진센마루, 부요마루, 부슈마루가 뒤따랐다.
히로세는 함교에서 저녁을 먹었다. 이미 비밀 해도 외의 것은 태워 버렸으
므로 저녁 식사 후에는 할 일이 없다.
"어떻게 생각하나, 구리다 군?"

히로세는 대기관사인 구리다 도미타로를 돌아보며 말했다.
"뭔가 기념이 될 것을 써서 남기고 싶은데."
그러나 그 진정한 이유는 히로세 밖에 모른다. 히로세가 말하는 것은 함교
에 커다란 장막을 둘러치고 거기에 페인트로 뭔가 쓰고 싶다는 것이었다.
'무엇을 기념으로 써 남기려는 것일까?'
구리다는 이상하게 여겼으나 그것을 도왔다.

이윽고 히로세가 장막에 커다랗게 쓴 것은 다름 아닌 러시아 문자였다.

그것이 함교에 둘러쳐졌다. 이 배가 항구에 가라앉았을 때 아마 함교만은 해면 위에 떠오를 것이고, 러시아인은 그것을 읽을 것이다.

"뭐라고 썼습니까?"

구리다 대기관사가 물었다.

구리다는 훗날 두고두고 말했는데 히로세의 그때의 표정은 쾌활한 가운데에도 기묘한 수줍음이 나타나 있는 듯한 얼굴이었다고 한다.

원문은 남아 있지 않으나 히로세가 구리다에게 말한 바로는 다음과 같다.

"나는 일본의 히로세 다케오다. 지금 여기 와서 귀 군항을 폐색한다. 단 이것은 그 제1회일 뿐 앞으로 몇 번이고 올지 모른다."

이 '호코쿠마루'가 침몰된 후 러시아 측은 그 글을 읽었다. 그것에 대하여 앞에 쓴 부브노프 해군 중령의 기록에는

"존경하는 러시아 해군 여러분, 바라건대 나를 기억하라. 나는 일본의 해군 소령 히로세 다케오다. 호코쿠마루로 여기에 왔다. 또다시 몇 차례 올 것이다."

이렇게 씌어 있었다고 한다.

히로세 다케오가 일부러 이것을 쓴 것은 여순항 내에 페테르부르크 시절의 지인이 많이 있다는 것을 상정한 처사였다. 이를테면 보리스 비르키키 소위가 있었다. 또 이 자막이 페테르부르크에 전해짐으로써 그의 아리아즈나에게 마지막 인사를 보내려고 한 것이리라.

이 폐색을 제1차 폐색이라고 한다. 성공적인 결과는 얻지 못했다.

달이 오전 0시 반경에 떨어져 해상이 어두워졌다. 달빛 대신 적의 탐조등이 빛나기 시작했다. 황금산(黃金山), 성두산(城頭山), 백은산(白銀山) 등의 포대로부터 탐조등이 항구 밖의 해상을 계속 비추고 있어 티끌만한 접근도 용납하지 않았다.

스테파노프의 《여순구(旅順口)》에 의하면

"해상을 휩쓸고 있던 탐조등의 빛살이 갑자기 한곳에 모이자 거기에 한 척의 커다란 기선이 눈에 띄었다. 기선은 노철산(老鐵山) 밑의 해안을 따라 항구로 살그머니 접근하고 있다."

이렇게 되어 있다.

이 기선이 총지휘관 아리마 료키쓰가 타고 있는 '덴신마루'였다.

여러 줄의 탐조등이 덴신마루를 계속 포착하여 그 희생물에 대해 모든 포대에서 포탄이 날아왔다.

덴신마루 위는 포탄이 터지는 소리와 명중탄의 폭발로 지옥으로 변했다. 게다가 탐조등이 조타수의 눈을 어지럽혀 어디로 배를 몰고 가야 할지 몰랐다.

이 때문에 항구에 도달할 수 없어 그보다 훨씬 앞인 노철산 밑의 암초에 뱃머리가 자초하여 움직이지 않았다. 아리마로서는 하는 수 없는 일이었다. 무의미하긴 했으나 거기서 배를 폭파하기로 했다.

거기에 후속 폐색선이 뒤따라 왔다.

"오른쪽으로, 오른쪽으로!"

아리마는 배 위에서 후속선을 향해 소리쳤다. 히로세의 호코쿠마루는 오른쪽으로 키를 잡았다. 뒤따르는 진센마루도 오른쪽으로 키를 잡았다.

요새포는 요란하게 이 호코쿠, 진센 두 척에 포탄을 집중시켰다. 히로세의 호코쿠마루가 유일하게 성공해서 항구의 등대 밑까지 나아가 거기서 좌초했다. 그러나 도저히 폐색하는 정도에는 이르지 못했다.

히로세를 뒤따르고 있던 진센마루는 너무 오른쪽으로 돌아 잠시 방향을 잃었다. 이윽고 항구에서 다소 떨어진 곳에서 자침했다.

이들을 뒤따르던 '부요마루'는 대위 마사키 요시타(正木義太)가 지휘하고 있었다. 탄우 속을 허덕이며 나아가고 있는데 눈앞에 배가 보였다. 좌초하고 있었다. 선두인 덴신마루였다.

"여기가 항구인가."

착각했다. 이윽고 항구가 아니라 덴신마루가 전진 중에 좌초한 것임을 알아차리고 그 옆을 지나가는데 최후미의 배인 '부슈마루'가 비틀비틀 나타났다. 부슈마루는 적탄 때문에 키가 파괴되어 항행의 자유를 잃고 말았다. 그러나 마사키 대위는 아군 배의 그러한 상태를 모르고 있었다. '부슈마루'는 더 이상 조종할 수 없게 되어 서쪽 입구 부근에서 자폭하고 말았다.

"부요마루'의 마사키 대위도

"아, 저기가 항구인가."

착각했다. 이 착각 외에는 마사키 대위의 조치는 지극히 침착했다. 배를 움직여 부슈마루 옆에 가서 나란히 배를 세운 뒤 킹스턴 밸브(뱃바닥의 마개)를 열고 자침했다.

"무장하지 않은 기선 다섯 척이 함께 적항을 폐색하러 나아가는 것은 일찍이 없었던 장렬한 행동으로 그 효과는 물론 물질에만 있는 것이 아니다."

도고에게 이렇게 축전을 친 것은 해군 군령부장 이토 스케유키였다.

제1회 폐색은 거의 실패로 끝났지만 병력의 손실은 의외로 경미했다. 도고는 이 점에 마음을 놓았다.

"더 계속하고 싶습니다."

시마무라 참모장을 통한 아리마 료키쓰의 희망을 그는 받아들였다.

대본영도 이 일에 적극적이었다. 곧 폐색선을 준비했다. 기선은 고물배이므로 돈은 그다지 들지 않는다. 거기에 돌이나 시멘트를 채워넣거나 폭파 장치를 하는 일에 비교적 돈이 많이 들었다. 그 정도의 비용도 일본의 전시 재정으로는 적지 않은 부담이었다.

제2회에는 네 척이 선발되었다.

지휘관은 전번과 같다. 하사관 이하는 한 번 갔던 자는 두 번 다시 보내지 않는다는 것이 원칙이고, 장교는 몇 번이라도 간다. 총지휘관은 아리마 료키쓰, 히로세 다케오, 사이토 나나고로(齋藤七五郎), 마사키 요시타 등이었다.

"적도 이번에는 준비하겠지."

사네유키가 '미카사'에 찾아온 히로세 다케오에게 말했다. 제1회 때와 같이 적의 허를 찌르지는 못하게 될 것이다.

"게다가 지금쯤 마카로프 중장이 여순에 착임해 있을 것이다. 여순의 사기는 일변할 것이 틀림없다."

사네유키가 말했다.

스테판 오시포비치 마카로프 중장은 러시아 해군의 지보적(至寶的) 존재라 해도 과언이 아니다. 그는 진정한 슬라브인으로, 더구나 러시아 해군에 있어 예외적인 존재인 것은, 그가 귀족 출신이 아니고 평민 출신이라는 점이다. 범선시대의 수부(水夫)로부터 단련되어, 그러나 그런 사람에게서 볼 수 있는 단순한 실무파가 아니라, 유럽의 모든 나라 해군을 두루 살펴보아도 마카로프만한 이론가는 없다. 실제에서 이론을 추출하고 다시 실제로 되돌려

다시 갈고 닦는 작업을 되풀이하여 체계화하는 것이 마카로프의 이론이며, 그의 전술론은 세계의 명저로 사네유키도 한때 숙독한 일이 있다. 마카로프의 전술은 해군의 전문 분야뿐만 아니라 해양학이나 조선학 분야에까지 미치고 있어, 그 점에서 말하면 러시아가 가진 가장 유능한 학자라 해도 과언이 아니다.

게다가 이 학자는 굉장히 근육질이어서 젊었을 때는 누구보다 빨리 마스트에 오를 수 있었고 불 때는 일에서부터 사령관까지 혼자서 하라고 해도 충분히 해낼 수 있는 사람으로, 그러한 점이나 평민 출신이라는 점 등의 이유로 하사관과 수병들의 그에 대한 인기는 압도적이었다.

그가 여순에 착임한 것은 3월 8일이었다. 전임인 스타르크와 교대한 것이다.

마카로프는 극히 적극적인 제독으로 그의 착임과 함께 여순함대의 사기는 몰라볼 만큼 올랐다.

히로세는 마카로프를 알고 있었다. 마카로프가 크론쉬타트 수비부의 장관으로 있을 때, 히로세가 찾아가서 만났던 것이다.

"정기가 넘치는 듯한 노인이었다."

히로세는 사네유키에게 말했다.

그러한 히로세 다케오가 폐색선을 몰고 구면인 마카로프 중장이 지키는 여순 항구로 간다는 것은 그 자체가 벌써 불행한 운명이었다.

더욱 불행한 것은 마카로프는 히로세 등 제2회 폐색이 몇 척이며 어느 날에 올 것이라는 날짜까지 정확하게 알고 있었다는 사실이다.

'러시아 탐정'이라고 당시 일본에서 하던 말이 있다.

러시아 스파이를 말하는 것으로 도쿄나 사세보에서 꽤 활약했던 모양인데 그 실체는 전후에도 끝내 밝혀지지 않았다. 제2차 폐색행에 대해서는 그런 종류의 첩보에 의해 여순에 알려졌다. 여순에서는 그저 숨어서 기다리기만 하면 되었다.

마카로프는 숨어서 기다리기 위한 준비를 빈틈없이 했다. 이를테면 폐색선이 항구에 접근하는 것을 막기 위해 반대로 러시아 측이 그 항로로 짐작되는 부근에 기선을 침몰시키는 것이다.

마카로프는 스스로 현장을 감독하며 '하이라르', '하얼빈'이라는 두 척의 기선을 침몰시켰다. 그리고 기뢰도 가라앉혀 두었다. 또한 폐색 방어용 구축대를 두 대 대기시켰다.

일본 측도 전번의 경험에 의해 폐색선의 앞갑판에 각각 두 문씩 기관포를 비치했다. 이것은 항구 부근에서 방해하러 나오는 적의 구축함에 대항하기 위해서였다.

근거지 출발은 24일이 예정이었으나 이 날은 수역 일대가 짙은 안개에 갇히고 풍랑도 심했기 때문에 연기했다.

이날 사네유키는 히로세를 그가 타고 있는 '후쿠이마루(福井丸)'로 찾아갔다.

히로세는 '살롱'의 난로 옆에서 사네유키를 맞이했다. 사네유키는 사타구니를 쬐면서 전에 말한 것을 되풀이했다.

"만약 적의 포화가 너무 심하면 재빨리 되돌아오는 게 좋을 거야."

히로세가 말했다.

"자네는 언제나 그런 식이야, 실시 부대라는 것은 작전가와 달리 생환을 기해서는 아무것도 안돼. 성공의 열쇠는 단 하나, 앞만 보고 계속 나아가는 것밖에 없어."

26일 오후 6시 반, 폐색선 네 척은 근거지를 출발했다. 27일. 오전 2시, 노철산 남쪽에 이르자 '지요마루(千代丸)'를 선두로 단종진을 이루어 '후쿠이마루', '야히코마루(彌彦丸)', '요네야마마루(米山丸)'의 순서로 항구를 향해 똑바로 항진했다.

밤안개가 다소 짙고 달빛도 안개 때문에 희미했다. 폐색에는 좋은 조건이었다. 각 배는 모두 히로세가 말하는 대로 앞만보고 계속 나아갔다.

여순 요새의 탐조등이 선두의 지요마루를 발견한 것은 오전 3시 30분이었다. 여순의 하늘과 바다는 섬광과 굉음에 휩싸였다.

러시아 측 전사(戰史)는 말한다.

"이미 우리는 며칠 전부터 이 적습(敵襲)을 예지하고 있었다. 이 때문에 초계함 두 척이 육상 포대와 긴밀한 연락을 취하면서 외양을 감시하고 있었다. 오전 2시 10분(일본 측과 시간이 다르다) 포대의 탐조등은 어두운 해상에 파도를 일으키며 접근해 오는 배의 모습을 포착했다. 선두는 지요마루였다. 그 뒤에 일정한 거리를 두고 다른 세 척이 단종진을 이루고 다가왔다. 적은 어둠 속에서도 배의 위치를 잘 측정하고 정확하게 진행 방향을 유지하고 있었다. 이윽고 우리 포대와 각 함은 이에 대해 맹렬한 포화를 퍼부었다. 그러나 적에게 커다란 손실을 주지 못한 듯 각 배는 여전히 같은 침로(針路)를 유지하면서 다가왔다."

아리마 료키쓰의 1번선은 전번과 마찬가지로 탐조등의 빛 때문에 눈이 부셔 또다시 항구가 어디에 있는지 방향을 잃었다.

항구에서 보면 약간 지나치게 오른쪽으로 키를 돌려 황금산 밑의 해안에 가까운 수로에 들어가서 육상에 뱃머리를 돌리고 닻을 던져 폭침했다.

그 광경을 2번선 후쿠이마루에서 보고 있던 히로세 다케오는 벌써 거기가 항구라고 생각했다. 배를 조종하면서 그 지요마루의 왼쪽으로 나가 닻을 던지려 했다. 그때 러시아의 구축함이 다가와 어뢰를 발사했다. 그것이 뱃머리에 명중하여 대폭발이 일어났고 배 밑창이 깨져서 순식간에 물이 들어오면서 침몰하기 시작했다.

그러나 탈출 작업은 충분히 할 수 있었다. 예정대로 보트가 내려졌다. 작업 종료와 함께 전원이 뒷갑판에 집합하기로 되어 있었다. 모두 집합했다. 동행한 대기관사 구리다 도미타로(나중에 해군 기관 소장)의 후일담으로는, 히로세가 각 현장을 돌아보고 맨 뒤에 와서 그 쾌활한, 약간 높은 소리로 말했다.

"이봐, 모두 모였나? 번호를 붙여 봐!"

보트 속에도 이미 사람이 있었다. 거기서 번호를 부르자 스기노 상등 하사관만이 없었다. 스기노는 앞갑판에서 일하고 있었을 것이다.

히로세는 갑판 위에 있던 승무원들과 함께 윗갑판을 이리저리 뛰어다니며 스기노를 불렀다. 크고 작은 포탄이 주위에서 작렬하고 탐조등이 일대를 비추어 내니 그 처참한 꼴은 이루 말할 수가 없었다.

모두 뒷갑판으로 되돌아와서 다시 찾았다. 히로세가 한 사람 한 사람에게 물어보니 작업 중 스기노의 모습을 본 자가 아무도 없었다. 단 한 사람 이무레 나카노신(飯牟禮仲之進)이라는 일등 하사관이 말했다.

"스기노 상등 하사관은 아마 적의 수뢰(어뢰)가 명중했을 때 배 밖으로 튀어나간 것이 아닐까요?"

그러나 그것은 상상이다.

히로세는 세 번째 수색에 나섰다. 혼자 앞갑판 쪽으로 달려가 스기노의 이름을 부르며 돌아다녔다. 그 목소리가 구리다 대기관사의 귀에서 멀어져 가는데 매우 불안하더라고 말했다.

히로세는 좀처럼 돌아오지 않았다. 이때 배 밑까지 찾았던 모양이다.

겨우 돌아왔을 때, 발밑에 물이 차올랐다. 침몰입니다, 하고 구리다가 참다못해 소리쳤다.

히로세는 할 수 없이 스기노를 단념하고 폭파 준비를 명령한 뒤 모두 보트에 옮겨 탔다. 폭파용 전람(電纜)을 길게 늘어뜨려 보트까지 들여놓았다. 보트가 본선에서 떨어져 4, 5 정신(艇身)만큼 떨어졌을 때, 히로세가 직접 스위치를 눌렀다. 배의 후부가 보기 좋게 폭발했다.

이제는 보트를 계속 저을 뿐이다. 히로세는 외투 위에 소매 없는 비옷을 걸치고 보트의 우현 맨 뒤에 앉아 자칫하면 공포로 몸이 굳어지려는 대원을 격려했다.

"모두 내 얼굴을 보고 있어, 보면서 저어라!"

탐조등이 이 보트를 계속 포착하고 있었다. 포탄에서 소총탄에 이르기까지 온통 주위에 비오듯 떨어지고 바다는 들끓는 듯했다.

그때 히로세가 사라졌다. 거포의 포탄이 날아왔을 때 히로세까지 함께 날아가버린 모양이었다. 그 옆에 앉아 노를 젓고 있던 이무레조차 알아차리지 못했을 정도였다. 히로세의 죽음은 그 후 페테르부르크에 전해졌고, 그의 연인이었던 아리아즈나는 백작 해군 소장의 딸이면서도 미래의 남편인 일본 해군 사관을 위해 상복을 입었다.

육군

그동안 일본 육군은 움직이지 않았다.

겨우 개전과 함께 사세호를 출항한 기고시(木越) 여단이 연합함대의 일부에 호송되어 조선 인천항에 상륙하여 경성에 진주했다. '조선 주둔 부대'로서 전투용 병력이라기보다 외교용이었다. 상대는 조선이다.

조선 정부는 한만 국경에 주둔하고 있는 러시아군의 거대한 군대의 위용을 보았으므로 러시아에 대해서는 될 수 있는 대로 호의를 보여야 했다. 그렇다고 해서 일본을 푸대접할 수도 없어, 이 때문에 전쟁에 대해서는 '국외 중립(局外中立)이라는 태도를 표명하고 있었다. 일본의 전략으로는 이 경우 강제라도 한일 동맹을 맺어 대러전을 유리하게 전개해야 한다. 이 때문에 병력으로 조선 정부를 누르려고 하여 개전하자마자 해상의 위험을 무릅쓰고 기고시 야스쓰나(木越安綱) 소장으로 하여금 1개 여단을 이끌고 경성에 진주하여 주둔토록 했다. 조선이야말로 앉아서 창피를 당한 꼴이 되었다. 일본군 진주와 함께 한일 동맹이 성립되었다.

그 뒤 제12사단(고쿠라)이 뒤따라 조선에 상륙했다. 이것도 당장은 외교 정략을 위한 부대라 해도 과언이 아니다.

요컨대 육군의 주력은 더이상 움직이지 않았다. 대군을 보내려면 막대한 수의 수송선이 필요하며 그것을 이끌고 가기엔 해상이 위험했다. 그 때문에 해군이 기를 쓰고 여순항 내의 러시아 함대를 쳐부수고 있다. 항구 밖에서 포격하기도 하고 몇 번이나 폐색대를 계속 보내고 있는 데 도무지 효과가 나타나지 않았다. 단지 연합 함대가 전력을 다하여 적의 여순함대를 항내에 가두어 놓고 외양으로 내보내지 않는 것만이 효과라면 효과였다.

육군의 전략은 이러했다.

우선 '2군'을 편성한다.

제1군으로 하여금 조선에 상륙케 하여 한만 국경에 포진해 있는 러시아군을 될 수 있는 데까지 멋있게 격파한다. 이어 제2군은 요동 반도에 상륙하여 곧 만주 중앙부를 향하여 북진하고 조선에서 오는 제1군과 협동하면서 요양의 평원에서 적 주력과 대접전을 하여 그것을 격파한다는 것이었다. 고다마 겐타로는 "이것밖에 수가 없다"고 하는 데까지 계획을 짰다.

요양(遼陽)에는 적의 주력이 있다. 리네비치 장군이 이끄는 시베리아 제1 독립병단이며 그 병력만도 일본의 야전군 주력인 제1군과 제2군을 합친 것만큼 됐다.

러시아는 또 북만주의 하얼빈에 빌데를링을 사령관으로 하는 신설 병단을 증강시키고 있다. 제2 독립병단이라 불리는 것으로, 이 병단을 완성시키기 위하여 현재 시베리아 철도의 수송력을 전부 회전시켜 병력, 화포, 탄약 등을 보내고 있어서, 고다마로서는 빨리 요양에 진출하여 적인 리네비치 병단을 괴멸시키지 않으면 적의 2대 군단(二大軍團)에 대해 그 절반의 병력으로 대항하지 않으면 안되게 된다. 이 때문에 요양 결전은 러일전쟁 자체의 승패를 결정할 것이다.

러일전쟁에 있어서의 육전의 제1전에 앞장 설 압록강을 향하는 제1군이었다.

"아주 용맹스러운 장군이 좋다."

이런 견해로 인선된 것이 대장 구로키 다메모토(黑木爲楨)다. 사쓰마 번(薩摩藩) 출신으로, 보신(戊辰) 전쟁에서는 후시미(伏見)의 싸움이 시작될 때부터 전투에 참가하여 오우(奧羽)까지 전전(轉戰)했다. 군인으로서는 아무런 학교도 나오지 않았지만 전형적인 장군형의 인물로 전쟁의 좋은 기회를 포착하는 점에서는, 노련한 사공이 조수의 간만(干滿)을 보고 날씨를 아는 것과 같은 명인다운 솜씨를 갖고 있다. 말이 없고 항상 녹슨 소빛 같은 얼굴을 무표정하게 지니고 있으며 전쟁중에도 동요한 일이 한 번도 없다.

구로키군(제1군)은 3월초 히로시마(廣島)에 집결했다. 출항할 때 구로키는 간부들을 모아 놀랍게도 연설을 했다.

"바야흐로 제군은 다메모토와 함께 제국 육군의 선봉이다. (중략) 이제 야마토(大和) 민족의 병사는 스스로 슬라브 종족과 싸운다. 이야말로 일찍이 없었던 장거이며 그 예를 찾을 수 없는 성사다. 세계 각국이 모두 귀를 기울여 이를 시청하고 있다. 제군은 하나 하나의 동작이나 움직임도 경솔하게 해서는 안된다."

열강의 외부 압력에서 메이지 유신이 일어났다. 막부(幕府) 말엽의 양이론(攘夷論)에서 유신의 포화 속을 지나온 구로키 다메모토로서는 그러한 감동적인 표현을 자기도 모르게 사용하지 않을 수 없을 것이다.

오야마와 고다마가 한 대러 인사는 아주 교묘하여 이 무사 출신의 전쟁 기술자 구로키(黑木)에게 배속시키면서, 메켈의 훈육을 받은 육군대학교 제1기생인 소장 후지이 시게타를 배치해 근대 작전을 수행하는데 소홀함이 없게 했다. 후지이 시게타(藤井茂太)는 효고 현(兵庫縣) 출신으로 육군 대학교는 아키야마 요시후루(秋山好吉)와 동기생이다.

"압록강의 적을 격파하고 만주에 나간다."

이것이 구로키군에게 주어진 사명이지만 아무튼 구로키도 연설한 바와 같이 제1전이기 때문에 될 수 있는 대로 기세 좋게 적을 격파하여 일본의 대외적 신용을 확립하지 않으면 안된다. 일본 정부는 현재 런던에서 전비 조달을 위한 외채(外債)를 모집중에 있었다. 그러나 누가 보아도 일본의 패배라는 것을 알고 있었기 때문에 도무지 인기가 오르지 않았다. 그 인기를 부추기기 위해서도 이 제1전은 이기지 않으면 안되며, 그런 의미에서 구로키군은 군사뿐만 아니라 전지 외교와 전시 재정의 두 가지 커다란 과제를 짊어지고 있었다.

이 때문에 대본영에서는 구로키군의 작전 계획을 신중히 짰을 뿐만 아니라, 이 당시의 일본군으로서는 극히 놀랍게도 대포와 포탄을 넉넉히 주었다. 또한 러일전쟁을 통하여 각 접전에서 병력 부족이었고 언제나 소수로서 대군과 싸우지 않으면 안되었는데, 구로키군의 경우 압록강의 러시아군 2만에 대하여 4만의 병력을 갖고 대항하려 하고 있다.

구로키군은 3월 8일부터 차례로 히로시마를 출항하여 조선 서쪽의 각 상륙지로 향했다. 해상은 연합함대가 그 총력을 다하여 여순항을 막고 있기 때문에 러시아 함대의 출몰이 없어 순조롭게 수송이 진척되었다.

한만 국경을 흐르는 압록강의 전체 길이는 9백 킬로미터나 된다. 예부터 동아시아의 역사에 깊은 관계를 갖고 있으며, 일본의 상대(上代)에서도 '아리나례(阿利那禮)의 강'이라는 명칭으로 알려져 있었다.

조선 서해안에 상륙한 제1군이 도중 적의 소부대를 추격하면서 이 압록강의 왼쪽 안에 전개를 끝낸 것은 4월 20일 전후다.

"조선 북부에서 적어도 이삼 회의 혈전이 있으리라 각오했는데 의외였다."

사령관 구로키 다메모토는 이렇게 술회했다.

러시아군은 물러나서 지키는 방침을 취했다. 조선 북쪽에 주둔하고 있던 부대를 모조리 철수시켜 압록강 우측 연안(만주쪽)의 여러 진지에 수용해 버리고 북쪽조선 영역 내에서는 척후 기병만을 출몰하게 했다.

이 방면의 기병 공급처는 유명한 미시첸코 소장을 대장으로 하는 기병 여단이다. 그야말로 세계 제일이라고 알려진 러시아 기병인만큼 그 행동은 기민하고 일본군은 '나는 새'를 바라보는 듯하여 잡을 수도 없다.

하기야 미시첸코는 만주군 사령관인 크로파트킨 대장으로부터 주의를 받았다.

"모험을 하지 말라, 깊이 들어가지 말라."

또한 미시첸코의 직속 상관인 리네비치 중장으로부터는 따로 구속을 받고, 이어 크로파트킨과 명령권을 다투는 꼴이 되어 있는 대련 주재 알렉세예프 총독으로 부터는 질책이 전달되어 오기도 하여 공연히 미시첸코를 혼란시켰다.

"귀관은 도망치는 것만 알고 있다. 왜 일본 기병에게 타격을 주려고 하지 않는가."

결국 미시첸코는 일본군의 상황을 극히 재빨리, 또 정확히 정찰했다는 공을 세우고 압록강의 만주 쪽으로 철수했다.

이 압록강의 만주쪽 연안의 러시아군 진지는 구련성(九連城)의 포대를 중심으로 좌익을 멀리 수구진(水口鎭)에 펴고 우익을 하구인 안동현에까지 미치게 하여 구로키군의 도하(渡河)를 막으려 하고 있었다. 도하를 둘러싸고 러일전쟁에 있어서의 최초의 결전이 벌어지려 하는 것이다.

압록강에는 다리가 없었다. 공병대로 하여금 다리를 놓게 하지 않으면 안 되었다. 1886년 메켈 소령이 가르친 철주(鐵舟)라는 것이 이때 비로소 사용되었다. 공병 제12대대가 담당한 것은 5백 미터의 다리를 적전에서 야간 5시간으로 부설하는 일이었는데 우선 강폭부터 측정해야 했다. 그 측량 방법은 극히 원시적이어서, 고가(古賀)라는 군조와 상등병 두 사람이 허리에 가는 새끼줄을 달고, 백두산의 눈이 녹은 물 속에 뛰어들어 헤엄쳐서 적이 있는 강 기슭에 다다름으로써 측정하려 했다. 그런데 물이 살을 엘 듯이 차가워서 고가 군조가 적전에서 기절하여 강물에 떠버렸기 때문에 측량이 불가능하게 되었다. 외국의 관전(觀戰) 무관들은 일본인의 야만성에 놀라 그 용감성을 칭찬하기보다 기분이 나빠졌던 모양이다.

4월 30일, 우선 12사단(고쿠라)의 도하가 시작되고 구로키군이 갖는 강대한 포병력이 적진을 포격하여 도하전을 엄호해서 강 기슭에 상륙했을 때에는 러시아군이 달아난 뒤였다.

전술의 요체(要諦)는 상대를 속이는 수단이 아니다. 일본인은 옛부터 소부대로 기책 종횡(奇策縱橫) 대군을 이리저리 마음대로 놀리다가 격파하는 데에 전술이 있다고 인정하여 그 같은 기공(奇攻)의 소유자를 명장으로 삼아 왔다. 미나모토 요시쓰네(源義經)의 히요도리(鵯越) 벼랑에서의 기습이나 구스노키 마사시게(楠正成)의 지하야 성(千早城)의 농성전 등이 일본인의 성미에 맞는 전형일 것이다.

그런데 오다 노부나가(織田信長)나 나폴레옹이 그렇듯이, 적의 2배나 되는 병력과 화력을 예정된 전장에 모아 적을 압도한다는 것이 전술의 대원칙이며, 명장(名將)이란 한정된 병력이나 화력을 그같이 주결전장에 모은다는 곤란한 과제에 대해서 안이나 밖에 대한 모든 책략을 구사하고 소위 기묘한 술책을 행하여 그것을 실현할 수 있는 자를 말하는 것이다. 그런 다음에는 '대군에 병법 없다'고 하듯이 싸움을 운영해 가기만 하면 된다.

일본의 에도(江戶)시대의 사학자나 서민이 구스노키 마사시게나 요시쓰네를 좋아했기 때문에 그 전통이 계속되어, 쇼와(昭和) 시대의 군사 지도자들까지 전문가이면서도 이상과 같은 비전문가의 취미에 끌려 일본 특유의 이상한 군사 사상을 조성하고 본인들도 그것을 신봉하고 마침내는 대미전(對美戰)을 하고 말았는데, 러일전쟁 때의 군사 사상은 그 후의 그것과는 전혀 다르다. 전쟁 기간을 통하여 늘 병력 부족과 포탄 부족에 시달리고 악전 고투를 거듭했는데 그래도 개념으로는 적과 같은 수가 되거나 또는 그 이상이 되려고 했다. 해군의 경우에는 수량과 질에 있어 적을 능가하려 했고 실제로 능가했다.

러일전쟁의 제1전인 압록강 도하전은 이상과 같은 이유로 극히 정통적인 전술 사상 위에 서 있고, 구로키군은 극히 양에 있어 풍족하였고 특히 그 우수한 화포는 늘 러시아군을 압도했다.

구련성의 공방전이 그러할 것이다. 이 압록강 방위의 러시아군 진지는 요새라고까지는 못하더라도 대규모의 포병력을 갖고 있었다.

그러나 구로키군은 이에 대하여 12센티 유탄포라는 거포 20문을 준비하고, 야음을 타서 가만히 진출하여 새벽녘이 되자 무한이라고 해도 좋을 정도의 포탄을 수시간 연속하여 쏘아서 적의 화기와 전의를 산산조각 부숴 버렸다.

러시아군은 구련성도 버렸다.

"단 하루에 압록강을 돌파하고 또 구련성도 쳐부쉈다."

이런 보도는 세계를 휘돌고 일본 정부가 정략으로서 기대했던 외채 모집 면에서 좋은 결과가 노골적으로 나타났다.

"일본의 채권을 사 두면 손해는 없다."

이 인기는 제1전의 압도적인 승리에 의하여 생겼다.

"병력만도 아니다. 운도 틔어 있다."

이 말을 한 것은 구로키군의 참모장인 소장 후지이 시게타다.

"압록강 도하전 때 금방 비가 내릴 것 같았다. 비가 와서 강물이 불어 물살이 빨라지면 그 형편 없는 군교(軍橋)는 단번에 떠내려가서 모든 작전이 엉망이 되고 만다. 그런데 운좋게도 도하중에 비가 내리지 않고 작전이 완료된 다음 비가 내리기 시작하여 큰 비가 되었다."

개전 때 아키야마 요시후루는 45세로 지바 현(千葉縣) 나라시노(習志野)의 기병 제1여단의 여단장직에 있었다. 육군 소장이었다.

이 전쟁은 해군의 제해권 획득전으로 시작되어서 육군은 잠시 대기하고 있었다. 그러다가 압록강 작전을 노리는 제1군이 한 반도에 상륙했으나 요시후루의 기병 여단은 이에 참가하고 있지 않았다. 여전히 나라시노의 겨울 경치 속에 계속 대기하고 있었다. 그의 여단은 만주 벌판에서 결전하기 위한 제2군에 속할 예정이었다.

'동원은 초여름이 되겠지.'

"나의 출발은 미정이지만 요동 반도 이북(남만주)의 작전에 참가할 예정이니 아마 5월경이 될 것이다."

2월 20일자로 요시후루는 해상에서 작전 해역에 있는 '미카사'의 동생 사네유키에게 편지를 냈다. 유언 같기도 하고 격려 같기도 한 내용으로, 그 허두는 전문(前文)에 이어진다.

"해군의 연전연승은 국민을 열광시키고 있다. 육군의 출발은 얼음 때문에 늦어지고 있으나 점차 출발, 수 개월 뒤에 대결전의 시기가 올 것이다. 나의 출발은……."

이어 도고 헤이하치로의 참모인 사네유키에 대하여 참모로서의 각오를 설교하고 있다. 이 점에 대한 강압적인 설교투는 사네유키가 마쓰야마(松山)에서 대학 예비학교에 들어가려고 상경했을 때와 조금도 다름이 없었는데, 사네유키와 같은 도도한 사나이에게는 요시후루가 말하는 것만은 어린애 같은 순진성으로 들었다.

"참모의 중요 임무를 처리함에 모나지 않고 주저하지 않으며 윗사람과 아랫사람 사이의 기름 역할을 해야 한다. 결코 공명을 나타내서는 안된다."

자기의 공명으로 하지 말라는 것은 사네유키의 그 후의 생애를 보면 그는 충실히 지켰다. 일본해 해전은 아키야마 사네유키가 했다고 말한 것은 항상 해군부내의 다른 사람들이며, 사네유키의 입에서는 결코 이 말이 나오지 않았다.

그리고 또 요시후루는 약간 유언 비슷한 중요한 말을 쓰고 있다.

"국가가 쇠퇴하는 것은 항상 상류 사회의 부패에서 생긴다."

상류 사회의 정의(定義)는 그렇다 하고 이 당시 일본 육해군의 좌관급 이상의 가정은 그 수입은 어떻든 상류 사회에 속해 있었다. 요시후루는 자신도 사네유키도 그것에 속한다고 인정하고 쓰고 있는 것이다.

"나의 다년간의 소망으로 이제는 이 사회에서 물러나서 한가롭게 지내고 싶다."

즉 소장이 된 것은 대단한 영달(榮達)이며 이 이상의 출세는 안된다는 의미일 것이다.

요시후루의 원문에는 이런 말로 되어 있다.

"일문 일족은 국가의 실리(實利)를 올리되 명리(名利)를 포기하고 조속히 물러날 것을 요함."

일족 모두가 국가에 이익을 주었으되 그 공적에 의한 명예와 이익을 받지 않겠다는 의미다. 국가가 지상의 정의이며 로맨티시즘의 원천이었던 시대의 가장 로맨틱한 사상이리라. '이 소망은 전쟁 때문에 중지하지 않을 수 없으나' 하고 요시후루는 쓰고, 최후로 이렇게 썼다.

"명예로운 최후를 전쟁에서 마칠 수 있다면 남자 일생의 쾌사."

요시후루가 소속될 '제2군'의 전투 서열이 밝혀진 것은 개전 후 한 달 가량 지난 3월 15일이다.

군사령관은 오쿠 야스카다(奧保鞏)였다. 오쿠 야스카다는 옛 고쿠라 번사(小倉藩士)로, 막부 말경 고쿠라가 막부 지지 번이었기 때문에 그쪽에 가담하여 싸운 점은 제8사단의 사단장 다쓰미 나오부미(立見尚文—구와나 번—桑名藩 출신)과 비슷한 경력이다. 오쿠도 다쓰미도 비할 데 없는 전쟁의 명수로 막부 지지 번 출신이지만 조슈 파벌에 끼인 것은 그러한 것이 이유가 되어 있었을 것이다.

게다가 오쿠 야스카다는 세이난 전쟁의 관군 소령이었던 젊었을 때부터 자기 공적을 보통 이상의 정열로 감추는 성미여서, 공문서에조차 쓰려고 하지 않기 때문에 그에게 어떠한 공적이 있는지는 육군부내에서도 거의 알려져 있지 않다. 단지 어느 전투에서나 그 전장에서 "오쿠가 있으면 안심이다"라는 정평이 있었다. 자기 존재나 언동을 극적으로 하지 않으려 했던 점, 조슈(長州) 출신의 제3군 사령관 노기 마레스케(乃木希典)와 하나의 대조를 이루고 있다. 노기가 선전가라는 것이 아니라 무슨 일을 해도 노기의 경우는 극적이 되고 오쿠의 경우에는 연기가 사라지듯 자기 행적을 지워 간다. 육군이 만주 자체의 돌입이라는 가장 정통적인 작전면에 오쿠를 기용한 것은 구로키나 노기와 달라 인간으로서의 자격은 필요한 만큼 갖춘 오쿠의 인격과 그가 정통적인 전쟁의 명수임을 인정한 처사였다.

그 제2군의 예하에 3개 사단과 2개 여단이 속해 있었다. 제1사단(도쿄),

제3사단(나고야) 제4사단(오사카), 야전 포병 제1여단, 그리고 기병 제1여단이다. 이 대병력이 수송과 상륙을 완료하려면 40여 일이 걸린다고 한다.

이 편제가 발표될 때에는 요시후루의 기병 여단은 들어 있지 않았다. 수송과 그 밖의 관계로 약간 늦게 동원되기로 되어 있었다.

그러므로 출정군의 수송항인 히로시마에 제1군이 집결하기 시작했을 때에도 요시후루 등은 지바 현의 나라시노에 있었다.

그 무렵 압록강 돌파전을 감행한 제1군의 전투 상황이 속속 알려졌다.

──기병은 어떻게 되어 있나?

이런 것이 나라시노의 기병 장교들의 중대한 관심사였다. 제1군의 정면에는 미시쳉코 기병단이 소부대로 나뉘어져 경쾌한 기병 활동을 하고 있다는 것은 알려져 있다.

결과적으로 구로키군(제1군) 기병의 용병법은 소극적이어서 요시후루가 늘 설파하는 '군의 직할로 통합하여 쓴다'는 방법을 쓰지 않고, 각 사단에 분속(分屬)시켜 산발적으로 썼다. 게다가 군이나 사단이, 기병의 용병법에 익숙하지 않아 기병 특유의 뛰어난 기능을 발휘했다고는 할 수 없다. 오히려 적인 미시쳉코의 카자크 기병의 멋진 활동 상황이 눈에 띌 정도이다.

이처럼 압록강을 돌파한 구로키군이 처음으로 카자크 기병과 부딪쳤는데 일본 기병은 러시아 기병과 부딪칠 때마다 사방으로 쫓기기만 했던 것 같다. 물론 이러한 전쟁의 예는 척후끼리의 소전투뿐이며 본격적인 기병전은 아직 경험하지 않았지만.

구로키군의 병참감(보급 부대의 장)으로 있는 사람은 시부야 아리아키(澁谷在明)라는 소장으로, 요시후루보다 꽤 선배인 장교이다. 기병을 다소나마 알고 있었기 때문에 이 일본 기병의 '약점'에 대하여 의견서를 전선에서 보내 왔다.

"러시아군의 척후 기병에게 일본 척후 기병이 늘 쫓기고 있는 것은 러시아군 척후 기병의 병력이 크기 때문이다. 이 전훈(戰訓)을 거울 삼아 일본 척후도 병력을 늘일 필요가 있다."

"그것은 잘못된 생각이다."

요시후루는 이 문제에 대해 참모본부에 가서 설득하는 한편, 자기의 부하 장교들에게도 가르쳤다.

"결코 이것을 전훈으로 해서는 안된다."

나아가서는 대러전에 있어서의 일본 기병의 취할 태도를 명시했다.

"피차의 기병 병력을 비교하면 처음부터 문제도 되지 않을 만큼 이쪽은 적다. 따라서 척후 기병의 병력도 적과 경쟁하여 많게 하려는 것은 허사다. 원래 척후의 본임무는 적정 정찰에 있는 것이지 전투에 있는 것이 아니다. 척후로서는 무익한 전투를 피하고 우세한 적과 만나면 재빨리 피하면 되는 것이다. 그러므로 척후 기병의 병력은 오히려 적은 편이 낫다."

"그리고 러시아가"

하고 요시후루는 말한다.

"기병의 병력이 풍부하다는 것을 기화로 척후의 단위(單位)마다 병력을 증대시키는 것은 오히려 아군에게는 다행한 일이다. 그들은 부지불식간에 병력을 분산하고 있는 셈이며 이것은 오히려 그들의 약점이다. 우리 쪽으로서는 척후 병력을 절약하고 척후인 자는 오로지 잠입 수색에 힘쓰는 한편, 기병단으로서는 될 수 있는 대로 주력을 강대화하고 주력 전투 때 승리를 획득하지 않으면 안된다."

이것이 러일전쟁의 기병 사용의 사고방식의 기본이 되었다.

요시후루의 기병 제1여단에 동원령이 내린 것은 4월 9일이다.

나라시노를 출발한 것은 29, 30일이다.

이때 요시후루는 청일전쟁 때에도 그랬듯이 군도는 가지고 가지 않았다.

연습용 지휘도를 차고 있을 뿐이었다. 허리에는 도낭(圖囊)을 차고 있으나 그 속에는 연필 한 자루, 지도 2, 3매, 그리고 술잔이 들어 있을 뿐 평소 연습 때의 몸차림과 다름없다.

"왜 군도를 쓰지 않으십니까?"

부관이 물었으나 요시후루는 웃고만 있을 뿐 대답하지 않았다.

"내가 연마한 일본 기병이 나의 군도다."

그것은 이런 말이 될 것이다.

히로시마에 집합하여 5월 18일, 우지나 항(宇品港)을 출항했다.

만주의 대륙부를 손바닥이라고 한다면 새끼손가락 하나가 튀어나온 것이 요동 반도다.

그 요동 반도라는 새끼손가락 끝에 여순 요새가 있고 새끼손가락 가운데쯤에 금주성(金州城)과 대련만이 있다.

"금주·대련(大連) 부근을 점령하라."

이것이 제2군에게 주어진 사명이었다. 요컨대 새끼손가락 끝의 여순 요새는 버려 두고 가운데쯤인 대련만 부근을 점령하여, 거기에 전진을 위한 근거지를 이루어 보급상의 양륙 기지를 확보하고, 이후 만주 본부의 적군과의 결전을 위하여 북상한다는 것이 작전 계획이었다.

상륙은 간단하게 행해졌다.

"일본군은 요동 반도에 상륙할 것이다."

이에 대해서는 러시아군의 작전 중추부는 일찍부터 짐작하고 있었다.

마땅히 러시아군으로서는 일본군의 상륙을 저지하기 위한 해안 진지를 구축해야 했다. 해안에서 상륙군의 절반이라도 죽여 버린다는 것이 전술상의 상식이다. 그러나 이 당시 세계적으로 해변 격멸 작전이라는 사상이 없었고 러시아군도 그것을 생각하지 않았다. 특히 러시아 육군의 장기는 요새에 의거한 방위와 대평원에서의 대규모적인 회전이었다.

그리고 러시아의 만주군이 이것을 생각하지 않는 한 가지 이유는 그러한 일은 여순함대에 일임해야 한다는 데에 있었다. 일본의 연합함대와 동등한 병력을 가진 함대를 여순항에 배치한 것은 전쟁이 벌어졌을 때 일본 근해에 출몰하여 일본의 적전 상륙 부대의 수송을 불가능하게 하기 위한 것이었다.

그런데 그 여순함대는 도고에 의하여 실력이 봉쇄되어 있어 그럴 생각만 있으면 항구 밖에서 결전할 수 있는 데도 여순 요새의 해상용 포대에 방치된 채로 있었다.

아무튼 러시아의 만주군으로서는 일본군에 쉽게 상륙을 허용한다는 것은 당치 않은 일이었다.

크로파트킨은 이에 대해서 생각하고 있었다. 해변 격멸까지는 못하더라도 상륙지 부근에 대규모의 야전군을 진출시켜 포화를 겨누어 일본군에게 상륙을 단념시키려고 했다.

그런데 일본의 구로키군(제1군)이 조선에 상륙하여 압록강을 돌파하려 하고 있다. 그 시기에 극동 총독인 알렉세예프는 주장했다.

"압록강 싸움이 러일전쟁의 육상에 있어서의 제1전이 된다. 만주에서 대병력을 보내서 이를 격멸하지 않으면 러시아 제국의 명예에 관계된다."

그런데 크로파트킨의 주장은 이것과 전혀 달랐다.

"실례입니다만, 총독 각하께선 해군 출신이므로 육군의 작전은 전문이 아니십니다. 구로키군의 정면에 대병력을 보내려 해도 도로가 좁고 게다가 길이 험악하여 도저히 그 계획은 실행할 수 없습니다. 그보다도 전력을 다하여 요동 반도에 상륙해 오는 오쿠군(제2군)을 쳐야 합니다."

이렇게 말하여 양자가 서로 양보하지 않아 수일간 기본 작전이 결정되지 못했다.

"병력을 분할하여 구로키군에 대비하는 한편 다른 병력으로 오쿠군을 저지한다."

이것이 최후의 절충안으로서 낙착되었다. 양쪽에 '약소(弱小)'한 병력을 돌리는 셈이 된 것이다.

요컨대 오쿠군(제2군)은 금주·대련의 선을 점령함으로써 요동 반도라는 새끼손가락을 분단하려 하고 있다. 이에 의하여 새끼손가락 끝인 여순 요새는 고립된다. 그것을 고립시켜 놓은 후 오쿠군은 새끼손가락 뿌리 쪽을 향하여 전진하여 만주 평야로 들어가고, 한편 조선의 국경을 돌파한 구로키군(제1군)과 서로 만나 함께 평야 결전으로 향한다.

"아마 그렇게 나올 것이다."

이것을 눈치챈 것은 여순 요새에 있는 스테셀 휘하의 콘드라첸코 소장이었다.

"금주와 남산 부근을 서둘러 요새화하지 않으면 안됩니다."

그가 요새 사령관인 스테셀에게 의견을 제출한 것은 개전 이틀 전이다.

——금주·남산이라면 여순 요새의 북방의 외곽이 아닌가. 그런 곳을 요새화할 필요가 있을까?

스테셀은 그렇게 생각하니 그다지 마음이 내키지 않았다. 이 시대의 러시아는 고급 군인의 세계에 관료주의가 완고한 뿌리를 박고 있어 스테셀 등도 늘 관료적인 발상(發想)을 했다. 금주·남산은 자기의 수비 범위라기보다는 다분히 북방의 야전군이 배려할 지대인 것이다.

"그러나 금주·남산을 점령당하면 이 작은 반도는 분단되고 요양으로부터의 철도도 단절되어 여순 요새는 고립됩니다."

콘드라첸코는 주장했으나 스테셀은 경비가 든다는 이유로 보류했다.

그러는 사이에 개전이 되었다.

일본 해군이 여순 항구에 와서 크나큰 압박을 가했다. 그 포화를 보고 스테셀은 어떤 종류의 실감을 느꼈다. 만약 여순 요새가 함락하게 되면 도망칠 곳은 북방밖에 없다. 그 북방의 금주·남산을 일본군에게 점령당하면 어쩔 도리가 없다. 요새라는 환경 내에 있는 자가 자칫하면 갖게 되는 공포 심리이다. 전쟁에 있어서는 이성이 전술을 정하기보다도 심리가 다분히 그것을 좌우한다.

그는 콘드라첸코 소장을 불러 명령했다.

"자네가 말했던 금주·남산의 건(件), 그걸 곧하게."

이미 개전해서 10여 일을 지나고 있다. 콘드라첸코는 여순 요새의 병사로부터 가장 큰 존경과 신뢰를 받고 있던 군인으로 용감할 뿐만 아니라 포병 출신이었던만큼 요새를 만드는 일에 능란했다.

그는 곧 계획하여 설계도를 만들어 2월 21일부터 벼락 공사를 개시했다. 절박한 경우의 일이기 때문에 중요한 부분부터 만들어 가서 4월 3일 거의 완전한 형태로 이 부근의 산야를 요새화했다. 또한 일본군이 쳐들어오지 않았기 때문에 그는 제2차 계획을 실시했다. 금주, 여순 가도를 횡단하여 해안에 이르는 장대한 산병호(散兵壕)를 만드는 일이었다. 오쿠군이 상륙할 때까지 이것도 완성되었다.

"금주는 하루만에 떨어지리라."

도쿄의 대본영과 오쿠군의 예상은 이러했다. 실지로 청일전쟁 때에는 반 나절만에 함락시켰다. 개전 전에도 이 부근에 일본의 간첩이 들어간 일이 있는데 물론 이렇다 할 방비가 되어 있지 않다는 것을 보고하고 있다.

이렇듯 적의 정세를 몰랐기 때문에 뜻하지 않은 시산혈하(屍山血河)의 참상을 초래하게 되었다.

싸움이 끝난 뒤에 남산의 러시아군의 요새——라기보다는 다분히 야전용 축성——를 보았더니 포병 진지는 험준한 고지에 배치되어 있었다. 포루는 모두 반(半) 영구적 진지로 크고 작은 포가 약 70문, 그것들을 연결하여 고지를 둘러싸고 있는 보루선(堡壘線)에는 총안(銃眼)을 뚫은 엄폐부를 만들고, 그 전방에는 적 보병의 접근을 허용하지 않도록 지뢰(地雷)와 철조망을 부설하고 또 그 화선(火線)의 공백부를 보충하기 위하여 무수한 기관총을 비치하고 있었다.

——근대적 진지란 이런 것인가.

그러한 점에 무지했던 일본 육군은 그 샤워처럼 쏟아지는 포화를 맞고서야 비로소 알게 되었다.

러시아 제국의 상비 병력은 2백만이다. 일본 제국의 그것은 20만밖에 안 된다. 러시아의 세입(歲入)은 20억 엔이며 일본의 그것은 단지 2억 5천만 엔밖에 안된다. 본래 육군이라는 것은 기계력을 중심으로 한 해군과 달라 그 나라의 경제력이나 문명도 등을 포함한 풍토성을 노골적으로 그 체질에 나타내고 있다. 남산의 싸움은 가난하고 세계 상식에 결여된 나라의 육군이 총검 돌격의 사상으로 공격하려 했고, 일본보다 10배나 부강한 러시아는 그것을 기계력으로 막으려고 한 관계에서 전개된다.

물론 오쿠 야스카다는 상륙 후 정찰에 의하여 비로소 금주·남산 요새의 만만치 않음에 놀라 대본영에 전보를 쳐서 "증포를 보내라"고 요청했으나, 대본영에서는 즉시 명령해 왔다.

"그것은 필요치 않다. 즉시 공격해라."

필요가 있든 없든 간에 대본영은 예비 증포 따위는 갖고 있지 않았다.

오쿠군(제2군)이 전개를 끝내고 본격적인 공격을 개시한 것은 5월 26일이다. 가장 늦게 싸움터에 당도한 아키야마 요시후루와 그 기병 여단도 이보다 3일 후에 장가둔(張家屯)이라는 어촌에 상륙하였다. 그러나 기병에게는 당장에 해야 할 중요한 용무는 없다.

우선 포병의 일이었다.

이 26일 아침은 안개가 짙었다. 안개가 겨우 걷힐 즈음인 5시 30분, 오쿠군의 전포병이 하나의 의지(우치야마 : 內山 소장) 아래 포문을 열어 남산의 적 보루에 대고 포탄을 연속적으로 쏘아 댔다. 피아의 포성은 요란하게 요동 반도 천지에 울렸으며 원래 체질적으로 포병 부족인 일본군으로서는 큰 마음을 먹은 포탄 사용이었다.

그런데 1시간을 쏘아도 2시간을 쏘아도 적의 포화는 더욱더 맹렬해질 뿐 가라앉는 기색이 없다. 마침내 5시간을 계속 쏘았다.

──대단한 싸움이 되었다.

우선 파래진 것은 포병 총지휘관인 우치야마 소장이다. 탄약고가 예비탄을 남겼을 뿐 바닥이 나고 말았다. 앞으로는 본국으로부터의 보급을 기다릴 수밖에 없다. 이때 우치야마가 계산해 보니 단 하루의 싸움에서 청일전쟁에서 소비한 전 포탄량을 좀 넘었던 것이다.

이 남산 기슭에 붙어 있으려는 것은 우익이 제 4사단(오사카), 중앙이 제 1사단(도쿄), 좌익이 제3사단(나고야)이었다. 아키야마 기병 여단은 일시적으로 제3사단 계열에 들어가 있다.

어떻든간에 총과 검만을 무기로 삼은 보병은 큰 소모를 각오하고 접근을 감행할 수밖에 도리가 없었다.

보병의 약진(躍進)은 이른 아침 포병의 사격과 함께 시작되었으나 산기슭에 접근할수록 손해는 더욱 늘기 시작했다. 산기슭에 철조망이 쳐져 있다. 보병은 도중 포연(砲煙) 밑을 지나고 포화에 분쇄되면서 겨우 살아 남은 자가 거기까지 접근하자, 전후 좌우에서 맹사해 와 벌레 같이 죽고 만다. 그래도 일본군은 용감한 건지 충실한 건지 전진밖에 모르는 짐승같이 이 러시아 진지의 화망 속에 들어온다. 들어가자 마치 인육(人肉)을 믹서로 간 듯 산산조각 나고 만다.

──적은 기관포(총)라는 것을 갖고 있다.

이것이 일본군 장병들의 한결같은 놀라움이었다. 일본 보병은 기관총을 몰랐다.

화기(火器)에 대한 인식이 선천적으로 둔한 일본 육군의 체질이 여기에도 겉으로 다 드러나 보였다.

기관포(총)에 대해서는 일본인이 몰랐을 리가 없었다. 막부(幕府) 말기에 에찌고(越後)의 나가오카 번(長岡藩) 중신인 가와이 쓰기노스케(河井繼之助)가 요코하마에서 이것을 사기 위하여 에도 번저(江戶藩邸)의 미술품을 팔아서 돈을 만들어 2정 샀다. 그 위력이 이 번이 아이즈(會津) 번과 함께 막부 지지의 고루(孤壘)가 되어 관군과 싸웠을 때 맹렬히 발휘되었다. 나가오카 시내에 있어서의 최후의 전투에서는 쓰기노스케 자신이 성문 옆에서 이것을 조작하여 관군을 난사해서 잠시 접근하지 못했다. 그때의 관군 지휘관이 교스케(狂介)라 했던 야마가타 아리토모(山縣有朋)로, 이 병기 때문에 크게 골탕을 먹은 것을 돌이켜 생각해 보면, 육군의 총수가 되었을 때 그것에 주목했어야 했을 텐데 그는 하지 않았다.

이 가와이 쓰기노스케의 기관총과 지금 남산에서 계속 불을 토하고 있는 러시아군의 기관총과는 구조가 기본적으로 다르다.

그런데 그 러시아군의 그것과 같은 구조의 기관총이 일본군에도 있다는 것을 일본군 장교의 대부분이 몰랐다.

아키야마 기병 여단이 갖고 있었다. 요시후루는 청일전쟁 때부터 기병이 화포 또는 기관총을 가질 것을 자주 상신(上申)하였는데, 그것이 겨우 채택되어 이 러일전쟁 발발 직전에 이 병기가 수입되었다. 곧 제1여단에 기관포대가 신설되었다. 기병에서는 이 기관총을 계가식(繫駕式) 속사 기관포라 명명(命名)했다.

일본 육군은 러일전쟁을 통하여 러시아군의 기관포에 시달려 이 때문에 죽은 자가 1만 명을 넘었을지도 모른다. 그런데 총이 국산화되어 38식 기관총으로 규정된 것은 전쟁이 끝나고 2년 후의 일이다.

어떻든간에 금주·남산에 있어서의 일본군의 사상자는 이루 말할 수 없었다. 노기 마레스케가 금주성 밖을 통과하며 '백 리 성풍(腥風)이로다. 신전장(新戰場)'이라는 시를 지은 것은 이 공략전이 끝난 뒤였다.

이 남산 공격에 크게 뛰어난 효력을 발휘한 것은 도고 함대가 함정 일부를 갈라 금주만에 침입시켜 함포를 앙각(仰角)으로 유지하고 적의 육상 진지에 포탄을 퍼부은 일이었다.

도고는 구식 포함인 '쓰쿠시(筑紫)'(1,350톤) 이하 포함과 수뢰정으로 한 지대를 만들어 이 임무를 맡게 했다. 포함이 아니라 대함(大艦)으로 이 일을 맡기면 그 위력은 훨씬 컸겠지만, 그러나 함대 주력은 여순 항구 밖의 봉쇄에서 손을 뗄 수 없어 결국 소함정으로 충당했다. 러시아 육군의 포병은 사격이 능란하여 남산 포루에서 일본군 진지를 뛰어넘어 이 소함대에 포탄을 보내고 그 일탄이 포함 '조카이(鳥海)'에 명중하여 함장 이하 다수가 전사하기도 했다.

하여간 피차의 포전은 이날 아침 11시가 지나서까지 격전을 벌였다. 그 시각에 적의 노천포(露天砲)는 모조리 침묵했다. 노천포라는 것은 콘크리트 지붕으로 엄폐되어 있지 않는 포대를 말하며, 이것은 의외로 약했다.

그런데 러시아군은 여순 요새의 공방 전에서는 이 남산에서의 경험을 살렸다. 당시 여순 요새에도 노천식 포대가 있어, 오래 전부터 '이것은 엄폐해야 하지 않겠는가' 하는 의견에 대하여 요새 사령부의 보수적인 의견이 그것을 거부하고 있었다. 포대에 엄폐물을 만들고 싶어한다는 것은 비겁한 자의 생각이라는 것이다. 믿을 수 없는 일이지만 중세의 기사도 정신이라는 것이 아직 다분히 러시아군 속에 살아 있었다. 그것이 남산 전투의 교훈에 접하여 서둘러 엄폐를 만드는 공사에 착수했던 것이다.

남산의 전훈을 살리지 않았던 것은 오히려 나중에 여순 공략을 전적으로 맡았던 일본측의 제3군(노기군)이었으리라.

아무튼 정오경에는 적의 포화는 쇠약해졌으나 엄폐 포대와 무수한 기관총 진지는 여전했다. 그것들이 수백 미터에 접근한 일본병을 피투성이로 만들어 철조망 앞에 시체더미를 쌓게 했다.

──이젠 어쩔 도리가 없다.

이런 생각이 오쿠 야스카다의 막료(참모)의 머리를 지배하기 시작한 것은 이날 정오가 지나서였다. 오쿠가 그 사령부가 있는 중국 민가에 막료를 모아 회의를 연 것은 오후 1시였다.

"분통한 일이지만 퇴각하여 공격의 재흥을 꾀 할 수밖에 도리가 없습니다."

막료의 대부분이 말했다.

오쿠는 불만이었다. 그의 심정으로는 러일전쟁에서 이 최초의 상륙 전투에 패한다는 것은 그렇지 않아도 박약한 일본의 국제적인 신용을 더욱 희박하게 하는 일이며, 더욱 중대한 이유는 북방에서 리네비치 병단이 이 금주·남산의 전장을 구하려고 움직이기 시작했다는 사실이었다. 리네비치 병단이 이곳에 도착하면 제2군은 아마 틀림없이 괴멸할 것이다.

다행히 단 한 사람 젊은 참모가 공격을 속행할 것을 주장했다. 오쿠는 그 의견을 받아들였다.

공격을 계속했다. 그러나 결국은 누계 2천 명이라는 1개 연대분의 사상자를 냈을 뿐이었다.

이 처절하기 그지없는 상황을 깨뜨린 인물이 있다.

제4사단(오사카)의 사단장인 중장 오가와 마다쓰구(小川叉次)였다.

오가와 마다쓰구는 오쿠 야스카다와 마찬가지로 본래 고쿠라 번사로, 1871년에 소위가 되었으니 육군 사관학교 개설 이전의 군인이다. 이렇다 할 교육 기관을 거치지 않은 점에서도 오쿠와 다름없다. 일찍부터 천재적인 용병가로서 알려졌는데 이것은 그의 고유한 자질에 의한 것이었다. 1885년, 메켈을 초빙하여 육군 대학교가 개설되었을 때 오가와는 이미 대령이 되어서 학생은 아니었다. 고다마 겐타로와 함께 학교의 간사(幹事)였다. 고다마와 함께 간사로서 메켈의 강의를 들었는데, 메켈은 말했다.

"학생보다 고다마, 오가와 쪽이 뛰어나다."

그밖에 메이지 육군은 전에 다무라 이요조(田村怡與造)라는 용병의 천재가 있었다. 다무라는 참모본부 차장으로서 러일전쟁의 작전 계획을 짜고 있었는데 개전 전에 병사했다. 그러한 다무라가 '현대의 신겐(信玄 : 전국시대의 가장 뛰어난 무장)'이라고 불린 데 대하여, 오가와 마다쓰구는 '현대의 겐신(謙信 : 전국시대의 신겐과 맞선 무장)'이라고 불리었다.

그 성격은 다무라보다 다소 날카롭고, 이를테면 메켈의 가르침을 받을 때에도 종종 이 메켈의 애제자와 대격론을 벌여 쉽사리 양보하지 않았던 것은 유명하다. 이를테면 메켈은 야전에 있어서는 야포(野砲)보다도 산포(山砲)가 행동이 경쾌해서 좋다고 말한 데 대하여, 오가와는 야포가 낫다고 반론하여, 격론이 되자 마침내 오가와는 말했다.

"귀관은 나의 스승이오. 그러나 병학상의 토론은 양보할 수 없소. 귀관이 끝까지 산포가 좋다고 한다면 속히 귀국하여 산포에 숙련된 독일병 일군을 데려 오시오. 나는 일본 야포병으로써 귀관의 군을 산산조각으로 분쇄해 보이겠소."

그런 오가와 마다쓰구가 이 전황을 보고 말했다.

"우리 군은 과연 피로해 있어. 그러나 적도 아마 마찬가질거다. 지금 다시 한번 공격을 가하여 이번에는 적의 약점에 대하여 우리 보병, 포병이 총력을 다하여 집중 공격함으로써 우선 일각을 부수고 그것을 적의 전선에 펼쳐 가면 어떨까?"

오쿠 야스카다는 찬성했다.

적의 약점은 좌익에 있다.

오쿠의 사령부가 이것을 결정한 것은 오후 2시가 지나서였고, 공격 재개는 오후 5시로 했다.

"일본군은 오후 5시 이후 함대의 원호 아래에 공격을 재개했다."

러시아측의 기록에도 이렇게 씌어 있다. 오쿠군의 포병은 예비탄까지 한 발도 남김없이 쏘아대고 오후 6시 반, 보병이 육탄 돌격을 개시하여 일거에 점령했다.

러시아군은 그 좌익을 빼앗겼기 때문에 오가와가 예측한 대로 중앙 지구도 동요하여 이윽고 7시반, 때마침 석양이 금주만 앞바다에 떨어질 무렵이 되자 남산 전체가 오쿠군의 것이 되었다.

적은 남으로 퇴각하여 여순 요새로 도망쳤다. 오쿠군은 그것을 버리고 반대로 북으로 진격해야 한다. 리네비치 병단과의 결전을 위해서였다.

"금주·남산은 좀처럼 떨어지지 않는다."

이 패배의 순간까지 죽 이렇게 생각하고 있었던 것은 여순에 있는 스테셀 사령관이었다. 그는 러시아인답게 요새에 대한 신앙이 두터워 설사 금주·남산이 여순의 본격적 요새와 비교하여 야전 축성식 가설 요새일지라도 그 견고한 보루와 방위 진지와, 게다가 우세한 화포군은 한 달 정도는 일본군을 접근시키지 않고 그 빈약한 (그렇게 생각하고 있었다) 공격에 견딜 수 있으리라고 그는 믿고 있었다.

"그 정도의 것이 못돼. 아나토리 미하이로비치 스테셀"

그러나 오히려 스테셀의 기대 과잉의 계산을 비웃은 사람은 해군 출신의 극동 총독인 알렉세예프였다.

"버티어야 겨우 반 달 정도지."

러시아군의 최고 지휘권은 이 총독에게 있다. 이 총독 밑에도 참모부가 있어 작전을 짜고 있다. 이 작전 계획에 의하면 금주·남산 요새의 역할은 일본 오쿠군에 다대한 손해를 준 뒤 반 달쯤으로 예정대로 함락하고 수비대는 견고한 여순 요새를 향하여 퇴각한다는 것이었다. 그래도 '반달'이다. 반달이나 지탱하면 북방에서 야전군은 분쇄해 버린다. 그러한 알렉세예프의 예정은 하루의 총공격으로 함락됨으로써 무너졌다.

중장 스테셀은 금주·남산의 불함락론자이다.

이를테면 오쿠군이 상륙하여 금주·남산으로 향하기 시작했을 무렵 대련(大連)의 시민은 동요했다.

"금주·남산이 떨어지면, 대련시는 이미 방위력이 전혀 없게 됩니다. 시민(대부분 러시아인이지만)을 여순으로 철수시키는 편이 좋지 않을까요?"

스테셀에게 그것에 대한 명령을 요청해 온 것은 대련 시장인 바실리 바실리예비치 사하로프였다. 이 시장은 시민 대표라는 그러한 시장이 아니라 군정관 같은 것으로 대련의 경무 장관을 겸하고 있다.

"그럴 필요는 없소."

스테셀은 딱 잘라 대답했다. 그의 소신으로는 금주·남산은 난공불락이었던 것이다.

그런데 스테셀은 이것이 함락되었을 뿐 아니라 여순으로 가는 철도의 일부마저 일본군에게 점령되었다는 것을 듣고 대련 시장에 대하여 곧 철수할 것을 명했다. 그러나 그때는 이미 늦어 대련에 집적되어 있었던 막대한 군수 물자를 버리고 도망치지 않으면 안되었다.

여순으로 퇴각할 때 철도는 거의 도움이 되지 못했다는 것은 이 방면의 사령관인 포크 소장 마저도 남관령(南關嶺) 역에 뛰어가서 '곧 나와 막료들을 위하여 특별 열차를 마련하라'고 명령했다. 그러나 역에 단 한 대 남아 있던 기관차조차 적과 아군의 포격으로 쓸모없게 되었다는 것은, 포크가 말을 타고 도망쳤다는 사실로도 알 수 있다. 여순으로 가는 큰 길가는 패주하는 러시아군으로 완전히 혼란에 빠져 있었다.

금주·남산의 러시아군은 아무리 오쿠군의 공격이 가열했다 하더라도 이렇게까지 간단히 퇴각할 것이 아니었는지 모른다. 만약 공방전이 하루만 더 연장되었더라면, 이미 탄약이 떨어지고 사상자가 전 병력의 1할을 넘고 있는 오쿠군으로서는 공격 재개까지 앞으로 며칠이 소요될지 상상할 수도 없었다. 왜냐하면 총포탄의 보급을 본국에서 받아야 하며, 본국도 포탄의 재고가 이미 바닥이 나 있는 이상 그 전쟁 물자가 언제 도착할지 아무도 몰랐기 때문이다. 오쿠군이 받은 예상 외의 큰 손해는 이것을 전보로 도쿄 대본영에 보고했을 때 대본영에서는 의심했을 정도이다.

"전문(電文)의 0이 하나 잘못되어 있는 게 아닌가?"

사상(死傷) 3천이라고 최초로 보고했을 때이다. 일본 육군의 수뇌는 한 전투에서의 사상자를 예상하는 데 고작 0이 두 개 있는 단위 정도밖에 상상할 수 없었다. 일본군은 이제야 비로소 근대전의 처절함을 알았던 것이다.

만약 러시아군이 하루만 더 버티었다면 오쿠군은 어떻게 되었을지 알 수 없다.

"퇴각하든가 또는 야간에 전력을 다하여 공격으로 나가든가 그 이외엔 계책이 없다."

제1, 이 방면의 러시아군 사령관인 소장 포크는 최후로 스테셀에 대하여 이렇게 말하고 훈령을 요청하고 있었다. 이때 스테셀이 '총력을 다해 야습하라'고 명령했더라면 전세는 어떻게 되었을까. 하기야 러시아군은 대규모의

야습에 대해서는 거의 훈련되어 있지 않았지만·

여순으로의 퇴각은 야간에 시행되었다. 어둠이 러시아군을 한층 더 혼란에 빠트렸다. 한가지 예를 들면 퇴각군의 후위(엔제예프스키 연대)가 철도를 따라 남하하면서 남관령에 가까운 대피 역에까지 왔을 때 외치는 자가 있었다.

"일본 기병이다!"

과연 마지막 부대로 있는 그 연대의 뒤를 30기 정도의 기병이 보조를 빨리 하며 쫓아오고 있다.

"사실을 말하면 일본 기병이라는 것은 아키야마 요시후루의 여단밖에 없다. 이 무렵 그 아키야마 여단은 금주성 북방의 보란점(普蘭店)과 대사하(大沙河)의 선을 수비하고 있어 능동적인 행동으로 나오지 않고 있었다.

그런데 오쿠 야스카다는 패주하는 러시아 군을 우세한 기병 집단이 뒤쫓게 했다. 치기 쉬울 때 친다는 것이 전술적으로는 취할 만한 수단이었는지도 모른다. 그러나 오쿠군은 북상(北上)하는 것이 주임무였다. 적은 여순군을 상대하고 있을 겨를이 없었다.

그러므로 퇴각하는 러시아군의 우위 부대가 쫓아오는 기마 부대에 대하여 "일본 기병!"이라고 착각한 것은 무리가 아니었다. 전술을 알고 있다면 응당 그럴 수 있는 착각이었던 것이다.

그러나 이 기마 부대는 일본군이 아니라 러시아군이었다. 러시아의 제15연대의 척후 기병이었는데, 그들은 완전히 공포 속에 빠져 있는 자기 편의 맹렬한 난사를 받고 전멸하고 말았다.

기병에게는 습격과 정찰의 두 가지 일이 있는데, 요시후루는 이 국면에서는 정찰을 주임무로 했다.

정찰이란 군의 작전상의 판단 자료를 제공하기 위하여 정세를 미리 파악하는 일이다. 그러자면 그 빠른 걸음을 이용하여 적중에 들어갔다가는 빠져나오고, 들어갔다가는 빠져나오고 하는 곡예 같은 일을 하지 않으면 안된다. 말하자면 전장에 있어서의 곡예사였다.

오쿠군의 주력이 남산 공격에 지쳐 있을 때 군사령부의 참모에게 연락했다.

"난 북으로 간다."

오쿠군 주력은 남산을 함락시킨 후 그보다 남쪽인 여순을 내버려 두고 북쪽의 요양에 예정되어 있는 주결 전장을 향하지 않으면 안되었다. 그 북진에 대비하여 아키야마 기병 여단은 먼저 북진의 길을 터놓는 것이다. 북진하여 적정을 탐지하고 될 수 있으면 그것을 격파하는 작전 구상까지 첨부하여 군사령부에 보고한다.

그래서 보병 2개 중대를 빌어 요양 바로 앞 득리사(得利寺) 부근의 수색을 하기로 되었다.

"아키야마가 그렇게 말해 줘서 살았어."

이것은 나중에 군의 막료들이 말한 바이지만, 유럽식으로 말하면 기병 여단의 기능으로써 그것이 당연한 착상인 것이다. 그런데 일본 육군의 수뇌는 이 시대의 기병, 그 후 시대의 수색용 전차나 비행기 따위의 비약적인 기능을 가진 요소를 늘 소화시키지 못한 채 육군사의 막을 내리게 했다. 일본인의 민족적인 결함에 결부되는 것인지도 모른다.

요시후루와 그 기병 여단이 북쪽의 적지로 출발한 것은 5월 30일 아침이다. 후방에서는 남산의 포성이 쉴 새 없이 들리고 있었다.

5시간쯤 행군하여 정오가 지났을 무렵 장교 척후가 돌아와서 보고를 했다.

"전방의 곡가점(曲家店) 더 북쪽의 전가둔(田家屯) 근처에 적의 기병이 1백 기쯤 있어 이쪽의 북진을 알고 도보전(徒步戰)을 준비중이다."

장교 척후가 본 것은 적의 1백기이지만 아마 그 배후에 상당한 대규모의 러시아 기병 집단이 도사리고 있다고 보지 않으면 안된다.

"이것이 제1전이 될 것이다."

요시후루는 우선 그 1백 기를 격퇴하기 위한 부대를 출발시켰다. 병력은 기병 제14연대에서 2개 중대를 선발하여 여기에 기관포대와 지원 보병을 붙였다.

그런데 러시아군측에서는 이보다 앞서 남산의 전황을 중시하고 극동 총독 알렉세예프는 크로파트킨을 통하여 시베리아 제1군단을 움직여 득리사에 대집결을 수행하고 있었다. 그것이 드디어 남산을 향하여 움직였다. 그 남하군의 선진 부대가 아키야마 여단이 알아낸 '적백기(敵百騎)'였다. 자칫하면 요시후루는 적의 시베리아 제1군단 자체를 도맡지 않으면 안될 것이다.

아키야마 기병 여단이 단독 북진을 개시한 데 대해서는 수색 능력이 풍부한 러시아군은 재빨리 알았다. 이 보고는 후방에 있는 총사령관 크로파트킨에게까지 달했다.

그는 병단장인 남작 시타케리베르그 중장을 불러 말했다.

"일본인의 콧대를 꺾어 주어야 겠다."

크로파트킨은 이것이 야전에서의 제1전이 되는 이상 통렬한 타격을 주어 상륙 일본군의 사기를 꺾는 한편, 해외의 보도를 러시아측에 유리하게 하려고 생각했다.

그러나 크로파트킨의 나쁜 버릇으로 그의 명령은 항상 부대조건이 몇 가지 붙는 것이다.

"만약 적이 사납게 진격해 오면, 더구나 후속 부대를 갖고 있지 않다면, 병력을 더 증가하여 이를 격파하라."

이 경우에도 이런 식으로 명령하는 것이다. 그야말로 러시아 육군 제일가는 수재답게 명령에 세밀한 점이 있었다. 그러나 군 명령이라는 것은 '적의 선진 부대를 격멸하라'는 것만으로 족하다.

'적이 사납게 진격하고 더구나 후속 부대를 갖고 있지 않다면, 더 병력을 늘여 이것을 격파하라'는 것은, 명령으로써 매우 약하며 군의 단호한 결의를 표현하지 못하고 있는 것이다. 게다가 이런 자질구레한 지시 같은 것은 병단장인 시타케리베르그 중장에 맡겨야 할 일이어서 도리어 그를 구속하는 결과가 될 것이다. 시타케리베르그가 만약 겁쟁이 사나이라면 이 부대조건을 핑계삼아 작전을 수행하지 않음을 정당화할지도 몰랐다.

시테케리베르그는 우선 기병 1개 여단에 보병 2개 대대, 그리고 포 4문을 붙여 전진시켰다. 병력, 화력이 모두 아키야마 기병 여단의 기준을 웃돌고 있다. 첫째 요시후루가 불리한 것은 포가 없는 일이었다. 러시아군뿐만 아니라 유럽 제국의 군대는 포병을 부리는 명수였던 나폴레옹에게 석권(席卷)된 이래, 화포를 중시하는 데는 일본군이 따를 바가 못된다. 기병단을 움직일 때에는 반드시 포병을 붙이는 것이다.

요시후루가 선진(先進)시킨 기병 연대는 전가둔 남단(田家屯南端)에서 적과 충돌했다.

쌍방이 도보전으로 격전을 벌인 지 1시간이 지나 러시아군은 전원 말을 타고 북쪽으로 퇴각을 개시했다. 그렇다고 패주한 것은 아니며 퇴각하다가는 이따금 머물러 사격을 되풀이했다. 일본군을 러시아군의 밀집지대로 유인하려는 것이리라.

러시아군은 전술로 퇴각 자체에 복잡한 전술 요소를 포함시키고 있으나, 일본군은 퇴각은 단순하게 패배로 여겨 진격하는 것만을 전술로 알고 있었다. 그러므로 당연히 추격했다.

추격함에 따라 지형이 적에게 유리해진다. 도로 양쪽에 구릉이 있었고 그 구릉에서 러시아 군이 사격해 오는 것이다.

전투 개시에서 1시간 40분 후에는 적의 야포 6개가 화홍구(花紅溝)라는 부락의 남쪽 고지에 나타나 요란하게 불을 토하기 시작했다.

그리고 또 도보 기병 2백이 새로이 출현하여 전장에서의 화력은 일본군의 몇 배가 되었다.

이 곡가점(曲家店)에서의 전투는 러시아 기병단과 일본 기병단의 최초의 대규모 전투가 되었다.

화력은 러시아 쪽이 우세하다. 러시아의 기본적인 작전이라는 것은 설사 전진하더라도 우선 거점을 만들고 화력으로 적을 충분히 제압한 뒤에, 또다시 약간 전진하고 거점을 만들어 거점을 확보해 가는 정공법(正攻法)인데, 이러한 작전을 취하는 이상 원칙적으로 충분한 화력이 필요한 것이다.

그러나 일본군의 기본 전술은 그 같은 '진지 추진주의'가 아니라 커다란 의미의 기습, 강습의 상투적인 방법이었다. 거점을 확보하기는커녕 거점조차도 별로 없다. 병사의 육체를 전진시키는 것이다. 응당 전술은 지휘관과 병사의 용감성에 의존할 수밖에 없다. 때로는 전술 없이 실전자의 용감성에만 의존한다는 방법도 취한다. 후의 노기군(제3군)의 여순 공략 등은 그런 전형이며, 깊이 뿌리박힌 이런 고질은 쇼와기(昭和期)가 되어서도 짙게 유전되어 결국은 육군 그 자체의 멸망에 이른다.

요시후루의 정면에 있는 적은, 나중에야 알게 된 사실이지만 병력으로 보면 대단한 것은 아니다. 제르츠힌 기병 중령이 이끄는 카자크 기병 5, 6개 중대를 주력으로 보병 2개 중대, 기포(騎砲) 1개 중대인데, 요컨대 화력을 갖고 있는 외에는 겨우 1개 연대가 많은 데 지나지 않았다.

겨우 그 정도의 병력을 상대로 요시후루 쪽은 1개 여단이라는 대병력으로 싸웠고 게다가 참담한 고전을 했다. 치명적인 것은 대포를 갖지 않았다는 점이었다.

러시아의 기병은 반드시 '기포(騎砲)'라는 전속 포병을 갖고 있어 기병 부대 뒤에서 요란하게 굉음을 내며 포차를 끌고 간다. 유럽 어느 나라의 기병 연대도 기포를 갖고 있었다. 요시후루는 개전까지의 사이에 육군성에 귀찮도록 상황을 아뢰며 기포의 필요성을 역설했으나 받아들여지지 않은 채 개전이 되었다.

또한 아키야마 기병 여단의 고전 이유는 지형에 있었다. 구릉 지대의 험하고 좁은 길에서 전투하고 있기 때문에 큰 병력을 전개시킬 수 없어, 하나의 길을 진격하지 않으면 안된다. 도로 양쪽의 요소요소에는 적이 진지를 구축하고 있다.

기병 제13연대의 제2중대 같은 것은 적을 추격하면서 결국은 용왕묘(龍王廟) 부근의 골짜기에 유인되어 전후 좌우에서 역습을 받아 거의 전멸하기에 이르렀다.

일본 기병은 말을 버리고 보병처럼 산병선(散兵線)을 만들어 적에게 사격하고 있었으나 소총탄까지 동이 나고 말았다. 이 때문에 기관총탄을 유용(流用)하여 소총에 재어 쏘았다.

전황은 1분마다 처절한 상황으로 전개되어 갔다. 게다가 여단이 가장 소중하게 간직하고 있는 3대의 기관총이 울리지 않게 되었다. 탄알이 없어진 것이다.

──퇴각할 수밖에 없다.

여러 대장도 그렇게 생각했고 요시후루에게 붙어 있는 여단 부관인 나카야(中屋)라는 대위도 그러했다.

요시후루는 언제나 참모를 대동하고 있지 않다. 그 이유를 요시후루는 끝내 말하지 않았으나 기병 전술의 능력에 대해서는 요시후루보다 뛰어난 자가 육군부 내에 한 사람도 없었기 때문일 것이다. 참모가 없기 때문에 '이건 퇴각해야겠습니다' 하고 의견을 말하는 자가 없었다. 요시후루는 퇴각할 의사가 조금도 없었다.

퇴각은커녕 이 인물은 1군의 장이면서도 그 지휘소를 자꾸만 전진시켜 마침내 최전선인 용왕묘 부근까지 나와 버려서 전방의 붉은 흙먼지가 이는 풍경을 바라보고 있다.

게다가 그는 더욱 전진하여 적의 총포탄이 집중되어 있는 기관총 진지까지 나왔다.

'구태여 기관포(총) 곁에까지 접근하지 않아도……'

부관인 나카야는 생각했다.

요시후루의 눈앞에서 병사가 잇달아 쓰러졌다. 전투가 얼마나 불리한가 하는 것은 요시후루도 충분히 알고 있었다.

또 전술적으로는 퇴각이 타당하다는 것도 잘 알고 있었다. 퇴각하여 후방의 좁은 길까지 물러나 거기에서 방어 진지를 만들어 적을 막으면 된다.

그러나 요시후루의 이성이 그에게 요구하고 있는 것은 그것이 아니었다. 이 경우, 이 국면의 이 단계에서 퇴각하면 모든 것을 잃게 되리라는 것이다.

그는 그 자신이 말 타는 법부터 가르친 일본 기병 부대를 거느리고 왔다. 말하자면 자기가 손수 만든 병종(兵種)인만큼 그 약점을 잘 알고 있으며 나아가서 적의 장점도 충분히 알고 있었다. 그러나 여기에서 퇴각하면 어떻게 될 것인가.

'이것이 러일전쟁의 제1전인 것이다. 언제나 최초의 싸움이 중요하다. 여기서 지면 일본 기병의 사기에 영향을 미쳐 어쩌면 싸울 때마다 지게 될지도 모른다. 여기서 퇴각하면 러시아 기병에게 자신감을 붙게 하여 앞으로의 전투에서 그들은 한층 강해질 것이다.'

그는 이렇게 생각하고 있었다.

마침내 최전선의 대장 한 사람이 견디다 못해 말을 달려 와서 요시후루 앞에서 뛰어내렸다. 퇴각을 권하기 위해서였다.

"각하!"

대장은 외쳤다.

"지금 조금이나마 우리 쪽은 원기를 회복하고 있습니다. 이 기회에 후방의 좁은 길까지 퇴각하면 어떻겠습니까?"

요시후루는 좀 괴상한 사나이여서 이에 대하여 음, 했을 뿐 대답도 하지 않고 병사에게 눈짓하여 브랜디가 들어 있는 수통과 잔을 꺼내라, 하여 술잔에 따르자 곁에 있는 중국인 민가의 낮은 흙담 위에 누워 그대로 대장에게 등을 돌리고 말았다.

'자고 있을 수밖에 도리가 없다.'

그 브랜디 잔 위를 총탄이 날카로운 소리를 남기며 몇 번이나 지나갔다.

——여단장 각하가 최전선의 기관총 진지에서 심통이 나서 잠만 자고 있다.

이러한 말이 이 처절한 전황 속에서 사병들 사이에 오고갈 만큼 요시후루의 꼴은 유머러스한 것이었다.

중국인 민가의 담 위이므로 산병선에서 보면 높은 곳이다. 누워서 브랜디 잔을 핥고 있다. 적에게 성능이 우수한 쌍안경이 있다면 이 일본군 소장의 모습을 포착할 수 있었을 것이다.

"쾅!"

요시후루 곁에 포탄이 떨어져 거기에 쓰러졌던 말의 시체가 다시 공중으로 붕, 떴지만 요시후루는 브랜디 마시기를 중지하지 않았다.

'새삼스레 어떻게 되는 것도 아니다.'

요시후루는 생각하고 있었다. 지휘 따위는 할 도리가 없다. 이러한 상황에서는 전술이고 뭐고 없다. 스콜 같이 퍼붓는 적의 총포탄이 어떠한 계기로 그칠 때까지 이쪽으로서는 얼마 남지 않는 소총탄을 계속 쏘게 할 수밖에 도리가 없는 것이다.

'이미 전투는 1시간 반이나 계속되고 있다. 적도 머지않아 지칠 것이다.'

요시후루는 이렇게 생각하고 있었다. 하여간 자기나 부하들의 몸이 찢어지든 날아가든 이 현장에서 물러서지 않는 것이 요시후루의 유일무이한 전법이었다.

'그것밖에 없다.'

그는 이렇게 작정하고 있다. 전장에서의 사령관은 너무 예민해서도 안된다. 반응이 너무 예민하면 도리어 일을 그르친다. 이러한 극단적인 상황에서는 일부러 둔감해질 수밖에 없었다.

요시후루는 몇 번이나 수통에서 브랜디를 따라서는 핥았다. 청일전쟁 때에는 그 지방에서 나는 술을 마시다가 마침내 취해 버렸지만, 이번에는 브랜디를 마실 만큼 경제력이 되어 있었다. 그 무렵은 소령이었으나 지금은 소장이며 급료도 올랐다. 도쿄를 떠날 때 급료 전액을 털어 브랜디를 사들였던 것이다.

——적도 지쳤을 것이다.

요시후루가 낙관했던 대로 오후 3시 반경, 적은 차츰 북쪽으로 퇴각하기 시작했다. 적은 확실히 우세했으나 적의 지휘관은 요시후루처럼 둔감하지 않았던 모양이다. 이 격전에 신경이 더없이 지쳐 '내일 다시 공격한다'는 따위의 그럴듯한 전술상의 이유를 붙여 야영을 위하여 퇴각하기 시작했던 것이다. 진짜 이유는 일본군의 야습을 경계하여 진지를 멀리 격리시키려는 배려인지도 몰랐다. 아무튼 이 전투는 양군 지휘관의 신경전이었다. 러시아군 지휘관은 요시후루의 굵은 신경에 졌던 것이다.

요시후루와 그 여단은 위기에서 벗어났다.

이날 밤은 이 용왕묘 부근에서 숙영(宿營)했다.

그날 밤 요시후루는 중국인 민가에서 부관인 나카야에게 말했다.

"오늘 퇴각을 권하는 말을 했을 때만큼 난처했던 일은 없었다. 물론 전술적으로는 그렇지. 그러나 전략적으로는 퇴각할 수 없으므로 들리지 않는 체하고 드러눕고 말았지."

요시후루와 그 기병 여단은 여전히 전군의 선단을 이루면서 이 곡가점(曲家店) 북방의 구릉 지대에 계속 머물렀다. 여기에 자리잡고 있지 않으면 아득한 북쪽 득리사 부근의 적정(敵情)을 알 수 없게 된다.

6월 3일 아침, 요시후루의 기병대에 후방의 4사단에서 예하 포병을 2개 대대 붙여 주기로 되었다.

"대포가 오면 이젠 안심이다."

요시후루는 그 포병 부대를 팽팽한 혈색 좋은 얼굴로 맞이했다. 그러나 한 가지 계책을 강구하여 명했다.

"자네들은 숨어 있게."

적은 머지않아 대거 쳐들어올 것이다. 적은 일본의 기병 여단에 포가 없는 것을 요수일간의 전투에서 알아차렸으므로 끝까지 감추어 두었다가, 그야말로 최후의 순간에 일제히 발사하도록 한다는 것이다. 이런 점에서 요시후루는 전쟁 전문가처럼 익숙해 있었다.

"포를 감추어 두는 겁니까?"

포병 연대장이 의외인 듯 묻자 요시후루는 아아, 하고 하품 비슷한 소리를 내며, 요소요소의 산 밑에 짚이나 초목을 덮어 씌워 꼼짝 하지 말고 있으라, 고 대답했다.

이 포병 부대가 도착하여 얼마 안되는 오전 11시 40분경, 적의 그림자가 보였다. 그리고 오후 3시경, 멀리 북쪽의 득리사 부근까지 잠입하였던 척후병이 돌아와 보고했다.

"득리사 역에 또 적의 군용 열차가 들어와서 증원 부대가 도착한 모양입니다. 이 때문인지 득리사의 적 집결지에서는 갑자기 움직임이 활발해서 대거 남하해 올 낌새가 보입니다."

"그렇겠지."

이것이 요시후루의 입버릇이다. 오후 5시 경, 육안으로도 충분히 적의 움직임을 알 수 있게 되었다.

요시후루의 진지가 있는 용왕묘는 회두하(回頭河)라는 강이 만든 좁은 평지의 띠가 북동으로 달리고 있다. 용왕묘에서 보면 강을 넘어 북서 2킬로 근처에 산기슭이 새의 입 부리 같이 튀어나와 있는 지형이 있는데 오후 5시, 그 근처에 적의 포병 부대가 출현한 것이다. 포는 4문이었다.

이미 그곳에 대기하고 있었던 적의 기병, 보병 부대가 포가 도착함과 동시에 전진을 개시했다.

"아직 일러."

요시후루가 말했다. 쏘지 말라는 것이다.

그 적군의 선두가 요시후루의 전투 지휘소에서 전면 일 킬로 반까지 왔을 때 명령했다.

"포병, 사격하라!"

이것으로써 이 부근의 여러 고지에 매복시켜 놓았던 화포가 일제히 포문을 열어 우선 적의 포 4문을 날려 보냈다. 요시후루는 이와 동시에 보병에게 공격을 명령하고 이어 기병을 도보로 전진시켜 격전이 벌어졌는데, 러시아 군은 거의 이 때문에 분쇄되어 대오를 흩뜨리고 퇴각하여 이 방면의 전투는 간신히 일본 기병 여단의 승리로 끝났다.

그러나 적에게 충분한 여유가 있었다는 증거로 새 전장에 쓰러져 있는 시체는 모두 붉은 바지를 입은 일본 기병뿐이고, 적의 카자크는 마상에서 전우의 시체를 끌어올리는 재주를 갖고 있었기 때문에 버리고 간 시체는 하나밖에 없었다.

마카로프

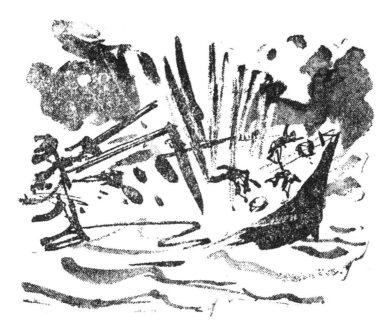

명장이란 사기(士氣)를 일변시켜 집단의 기적을 이루는 자를 말하리라.

해군 중장 마카로프가 바로 그러했다. 그가 3월초 여순에 착임한 이래 여순함대는 전임자인 스타르크에게 이끌리었던 때와는 전혀 다른 군대가 되었다.

"마카로프 영감"

이 무렵 이런 유쾌한 노래가 수병들 사이에서 유행되었다. 작자는 수병으로, 수병들이 모여 보드카를 마실 때는 으레 이 노래를 합창했다.

——마카로프가 말하는 대로 움직이면 러시아는 이길 수 있다.

이 신념이 사관보다도 하사관이나 수병층에 넘쳤다. 마카로프는 세계적 명장이라기보다는 수병 두목으로서의 기질을 지니고 있었다. 실제로도 사령관실에 있기보다는 자신의 정력과 근육만을 무기로 이 함대에서 저 함대로 뛰어다니며 적절한 지시와 명령을 내리는 것이었다. 부하들을 감독하는 그의 모습은 실로 엄격하였으며, 몸놀림 또한 어느 수병보다도 격렬하였다.

그가 착임하기까지 여순함대는 요새 쪽의 육군 장병으로부터 '겁쟁이 해군'이라든가 '여순의 웅덩이에서 자침(自沈)을 기다리고 있는 집오리들'이라는 따위의 험담을 듣고 있었으나, 마카로프는 부임하자마자 자기 방침을 전 함대에 철저히 실행케 했다.

"왜 함대는 외양(外洋)으로 나가지 못하는가."

이런 문제에 대해서 전임자인 스타르크는 그것을 수병에게까지 알려 주지 않았다. 그러나 마카로프는 수병에게까지 알려 줬다.

요컨대 발틱함대를 기다리고 있는 것이다. 그것을 기다려 두 방면의 함대 가 힘을 합하여 단일 함대인 도고 함대를 친다. 그때까지 항내에서 자중한 다. 거기까지는 스타르크의 방침과 같았다.

"그러나 나는 단순한 자중은 하지 않는다. 될 수 있는 대로 단거리 출격을 하여, 되도록 많은 도고의 배를 격침시켜서 닥쳐올 대해전을 유리하게 운 영하는 것이다."

수병들은 이 전략에 흥분했다.

"그러자면 이렇게 한다."

마카로프는 말한다.

"항구 수도(水道)의 방어에는 포함대(砲艦隊)를 배치해 둔 채 이를 담당 하게 한다. 순양함은 그 쾌속을 타격에 이용하는 것이다. 순양함은 항상 기관(汽罐)을 때고 언제든지 출전할 수 있도록 하라."

그 같은 방침이나 전략 전술 등은 보통 수병에게는 무관한 일로써 알려지 는 일이 없었다. 특히 러시아 군대에 있어서는 그러했다. 그런데 마카로프의 통솔법은 수병 한 사람에 이르기까지 자기가 무엇을 하고 있는가를 알리고, 무엇을 할 것인가를 깨우치고 전원에게 전략 목적을 이해시킨 뒤에 전의(戰 意)를 북돋우는 방식이었다. 19세기가 갓 끝난 이 시대에 마카로프가 한 이 일은 극히 참신했다.

마카로프는 노령(老齡)이었으나 노인다운 분별력이라든가 노인으로서의 위엄이라는 것을 애당초부터 갖고 있지 않았다.

"노인의 대부분은 사물에 마음이 동요되지 않고 태연하다. 그것은 동요할 만큼의 정신적 유연성을 잃고 있다는 것에 불과하며 그에게 위엄은 아무 것도 아니다."

그는 늘 그렇게 말해왔다. 그가 거대한 사고력의 소유자라는 것은 전세계 가 인정하는 바였으나, 그러나 그 노령의 기적은 그 이상의 근육의 활력을 갖고 있는 점이었다.

이를테면 사령장관은 기함을 전함으로 삼는 것이 세계 해군의 원칙으로 되어 있었으나, 그는 이와는 달리 말한다.

"전함 같이 둔중한 것을 타고 어떻게 전군의 지휘를 할 수 있겠는가."

"쾌속한 순양함이야말로 기함에 알맞다."

또 이렇게 말한다.

이것은 어느 정도는 난폭한 이론이다. 난폭한 이론이라는 것을 마카로프 자신은 잘 알고 있다. 전함은 방어력의 점에서 순양함과는 비교도 안될 정도로 두터운 장갑으로 무장되어 있다. 웬만큼 파손을 당해도 침몰하는 비율은 순양함보다 적고 사령장관이 전사할 위험도도 적어지므로 그 죽음에 의한 지휘의 혼란을 피할 수가 있다. 게다가 지휘실이 커서 지휘에 필요한 많은 막료들을 수용할 수 있다는 점에서 기함으로는 역시 전함이 이상적이다.

그러나 여순(旅順)에 있어서의 마카로프는 순양함을 택했다. 아니, 순양함이라기보다는 쾌속 군함이라면 그 부근의 어느 것에라도 바꿔 타고 출격해 나간다는 형편이었다.

이 순양함 기함설은 그의 여순과 같은 조건 속에서의 특수한 설이었으리라.

그는 그 자신이 출격하고 싶었다. 전함대를 항내에 내버려 둔 채 그만이 튀어나가는 일도 많았다.

──사령관기야말로 늘 가장 심한 탄우 속에 펄럭이어야 한다.

그는 이렇게 말했으나, 사실 그가 착임하기 전까지 여순함대에 가득 차 있던 무기력을 불식하는 데는, 자신의 육체를 맨 먼저 적을 향해 진출시키는 이외에 방법이 없었다. 이 장렬함이 수병들의 노래에 있다.

"마카로프 영감"

이런 식으로 되어 나타나는 것이다.

여순항 내의 전함은 참으로 부자유한 존재였다. 조수가 밀려나가고 있을 때에는 항구의 수도 근처에서 함의 밑창이 바닥에 닿아 잘 통과하지 못하는 것이다. 게다가 일본의 폐색선(閉塞船)이 여기 저기에 침몰되어 있어 때로는 항구 통과에 2시간이나 걸리는 일도 있었다.

거기에 비하면 순양함은 좋다.

특히 마카로프는 순양함 속에서도 아주 작은 '노뷔크'(3,080톤)를 사랑했다. 그 이유는 노뷔크가 쾌속인데다가 함장 폰 에센이라는 독일계의 중령이 참으로 용감하고 조함술(操艦術)에 능숙하며 승무원들도 팔팔했기 때문이다. 3등 순양함 노뷔크 외에 1등 순양함 '바얀'(7,726톤)도 사랑했다. 이 함대의 함장 뷔렌 대령의 용감성도 마카로프는 마음에 들었다.

군항이라는 것은 육지의 경우 성곽일 것이다. 그 해상 성곽인 여순 항구 밖에 도고의 함대는 정기선 같이 오는 것이다.

"도고는 마치 대국의 장군처럼 조심성이 대단해."

마카로프는 늘 말했다. 사실 도고는 여순 항구 밖에는 오지만, 그러나 요새 포의 맹위를 두려워하여 그 사정거리 밖에 흰 항적을 끌며 마치 퍼레이드처럼 대소 군함을 거느리고 순항해 갈 뿐인 것이다. 도고의 목적은 봉쇄에 있었다. 그 다음 목적은 도발하는 것이다.

전임자인 스타르크의 경우에는 이 해상 성곽 안쪽 깊숙이 틀어박혀 항구 밖으로 나가는 것을 있는 힘을 다해 피하고 있었다.

그런데 마카로프는 그럴 때마다 항구 밖으로 출격했다. 그러나 먼 데까지는 나가지 않는다. 요새 포의 사정거리 내에 보호되어 그 한정 해역에서 미친 듯이 도고 함대에 포화를 퍼붓는 것이다.

때로는 사정거리 밖으로 나간다.

"여기까지 오라."

이것은 도발이었다. 일본인을 노하게 하여 무심히 쫓으려 하면 도망치면서 함미포로 싸우며 요새포의 사정거리 내에 들어가고 만다. 일본함이 계속 쫓고 무심히 끌려들어가면 이미 조준하고 있는 요새 포의 포탄이 빗발처럼 떨어져 온다는 계략인 것이다.

"마카로프의 호흡"

이 해류의 멋진 호흡의 일치를 미카사 함상의 사네유키는 이렇게 말했는데, 해상에서 보면 여순 전체가 마카로프 한 사람의 의지에 의하여 호흡하고 있는 것 같았다.

——마카로프는 마치 우에스기 겐신과 같다.

사네유키는 이렇게 생각한 일이 있다. 용병술이 절도가 있고 날카로우며 때로는 마카로프 자신이 대검을 들고 출격해 오는 일이 있다. 마카로프가 겐신이라면, 이 경우의 도고의 전법의 조심성과 주도함은 다케다 신겐과 비슷했다.

사네유키는 이 마카로프의 용감성을 오히려 약점으로서 이용하려고 생각했다.

"이쪽이 가면 적이 반드시 나온다."

사네유키는 막료 회의에서 말했다.

"그 나오는 방식, 되돌아가는 방식에는 일정한 코스가 있는 것 같습니다."

인간 개인의 운동에도 일정한 버릇이 있듯이 함대 운동에도 그것이 있다.

"그 반드시 통과하는 일점에 기계 수뢰를 가라앉혀 두면 어떨까요?"

그는 제안했다.

모두가 묘안이라고 생각하지 않았다. 적이 기계 수뢰에 걸린다는 것은 그 야말로 우연한 일이며, 우연성에 기대하는 전술은 매우 좋은 것이 못된다는 이유에서였다. 그러나 전장에는 우연과 필연을 불문하고 적에 대하여 온갖 수를 써두는 것이 필요한 일이었다. 실지로 실패를 거듭하고 있는 폐색 작업 도 여전히 이렇다할 묘수가 없는 채 계속하려고 하여, 이 무렵 또다시 12척 의 낡은 기선을 대본영에 요구하고 있었던 것이다.

기계 수뢰를 가라앉히는 일도 하지 않는 것보다는 낫다는 생각으로 실시 하게 되었는데, 이것이 나중에 이 해상의 대치 균형을 깨뜨리는 결과가 되리 라고는 아무도 예기하지 못했다.

사네유키는 제4 구축대 '하야도리(速鳥)'의 함장 다케우치 지로(竹內次郎) 소령으로 하여금 적의 출격 함대의 운동 습성을 조사하게 했다.

이윽고 보고해 왔다.

"적은 늘 노률취(嶗嵂嘴) 근처까지 나와서 회귀(回歸) 운동을 한다."

이미 기계 수뢰를 가라앉히는 작업에 대해서는 오다 기요조(小田喜代藏) 중령에게 명령해 두었다. 오다 기요조는 다년간 기계 수뢰를 연구하여 마침 내 오다식 기뢰라는 것을 발명한 인물로 이 전장에 그 자신이 연구 조수로 써 왔던 하사관 몇 명과 함께 와 있었다. 그가 타고 있는 특수선은 '고류마 루(蛟龍丸)'라 했다.

기술자 오다는 말이 없는 기질의 사나이로, 연락 때문에 미카사에 왔을 때 에도 필요한 일 외에는 말하지 않았다.

"충분한 호위를 붙이겠습니다."

사네유키가 이 함명을 적은 메모를 넘겨주었을 때에도 오다는 음, 하고 끄덕였을 뿐, 메모를 포켓에 넣었다.

'괜찮을까?'

사네유키는 문득 생각했다.

이윽고 계획은 이루어졌다.

오다는 자기 배에 돌아가자 그와 연구를 함께 해 온 하사관과 수병을 모아 놓고 이 사나이로서는 너무 긴 훈시를 내렸다.

"적의 포대 밑에 숨어들어 일을 하는 거다. 아무래도 출동하는 날이 죽는 날이 될 듯하니 그렇게 알고 있도록."

이 전술은 장작을 안고 적의 성에 숨어 들어가는 것과 같으며, 다수의 기계 수뢰를 싣고 가기 때문에 만약 도중에서 적탄을 맞으면, 여순의 해륙을 진동시킬 만한 대폭발이 일어나 승무원은 머리카락 하나 남지 않을 것이다.

그날이 왔다.

4월 11일 밤, 이날 여순 항구 밖의 해상에는 연기 같은 가랑비가 내리고 시야가 흐려져서 기요조 등이 숨어 들어가기에는 절호의 날씨였다. 적 포대의 탐조등도 이 가랑비가 방해되어 충분한 효력을 발휘할 수 없을 것이다. 게다가 바람도 잔잔하며 파도도 조용하다. 기계 수뢰를 가라앉히기에 이 이상 더 좋은 천후(天候)는 없다.

고류마루가 미카사 곁을 떠났을 때, 각 함에서 신호가 울렸다.

"성공을 빈다."

호위 부대는 나가이 군키치(長井群吉) 중령을 사령으로 하는 제4구축대(하야도리, 하루사메, 무라사메, 아사기리)와 마노 간지로(眞野嚴次郎) 중령을 사령으로 하는 제5구축대(가게로, 무라구모, 유기리, 시라누이)에 제14 수뢰 정대가 참가하고 있었다.

불을 켜지 않고 항진했다.

밤이 깊어짐에 따라 기온이 내려가고 4월인데도 영하 20도에 달했다.

접근하자 언제나와 같이 탐조등이 번쩍이며 해상을 비추고 있었으나, 가랑비 때문에 빛은 먼 데까지 뻗지 않고 반대로 일본측에 이롭게 위치 측정을 위한 목표가 되었다.

고류마루는 저속 항해를 하면서 이 위험한 해역을 조용히 선회하고 있었다. 오다 기요조는 갑판에 서서 기뢰 설치 작업을 지휘하고 있었다. 비가 그의 우비를 사정없이 적셨다.

'하늘의 도움이다.'

오다는 몇 번이나 생각했는지 모른다. 가랑비가 수증기처럼 해면에 서려 이따금 해면을 비추는 탐조등도 이 은밀한 작업의 배를 포착하지 못하고 있다. 오다는 기계 수뢰를 가라앉히는 데도 물소리 하나 내지 않도록 명령했다. 이윽고 작업이 끝나자 고류마루는 약간의 증기를 내며 도적이 발소리를 죽이고 나가듯 해역을 떠나 앞바다로 사라졌다.

호위 함대는 현장에서 다소 떨어진 데 있었다. 그러나 고류마루를 현장까지 호송한 구축함대가 아니라 작업중의 호위는 제2구축대가 맡고 있었다. 작업하는 배도 호위를 하는 함대도 서로 불을 켜지 않고 있기 때문에 고류마루가 작업을 끝냈는지의 여부까지는 모른다. 차차 날이 새려는 무렵이 되었다.

"이젠 끝났겠지."

구축함 '이카즈치(雷)'의 함교에서 중얼거린 건 제2구축대 사령 이시다 이치로(石田一郎) 중령이었다. 이 구축함은 움직이기 시작했다. 이카즈치를 선두로 오보로(朧), 이나즈마(電), 아케보노(曙)라는 3백 5톤의 구축함대이다. 동형함(同型艦)은 같은 행동을 해야 한다는 해군 전술의 원칙에 의하여 제2 구축대를 구성하고 있었다.

이 대(隊)는 호위가 끝난 뒤에는 그 평소의 일인 항외 순찰을 하지 않으면 안된다.

여명의 바다를 항진하는 동안 동쪽에 적 구축함이 한 척 항구로 다가가는 것이 보였다. 적도 또한 마카로프의 명령으로 구축함이 항외 순찰을 하고 있는 것이다. 이 함은 순찰하고 돌아가는 길이리라.

나중에 안 일이지만 이 러시아 구축함은 '스트라시누이'였다. '이카즈치'보다 훨씬 소형으로 2백 40톤밖에 안된다. 속력도 느려 26노트에 불과하며, 이카즈치의 31노트에 비하면 그 능력의 낮음을 알 수 있을 것이다. 일본측에는 스트라시누이만큼 발이 느린 구축함은 한 척도 없다.

"그는 귀항하려 하고 있다."

이시다는 전투를 결심했다.

일본측의 4척은 기민하게 달려가 접근하여 일제히 포화를 퍼부었다. 스트라시누이도 용감하게 싸웠으나 순식간에 무수한 명중탄을 맞아 전함은 불길에 휩싸였다. 겨우 10분간의 전투에서 진퇴의 자유를 잃고 침몰하기 시작했다.

"구조하라"

이시다는 명령하여 이카즈치가 우선 이 불행한 러시아 구축함에 다가갔다.

이미 해상은 밝아 오고 있었다. 러시아 구축함은 앞으로 30분 후에는 가라앉는데, 그 전에 놀라운 사태가 발생했다.

포성을 듣고, 항내에서 구축함이 다루기 힘든 적인 순양함이 나타났다. 그것도 용맹을 떨치고 있는 뷔렌 대령이 함장인 1등 순양함 '바얀'이다.

해전의 경우, 군함의 대소는 거의 절대적일 정도로 승부를 판가름한다. 거대한 함에는 그것에 알맞은 거대한 포가 적재되어 있고, 또 장갑도 두터우므로 조그만 함이 조그마한 대포로써 아무리 떼를 지어 덤벼들어도 싸움이 되지 않는다.

'바얀'

이 함대의 출현은 바로 그것이었다. 7천 7백 26톤의 위력은 3백 5톤짜리 4척이 아무리 전술의 묘를 다해도 어쩔 도리가 없는 것이다. 필요한 전술은 단 하나밖에 없었다. 도망치는 일이었다.

'이카즈치'

구축함은 성급히 머리를 돌렸다. 불타고 있는 러시아 구축함의 수병이 바다에 잇달아 뛰어들고 있지만 구조할 판국이 아니었다. 다른 3척이 그것을 본떠서 급히 이 현장에서 떠나기 시작했다.

——바얀에게는 당할 수 없다.

사령 이시다 이치로 중령은 함교에서 땀을 닦으며 옆의 함장 미무라 긴사부로(三村錦三郎) 대위를 돌아보고 말했지만, 미무라 함장으로는 농담할 경황이 아니었다. 뒤쫓아오는 바얀에서 제1탄이 날아와 이카즈치의 함미에 닿을까말까 할 정도로 물보라를 올렸다. 증기를 더욱 올렸다. 갑판을 파도가 분주하게 씻었다.

이 작은 전투는 이카즈치 등 4척의 일본 구축함이 러시아의 작은 구축함을 참살한 결과가 되었지만, 전장에서의 한 현상은 항상 다른 결과를 초래하기 위한 원인이 된다. 그 결과가 의외의 것이 되기 쉽다.

여순항 내에서 항구 밖의 이카즈치들의 포성을 듣고 벌떡 일어난 것은 중장 마카로프이다. 마카로프는 이날 밤 전함 '페트로파브로스크'(10,960톤)의 사령관실의 침대에 있었던 것이다.

"출격"

마카로프는 명했다. 페트로파브로스크의 마스트에는 그의 탑승을 나타내는 장기(將旗)가 올랐다. 이 함은 이미 기관(汽罐)에 불을 때고 있었으므로 명령에서 출격까지의 시간은 빨랐다.

그동안 항구 밖의 상황은 다시 변하고 있었다.

일본의 구축함 4척은 1등 순양함 바얀에게 쫓기어 도망쳤으나, 이때 그 앞바다를 지나가고 있었던 것은 해군 소장 데와 시게도오(出羽重遠)를 사령장관으로 하는 제3전대의 2등 순양함 4척이었다.

지 토 세(千歲) 4,760톤

다카사고(高砂) 4,155톤

가 사 기(笠置) 4,900톤

요 시 노(吉野) 4,150톤

　　　(常磐) 9,855톤

　　　(淺間) 9,750톤

속력은 모두 22.5노트이다. 어느 함도 다 자욱하게 검은 연기를 올리고 있다.

데와는 이카즈치 등 4척의 구축함을 구조하려고 바얀을 향하여 돌격을 명했다.

원칙적으로 한다면 바얀은 도망쳐야 했으리라. 그런데 함장 뷔렌은 믿을 수 없을 정도의 용단으로 단함(單艦)으로 적의 2등 순양함 4척과 구축함 4척과 싸우려 들었다. 파도를 박차며 접근하여 속력을 늦추지 않는다.

이런 상황은 마카로프에게 전해졌다. 마카로프는 지금이야말로 국부 결전(局部決戰)을 할 때라고 판단했다.

마카로프는 이 경우 지나치게 용감했다고 할 수 있을지도 모른다.

적 발견이라는 말을 듣고 마치 어둠 속에서 말을 타고 뛰어나가듯 그의 기함 '페트로파브로스크'는 항내를 나가기 시작했다. 그를 뒤따르는 함은 많지 않았다. 곧 출항할 수 있었던 것은 어제와 같이 폰 에센 함장의 '노뷔크'(3

등 순양함'이다. 이어 전함 '세바스토폴리', 2등 순양함 '아스코르트', 2등 순양함 '디아나', 전함 '포베다' 등의 잡다한 편성이었다. 이밖에 9척의 구축함을 거느리고 있었다.

이것을 일본의 제3전대(2등 순양함 전대)의 데와 사령장관은 멀리서 바라보고 막료들을 뒤돌아보았다.

"저건 마카로프가 아닌가."

마카로프인지 아닌지는 장기(將旗)가 보일 정도의 거리가 아니었으므로 막료는 뭐라 대답할 수 없었으나 전함 3척이 나타난 것은 확실했다. 게다가 구축함대 외에 2등·3등 순양함도 여러 척이나 섞여 있다. 러시아측으로서는 지금까지 없었던 커다란 병력이 해상에 출현했다.

——외양(外洋)으로 유도하자.

데와는 이렇게 생각했으나 유인하려면 우선 적의 포화 속에 자진하여 들어가야 한다.

기함 페트로파브로스크의 포문이 불을 토하자 다른 배도 일제히 포연을 내고 곧 데와의 기함 지토세 주위에 포탄이 잇달아 낙하하여 해면은 한창 들끓듯 소란했다. 데와가 거느리는 지토세, 다카사고, 가사기, 요시노도 당하진 못하나 일제히 포문을 열어, 순식간에 해상은 피아의 발사 연기에 휩싸여 지토세 같은 배는 마구 날뛰는 통에 하마터면 요시노와 충돌할 뻔하기도 했다.

일본측은 돌진했다가는 물러서고, 물러섰다가는 돌진하여 복잡한 운동을 되풀이하면서 적을 외양으로 유인하려 했다.

마카로프는 마침내 외양에서 돌격할 것을 각오한 모양이었다. 대형을 일변시켜 우선봉(右先鋒) 단제진(單梯陣)을 형성하여 전함대가 속력을 늘이면서 데와의 함대에 접근했다.

'——온다.'

데와는 도고의 전함대가 대기하고 있는 지점으로 방향을 돌리고 마카로프를 거기에 접근시키려 했다. 마카로프가 자진하여 데와의 유인을 따른 것은 자기 편의 병력의 크기를 믿었기 때문이었을 것이다. 또 무엇보다도 자기의 용감성을 믿고 있었다. 그는 크게 항주(航走)하여 마침내 15해리의 외양에까지 나왔을 때, 도고는 그곳에 대기하고 있었다.

기함 '미카사'도 있다. 그외 '아사히', '후지, '야시마', '시키시마', '하쓰세'가 뒤따르고, 거기에 어제 새로이 이 함대에 가담한 신조 순양함 '가스가', '닛신'을 거느리고 있다.

──나왔다.

마카로프는 이쯤이 자기의 용기를 멈추어야 할 지점이라고 생각했다. 그는 곧 전함대에 퇴각을 명하고, 기함은 파도를 소란하게 하면서 머리를 돌려 요새 포의 사정거리 내로 도망치려 했다. 다른 함도 기함을 뒤따랐다.

이윽고 요새 포의 사정거리 내에 들어갔으나 그래도 마카로프는 입항하지 않고 아직도 싸우려 했다.

그때 해상에는 희미한 안개가 사라지고 파란 하늘이 보이기 시작했다. 어젯밤과는 정반대로 시야가 밝아 상대의 함과 그 운동을 충분히 포착할 수 있었다.

앞에서, 이날 아침 마카로프는 지나치게 용감했다고 썼다. 왜냐하면 그는 출항에 있어서의 중대한 습성을 잊었다는 것이었다. 항구의 장애물을 제거하지 않았던 것이다.

어느 때라도 마카로프는 소함정을 먼저 내보내 해면 아래 부설된 기계 수뢰를 제거시킨 다음 출격했다. 그것이 해군 지휘관으로서의 당연한 배려였었으나, 이날 마카로프는 자기 군의 구축함 1척이 일본의 구축함 4척에 몰매를 맞은 것에 우선 분개했다. 그는 1등 순양 구축함을 구출하도록 돌진시켰다. 그런데 불운하게도 그 바얀도 갑자기 나타난 일본의 2등 순양함대의 도전을 받았다. 바얀은 단함으로 싸우고 있었으나 마카로프는 이 상황을 보고 그 투지가 어쩔 수 없을 정도의 분격으로 변했다. 그는 장애물을 제거하지 않았다. 하여간 일 초라도 빨리 전장에 가게끔 급행했던 것이다.

현장에 당도하자 거기에 도고의 주력 함대가 출현했다. 마카로프는 부득이 퇴각을 명하고 함미 포로써 포전을 교환하면서 도고를 요새 포의 사정거리 내에 끌어들이려고 했다. 그야말로 마카로프답게 경쾌한 함대 지휘였다.

'과연 마카로프다.'

사네유키는 미카사 함상에서 감탄하는 마음으로 그 광경을 보고 있었다.

미카사 이하의 전함은 사정거리가 닿는 한 전함 페트로파브로스크에 포탄을 쏘았으나 일 탄이 겨우 명중했을 뿐 다른 것은 물속에 떨어지고, 그러는 중 마카로프는 도고를 떼어 놓고 말았다.

'아아, 같은 회귀 운동을 시작했다.'

사네유키는 육안으로 먼 데를 바라보면서 생각했다.

도고는 쌍안경으로 보고 있다. 다른 막료도 도고의 쌍안경만큼 배율은 높지 않았지만 마카로프 함대의 뒤를 계속 주시했다.

함의 운용은 마카로프의 책임이 아니다. 함장 야코레프 대령의 일이었다. 함은 여느 때와 같이 노호미(老虎尾) 반도의 산맥에 평행하면서 속도를 늦추고 해안선을 따라 나아가며 여순 항구를 향했다.

전투 종료의 종이 울렸다.

수병들이 포 옆에서 떠나 갑판 여기저기에서 다리를 뻗기 시작했다.

마카로프는 전투 지휘소를 나왔을 때, 마침 거기에 종군 화가인 베레시차긴이 있는 것을 보고 말을 걸었다.

"멋지게 스케치했습니까?"

이 말에 화가는 스케치북에서 눈을 들고 그가 제독임을 알아채자 약간 부끄러워하면서 두 손으로 스케치북을 들어 보였다. 스케치북의 수평선상에 일본 함대가 그려져 있었다.

현실의 수평선상에도 일본 함대가 있었다. 여러 줄기의 연기가 하늘을 검게 물들이고 있다.

그때 천지가 깨지는 것처럼 생각될 정도의 굉음이 일어나고 배 밑창이 들어올려지면서 갑판이 크게 기울고 큰 불기둥이 일어났다. 모든 것이 동시였다. 마카로프는 폭풍 때문에 붕, 떠서 갑판에 내동댕이쳐졌다.

마카로프가 일어났을 때에는 피투성이가 되어 있는 자신을 발견했다. 그는 곧 외투 단추를 풀어 벗어 던지고 또 구두도 벗었다. 바다에 익숙한 이 노장은 뱃전에서 바다에 뛰어들 심산이었다. 그는 중상임에도 굴하지 않고 뱃전으로 나가려 했다. 그러나 갑판이 아주 기울어져 있어 잘 걸을 수 없었다.

그때 두 번째 폭발이 있었다. 그는 이미 벗어날 수 없음을 알고 그대로 두 무릎을 꿇고 최후의 기도를 드릴 자세를 취했다.

전함 페트로파브로스크가 대폭발을 일으켜 침몰하기까지 겨우 일 분 삼십 초 정도밖에 되지 않았다. 마카로프는 함과 함께 해저에 가라앉았다. 이때 마카로프와 운명을 같이한 자는 6백 30여 명이었다.

"믿을 수 없어."

이 광경을 보고 똑같이 외친 것은 이 수역의 곁에 있는 황금산 포대의 육군들이었다. 마카로프는 소속이 다른 육군 병사들에게까지 평판이 좋은 사나이였다.

포대의 육군들이 본 광경이라는 것은 전투를 마치고 이른바 조용히 귀항하려는 기함 페트로파브로스크와 대소 10여 척의 함대였다. 그 기함이 러시아측에서 루친 바위라고 부르고 있는 암초 옆에까지 왔을 때, 갑자기 대폭발을 일으킨 것이다. 해수가 벽처럼 올라가 함을 싸고 이윽고 두 번째 폭발이 일어나 함체는 푸르스름한 황색의 연기를 맹렬히 내뿜기 시작하며 곧장 뱃머리가 가라앉고 함미가 하늘 높이 치솟아 스크프가 대단한 기세로 공중에서 회전했다. 그 순간 침몰하여 그 뒤 해면에는 연기만 남았다.

황금산 포대의 육군들이 목격한 침몰의 광경이라는 것은 그러한 것이었다. 그들 육군은 일제히 무릎을 꿇고 모자를 벗고 바른손 손가락 세 개를 모아 가슴에 성호를 세 번 긋는 러시아식의 기도를 하여 그들이 자랑하고 있던 세계적 명장의 최후를 애도했다.

한편 일본 함대 쪽에서도 이 광경을 먼 데서 바라보고 있었다.

망원경으로 본 이 광경은 물론 또렷하지 못했다. 페트로파브로스크로 짐작되는 전함이 갑자기 검은 연기에 휩싸여 굉음이 바다를 울리면서 일본측에도 전도되었으나 그러나 그 다음 순간 함의 모습은 없었다.

"어떻게 된 거지?"

막료가 다른 막료에게 물었다. 확실히 뒤쪽에 있던 큰 군함이 없어져 버렸다. 그러나 너무 갑작스러운 광경이기 때문에 이것은 착각일지 모른다고 생각되어 자신이 없었던 것이다.

막료의 한 사람인 사네유키는 쌍안경이라는 것을 갖고 있지 않았다. 이 이유는 나중에 언급하지만 그는 그 때문에 이 광경을 보지 못했다.

"미확인이나 적함 한 척 침몰한 듯함."

이런 식의 보고를 막료들이 대본영에 내려고 했을 때, 도고가 쌍안경을 내리며 명확히 말했다.

"침몰했다. 기함 페트로파브로스크다."

그의 고성능 쌍안경만이 이 광경을 확인할 수 있었던 것이다.

여순함대의 기함이 그 사령관과 함께 침몰했다는 확보가 나중에 로이터 전보로써 판명되었을 때, 미카사 함상에서는 막료 한 사람이 도고에게 진언했다.

"어떨까요?"

"무선 전신으로 적 함대에 조의를 보낼까요?"

당연한 제안이었다. 이 시대는 아직 세계적으로 그러한 기사도적 예법이 남아 있었고, 일본 해군도 실지로 청일전쟁 때에 정여창(丁汝昌)에 대해서 그렇게 한 바 있다.

"좋겠지."

당연히 도고가 끄덕이리라고 누구나가 기대했으나 의외에도 도고는 잘라 말했다.

"그만둬."

도고의 거절이 너무 분명했기 때문에 모두 침묵을 지키고 그 뒤는 말을 꺼내는 사람도 없었다.

단지 그 거부의 이유에 대해서 누구나가 알고 싶다고 생각했으나 이 말이 없는 제독에게 이 화제를 거듭 꺼내려고 하는 자도 없었다.

전후 이에 대하여 나중에 도고의 전기(傳記)를 썼던 오가사와라 조세이가 물었다.

"그건 어떤 이유였었나요?"

도고는 미소지으며 말했다.

"그럴 마음이 되지 않았기 때문이야."

단지 이랬을 뿐이었다. 도고는 그러한 사람이며 어떤 경우에도 자기 행위의 이유를 붙이는 일이 없었다.

도고에게 이러한 성향 또는 취미——적을 사랑한다는——가 없었는가 하면 그렇지는 않아, 일본해 해전이 끝난 뒤 부상한 적장 로제스트벤스키를 사세호 해군 병원에서 위문했었다. 오가사와라 조세이는 그 일도 함께 꺼내서 화제로 하여 '그럼 로제스트벤스키의 경우에는 왜 그 같이 위문하셨습니까?' 하고 묻자 도고는 다시 한 번 미소지으며 대답했다.

"위문해 주고 싶어졌기 때문이야."

그뿐이었다.

마카로프가 전사했을 때 도고의 심경은 아마 복잡했으리라. 싸움은 아직 고개의 기슭에조차도 이르지 않았고, 마카로프가 죽었댔자 그가 최초부터

젊어지고 있는 절대적인 고경(苦境)이 해소되는 것도 아니며, 닥쳐올 주요한 결전에서 혹시 질지도 모른다. 마카로프의 처지는 내일의 나의 처지가 될지도 모르는데, 여기서 취미 같은 연기를 하는데 대한 허망함과 혐오감을 도고는 느꼈을지 모른다.

아무튼 마카로프와 그 기함은 일본측이 그 전야에 가라앉혀 둔 기뢰 때문에 침몰했다.

──범인은 잠항정이 아닐까.

그 굉침(轟沈) 직후 이런 의심이 전군의 뇌리를 차지하여 러시아 각함은 해면을 향하여 마구 대포를 쏘아 대면서 대열을 흐트러뜨리고 여순으로 도망쳤다. 잠항정은 이 당시 미국이 이미 소유하고 있었으나, 현실적으로는 아직 없는 병기라고도 할 이 존재에 대해서 러시아측은 혹시 일본이 갖고 있을지 모른다고 하는 의심이 있었던 것이다.

이 마카로프와 그 승함이 수뢰에 부딪친 때부터 1개월 뒤, 같은 비극이 도고 함대에 닥쳐왔다. 하루 사이에 전함 2척을 잃어 버리는 사태가 발생했는데 이것은 러시아측이 받은 손해보다 훨씬 컸었는지도 모른다.

마카로프가 전사한 뒤에는 여순함대는 이전처럼 출격해오지 않게 되고 그 사기도 불이 커져 버린 것처럼 쇠퇴했으나, 그러나 함대 장병 전부가 근무에 불충실해진 것은 아니었다.

이를테면 수뢰 부설함 '아무르'의 함장 이봐노프 중령은 마카로프 시대와 마찬가지로 항상 항구까지 나와서 외양의 일본 함대의 동정을 경계하고 있었는데, 그도 일본 함대에 일정한 운동 습성이 있음을 발견했다.

'이것을 연구하여 그 장소에 기뢰를 부설하면 그들이 걸려들지 않을까.'

이봐노프는 생각했다. 말하자면 일본측이 마카로프에게 대해서 한 것과 같은 착상과 작업으로 일본측에 보복을 하자는 것이었다.

이봐노프는 그 의견을 마카로프의 사후 사령관 대리를 보고 있는 뷔트게프트 소장에게까지 상신했다.

"외양에 기뢰를 부설한단 말인가?"

뷔트게프트는 이 안의 기발함에 놀랐다. 보통 기뢰라는 것은 항만 부근에 가라앉혀 두어 적함의 침입을 막는 것이었으나, 이 이봐노프의 계획은 외양에 가라앉힌다는 것이다. 기뢰라는 방어 병기를 공격적으로 사용하려는 것이었다.

단지 외양은 넓다.

"그 점은 어떤가?"

뷔트게프트는 물었다. 이봐노프는 그 점에 대해서는 이미 정밀한 조사를 끝내고 있어 이렇게 말했다.

"아무리 외양은 넓어도 도고가 나타나는 코스는 거의 일정하고, 그 규칙적인 통과 지점을 더욱 좁혀 가면 그다지 큰 넓이는 아닙니다. 기뢰를 50개가량 가라앉혀 두면 반드시 적은 덫에 걸릴 겁니다."

그 가라앉히는 방법은 일본 함대의 항로 습성에 대하여 직각을 이루도록 하여 길이 1해리에 걸쳐 50개의 기뢰를 가라앉힌다는 것이었다.

단지 여기에 문제가 되는 것은 국제 공법에 의한 공해라는 것이었다. 공법상의 영해란 연안에서 3해리 이내로 되어 있는데, 이 기뢰 부설은 연안에서 10해리 이상이나 되는 외양에서 행하는 것이다. 마땅히 여러 외국으로부터 항의가 있겠지만 이봐노프 중령는 그 일에 대해서는 잠자코 있었다. 왜냐하면 소심한 뷔트게프트는 안전을 고려하여 이 안을 각하할 거라고 생각했기 때문이다.

그러나 매사에 소극적인 뷔트게프트는 이 안을 거의 기적적일 만큼의 실행력을 갖고 허가했다.

이봐노프 중령 기뻐하여 야음을 타서 외양까지 숨어 나가서는 기뢰를 부설하여 며칠 안으로 완료했다. 이봐노프는 연구심이 왕성한 사람으로 최초에는 일직선 상에 기뢰군(群)을 부설했으나 나중에는 그 직선을 반원형으로 고치기로 했다.

이봐노프의 기뢰군은 그 자신이 예상한 이상의 전과를 올리게 되었다.

일본측의 중대한 과실은 자기가 적에 대하여 설치한 기뢰 전술의 함정을 적도 역시 만들 거라는 이 단순한 일을 예상하지 못했다는 점이었다.

참모장인 시마무라 하야오도 선임 참모인 아키야마 사네유키도 이에 대한 불안이 없었다.

단지 늘 여순 항구 밖에서 초계 근무를 하고 있는 구축함이나 포함의 함장들이 '미카사'에 찾아와서 항로 변경을 끈덕지게 주장한 일이 있었다.

"언제까지나 함대 주력이 여순 외양에서 일정한 항로를 취하고 있으면, 적도 바보는 아니므로 언젠가는 우리가 한 일을 적도 할 것이 틀림없습니다.”

“그러나 러시아는 영해 밖의 공해에 기뢰를 부설할 만한 배짱이 있을까.”

이렇게 말한 참모가 있었다. 공해에는 교전국 이외의 선박이 통과하고 있다. 거기에 기뢰를 부설하여 만약 그러한 선박을 침몰시키면 국제적인 비난이 굉장히 일어날 것이다.

그러나 아무튼 항로를 변경하는 것이 좋은 것은 물론이다.

사네유키는 그 새 항로를 연구하여 해도상에 선을 긋고 시마무라 하야오의 허가를 얻었다. 그러나 이만한 대함대가 각 대 유기적으로 갖가지 운동을 되풀이하고 있을 때 갑자기 항로를 변경하기란 불가능하므로 결정하기로 했다.

“5월 15일까지는 구(舊)항로”

그런데 아이러니하게도 이 러일전쟁을 통해서의 최대의 불행은 이 마지막 5월 15일에 일어나는 것이다.

그보다 앞서

——적의 포함이 야음을 타서 빈번히 외양으로 나오고 있다. 작업 내용은 불명하다.

이런 정보가 있어 미카사의 작전실에서는 어쩌면 기뢰 설치일지 모른다고 판단하여 중장 가타오카 시치로(片岡七郎)가 이끄는 제3함대에 그 소해 작업을 명하기로 했다.

제3함대가 그 작업을 시작한 것은 5월 13일 오전 7시부터이다.

아무튼 적 요새 포의 착탄 밑에서의 작업은 목숨을 건 일이었다. 우선 제3함대 가운데 그 주력이 작업정의 원호의 역할을 한다. 그런데 제3함대 주력은 청일전쟁의 노후함으로 조직되어 있어, 2등 순양함 이쓰쿠시마(嚴島)가 기함으로 진원(鎭遠), 하시타테(橋立), 마쓰시마(松島) 4척이다. 그것들이 해상에서 여순 요새에 위협 사격을 가하면서 그 밑에서 수뢰정들이 소해 작업을 한다.

그런데 이날 정오가 지나 수뢰정 제48호정이 작업중 갑자기 대폭발을 일으켜 두 동강이 나고 말았다. 사상 14명이다.

그 다음다음 날인 14일 통보함 미야코(宮古)(1,771톤)가 20노트라는 높은 운동성을 이용하여 소해 수역을 뛰어다니며 적정 정찰과 육상에 대한 포격 등으로 활약하고 있었는데, 오후 4시 30분 수뢰에 닿아 20분 후에 침몰했다. 전사 2명, 전상 22명이었다.

이 12일부터 15일까지의 소해 작업에서 15개의 기계 수뢰를 부술 수 있어 일본측은 다소 마음을 놓았다. 그러나 일본측은 러시아측이 도합 50개라는 많은 수의 기뢰를 부설했다는 사실은 물론 알지 못했다.

해면 아래에 부설된 기계 수뢰의 위력이라는 것은 군함에 대하여 어떠한 거탄보다도 크다.

특히 몹시 견고한 강철로 입힌 전함에 대해서는 포탄은 그것을 대파시킬 수 있지만 화약고에라도 우연히 인화되지 않는 한 침몰시킬 수는 없는 것으로 되어 있다. 그러나 기뢰는 군함의 함저를 파괴하는 것이며, 말하자면 바닥을 몽땅 뽑아 버리기 때문에 때로는 순식간에 거함을 침몰시키고 만다.

그런데 도고 함대는 그 총력을 다하여 연일 여순 항구 밖을 순찰하고 있는 것은 아니며 함대를 둘로 갈라 각각 격일 교대했다.

즉 함대에 전함이 6척 있다. '미카사', '아사히', '후지', '하쓰세', '시키시마', '야시마'이다. 이 6척에 일본은 국운을 걸고 있었다.

그 3척씩이 출동했다. 도고가 나갈 차례일 때에는 미카사를 기함으로 아사히와 후지를 거느리고 간다.

이 운명의 5월 15일은 도고가 나갈 차례는 아니었다. 만약 그가 나갈 차례였더라면 그는 마카로프의 불운을 더듬었을지 모르지만, 야마모토 곤도효오에가 그를 연합함대 사령장관으로 택한 이유가 '운 좋은 사나이'였기 때문인 것처럼 도고는 이날 운좋게도 조선 북서안의 기지에 있었다.

이날의 출동 차례는 도고의 대리로서 해군 소장 나시바 도키오키(梨羽時起)가 하쓰세를 타고 시키시마와 야시마를 거느리고, 또한 순양함, 구축함 이하를 이끌고 정기 순찰을 나갔다.

"X지점(노철산 부근)"

이것이 항구의 외양에 설치되어 있어 이 순찰 함대는 거기까지 가서 한 바퀴 돌아온다. 이 X지점을 폐지하려는 날이 바로 이 5월 15일이었다.

하쓰세는 1만 5천 톤, 18노트의 세계적인 전함이다. 그외 시키시마, 야시마의 순서로 나아가서 날이 완전히 샐 무렵, 여순 근처에 달했다. 이미 밤새 내렸던 짙은 안개도 걷히고 원망(遠望)도 충분히 가능하다.

"아무 걱정 없이 우리는 태연하게 나아갔다."

이때 시키시마의 함장이었던 데라가키 이조(寺垣猪三) 대령이 나중에 중장이 된 뒤에 당시를 회고하고 있다. 이 근처는 수심도 깊고 게다가 여순에서 남으로 11해리의 지점으로 적포대의 사정거리에서도 훨씬 멀다.

그런데 오전 11시가 지나 시키시마 전방에서 바다를 진동시키는 듯한 대폭발이 일어나 데라가키 대령이 그쪽을 바라보니 하쓰세의 뱃머리 부근에 커다란 연기의 소용돌이가 오르고 있는 것이 보였고, 이윽고 뱃머리 쪽에서부터 침몰하기 시작했다.

나중에 안 바로는 하쓰세는 뱃머리가 기뢰에 닿아 배의 키가 파괴되었다. 그 뒤 곧 다른 기뢰에 닿아 이번에는 화약고가 폭발하여 파편이 하늘에 흩어지면서 1분 10초 사이에 침몰하고 말았다. 전사자는 4백 93명이다.

전함 야시마가 뒤따르고 있었다. 야시마는 하쓰세를 구하려던 중 이 또한 기뢰에 닿아 대폭발과 함께 함저가 파괴되어 부근의 암초에 겨우 좌초하였다가 곧 침몰했다. 승무원은 전원 구조되었다.

운이라든가 운세라든가 하는 이 불가사의한 것에 대한 신앙이 옛부터 끊어지지 않는다.

혹은 그것이 존재할지도 모른다는 것을 교전 중인 일본 해군의 소속원 전부에게 느끼게 한 불행이, 이 5월 15일을 사이에 두고 6일 동안에 연속되었다.

모두가 촉뢰 사고와 아군끼리의 충돌 사고에 의한 군함 상실이다.

5월 12일에는 수뢰정 제48호가 기뢰에 닿아 흩날렸고, 이어 14일에는 통보함 미야코가 역시 침몰했다.

또한 전함 하쓰세와 야시마를 서로 전후하여 잃은 15일에는 다른 수역에서 2등 순양함 요시노(4,150톤)와 신조함인 1등 순양함 가스가가 어두운 밤바다에서 충돌했다. 이때 가스가의 함수의 수면 아래 튀어나와 있는 충각(衝角)이 요시노의 배를 찔러 부쉈기 때문에, 요시노는 순식간에 기울어져 승무원이 퇴거할 새도 없이 침몰했다. 함장 이하 3백 18명이 전사했다. 요시노는 러일전쟁의 일본 해군의 수준으로는 이미 단역급(端役級)에 지나지 않았으나 10년 전의 청일전쟁 때에는 쾌속함으로서 해전의 주역을 맡았던 함이었다.

그리고 또 이날 통보함 '다쓰다(龍田 : 866톤)'가 광록도(光綠島) 남동 해안에서 좌초하고, 이튿날 16일에는 특무함 '오오시마(大島)'가 같은 '아카기(赤城)'와 충돌하여 침몰했다. 또 17일에는 노철산 앞바다에서 전투 행동중인 구축함 '아카쓰키(曉 : 363톤)'가 촉뢰하여 침몰하고 함장 이하 23명이 사망했다.

"거꾸로 선 갑판에서 인간이 폭포처럼 흘러 떨어졌다."

나중에 전함 하쓰세의 침몰 상황을 말한 것은 전함 '시키시마'의 데라가키 대령이었는데 그때까지 상처가 없었던 도고 함대에 참사가 겨우 6일 간에 무더기로 일어난 것은 무슨 일이었을까.

어떻든간에 적의 포화도 받지 않고 일본 함대는 8척을 잃었다.

특히 해상 결전에서 압도적으로 주력이 되는 전함을 2척이나 잃은 것은 싸움의 전도를 어둡게 했다. 여순함대의 전함 6척에 대하여 일본측은 이날 까지 균형을 이루고 있었으나 하루 사이에 4척 편제로 하락하고 만 것이다. 33퍼센트가 감소된 것이다. 전함을 신조하려면 십 년은 걸리는 것이다.

'앞으로 이 전쟁을 어떻게 수행할 것인가.'

함장들은 크게 손상된 현장에서 망연한 느낌이었다.

도고와 그 미카사는 이때 대련만을 북동으로 떨어진 30해리의 이장산(裏 長山) 열도의 임시 기지에 있었다. 비보는 잇달아 미카사의 무전실에 들어 왔고 특히 하쓰세와 야시마가 침몰했음을 알았을 때에는, 배짱이 세고 도량 이 넓기로 정평 있는 참모장 시마무라 하야오도 말문이 막혔고, 사네유키는 얼굴이 동결된 것처럼 잠시 동안 눈도 깜짝하지 않았다. 해군 작전은 극히 곤란한 과제가 되었다.

그러나 도고만은 이상한 사나이여서 안색도 변하지 않았다.

도고는 이 전쟁의 전해전(全海戰)에 걸쳐 극히 행운의 사나이로 통했는 데, 그의 경탄할 만한 점은 불운에 대하여 강인한 신경을 갖고 있다는 것이 었다.

두 전함을 잃고 패잔(敗殘) 함장들이 여순 항구 밖에서 돌아와 미카사에 그 보고를 하려고 찾아왔을 때, 그들은 모두 도고의 얼굴을 볼 수가 없어 소 리내어 이 비운에 통곡했다.

이때에도 도고는 태연했었다.

"모두들 수고했다."

이 말만 하고 탁자의 과자 접시를 함장들 쪽으로 밀어 주며 먹도록 권했다.

이때 도고의 태도에는 전함 아사히에 타고 있던 영국의 관전 무관들도 경 탄했다는 이야기인데 갖가지 형태로 여러 외국에 보도되었다.

'내가 이 사람이라면 이렇게 할 수 있을까.'

도고의 두뇌를 담당하는 사네유키는 곰곰이 생각했다. 도고는 두뇌가 아니라 마음으로 이 함대를 통솔하고 있는 것 같았다. 두뇌를 담당하는 사네유키가 만약 도고의 위치에 있다면 격앙하든가 혹은 비분하든가 큰 소리치든가 그 어느 쪽이었을 것이다.

도고는 죽을 때까지 자기의 현우(賢愚)를 밖에 나타낸 일이 없다는 이상한 인물이었다. 도고가 현장(賢將)인가, 하는 데 대해서는 그의 사령(辭令)이 공표되었을 때 연합함대의 기지 사세호에서도 화제가 되었다. 대부분의 사관이 도고를 무능하지는 않지만 범장(凡將)이라고 생각하고 있었다.

사네유키의 병학교 시절부터의 친우인 모리야마 게이사부로는 도고의 이름을 사세호에서 들었을 때 훗날 어느 좌담회에서 이렇게 말했다.

"도고라면 그 존재조차 현장의 사관들 사이에서는 희미하며, 하물며 그 능력은 미지수이다. 우리들 사관 사이에서는 머지않아 싸움이 벌어진다는데 이러한 멍청한 장관이 왔으니 해군도 글렀다. 아마 사쓰마인이니까 선발되었겠지, 하여간 난처한 일이라고 생각했다."

도고가 기차로 사세호에 도착한다고 하므로 모리야마 게이사부로 소령(나중에 중장)과 소장 나시바 도키오키, 그리고 미카사의 함장 이지치 히코지로(伊地彦次郎) 대령 단 세 사람이 마중하러 갔다.

"원칙으로 한다면 함대의 모든 장병이 정렬하여 군악대의 취주로 맞이해야 할 것이겠지만, 그야말로 초라한 마중이었다. 이때 비로소 나는 도고를 보았던 것이다."

모리야마는 말했다.

그는 작달막한 영감 정도로밖에 느껴지지 않았으며, 그에게서 대함대의 총대장다운 위용은 찾아 볼 수 없었다.

"정거장 앞이 매립지(埋立地)로 되어 있어 지면이 울퉁불퉁하고 웅덩이도 있었다. 도고는 그 매립지를 어설픈 걸음으로 아래를 보고 걷고 있어 더더구나 '이 사람은 틀렸구나' 하고 생각했다. 그러나 도고가 함대에 착임하고 얼마 후 그 인격적인 위력이 수병 하나하나에까지 스며들어 무언가 불가사의한 사람이라고 생각하게 되었다"고 모리야마는 이야기하고 있다.

황진

태양은 날이 갈수록 뜨거워졌다.

육군은 만주에 상륙해서 계획대로 전투를 전개했지만, 그 뒤의 일들이 반드시 성공적인 것은 아니었다.

요시후루가 속하는 제2군(오쿠군)은 적의 본거지가 있는 득리사(得利寺) 정거장을 향하여 구릉지대를 북진하고 있었는데, 전투는 늘 처절하고 그 승리는 종이 한 장의 차이라는 아슬아슬함의 연속이었다.

"제2군은 도대체 무엇을 하고 있는가."

이에 대해서 도쿄의 대본영이 이처럼 안절부절못한 것은 제2군 사령부 자체가 너무 격렬한 전투에 몹시 흥분하였는지 시시각각의 전투 상황을 전혀 보고하지 않았다.

"바야흐로 전투는 절장에 달했음."

단지 이런 전보만 계속 치고 있을 뿐, 내용은 전혀 보고하지 않았다.

이 때문에 대본영은 소식이 캄캄하여 일시 우려하는 빛이 감돌기조차 하였다.

──몹시 지고 있는 게 아닐까.

'참모들은 당황해할 뿐 글렀어.'

고다마 겐타로(兒玉源太郎)는 이렇게 생각하고 차라리 이럴 바에야 '만주군'이라는 고등 사령부를 만들어 그것을 현지의 각군 위에 두어야 하지 않을까 하고 생각했다. 요컨대 참모총장인 오야마 이와오와 그리고 차장인 자기가 도쿄에서 현지로 이동해 버리자는 계획이었다.

물론 고다마 등의 실책도 있었다. 이 전투에서 어느 정도의 탄약이 필요한가 하는 계산이 불확실하고 그 수송 방법도 확립해 놓지 않았었다. 이 때문에 제2군은 늘 보급에 골치를 앓았다.

병기 탄약도 러시아군의 그것에 비하면 아주 조악(粗惡)하다는 것을 알았다. 소총은 그렇다치고 대포의 성능도 나빴다. 그 사정거리와 발사 속도는 러시아 포보다 3할이나 능력이 낮았으리라. 게다가 포탄에는 불발탄이 많았다.

그러고도 러시아군에 이길 수 있었던 것은 오히려 그 원인이 러시아군측에 있었다.

"요양 부근에 대군을 집결시켜 북진해오는 일본군을 일거에 격멸한다."

원래 크로파트킨은 이렇게 단순하고 웅대한 작전을 세웠으나 이에 대하여 러시아 본국과, 본국의 의도에 충실한 극동 총독 알렉세예프가 금주(金州)와 남산의 패배를 중시하고, 여순을 구할 것을 크로파트킨에게 명령했기 때문에 목적이 둘로 갈라져서 크로파트킨은 군대의 절반을 갈라 남하시켰던 것이다. 남하군의 대장은 시타케리베르그 중장으로, 용맹하다고 알려진 사람이었다. 그는 남하했다.

거기에 북진해 온 제2군과 득리사 방면에서 충돌하자 시타케리베르그는 크게 용전하여 일본군을 각지에서 압박했지만, 이때 그가 저지른 중대한 착각은 제2군의 병력을 실제보다 몇 배 크게 본 일이었다.

결국 그는 퇴각했다. 만약 그가 정확한 적정(敵情)을 파악하고 남하 초기(初期)의 기세를 갖고 마침내는 제2군의 사령부에까지 돌입할 정도의 기세로 돌진해 오면 일본군은 지탱할 수 없어 크게 무너져 흐트러졌을 것이었다.

요양의 대접전이 절박해지고 있다.

접전이라는 것은 대강 예정된 전장에서 양군이 각각 될 수 있는 대로 많은 병력과 화력을 집중하여 대개 예상되는 기일을 기하여 대충돌을 행함으로써, 싸움 그 자체의 운명을 결정짓는 전쟁 형식을 말한다. 그러한 의미에서는 닥쳐올 이 요양 대접전은 세계사상 가장 규모가 큰 예의 하나가 될 것이다.

그러기 위해서는 일본으로서는 현지에 '고등 사령부'를 두지 않으면 안된다. 그 사령부를 실제로 운영하는 자로서 현 대본영 참모차장인 육군 대장 고다마 겐타로가 그 임무를 맡을 것은 기정 사실로 되어 있다. 고다마 이외에 러일전쟁의 육군 작전을 통제해 갈 수 있는 두뇌가 없다는 데 대해서는 아무도 반대 의견을 가진 자가 없었다.

요는 총대장의 인선이다. 이에 대해여 원수 야마가타 아리토모가 자진 천거함으로써 다소의 차질이 생겼다.

"꼭, 내가"

야마가타라는 인물에게는 남자로 태어난 이상 한 나라의 군세를 이끌고 국가의 흥망을 건 결전을 하고 싶다는 어린애 같은 왕성한 활기, 또는 시적 망상 같은 것이 평생 붙어다니고 있었다.

야마가타의 전투 경력이라는 것은 조슈(長州) 기병대(奇兵隊) 시대의 것으로 그 후의 그의 군력(軍歷)은 주로 군정면에서 시종하고 있다. 날 때부터의 권력 정치가인 이 인물은 그 방면에서는 크게 실력을 발휘하여 사실 메이지 초년의 건설기에서 이 무렵에 이르기까지 육군의 최장로(最長老)로 군림하고 있었다. 그러나 인간으로서는 독특한 체취가 강하여 유능한 부하에게 충분히 능력을 발휘하게 할 만한 아량이 없었다.

"야마가타 영감 밑에서는 일이 안돼."

고다마 겐타로가 말을 꺼내어 고다마는 수상인 가쓰라(桂)나 육군상인 데라우치 등에게 의견을 보고했다. 야마가타도 고다마도 조슈인이며 가쓰라도 데라우치도 조슈인이다.

고다마는 야마가타와는 막역한 사이지만 그러나 고집이 센 야마가타를 윗사람으로 모시고 전쟁을 할 수 있으리라고는 도무지 생각되지 않았다. 야마가타는 일일이 작전에 참견을 하여, 마침내 고다마는 적에 대한 배려보다도 야마가타에 대한 배려로 정신이 혼미해지리라.

고다마에게는 최초부터 의중의 인물이 있었다. 오야마 이와오였다. 오야마는 그야말로 사쓰마형의 장군으로 대장이 되기 위해 태어난 것 같은 큰 아량을 갖고 있었다.

고다마는 그에 대한 운동을 했다.

그러나 수상인 가쓰라나 육군상인 데라우치나 육군의 원로인 야마가타에게 조심성 있는 태도를 취했다.

결국은 메이지 천황에게 매달려 그 직명(直命)을 얻으려 했다. 이 천황은 야마가타를 좋아하지 않는 반면 오야마의 폭넓은 아량을 평소부터 좋아하고 있었으므로 천황 스스로 자진하여 이 인사를 마무리지었다.

오야마로 결정된 것이다.

오야마 이와오는 만주군 총사령관에 전보(轉補)되자 그 뒤 곧 해군성으로 가서 대신을 찾았다.

"야마모토 대신, 보고하러 왔습니다."

그리고 그는 이 직에 보임된 것을 곤노효에에게 알렸다. 곤노효에는 이 건에 대해서 미리 듣고 있었으므로 놀라지 않았으나 솔직히 말했다.

"그러나 애석한 인사로군요."

당신은 도쿄에 있어야 한다, 만주는 노즈 미치쓰라(野津道貫 : 제4군 사령관)를 승진시켜 맡겨 두면 좋았을걸, 하는 뜻이었다.

"그야 노즈 편이 좋겠지요."

오야마도 솔직히 말했다. 대장 노즈 미치쓰라가 전쟁에 있어서는 명수라는 것은 사쓰마인인 오야마는 너무나 잘 알고 있었다.

"그러나 군사령관은 모두 호걸이어서."

오야마는 말한다. 제1군은 구로키 다메모토(黑木爲楨), 제2군은 오쿠 야스카다(奧保鞏), 제3군은 노기 마레스케, 제4군은 노즈 미치쓰라로, 모두가 막부 말기의 풍운기에 활동하여 그 후 메이지 일본이 겪은 온갖 전화를 경험해 온 인물로 더구나 저마다 동배에 가깝다. 노즈가 만약 총사령관이 되면 서로 고집을 부려 수습하기 어려운 사태가 발생할지도 모른다.

──그러니까 내가 나가지 않을 수 없다.

이렇게 오야마는 말한다. 오야마는 이날 궁중에서 메이지 천황을 배알했다.

"야마가타도 좋지만 그러나 너무 날카로워, 사소한 일에까지 참견하므로 여러 장군이 좋아하지 않는 모양이야. 거기에 비하면 자네는 시끄럽지 않아 좋다는 뜻에서 결국 자네로 결정했네."

천황은 본인인 오야마에게 인사의 사정까지 이야기했다. 오야마는 웃음을 터뜨리며 대꾸했다.

——그럼, 이 오야마는 멍청하여 총사령관에 안성맞춤이다, 그런 말씀이십니까?

천황도 웃으며 말했다.

"하여간 그런 모양이야."

오야마는 그 궁중에서의 일을 야마모토 곤노효에에게도 이야기하여 한바탕 웃은 다음, 그래서 출진에 앞서 부탁이 있어서 왔다고 말했다.

"요컨대 멍청한 데를 인정받아 나가는 것이니까 전쟁의 세부적인 것은 모두 고다마에게 맡기겠습니다. 그러나 패전이 될 경우에는 나 자신이 진주에 나가 직접 지휘를 하겠습니다."

"종전의 시기를 잘 부탁합니다."

이런 말을 하는 것이었다. 종전의 시기란 강화의 시기라는 뜻이다. 평소 오야마는 야마모토 곤노효에와 함께 이것에 대해서만 의논하였고, 전쟁의 종말점을 놓치지 않고 제삼국에 부탁하여 강화의 길로 가져간다는 방침을 갖고 이 전쟁을 시작했던 것인데, 자신이 이렇게 일선에 나가 버리면 당신이 그것을 혼자 해주어야겠다, 그 일을 잘 부탁한다는 말이었다.

"알겠습니다."

야마모토는 대답하고 손수 차를 따랐다. 오야마는 찻잔을 들어 탕약이라도 마시듯 단번에 마시고, 이윽고 고맙소이다, 하고 절을 했다. 기묘한 인물이었다.

오야마 이와오와 고다마 겐타로가 그 막료들을 이끌고 도쿄 신바시(新橋) 역을 떠난 것은 1904년 7월 6일 오전 10시였다.

8일에 일행은 히로시마에 도착했다.

우지나(宇品) 항에는 그들을 전장에 나르기 위한 아키마루(安藝丸)가 대기하고 있었다.

그들은 10일 출항했다.

배 안에서, 고다마는 대부분 선실에 있지 않고 쉴 새 없이 선내를 걸어다니면서 누구와 담소하든가 바다 경치를 잠깐 바라보든가 하며, 태엽 감은 인형처럼 잠시도 가만히 있지 않는다. 이 작은 사나이는 항상 이러했다. 옛부터 전설적인 명작 전가(名作戰家)들이 태도와 예용(禮容)이 깊고 그윽하여 틈만 있으면 독서하든가 하고 있는, 말하자면 그러한 일정한 형이 있을 것 같은데 고다마 겐타로는 대체적으로 그런 정형에서 벗어나 있었다. 그는 근대 육군에 대해서는 어떠한 학교에도 가지 않고 독습으로 그것을 터득했는데, 그렇다고 별다르게 독서한 것도 아니다. 평소에 아주 심심할 때에는 이야기 책을 누운 채 읽곤 하는 정도여서 "저 고다마의 머리에서 어떻게 저 같은 훌륭한 계략과 귀신 같은 꾀가 나올까?" 하고 육군부내의 독서가들은 수상하게 여길 정도라, 요컨대 천재라고밖에 할 수 없는 인물이었다.

그런데 일본 육군에 독일식 전술 사상을 주입한 메켈은 이 무렵, 베를린의 육군성에 있었다. 독일 자체는 러시아와 동맹국인 관계로 러일전에 대해서는 러시아를 지원하고 있었으나 메켈만은 개인적으로 일본을 응원하고 개전 때에도 전보를 야마가타 아리토모에게 쳤다.

"일본 만세, 메켈"

그리고 또 육군성 출입 신문 기자들에게도 시종 그 승리를 의심하지 않았다.

"일본의 승리야."

어느 때 그는 찾아온 신문 기자에게 말하기도 했다.

"일본에는 고다마가 있어. 그가 존재하는 한, 일본 육군의 승리는 틀림없어."

독일 육군에서 제일 가는 천재적 작전가라 일컬어진 메켈의 눈에도 고다마의 불가사의한 머리의 기능이 천재로밖에 비치지 않았던 모양이다.

또 여담이지만 메켈은 일본 육군에 대하여 이 무렵 이렇게 말하고 있다.

"독일이나 프랑스의 장교도 연구심이 왕성하지만 그러나 일본의 장교에 비하면 도무지 비할 바가 못된다. 일본 장교는 자기의 군사적 지식의 발달을 위해서는 경탄할 만큼 노력한다. 그리고 또 그들 일본군의 특성은 조금도 죽음을 두려워하지 않는다는 점이며 이것은 전승의 제일 요소라 할 것이다."

오야마와 고다마를 태운 아키마루는 대련만을 향하고 있었으나 도중 이장산 열도의 근거지에 정박하고 있는 연합함대를 찾아 기함 미카사에서 도고 헤이하치로와 만났다. 협동 작전에 대해서 의논하기 위해서였다.

이때 사네유키도 도고 측의 막료로서 동석했다. 그 석상에서 고다마는 시종 입에서 여송연을 떼지 않다가 통쾌하게 웃는 바람에, 그것을 떨어뜨려 그때마다 당황하여 주워 올리곤 했다.

——여순이라는 곳에 대해서 육군의 감각은 너무 둔하다.

이것은 사네유키가 늘 느껴 온 바로, 항상 함대 참모장인 시마무라에게도 그것을 되풀이하여 말했다.

적의 여순항 내에 세계 유수의 대함대가 잠복해 있다는 이 놀라운 사실을 육군 쪽은 알고는 있어도 긴박감은 그다지 느끼지 않는 모양이다. 만약 이 대함대가 자유로이 해상에 날뛰게 되면 일본은 해상 보급이 단절되고 만주에 상륙한 육군은 고립화(孤立化)되어 적의 내습을 기다릴 것도 없이 말라죽을 것은 당연했다.

연합함대는 그 여순의 입을 막고 적이 나오지 못하도록 봉쇄하고 있다. 봉쇄라는 것은 하는 쪽에는 고된 일이었다. 함대의 장병들에게는 이 기간 휴식이 없고 피로가 겹쳐 갈 뿐 아니라 군함에 있어서도 한층 더 그러했다. 함저에 굴 조개가 붙고 기관(보일러)에 노폐물이 차고 출력도 속력도 떨어져 가고 특히 선거에 들어갈 수가 없다. 만약 이 봉쇄가 한없이 계속되면 이윽고 유럽에서 회항되어 오는 적의 본국 함대와 결전할 때 일본 함대는 원래의 속력이 나지 않아 질지도 모른다.

"적의 함대가 나오면 문제는 다릅니다. 그것을 해상에서 쳐서 전멸시켜 버리면 그것으로 족하지만 적도 그것을 알고 있기 때문에 좀처럼 나오지 않습니다."

사네유키는 이 미카사 함상에서의 육해군 수뇌 회의에서 설명했다.

"적도 영리합니다. 본국 함대가 회항해 오기를 항내에 틀어박혀 기다리고 있습니다. 적으로서는 만약 그때까지 기다리면 일본 함대에 두 배의 힘을 들여야 합니다. 그래서 일본 함대를 격침시켜 일본해의 제해권(制海權)을 확립하고 만주에서 일본군을 고립시키려 하고 있습니다.

"그렇게 되면 큰일이다."

고다마 겐타로는 큰 소리를 냈다. 그렇게 되면 일본은 러일전쟁 자체를 잃게 될 것이다.

"요새화된 군항 내에 있는 함대를 외양에서 공격해 간다는 것은 불가능에 가깝습니다. 아무래도 외양으로 쫓아 내지 않으면 안됩니다. 그리고 육지에서 내쫓는 방법밖에는 다른 방법이 없습니다. 육군으로 요새를 공격하고 그것을 함락시켜 버리면 항내에 있는 함대는 나가지 않을 수가 없습니다."

이 점은 해군에게는 전선의 희망으로, 도쿄의 해군 군령부를 통하여 육군 참모 본부에 이미 보고되고 있다.

"여순을 공격하는 건가?"

처음에 육군 참모 본부는 망설였다. 그러나 해군의 귀찮은 요구에 굴복하여 뒤늦게나마 여순 공략용 군단으로서 새로 제3군을 창설하고, 노기 마레스케를 군사령관으로 정하여 최근 제3군을 요동 반도에 보냈다. 그러나 아직 공략은 시작되고 있지 않다.

이 미카사에서의 함상 회의는 그 문제로 시종했다.

"될 수 있는 대로 빨리 함락시켜 주길 바란다."

이것이 해군의 희망이었다. 해군으로서는 여순을 빨리 처리하고 전함대를 사세호에 넣어 군함의 수리를 하지 않으면 이대로는 모두 고물선이 되고 만다.

오야마와 고다마는, 될 수 있는 대로 해군의 요청에 따르도록 노력하지요, 하고 대답하고 이윽고 아키마루에 옮겨탔다. 배는 대련으로 행했다.

"사실 말이지"

고다마는 오야마의 선실에서 말했다.

"여순만은 실수였소."

그는 정직하게 고백했다.

대러(對露) 작전에 대해서는 대대의 참모본부 차장이 안(案)을 통합하여 왔다. 이미 죽은 가와카미 소로쿠(川上操六)에게도 안은 있었고, 개전 전에 죽은 다무라 이요조(田村怡興造)에게도 치밀한 안이 있었다. 고다마는 차장에 취임하자마자 다무라 안을 서류고에서 꺼내게 하여, 그것을 참고로 하여 고다마 안을 세웠으나 가와카미, 다무라, 고다마가 모두 '여순 공략'이라는 것은 작전안의 어느 장에도 넣어 놓고 있지 않았다. 원래 가와카미 시대에는 여순은 요새라고 할 정도의 것이 못되었고 다무라 시대에도 러시아가 여순 요새를 본격적인 유럽식의 대요새로 만들고 있다는 정보를 거의 갖고 있지 않았다. 그것뿐이 아니었다. 근대 요새란 어떠한 것인가, 하는 인식마저 일본 육군 자체에는 결여되어 있었다. 또 비록 그 인식이 있었더라도 고다마의 만주 결전에 대한 작전 계획으로는 "여순 따위는 계획 외의 것"이라고 그 자신이 말하듯이 그것을 무시하고도 충분히 해나갈 수 있는 것이었다.

여순 요새는 요동 반도의 앞쪽에 있는 금주 반도 그 첨단에 있다.

고다마는 그 첨단에는 손대지 않고 여순 북방의 남산 부근을 점령하고(이미 점령했다) 그 남산 부근에 강력한 방어선을 구축하여 여순을 봉쇄해 버리고 주력은 만주 평야로 북상해 간다. 즉 금주 반도를 새끼손가락이라 하면, 새끼손가락의 관절 근처를 실로 동여맴으로써 혈행을 멈추게 하여 여순을 썩게 만든다.

그러한 작전으로 어디까지나 육군 작전이 지향하는 바는 만주 평야이며 지명으로 말하면 요양을 제압하고 봉천을 제압하는 일이었다. 그 때문에 러시아와 비교하면 극히 적은 육군 병력을 구분했다.

그런데 지금 해군의 요청으로 새로이 여순 요새를 공략하지 않으면 안되게 되었다. 해군의 요청이기는 하지만 대국적으로 보면 만주에서의 일본 육군의 안전을 위한 작전이므로 이것만은 하지 않으면 안되었다.

그래서 제1사단, 제7사단, 제9사단의 3개 사단으로 제3군이라는 것을 신설했던 것이다. 만약 여순이라는 것만 없었다면 이 3개 사단은 요양 결전에 돌릴 수 있는 것이어서, 고다마로서는 아까웠다.

"그다지 많은 시간은 걸리지 않겠지요."

고다마는 말했다. 그 정도로밖에 고다마도 여순 요새를 인식하고 있지 않았다. 요새가 함락되면 재빨리 이 병력을 만주 평야에서의 결전용으로 돌릴 작정이었다. 청일전쟁에서는 하루 만에 여순의 독일인 기사의 설계에 의한 중국식 요새가 떨어졌지만, 이번에는 닷새나 열흘 정도로 떨어질 것이라고 생각하고 있었다.

7월 15일, 아키마루는 이미 일본군의 점령하에 있는 대련항에 들어가 일행은 상륙했다.

오야마 이와오의 만주군 총사령부는 바로 최근까지 러시아인인 대련 시장이 살던 관사를 사용했다. 붉은 벽돌로 지은 당당한 건물이다.

"모두 분발하고 있군."

고다마는 사령부를 개설하자마자 집무를 시작한 참모들의 테이블을 둘러

보며 조슈 사투리로 말을 걸곤 했다. 어느 참모도 닥쳐올 요양 결전에 관한 일로 바빠서 여순 공략에 대한 일 따위에 관여하고 있는 자는 없었다.

"여순은 하루 만에 떨어진다."

이렇게 낙관하고 있는 소령 참모도 있었다. 이미 여순 북방의 금주, 남산, 게다가 이 대련도 손에 넣은 이상, 여순 따위는 익은 감이 떨어지듯 떨어지리라고 생각하고 있는 것도 무리는 아니었다.

"노기(제3군 사령관) 쪽에서 아무 말도 해오지 않았나?"

고다마는 참모 중에서 선임인 마쓰카와 도시타네(松川敏胤) 대령에게 물어 보았다. 마쓰카와는 미야기 현(宮城縣) 출신으로 수리적(數理的)인 두뇌를 갖고 있었다.

"아뇨, 별로."

"아직 노기(乃木)는 움직이고 있지 않겠지?"

"네, 움직이고 있지 않습니다."

마쓰카와가 대답하자 고다마는 무엇이 우스운지 핫하하, 하고 웃었다. 고다마는, 노기와는 같은 조슈인일 뿐 아니라 세이난(西南) 전쟁의 구마모토(態本) 농성전 이래의 전우이지만, 오랜 옛친구인 고다마의 상상 속에서 노기라는 인물은 어딘가 좀 빠진 듯한 애교 있는 존재로 비치고 있는 것 같다. 노기는 착실하지만 유능한 사령관은 아니었다.

"내일이라도 총사령부 전원이 노기한테 가서 공격을 서두르도록 의논하자구."

고다마는 마쓰카와에게 그 뜻을 자세히 이르고 이층으로 올라갔다.

노기는 고다마 등이 오기 한 달 전 현지에 당도했으나 별로 놀고 있었던 것은 아니었다. 요새 공격에 수반되는 발판을 만드는, 그러한 예비적인 작전을 하고, 특히 대련 상륙 즉시 대련 남방에 융기하고 있는 검산(劍山)을 공격하여 보루를 함락시켰다.

검산의 공격은 보병 제34연대(도쿠시마)가 담당했다. 6월 26일 충분한 포병의 원호 밑에 공격하여 격투 5시간만에 점령했다. 이 산을 지키고 있었던 것은 로바친이라는 대위로 일본군의 절반의 병력으로 잘 버티어 그 자신이 진지에서 진지로 뛰어다니며 부하를 독려하여, 그 병력의 4분의 3을 잃을 때까지 싸웠다. 로바친은 이 전쟁을 통하여 러시아군에서 가장 용감한 전투 지휘관으로 생각되었으나 그가 여순으로 퇴각한 뒤, 요새 사령관 스테셀 중장이 그에게 퇴각의 책임을 물어 군법 회의에 돌렸기 때문에 그는 옥중에서 분개한 나머지 자살했다.

——러시아군은 강하다.

이런 인상을 노기는 받았으나 그러나 여순 요새에 대한 견해가 더욱 낙관적이 된 것은 이 검산이 너무 빨리 떨어졌기 때문이었다. 그러나 노기는 몰랐으나 검산은 여순과 같은 영구 요새는 아니었다. 로바친 대위 이하의 보병이 단순히 야전 진지를 만들어 수비하고 있었던 소위 성채 정도의 것이었다.

이 무렵 노기 마레스케가 그 사령부를 두고 있었던 곳은 '북포자애(北泡子崖)'라는 마을이었다. 러시아인이 부설한 철도의 대련역 하나 앞의 역이 주수자(周水子)이고 그 주수자역 근처에 이 마을이 있다. 거기에 철도의 보선장(保線場)이 있고 붉은 벽돌의 이층 건물이 있었다. 노기는 이곳을 사령부로 정하고 자기는 이층에서 기거했다.

오야마, 고다마, 두 대장을 중심으로 11명의 막료가 기마(騎馬)로 이 건물을 방문했을 때에는 태양이 이미 중천에 떠 있고, 쨍쨍한 햇빛이 적토(赤土)를 태우기 시작하려는 시각이었다.

건물을 둘러싸고 포플러나무가 서 있고 입구 곁에 작은 화단이 있다. 포플러도 러시아인이 심은 것이겠고 화단을 만든 것도 러시아인이리라.

"호오, 사과나무도 있구나!"

고다마는 말에서 내리자 눈을 이리저리 돌려 사방을 관찰했다. 노기가 그 막료와 함께 마중 나와 있었다. 고다마는 노기를 보자 성급히 다가가서 손을 잡았다.

"아들의 죽음은 참 안됐네."

노기의 장남 가쓰스케(勝典) 중위는 보병 제1연대의 소대장으로서 금주성의 공격에 참가했는데, 전전달인 5월 26일 새벽 금주의 동문(東門) 위에서 방어하고 있던 러시아군이 쏜 기관총 탄환 파편이 몸에 박혀 생긴 상처 때문에 이튿날 병원에서 죽었다. 부친인 노기 마레스케는 10일만에 염대오(鹽大澳)에 상륙하여 그 이튿날 새 전장인 금주를 통과했다.

"금주성 밖의 사양(斜陽)에 서다."

이 유명한 시를 읊은 것은 바로 이때이다.

고다마는 그 일에 대해서 조의를 표했다. 노기는 말없이 끄덕이고 일동을 아래층에 안내했다. 고다마는 의자에 앉자 큰 소리로 말했다.

"덥군."

노기의 막료들은 조용히 앉았다. 참모장은 포병과 출신인 사쓰마인 이지치 고스케 소장으로 그밖에 제3군 포병부장으로 도요시마 요조(豊島陽藏) 소장 등이 앉아 있다. 노기가 그렇듯이, 제3군의 막료의 분위기는 어딘지 어두웠다.

'이 친구들 괜찮을까?'

고다마는 문득 생각했다.

이 시대의 고위 무관으로 노기만큼 그 관력(官歷)에서 '휴직'이라는 항목이 많은 인물도 드물었다.

그의 군사 사상은 이미 낡고 참모본부 등의 작전면에서 그를 쓸 수 없을 뿐더러, 군정면에서도 그에게 행정 능력이 있는 것도 아니었기 때문에 그의 자리를 마련할 수가 없었다. 그는 1901년 5월에 휴직이 되고 개전과 함께 근위(近衛)의 수비(守備) 사단장이 되었다.

이윽고 대본영이 제3군을 만들게 되었을 때 군사령관에 보임된 것은, 한 가지는 조슈 파벌의 총수 야마가타 아리토모가 추천했기 때문이기도 했다. 그런데 제1군부터 제4군 및 압록 강군에 이르기까지의 군사령관이 제2군의 오쿠(후쿠오카 현 출신)를 제외하고는 전부가 사쓰마인이며, 조슈인은 없었다. 사쓰마 조슈 두 파벌 사이의 균형을 취하기 위하여 조슈인인 노기를 넣는 것은 이 당시의 인사 감각으로 보아 안정감이 있었던 모양이다.

노기는 근대전의 작전 지도에 어둡다. 그러나 그 인격은 그야말로 야전군의 통솔에 알맞았다. 군사령관은 그 휘하 군대의 있어서 숭앙의 대상이면 된다는 이치로서는 노기는 그것에 적합했다. 그 대신 노기에게는 근대 전술에 밝은 자를 붙이면 된다는 것으로 사쓰마 출신인 소장 이지치 고스케를 참모장으로 했다. 이지치는 다년간 독일의 참모본부에 유학하고 있었던 인물로 더구나 포병 출신이었다. 포병 출신의 참모장이 아니면 요새 공격에 적임은 아닐 것이다.

그런데 이 이지치가 놀랄만큼 무능하고 완고한 인물이었던 탓으로 노기를 불행하게 만들었다. 노기를 불행하게 하기보다는 이 제3군 자체에 필요 이상의 대유혈을 강요하게 되어 여순 요새 자체가 일본인의 피를 빨아들이는 흡혈 펌프와 같은 것이 되었다.

"203고지를 공략해 달라."

이를테면 해군이 헌책하고 있었던 것은 이런 것이었다. 이 표고(標高) 2백 3미터의 민둥산은 러시아가 여순 반도의 여러 산들을 모조리 콘크리트로 굳혀 포루화한 뒤에도 여기만은 방비 없이 남아 있었다. 그 점은 도고 함대가 해상에서 보고 있으면 잘 알 수 있는 것이다. 이 산이 맹점(盲點)인 것을 최초에 발견한 인물은 함대 참모인 아키야마 사네유키였다.

"저걸 공략하면 간단하지 않겠는가."

이런 의미보다는 이 산이 여순항을 내려다보는 데 안성맞춤인 위치를 갖고 있다는 편이 중대(重大)했다. 203고지를 점령하고 그 위에 대포를 끌어올려 항내의 러시아 함대를 쏘면 이층에서 노상에 돌을 떨어뜨리는 것과 같이 쉽게 그것을 저격할 수가 있다. 함대를 내쫓기 위하여 육지에서 공격한다는 게 육군 작전의 목적인 이상 203 고지를 노리는 것이 필요하고도 충분한 요건이었다.

그런데 노기군의 이지치 고스케는 일소에 붙이고 더구나 "육군은 육군의 방침이 있다"고 하여 이 대요새의 현관에서 공격한다는 고지식한 전법을 취했다. 이 대요새의 북부 요새인 이룡산(二龍山)과 동북부 요새인 동계관산(東鷄冠山) 중간을 공격 정면으로 택하여 거기를 꿰뚫고 단번에 대요새의 내부로 공격해 들어간다는 방법을 취했다. '중간'이라고는 하지만 거기에는 무수한 포루가 있어 사선(射線)이 밀도 짙게 구성되어 있어 몇 백만이 그곳에 뛰어들어도 한꺼번에 죽음을 당하고 마는 공격로였다.

그런데 203고지에 대해서는 공략이 악전 고투한 끝에 최후의 단계에서 고다마 겐타로가 총사령부의 일을 일시 버리고 이 여순의 현지에 와서 손수 작전의 주도권을 장악함으로써, 이 해군안을 채용하여 총력을 다하여 이 산에 대한 공격을 지향했다. 이 무렵에는 러시아측도 이 산의 중요성을 눈치채고 이미 방비를 튼튼히 하고 있었기 때문에 공격에는 대량의 유혈이 수반되었으나 하여간 이 고지를 탈취함으로써 여순 공격은 급전환했다. 여순은 처음 하루 만에 떨어질 줄 알았다. 그러나 실제로는 1백 55일을 소요하고 일본측의 사상 6만 명이라는 세계 전사에도 없는 미증유의 유혈 기록을 만들었다.

오야마, 고다마, 노기 등은 제3군 참모장인 이지치 고스케의 안내로 점령한 지 얼마 안되는 검산으로 올라갔다.

"이건 근사한 조망이다."

산정에서 고다마가 소리를 질렀을 만큼 이 산의 전략적 위치는 높았다. 한편으로는 대련만을 내려다 볼 수 있고, 한편으로는 멀리 남쪽에 퍼렇게 겹쳐져 있는 산맥 저쪽 너머로 여순 요새의 포루들을 아득히 바라볼 수가 있었다.

이지치는 그 공격 계획을 설명하고 오야마와 고다마는 그것을 묵묵히 듣고 있었다.

오야마는 다만 한 마디 말했다.

"해군이 대포를 양륙해 준다는 말이지요."

"네, 대개 그렇게 되어 있습니다."

이지치는 마음이 덜 내키는 듯 대답했다.

이 여순 공략 계획이 해군의 요청으로 결정되었을 때 대본영에서 끊임없이 육해군의 협의가 행해졌다. 그때 해군부의 야마시다 겐타로 대령이 "해군 중포를 될 수 있는 데까지 빌려 드리겠습니다만⋯⋯" 하고 제의하자, 육군부는 그때 이지치 고스케와 마쓰카와 도시타네 대령이 출석하였는데 호의에 감사해하면서 거절했던 것이다.

"우선 보류해 주시오."

이때 일본 육군의 수뇌에는 근대 요새가 어떤 것인가에 대한 지식이 전혀 결여되어 있었다. 마쓰카와 도시타네가 말했다.

"여순 요새에 대해서 일본 육군으로서는 할애할 수 있는 데까지 병력을 충당하고 있습니다. 여순 요새의 포위선상 1미터에 병사 3명이라는 방대한 인원수입니다. 이만큼 대대적인 규모로 덤비고 있으니 해군의 원조는 받지 않아도 되리라고 생각합니다."

마쓰카와는 보병과 출신이다. 소총을 가진 보병으로 그 인원수만 대규모로 하면 대요새는 그냥 한 손으로 잡을 수 있다는 인식을 갖고 있었다. 포병과 출신인 소장 이지치 고스케조차도 비슷한 견해였다. 그는 당초 제3군에 대하여 야전 포병 제2여단을 붙여줌으로써 그 주된 화력으로 삼았다. 그것으로 가능하리라고 생각했다. 그렇게 생각하고 있었던만큼 입안자의 한 사람인 그가 대본영을 나와 제3군의 참모장이 된 것이다.

고작 야포 정도의 포탄으로 요새를 무너뜨릴 수 있다고 생각하고 있었던 것은 놀라운 인식 부족이었다.

러시아측은 여순 요새를 만드는 데 시멘트를 20만 통 이상 쓰고 있다. 모두 콘크리트로 굳히고 지하에 거대한 전투용의 공간을 만들고 거기에 포대, 병영을 설치하여 포루와 포루가 서로 지하도로 연결되고 있다. 야포 정도의 포탄을 쏘아 봤자 포대 위의 토사를 흩날릴 뿐, 포루의 본체에는 조금도 손상을 주지 않는다.

한편 해군 쪽에서는 이미 개전 후 계속 해상에서 요새와 포전을 교환하고 있어 그 강인함을 알고 있었다. 공격에는 본격적인 공성포(攻城砲)가 필요하며, 그것이 육군에 부족한 상태라고 하면 군함에 있는 대포를 양륙하여 그것에 대용해야 할 판국이었다.

결국 제3군의 검산 공격 때쯤 해서 이지치는 마지못해 해군의 제의를 받아들여, 해군 중령 구로이 데이지로(黑井悌次郎)를 대장으로 하는 해군 중포대를 제3군의 지휘하에 두었다.

육군의 싸움은 어쩐지 계획대로 진척되지 않았다.

초동기(初動期)의 계획에서는 오야마가 검산에 올라가 사방을 시찰하고 있는 이 시기에 이미 제1기 목표인 요양 회전이 행해지고 있지 않으면 안되었다. 그러나 그 대회전을 하기 위한 보급이 계획대로 진척되지 않아, 회전은 아무래도 8월을 넘길 것 같았다.

일본인의 계획 감각 속에 보급이라는 감각이 결여되어 있는지도 몰랐다. 요양 대회전을 위한 보급은 고사하고 현재 상태로는 군대의 식량마저 결핍되어 있었다. 제1기병 여단장 아키야마 요시후루가 소속된 제2군 전체가 6월 중 일주일쯤 전군의 밥의 양을 절반으로 줄이는 비참한 상태였다. 아무튼 전투 행동중이어서 이 서툰 솜씨는 어찌할 도리가 없다.

요시후루의 기병들도 뚜렷이 운동 능력이 둔해졌다. 그는 이 무렵 밥을 사양하고 갖고 있는 브랜디를 마시고 브랜디도 없어지자 중국 술을 마셨다.

"내겐 술이 있어. 밥 따윈 필요 없어."

보급은 병참의 일이다. 식량이 대련만에 육양(陸揚)되어도 그것을 전선으로 운반할 방법이 미리 연구되어 있지 않았다.

철도는 있어도 기관차가 없었다. 단지 러시아 군이 내버린 화차가 3백 량쯤 있었기 때문에 이에 물자를 싣고 군대가 화차의 전후 좌우를 경비하고 인력으로 밀었다. 그리고 또 중국의 짐말을 사용했다. 기시모토(岸本)라는 수의(獸醫) 부장이 장하(莊河) 부근에서 사가지고 온 중국 말이 6백 마리 정도 있어 여기에 중국식의 짐안장을 달고 쌀가마 등을 짊어지게 했다. 이런 임시 수송 부대를 '짐말 종렬(駄馬縱列)'이라 불렀다. 중국 말은 등이 약하기 때문에 대부분의 말이 안장 때문에 상처를 입어 결국 별로 쓸모가 없었다. 이 때문에 전선(前線)은 더욱 굶주렸다.

한편 대고산(大孤山)의 군정관으로 마키노(牧野)라는 소령이 있었는데 이 인물은 중국 마차에 주목했다. 마키노는 중국 마차를 대량으로 사 모아 이것을 '차량 종대'라 불렀다. 이 방법은 상당히 효과가 있었다.

그러한 어려움 속에서 제2군은 6월 20일 일에 웅악성(熊岳城)을 점령하고 여기서 반 달 동안 식량을 기다렸다가 7월 9일에는 개평(蓋平)을 점령했다. 제1군은 봉황성(鳳凰城)을 거점으로 하여 애양변문(靉陽邊門), 요양 가도의 북분수령 등을 점령하여 닥쳐올 요양전에 대비할 준비를 갖추고 있었다.

그것이 오야마와 고다마가 대련에 상륙한 전후의 전황이다.

요시후루는 이 무렵 아직 전지인 대석교(大石橋), 영구(營口) 방면에 빈번히 척후를 내서 적정 탐색에 힘쓰고 있었다. 가끔 여단 본부에 대량의 포탄이 낙하했다. 그는 포성을 들으면 반드시 술병을 꺼냈다.

"마시지 않으면 견딜 수 없어."

이토록 호담한 사나이가 그러한 정직한 말을 했다. 위스키를 병째로 마시는 일도 있었다.

안주는 이 인물에게는 별로 필요치 않은 모양이다. 이따금 전선을 두루 돌아볼 때에도 포연 속의 말 위에서 호주머니 속의 단무지 조각을 꺼내서는 씹고 있는 때도 있었다.

이 무렵 해상에 있어서는 여전히 일본의 연합 함대가 일정한 운동을 되풀이하며 여순 항구의 출구를 제압하고 여순함대의 봉쇄 작전을 계속하고 있었다.

"왜 여순함대는 외양으로 출격하지 않는가."

이런 비난의 소리는 여순의 육군 사이에서 굉장한 기세로 일어나고 요새 사령관인 스테셀조차도 항내의 함대를 보고는 같은 욕설을 되풀이하고 있다.

"러시아의 여순함대의 심정을 의심한다."

나중에 이 시기의 러시아 함대를 논한 영국의 해군 전술가 브리지(해군 대장)는 이렇게 술회하고 있다.

"도고와 뷔트게프트(여순함대 사령관)는 거의 비슷한 병력을 갖고 있다. 만약 뷔트게프트가 해상에서의 결전을 각오하고 격렬한 접전을 행한다면 비록 결과적으로 함정의 대부분을 잃는다 해도 이것과 동시에 도고의 함대에도 큰 손해를 줄 수 있을 것이다. 러시아는 아직 본국 함대를 갖고 있다. 일본은 도고의 함대밖에 없다. 자연히 러시아의 본국 함대가 회항(回航)해 왔을 때 극동 해상의 패권은 러시아가 장악할 수 있었을 것이다."

확실히 그랬을 것이다. 러시아는 이 대전략을 해치워야 할 것이었다. 그 대신 여순의 뷔트게프트의 함대는 전멸을 각오하고 도고 함대와 맞붙어 함께 해저에 가라앉지 않으면 안된다. 뷔트게프트와 그 부하는 완전히 희생됨으로써 조국을 구할 수 있을 것이었다. 이 영국인 브리지의 작전은 뷔트게프트가 희생되면 성공하리라. 그러나 이 시기의 러시아인에게는 러시아 사회 자체가 생기를 잃고 질서를 잃어버린 탓도 있어 민족적 활력이 부족되어 있는 듯했다.

첫째 본국의 참모본부가 뷔트게프트에게 그렇게 명하지 않았다. 만약 러시아 황제의 명령으로 그렇게 명하면 황제에 대한 충성심을 아직도 충분히 갖고 있는 러시아 군인들은 죽음의 출격을 감행했을는지도 몰랐다.

본국이 이즈음 자꾸만 명하고 있었던 것은 이것뿐이었다.

"여순항을 탈출하고 블라디보스토크로 달아나라."

'해상에서 도고를 격멸하고 그런 뒤에 블라디보스토크에 들어가라'고는 말하지 않았다.

그러나 결과적으로는 비슷하다. 블라디보스토크로 도망치려면 여순을 나오지 않으면 안된다. 나가면 도고가 기다리고 있다.

뷔트게프트는 이 명령을 좇으려고 이미 6월 23일에는 함대를 이끌고 항구 밖으로 나왔다. 그러나 곧 도고가 주력을 이끌고 나타났으므로 뷔트게프트는 당황하여 항구 안으로 들어가고 말았다.

그러는 중 일본 제3군의 여순 공격을 위한 움직임이 활발해지기 시작했기 때문에 뷔트게프트는 초조해지기 시작했다. 게다가 뷔트게프트 앞으로 수집되어 오는 정보의 하나로 일본측의 '하스세' '야시마'의 촉뢰(觸雷) 침몰을 과대하게 전한 것이 있었고, 또 나아가서 일본은 주력함의 대부분을 잃은 것 같다는 소문도 여순에 충만하기 시작했다.

이것저것 원인이 되어 뷔트게프트와 막료 사이에서 외양 출격에 대한 마음이 급속히 높아지기 시작했다.

——함대 나가라.

여순 시가에서는 술에 취한 육군의 병사가 해군의 수병을 보면 욕지거리를 퍼붓는 사건이 빈발했다. 이따금 그것이 원인이 되어 큰 싸움이 벌어지고 법무관 신세를 지곤 하는데, 육군의 최고 지휘관인 스테셀은 자기 막료에게 화를 내곤 했다.

"육군 병사가 말하는 것이 당연하다. 해군이 하고 있는 짓은 어떤가 말야. 여순의 술집에서 계집의 궁둥이나 쫓아다니고, 도고가 무서워 틀어박혀 있다. 그것을 그렇다고 말하는 육군 병사의 발언의 어디가 나쁜가?"

어느 때 나온다, 안 나온다는 것으로 육해군의 합동 회의가 열렸을 때 스테셀은 감정이 격렬해져서 말했다.

"나는 군을 대표해서 말하오. 도고를 격멸하기 위하여 우리 함대는 출격해야 하오. 만약 출격하지 않는다면 여순함대는 황제와 조국에 대한 반역으로서 처벌되어야 하오."

온화한 함대 사령관 뷔트게프트는 분노 때문에 감정의 평형을 잃고 소리쳤다.

"말씀해 두지만 함대는 육군 중장인 귀관의 지휘 아래 있지는 않소. 해군의 명예를 걸고 폭언은 용서 못하오."

"해군의 명예? 그 명예란 여순의 웅덩이에서 집오리 같이 낮잠을 자는 일인가요?"

스테셀의 이 말로 인해 거의 맞붙기 직전의 입싸움에까지 번진 일이 있다.

육군으로서는 함대가 틀어박혀 있어서는 난처한 것이다. 도고는 이 함대를 목표로 봉쇄하고 있고, 또 노기(乃木)가 배후에서 공격해 올 듯했다. 함대만 없다면 일본군은 이렇게까지 기를 쓰고 여순을 공략하지는 않는다는 감정이 육군 병사들의 구석구석에까지 번져 있었다.

그러나 덧붙일 것은 스테셀은 무서운 착오를 범하고 있었던 것이다. 왜냐하면 러시아는 여순항을 해군 기지로 만들었다. 군항을 지키기 위해서는 주위의 육지를 육군이 요새화하지 않으면 안된다. 군항에 있어서는 육군은 해군이 있으므로 존재하는 것이며, 스테셀로서는 해군의 작전에 대하여 더 협조해 줄 입장에 있었다. 그러나 스테셀은 해군에 대하여 아무런 동정도 갖지 않고 육군의 이해(利害)만을 고집했다. 이런 점은 스테셀의 성격에 죄가 있는 것이 아니고, 이 시기의 노화해 버린 러시아의 관료 조직과 관료 의식에 죄가 있다고 해야 할 것이다. 이 당시의 러시아의 관리와 군인은 크든 작든 스테셀과 같은 의식 구조를 갖고 있었다.

함대는 6월 23일에는 한 번 나갔다. 그러나 일본측에 제압되어 재차 항내로 도망쳐 들어왔다는 것은 이미 언급했다.

그 뒤 뷔트게프트는 지휘관 회의를 열고 그 결과 이 방침으로 되돌아갔다.

"종전대로 우리 함대는 항내에서 보전한다. 블라디보스토크에는 가지 않는다."

8월에 접어들었다. 일본 제3군의 공격은 여전히 효력을 발휘하지 않지만 단지 거기에 소속해 있는 해군 중포가 위력을 발휘하기 시작하여 그 포탄은 아득히 먼 여순 시가에 떨어졌고, 때로는 항내에 떨어져 물보라를 일게 하고, 드물게는 함선을 손상시키는 일도 있어 뷔트게프트는 나가지 않을 수 없는 상황에 놓여졌다.

"황해 해전"

나중에 이런 명칭으로 불리는, 일본측에 있어서나 러시아측에 있어서나 참담한 이 해전은 여순함대 사령관 뷔트게프트의 출항에 대한 대결단에서 비롯됐다.

그는 8월 8일에 극동 총독 알렉세예프로부터의 전보를 받았다.

──이것은 황제의 의사이다.

신속히 출항하라, 블라디보스토크로 가라는 명령이었다. 뷔트게프트는 마침내 결심하고 9일은 그 준비로 소비했다. 방첩상 그의 막료 이외에는 이 일을 모른다.

우선 식량이나 석탄을 싣지 않으면 안된다. 이 시대의 함선의 승무원에게 있어 석탄의 적재만큼 고된 작업은 없었다.

일몰 후 어느 함도 다 보일러를 때기 시작했다.

──드디어 출항인가.

이것은 이 두 가지 일로 병사들까지 알 수 있었다.

——일본의 스파이를 조심하라.

이것은 러시아 함대의 암호처럼 되어 있었으나 이 무렵, 여순의 방첩 활동은 엄하여 일본의 군사 탐정이 잠입할 수 있을 만한 상황은 아니었다. 해상의 도고는 이 전야의 여순함대의 움직임까지는 모른다.

10일이 되었다. 러시아 달력으로는 7월 29일이다. 날이 새려면 아직 다소의 시간이 있을 때 뷔트게프트는 그 전함대에 출항을 명령했다.

기함 '체자레비치'가 선두이다. 그 기함의 측면에 기함을 수뢰 공격에서 지키기 위하여 순양함 '노뷔크'를 기함으로 하는 8척의 구축함이 위치하여 새벽녘 어둠 속의 해면을 미끄러져 가고 있다.

함대는 모두 19척이며 그 함대 뒤에 병원선 '몽고리아'까지 거느리고 있었다.

전함은 6척이다. 하쓰세와 야시마를 잃은 도고보다 훨씬 전력이 크다.

전함 체자레비치　12,912톤

전함 레토뷔잔　12,902톤

전함 포베다　　12,674톤

전함 페레스베이트 12,674톤

전함 세바스토폴리 10,960톤

전함 포르타와　　10,960톤

이런 순서로 출항했다.

그 뒤에 순양함의 전대(戰隊)가 다음 순서로 뒤따르고 있다.

아스코르트　　5,905톤

파를라아다　　6,731톤

다이아나　　　6,731톤

그밖에 2척의 포함과 1대(隊)의 구축함대는 이 대함대의 출동의 선두에서 길 안내를 하려고 분주히 소해 작업(掃海作業)을 실시했다.

기함 체자레비치가 황금산 밑을 거쳐 항구 밖으로 나왔을 때 그 마스트에 신호기를 게양했다.

"황제 폐하께선 우리 함대에 블라디보스토크에 갈 것을 명령하였음."

이것에 의하여 각 함장은 공식적으로는 처음으로 함대의 행동 목적을 알았다.

여순함대의 대거 출동에 대해서는 하구 밖을 감시하고 있는 구축함 시라쿠모(白雲)가 먼저 발견하여 제3전대에 알리고, 제3전대 데와 사령관으로부터 '적함 항구 밖으로 나옴'이라는 경계 전보를 미카사에 보냈다.

이때 도고의 기함 미카사와 그 함대는 다행히 이장산(裏長山) 열도의 기지에 정박하여 있지 않고 원도(圓島) 북방의 해상을 돌아다니는 중이었다.

아키야마 사네유키는 아래 갑판의 자기 방에 있었다.

그런데 사네유키에게는 이보다 조금 전의 일화가 있다.

심야, 여순 항구 밖을 초계중이던 수뢰정에서 이장산 열도에 정박중인 기함 미카사에 경보를 타진해왔다.

"오늘 밤 항구 내에 매연(煤煙) 높이 오르고 적 함대 출동의 기미 있음."

이날 밤의 당직 장교는 이 전보를 움켜쥐고 아래 갑판의 사네유키 방에 가서 도어를 열었다. 사네유키는 의자에 기대어 있다.

상의를 벗고 있었다. 자세히 보니 의자에 기댄 채 자고 있었다. 당직 장교는 사네유키의 귓가에서 경보가 들어온 뜻을 외치자 사네유키는 몸은 움직이지 않고 눈만 떴다.

당직 장교는 전보를 읽었다. 다 읽고 났을 때 사네유키는 즉석에서 말했다.

"전군 곧 출동 준비. '다이호쿠마루(臺北丸)'에 신호, 중앙 방재(防材)를 열고 그 양단에 횃불을 켜라. 이상 장관 및 참모장에게 전하라. 즉시 발령하라."

그런 다음 당직 장교가 놀란 것은 사네유키는 눈을 감고 다시 깊은 잠에 빠졌던 것이다.

'이래서 괜찮을까?'

이 당직 장교는 자기가 메모한 사네유키의 명령안을 잠깐 바라보았으나 하여간 도고와 시마무라에게로 계출했다.

그런데 도고와 시마무라도 사네유키를 아주 믿고 있었기 때문에 이 안에 전혀 의심을 품지 않고 끄덕였다.

"그것으로 됐어."

그러한 일이 있었는데 이 8월 10일의 경보 때에는 사네유키는 자고 있지 않았다.

함교에 있었다.

"장관 각하"

사네유키는 도고에게 해도를 보이면서 승낙을 얻었다.

"이 항로로 나아갑니다."

이미 속도가 빠른 순양함 전대에 명하여 적해에 접촉하도록 재빨리 출동시키고 있었다.

함대는 흰 물결을 차고 나아가기 시작했다.

──이길 수 있느냐?

사네유키는 이때만큼 확신을 가질 수 없었던 때는 없었다. 하쓰세, 야시마의 상실 때문에 적 함대보다 더욱 열세가 되어 있을 뿐 아니라 각 함이 모두쉴 새 없는 출동으로 인해 기관이나 함체 손질이 되어 있지 않아 그 때문에충분한 속력이 나지 않았다. 속력과 함대 옹의 교묘함이 장점인 일본 함대로서는 그것을 충분히 살리지 못할 우려가 있었다.

사네유키는 이날을 위하여 지혜를 짜서 몇 가지 안을 마련하고는 있었으나, 결정적인 묘안이 없다.

"아무리 생각해도 우리쪽에 승산이 있을 리 없었다."

사네유키는 만년에 늘 술회하고 있었다.

도고가 직접 이끌고 온 것은 4척의 전함이다. 여기에 1등 순양함 가스가, 닛신을 이미 잃은 하쓰세, 야시마의 대용으로 임시 주력 함대에 가담시키고있으나 포전(砲戰)이 되면 약하다.

포전에서 적의 주력함의 생사나 운명을 좌우하는 힘을 가진 것은 전함의주포인 12인치 포였다. 이 12인치 포의 수는 러시아의 여순함대가 전함 6척으로 24문이나 있다.

일본은 4척이며 16문이다.

"도무지 승산이 없다."

사네유키가 생각한 주요한 이유는 이 점이었다. 단위 시간 내에서 적에게퍼부을 수 있는 거탄의 양이 전투의 승패를 결정짓는 것이며, 이만큼 화력의차가 나 있으면 조금씩 작전에서 이득을 얻으려는 것은 불가능에 가깝다.

게다가 도고에게 부과된 사명은 '섬멸'에 있었다. 적함 하나라도 남기면그것이 넓은 해역에 출몰하여 일본 육군의 수송에 큰 위협을 주게 된다. 전부 격침시키지 않으면 안된다는 이 과중한 과제가 결국은 이 해전의 작전 지휘에 커다란 심리적 착오를 초래하게 되었다.

이날 하늘은 개었다.

바람은 미약한 남풍이며 파도는 거의 없었다. 희미한 안개가 해면에 자욱하지만 시야는 양호하여 해전에는 더 없이 좋은 날씨였다.

도고의 함대는 미카사, 아사히, 후지, 시키시마, 가스가, 닛신의 순서였다. 단종진(單縱陣)으로 나아가고 있다.

낮 12시 30분, '우암(遇岩)'이라고 해군이 부르고 있는 암초에서 서북으로 10해리 지점에 적의 여순함대가 남동으로 항해해 내려오고 있음을 보았다.

"외양(外洋)으로 유인합시다."

이렇게 사네유키가 말한 것이 실패였었다. 참모장 시마무라 하야오도 끄덕이고 도고도 끄덕였다.

왜냐하면 이전, 6월 23일에 여순함대가 출동했을 때 경보와 함께 도고 함대는 곧 출격하여 남하중인 여순함대를 잡았으나, 포전이 시작되기 전에 적은 갑자기 북쪽으로 반전하여 다시금 여순항 내에 들어가고 말았다. 그래서 이 소위 장사(長蛇)를 놓친 원한이 도고와 그 막료들의 사고를 구석구석에까지 지배하고 있었다.

——여순으로 돌아갈 수 없는 장소까지 유인한다.

거기에 충분한 전투를 수행한 다음, 전멸시킨다. 전멸시키는 이외에 도고 함대에는 휴식이 없다. 거듭 말하지만 적함 한 척이라도 여순으로 도망치게 하면 도고는 전함대를 동원해서 봉쇄를 속행하지 않으면 안되며 대망의 사세호 귀환을 할 수 없다. 사세호의 도크에서 군함을 충분히 손질하여 유럽에서 회항해 오는 대함대를 기다린다는 그 예정표 이외에 승리의 길이 없었다. 이 초조함이 사네유키 등의 사고력에서 유연성을 빼앗은 것이리라.

오후 1시, 도고는 전함대에 대하여 좌팔점(左八點)의 일제 회두(一齊回頭)를 명령했다.

횡진(橫陣)이 되었다.

"네 시간에 걸친 불가해한 함대 운동의 되풀이."

나중에 웨스트 코트라는 영국 해군의 해군 사가(史家)에게서 혹평한 비틀비틀 운동이 이때부터 시작되는 것이다.

한 가지 이유로는 도고와 그 참모들이 오랜 봉쇄 작전으로 지쳐 있었던 모양이다. 극히 단순한 적의 의도를 오산했다.

"적은 돌진해올 것이다."

사네유키는 앞바다의 적 함대의 연기를 보면서 미카사가 회두(回頭)하기 위하여 뒤 함교에서 앞 함교로 천천히 이동했다. 적의 전의를 믿어 의심하지 않았다. 아무튼 적은 대세력이며, 일본측보다 주포가 8문이나 더 많다. 무턱대고 돌진해 오면 도고와 그 함대를 해저에 처박아 넣는 일은 충분히 가능한 것이다. 군인으로서 적의 마음을 추측하면 적의 여순 출항의 의도가 출격이라고 생각하는 것은 당연했다.

그러나 적의 사령관 뷔트게프트는 전사(戰士)라기보다는 관료였다. 제정 러시아의 말기는 그 특징으로서 관료가 가장 관료적이 되어 있었던 시기인데, 그 독해(毒害)가 능동적이어야 할 군인의 체질에까지 스며들고 있었다. 뷔트게프트는 적을 괴멸시키는 일보다도 러시아 황제의 이 귀중한 함대를 보전하고, 그것으로써 훈장을 얻으려고 했다. 마침 그는 황제에게서 칙명을 받았다.

——블라디보스토크로 가라.

황제는 마땅히 도중에서 일본 함대와 우연히 만나 이것을 격멸할 것을 기대했는지 모르지만, 뷔트게프트의 관료 감각으로는 명령을 자의(字義)대로만 해석하는 편이 보다 무난했다.

"하여간 블라디보스토크로."

이것이 뷔트게프트의 부동 방침인 이상 도중 이처럼 수평선상에 나타난 일본 함대를 보고서도 그대로 도주하는 것밖에는 달리 생각하지 않았다.

도고는 북쪽에서 횡진으로 접근하여 남하하고 있다. 마땅히 뷔트게프트는 전투 대형을 갖추어 도고에 대항할 것이지만 '이상하다'하고 사네유키가 생각한 것은, 적은 도고를 상대하지 않고 여전히 곧장 남동으로 침로를 잡고 자꾸만 나아가고 있다. 도고는 적의 대수(隊首)를 막으려고 다시 한번 확 좌팔점으로 일제히 머리를 돌리고 역(逆) 번호 단종진으로 바뀌었다. 맨 뒤의 '닛신'이 선두가 되었다.

"일본인의 함대 운동의 능란함은 영국 해군보다 우수할지도 모른다."

기함 '체자레비치'의 함교에서 뷔트게프트는 감탄했다. 그러나 비꼬아 말하면 도고 함대는 적의 훨씬 전방에서 혼자 사자춤을 추고 있는 꼴이었다.

이때는 도고가 뷔트게프트를 발견하고 40분 뒤이다. 뷔트게프트는 남동으로 나아가고 도고는 동북동으로 나아가고 있다. 피차의 거리는 포전에는 아직 멀지만 함 제멋대로 원거리 사격을 시도했다.

뷔트게프트는 완전히 도망칠 생각으로 함대 속도를 최고로까지 올리고 있다. 도고와 그 막료는 아직 적이 블라디보스토크에 간다고는 생각지 않고 있으며 하여간, 적을 6월 23일 때와 같이 여순에 되돌아가게 해서는 안된다고 생각하는 마음뿐이었다. 이후 되풀이되는 함대의 비틀비틀 운동도 오로지 그 점에 구애된 일이었다.

도고는 뷔트게프트의 함대의 선두를 눌러 버리려고 생각하고 더욱 북동으로 변침(變針)하여 각 함 하얀 파도를 차며 맹진하기 시작했다.

그야말로 눈이 돌아갈 듯한 변침의 연속이다. 사네유키의 특성인 기민성이 가장 나쁘게 나타나 버렸다고 해도 좋을 것이다.

——선두를 제압당해서는 큰일이지.

뷔트게프트는 그렇게 생각하고 갑자기 우회전하여 남하하기 시작했다. 도고의 함대는 이미 지나쳐 버린 꼴이 되었다. 뷔트게프트는 그 도고의 배후에서 홱 변침하여 남하하고 도주하려는 자세가 된다. 더욱 예를 들어 말하면 도고라는 검객이 머리 위에 정면으로 칼을 들고 돌진하여 적을 앞지르면서 칼을 한 번만 휘두르고 그 여세로 북쪽으로 간다, 그러나 적은 그대로 재빨리 시합장을 버리고 남쪽으로 도주하는 꼴이었다.

"뷔트게프트의 속임수."

사네유키는 평생 이 순간을 이렇게 부르고 쓰디쓰게 기억하고 있는 것도 무리는 아니다. 함대는 한 번 멀어지면 쉽게 쫓아가 따라붙을 수 없는 것이다.

지나쳐 버린 도고는 다시금 변침하지 않으면 안된다. 우 십 육 점(右十六點)으로 일제히 회두했다. 도고의 곡예라고 할 만한 것이었다. 이번에는 기함 미카사가 선두가 되었다. 단종진이다. 속력을 올려 남서로 항주했다. 어느 함이나 흰 파도가 뱃머리 높이 안개처럼 튀어 올랐다.

이번에는 적의 진열을 가로막고 부정확하나마 '정(丁)자'의 모양이 되었다. 이 진형은 아군편에도 커다란 손해를 초래하지만 적의 선두함을 격침시키는 데에는 가장 효과적인 전법이며, 이것은 전에 사네유키가 친구인 오가사와라 조세이에게서 일본의 옛 수군의 전법서를 빌어 거기서 힌트를 얻어 생각해낸 것이었다.

적과의 거리는 6천 내지 8천 미터이다. 도고 함대의 전 주력함은 적의 선두함인 기함 체자레비치 한 척에 포탄을 집중했다. 적의 기함을 침몰시켜 적의 지휘를 대혼란에 빠뜨린다는 것이 일본의 옛 수군의 전법이었다. 그러자면 적에 대하여 정자형을 취하지 않으면 안된다. 이후 이것이 일본 해군의 독자적인 전법이 된다.

포탄은 잇달아 체자레비치에 명중했으나 이 당시 수선 갑대(甲帶)를 둘러친 전함이라는 것은 포탄 정도로는 쉽게 가라앉지 않는다.

당연히 저쪽도 조준을 미카사에 댔다. 미카사가 입은 피해의 처참상은 형용할 수 없다. 함내는 쉴 새 없이 적탄이 작렬하고 특히 적의 12인치 거탄이 미카사의 뒤쪽 셸터덱크에 명중하여 다수의 병사를 쓰러뜨렸을 뿐 아니라 마스트에 큰 구멍을 냈다. 이 때문에 마스트 주위 삼분의 이가 튀어나가 구멍이 생기고 나무꾼이 도끼질 한 거목 같이 당장 쓰러질 것 같았다.

"속도를 너무 내면 쓰러질지도 모릅니다."

함교에 이런 보고가 있었다.

이 때문에 미카사는 이제 와서 고속을 내는 것을 삼가야 하며, 이 때문에 다시 적에게 접하여 제2회전을 벌일 기회가 늦어졌다.

이 도고의 정자 전법에 의한 처절한 공격을 뷔트게프트는 싫어하기 시작했다. 그는 전투보다도 도주하는 방침으로 되돌아갔다. 이 뷔트게프트의 약한 마음은 그 자신을 나중에 불행하게 만드는데, 만약 뷔트게프트가 이때 도고에 대하여 끝까지 싸울 각오로 행동했더라면 다른 운명이 열렸을 것이다. 실제로 도고는 이 전쟁을 통하여 이때만큼 고전한 일은 없었다.

뷔트게프트는 쳐들어오는 도고로부터 도망치려고 기함의 침로를 좌회전시켰다.

함대 운동이 서툰 러시아 해군에게 이러한 전투중의 진형 변화만큼 각 함을 혼란케 하는 것은 없었다. 진형은 곧 파상(波狀)을 나타내고 여기저기에서 함끼리 경단처럼 들어붙어 함대 속도가 크게 늦어졌다.

도고는 멋지게 함대를 북으로 변침시켰다.

그는 이 기회를 놓치지 않을 작정이었다. 적과 아군의 위치에서 보면 러시아 함대의 후열을 나아가고 있었던 순양함이 도고 함대의 모든 포수의 눈에 잡히게 되었다.

그 러시아 순양함이 몹시 당황하여 속력을 올리고 자기 군의 전함대에 따라붙어 그 뒤에 숨었다. 그 때문에 대형(隊形)은 불규칙한 이열종진이 되었다.

그 불규칙 이열 종진대로 러시아측은 이젠 도망치면 쏠 뿐 오로지 도망치려고 남동으로 달렸다. 이동안 짧은 시간이었지만 피차 모두 맹렬한 포격전을 벌이는중 적의 포수도 훌륭한 솜씨를 보여 '아사히', '닛신' 등은 상당한 손해를 입었다.

미카사의 피탄(被彈)은 가장 심하여 일탄은 중앙의 흘수선 부분에 명중하여 구멍을 냈다. 또 일탄은 갑판을 꿰뚫고 작렬하고 다른 일탄은 뒤쪽 굴뚝에 명중하여 많은 사상자를 냈다.

갑판은 피투성이가 되고 살점이 여기저기 흩어졌으며 함교에 있던 사네유키가 문득 보니 눈 앞에 한쪽 팔이 날아와 아무 데나 부딪쳐 떨어져 가는 것이 보였다.

그러나 도고 함대는 여전히 아직 충분한 전투를 하고 있지 않는 것이다. 뷔트게프트가 교묘하게 몸을 피하기 때문에 충분한 포격전을 못하고 전투의 태반의 시간은 적과 얽히든가 떨어지든가 하는 운동으로 소비되었다. 시간이 경과할 뿐 도고는 적함을 한 척도 격침시키지 못하고 있는 것이다.

게다가 적은 도고에게 포격전의 기호를 주지 않고 자꾸만 달아난다.

도고는 쫓았다. 일본 함대는 야마모토 곤노효에 방침에 따라 고속을 주제로 하여 갖추어져 있다. 그러나 이 추적전에서는 일본 군함은 어느 것 할 것 없이 다 느렸다. 장기간의 봉쇄 작전 때문에 함체도 기관도 지칠 대로 지쳐 있다.

러시아 함대는 속도면에서는 둔중하다고 한다. 그러나 뷔트게프트의 여순 함대는 꽤 빠르게 달아났다. 그 까닭은 그들은 여순항에 있을 때 충분히 함을 정비하고 함저의 굴 조개 껍질 따위는 잠수부를 시켜 빡빡 긁어낸 다음, 출항했기 때문이었다.

최초의 발견에서 세 시간째인 오후 3시 20분 이미 도고의 포탄도 미치지 못할 원거리로 뷔트게프트는 사라지고 말았다. 도고는 함대에 사격 중지 명령을 내리고 될 수 있는 대로 고속으로 적을 쫓기 시작했다.

"밤이 되기 전에 따라붙어야"

이래야 한다는 것이 모든 사람의 의식을 점령했다. 밤이 되면 이 당시의 군함은 장님이나 마찬가지였다. 포격전도 하지 못하고 적함의 소재도 알 수 없게 되는 것이다.

어쨌든 도고는 뷔트게프트를 놓쳤다.

놓치게 된 직접적인 원인은 도고 함대가 최후에 홱, 회전한 그 한바퀴 반의 운동 시간에 있었다고 할 수 있으리라. 이 사이에 뷔크게프트는 필사적으로 도망쳐 도고가 추적으로 옮겼을 때는 이미 3만 미터나 도고를 떼어 놓고 있었다. 전함의 주포의 유효 사정거리가 7천 미터 전후였으므로 이미 도고 함대로서는 절망에 가까운 거리였다.

도고는 추적했다.

'여기서 놓쳐 버리면 러일전쟁 자체가 대혼란기에 들어가지 않을 수 없다.'

이런 초조함이 어느 참모에게도 있었다. 적함대는 블라디보스토크에 들어간다. 거기를 기지로 일본 근해를 도량(跳梁)하면 육군의 수송 루트는 토막토막으로 단절되고 자연히 해군은 육군의 수송에만 의지하게 되어 사람이나 배는 지칠 대로 지치게 되며, 더구나 적의 본국 함대가 왔을 때에는 두 배의 적과 싸우지 않으면 안되는 것이다. 확실히 러일전쟁의 승패의 갈림길은 이 황해의 추적전에 걸려 있었다.

"함대의 전술 운동 때문에 3분 늦었다."

전후 아키야마 사네유키가 쓰고 있다.

"그 때문에 따라붙기까지 3시간 걸렸다."

사네유키는 그렇게 말한다. 사네유키 자신의 말에 의하면, '그 3분의 지각이 그 후의 추적에 귀중한 3시간을 허비하여'라는 뜻이 된다. '귀중한'이라는 것은 일몰과의 달음박질이라는 뜻이다.

왜 3분이 늦었는가에 대해서는 이 실전에 참가한 사람들조차 의견은 갖가지이며, 나중 중장이 된 야마지 가즈요시(山路一善) 같은 사람은 현장에서 도고의 주력 함대(제1전대)의 행동을 보았을 때, 순간적으로 "제1전대도 또한 적의 후미에 도는 것이다, 그리하여 적이 여순으로 되돌아가는 것을 단념시키는 것임에 틀림없다고 생각했다"고, 뒷날 이야기하고 있다. 누구의 머리에도 그것이 선입감이 되어 있어 그렇게 해석했다. 적(敵)은 또한 6월 23일 때와 같이 여순으로 되돌아갈지 모른다. 일본측으로서는 그것을 못하게 하려고 서둘러 운동하여 퇴로를 차단하려고 했다는 것이었다.

그러나 사네유키는 그렇게 말하고 있지 않다.

"오후 2시, 사격이 가장 심했을 때 제1전대(戰隊)는 부지불식간에 적의 서쪽(즉 여순 쪽)으로 돌아갔다. 그런데 적은 재빨리 이 기회를 놓치지 않고 산동 모퉁이 쪽으로 침로를 바꿨다. 아니나 다를까 도고 대장은 그 대수(隊首)를 전향시켰는데, 아깝게도 그 시기가 불과 3분 늦었기 때문에 제1전대는 적의 후방에서 따라가며 추격하는 불리한 태세가 되었다.

부지불식간인지 명령을 내렸는지 하여간 피차의 전투가 격렬할 때여서 이제 와서는 잘 모르지만, 하여간 해전사가(海戰史家) 웨스트 고트가 말하듯이 '이해할 수 없는 운동'이라는 것이 이 싸움의 양상을 결정했다."

이 일은 도고와 그 막료의 쓰디쓴 경험이 되었다. 그들은 일본해 해전 때 두번 다시 이런 실패를 되풀이하지 않으려고 독특한 돌격 형태를 궁리하여 실행하게 된다. 도고도, 사네유키도 나중에 같은 말을 저마다 다른 장소에서 말하고 있다.

"황해 해전의 교훈이 없었다면 일본해 해전은 그토록 잘되어 가지 않았다."

도고는 추적했다.

적인 뷔트게프트도 필사적으로 도주했겠지만 도고의 추적은 더욱 비통했다. 그의 추적은 승자의 추적이 아니라 쫓지 않으면 패자로 전락하는 것이다.

더 나아가서 형태가 이만큼 우스꽝스러운 추적전도 없다. 대병력을 갖고 있는 쪽이 도망치고 소병력이 그것을 쫓고 있다. 개가 얼굴빛이 변해서 곰을 쫓고 있는 것과 같았다. 곰이 블라디보스토크라는 굴에까지 이르면 그 뒤는 한패인 곰이 와서 병력이 늘게 되는 것이다. 달아나는 것이 승리에의 전략이었다. 이러한 싸움은 아마 지금까지 없었을 것이다.

"큰 돛대는 괜찮은가?"

미카사의 이지치 함장은 몇 번이나 계속 확인했다. 만약 그 큰 돛대가 뱃전 밖으로 넘어지면 미카사의 속력은 크게 줄어 대열은 흐트러져서 도무지 적에게 따라붙을 수가 없다.

"그것이 넘어지지 않았던 것은 천우(天佑)라고밖에 말할 수 없다."

사네유키는 나중에 말하고 있는데 사네유키는 이 추적중, 이미 인간의 힘으로는 어쩔 수 없는 상황 밑에서 전에 해본 적이 없는 정신 작업을 하지 않을 수 없었다. 신불에게 빈 것이다. 아키야마 사네유키라는 이 천재의 정신을 그 만년(晩年)에 올바르지 않은 세계로 굳혀버린 것은 그 러일전쟁의 정신체험에 의한 것이었다. 그는 혼신의 기운을 다하여 하늘의 도움이 있을 것을 빌었다.

물론 마음속으로 비는 기도이며 겉으로 보기에 어떻다는 것은 아니다.

추적하는 사이에 늦어졌던 식사가 나왔다. 식사 때에는 막료는 장관 공실에 모여 도고를 중심으로 식탁을 둘러싸게 마련인데 도고가 늦어 아직 자리에 보이지 않았다. 누구나가 예의상 포크를 들지 않았으나 사네유키는 개의치 않고 먹기 시작했다.

대개의 경우 사네유키는 늘 이러했다. 그는 작전만을 계속 생각하고 있어 이젠 다른 일에는 정신이 돌지 않는 인간이 되고 말았다. 식후에는 당연히 잡담하는 습관이 있다. 그러나 사네유키는 자기만 식사가 끝나면 그냥 자기 방으로 돌아간다. 자기 방 베드에 구두를 신은 채 번듯이 누워 물끄러미 천장을 바라본다.

——저 작자는 특별해.

도고도 이런 식으로 시마무라도 다루었고, 다른 참모도 그렇게 대하고 있었다.

함은 맹렬한 기세로 파도를 헤치고 있다.

이 추적중 사네유키는 상갑판에서 내려와 참모실의 소파에 벌렁 누워 있었다.

그에게는 적을 따라붙었을 때의 작전은 온갖 상황을 상정(想定)해서 몇 종류나 되어 있었으나 그러나 지금은 쫓기만 하는 시간이다.

그는 15분쯤 코를 골고 자는가 하면 갑자기 일어나 컴퍼스와 자를 들고 와, 생각한 것을 학리적(學理的)으로 구체화해 보든가 했다. 그 모양은 마치 미치광이 같았다.

적의 함대 속도는 14노트이며 일본측이 생각하고 있었던 것보다 빠르다. 이 이유는 여순 항내에서 그들이 한 정비 덕택이라는 것은 이미 언급했다. 이에 대해서 사네유키도 러시아 측을 나중에 칭찬하고 있다.

"여순에는 배의 수리에 필요한 도크도 없다. 그러한 조건 밑에서 손상 군함을 수리 복구하거나 각 함을 고유의 속력을 낼 만큼 정비했다는 것은 온갖 어려움을 배제하지 않으면 할 수 없는 일로 참으로 감탄하지 않을 수 없다."

그런데 이 도주 중 러시아 함대에 첫 번째 불행이 닥쳤다. 즉 전함 '레토뷔잔'이 출항하기 조금 전에 흘수선에 긁혀 손상을 입었던 것이다. 곧 응급 수리했으나 그 손상된 곳이 다시 깨어져 너무 고속을 내면 침수가 심해진다는 것이었다.

레토뷔잔에 상처를 준 것은 일본의 함대가 아니라, 노기의 제3군에 협력하려고 내보낸 해군 중포대의 포탄에 의한 것이었다. 그들은 구로이 데이지로 중령을 지휘관으로 하여 육군의 지시 밑에서 일하고 있었는데, 이 황해 해전보다 사흘 전, 화석령(火石嶺) 후방에 포진하여 여순 시가와 군함을 위협하기 위해 포탄을 퍼부었다. 이중 한 발이 항내에 정박중인 레토뷔잔의 뱃전에 낙하하여 그 흘수부가 파괴되어 침수 소동을 일으켰다. 곧 수리가 시작되었으나 역시 응급 수리였기 때문에 충분하지 못해 사령관 뷔트게프트로서는 그 전략과 생사를 건 도주 중에 신호가 레토뷔잔의 마스트에 오르는 것을 보았던 것이다.

"깨진 수선부에 고장남. 속력 4노트로 감속(減速)."

"제기랄!"

참모장 마세뷔치 소장은 비명처럼 외치고 주먹을 쳐들었다.

"장관, 어떻게 하죠?"

참모장은 뷔트게프트의 결단을 촉구했다. 내버려 두느냐, 데리고 가느냐 둘 중의 하나이다. 데리고 가기 위해서는 전체 함의 속력을 레토뷔잔의 수준까지 내리지 않으면 안되며 이처럼 위험한 일은 없었다.

원래 이 손상된 전함은 여순을 출항함에 있어 함대 참모 사이에서 문제가 되었다. 여순에 두고 가자는 의견이 많았으나 뷔트게프트가 결단을 내려 몰고 가기로 했었다.

그런데 레토뷔잔에서 수리가 되었다. 12노트 반이라면 문제 없다는 신호가 올랐다. 이것으로써 함대 속도는 12노트가 되었다. 이 노트분만큼 빨리 추적당하게 될 것이다.

도고 함대는 그 뒤를 15노트 반으로 쫓고 있다.

3시간쯤 추적을 계속하여 오후 5시 30분 산동 모퉁이 북쪽 약 45해리 지점에서 기함 미카사는 수평선 상에 러시아 함대의 연기가 오르고 있는 것을 멀리 보았다.

'살았다.'

사네유키는 생각했다. 사네유키는 러시아 측이 한 전함의 고장으로 속도가 다소 떨어져 있었던 것을 모르고 계산보다 빠른 시간에 만날 수 있었던 것을 기뻐했다. 천우(天佑)라고 생각했다. 적의 사고는 아군에게 있어 천우였으리라.

미카사의 함대는 활기를 띠고 곧 전투 준비를 마쳤다.

여름이므로 해가 길다. 예측했던 것보다 빨리 오후 5시 30분에 따라붙을 수 있었으므로, 앞으로 2시간은 일몰까지 싸울 수 있다. 2시간이라는 한정된 시간은 적 섬멸을 기도하고 있는 도고 함대로서는 극히 짧아 충분한 포격전을 할 수 없을지 모르지만, 그래도 아직 해가 있는 동안에 따라붙을 수 있었다는 것은 도고로서는 적어도 행운이었다.

적 함대의 최후미함(最後尾艦)은 전함 '포르타와'(10,960톤)였다. 그 12인치 주포(主砲)가 미카사를 향하여 불을 토했을 때가 황해 해전에 있어서의 제이회전이 시작이었다.

발사된 검붉은 연기가 포르타와를 뒤덮고 그 큰 탄환이 미카사의 좌현에 닿을까 말까하게 떨어져 물보라가 튀었다.

도고 함대는 속도를 늦추지 않고 적과 나란히 항진해 나아갔다. 적의 선두를 누를 작정이었다. 이윽고 피차의 선두는 7천 미터로 좁혀졌다. 그 무렵에는 쌍방의 격심한 포격전으로 해면은 탄착(彈着)의 물보라로 들끓고, 초연과 폭연이 바다를 뒤덮었으며 적과 아군의 함은 어느 쪽도 다 포탄을 맞아 이따금 화재를 일으키고 꺼졌다. 일본측으로서는 이 2시간 동안에 포신이 비록 타서 문드러지더라도 쏘고 또 쏘지 않으면 안된다.

적의 사격 능력은 뒤에 온 발틱함대와는 비길 수 없을 정도로 명중도가 높았다. 여순함대는 여순에 틀어박혀 있었을 때 무위하게 있었던 것은 아니며 사격 훈련만은 충분히 쌓고 있었다.

미카사의 피해는 처참했다. 이 교전중에 생긴 미카사의 파손 부분은 주요한 것만으로도 99군데였다. 이를테면 교전 15분 뒤에는 후부의 주포인 12인치 포에 적탄이 명중하여 파손되었다. 수병 한 명이 몸이 세로로 갈라지듯 하면서 전사한 외에 사관 이하 18명이 단번에 쓰러졌다. 부상자 중에는 해군 소령 히로야스 왕자(博恭王子)라는 황족도 있었다.

발사음과 적탄의 작렬음이 끊일 사이 없이 함을 뒤덮고 공기가 찢어지고 폭풍에 병사들이 날아가고 파편이 도처에 꽂혔다.

교전 1시간 후인 오후 6시 30분쯤, 앞 함교 근처에 적탄이 명중했을 때에는, 지옥이라는 정도의 가벼운 것이 아니었다. 큰 불기둥이 솟는가 하면 그 근처에 살점이 튀고 내장이 흘러 나오고 피가 부근 전체를 붉게 물들였다. 이때 도고나 시마무라 및 사네유키도 위갑판에 있었다. 도고의 옆에 서 있었던 함장인 이지치가 부상하고 사네유키 곁에 있었던 마스다 겐키치(殖田謙吉) 등 사관 4명, 하사관, 수병 10명이 부상당했다.

도고는 안색도 변하지 않고 수평선상의 적진을 보고 있었다.

시마무라 참모장은 도고의 몸을 걱정하며 몇 번이나 말했다.

"사령탑에 들어가시지요."

함교는 드러나 있으므로 포탄의 파편이 끊일새 없이 날아드는 것이다. 사령탑이라면 강철로 장갑(裝甲)되어 있다.

그러나 도고는 어느 해전에서도 함교에 있었을 뿐 사령탑에 들어간 일이 없었다. 이때에도 이렇게 말했을 뿐이었다.

"사령탑은 밖이 잘 보이지 않아서"

담력이라는 점에서는 이 자그마한 사쓰마인은 적장의 누구보다도 뛰어났다.

적함의 대부분이 크든 작든 화재를 일으키고는 있지만 가라앉은 함은 없다. 전함을 침몰시키지 않으면 일본측으로서는 소기의 목적을 달하지 못하는 것이다.

일본측 사수(射手)들은 일본해 해전 때만큼 능숙하지는 못했지만 그래도 적의 기함 체자레비치에 명중한 포탄 중 12인치 포탄만도 15발을 헤아렸다. 그래도 수선 갑대(甲帶)를 가진 전함이라는 것은 쉽게 가라앉는 것이 아니다. 단지 상부 구조물이 큰 것 작은 것 할 것 없이 흩날려 엉망이 되고, 그 파괴된 구조물 사이에 끼여 꿈틀거리는 부상자의 처참한 꼴이란 미카사에 비길 바가 아니다.

12인치 포탄이라는 것은 날아오는 것이 보이는 것이다. 일본의 포탄은 러시아의 포탄과 달라 독특한 모양을 하고 있었다. 러시아 수병들은 그 이상하게 길쭉한 모양을 '여행 가방'이라 불렀다. 게다가 이 포탄의 폭발력은 러시아 포탄의 그것과는 비길 바가 못된다.

일본의 포탄은 시모세 마사지가(下瀨雅允)라는 해군 기사가 발명한 소위 시모세 화약이 채워져 있다. 이 당시, 세계에서 이만큼 강력한 화약은 없었다. 그 폭발에 의하여 생기는 기량(氣量)은 보통 포화약의 2배 반이었으나 실제의 힘은 더욱 강력하여 거의 3배 반이었다.

더구나 이것을 채워 넣은 일본의 포탄은 물에 충돌하기만 해도 작렬했다. 거대한 물기둥이 물을 솟아오르게 하면서 검은 다색의 연기와 불길을 수반하고 오르는 광경은 신기하다고 할 수 밖에 없었다.

일본의 포탄은 청일전쟁의 경험에 의하여 우선 적함을 침몰시키기보다는 그 전투력을 빼앗는 데 주안점을 두고 있어, 세계의 해군 상식으로 보면 이상한 것이었다. 보통 상식으로는 철갑탄(徹甲彈)을 사용한다. 러시아측도 그것을 사용하고 있었다. 이 포탄은 함에 구멍을 내고 함체를 꿰뚫고 속에 들어가 폭발하는 것인데, 일본의 포탄은 장갑띠를 관통하지 않는 대신 함상에서 작렬하여 그 시모세 화약으로 그 부근의 화재를 일으킨다. 함이 맹렬한 불길에 휩싸이면 대포는 이미 조작 불가능이 된다. 적함을 침몰시키기보다도 그 전투력을 빼앗는다는 것이 청일전쟁 때 거함인 '정원', '진원'과 싸우고 난 이래 일본의 사고방식인 것이다. 적에게 있어 참혹한 이 화약이, 병력이 적은 일본 해군에게는 물리력으로는 유일한 의지였다.

전함 6척을 갖고 있는 러시아 함대는 이 시간 내에서는 이 화약에 쫓기어 골치를 앓고 있었다고 해도 무방하다.

사령관 뷔트게프트는 전투가 자기 군에 불리하게 기울어져 가는 것을 보고 속력이 빠른 순양함들을 이 지옥에서 해방시켜 주려고 생각하고 신호를 울렸다.

"순양함은 남쪽으로 도망치라."

이것이 그에게 있어 최후의 명령이 되었다.

적 함대에 치명상을 주지 못한 채 도고에게 진일몰이라는 마지막 시간이 임박해 오고 있다. 도고로부터의 접근으로 양군은 5천 미터 거리로 병항(倂航)했다. 양군 다 포탄이 명중률이 더욱 높아졌다.

러시아의 기함 체자레비치의 사령탑에서는 뷔트게프트와 그 막료들이 숨을 죽이듯 하며 오른쪽을 계속 바라보고 있다. 미카사가 앞지르려 하고 있었다.

"장관, 차라리 이쪽도 전개하면 어떨까요."

참모 한 사람이 외쳤다. 그 참모가 말하는 바로는 적과 아군은 피해가 반반이다, 그렇다면 도망치면서 포격전을 하기보다는 횡진으로라도 전개하여 적극적으로 도고를 압도하는 편이 좋지 않을까, 하는 것이었다. 확실히 이런 경우 러시아 측으로서도 그렇게 해야 했었다. 만약 이 참모의 말을 뷔트게프트가 채택했었다면 그 자신의 운명도 그 다음 순간처럼 되지 않았을 것이다. 나아가서는 일본 함대의 피해도 추측하기 어려운 것이 되었으리라.

그러나 뷔트게프트는 관료였다.

"황제는 우리가 블라디보스토크에 갈 것을 명령하고 계시다."

이 말을 되풀이할 뿐이었다.

"미카사."

앞질렀다.

기함 미카사는 적 기함 체자레비치를 옆 후방에 보면서 대소의 포를 쉴새 없이 포효시키면서 포탄을 계속 보내고 있었다.

이때가 바로 오후 6시 37분이었던 것 같다. 미카사의 12인치 주포의 어느 사수가 쏘았는지 끝끝내 밝혀지지 않았지만, 해전사상 '운명의 일탄'이라는 말로 유명한 포탄이 체자레비치에 다가가고 있었다. 아키야마 사네유키는 이것을 '괴탄'이라 부르고 있다. 사네유키는 아무리 생각해도 승산이 없었다고 고백하고 있는 이 해전에서 만에 하나의 요행을 그는 위갑판에서 계속 빌고 있었는데 그가 말하는 이 괴탄의 괴(怪)라는 것은 뭔가 알지 못할 힘에 대한 실감이 깃들어 있는 듯했다.

이 12인치 포탄은 체자레비치의 사령탑 부근에 명중하여 대폭발을 일으켜 뷔트게프트 이하의 막료를 산산조각으로 흩날리고 말았다. 피조차 날리지 않아서 소멸했다고까지 말할 수 있는 현상인데, 겨우 뷔트게프트의 한쪽 다리가 마스트 부근에 뒹굴고 있었을 뿐이었다. 참모장 마세뷔치도 중상을 입었다.

남아 있는 간부는 함장 이바노프 대령 이하 몇몇 사람이었다. 그는 전함 '펠레스베트'에 타고 있는 우프톰스키 소장에게 신호하여 함대의 지휘권 이양을 꾀하려고 순간적으로 생각했을 때 다시 일탄의 12인치 포탄——이것이 그 의미하는 바와 같은 운명의 일탄이었다——이 명중하여 함장도 항해장도 조타수도 흩날렸다. 그러나 거기까지는 아직 운명적이지 않다.

운명적인 것은 그 포탄이 조타수를 쓰러뜨린 일이었다.

사령탑 속에 있는 것은 사자(死者)들 뿐이며 기함 체자레비치는 사자에게 지휘를 받고 있었다. 그런 사실을 함내에서는 아무도 몰랐고, 더구나 함대에서도 알지 못했다. 기함은 파도를 헤치고 나아가고 있었다. 전투중 후속함은 기함에 오르는 신호 이외는 기함의 운동을 응시하면서 그것을 뒤따르는 것이다.

사령탑 내의 고급 간부들을 소멸했으나 보다 늦게(라고 해도 몇 초간 살았을 뿐이지만) 죽은 것은 조타수였다. 그는 등에 마치 식칼이 꽂혀진 것처럼 포탄의 파편을 맞았다. 그는 몸을 지탱하려고 키에 덮쳐 고통이 너무 심하여 몸을 왼쪽으로 비틀었다. 키가 왼쪽으로 도는 동안 그는 그대로의 자세로 숨이 끊어졌다. 전함 체자레비치의 거체(巨體)는 이 사자(死者)의 손으로 왼쪽으로 뱃머리를 돌리기 시작했던 것이다.

두 번째를 달리고 있던 고장난 전함인 레토뷔잔의 함장 시첸스노뷔치 대령은 항해장에게 말했다.

"기함을 보라."

항해장은 뷔트게프트가 전술적인 방향 변경을 하려 하고 있다고 판단했다.

함장도 그렇게 생각했다. 곧 왼쪽으로 뱃머리를 돌렸다.

세 번째인 포베다의 잣알룽누이 함장도 당연히 그것을 따랐다.

그런데 기함 차제레비치의 운동이 기묘했다. 왼쪽으로 뱃머리를 돌려 미친 듯이 자기 함대의 열속으로 돌진해 왔다. 네 번째는 펠레스붸트였다. 펠레스붸트는 하마터면 옆구리를 받힐 뻔했으며, 함장 호이스만 대령은 곧장 오른쪽으로 키를 잡았다. 이 때문에 그만큼 일본 함대에 접근했다. 곧 왼쪽으로 고쳐 잡았다. 이 함에 우프톰스키 소장이 타고 있다는 것은 이미 말했다.

"기함에 이변이 생기고 있다."

소장은 판단했다. 이윽고 죽음의 기함의 마스트에, 누가 울렸는지(나중에 알았지만 카미간이라는 한 대위였다) 신호가 올랐다.

"제독 뷔트게프트는 지휘권을 다른 사람에 넘겼음."

우프톰스키 소장은 이것을 보고 서열에 의하여 전군의 지휘는 자기가 맡지 않으면 안된다고 생각했다. 그런데 그는 전투가 이토록 치열한 가운데에서 죽은 사령관의 방침을 일변할 것을 결의한 것이다. 블라디보스토크로 가지 않고 여순항으로 되돌아가는 일이었다.

"나를 뒤따르라."

그는 신호병을 불러 신호를 올리려고 했으나 신호기를 올릴 마스트가 두개 다 없었다.

결국 그는 장기(將旗)를 사령탑 옆으로 내어, 각 함이 그것을 확인한 것으로 보고 서쪽으로 침로를 바꾸었다. 혼란은 이것으로써 더욱 커졌다.

러시아측의 최대의 불행은 이 결전 시기에 각함이 어디로 가야 할지 모르게 된 사실이었다.

그 혼란이라는 것은 형언할 수 없다. 기함 체자레비치는 사령탑에 죽은 사람을 태운 채 미친듯이 원운동을 계속하고 있다. 2번함 레토뷔잔이 처음 좌회전하고 이어 우회전했다. 뒤따르는 3번함 포베다는 자연히 그 흉내를 내어 좌회전하고 우회전했다. 새로 기함이 된 4번함인 펠레스붸트는 미처 날뛰는 차제레비치를 비키려고, 최초에는 우회전하고 이어 좌회전, 그리고 또 3번 돌아 북쪽으로 항로를 잡았다. 그러나 앞서 가는 각함은 이 함이 새로운 기함임을 쉽사리 알아보지 못하고 있다. 뒤따르는 5번함 '세바스토폴리'만이 알아채고 뒤따랐다. 6번함인 '포르타와'와 새 기함에서 너무 떨어져 있었다.

"무슨 일이 생긴 거야."

함장인 우스페린스키 대령이 옆의 항해장에게 허둥대며 말했다.

"잘 모르겠습니다."

항해장은 전방을 응시하면서 목소리를 떨었다.

"그러나 기함 체자레비치가 낙오한 것만은 알 수 있습니다."

알 수 있는 것은 당연했다. 포르타와는 미친 듯이 달리는 것을 그만둔 본래의 기함 체자레비치 옆을 지나고 있는 것이다. 이 본래의 기함은 우현으로 기울어져 있으나 침몰을 면하고 있다. 카미간 대위가 다시금 지휘를 하려고 했으나 어디로 갈 것인가를 망설였다. 해군은 항행하면서 교전하기 때문에 적과 아군의 전장은 아득히 멀어져 버리고 말았다.

'교주만으로 가자.'

카미간 대위는 생각했다. 블라디보스토크와는 정반대 방향이지만 거리도 가깝고 안전하기도 했다. 교주만은 러시아와 동맹군인 독일의 조차지(租借地)이다.

결국 이 본래의 기함은 남항하여 교주만을 향하여 다행히 도중 일본 함대에게 발견되는 일없이 이튿날 밤 9시 교주만으로 도망쳐 들어갔다. 이미 이 기함은 전투는 고사하고 이 이상의 항해에도 견디지 못한 만큼 파괴되어 있었다.

독일 관헌은 동맹국으로서 비록 국제법을 어겨서라도 이 기함을 돌봐주어야 했었다.

그러나 독일인의 국민성이 그런 것일까. 그들은 승자는 외경(畏敬)하지만 패자에겐 냉담했다. 총독 츠루페르는 국제법을 내세워 노골적으로 요구했다.

"나가 주기 바란다."

바로 어제까지 독일은 여순의 러시아 육해군에 협력적이어서 여순과 러시아 본국과의 군사 정보 교환을 이 교주 만에서 중계하고 있었던 것이다.

도저히 나갈 수 없다, 고 러시아측이 대답하자, 독일의 중립국이 이럴 때 취할 당연한 행동을 했다. 함의 대포를 떼고 기타 일체의 무장을 해제하고 전쟁이 끝날 때까지 이 함을 억류해 버리는 일이었다.

이 본래의 기함과 함께 구축함 3척이 이 만에 도망쳐 왔는데 같은 운명이 되었다.

전장(戰場)에 밤이 다가오고 있다.

도고는 혼란된 적 함대를 포위하고 또 더욱 심한 포격을 가했으나 적도 필사적으로 도망쳤다. 그때쯤에는 해가 완전히 저물었기 때문에 도고로서는 아깝지만 포격의 중지 명령을 내리지 않을 수 없었다. 오후 8시 25분이었다. 적의 각 함을 대파시키기는 했으나 한 척도 침몰시키지 못하고 있는 것이다.

'글렀어. 이렇게 서툰 일이 있나.'

사네유키는 짙어 가는 어둠 속에서 멍해 있었다.

도고는 별로 초조해하지도 않고 이 전장의 뒤처리를 구축함과 수뢰정대에 명했다. 그들은 야간 공격에 익숙해서 극히 가까운 거리까지 접근하여 어뢰

로 적을 처치하는 것이다. 적을 격침시키려면 위로부터의 포탄보다는 밑에
서부터의 어뢰쪽이 훨씬 효과가 있었다. 말하자면 패잔병 소탕이었다.

뒤를 소함정에 맡기자 도고는 휘하의 각 함을 통합하여 근거지인 이장산
열도를 향하여 천천히 돌아가기 시작했다.

사네유키는 늦게 저녁 식사를 했다. 나이프와 포크를 놀리면서 머릿속으
로는 황해, 일본해 오호츠크 해라는 이 넓은 극동 해역을 생각하고 있었다.

'적은 어디로 가는 것인가?'

아마 함대로서 통합되지 않고 제각기 멀리 달아날지도 모른다. 어떻든 간
에 전함 5척, 기타 순양함 다수라는 적의 함정이 일본 열도 주위에 흩트러지
게 된 것이다. 아직 여순에서 한데 뭉쳐있어 주는 편이 처치하기 쉽다. 이렇
게 흐트려 놓으면 황해나 일본해에서 내일부터 일본 기선은 항해할 수 없게
되는 것이다.

"어떨까?"

참모장 시마무라 하야오의 목소리가 들렸다. 맞은편 자리에서 사네유키에
게 말을 걸었으나 생각에 잠겨 있었으므로 귀에는 들어오지 않았던 것이다.

"——예?"

사네유키는 얼굴을 들었다.

"3척은 격침시킬까? 구축함, 수뢰정, 적의 전함을 말이다."

"무리일 겁니다."

"허어, 왜?"

"사령도 함장도 오랜 봉쇄 작전으로 피로할 대로 피로한 것 같습니다. 함
의 움직임이 민첩하지 못합니다. 낮에의 그 모양을 봐도……"

주력끼리의 전투중 무수한 대소 포탄이 해면에 자꾸만 낙하하여 좀처럼
소함정이 들어갈 수 있을 만한 상황은 아니었다. 실지로 일본의 어느 구축함
이나 수뢰정도 전투 해역에서는 우물쭈물할 뿐 결국 아무 일도 하지 못하고
있다. 들어갈 수 있는 상황이 아닌 곳을 목숨을 내던지고 뛰어들어가는 것이
전쟁이라는 것이 아닌가, 하고 사네유키는 생각하는 것이다. 기함인 미카사
가 함의 모습이 바뀔 정도로 포탄을 맞고 있는데 그들은 줄곧 우물쭈물하고
있었다.

그러한 근성으로 야간의 희생적인 육탄 공격이 가능할 것인가.

구축함이나 수뢰정의 역할이라는 것은 긴 무기를 가진 적의 기마 무사에 대하여, 단도 하나로 알몸으로 뛰어들어가 그 옆구리를 도려내는 것이다. 매우 위험한 일이지만 그 대신 큰 군함의 두 배 정도의 속력이 부여되고 있는 것이다.

'그런데 저들은 개전 이래 이렇다 할 일을 하고 있지 않다.'

이런 것이 사네유키의 불만이었다. 이 때문에 그는 작전은 종종 차질이 생겼다.

개전하자마자 구축전대에 의한 여순 항구 내에의 돌입 기습을 행할 때 사네유키는 적 전함을 5척은 격침시킬 수 있으리라 기대하고 있었다.

그럴 것이다. 적의 여순함대는 '낮잠 자는 집오리'라고 불린 것처럼 아무 경계도 없이 닻을 내리고 있었던 것이다. 이렇다 할 방재(防材)도 하고 있지 않았다. 더구나 여순의 외항에 있었다.

거기에 야습하여 손으로 더듬어 접근하면서 18개의 어뢰를 발사하고 겨우 적의 3함을 손상시켰을 뿐이었다. 어뢰를 발사하자 곧장 배진(背進)하여 전함정이 상처 없이 돌아왔다. 기습자가 상처 없이 돌아온다는 것은 그만큼 바싹 따라붙지 않았다는 것이며, 즉 군함을 귀중히 여기는 나머지 서로 맞붙어 자기 배까지 가라앉힐 각오가 일본의 구축함 지휘자에게 희박했기 때문이다.

'일본에는 전국을 통하여 구축함은 19척밖에 없다. 한 척이라도 침몰하면 함대의 절대수에 영향을 미친다는 의식이 함장들에게 너무 많은 탓인가.'

――그렇지 않으면.

사네유키는 미서(美西)전쟁에서의 미국인들을 늘 상기하는 것이다. 그들은 그야말로 비직업적인 군인들이었으나, 일본인 보다 훨씬 모험 정신이 풍부했었다. 미국 해군의 사관은 대함의 함장보다 소함정의 함장쪽에 재미있는 사나이가 많았던 것을 생각하면 소함정이 갖고 있는 모험성이 그들의 성미에 맞는지도 모른다.

'아무튼 미국인이란 것은 말괄량이이다. 유럽에서 방랑해온 자나 그 자손의 집합이므로 본래 목숨을 건 경기를 좋아하는 것이다.'

사네유키는 이렇게 생각하는 것이다.

거기에 비하면 일본인은 도쿠가와(德川) 3백 년간 자기 논을 지키는 농사꾼 근성이 골수까지 스며 있는데다가, 온갖 의미에서의 모험을 막부가 금지해 왔기 때문에 정신적 습성으로서 그 요소가 희박하다.

한편 일본인은 충실하여 정해진 일을 잘 지키기 때문에 대함의 승무원에 는 알맞는다. 전함의 포 옆에서 상관의 육체가 흩날리고 동료가 찢기어 쓰러 지더라도 수병들은 자기 부서를 떠나려 하지 않는다. 주력 함대의 강점은 확 실히 그러한 데에 있었다.

그러나 개인으로서의 용기나 개인으로서의 모험 정신을 필요로 하는 구축 함의 세계는 얼핏 보아, 일본인에게 적합한 듯하면서도 그렇지 않은 것은 아 닐까.

'일본인은 왜구였던 때의 옛날을 잊은 것이다.'

옛날의 수군 연구자인 사네유키는 그렇게 생각하는 것이다. 구축함 승무 원이야말로 왜구 그 자체인데도 그 자손은 가련할 정도로 무능하다고 생각 했다.

일본의 구축함이 활동하기 시작했을 때에는 아직 하늘에 잔광(殘光)이 남 아 있었다.

──어차피 적은 멀리 도망치지는 못했을 것이다.

적을 쫓고 있는 중 수척의 적 전함을 보았다. 거기에 모든 구축함과 수뢰 정이 떼를 지어 갔는데, 적에게 접근하기도 전에 제 아군끼리 대혼란이 일어 났다.

함과 함이 충돌할 뻔하기도 하고 각 함이 휘젓는 파도 때문에 증기선처럼 작은 수뢰정 따위는 흔들흔들하여 속도를 올릴 경향이 없다.

이때 제3 구축함대 소속 '시노노메(東雲)'(274톤)의 함장 요시다 모오시 (吉田孟子) 대위(후에 소장)는 회고담 속에서

"우리들의 사령 구축함은 사령 쓰치야 미쓰가네(土屋光金) 중령이 타고 있는 '우스쿠모(薄雲)'(279톤)였습니다. 우스쿠모를 놓치지 않도록 쫓아 갔습니다. 그런데 저녁 어둠 속에서 모두 각 구축함 수뢰정이 일시에 적 함대를 향하여 떼를 지어 나아갔으므로 우리들끼리 충돌할 뻔하여 매우 위험했습니다. 나와 사령 구축함인 우스쿠모는 저쪽으로 비틀거렸다가 이 쪽으로 아군 함을 피하기도 하고 있었습니다. 거기에 우리들 각 함이 연거 푸 나아가는데 우스쿠모가 그럴 때마다 갑자기 서거나 굽이치든가 하여 여러 가지로 움직였습니다. 그 사이에 적함을 놓치고 만 것입니다."

교통 혼란의 상태였다.

아무튼 전법이 미숙했다. 일본 해군은 청일전쟁 후 갑자기 세계 제일류의 함대를 갖추어 10년이라는 단기간에 이만한 대해군의 작전이나 운용에 익숙해졌다는 기적을 이룩한 것인데, 그러나 실수가 있었다. 주력함의 작전이나 운용, 공방법에 중점을 너무 두어 구축함이나 수뢰정의 작전이나 운용에까지 손이 미치지 못했다는 점이 있었다. 이 넓은 해상에서 아군끼리 한뭉치가 되어 혼란 정체하고 있는 동안, 적함을 놓치고 말았다는 것은 어쩔 수 없는 우스꽝스러운 일이 아닌가.

함이나 정에 따라서는 수뢰를 발사한 것도 있었으나 그것들은 모두 적에게 접근하는 것을 두려워하여 멀리서 발사했기 때문에 모두 명중하지 않았다. 적(敵)은 상처를 입고 있다고는 하지만 대함이다. 그 수많은 크고 작은 대포가 일제히 해면의 한 지점을 겨누어 쏘면, 비록 맞지않더라도 해면이 요동하고 물보라 때문에 수뢰정 따위는 전복하고 만다. 그것을 일본측은 두려워했다. 그래도 여전히 돌진하는 용감한 함정은 한 척도 없었다.

그 뒤 야간 수색이 시작되었다.

결국 놓치고 말았으나 날이 샌 뒤 그들은 적 함 3척을 발견했다. 그야말로 비참한 패잔의 꼴로 속력도 떨어지고 맥없이 비틀거리며 항행하고 있다.

이것을 제3구축함대인 우스쿠모·시노노메·사자나미 등이 공격했는데, 적에게 달라붙는 데 까지는 가지 않고 각각 적당하게 어뢰를 발사하고 회전하여 돌아왔다. 한 발도 명중하지 않았다.

그렇게 해서 전과 제로인 채 이장산 열도의 기지로 돌아와서 각 사령은 도고에게 보고했다.

이 뒤 도고는 전 구축함대의 사령과 함장을 일제히 교체시키고 말았다.

구축함대의 사령이나 각 함장을 일제히 교체시킨 것은 도고의 발의(發意)가 아니었다.

도고는 무척 덕이 있는 사나이여서 사령들이 전과가 전혀 없음을 보고해 왔을 때에도 말했다.

"수고했다."

그리고 마지막에 한 번 끄덕였을 뿐 아무 말도 하지 않았다. 원칙으로 한다면 심히 꾸짖어도 좋았다. 후의 발틱함대의 사령관 로제스트벤스키라면 꾸짖었을 것이다.

──목숨이 아까운 게 아닌가.

또한 그럴 만도 했다.

"어두운 밤속에서 적을 놓치고 말았습니다."

사령들은 말한다. 그것은 그렇다 치고 그들은 해질 때와 이른 새벽에 각 한 번씩 적을 발견하고 공격하고 있는 것이다.

'수뢰 같은 것은 원거리에서 도망치는 자세로 쏘아서는 맞지 않는다.'

사네유키는 생각했다.

사네유키가 보는 바로는 개전 이래 구축함과 수뢰정은 쉴 새 없이 일해 왔다. 사령도 함장도 몹시 피로하여 정신의 탄력을 잃고 있는 게 분명하다. 그리고 또 그들은 여순 야습에서 사네유키가 기대한 정도는 아니더라도 형식적으로는 높이 평가되는 무훈을 세워 이미 훈장 수여도 보장되어 있다.

'그러므로 목숨을 아낀다는 것은 아니지만 그것에 가까운 감정이 있을 것이다.'

소함정인만큼 그들의 피로의 깊이는 대함에 타고 있는 사람들의 두 배이다. 전의(戰意)는 피로의 도가 가해짐에 따라 쇠퇴해지는 법인데, 이들을 통합하여 앞으로 적의 본국 함대의 내항을 요격(邀擊)하고, 더구나 이긴다는 것은 좀처럼 바랄 수 없는 일이 아니겠는가.

"전원 교체해야겠군요."

사네유키는 시마무라 참모장에 대하여 그렇게 말했다. 시마무라도 끄덕였다.

도고에게는 시마무라가 진언했다.

"한창 싸울 때 우두머리격인 멤버를 바꾸어 버린다는 것은 좀 어떨까?"

도고는 난색을 표시했다. 사령장관의 최대의 일은 인심을 통합하여 다스리는 것이다. 그로서는 이런 때 난폭한 인사(人事) 조치를 하고 싶지 않았다.

"신상 필벌(信賞必罰)이라는 겁니다. 인심의 쇄신도 될 것입니다."

시마무라는 굳이 말했다.

도고는 찬성했다.

시마무라는 이어 말을 꺼냈다.

"인심 쇄신이라는 것으로 저도 바꾸어 주길 바랍니다. 이 일은 필요합니다."

도고는 놀랐으나 시마무라는 양보하지 않는다. 시마무라로선 각 구축함대에 징벌의 인사를 단행한 이상, 참모장인 자기만이 남아 있을 수 없습니다, 자신도 물러나면 사령부의 책임 문제도 저절로 명쾌해지고 함대의 기분도 어둡게 하지 않을 것입니다, 고 말했다.

"저에게 순양함 전대의 하나라도 지휘하게 해 주십시오."

시마무라는 말을 이었다.

"뒤는 가토 도모사부로(加藤友三郎)가 좋다고 생각합니다. 참모장에 누가 되든 아키야마가 있는 한 문제없습니다."

나중엔 결국 그대로 되었다.

황해 해전은 실패로 끝났다.

싸움의 승패의 기준이 작전 목적을 만족시킬 수 있었는가의 여부에 있다고 한다면 이 싸움은 일본측의 패배는 아니라 하더라도 실패였다. 왜냐하면 여순함대를 넓은 대양 속에 사방으로 흐트려 놓았던 것이다. 이를테면 크고 작은 물고기가 잔뜩 든 다래끼를 무심결에 물속에 쏟아버린 것 같은 꼴이었다.

물론 러시아측에서 보아도 이 싸움은 실패이다. 러시아측의 작전 목적은 여순을 나와 블라디보스토크로 도망치는 데 있었다. 그러나 한 척이나마 블라디보스토크에 도달한 함은 없다. 단지 '노뷔크'만이 간신히 그 근처까지 갈 수가 있었다. 3등 순양함 노뷔크는 겨우 3천 80톤의 소함이지만 개전 이래 늘 여순함대의 선두에 서서 싸웠고, 이때 주력이 항구에 틀어박혀 있을 때에도 용감하게 항구 밖으로 뛰어나가 다른 러시아 군함에 비하면 마치 다른 나라의 군함 같았다. 함장인 폰 엣센 중령이 그러한 사나이였다. 만약 이러한 사나이가 사령관이라면 일본 함대도 무사하지는 못했을 것이다.

노뷔크는 전장에서 물러나 일단 독일령 교주만으로 도망쳐 들어갔다. 2등 순양함 아스코르트(5,905톤)와 같았다. 이 아스코르트의 함장 그람마티코프 대령도 명예심에 넘친 용감한 사나이였다.

그러나 두 함 모두 독일 관헌으로부터 추방되었다. 아스코르트는 교주만을 나와서 오송(吳淞)에 들어가 거기서 무장 해제를 당했다.

노뷔크는 교주만을 나와서 혼자 적중을 돌파하여 블라디보스토크를 향하기 위해 위험한 항해를 시작했다.

──노뷔크의 소식이 없다.

이것은 일본측의 신경을 과민하게 만들었다.

노뷔크는 교주만에서 석탄을 갑판에 산더미 같이 실었다. 그 순양함은 가고시마(鹿兒島) 오스미(大隅) 앞바다를 통과하여 태평양으로 들어가 북으로 북으로 나아가서 구나시리 수도(國後水道)를 지났다.

일본측은 순양함 지토세와 쓰시마가 이를 추적했다. 이 두 함은 일본해를 북상하여 하코다테(函館)에 들어가 형편을 살피고 있었으나, 그러나 쓰가루(津輕) 해협에 러시아 군함이 나타난 흔적은 없다.

19일 이른 새벽 하코다테를 발묘(拔錨) 출항하여 홋카이도 주위를 찾고 있는 중, 적함은 이 날 아침 7시가 지나 지시마(千島)의 아도에야 곶(岬)의 등대 앞바다에서 북서로 나아갔다는 급보를 접하고, 곧 소야(宗谷) 해협으로 급행했다. 20일 새벽 레분 섬(禮文島) 앞바다에 이르러 두 함은 양쪽으로 갈라져서 찾았다.

쓰시마는 사할린의 코르사코프 만에 노뷔크가 들어가 있음을 알고 돌입하자 노뷔크도 나와서 한 시간 동안에 걸쳐 심한 포격전이 벌어졌다. 노뷔크는 대파하고 다시 만내로 들어갔으나 지토세가 달려와서 두 함이 함께 만내에 들어가 보니, 노뷔크는 스스로 그러한 조치를 취했는지 여울에 좌초하여 있었다. 엣센 이하의 승무원은 전원 상륙하여 포로가 되는 것만은 면했다.

러시아인이 충분히 싸우지 않고 자멸에 가까운 형태를 취한 것은 역시 게으른 귀족을 고급 지휘관으로 모시고 있는 데에도 그 원인이 있으리라. 함에 따라서는 의외의 투지를 보인 것도 적지 않다.

지부(芝罘)로 도망쳐 들어간 것은 구축함 '레시테리누이'(240톤)였다. 함장은 코르닐리예프라는 대위였다.

──싸움은 이제부터다.

그는 부하를 격려하고 석탄을 사들여 자꾸 실었다. 이 함을 추적하고 있었던 것은 제1 구축함대의 아사시오(朝潮)와 가스미(霞)였는데, 야음을 타서 항구 내를 정찰한 결과 러시아 구축함이 있는 것을 알았다.

일본측은 그들에게 항복을 권고하기 위하여 아사시오 승무원인 중위 데라지마 우사미(寺島宇瑳美)에게 통역 한 사람과 하사 병졸 10명을 붙여 라안치를 타고 러시아 함에 가게 했다.

데라지마는 레시리누이의 함상에 올라가 코르닐리예프 대위와 갑판 위에서 교섭했다.

코르닐리예프는 이미 도망칠 수 없음을 알고 가만히 부하에게 명하여 자폭 준비를 시키고 계속 데라지마와 이야기했다. 코르닐리예프는 시간을 끌기 위하여 요령부득한 대꾸를 되풀이하여 결국 한 시간이 되었다. 짜증이 난 데라지마는 이 함을 포획하려고 부하인 기관 병조장 사카모토 조지(坂本常次)를 되돌아보았을 때, 코르닐리예프는 그것을 알고 갑자기 데라지마에게 덤벼 들어 그 얼굴을 때렸다. 데라지마는 그 팔을 잡아 집어던지려고 했으나 코르닐리예프가 큰 몸집이어서 쉽게 대항할 수가 없었다. 데라지마는 이 거한과 갑판 위에서 싸우는 것이 불리함을 깨닫고 재빨리 코르닐리예프를 안은 채 바다 속에 떨어졌다. 그런데 물 속에서 두 사람은 서로 떨어지고 말았다. 데라지마는 다시 함상으로 올라오려고 했다.

함상에서는 일본인과 러시아인의 대난투가 시작되고 있었다. 러시아 수병들은 사카모토 병조장에게 달려들어 그를 바다에 떨어뜨렸다. 쌍방이 처음에는 맨손으로 싸웠으나 차츰 총기를 들고 싸우게 되어 일본 수병은 적은 숫자이나마 잘 싸웠다. 전사 1명에 부상은 12명 전원이다. 러시아측은 총원 51명 중 30여 명이 사상자였다. 데라지마 중위가 갑판 위로 기어올랐을 때 함체가 흔들리고 앞 부분에 폭발이 일어났다. 러시아 병사는 폭발을 무서워하여 모두 바다로 뛰어들어 육지를 향하여 헤엄쳤다. 폭발은 그 이상은 일어나지 않았기 때문에 데라지마는 이 함에 예선(曳船)을 매어 포획선으로 끌고서 항구 밖으로 나왔다.

"러시아 군인은 결코 약하지 않았다."

도고는 그 후에 말하고 있다.

"오히려 강병이었다. 그러나 일본에게 패한 주요 원인은 쌍방의 관념의 차이에 있는 것 같다. 러시아인은 전쟁이란 병사 개개인의 것으로는 생각지 않고 육군이라면 군대, 해군이라면 군함이 하는 것이라고 여기고 있다. 이 때문에 군함이 파손되면 이미 군인으로서의 자기의 임무는 끝난 것으로 생각하고 그 이상의 분투를 하는 자는, 극히 드문 예외를 제외하고는 없다. 일본인은 군대가 패하고 군함이 파손되어도 한 수병에 이르기까지 숨이 붙어 있는 동안은 싸운다는 사고방식을 갖고 있었다. 승패는 양군의 이 관념의 차에서 갈라진 것 같다."

확실히 그랬다. 러시아 군함은 황해에서는 한 척도 침몰하지 않았는데도 이미 스스로 패배의 자세를 취했다. 이것이 일본측에 행운을 가져왔다.

확실히 러시아측은 황해 해전 뒤 스스로 패자의 형태를 이루었다. 기함이었던 전함 체자레비치는 중립국인 교주만으로 달아나서 무장 해제 당했다.

순양함 아스코프트는 일단 교주만으로 도망쳤으나 독일 관헌에게 쫓기어 상해로 도망쳐 들어가 무장 해제당했다.

순양함 디아나는 교주만에 들어갔다가 멀리 불령 사이공까지 도망쳐 프랑스 관헌에 의해 무장 해제당했다.

구축함 '그로조보이', '페스시콤누이', '베스보자드누이', '베스트라시누이' 등도 비슷한 운명을 더듬었다.

나머지 다섯 척의 전함을 포함하여 함대의 대부분이 여순으로 돌아왔다.

"함대가 돌아왔다."

이날 여순의 육상은 떠들썩했다. 8월 10일 성안드레의 군함기를 펄럭이면서 그토록 의기양양하게 출항했던 러시아의 함대가, 어느 함이나 상부 구조물이 엉망으로 파괴당하여 침수되든가 기울어지든가 하여, 떠 있는 쇳조각처럼 되어 돌아온 것이다.

"해군 나가라."

이것은 여순 육군의 한결같은 구호처럼 되어 있었으나 이 참담한 광경을 보고는 누구나가 자신이 전에 한 말을 후회하였다.

곧 육해군의 수뇌 회의가 열렸다.

"용전(勇戰)에 경의를 표합니다."

해군을 싫어하는 스테셀 중장이 충심으로 해군에 동정했다. 해군측에서 우프톰스키 소장 이하 10여 명의 간부가 출석했으나 누구나 상처 입지 않은 자는 없었다.

"일본의 포탄은 대단하다."

하고 누군가가 말하자, 모두 입을 모아 같은 말을 했다. 그들은 아직 시모세 화약의 실체를 몰랐으나 그 무서운 효력을 먼저 알게 되었다.

"함체에 명중하지 않고 뱃전의 바다 속에 떨어지기만 해도 벌써 크게 작렬해서, 그 포탄에서 나오는 고열 가스가 흘수 하장(吃水下裝)의 강철판의 봉합부(縫合部)를 파괴하거나 침수시키거나 합니다."

이런 식으로 도무지 생각할 수 없는 폭발 상황을 이야기했다. 요컨대 포탄이 가스를 다량으로 발생시키고 또한 그 가스가 고열이라고 한다. 장갑대(帶)에 대하여서도 그러니 비장갑부에 명중했을 경우에는 이렇게 말한다.

"그 폭발에 의한 가스의 힘은 러시아의 포탄에 비길 바가 아닙니다. 뱃전 및 갑판 위의 금속은 물론, 굴뚝을 파괴하고 통풍통을 부수고 철제 마스트를 흩날리며 배의 조종을 맡는 기계를 파괴하고 맙니다. 이 가스의 열은 믿을 수 없을 정도로 높아 3천 도 정도는 될 것입니다. 그 증거로 강철에 칠한 페인트가 그 가스의 열로 녹아서 증발하여 마치 알코올처럼 탑니다."

"그건 포탄이 아니라 날아가는 어뢰입니다."

이런 말을 한 자도 있다.

"일본의 포탄에 재워진 화약량은 러시아의 포탄에 차 있는 면화약(綿火藥)과 비교하여 6배 이상은 될 것입니다(이것은 사실에 가깝다). 나아가서 폭발하면 러시아 포탄은 터져서 커다란 파편으로 될 뿐이지만, 일본의 그것은 밀알만한 파편을 무수히 발생시켜 그것에 맞으면 뼛속 깊이 파고 듭니다."

이것은 해군측의 군의가 말했다.

시모세 파우더라고 일컬어지는 시모세 화약이 발명된 것은 1888년의 일이며, 실험을 거듭한 결과 해군이 채용한 것은 1893년의 일이었다. 그러나 이 듬해에 시작된 청일전쟁에는 사용되지 않았다.

"청일전쟁 때에는 이미 시모세 화약이 완성되어 있었으나 그러나 기계 쪽이 아직 불완전했으므로 사용하지 못했다."

1911년 9월 4일부의 호치(報知) 신문에 해군 조병 총감 사와 간노죠(澤鑑之丞)가 말하고 있다. 이 맹작약(猛炸藥)을 쏘아 내기 위해서는 포강(砲腔), 기타의 기계학적인 조건이 필요했는데 그것이 완성되어 있지 않았던 것이다. 이를테면 청일전쟁 무렵까지는 포탄에 있어 가장 중요한 착발신관(着發信管)은 주로 네덜란드제를 쓰고 있었는데, 이 신관은 시모세 화약에 부적당했다. 후에 소위 이슈인(伊集院) 신관이 발명됨으로써 시모세 화약은 실용화되기에 이르렀으며, 러일전쟁 전에는 일본 해군의 모든 포탄, 어뢰, 기계 수뢰에 이 화약이 재워졌다.

발명자인 시모세 마사요시라는 사람은 아키(安藝) 히로시마 번(藩)의 총포 담당의 집안으로, 조부는 화란 서적 등을 살펴보면서 화약의 연구를 하고 있었다고 한다. 시모세는 아키야마 요시후루보다 1살 아래인 안세이(安政) 6년 생이며, 서로 10살 전후에 유신이 와해되어 사족(士族)이 몰락해서 집 안이 궁핍한 점 등에서는 거의 비슷한 체험을 했다.

히로시마 중학에서 당시 공학료라고 일컬어졌던 대학에 들어간 것은 1877년이다. 예과(豫科)가 2년이고 전문 과정은 5년이다. 화학을 전공하여 공학사가 된 후 해군성에 들어가 병기 제작소에 근무했다.

이 1884년 당시 이 연구소의 제조과 과장은 사쓰마 출신인 하라다 소스케 (原田宗助)라는 인물인데, 1871년 도고 헤이하치로 등과 함께 영국에 유학하여 뉴캐슬에 있는 암스트롱 회사에서 조병 기술을 실습했다.

"우수한 병기 없이는 국가의 독립이란 없다."

이것은 바로 하라다 소스케의 입버릇처럼 하는 말이었다. 이 연구소의 슬로건이었는지도 모른다. 연구소에서는 모방보다 발명을 중시하는 기풍이 있어 하라다는 새로 입소한 시모세에게 훈시했다.

"우리 일본은 약소국이다. 약소국으로서 여전히 이 제국주의 세계에서 살수 있는 길은 병기의 발명뿐이다. 자네는 포탄의 작약(作藥)을 전문으로 하라. 개량보다도 세계의 작약의 관념을 변화시킬 만한 발명을 하라."

시모세는 그렇게 되지 않으면 안된다고 생각하고 구미 각국이 사용하고 있는 면화약과는 다른 계열의 것을 입소 후 3년 동안에 개발했다. 이 신화약은 피크린산을 사용하여 피크린산이 철에 접촉하면 민감한 피크린 산염을 만든다는 성질을 이용한 것으로, 그것이 강철함에 발사되었을 때 생기는 맹렬한 폭발력은 종래 화약의 개념을 훨씬 넘은 것이었다.

물건의 양에서 보면 이 전쟁은 일본으로선 승산이 거의 없었으나, 단 하나 유리한 점은 시모세 화약에 걸려 있었다고 할 것이다.

"군함이 있는 어느 장소에서나 작렬만 하면 갑판 위에 사람이 올라갈 수 없다."

고까지 말할 정도로 지독한 고열을 이 폭약(작약)은 낸다. 이 때문에 처음에 러시아측은 세계를 향하여 호소했을 정도였다.

"일본 해군의 포탄은 독가스를 방산한다."

그 예로 일본의 어뢰가 순양함 '파를라아다'의 석탄고에 명중했을 때 6명의 수병이 소화하려고 현장으로 다가갔는데 가스에 당하는 것처럼 되어 쓰러졌다는 것이다. 물론 독가스는 아니었다. 시모세 화약이 폭발할 때 생기는 가스의 열이 유달리 높아 3천 도에까지 올랐다. 6명의 수병의 불행은 이 고열에 의한 것이었다.

러시아측은 개국하여 삼십 수년밖에 지나지 않은 일본이 독창에 의한 포탄을 사용할 리가 없다고 보고 여순의 해군부는 발표하였다.

"일본군은 영국제 리다이트 탄을 쓰고 있다."

한편 러시아군의 포탄은 일본 해군의 연구 기관이 분석하여 조사한 바로는 폭발력이 극히 둔한 것이 사용되고 있었다. 처음 일본이 억측한 바로는 러시아가 평소 프랑스와 친밀한 데서 프랑스가 개발한 메뤼트라는 폭약을 사용하고 있을지도 모른다고 보고 있었는데, 프랑스는 아무래도 러시아에게 넘겨주지 않았던 모양이었다. 또 러시아의 포탄은 신관이 다소 조잡해서 불발탄이 많았다.

시모세 화약의 위력을 러시아측이 본격적으로 조사하기 시작한 것은 황해해전 뒤의 울산 앞바다 해전에서 싸운 순양함 '그롬보이'와 '러시아'가 블라디보스토크에 간신히 당도했을 때였다. 두 함은 침몰하지는 않았으나 완전한 폐함이 되어 있었다.

"두 함 다 그 피해는 처참하여 보는 자로 하여금 전율케 했다."

신문은 발표했다. 보트는 산산조각으로 파괴되고 포신은 굽어지든가 부서지고 뱃전의 탄흔은 모두 사람이 드나들 수 있을 정도의 크기이며, '러시아'의 경우는 전함 20문의 포 가운데 사용할 수 있는 것은 3문밖에 없었다고한다.

여러 외국의 신문도 이 화약에 대해서 보도했는데, '일본은 이 화약을 최대의 국가 비밀로 하고 있으므로 잘은 모르지만 하여간 화약에 있어서는 혁명적이다. 러시아인은 그 위력을 육체적 경험에 의하여 습득한다는 불운한 경우에 놓여졌다.'(1904년 7월 31일 뉴욕 타임스).

일본 육군도 이 함포용의 시모세 화약을 토대로 새로운 황색약(피크린산)을 개발하고 1897년 공업화에 성공했다. 그러나 적의 강철함에 대한 시모세 화약만한 위력은 없었다.

그런데──

여순으로 다시 도망쳐 들어간 함대의 처치에 대해서 러시아의 현지 육해군이 협의한 결과 "이들 군함은 군함으로서 쓸모 있게 되기에는 너무 파괴되어 있다"는 것으로 더 이상 출항하지 않고 항내에 들어 앉기로 결정했다.

승무원의 태반은 육상 근무를 하고 함체는 그냥 떠 있기만 하기로 했다.

함포의 태반은 떼어내서 뭍으로 운반하여 요새(要塞) 중포로 사용키로 했다.

여순의 잔존 함대가 적극적인 전투 행동을 단념했다는 데 대하여서는 해상의 도고로서는 알지 못했다. 첩보활동이 미비한 때문이었다.

러일전쟁에 있어서의 일본의 첩보 활동은 유럽에 있어서도, 만주의 전장에 있어서도, 극히 호조였으나 여순만은 예외였다. 여순 시가는 러시아군의 엄중한 관제하여 놓여 있었기 때문에 꼼짝달싹 못했던 것이다.

이 때문에 여순 잔존 함대의 동정에 대해서는 여순 요새가 함락될 때까지 도고는 모르고 여전히 그 곤란한 기계력과 병사들의 피로를 강요하고 봉쇄 작전을 항구 밖에서 계속했다. 물론 도고로서는 하루라도 빨리 떠나서 하루라도 빨리 함대의 정비를 하고 싶었으나, 노기(乃木)의 제3군이 여순 요새를 함락시켜 주지 않는 한 떠날 수는 없었다. 이동안의 사정은 개전 때와 조금도 다르지 않았다.

단지 한 가지, 도고로서의 중요한 걱정이 사라졌다.

8월 14일의 울산 앞바다 해전이 바로 그것이다.

블라디보스토크를 기지로 하고 있는 러시아 함대는 여순함대의 별동대 같은 존재였으나 결과적으로는 전러시아 해군 가운데서 가장 잘 활동하고 일본 해군 및 육군에 가장 많은 손해를 주었다.

이 함대는 전함급의 1등 순양함 3척과 이동 순양함 1척, 가장(假裝) 순양함 1척으로, 도합 5척으로 되어 있으며, 끊임없이 일본해나 조선 해협 근처까지 나가서 일본과 만주 사이를 왕래하고 있는 수송선을 침몰시켰다.

4월 26일에는 긴슈마루(金州丸)를 침몰시키고 6월 15일에는 근위 후비 연대의 연대 본부와 그 일부대를 태운 히타치마루(常陸丸)를 포격하여 격침시켰으며, 철도 관계의 공병 부대를 태운 사도마루(佐渡丸)에 포뇌격을 가하여 대파시키고, 그밖에 이즈미마루(和泉丸) 같은 큰 배로부터 백 톤 내외의 기호마루(喜寶丸), 제2 호쿠세마루(第二北生丸), 호쿠슈마루(福就丸)까지 자유자재로 침몰시켜, 마침내는 대담하게도 태평양 연안에서 도쿄만을 엿보기도 하고 이즈(伊豆) 반도를 스쳐 가기도 하여 일본의 해상 수송로를 계속 위협하고 있었다.

이에 대하여 일본측은 가미무라 히코노조의 제2함대에 수색 임무를 맡겼는데 해역이 넓기 때문에 쉽게 발견하지 못하여 한때는 도쿄의 대본영의 공기를 암담하게 만들었다.

블라디보스토크 함대는 활발한 기동 의사(機動意思)를 갖고 있었다. 그러나 이것을 쫓는 가미무라 함대를 교묘히 피하여 늘 그 시야 밖에 몸을 피해 일본의 해상 수송을 교란하는 것만을 목적으로 했다. 양자는 일본 열도를 둘러싼 광대한 해역에서 술래잡기를 하고 있는 꼴이 되었다.

"가미무라 함대의 무운(武運) 양호하지 않다."

이 제2함대의 참모였던 사토 데쓰타로(佐藤鐵太郞)가 후에 이렇게 쓰고 있다. 사토는 이 당시 사네유키와 비견되는 작전가였다.

이 유격용 함대는 블라디보스토크 함대를 해상에 유인하기 위하여 멀리 블라디보스토크 항구 밖의 아스코리드 섬 부근에까지 간 일이 있는데, 때마침 해면이 얼어 접근할 수 없었고, 간신히 엷게 언 곳을 골라서 그것을 깨뜨리고 블라디보스토크 항을 향하여 원거리 사격을 가한 일도 있다. 그러나 적은 나오지 않았다.

그 후 블라디보스토크 함대가 조선의 원산을 습격했다는 말을 듣고 곧 급항했으나 이미 늦었다.

블라디보스토크 함대가 쓰시마 해협에 나타나서 사도마루와 히타치마루를 습격했을 때에도 가미무라는 현장 부근에 있지 않았다. 일본 국내의 여론은 냉혹하여 이 가미무라의 불운에 대해서 무능하다고도 하고 국적(國賊)이라고 하는 자도 있었으며, 가미무라의 집에 투석하는 자가 끊이지 않았다.

가미무라는 열심히 수색을 계속하여 7월 1일 저녁 때 쓰시마의 남서 해상을 순항중 2만 2천 미터 전방 해상에 엷은 연기가 오르는 것을 보고 필사적인 힘으로 추적했으나, 적도 이것을 눈치채고 달아나 이윽고 일몰과 함께 자취를 감추어 버렸다.

가미무라에게 있어 가장 비통했던 것은 7월 20일이었다. 그날 오후 한시 대본영에서 전신이 들어와 이런 내용의 적정이 보고되었을 때였다.

"블라디보스토크 함대의 3함은 이즈(伊豆) 반도 앞바다를 천천히 항해하며 상선을 위협하고 있음."

이어 대본영 명령으로서 도쿄만 부근으로 급항해 오라, 는 것이었다.

가미무라 함대는 급히 규슈 서쪽으로 남하했다. 그런데 이 급항중 오후 8 경 연합함대에서 명령이 들어왔다.

"홋카이도 방면으로 가라."

명령이 이중으로 된 것이었다.

연합함대의 명령은 '도쿄만 부근의 경계를 포기하고 이 길로 홋카이도로 가서 쓰가루 해협에서 블라디보스토크 함대의 귀로를 대기하라'는 것이어서, 두 가지 명령은 상반되어 있었다.

대본영은 블라디보스토크 함대가 도쿄만 부근을 위협하면서 일본의 태평 양 연안을 따라 최후에는 여순함대에 합류할 것으로 예상하고 있었으나 연 합함대의 예상은 이것과 달랐다. 적(敵)은 그대로 철수하여 쓰가루 해협을 지나 블라디보스토크로 돌아가리라는 것이었다.

가미무라는 망설이다 결국은 최고 명령자인 대본영의 명령을 좇았는데 결 과적으로는 연합함대의 명령이 옳았다. 이때 블라디보스토크 함대의 행동을 예상하고 적중시켰던 것은 사네유키였다.

사네유키의 이 예상은 다분히 신비적이다.

그는 이 시기에 블라디보스토크 함대가 어디를 어떻게 통과하느냐에 대하 여 날마다 생각을 거듭하여 어느날 밤은 끝내 잠을 이룰 수가 없었다. 일은 그때 일어났다.

"아키야마의 방에 들어가면 두 눈만이 이쪽을 향하고 있다. 말을 해도 반 응이 없을 때가 있다."

덧붙여 말하면 이렇게 말한 사관이 있었는데, 사네유키가 어떤 생각에 골 똘해 있을 때는 정상적이 아니었다.

또한 여담이지만, 사네유키는 모든 사람이 옆에서 잡담하고 있어도 별로 방해가 되지 않는 모양이다. 어느 날 그는 구두를 신은 채 소파에 벌렁 누워 이야기책을 읽고 있었다.

"이번 작전은 나라면 이렇게 하겠는데."

곁에서 젊은 사관들이 절반 농담으로 이렇게 말하면 허풍을 떨자 사네유 키는 갑자기 읽던 책을 내던지고 벌떡 일어나 물었다.

"지금 이야기 다시 한번 말해 봐. 어떻게 한다구?"

그러더니 컴퍼스와 자를 들고 와서 터무니없는 허풍을 열심히 듣고 나서는 곧장 그 자리에서 그것을 이론적인 줄거리를 통하여 대작전을 책상 위에서 연출해 보인 일도 있었다.

그러나 이번 경우에는 다르다. 구두를 신은 채 침대에 드러누워 생각하고 있는 동안에 피로에 지쳐서 잠시 잠이 들었다. 그때 그의 망막에 환한 하늘이 전개되어 날이 새고 얼마 되지 않는 바다 풍경이 펼쳐졌다. 이어진 파도가 보이고 그 광경은 분명히 쓰가루 해협에 가까운 일본 동해안의 경치인데, 더구나 그 검은 바다에 3척의 군함이 북항하고 있는 것을 보았던 것이다. 블라디보스토크 함대의 '러시아', '류우릭', '그롬보이'였다. 그들은 쓰가루 해협을 향하고 있었다.

'놈들은 쓰가루 해협을 거쳐 블라디보스토크로 돌아가는 것이다.'

사네유키는 자기의 정신에 나타난 이 신비적인 환각을 믿으려고 했다. 작전이라는 것은 이지(理智)를 총동원하여 사고하므로 마침내 최후까지 압축시킨 단계에서는 천부의 육감에 의할 수밖에 없다는 것을 사네유키는 알고 있었다. 그리고 그것을 절대적인 경지라 생각하고 자기가 이따금 느끼는 그러한 절대적인 경지를 그는 믿는 성미였다. 그가 만년에 심령적인 세계에 몰두한 것도 그러한 일에 의한 것 같다.

그러나 사네유키는 이 신비적 환각에 대해서는 아무에게도 말하지 않았다. 만일 말을 하면 도고 이하 함대 간부는 사네유키의 말을 믿지 않게 될 것이다.

그는 이때 곧 참모장실로 가서 쓰가루 해협설을 이론화하여 설명했다.

연합함대가 대본영 명령을 무시하고 가미무라 함대에 대하여 쓰가루 해협으로 가라는 명령 전신을 낸 것은 이때이다.

그러나 이미 가미무라 함대는 대본영 명령에 의한 행동에 들어간 뒤였다. 만약 이때 사네유키의 환각대로 가미무라 함대가 행동하고 있었더라면 블라디보스토크 함대의 처치는 더 빠른 시기에 끝났을 것이었다.

가미무라 함대는 좀처럼 블라디보스토크 함대와 만나지 못한다. 이 때문에 사령장관 가미무라 히코노조에 대한 투서, 또는 신문, 연설회에서의 매도가 더욱더 심해졌다. 이 함대가 농무 때문에 적을 놓쳤다고 보고하자 국회에서는 어느 대의원이 이 문제로 연설하기도 했다.

──농무(濃霧), 농무, 거꾸로 읽으면 무능이다(注 : 일어로는 濃霧는 노오무, 無能은 무노오라고 발음한다).

이런 점이 메이지 30년대(1867~1906년) 국가의 재미있는 점이리라. 국민이 함대를 마음대로 부리고 있는 그러한 위치에 있었다. 조세(租稅)로 함대를 만들어 가미무라에게 운영시키고 있다. 가미무라는 국민의 대행인으로서 대행인이 무능하다는 것을 국민은 용서하지 않았다. 그런데 쇼와 10년대(1935) 군사 국가로서의 일본은 군벌이 천황의 권위를 빌어 일본을 지배하고 마치 그들이 일본인의 거주지인 이 나라를 점령한 것 같은 의식의 냄새를 풍겼다. 당연히 국민은 그들의 사용인이 되고 말기에는 노예처럼 되었다. 러일전쟁 당시의 국가와 쇼와 10년대의 국가와는 질(質)까지 다른 것 같았다.

"민중의 비난 공격은 심했다. 러탐(露探)함대라고까지 말하고 있었다."

가미무라의 참모인 사토 데쓰타로는 후에 회고하고 있다. 러탐이란 러시아의 스파이라는 뜻이다.

함대에 이런 투서도 날아 왔다.

"가미무라 함대는 서투른 새잡이다. 우에노(上野)에 새가 나왔다고 해서 신바시에서 뛰어가 잡을 수 있겠는가."

가미무라 히코노조는 전형적인 사쓰마 군인형의 인간으로 젊었을 때부터 싸움을 잘하고 남에게 지는 것을 무엇보다 싫어한 소위 맹장이었다. 이 전쟁에서 해군 대신 야마모토 곤노효에가 연합함대에는 도고를 택하고, 과감한 유격성이 기대되는 제2함대에는 가미무라를 택한 것은 그의 성격이 이 일에 적합하다고 인정했기 때문이었다. 그런만큼 이 사나이는 괴로웠을 것이다.

사토 데쓰타로의 회고담에도 이런 말이 있다.

"쓰시마에 함대가 정박하자 장관은 보트를 타고 곧잘 낚시질 갔었습니다."

사령장관은 국민들의 원성(怨聲) 속에서 유유히 낚시질하고 있는 장면을 함대 장병들에게 보임으로써 사기를 떨어뜨리지 않으려고 했던 것인지, 또는 자신의 울화통을 진정시키기 위해서였던지 모르겠다고 사토는 말했다. 하여간 가미무라는 쓰시마에서 곧잘 함대 수병들에게 씨름을 시키기도 하고 등산을 시키기도 하면서 그들의 초조한 분위기를 진정시키려고 했다.

──도쿄만 부근으로 오라.

이런 대본영의 말을 듣고 급항하고 있을 때에도 적함에 대한 미확인 정보가 빈번히 들어와 이 함대를 괴롭혔다.

7월 25일에는 '러시아 함대 보소(房總)반도 가쓰우라(勝浦) 앞바다에 있음'이라는 전보가 들어오는가 하면, 이튿날에는 크게 뛰어 '기슈(紀州) 시오곶(潮岬) 앞바다에 있음'하는 전보가 들어왔다. 오보였다.

이윽고 가미무라 함대는 이즈(伊豆) 방면을 세밀히 정찰했으나 적은 이미 없고 헛되이 쓰시마 해협에 되돌아왔다.

그러한 불운의 항적(航跡)을 이 함대는 계속 끌고 있었다.

가미무라 함대에 겨우 운이 돌아온 것은 블라디보스토크 함대가 8월 12일 블라디보스토크 항을 나와 스스로 남하해온 일이다.

황해 해전의 부록(附錄)이라 해도 좋았다. 왜냐하면 여순함대가 그 대거 출도에 있어 자기 편인 블라디보스토크 함대에 대하여 '도중까지 마중 나와 달라——'는 의미의 연락을 하고 있었던 것이다. 도중에서 합류함으로써 병력을 증강하고 다함께 블라디보스토크로 갈 작정이었다.

그런데 여순함대 쪽은 일찌감치 격파되어 사방으로 흩어졌다.

블라디보스토크 함대는 그런 줄도 모르고 일본해를 돌진해 나아가고 있다.

——여순함대가 움직인 이상 반드시 그것에 따라 블라디보스토크 함대가 나온다.

이것은 과거 그들의 행동 형태를 보아도 충분히 상상할 수 있다.

사네유키는 그렇게 짐작하고 도고의 허가를 얻어 가미무라 함대에 대하여 훈령을 냈다.

——블라디보스토크 함대의 출현에 주의할 것.

가미무라도, 참모인 사토도, 훈령을 받지 않아도 충분히 상상할 수 있었다.

"쓰시마 북쪽 또는 동북쪽에서 그를 기다리면 된다."

가미무라 함대는 이렇게 생각하고, 요소요소에 제4함대의 여러 함에 초계를 맡게 하고 특히 '니다카'를 쓰시마 남쪽에 배치한 후 함대 주력은 11일 오전 10시 40분 쓰시마의 오자키 만(尾崎灣)을 나와 목적 지점에 급행했다.

도중 도고의 명령으로 흑산도 서쪽을 들르고 13일 새벽 쓰시마 동쪽에 달했다.

14일 오전 1시 반 울릉도 북쪽 10해리 부근에 이르러 거기에서 침로를 바꾸고 남서 미남(微南)을 향하였으나, 이날 이른 아침 마침내 블라디보스토크 함대의 남하를 발견한 것이다. 발견은 오전 4시 25분으로 좌현 함수에 아득히 불빛을 보았는데 이날 달은 없었다.

"무엇일까?"

기함 이즈모(出雲) 안에서 떠들썩했으나 계속 항진을 하고 있는 동안에 날이 새고 불빛을 보고 나서 20분 후에 아침 안개 속을 나아가는 블라디보스토크 함대 3척을 발견했다.

이날 아침은 남쪽 미풍으로 날씨는 맑고 해상은 평온했다. 적, 아군 모두 단종진을 취하고 있다.

적은 기함 '러시아'(12,195톤)를 선두로 '그롬보이'(12,359톤), '류우릭'(10,936톤)이 쫓고 있는데 모두 전함급의 순양함이다.

아군은 이때 기함 이즈모(9,733톤)를 선두로 아즈마(9,326톤), 도키와(9,700톤), 이와테(9,733톤) 4척으로, 그밖에 아사마와 야쿠모가 이 함대에 적을 두고 있는데 이 두 함은 여순 방면으로 나가 있었다.

5시쯤 쌍방이 약 6해리에 접근했을 때, 가미무라 사령장관은 무전으로 '적 발견'이라는 정보를 발신하고 이어 전투 배치에 들어가게 하였다.

이 부근은 조선의 울산 앞바다가 된다. 아직 날이 다 밝지 않은 탓도 있어 러시아측은 가미무라를 발견하는 데 약간 늦었다.

지금까지의 심리적 중압감도 있어 가미무라의 두 눈은 처음부터 충혈되어 있었다. 그가 얼마나 이 일전에 필사적이었는가 하면, 그의 기함 이즈모가 급항을 거듭하여 마침내 이즈모 이하를 떼어 놓은 것으로도 알 수 있다. 그는 이즈모만이라도 적중에 뛰어들어 포문을 열 작정이었다. 이때의 제일 끝의 함은 이와테였는데 이 함은 매우 뒤떨어져 있었다. 이와테의 한 사관이 아득히 앞바다에서 연기를 내뿜고 있는 함대를 블라디보스토크 함대라고 생각하고 사진에 찍었던 바 나중에 모두가 보고, 이건 우리 이즈모가 아니냐, 하고 웃음거리가 되었다. 그만큼 이즈모는 무턱대고 적에게 접근해 있었다.

가미무라는 이즈모의 함교에 있다. 쌍안경으로 적의 모습을 바라보고 있던 참모 한 사람이 상상 이상으로 적함의 함체가 크다는 것을 말했다.

"크군요."

가미무라는 내뱉듯이 말했다.

"크니까 맞는 거야."

이 투혼의 덩어리 같은 사나이는 최초 포격까지의 사이에 건드리면 뛰어오를 듯이 기분이 언짢았다.

적이 겨우 눈치챘다. 당황한 빛을 띠고 갑자기 침로를 왼쪽으로 꺾었다. 동쪽을 향하여 도주하려는 기색이었다.

가미무라는 함교에서 격노했다. 여기서 놓치면 그는 분사(憤死)할 수밖에 없을 것이다. 가미무라는 적을 놓치지 않기 위해서 동남동으로 방향을 바꾸고 적을 우현으로 보았다. 보면서 거리의 단축을 꾀하려 했다.

아직 포격을 개시하는 데는 충분히 날이 밝지 않았다. 게다가 거리도 약간 멀었다. 그러나 가미무라는 적을 놓치지 않기 위해서 사격을 개시하지 않을 수 없었다.

가미무라가 적의 맨 끝의 류우릭에 대하여 8천 4백 미터의 사격거리로 포격을 개시한 것은 오전 5시 23분이었다.

적도 응전했다.

이즈모의 주포인 8인치 포탄은 일 탄마다 가미무라의 원한이 사무쳐 있었는데 거의 허탄없이 빨려들어가듯 류우릭에 맞아 폭발하여 금방 류우릭에 불기둥이 일었다.

이즈모의 8인치 포의 사수는 아직 충분히 시야가 트이지 않을 때부터 포격을 계속하여 전투 중 교대없이 계속적으로 쏘았기 때문에 눈이 아주 피로해 있었다고 한다.

기함 '러시아'나 '그롬보이'도 포격을 개시하여 이윽고 일본의 각 함도 요란한 포성을 올려 일 탄을 발사할 때마다, 해면에 긴장이 도사려 포연과 매연이 사방을 뒤덮고 그동안 수많은 물기둥이 솟아 올랐다가는 사라졌다.

그런데 덧붙일 것은 일본인은 타민족에 비하여 과민하기 때문에 소총 사격이 서툴렀다. 청일전쟁 때에도 청국 병사보다 떨어지는 형편이었고 이 러일전쟁에서도 러시아 사관이나 외국의 관전 무관이 똑같이 인정한 것은 일본 보병의 서툰 소총 사격 솜씨였다. 일본 육군에는 '사격 바보'라는 말조차 있어, 다소 둔한 사람 쪽이 격발(激發) 때 정신의 진정을 요하는 소총 사격에는 적합하다고 한다. 일본인 대부분이 소총 사격의 수준 능력이 낮다고 하는 것은 요컨대 신경이 과민하여 벌컥 화를 내기 때문이리라.

그러나 대포의 사격 솜씨는 육군도 러시아 포병의 능력을 다소 능가했다.

해군에 있어서는 그 차가 컸다. 과장해서 말하면 매우 동떨어졌었다.

이 사격 중시(重視)는 도고의 기본 방침이어서 그는 전투가 없을 때는 쉴 새 없이 사격 훈련을 시켰다. 뿐만 아니라 그는 전함대에서 사격이 우수한 자를 모아 제1급 자를 전함 함대에 태우고, 그 다음 가는 자를 가미무라의 중순양함에 태웠다. '전장의 운명은 대함의 거포가 결정한다'는 그의 사상을 가장 단순하게 부각시킨 것이 그의 함대의 성공 요인이 되었다.

이때의 가미무라 함대의 명중률은 기적이라 할만큼 높았다. 개전 30분 정도의 사이에 적의 세 함에 모두 화재가 일어났다.

더구나 가미무라 함대에 있어 유리했던 것은 솟아오르는 태양을 시종 등에 지고 있었던 일이었다. 가미무라는 이 위치를 열심히 계속 유지했다. 태양을 등지면 적이 잘 보여 자연히 조준에 실수가 적다.

블라디보스토크 함대의 불찰은 태양을 향하여 포를 쏘고 있었던 일이었다. 이 때문에 이따금 가미무라 함대가 역광으로 그림자가 되기도 하고 사수의 눈이 빨리 피로하기도 했다.

개전 29분 후인 오전 5시 52분 러시아의 그롬보이는 침로를 오른쪽으로 바꾸고 남쪽으로 도주했다.

계속 불타고 있는 류우릭만이 전장에 방치되었다.

그러나 이 블라디보스토크 함대의 러시아인은 발틱함대의 승무원과는 다른 인종인 듯이 용감하였으며 전우애도 강했다. 일단 도주한 러시아와 그롬보이는 다시 돌아와서 류우릭 곁에 다가왔다. 가미무라 함대는 곧 전진하여 다시 온 적 두 함의 앞길을 저지하려고 약간 북서(北西)로 변침하여 적을 좌현으로 보며 병항(竝航)하여 포격을 가했다.

류우릭의 재기하려는 노력은 눈물겨운 것이었다. 그는 간신히 다른 두 함과 합쳐 진형을 갖추고 심하게 응전했는데, 이윽고 오전 6시 30분 키를 파괴당하고 표류하기 시작했다.

가미무라는 러시아와 그롬보이를 쫓았다. 6천 미터에서 적을 종사(縱射)했다. 집탄율(集彈率)이 좋아서 수없이 명중했으나 적은 대함이어서 침몰하기까지에는 이르지 않았다. 그런데 적의 두 함은 이토록의 고전 속에서 오전 7시경 다시 한번 류우릭 곁으로 되돌아왔다. 그러나 이때 류우릭은 이미 구제 불능의 상태에 있었다.

키가 파괴되고 맹화에 휩싸인 류우릭은 동료함으로서는 이미 손댈 수 없을 정도로 되어 있었다.

러시아와 그롬보이는 일단 접근했으나 다시 북으로 도주했다. 두 함은 모두 화재를 껐으나 또 포탄을 맞아 화재를 일으켰다. 가미무라 함대는 그것을 쫓았다.

그런데 경탄할 일로는 이 적의 두 함은 아직도 동료함인 류우릭을 전장에 남기고 가기가 꽤 안타까웠던지 몇 번인가 되돌아오려고 했다. 그러나 추적하는 가미무라 함대는 그것을 저지하고 시계(視界)가 포연으로 어두워질 정도로 쏘아 댔기 때문에 이제는 단념하고 북쪽으로 침로를 돌렸다.

──블라디보스토크로 돌아가려는 것이다.

가미무라는 함교에서 외쳤다. 돌아가지 못하게 하려는 것이리라.

이즈모와 뒤따르는 세 함은 속력을 올렸다. 그러나 오랜 전투 활동 때문에 함저가 더럽혀져 있어 본래의 속력을 내기 힘들었다.

적은 의외로 고속이었다.

두 함은 다 불을 내뿜다가는 또 끄곤 했다. 함상에서 필사적인 소화 작업을 하고 있는 것이리라. 대포의 활동이 현저하게 둔해진 것은 대부분이 파괴당했다고 보아도 된다. 그런데도 기관이 파괴되지 않고 흘수선 장갑띠에도 손상이 없는지 속력이 여전하다.

이것이 '나는 어뢰'라고 두려워했던 일본의 포탄의 단점이었다. 적의 함상의 모든 것을 파괴하여 전투력을 빼앗아 버린다는 성능에 중점을 두고 흘수선 장갑대를 부수고 침수시키든가 함저까지 꿰뚫어 거기에서 폭발을 일으키거나 하는 성능은 의식적으로 경시되어 있었다.

침몰은 모면했다고는 하나 러시아와 그롬보이의 피해는 이미 군함으로서는 폐품과 마찬가지로 되어 있었다. 러시아는 상갑판이 완전히 파괴되고 중갑판의 포곽(砲廓)도 대부분이 파괴되었으며, 마스트도 부러지고 굴뚝까지도 부러져 있었다. 그롬보이도 상중하의 갑판의 방어물이 모조리 파괴되어 두 함 합하여 사용 가능한 주포는 세 문밖에 없었다. 장교의 반수가 전사했다. 병사들도 상처를 입지 않는 자는 드물고 활동할 수 있는 자는 전투보다도 소화에 종사했다.

그래서 19노트라는 쾌속으로 달리고 있는 것이다. 그것을 쫓는 이즈모 이

하도 같은 속력이므로 이래 가지고는 따라붙을 것 같지 않다. 배후에서 포탄을 계속적으로 쏘는 이외에 방법이 없었다. 가미무라는 이 두 함을 격침시키려 하고 있었다. 이 추적중 러시아는 5번, 그롬보이는 3번 화재를 일으켰다.

가미무라는 함교에서 계속 적을 노려보면서 움직이지 않았으나 추적한 지 1시간 반쯤 지났을 때 참모장이 백묵으로 흑판에 글을 써서 가미무라에게 가리켰다. 풍랑 때문에 육성으로 말해도 들리지 않았기 때문이다.

'잔탄(殘彈) 없음.'

흑판에는 이렇게 씌어져 있었다.

가미무라는 그 흑판을 움켜쥐어 바닥에 팽개쳤다. 분했을 것이다. 그러나 가미무라는 되돌아가지 않을 수 없었다.

그 후 러시아의 두 함은 블라디보스토크에서 폐함과 같은 신세가 되고 예의 류우릭은 침몰하고 블라디보스토크 함대는 이때를 마지막으로 소멸되었다.

요양(遼陽)

　요양은 남만주에 있어서는 봉천 다음가는 대도시이다. 호수(戶數)는 3만 쯤 될 것이다.

　이 도시의 역사는 의외로 깊고 한(漢) 시대부터 이 지방의 중심이었던 모양으로, 후에는 글안(契丹)의 오도(五都) 중 하나였다고도 한다.

　거리 모양은 사각형이며 내부는 깨끗한 바둑판처럼 구획되어 그 주위를 성벽이 둘러싸고 있다. 성벽의 규모는 한 변(邊)이 1킬로 반 정도는 됨직하다. 그 성벽에는 8개의 문이 밖으로 열려져 있다. 성벽은 명나라 초기에 크게 개축된 듯하다.

　러시아 제국이 이 요양을 탄압하여 억지로 반(半) 영토로 한 것은 러일전쟁이 시작되기 오 년 쯤 전이었다.

　"요양은 그 북쪽의 봉천 이상으로 전략 가치가 있다."

　러시아인은 그렇게 본 모양이다. 손자 병법의 용어로 말하면 여기는 '구지(衢地)'로 사면 팔방에서 도로가 이곳으로 집중하고 있다. 러시아 인이 얼마나 만주 경영에 주력했는가는 이 요양의 거리를 보면 알 수 있다.

　겨우 5년 동안에 당당한 러시아인 거리를 조성하고 있는 것이다. 그들은 성 밖의 서쪽 교외에 요양역을 만들고 그 부근에 근대 설비를 집중시켰다. 요양 기관구는 부채꼴로 만들어진 조차장을 갖고 있는데, 그런 종류의 조차장이 일본에는 아직 없었다. 역 부근의 러시아인 거리는 벽돌로 만든 서양관이 즐비하고 관사나 상관(商館), 교회, 클럽 등이 있어 그 한모퉁이에 서면 마치 유럽의 도시에 있는 것 같은 느낌을 갖게 한다. 단지 봄철이면 도로의 모래를 휘몰아 올려 소위 황진(黃塵)이 날리는 데가 만주였다.

크로파트킨의 총사령부와 관사도 이 역 부근의 일각에 있었다. 그는 요양 회전이 시작되기 3개월 전에 이 요양에 들어왔다.

"이 요양에 대군을 집결하여 일본군을 일거에 섬멸하는 거다."

이것이 이 유럽의 대표적 전술가인 크로파트킨의 요양 회전의 주체이며 결의였다.

이미 남산에서 패하고 득리사에서 패하고 병력을 북으로 북으로 옮겨 마침내 이 요양에 본거지를 정한 이상, 여기에서 결전 태세를 갖추고 일거에 대승을 거두지 않으면 페테르스부르크 궁정에서의 그의 평가가 실추한다. 아니, 이미 그 성가(聲價)는 떨어지고 있다. 그것을 만회하지 않으면 안된다.

그의 시어머니 역할인 알렉세예프 극동 총독은 여전히 작전에 참견을 한다. 크로파트킨은 그와 상대하기에 신경이 쓰여 몇 번이나 생각했다.

"비테가 개전에 앞서 충고한 대로였다."

비테의 충고란 '알렉세예프를 체포하여 페테르스부르크에 송환하라. 그렇지 않으면 도무지 싸움을 못하리라'고 말한 일이다. 물론 크로파트킨은 러시아 육군에서 보기 드문 준재였으나 그러한 만용의 소유자는 아니었다.

닥쳐올 요양 결전에 대한 크로파트킨의 작전은 장엄하다는 형용이 알맞으리라.

그는 이 회전이 야외 결전인데도 이에 요새의 요소를 충분히 채택했다. 요양성을 요새화했을 뿐만 아니라, 그 전면의 산야를 대규모로 깎아 반영구적인 야전 축성을 하여 일본군을 기다리려고 했다. 공수 양면의 요소를 교묘히 복합시킨 것이다. 본래 이것이 러시아 전법의 전통이기도 했다.

단지 크로파트킨은 이 야전 축성에 방대한 물량을 주입했다.

요양의 서북에 태자(太子) 강이 흐르고 있다. 이 하류에 그의 일대 보루

(堡壘)인 우익의 일단을 두어 그 방어선으로 요양의 서쪽 및 남쪽을 빙 둘러 싸고 그 선상에 반영구적 폐쇄보(堡)를 점점이 15군데 두고, 이것을 거점으로 하여 대소의 엄보(掩堡)며 포대를 전후에 배열하고, 이들 거점들을 유기적으로 하기 위해 전광형(電光形) 공로(攻路)로 연결했다. 요새 구축이나 야전 축성은 러시아인의 장기였다. 이 공사의 설계자는 유럽에서의 군사 공학의 대가로 알려져 있는 페리치코프 장군이었다.

"될 수 있는 대로 견고하게."

크로파트킨은 요구했다. 공사 기간은 짧다. 3개월 정도로 완성시키지 않으면 안되었다.

"일본군이 아무리 용맹하다 해도 100일은 지탱할 것입니다."

알렉산드로프 소장은 장담했다.

크로파트킨의 작전으로 한다면 100일도 지탱할 필요는 없었다.

──본국으로부터의 원군이 올 때까지만 지탱하게 하면 된다.

그는 이렇게 생각하고 있었다.

그런데 크로파트킨의 병력은 23만이다. 일본군은 14만에 불과하다. 원칙으로 본다면 절대 우세한 이 병력으로 대진공을 감행한다면 일본군의 운명은 어떻게 되었을지 알 수 없었다.

그러나 항상 러시아인의 작전 사상에는 방어 요소가 농후하여 방어하면서 적에게 손해를 강요하고(실지로 일본군은 큰 손해를 입었다) 적이 약화되기를 기다려 '안전한 진격'을 행한다. 일본식의, 에도(江戶) 시대의 소화 인부가 화재 장소에 뛰어드는 것 같은 그러한 방식은 일체 채택하지 않았다.

그는 23만의 대 야전군을 보유하면서도 유럽 러시아에서의 원군을 더 기대했다. 증원군의 예정은 2개 군단이라는 대군이었다.

그의 작전 계획은 소극적이라 할 것이 아니라 견실하다고 할 것이었다.

단지 하나 그는 기묘한 짓을 했다.

요양성의 성벽에 큰 구멍을 낸 것이다. 그것도 여러 개 냈다. 용도는 퇴로였다.

그는 이토록 견실하고 튼튼한 야전 진지를 만들면서도 패하여 도망갈 때의 준비까지 했다. 이런 일이 그와 같은 대작전가가 요양 회전에서 실패하는 주요한 원인의 하나가 되었다.

사실을 말하면 이 요양에 전개하고 있는 러시아군에 대하여 일본군은 기민한 공세로 나가야 했었다. 그러나 그럴 수가 없었다.

포탄이 모자랐던 것이다.

해군은 남을 정도의 포탄을 준비하여 이 전쟁에 들어왔다.

그러나 육군은 그렇지 않았다.

"그렇게는 필요치 않을 것이다."

이처럼 싸움 준비 기간중부터 얕잡아보고 있었다. 그들은 근대전에서의 물량의 소모라는 데 대한 상상력이 전혀 결여되어 있었다.

이 상상력의 결여는 이 시대뿐만 아니라 그들이 태평양 전쟁의 종료로 소멸하기까지 일본 육군의 체질적 결함이라고 할 만한 것이었다.

일본 육군의 전통적 미신은, 싸움은 작전과 장병의 용감성에 의하여 이긴다는 것이었다. 이 때문에 참모 장교들은 개전 전부터 작전 계획에 열중했다. '외통장기'를 생각하듯 열중하여 요양 작전 등은 메이지 35년(1902년) 무렵부터 참모본부에서의 '외통장기'로 되어 있었다. 그들은 전쟁과 장기는 비슷한 것이라고 생각하는 폐풍(弊風)이 있어 이것은 일본 육군이 존속하는 한 유전되었다. 그들은 그 '외통장기'에 피를 통하게 하여 살아 있는 전쟁으로 하는 것은 실전 부대의 결사적인 용전이 있을 뿐이라는 단순한 도식(圖式)을 갖고 있었다. '외통장기'가 예정대로 잘되지 않을 때에는 제1선의 실전 부대가 겁장이이고 죽음을 두려워 하기 때문이라고 하여 질타했다. 끊일 새 없이 유혈을 강요했다.

그것이 도쿄나 후방에 있는 육군의 작전 수뇌들이 갖는 공통된 두뇌였다. '외통장기'에 살을 붙여 그것을 현실의 전쟁으로 만들어 내는 것은 피보다도 물량이라는 것을 그들은 알지 못했다. 이를테면 일본 육군이 요양 작전을 시작함에 있어 준비한 것은 포탄이 아니라 일만 개의 '뼈 상자(러시아측의 자료)'였다.

"얼마만한 포탄의 양을 예정할 것인가."

포탄에 대해서는 전쟁 준비중 이것을 참모본부에서 생각했다. 만약 청일 전쟁의 10배가 필요하다면 그만한 양을 외국에 주문하든가, 오사카 포병 공창(工廠)의 생산 설비를 확충하여 그만한 준비를 하지 않으면 안된다.

그러나 일본 육군은 경탄할 만한 계획을 세웠다.

"포 1문에 대하여 50발(1개월 단위)이면 되겠지."

하루에 소비할 탄량이었다.

이렇듯 근대전에 대한 상상력이 결여된 계획을 세운 자는 육군성의 포병과장이었다. 일본인의 폐단인 전문가 외경주의(專門家畏敬主義) 또는 관료제도의 방침상 이 안(案)에 대하여 상사는 신뢰했다. 차관도 그것에 함부로 도장을 찍고 대신도 마찬가지로 도장을 찍고 그것이 정식 육군성 안이 되어 그것을 대본영이 심의 없이 승인했다. 그 결과 방대한 양의 피를 흘렸으나 관료 제도의 불가사의한 점으로 전후 누구 하나 그것에 대한 책임을 진 자는 없다.

일본군은 최초의 러일 양군의 대회전인 요양 회전을 포탄의 결핍으로 인하여 감행할 수가 없었다.

다른 쪽에서는 노기군의 여순 공위전(攻圍戰)이 조금도 호전되지 않고 헛되어 포탄을 소모하고 있다.

"대포 소총탄을 모조리 쏴 버렸다."

전보가 끊일 새 없이 노기군으로부터 도쿄의 대본영에 타전되었다. 포탄도 소총탄도 없이 전쟁을 하라는 어리석음은 무엇이란 말인가.

"1문 50발"

개전 전에 육군성의 한 포병과장이 입안한 작전의 실패가 국가의 운명을 좌우하는 데까지 와 있었다.

전쟁 초기에 남산이나 금주에서 러시아군의 포탄 세례를 받고 나서 "적어도 1문에 백 발을"하는 데까지 수정되었으나 사태는 이미 뒤늦었다. 포병 공창의 생산 설비는 갑자기 확장되지 않고 외국에 주문하려 해도(실지로 주문했다) 곧 되는 것은 아니었다. 현지에 있어서 전쟁은 그 동안에도 사정없이 진척되고 있는 것이다. 러시아군은 일본군의 탄량이 저장되기까지 기다리지 않았다.

요양 회전의 준비중 현지군에서는 일본 본토에서 보내오는 포탄을 아끼고 아껴 남겨 두었다. 제1군은 포 1문에 대하여 2백 5발, 제2군은 1백 80발, 제4군은 1백 40발까지 남겼는데 아마 이 정도로 회전을 시작하면 겨우 초기에 다 쏘아 버리고 말 것이다. 더 보내라고 도쿄에 성화같이 독촉을 했다.

여순을 포위하고 있는 노기군에 이르러서는 이렇게 요구한 일도 있다.

"야포나 산포 등의 포탄 제조를 일시 중지하고 공성포의 포탄을 만들어 달라. 공성포 1문에 대하여 6백 발을 급히 보내 달라."

그러나 그 요구조차 도쿄에서는 들어 줄 수 없었다.

또 요양 회전을 목전에 두고 있는 현지의 만주군에는 이러한 예가 있었다.

그 준비 기간 중인 8월 23일 총참모장 고다마 겐타로는 도쿄의 대본영에서 비밀 전보를 받았다. 발신자는 참모차장인 나가오카 소장이었다.

"이 전보는 각하께서 친전(親展)하심."

우선 전문의 서두에 이렇게 말하고 있다. 함부로 다른 사람에게 보이면 사기에 영향이 미치기 때문이다.

"제3군에는 포탄은 고사하고 이젠 소총탄마저 없다. 이 때문에 대련 부근에 집적(集積)해 있는 대소의 탄을 모조리 제3군에게 넘겨 줄 작정이다. 그 결과 요양 회전을 위해 보급할 총포탄은 모두 없어지고 말았다. 특히 포탄은 아무리 육군성과 교섭해도 매달 6만 발을 제조할 수 있는 데 불과하다."

그 내용은 이런 것으로, 전문의 최후에 비통을 넘어 우스꽝스러울 정도의 실정을 고백하고 있다.

"요양 공격은 지금 휴대하고 있는 탄(彈)으로 실시하도록 각오를 요함."

이윽고 벌어질 요양 회전에 대해서는 세계가 주목하고 있었다. 일본으로서는 외채 모집이나 강화에의 외교 정략 따위를 생각할 때 러일전쟁에서 이 제1회 주력 결전에 무슨 일이 있어도 이기지 않으면 안된다. 만약 지면 일본의 국제 평가가 떨어지고 어느 나라도 원조의 손을 내밀어 주지 않을 것이 틀림없다.

8월 3일 이 작전 개시에 있어 대본영은 현지군의 최고 사령관인 오야마 이와오에 대하여 훈시 전보(訓示電報)를 발했다.

"이 전투로 하여금 러일전쟁을 승리로 이끌게끔 지도하라."

그런데 포탄의 양이 극히 빈약한 데다가 전선에서는 식량마저 결핍되어 식사를 반으로 줄이고 있는 부대조차 있었다. 보급이 서투른 탓이었다. 보급이라는 이 단순한, 그러나 극히 전략적이며 계획성을 요하는 활동은 일본인의 성격으로 보아 맞지 않을지도 몰랐다. 그러나 해군은 보급을 실수 없이 하여 이 전쟁 기간 동안 소홀함이 없었다. 육군에서의 보급의 소홀함이 만약 일본인의 국민성의 결함에 기인한다면 원래 육군이라는 것은 그 민족의 토속성이 다분히 유전되는 것이기 때문에 부득이한 일인지도 몰랐다.

——보급의 결핍은 전투의 용감성으로 만회하라.

이것이 대본영의 의사였다. 그야말로 일본적이며, 이 기묘한 성격의 발상은 일본 육군의 종말까지 유전되었다.

오야마의 사령부가 휘하 각 군에 대하여 요양을 향하여 전진을 명한 것은 8월 14일이다.

"빨리 하지 않으면 요양의 적의 병력은 더 한층 증가한다."

초조함이 도쿄에도, 현지에도 있었다.

그런데 명령을 낸 이날부터 본격적인 우기가 닥쳐왔다. 각지에 홍수가 나고 교통이 차단되었다.

이 때문에 전진 명령은 다음다음 날 취소되었다.

"13일부터의 강우, 아직껏 개지 않음."

총참모장 고다마 겐타로는 도쿄의 친지에게 보낸 이 그림 엽서에 그렇게 쓰고 있다. 고다마는 여가를 잘 이용하는 사나이로, 비 오는 날은 사령부 안에서 각지에 진중 소식을 전하는 엽서를 쓰기도 하고 한시를 짓기도 했다.

8월 22일 고다마는 오야마의 허가를 얻어 28일을 기하여 요양을 공격하라는 명령을 내렸다.

물론 당장 요양에 돌입하겠다는 것이 아니라 적의 전선 진지의 요하(遼河) 연안에서 안산참(鞍山站)에 걸친 선을 공격하고 점령하는 것이 작전 초동기(初動期)의 목적이었다.

구로키군(제1군)은 목적이었다.

정면에서 요양 공격을 담당한 것은 아키야마 요시후루가 소속하는 오쿠군(제2군)과 노즈군(제4군)이다.

전군은 진창 속을 진군했다. 포차도 탄약차도 움직이지 않고 병사들이 바퀴에 달라붙어 인력으로 간신히 전진하게 했다.

이보다 앞서 8월 3일 요시후루의 기병 여단은 명령을 받아 20일간에 걸쳐 적정 수색을 하고 있었다.

"멀리 북쪽으로 전진하여 안산참 방향의 적정을 수색하라."

기병의 소부대를 내보내기도 하고 기병 장교를 중국인으로 가장시켜 적지에 잠입시키기도 했다. 이 결사적인 현지 첩보에 임명된 장교는 기병 중위 고토 히데시로(後藤秀四郎), 소위 고바야시 다마키(小林環) 등이었다.

여기에 대한 이야기가 있다.

전후 요시후루는 근위 사단 사령부의 장교 집회소에서 남들과 회식하고 있었을 때, 갑자기 물끄러미 자기 부관인 대위를 쳐다보더니 말했다.

"고토, 네 얼굴이 중국인을 닮았구나."

부관은 갑작스런 화제여서 무슨 일인지 몰라 그저 약간 불쾌하였다. 그렇지만 대답은 해야겠기에, 예, 그렇습니까, 하고 말하자 요시후루는 그래, 하고 말했을 뿐이었다. 화제는 그것뿐이다. 단지 요시후루의 두 눈이 안개가 낀 것처럼 흐려졌으나 그것을 억제했는지 곧 사라졌다.

이 고토라는 부관인 대위는 히데시로라 하여 요양 회전에는 중위로 앞에 서술한 바와 같이 중국인으로 변장, 적지에 잠입하여 여러 번 러시아 군인에게 수하(誰何)를 당하면서 구사일생으로 살아 돌아온 사나이다. 요시후루는 그 일을 회상하여 고토에게 감사하는 마음으로 '너는 중국인을 닮았구나' 하고 갑자기 그것만을 말하여 이른바 자기의 추억과 감동을 고토에게 전한 듯한 기분이었다. 고토는 그 즉시에는 이해하지 못했다.

이튿날 고토는 문득 그렇구나, 하고 알아채고 요시후루에게 그 말을 하자 비로소 말했다.

"그때는 정말 용했어."

요시후루라는 인간은 그런 사나이였다.

아키야마는 최후의 옛 무사라는 것이 그의 평생의 일반적인 평가였다. 그 전장에서의 호담성 때문에 육군 대학교 졸업생 가운데 그만이 평생 작전가의 길을 나아가지 않고 부대 지휘자로 시종했다. 그런데 그 전쟁 자체는 좋아하지 않았던 모양으로, 이 요양전이 있기 전에 진중(陣中)에서 도쿄의 집으로 보낸 편지에 이렇게 씌어져 있었다.

조모님의 심정처럼
싸움 따위는 그만두고
평화롭게 살고 싶다
싸움은 평화를 위해 하라

요시후루는 가끔 한시나 노래를 짓는 일이 있었는데 형편없이 서툴렀다. 도저히 노래라곤 할 수 없는 것이었지만 그것이 진중에서의 그의 심경의 표현이었던 것 같다.

한편 그의 상급 사령부인 오쿠군의 사령부에서는 안산참(鞍山站)의 적 진지를 중시하여 그것이 적의 주진지라고 보고 작전을 세우고 있었다. 그런데 요시후루가 수색한 결과 주진지도 아무것도 아니며, 수산보(首山堡)야말로 주진지라고 보고했다. 오쿠군의 막료는 그것을 무시했다.

그 결과 오쿠군 전체가 수산보에서 저지당하여, 통렬한 적의 저항과 반격을 받아 감출 수 없는 패색마저 나타내게 되는 것이다.

요양 회전에서의 아키야마 요시후루의 기병 여단의 역할을 일본군 주력의 좌익에 맡겼다. 군의 움직임과 함께 나아가 그 좌측을 엄호할 목적이었다.

"미시쳉코가 나온다."

이것이 일본군의 두통거리였다. 미시쳉코에 대해서는 이미 언급했다. 카자크 기병 집단의 장의 이름이다. 만약 요양으로 진군하는 일본군 주력이 그 펼쳐진 행군 대형을 옆에서 공격당하면 궤란될 수밖에 없다. 이것을 막는 일을 요시후루에게 맡겼다.

'기병의 사용법을 모른다.'

요시후루는 가만히 생각했다. 기병이라는 것은 적의 기병에 대한 방어를 위해 쓰는 것이 아니다. 그 기동력으로써 훨씬 더 적지에 침입하여 전략적 고지(高地)에서 날카롭게 전기(戰機)를 포착하여 이것을 투입하고 적을 기습, 궤멸시킨다는 적극적인 기능밖에 본래 갖고 있지 않은 것이다. 그러나 "전략적 고지에서 날카롭게 전기를 포착하여"라는 것은 나폴레옹 같은 천재에 의해서만 그 운용이 가능하며, 오쿠군의 막료 정도에게 그것을 기대하는 것은 무리라는 것을 요시후루도 알고 있다.

요시후루는 '방어'를 위한 편성을 요구했다. 기병 여단만으로는 안된다. 이 때문에 독립된 전력을 갖는 한 단위를 만들 것을 제안했다. 오쿠군의 사령부는 그것을 받아들였다.

이것으로써 요시후루는 자기의 기병 제1여단만이 아니라 임시로 보병과 포병, 거기에 공병을 지휘하기에 이르렀다. 배속된 것은 보병 제38연대, 야포 제14연대, 기포병 중대, 공병 제4대대 제3중대 등이며, 합치면 미시쳉코 여단 이상의 당당한 전력을 갖는 집단이 되는 것이다.

그런데 미시쳉코는 카자크 기병을 10개 중대 갖는 정도의 기동 세력이지만 포는 10문밖에 없다. 요시후루가 어느 지점에서 이 강적과 만나더라도 유유히 격파할 수 있을 것이다.

'미시첸코의 긴 외투에 대항하여 이기는 길은 화력 외에는 없다.'

요시후루는 이렇게 생각하고 있었다.

일본의 기병은 보병과 다른 복장을 하고 있다. 어깨에 견장을 달고 빨간 바지를 입은 채 몸집이 작은 말을 타고 있으면, 날렵하다기보다는 귀엽게 보였다. 러시아의 카자크는 머리에 커다란 털모자를 쓰고 외투자락은 질질 끌릴 정도로 길다. 손에는 일본 기병의 칼 대신 장창을 갖고 있었다.

아무튼 인마가 모두 작은 일본 기병은 아무래도 불리했다. 이 불리함을 해소하기 위하여 요시후루가 생각해 낸 신전법의 하나는, 이 기병을 주력으로 하는 보·포·공 세 병과를 포함한 새로운 기동 집단이었다. 그런데 요시후루의 이 사상은 그 뒤 일본에서는 단절되고 나중에 소련 육군에 의하여 실현된다. 전차를 주력으로 한 보·포·공병의 복합식 기갑 병단이 그것이며, 1939년 노먼한에서 일본군을 패배시키기에 이른다.

오쿠군이 행동을 개시한 것은 8월 25일 한 밤중부터이다.

나고야 사단(제3사단)이 요양 가도를 취했다. 이 사단은 기후(岐阜), 나고야, 도요하시(豊橋), 하마마쓰(濱松), 시즈오카(靜岡) 근처의 건병(健兵)으로 용맹하기로 알려져 있었다. 오사카 사단(제4사단)은 우장(牛莊) 가도를 진군했다. 오사카 사단은 세이난 전쟁 이래 약병(弱兵)이라는 평판을 받게 되었는데, 남산의 격전에서는 다른 사단보다 훨씬 용감하여 마침내 남산에서 백병 공격을 하여 맨 먼저 점령하는 전투 솜씨를 보였다. 그러나 이 요양 회전에서는 병력 부족이 다른 사단의 병사보다도 심했는지 다소 활발하지 못하여 군사령부 전보를 받기도 했다.

"남산을 선두로 격파한 그 용전을 생각하여 분려(奮勵)하라."

나고야와 오사카 사단의 중간을 진군한 것은 일본 최강이라 일컬어진 구마모토(態本) 사단(제6사단)이었다. 앞에서 기술한 바와 같이 전군의 최좌익을 아키야마 요시후루의 기병 여단이 나아가고 있다. 이 작전 개시에

"앞으로 당분간 아키야마 지대라 칭함."

이라는 임시 호칭에 대한 군 명령이 나온 것은 요시후루의 여단이 기병만이 아니라 보·포·공병도 임시로 포함하고 있었기 때문이었다. 그런데 요시후루

앞으로 보내진 총군 명령은

"유력한 기병 지대로써 적의 우측 배후를 위협하라"는 것으로, 능동적으로 는 적의 우측 배후에 위협을 주고, 수동적으로는 적인 미시첸코 지대의 습격 에서 오쿠군의 좌측을 지킨다는 것이 요시후루와 그 지대의 역할이었다.

27일, 호우.

이 비 속을 뚫고 오쿠군은 오쿠군 사령부 막료가 적의 주진지라고 생각하 였던 안산참을 공격했다.

안산참에 대해서는 거기를 수색한 요시후루가 군사령부에 보고했다.

"대단한 진지는 아니다. 주진지는 그 후방의 수산보에 있다."

군사령부 막료는 이를 묵살했다. 이 점에 대해서는 이미 언급했다.

오야마와 고다마가 있는 총사령부는 요시후루의 보고에 찬성하고 있었다. 그러나 상급 사령부라 할지라도 오쿠군에 대하여 이런 참견은 할 수 없다.

──아키야마가 말하는 대로 하라.

그런데 오쿠군의 참모장은 오치아이 도요사부로(落合豊三郎)라는 공병 출 신의 소장이었다. 오치아이는 요시후루와 같은 사관학교 제2기(11명인)인 데, 육군 대학교에서는 요시후루보다 1기 늦은 제2기였다. 그는 용장도 아 니고 지장(智將)도 아닌 평범한 사나이로 무엇보다도 센스가 없었다. 이 오 쿠군이 요양 공략에 있어 주력이면서도 움직임이 가장 활발하지 못하여 전 일본군의 운명까지 위태롭게 되기에 이르는 것은 주로 이 오치아이의 저조 한 능력때문이었다. 오치아이는 효고 현(兵庫縣) 출신으로 나중에 육군 중 장이 되었다.

이제는 안산참의 일이다.

27일 새벽에 오쿠군이 공격해 보니 러시아는 이미 그 후방인 수산보로 퇴 각한 뒤여서 가볍게 싸워 점령할 수가 있었다. 오치아이의 예상은 틀어졌다.

'남산의 오쿠'라는 것은 이 당시에도, 이 후에도 제2군 사령관 오쿠 아쓰 카다에 대한 커다란 평가의 재료가 되어 있다. 남산의 싸움에서는 이 전쟁 명수로 알려져 있는 사나이의 용맹심과 결단력이 크게 작용했다. 그 남산의 처참한 전황 속에서 오쿠는 잘 견디었다. 보통 장군이라면 공격을 중지했을 것이다. 실지로 막료들은 그것을 오쿠에게 권했다. 그러나 오쿠는 이제 이 고비만 넘기면 이길 수 있다고 믿고 공격 속행의 결단을 내렸다. 이것이 오쿠에게 승리를 가져오게 하였다.

오쿠가 사쓰마 조슈 파벌 계열이 아니라는 것은 이미 말했다. 유신 때 당시의 말로 하면 '적(賊)편'이었던 고쿠라 번(小倉藩) 출신이었다. 그러면서도 오쿠는 대장이 되었고, 이번 이 전쟁에서 육군 수뇌가 군사령관을 택할 때에도 "오쿠는 빼놓을 수가 없다"는 것이 대체적인 의향이었다. 군은 제1군부터 제4군까지 있다. 오쿠를 제외한 세 사람의 군사령관은 모두 사쓰마, 조슈인이었다. 제1군의 구로키는 사쓰마, 제3군의 노기는 조슈, 제4군의 노즈는 사쓰마였다. 오쿠만이 파벌 외였지만 그 실력을 인정받았기 때문이었다.

그런데 러일전쟁 인사(人事)에 있어 재미있는 점은, 이들 유신 때의 생존자인 군사령관에게 배치한 참모장은 육군 대학교 출신의 소장급을 택한 일이다. 1군의 통솔은 사령관이 맡고, 작전은 참모장이 담당한다는 것이 대체적인 방식이었다. 이 때문에 구로키군의 참모장 후지이 시게타와 같이 훌륭한 인물을 가진 군사령관은 행운이었지만 노기군에서의 이지치 고스케나 오쿠군에서의 오치아이 도요사부로 같은 재질이 뒤떨어진 인물이 배치된 군사령관은 불운했다.

오쿠 야스카다는 포용력이 크다. 그는 세밀한 작전 계획이나 작전 판단에 일일이 참견하지 않고 처음부터 그 방침을 지켰다.

"모두 참모장에게 일임한다. 양자 택일을 요청해 왔을 때나 전황이 매우 복잡할 때에만 내가 결정을 내린다."

그는 막료 회의의 중앙에 앉아 있어도 거의 말이 없었다. 하기는 말참견을 하려 해도 할 수 없는 사정이 있었다. 그는 귀가 들리지 않았다.

완전한 귀머거리는 아니었지만 그에게 말을 걸려면 필담으로 하지 않으면 안된다. 참모장 이하의 막료들은 모두 그렇게 했다.

이 같은 신체 장애가 있었기 때문에 오쿠군의 진퇴를 결정하려면 타군 이상으로 참모장의 존재는 중요했다. 그 참모장 오치아이 도요사부로는 일종의 정신적 귀머거리라 해도 좋을 만큼 완고한 인물이었다.

오쿠군은 가볍게 싸워 적을 물리치면서 진격했으나 수산보에 이르러서는 상황이 일변하여 공수(攻守)가 뒤바뀔 정도로 심한 타격을 받게 되었는데, 오치아이는 그래도 처음에는 전황을 이해하지 못했다.

"그럴 리가 없다."

그는 자기가 만든 선입관을 고집했다. 수산보 따위는 별것이 아니라고 호통을 치며 전선을 질타(叱咤)했다.

"수산보(首山堡)"

이런 지명으로 총칭하고 있는 것은 러시아군의 제2방어 진지를 말하는 것이다. 진지는 수산이라는 표고(標高) 97미터의 언덕을 그 서단(西端)으로 하고 거기에서 동쪽에 걸쳐 양어지(養魚池) 동북의 고지까지 미치고 있다. 크로파트킨은 이 동서의 선에서 일본군에 손해를 크게 입히려고 했다.

이에 대항하는 일본군은 오쿠군과 노즈군이다. 공격은 8월 30일 미명(未明)부터 시작되었다.

"나도 난생 처음 그렇게 큰 싸움을 했다."

오쿠 야쓰카다는 종종 이야기했지만 유럽에서의 전사에도 이만한 대회전은 얼마 되지 않는다. 하물며 일본인에게 있어서는 역사가 시작된 이래 처음으로 경험한 대회전이었다.

적, 아군 8백여 문의 대포가 일시에 포문을 열고, 더구나 종일 포격을 계속했다. 대지가 요동하고 그 폭발 연기는 구름이 되어 해를 가리고 발사 연기는 땅을 덮었다. 물론 포만이 아니었다. 소총——러일 합쳐서 3, 40만 정은 되었으리라——이 모조리 불을 토했다.

아키야마 요시후루와 그 지대는 오쿠군의 주력보다 훨씬 북방으로 진출하여 대담하게도 적의 내선(內線) 안으로 들어가 그 우익에 통렬한 자극을 가하고 있었다.

러시아측은 내버려 둘 수가 없었다. 이 방면의 최고 사령관은 시베리아 제1군단의 시타케리베르그 중장이다.

그의 이날의 업무는 오전 4시, 자기 군의 좌익 진지 앞에 일본 보병이 나타났다는 급보를 받은 데서부터 시작된다.

"좌익이 위험하다."

시타케리베르그는 지도를 펴놓은 책상 모서리를 두들겼다. 거기가 좌익이었다.

그는 어떠한 경우에도 냉정함을 유지할 수 있는 성격이어서, 곧 총예비대 중에서 저격 제38연대를 일본군 정면으로 급행시켰다. 일본군의 정면에는 앞에 적은 바와 같이 동 저격 제9사단이 대기하고 그 장은 콘드라토비치 소장이었다. 그는 48문의 포를 갖고 있었다.

이 포에 대하여 일제히 포문을 열게 했다. 과거에는 포의 수가 러시아군 쪽이 늘 우세했다. 그러나 이번에는 달랐다. 일본군은 포를 이 방면에 집중하고 있었으며 그 수는 1백 50문이었다. 이것이 일제히 포문을 열고 48문의 러시아 포병 진지를 노려 포탄을 쏘았기 때문에 단번에 큰 손해가 났다.

"집중의 자유는 공격측에 있다."

군단장 시타케리베르그는 막료를 향하여 마치 전술 강의라도 하는 것 같은 말투로 말했다. 그는 원래 크로파트킨의 방어주의에는 반대였다. 방어하려면 적이 어디에서 와도 좋도록 적은 3배 이상의 병력이 소요된다. 그러나 러시아측은 3배나 되는 병력은 갖고 있지 않다. 이 때문에 포병도 각 진지마다 소홀함이 없도록만 배치했다. 그런데 공격측은 공격의 중점을 자유로 택하여 그 중점에 포를 집중할 수 있는 것이다.

이날 아침 시베리아 제1군단의 사령관 시타케리베르그 중장의 뇌리에 비상벨처럼 울린 것은 수산보 남방에 나타난 일본군 포병이다.

"일본 포병이 거기까지 진출했단 말인가."

믿을 수 없는 일이었다. 러일군이 격투하고 있는 전선보다 훨씬 안쪽이었다.

나중에 알았지만 아키야마였다. 러시아군의 미시쳉코 중장에 필적하는 이 일본 기병대장이 깊이 진입하여 와서 기병포를 쏘아 왔던 것이다.

기병포가 일본 기병에 존재하지 않았다는 것은 이미 기술했다. 요시후루가 군에 부탁하여 현지에서 임시로 편제한 것이었다. 그 일 개 중대를 요시후루는 몰래 왕이둔(王二屯)까지 진출시켜 은밀하게 진지를 만들게 하였다. 극히 비밀리에 이루어 낸 포병 진지의 진출과 설립은 요시후루가 그 공을 자랑해도 좋은 것이었다. 그러나 그는 전후에도 그것을 공으로써 이야기한 일은 없다.

러시아측의 기록으로는 이 기병포 중대의 위력은 굉장했다.

그 포탄은 동(東) 저격 포병 여단의 진지에 잇달아 낙하했다. 특히 이 여단의 제3중대는 교전 두 시간으로 모든 장교가 쓰러지고 하사관과 사병 9명을 잃고 포 2문이 파괴되고, 최후에는 중대 전체의 포가 침묵하지 않을 수 없게 되었다.

"곧 침묵하게 해야지."

시타케리베르그는 총예비군 속에서 포병대를 뽑아 냈다. 바이칼 카자크 기병포 제2중대가 그것이다. 이 중대를 현장에 급행시켰다. 중대는 진창길에 포차가 빠지며 급행했으나 아키야마의 기병포가 어디서 쏘고 있는지 알 수가 없었다.

장교가 모두 동원되어 짐작되는 방향을 바라보고 발사음에 귀를 기울이고 발사 연기를 찾기도 했으나 마치 환영 같아서 소재를 파악할 수가 없었다.

그러는 동안에도 아키야마의 기병포는 계속 쏘아 댔다. 오전 10시까지의 사이에 겨우 1개 중대의 포병이 앞에 말한 러시아측 포병 1개 중대를 침묵시켰을 뿐 아니라, 정오까지의 사이에 이 포병 여단의 제1중대와 제2중대의 장교를 단 한 사람도 남김없이 모두 쓰러뜨리는 믿을 수 없는 활동을 했다.

"우익에 일본 기병 나타남"

이런 보고가 시타케리베르그 중장의 사령부에 들어온 것은 오전 6시였다. 잇달아 급보가 전해졌는데, 아카야마 요시후루의 지휘 아래 일본 기병의 주력은 왕이둔을 점령하고 또 일부는 오룡합(烏龍合)과 수천(水泉)을 점령했다는 내용이었다.

"일본 기병을 뒤쫓아라."

이 명령을 시타케리베르그가 낸 것은 그 직후이다. 명을 받은 것은 기병대장 구르코 대령이었다. 이 대령은 카자크 기병 2개 연대 반을 이끌고 출발했다. 그 대명은 승마 엽병대(獵兵隊), 연해룡(沿海龍) 기병 연대 및 국경 수호 카자크 기병 연대였다.

"아키야마와는 그가 시베리아의 연습(演習) 견학으로 왔을 때 함께 술을 먹은 일이 있다."

구르코 대령은 출발할 때 그 부관에게 말했다.

이 수산보 전선에서의 격돌이 요양 회전에서 가장 심한 전투가 되었다. 노래로 유명한 다치바나(橘) 중령이 전사한 것도 이 싸움에서이다.

일본측 주력인 노즈, 오쿠 양군으로서는 일진 일퇴하는 그런 간단한 것이 아니었다. 자주 격퇴되어 전선에 걸쳐 붕괴의 위기조차 보이게 되었다.

만주군 총사령부에서 고다마 겐타로가 오쿠군의 부진에 대하여 몇 번 분노를 터뜨렸는지 모른다.

"뭘 하고 있는 건가!"

이런 의미의 전보를 자꾸 보냈다. 또 예비대로서 장악해 둘 작정이었던 오사카 사단(제4사단)을 급파하여 오쿠군의 좌익에 전개시켰으나 이 또한 시원치 않아 고다마의 골칫거리가 되었다.

격투 이틀째인 30일 밤 총사령부에 놀라운 정보가 들어왔다. 적의 후방인 북대(北臺 : 요양 서방 4킬로) 방면에 병력 미상의 적병이 나타나 한창 남하 중이라는 것이었다. 만약 이것이 사실이라면 오쿠군의 오사카 사단 좌익이 돌파될 것이 틀림없었다.

"이 무슨 꼴이냐."

고다마는 펄쩍 뛸 듯이 화를 내며 말했다. 오사카 사단은 오쿠군 속에서도 약하며 이 일각이 무너지면 어쩔 도리가 없다고 생각했는데, 결국 북대의 적은 다른 방면으로 향했다.

러시아측에서 보면 오쿠군은 시베리아 제1군단과 싸우고 있고 노즈군은 시베리아 제3군단과 사투를 되풀이하고 있었다.

최고 사령관인 크로파트킨은 전선을 시찰했다. 그는 노즈군의 맹렬한 전투 솜씨를 보고 오인했다.

"일본군의 주력은 이것이 아닐까."

그런데 노즈군이나 오쿠군은 거의 같은 병력이었다.

그리고 또 한편 오쿠군과 맞붙고 있는 시베리아 제1군단인 시타케리베르 그는 크로파트킨에게 몇 번이나 증원을 청했으나, 크로파트킨은 그때마다 거부했다.

"자네 쪽에 적의 주력이 와 있는 것도 아니다. 증강해야 할 것은 제3군단 쪽이다. 일본군은 제3군단 정면에 주력을 집중하고 있다."

이유는 그러했다.

적정 판단을 잘못했다고 하면 크로파트킨 이상으로 고다마 겐타로도 그러했다. 그의 오인은 치명적인 것이었다.

그는 수산보 쪽의 적이 엄청나게 완강한 것을 보고 내심 놀라움을 금치 못했는데, 요양이 그들의 전초 진지라고 추측하게 되었다. 마구 밀고 들어가면 적은 예상대로 요양으로 철수하게 되고, 그 때 그곳을 대결전의 거점으로 삼으리라고 내다보았다.

그러나 크로파트킨은 달랐다. 이 수산보의 선에서 일본군과 결전하기 위하여 요양에 있는 예비대를 자꾸 투입하기 시작한 것이다. 오쿠군을 후방에서 마구 질타하고 있는 고다마에게도 소홀함이 있었다.

그동안 멀리 북쪽에 진출하여 적의 우익을 위협하고 있는 아키야마 요시후루의 기병 여단만이 도처에서 적을 격파하고 끊임없이 적정 보고를 오쿠군에 보내 오고 있었다. 그 적의 상황 보고의 정확성은 전후에 실증되었는데, 이 격정중 오쿠군 사령부에 의하여 거의 묵살되었다. 참모장 오치아이 도요사부로의 무능에 의한 것이었다.

전황이 이대로 계속되면 요양을 앞에 두고 노즈군이나 오쿠군이나 퇴각하지 않을 수 없었다. 사상자는 많고 포탄은 떨어지려 하고 있었다.

이 일본군의 슬픈 상황을 붕괴 직전에서 일거에 구출하여 승리로 전환시킨 2가지 큰 요소가 있었다.

그 하나는 고다마가 장대한 사정거리를 갖는 공성포 2문을 여순을 에워싸서 공격중인 노기군에게서 일시 차용해다가 오쿠군에 배속시킨 일이었다. 단지 오쿠군에서는 사용도에 난색을 표시했다.

요시후루가 이 포가 있다는 것을 안 것은 수산보 서방의 작은 마을에 진출하여 전면의 적과 격렬한 사격전을 되풀이하고 있을 때였다.

그때 그는 이 마을의 작은 묘(廟) 앞에 있었다. 길바닥이다.

그는 사령부를 될 수 있는 대로 민가에 두지 않고 햇빛이 비치는 곳에 두기를 좋아했다. 길바닥에 수수깡을 깔고 그 위에 긴 다리를 책상다리로 꼬고 지도를 보고는 작전을 세우기도 하고 보고를 듣기도 하고 전령에게 명령을 내리기도 하였다. 종종 마을 복판에 포탄이 떨어졌으나 안색도 바꾸지 않았다.

이때 마을 서북단에 새로운 총성이 일어나 적이 역습해 온 것을 알았다. 병력은 3백으로 적의 기병이 도보전을 시도하여 온 모양이다. 카자크라는 것은 복장으로 알았다.

요시후루는 일어나지도 않고 전령을 보병 대대에 달려가게 했다. 명령의 내용은 보병 1개 중대로서 이를 격퇴하라는 것이었는데, 말이 끝나자 부관을 불렀다.

"나카야!"

"저말이야."

말하는 중에도 소총탄이 머리 위의 묘의 지붕에 맞아 기왓장을 여러 개 부쉈으나 이야기를 계속했다. 아까부터 후방의 오쿠군 주력 방향에서 듣지 못하던 포의 발사음이 들려오고 있다.

"저건 공성포가 아닌가?"

나카야도 확실히 그렇다고 생각했다. 목표는 수산보의 적 진지인 듯하다. 그러나 아무리 평지 요새화되어 있다고는 하지만 본격적인 요새도 아닌 작은 보루군에 공성포의 거탄을 퍼부어도 효과가 적을 것이다.

"차라리 멀리 요양의 정거장에 쏘는 것이 어떻겠느냐고 말해 주지 않겠나."

그는 말했다.

요양의 정거장 부근에는 크로파트킨의 사령부가 있다는 것은 요시군 정찰로 알고 있었다. 그밖에 탄약이나 식량과 마초의 집적소 등이 있다는 것도 알고 있었다. 거기에 거탄을 퍼부으면 적의 사기를 크게 동요시켜 특히 적의 고등사령부 진용(陣容)에 패배감을 주리라는 것은 확실했다.

나카야는 스스로 말을 타고 후방으로 달렸다. 오쿠군 사령부는 희귀하게도 이 의견 보고를 받아들였다.

이윽고 포격이 시작되었는데 이 거탄의 위력이 크로파트킨의 심리에 준 효과는 컸다.

요양 회전을 승리로 이끈 최대의 공적은 구로키군(제1군)일 것이다.

구로키군은 주력군이 아니다. 일본군의 주력은 오쿠군과 노즈군이라는 것은 이미 여러 번은 말했다. 이 두 군단이 적의 대방어선의 정면을 강력히 공격했다.

그러나 구로키군은 거기에 있지 않다. 일종의 유군(遊軍)과 같은 역할로 일본군의 우익에 있었다. 동떨어져서 동쪽의 산이 많은 지대였다. 거기서 자꾸만 움직이고 있었다.

전략으로서는 크게 빙돌아 태자(太子) 강을 건너 요양을 배후에서 포위하든가 또는 측면에서 공격하려는 것이 이 구로키군에게 주어진 사명이었다.

"요양을 함락시키는 데는 그런 방법밖에 없다."

하는 것이 구로키군의 참모장 후지이 시게타 소장의 개전 전부터의 지론이었다. 후지이와 요시후루와는 육군 대학교 제1기 동기생으로 요시후루와 마찬가지로 우등상은 타지 못했다. 그는 개전 전부터 참모본부에서 열심히 대러전을 연구하여, 요양성을 공격하는 것은 이 방법밖에 없다는 신념을 가지기에 이르렀다.

"크게 우회하여 태자강을 건너 요양을 측면 공격하는 겁니다."

후지이는 요양 작전에 이렇게 말했다. 구로키 다메모토는

"아, 요시쓰네(義經)의 히요도리고에(鵯越)식 기습이군요."

그는 곧 이해했다.

요시쓰네의 작전은 천재만이 할 수 있는 작전이었다.

그때 적인 다이라(平) 가문의 대군은 지금의 고베 시에 있었다. 고베는 톱날 같은 산맥이 바다에 이어져 있어 그 산과 바다 사이에 땅이 있다. 땅은 동서로 길쭉하다. 거기에 다이라 가문의 주력군 동서의 종심(縱深) 진지를 만들고 있다. 동쪽이 머리이고 서쪽이 꼬리였다.

미나모토(源) 가문의 주력군의 대장은 요시쓰네의 형인 노리요리(範賴)였다. 노리요리는 동쪽에서 공격했다. 동쪽이 정면이며 다이라군은 거기에 방어선을 구축하고 있다. 그 방어선 앞에서 겐페이(源平) 양군이 서로 얽혀 싸웠다.

한참 싸우는 동안 다이라군 진지의 꼬리 근처에 갑자기 미나모토군의 별동대가 뛰어들었다. 하늘에서 내려온 것처럼 당돌했던 것은 진지 옆에 병풍처럼 솟아 있는 산에서 뛰어내린 인마였다. 이치노타니(一谷)의 기습이라는 것은 바로 이것이었다.

요시쓰네는 개전 전 교토(京都)에 있었다. 갑자기 교토에서 사라져서 고베를 향하는데 일부러 북상하여 멀리 단바지(丹波路)로 나가 경장(輕裝)으로 말을 달렸다. 그 병력은 70기라고도 하고 백 수십 기라고도 하지만 2백 기를 넘지 않을 정도의 소부대였다.

이것이 히요도리고에를 넘어 이치노타니의 벼랑 위에 나갔고, 인마가 함께 벼랑을 거꾸로 떨어지듯이 내려가 적진을 찔렀다. 다이라군은 이 때문에 무너져 흩어졌다.

구로키군은 바로 이 요시쓰네의 역할을 하는 것이다.

요시쓰네는 그것을 소부대로 했다. 우회 작전은 경장한 소부대가 그만이라는 것이 상식이었다. 그런데 총참모장인 고다마 겐타로는 결정했다.

"단 1개 군단으로 하자."

구로키군은 3개 사단이라는 대군이다.

구로키군에 소속된 사단은 다음과 같다.

근위 사단

센다이(仙臺) 사단(제2사단)

고쿠라 사단(제12사단)

근위 후비(後備) 혼성 여단

이 대군이 행동을 일으킨 것은 정면 공격군인 오쿠, 노즈의 양군보다도 여러날 빠르다. 구로키군이 담당할 전선을 가령 '동부 전선'이라 부르기로 한다.

동쪽으로 돌아 요양을 동에서 공격한다. 그런데 우회라고 해도 도중 많은 적 보루를 공략하고 진격하지 않으면 안된다. 그 진로는 용이하지 않았다.

"구로키군은 전투에서 전투로 쉴 틈도 없을 것이다. 장병들의 몸이 지탱할까?"

고다마 주위의 총군 참모들 중에는 걱정하는 자마저 있었다. 대회전에의 서막이 구로키군으로선 긴 것이다. 아마 장병은 피로할 대로 피로해질 것이다.

대회전이라는 것은 인간에게 체력의 한계가 있는 이상 그리 길게 할 수 있는 것이 아니다.

일본에서는 세키가하라(關原) 접전이 바로 5시간이었다. 이것은 장시간의 기록이라고 할 만한 것이다.

근세에서는 1809년의 바그람에서의 프랑스와 오스트리아 양군의 전투가 14시간이며, 1812년 보로지노 회전이 12시간 반이었으나, 요양 회전은 8월 25일 밤부터 전투에 들어간 구로키군의 경우 회전 종료까지 열 하루 동안이라는 장시간이었다. 오쿠군과 노즈군은 여드레 동안이다.

"일본인은 체격이 작고 그 영양 상태는 유럽인보다 훨씬 떨어진다. 그런데도 이토록 장시간의 전투에 견디어 낸 것은 무슨 까닭인가."

외국 관전 무관까지 놀랐다.

그러나 그것은 그렇다고 치자.

구로키군이 운동을 개시한 것은 8월 21일부터이다. 우선 홍사령(紅沙嶺), 손가새(孫家塞), 고봉사(高峰寺)에 걸친 적의 제1선 방어 진지를 공략하고 만 이틀에 걸친 격전 끝에 전역을 공략했다. 믿을 수 없을 정도로 용맹스러웠다.

그 뒤는 쉬지 않고 추격을 했는데, 이 경우 센다이 사단이 전사단의 총야습을 감행하여 궁장령(弓張嶺)에 올라가 적 진지를 모조리 탈취한 사건은 세계 전사상의 기적으로 간주되었다. 상식으로는 야습은 소부대에 의해서만이 가능하며, 일개 사단 2만 명이라는 큰 세대(世帶)가 정연한 야습 군규(軍規) 밑에 그것을 감행하여 더구나 성공한 것은 유례가 없다. 원래 야습은 센다이 사단의 특기였다. 개전 전 이 사단은 특히 그런 면에서 훈련되어 있었다.

그렇더라도 구로키군 전반의 비할 데 없는 강함은 어떻게 이유를 붙이면 되는 것일까. 고다마가 구로키군을 구성하는 데 강병 사단으로써 한 것도 하나의 이유일 것이다. 일본에서 최강의 병사라고 하면 도호쿠(東北)인과 규슈인이라는 것은 이 당시의 상식으로 되어 있었다. 센다이 사단과 고쿠라 사단이 바로 그것이다.

구로키군은 태자강을 건너야 한다. 일본군에 이런 지도가 있는 것을 크로파트킨은 꿈에도 생각하지 못했다.

태자강은 연일의 호우로 탁류가 소용돌이쳐서 도저히 대군이 강을 건널 수 있는 상황이 아니다. 크로파트킨이 볼 때 이 강의 형세는 자연적으로 험한 곳이었다.

구로키군의 연일의 행동은, 크로파트킨에게 일정한 견해를 주었다.

──정공법으로 내습할 것이다.

실지로 구로키군은 요양 동부 전선의 대진지군에 악전 고투의 공격을 펴오고 있다. 정공법이었다. 이미 제1선 방어선을 돌파했다.

이 구로키군의 점령과 돌파가 요양 정거장 부근에 있는 크로파트킨에게 급보되었을 때 그는 믿지 않았다.

"그럴 리가 없다."

그는 이미 구로키군이 일본 최강군임을 알고 있어 이 방면에는 러시아 최강의 군단을 배치하고 있었던 것이다. 유럽 러시아 제10군단, 제17군단 및 시베리아 제3군단이었다.

"우리 군의 용감성은 황제 폐하도 아마 가상하게 여기실 겁니다."

막료들은 말했다.

확실히 그러했다. 고쿠라 사단이 홍사령을 공략했을 때 이 산을 러시아의 전열 보병 제31사단이 지키고 있었다. 맹렬한 포격이 교환된 뒤 고쿠라 사단의 군대는 각 보루의 소사(掃射)를 받으면서 사면을 올라가 일시 사면은 일본군의 시체로 발 디딜 곳도 없을 정도였다. 그래도 여전히 공격측은 공격을 계속했다. 유럽의 전투 상식으로는 생각할 수 없는 일이었다.

일본군이 마침내 산정을 머리 위에 바라볼 수 있는 데까지 진출했을 때 러시아군은 총포 이외에 돌까지 던졌다. 뒤는 처참한 백병전이었다. 공방전은 실로 스물 네 시간이다. 그 뒤 이 러시아의 제31사단은 겨우 퇴각했으나 여기까지 이 러시아 사단이 버틴 것은 우군인 시베리아 제3군단과 제35사단에 퇴각할 시간을 벌어 주기 위한 것이었다.

"구로키의 군단은 3개 사단정도라는 데 그것은 거짓말이다. 이 뒤 3개 사단은 더 갖고 있다."

크로파트킨은 판단하게 되었다. 과연 유럽의 군사 전문가의 상식으로는 그렇게 말할 것이다. 구로키가 그토록 병력을 소모하면서까지 맹공을 해오는 것은 예비 병력을 풍부하게 갖고 있는 증거라는 것이었다. 그러나 사실은 구로키는 어김없는 3개 사단만으로 싸우고 있는 것이다. 물론 이 러일전쟁이 장기간에 걸쳐 계속되면 일본군은 병력이 부족하게 될 것이다. 일본의 커다란 전략 방침이 단기 결전으로 되어 있는 이상, 소위 3개 사단이라는 나들 이웃은 바로 노동복이었다. 갈아 입을 옷은 없었다.

크로파트킨으로서는 제1선 방어 진지를 구로키에게 빼앗긴 이상 제2선에서 이를 방어할 수밖에 없다. 그는 병력의 소모를 두려워하는 점에서 훌륭한 장군이었다. 제1선에서 패한 군인을 제2선에 대량 수용했다.

그런데 이 제2선도 위태롭게 된 것이다.

구로키군이 만 하루의 맹공으로 점령한 러시아 군 제1선 방어 진지라는 것은 다음 보루들이다.

고쿠라 사단은 쌍묘자(雙廟子)에서 영수보(英守堡)에 이르는 일대의 고지, 센다이 사단은 초가욕(草家峪) 동쪽의 고지이다. 또 그 이튿날(8월 29일) 근위 사단과 센다이 사단은 피로를 무릅쓰고 진출하여 대석문령(大石門嶺)에서 맹가방(孟家房) 남쪽 고지에 이르는 부근까지 진출했다.

각 고지 위에 서면 러시아군의 제2선 방어 진지가 내려다보이는 것이다.

땅이 물결치듯 하늘에 이어져 있고 그 물결 머리에 해당하는 고지마다 토치카며 포루가 무수히 배치되고, 그들 화점과 화점 사이가 번개형의 참호가 연결되었고 참호 전후는 철조망이 쳐져 있어 한 치의 틈도 없는 죽음의 제조장(製造場)이었다.

"구로키가 제이선 방어 진지를 내려다보는 데까지 진출했다."

이런 보고는 다시 요양 정거장 부근에 있는 크로파트킨을 놀라게 했다.

——구로키에게는 악령(惡靈)이 붙어 있는 것이 아닐까?

이렇게까지 생각했으리라.

"구로키."

크로파트킨에게 있어 이 이름은 개전 초부터 귀신 같은 존재였다. 구로키는 러일전쟁에서 육전의 제일전을 했다. 그는 한 반도에 상륙하여 러시아의 압록강군을 손쉽게 격파하고 말았던 것이다.

그때 이래 구로키는 늘 숨어 있다가 옆쪽에서 갑자기 불쑥 튀어나온다. 이것이 크로파트킨과 그 막료들의 상식이었다. 일본 고대의 전술 용어로 말하면 비장(秘藏)의 수인데, 구로키군 전군이 일본군의 비장된 수로서 쓰이고 있는 것 같았다. 되풀이하지만 개전 때도 그랬다. 일본의 야전군 주력은 요동 반도의 대련 부근에 상륙하여 별안간 러시아의 야전군 주력과 대치했다. 그런데 구로키군 만은 조선에서 육로로 압록강을 건너 만주로 들어왔다. 더구나 그 강함은 다른 일본군과는 별종의 인종으로 구성되어 있는 것 같이 생각될 정도였다.

이것도 되풀이해서 말하는 것 같지만 구로키 군에 강병 사단을 배속시킨 것은 고다마 겐타로의 지혜였다.

1군만 특별한 강병으로 조직한다는 것은, 일본 전사로 볼 때 도쿠가와 이에야스(德川家康)의 중기 이후의 군단이 그랬었다. 이에야스는 당시 일본 최강이라 불린 다케다(武田) 가문의 장병을 다케다 가문이 와해된 뒤 노부나가(信長)의 허가를 얻어 일괄하여 부하로 삼고, 이것을 이이 나오마사(井伊直政)에게 주어 갑주를 붉은 색으로 통일하여 늘 선봉으로 썼다. 선봉은 적의 단단한 진을 뚫을 송곳 같은 것이므로, 강하면 강할수록 좋다.

그러나 이에야스와 고다마의 차이는 이에야스가 드릴 부대를 정면 공격용으로 쓴 데 반하여, 고다마는 이것을 유격용으로, 즉 비장한 수처럼 쓴 데 있다. 이런 종류의 전술 사상은 고다마 독자적인 것으로, 유럽에도 예가 없다. 이를테면 나폴레옹이 워털루에서 쓴 '비장의 예비 부대'는 약한 병사를 네이 장군이라는 약한 장군에게 통솔케 했기 때문에 아무런 도움도 되지 않았다.

동부 전선의 구로키군은 적의 제2선 방어 진지로 진격하면서 실은 전혀 방향이 다른 태자강을 건너가려는 교묘한 계략을 쓰고 있었다.

아무리 크로파트킨이라 할지라도 그것은 너무나 뜻밖의 일이었으므로 모르고 있었던 것도 무리는 아니었다. 구로키군은 동부 전선의 러시아 군 제1선 방어 진지를 그토록 집요하고 맹렬한 공격으로 탈취했었다. 게다가 그 진지의 점령만으로 군사를 멈추게 하지 않고 신전장(新戰場)을 넘어 더욱 진격하여 적의 제2선 방어 진지를 바라볼 수 있는 데까지 다가갔던 것이다.

——틀림없이 구로키군은 제2선 방어 진지에 집착하여 탈취하려 하고 있다.

크로파트킨은 생각했다.

생각하고 뭐고 이 시기는 서부 전선(가칭)에 있어서는 구로키군보다 뒤늦게 출현한 일본군 주력인 오쿠군과 노즈군이 가열한 공격을 시도하고 있어 양군의 포성은 천지를 찢듯이 처절했다. 크로파트킨은 동부와 서부를 동시에 생각하지 않으면 안되었다. 그런데 서부에 너무 정신을 팔았다. 서부가 러시아군의 주력적인 방어 진지였던 것이다.

구로키군은 전군이 서쪽(엄밀하게는 서북)으로 향하고 있다. 거기에서 대치하여 적의 제2방어선에 도전하는 그러한 태세를 취했다. 그러면서 현장에서 연기 같이 사라져 쾌속으로 후퇴하여 훨씬 뒤로 물러나 '연도만(連刀灣)'이라고 불리는 태자강을 건너는 곳으로 가서 거기서 단번에 강을 건너 버리려고 기도하고 있었다.

그러자면 러시아군의 눈을 속이지 않으면 안된다. 그러기 위하여 소수의 군대를 남기기로 했다. 마쓰나가(松永) 소장이 지휘하는 1개 연대 약 2천명만 남기고 가로로 길쭉한 진을 쳤다. 말하자면 견사(絹絲)에 비길 수 있으리라. 그 같이 가늘고 긴 한 줄기 실로써 적의 대군을 낚으려는 속셈이다. 그래서 적의 눈을 현혹시키면서 주력은 야음을 타서 산을 내려가 은밀한 행동으로 후방으로 돌아 또 산과 산 사이를 뚫고 북으로 올라가 태자강을 건너려는 것이다.

그것이 5명이나 10명이 행동하는 것이 아니다. 6만 이상의 대군이 포차를 끌고 그것을 감행하려는 것이다.

"과연 그러한 곡예를 할 수 있을까?"

그런 의심을 품은 것은 독일 참모본부에서 파견되어 와 있는 호프만이라는 젊은 장교였다. 호프만은 아직 대위가 된 지 얼마 되지 않는 몸집이 작은 청년으로, 수재가 많은 독일 참모본부에서도 뛰어난 수재였다. 그는 나중에 이 구로키가 한 장대한 전술에 대하여 평생 이야기하고, 그뿐 아니라 그것에 대한 저서까지 썼다.

"이런 작전은 지금까지 없었다."

이 호프만도 이렇게 생각했다.

만약 이것이 성공한다면 메켈에 의하여 유럽의 근대 전술을 배운 일본인이 여기에 메켈을 능가하는 독창적인 전술을 수립하는 셈이 된다.

그러나 성공률은 20퍼센트도 안된다고 호프만은 보았다.

총참모장 고다마 겐타로의 두뇌에 그려져 있는 요양 회전의 승기(勝機)는 우익 구로키군의 태자강을 건너는 것에 달려 있었다.

고다마는 성급한 성미의 사나이였다. 그의 성급한 성미 때문에 각 군 사령관은 신경이 날카로워져서 때로는 전화로 '난 어린애가 아니오' 하고 소리지르는 군사령관도 있었으나, 일면 이 격전하에서 총살여부의 의도가 빈틈없이 각군에 전달된다는 이점도 있었다.

고다마는 29일 구로키에게 전보로 물어왔다.

"언제 태자강을 건넌다는 건가?"

이때의 고다마의 질문 내용은 전술상 훌륭한 것이었다. 단지 독촉이 아니라 고다마 자신의 이 회전 자체의 대구상이 포함되어 있어, 그것을 충분히 구로키에게 이해시키려고 하고 있었다.

"이렇게 묻는 것은 귀관(구로키)의 군의 주력이 태자강을 완전히 건너갈 때를 기점으로 하여 전군의 총공격을 시도 할 작정이기 때문이다."

고다마는 말한다. 구로키군이 동부 전선에서 강을 건너는 일에 성공하면 동시에 서부 전선의 오쿠, 노즈의 양군에 총공격을 명령할 작정이라는 의미이다.

──일본군 승리에 대한 모든 기회의 열쇠를 귀관이 갖고 있는 것이다.

이런 의미의 내용을 고다마는 어린애에게 타이르듯 동기인 구로키에게 타

이르고 있는 것이다.

구로키는 잘 알고 있었다. 그 때문에 이때에도 탁자를 두드리고 화를 냈다.

"나를 바보로 아는가!"

구로키는 마치 전국기(戰國期)의 사쓰사 나리마사(佐佐成政)를 연상케 하는 거칠고 용맹한 장군으로, 고다마가 평소 자기 머리의 내용을 의심하고 있다는 것을 알고 있다. 그런만큼 분개한 모양이다.

고다마는 다시 차근차근 말한다.

"강을 건너는 날짜와 시간 그리고 병력을 알려라."

구로키는 이에 대하여 답신을 쳤다. 답신을 쓴 것은 구로키의 참모장 후지이 시게타였다. 그런데 구로키에게 후지이를 배속시킨 것은 고다마 인사의 걸작이었을 것이다. 후지이는 일본의 4야전군 참모장 가운데에서 가장 뛰어났다. 게다가 단순한 수재가 아니라 어떠한 전황이 되어도 비관하는 일이 없는 쾌활한 성격으로 그런 점이 구로키와 조화를 이뤘다. 단지 좀 덜렁대는 점이 있었다.

이 29일의 단계에서는 고다마를 만족시킬 만한 답신을 쓸 수 없었다.

"날짜도 병력도 아직 결정하기에 이르지 않았다."

이런 의미의 내용을 쓰고, 그 전망에 대해서는 자세히 구체적으로 썼다.

이보다 앞서 구로키는 태자강의 어디를 건널 것인가에 대하여 공병에게 조사를 시켰었다. 이것에 대해서는 이미 말했다.

태자강의 크게 구부러진 근처에 연도만이라는 얕은 여울이 있다는 것을 안 것은 이 전보를 친 이후의 일이다.

구로키 다메모토는 태자강을 건너야 한다. 그것을 실행할 일시를 결정하지 않으면 안되었다. 이미 준비는 되어 있었다. 그의 결단을 촉구한 것은 아주 사소한 현상이었다.

"후지이군, 저건 뭐지?"

하고 29일 정오, 서북방의 요양성 서쪽 근처에 화재가 일어나고 있는 것을 멀리 보고 참모장인 후지이에게 물었다. 그러나 최우익에 있는 그들은 이 사정을 알 수가 없었다.

"뭘까요?"

후지이는 그것을 억측하려고 했다.

이 화재는 일본군의 최좌익에 위치하고 있는 아키야마 기병 여단이 유도해 온 장거리포의 위력에 의한 것이었다. 이 때문에 요양의 정거장이 엉망으로 파괴되어 그 부근의 건축물이 불을 뿜으며 타기 시작한 것이다.

그러나 구로키도 후지이토 그것을 알 리가 없었다.

"요양의 정거장은 적의 유탄(榴彈)에 의하여 파괴되었다. 그 때문에 그 북방에 새로운 정거장을 만들었다."

러시아 측의 보고서에는 이렇게 씌어 있다.

그러나 후지이는 묘한 억측을 했다.

"러시아군이 퇴각하려고 양식괌 초를 태우고 있는 것이 아닐까요?"

후지이에게는 그러한 낙천적인, 사물을 통쾌한 면에서 보려고 하는 면이 있었다. 실제로 이때의 러시아군은 퇴각은 그만두고 일본군의 좌익군인 오쿠군 및 중앙군인 노즈군에 대하여 통렬한 연속 타격을 가하고 있었고, 오쿠, 노즈는 이날 이미 패색이 짙었다. 그러나 최우익에 있는 후지이는 우군의 그러한 전황은 알 수 없었다. 후지이만이 아니라 구로키도 태평하게 말했다.

"러시아군이 퇴각한다면 이건 전기(戰機)다. 내일 30일 밤 무슨 일이 있더라도 태자강을 건너 적의 앞뒤를 찌르자."

적의 앞뒤를 찌르는 것이 구로키 군에게 부과된 역할이었다. 그들이 태자강을 건너는 날짜와 시간을 정한 것은 그러한 일에 의거한다.

그리고 성공했다.

거의 전군이 30일과 31일 양일에 걸쳐 몰래 건너 버린 것이다.

이러한 전황 밑에서 이만한 대군이 적에게 눈치채이지 않고 건넜다는 것은 아주 드문 성공이라고 할 수 있다. 러일전쟁의 육전에 있어서 승리의 기초는 이 아슬아슬한 사이에 성립되었다고 할 수 있을 것이다.

크로파트킨은 나중에 알았다. 그는 자기 군에 대하여 격노했다.

"구로키는 만만치 않다."

그는 평소에 그렇게 말하고 구로키군에 대해서는 과대할 만큼 대군을 대치시키고 있었던 것이다. 그 병력은 3개 군단 7만 8천 명, 야포와 산포를 포함하여 2백 8십 4문이라는 화포를 구로키를 위하여 배치하고 있었다. 구로키는 그 적의 눈을 속이고 야음을 틈타 살그머니 대군을 진지에서 탈출시켜 러시아군의 경계가 허술한 지점으로 도하하고 만 것이다. 일본의 성곽 구조로 보면 구로키군은 적의 성 바깥 해자를 건넜다고 해도 좋다.

그동안 전 전선의 전투에 대한 크로파트킨의 보고서를 보면, 우선 이렇게 되어 있다.

"일본군의 강습적인 진군은 24일부터 시작되었다."

"우리 군은 27일 오후 공세를 취했다."

크로파트킨은 말한다. 이에 대한 일본군의 공격 상황은 극단적인 표현을 취하고 있다.

"그 공격은 극도로 광포했다."

러시아에는 이 전쟁이 본국에서 먼 강탈 식민지에서 행해지고 있는 것이었으나, 일본국에는 국가의 존망이 이 최초의 주력전의 승패에 걸려 있었다. 전군이 '광포'하게 되지 않을 수 없었을 것이다.

크로파트킨은, 러일 양군의 전투의 처절함을 안산참 방면에서의 러시아군의 사상자 1천 5백 명 가운데의 대부분이 총검, 군도에 의한 것이었다는 예로 그것을 본국에 보고하여 납득시키려 하고 있다.

"전선의 도처에서 백병(白兵) 접전의 양상이 있고 공격측은 필사적이다."

그는 말했다.

일본의 오쿠군이나 노즈군에 대한 전투로서 크로파트킨은 자랑스럽게 이렇게 보고하고 있다.

"8월 30일 오후 8시, 격렬한 전투가 개시되어 한밤에 이르러 종료되었다. 전투는 아군의 전승으로 돌아갔다."

이 점은 사실이다. 크로파트킨은 확실히 전승했다. 그 전승을 얻은 전투의 치열함에 대해서 크로파트킨은 그 부하 콘드라토비치 소장 휘하의 맹렬한 전투를 예로 들고 있다.

"일본군은 무수한 포탄을 발사해 왔으나 아군은 잘 수비하여 진지를 사수했다. 우리 전방 포대의 일부는 일단 적의 손에 들어갔으나 아군은 총검 돌격을 몇 번이나 되풀이하여 이것을 회복했다. 일본군은 매회의 백병전 뒤 다수의 전사자를 내버리고 퇴각했다. 그 일본군의 시체를 처리하기 위해 수수밭 속에 커다란 구덩이를 여러 개 팠으나, 아무리 파도 미처 다 파묻지 못할 정도로 많은 적의 시체가 있었다."

"일본군의 손해는 막대할 것임에 틀림없다."

"아군의 손해는,"

크로파트킨은 이렇게 쓰고 있다.

"물론 많고 클 것임에는 틀림없으나 아직도 대략 숫자조차도 파악하지 못하고 있다. 로소프스키 소장과 시타케리베르그 중장이 부상당했다. 그러나 시타케리베르그 중장은 여전히 전선에 머물고 있다."

이 보고문은 혼란 속에서 쓴 것 같다.

크로파트킨은 8월 30일까지는 승리에의 자신감에 크게 부풀어 있었다.

그런데 그러한 그에게 충격을 준 것은 구로키군의 태자강 도하이다.

"구로키군의 대군이 태자강의 오른쪽 강기슭에 건너간 것은 8월 31일에 분명해졌다."

크로파트킨은 말한다.

"이 점에 대하여 나는 다소의 예감은 있었다. 왜냐하면 8월 30일, 31일 양일간 러시아군 좌익에 대한 구로키군의 공격이 현저하게 미약해졌기 때문이다. 또는 구로키군 주력이 우리 좌익을 우회하는 운동을 하는 것이 아닌가, 하고 나는 생각했다."

하여간 크로파트킨은 동부전선 (러시아측에서 보면 좌익, 일본측에서 보면 우익)에 배치 되어 있던 자기 휘하의 장군들의 무능에 대하여 심하게 노했다.

"이 무능을 어떻게 표현하면 좋을 것인가. 눈 앞에서 구로키의 수만 명이 사라져 버린 것을 어째서 눈치채지 못했단 말인가. 무능, 유능의 문제가 아니다. 도대체 눈이 있느냐고 말하고 싶다."

그는 자기 참모나 부관을 그 무능한 장군이기나 한 것처럼 마구 꾸짖었다.

크로파트킨은 유럽 굴지의 전술가로 인정되어 왔던만큼 그의 작전이나 병력 배치는 그대로 유럽 일류국의 육군 대학의 교과서가 될 수 있는 것이었다. 이에 대해서는 외국의 관전 무관들도 똑같이 인정했다.

확실히 부하 장군들의 무능이라고 할 수밖에 없다. 만약 그들에게 예민한 이목과 기민한 행동력이 있었다면, 재빨리 배후를 진격하는 구로키군의 뒤를 추격하여 태자강 기슭으로 몰아넣어 철저하게 이를 섬멸하고 태자강의 탁류를 일본인의 피로 붉게 물들일 수 있었으리라. 구로키군에도 그 위험성은 컸었다. 독일 참모본부에서 관전하러 와 있는 호프만 대위는 후지이 소장에게 말했다.

"내가 보기에는 이 작전은 참으로 성공률이 희박하고 위험률이 큰 것으로 여겨집니다마는, 만약 러시아군이 눈치채고 쫓아오면, 어떨까요, 이것은 ——"

지옥입니다, 고 호프만은 말하고 싶었으나 차마 그 표현을 할 수는 없었다.

그러나 후지이의 결단에는 충분한 기초 계산표가 있다. 그는 그 계산표를 소극적으로 파악하지 않고 적극적(이라기보다는 낙관적)으로 파악하고 있었다. 후지이가 그러한 성격의 사나이라는 것은 이미 말했다.

"내기를 걸 만한 일이지만 하여간 적은 쫓아오지 않을 거요. 지금까지의 빌데를링 소장의 방식을 보아도 알 수 있소."

호프만은 아직도 납득이 가지 않았다. 그는 구로키 다메모토에게도 물었다.

"저 같으면 이렇게는 하지 않습니다. 전력을 다하여 정면의 적(빌데를링 장군)을 밀고 충분히 밀어서 이것을 후퇴시킨 다음, 거리적으로 여유가 생긴 후 재빨리 물러나서 태자강으로 나갑니다."

그렇게 말하자, 구로키는 보신 전쟁 이래의 역전의 사나이인만큼 젊은 호프만이 그리는 구상을 놀려 주었다.

"그건 허튼 소리요."

구로키는, 내 생각으로는 전쟁이나 씨름이나 마찬가지이다, 적을 밀어 내기 위해서 적과 맞붙은 이상 적에서 떨어져 재빨리 뒤로 달아난다는 마법 같은 짓은 할 수 없다, 이치는 호프만이 말하는 대로이다, 그러나 실제의 전쟁은 그렇게 되지는 않는 법이다, 위험은 확실히 크다, 그러나 위험만을 계산하고 있다가는 전쟁은 못하는 거다, 라고 말했다.

구로키군은 도하했다.

이 이변에 대하여 취한 크로파트킨의 태도와 조치는 러일전쟁에서 러시아군의 운명에 중대한 영향을 주었다, 고 할 수 있을지도 모른다.

그는 일본의 좌익군(오쿠)과 중앙군(노즈)을 응접하던 그의 테이블을 반대쪽으로 확 돌려서 구로키에 대항했던 것이다.

확실히 어리석은 짓을 했다.

크로파트킨 자신의 보고문의 문장을 빌면 이런 것이 된다.

"여기서 나는 전진해 있는 여러 진지에서 이 진지로 우리 군대를 철수하여 구로키군에 대해 대병력을 집중할 결의를 했다."

국면은 크게 전환하여 동부 전선이 주전장이 되었다.

——도대체 무엇이 일어났단 말인가.

이것은 서부 전선에서 활발히 싸우고 있던 러시아군 장병이 똑같이 가진 감상이었다. 그들은 오쿠군과 노즈군에 이기고 있는 것이다. 이기고 있는데 후방에서 명령이 날아왔다.

"퇴각하라."

지금 방어(防禦)중인 그 진지를 버려라, 자네들을 다른 데로 전용한다, 는 것이었다. 분전중인 러시아군 하급 장교는 이 이해하기 힘든 명령에 화를 냈다고 해도 좋다. 그들은 자기 군의 고급 사령부에 늘 불신감을 갖고 있었다. 이것은 러시아 육군(해군도 포함하여)의 만성적 질환이라고 해도 좋았다. 이 명령은 그 불신감을 부채질했다.

"높은 양반들은 도대체 무슨 생각을 했다는 거야."

포루 위에서 외치는 포병 장교도 있었다.

그러나 러시아군에게 그나마 다행스러웠던 일은 총수 크로파트킨에게 개인적인 인망이 있어 각 단대장(團隊長)들이 그의 두뇌를 의심하지 않았다는 사실이다. 군단장, 사단장 등의 장군들도, 또는 연대장, 대대장 등의 좌관급의 장교도 묵묵히 이 새 명령에 따랐다.

전진(轉進)은 정연하게 행해졌다.

——적이 퇴각하기 시작하고 있다.

오쿠군과 노즈군이 경탄할 만한 이 현상을 안 것은 9월 1일 아침이다.

"맹공한 보람이 있었다."

오쿠와 노즈의 막료들이 생각한 것은 결과로 보아서는 우스운 일이었는지도 모른다. 러시아군은 스스로 물러나는 것뿐이었다. 일본군에 져서가 아니었다.

——적, 퇴각 기미가 있음.

이런 급보를 받은 만주군의 오야마나 고다마는 이상하게 여겼다. 오야마나 고다마조차 구로키군이 크로파트킨에게 준 강렬한 자극에 의하여 의외로

이 방면에 이러한 결과가 나왔다고는 생각하지 않았다. 생각하지 않은 것이 당연했다. 이 사실은 전술상의 문제라기보다는 다분히 크로파트킨 개인에 관한 심리학상의 문제였기 때문이다.

되풀이해서 말하는 것 같지만 이 크로파트킨의 전술 전환은 어디까지나 그 자신의 심리적인 현상으로 해석할 수밖에 없다.

"구로키는 세다."

이런 인상이 서전인 압록강전(戰) 때부터 있었는데, 서전에서 패한 것이 그 인상을 더욱 강렬하게 하고 있다. 이 인상에는 공포와 증오가 섞여 있었다. 그 심리가 그의 이성을 이끌었다고밖에 생각되지 않는다. 크로파트킨만한 전술가가 이 정도의 초보적인 실수를 저지른다는 것은 심리적 원인을 빼놓고는 생각할 수 없는 일이다. 전술의 상도(常道)로 보면 그는 이기고 있는 싸움을 포기해서는 안되는 것이었다. 어디까지나 서부 전선에 있는 오쿠군과 노즈군을 물리치고 그것을 격멸시켜야 했었다. 옆구리에서 나온 구로키군(구로키군은 도하한 지 얼마 안되어서, 옆에서 공격할 행동으로 아직 나오고 있지 않다)에 대해서는 필요한 수를 써두기만 하면 좋았던 것이었다. 잠깐 손을 쓸 정도의 병력이라면 크로파트킨은 충분히 갖고 있었다.

그런데 테이블 째 구로키 쪽으로 빙 돌리고 만 것이다.

구로키와 그 참모장인 후지이는 자기들이 한 이 태자강 도하라는 행동이 이토록 크로파트킨의 심리에 충격을 주었다고는 생각하고 있지 않았다.

태자강 양안의 평야는 광막한 수수밭으로서 수수들은 한껏 자라 있었다. 그 평야의 군데군데에 이따금 구릉이 솟아오르고 있었다. 그 구릉의 몇 개인가가 러시아군에 의하여 야전 축성되어 훌륭한 진지로 되어 있다.

그러나 구로키는 이 근처가 적의 취약(脆弱) 지대여서 그다지 대단한 전지라고는 생각지 않았다.

"저건 좋은 산이 아닌가."

후지이에게 말했다. 후지이도 그 산의 가치를 높이 평가했다. 저 산을 중심으로 하여 요양을 포위합시다, 하고 후지이가 말했다.

산의 이름은

만두산(饅頭山)

오정산(五頂山)

이름대로 손쉽게 뺏을 것 같았다. 이것이 대지를 갈기갈기 찢을 듯한 대격전장이 될 줄은 구로키도 후지이도 생각지 않았다.

그럴 것이, 그들은 크로파트킨의 심경 변화(전술 전환이라기보다는)를 몰랐기 때문이었다.

크로파트킨은 여기저기의 진지에서 보병 부대를 뽑아내고 포병을 옮기고, 또한 예비군을 이 방면에 투입하고 있었다. 그는 그의 주력을 구로키에게 집중시켜 이것을 격멸하고, 러일전쟁에서 이 최초의 주력 결전에 승리하여 러시아 육군의 명예를 올리려 하고 있었다.

구로키는 센다이 사단에는 만두산을 공격케 하고, 고쿠라 사단에는 오정산을 향하게 했다.

그러나 착수해 보니 이것은 터무니 없이 강력한 진지임을 알았다. 왜냐하면 크로파트킨이 구로키군과 대항함에 있어 "이 근처의 고지를 일본인에게 넘기지 말라"고 명령했던 것이다. 이 만두산, 오정산 따위의 고지군(高地群)은 이 근처의 평야를 한눈에 내려다 볼 수 있는 장소여서 크로파트킨에게도 전략 요지임에는 틀림없다. 거기에는 1개 연대가 이미 있었다. 크로파트킨은 그것에 대하여 군단장 빌데를링 대장에게 명하여 다시 또 1개 사단을 증강시켰다. 자꾸만 더 증원하고 있는 중에 일본군이 공격을 개시했던 것이다.

그것에 대해 적 포병의 사격의 맹렬함은 요양 회전 개시 이래의 기록을 이루었으나, 일본의 포병은 포탄 소비에 제한이 있는 데다가 적당한 진지가 적어 회전 개시 이래 가장 부진했다.

육탄전이 속출했다.

센다이 사단 안의 하라다(原田) 연대 따위는 이 사단의 장기인 야습을 감행하기로 하고 적에게 접근하여 5십 미터 지점에서 착검하고 돌격했다. 러시아군은 이것을 맹렬히 쏘아댔으나 이윽고 그들도 참호에서 뛰어나와 격투하고 적과 아군의 무수한 검이 별빛 아래서 번쩍번쩍 빛나고 피가 튀고 살이 흩어져 처참한 광경을 연출했다. 그러나 이윽고 러시아군은 퇴각했다. 9월 1일 오후 12시의 일이다.

고쿠라 사단은 오정산을 점령했으나 점령보다도 그것을 유지하는 싸움이 컸었다. 러시아군은 이것을 탈환하려고 했다. 소위 흑영대(黑英臺)의 격전이 전개된 것은 9월 2일과 3일 사이이다.

그동안 크로파트킨이 이 방면에 전개시킨 병력의 크기는 구로키군의 3배 내지 4배이며 포병이나 기병에 이르러서는 압도적이었다. 구로키는 러시아 군의 노도(怒濤) 속에서 허덕이면서도 전쟁이란 기묘한 것이어서 자기가 지 금 싸우고 있는 상대가 러시아군의 주력 그 자체라는 것을 알아채지 못했던 것이었다. 장님이 뱀을 무서워하지 않는다는 것도 때로는 용기의 지속에 도 움이 되는 모양이다.

만두산은 탈취했다. 그러나 그것도 순식간이었다. 9월 2일 밤이 밝자 러 시아는 단지 요만한 언덕을 위하여 야포 및 산포 40문이 집중탄을 퍼붓고 1 개 군단에 1개 사단을 합한 대군이 1개 여단만으로 지키는 산 위의 일본군 을 공격하기 시작했다. 이러한 맹공이 종일 계속되었다. 산 위의 일본군은 잘 견디었다.

구로키 다메모토라는 사람은 재미있는 인물로, 이 참담한 전황의 한 시기 때 그는 풀밭에서 낮잠을 자고 있었다. 처음에는 자꾸 담뱃대에 담배를 담아 빨고 있었는데 나중에는 벌렁 누워서 잠들어 버렸다.

"그럴 때 내가 지휘할 수 있겠나. 잘 수밖에 도리가 없어."

훗날 그는 이렇게 이야기했다. 그러나 그가 자고 있는 동안 패색은 짙어졌 다.

만두산이 결전장이 되었다.

이 산을 9월 2일 오후, 일본군은 마침내 빼앗기고 말았다. 그런데 저녁 무 렵 다시 공격을 재개하여 산위로 돌격했던 것이다.

"만두산을 러시아군에게 빼앗겨서는 군 전체가 계속적으로 무너져 태자강 으로 쫓기고 만다."

이것은 누가 보아도 알 수 있었다. 구로키는 저녁부터 공격을 시작하여 밤 이 되자 백병 돌격을 감행하여, 오후 8시 총검으로 러시아군을 물리치고 겨 우 산상을 확보했다.

그러나 크로파트킨도 이 만두산에 대한 집착을 버리지 않았다. 곧장 탈환 을 위한 공격을 재개하여 대량의 포탄을 쏜 뒤 대야습전을 감행했다. 제1파, 제2파로 되풀이했다. 소총의 근거리 사격과 백병전이 4시간이나 계속된 것 은 전사상 경탄할 만한 일일 것이다. 조국이라는 것은 존재가 그 존재의 선

악은 따로 하고라도 양군의 병사 위에 무겁게 덮치고 있었던 시대인만큼 있을 수 있었던 현상이었다. 양군의 병사에게 있어 조국의 명령은 절대적이며 그 존재는 인간의 모든 것을 규정하고 그 조국을 위하여 죽는 죽음은 틀림없이(적어도 이 당시의 일본인에게는) 숭고하다고 믿어졌었다. 그렇지 않고서는 성립할 수 없는 현상이었다.

마침내 일본군의 밀어내기 공격이 이겨, 러시아군은 각 지대(支隊)가 흩어진 상태로 산을 내려가기 시작하여 이윽고 퇴각했다.

그동안의 사정을 크로파트킨의 보고문에서 보면 이러하다.

"러시아군은 자주 이 고지를 점령했다. 그러나 마침내 일시 철퇴하지 않을 수 없었다."

일시 철퇴라는 말을 크로파트킨은 문장 표현상 사용했지만 요컨대 철퇴였다. 그는 이 이상 만두산에 고집하는 것을 자신의 심리에서 지웠다. 이것은 그에게 심리상의 과제이지 전술상의 과제는 아니다. 그에게는 아직도 풍부한 병력과 탄약이 있었다. 다시 두 차례 정도 공격을 시도하면 구로키군은 무너졌을지도 모른다. 결국은 크로파트킨과 구로키와의 성격의 차이가 이 싸움의 승패를 결정하게 되었다.

그런데 그 뒤 크로파트킨은 일본군으로선 이해하기 힘든 행동을 시작했다.

전군이 퇴각을 개시한 것이다.

요양 자체를 포기했다.

"러시아군이 퇴각을 시작하고 있습니다."

이런 급보를 받았을 때, 적장인 구로키조차 고개를 갸우뚱했다.

――러시아는 지지 않았는데, 묘한 짓을 하는군.

그렇게 중얼거렸을 정도였다. 고작 구로키에게 만두산 하나를 빼앗겼을 뿐인데 전체 전선에 걸쳐 퇴각한다는 것은 무슨 까닭일까.

작전가로서의 크로파트킨은 수재에게 흔히 볼 수 있는 완전주의자였는지도 모른다.

요양에서의 그의 작전은 충분히 급제점을 주어야 할 만한 것이었다. 단지 도중에서 마음이 변했다.

최초 서부 전선에서 오쿠군과 노즈군을 압도하여 그것을 패세로 몰아 넣었다. 동부에서 구로키가 우회 운동을 시작하자 전투중에 갑자기 작전을 바꾸어 구로키에게 대항했다. 이 구로키와의 싸움은 거의 비슷비슷하다.

단지

——만두산을 뺏고 싶다.

이런 집착이 그에게 있었다. 구로키에게도 이것은 결전장이라 여기를 축으로 하여 크로파트킨을 포위하는 선회 운동을 감행하고 싶었으나(그렇다고는 해도 실제는 병력 부족으로 그것은 실시하기 힘들었을 것이다) 크로파트킨도 같은 것을 생각하고 이 만두산을 축으로 하여 구로키군에 날개를 펴고 대포위를 하려고 했다. 쌍방이 컴퍼스를 쥐고 만두산에 컴퍼스의 중심을 꽂으려고 서로 탈취했다고 말할 수 있다. 그런데 쌍방이 뺏고 빼앗기고 한 결과, 간신히 구로키가 빼앗았다.

그러자 크로파트킨은 이제 싫증이 나고 만 듯했다. 요양을 지킨다는 이 작업 자체를 버리고 만 것이다.

"이제는 봉천이 있다."

이것이 크로파트킨의 두 번째 주력 결전 구상이었다.

"요양에서의 작전은 계산대로 되지 않았다. 물러나서 봉천의 선에서 전개하고 거기서 완전 작전을 해보리라."

이것이 크로파트킨의 생각이었던 것 같다. 이런 점에서 그는 너무 명석한 두뇌와 너무 섬세한 신경을 가진 수재일 뿐 결코 대야전군을 통솔할 장군은 아니었다. 일본측의 구로키는 크로파트킨의 절반 정도의 군사 지식도 없고, 그 십분의 일 정도의 서구적인 교양도 없다. 그런 점에서는 단순한 사쓰마 무사였다.

그러나 수만의 군대를 통솔할 만한 인격과 싸움에 대한 불퇴전(不退轉)의 신념을 갖고 있는 점에서는 크로파트킨은 훨씬 미치지 못했다.

"그는 전술 교과서적인 완벽에 가까운 퇴각전을 행했다."

크로파트킨은 이렇게 전후에 평가되었다. 그는 일본군의 추격을 불허하고 요소요소의 진지에 부대를 남기고 단계를 따라 정연히 이 대군을 봉천으로 철수시켰다.

"일본군은 헛되어 장사(長蛇)를 놓쳤다."

이 말을 들은 것은 그 때문이다. 승리자라 불리우는 데 비해서는 일본군이 얻은 전리품은 놀라울 정도로 적었다.

"일본은 요양에서 이긴 것은 아니다."

악의의 보도가 외국 종군기자의 손으로 세계에 퍼뜨려진 것도 이 때문이었다.

요양의 공방전은 크로파트킨이 말하듯이 '광포'하기 이를 데 없는 일본의 공격에 의하여 간신히 공격측의 승리로 끝났다.

일본군의 사상자는 2만 명이다. 러시아군도 거의 같은 수로 약간 더 많다. 쌍방이 얼마나 처절하게 사투를 전개했는가는 이것으로도 알 수 있으리라.

9월 7일 오전 8시 총사령부는 그때까지의 소재지였던 사하(蛇河)를 출발하여 아직도 초연이 자욱한 요양에 들어갔다. 들어간 것은 오후 1시였다. 정거장 부근에는 수일 전까지도 크로파트킨이 사용했던 러시아군 총사령부의 건물이 있다.

오야마 이와오, 고다마 겐타로 이하는 그곳에 들어가 이후 여기를 총사령부로 쓰기로 했다.

"옛 크로파트킨의 본영자리에 들다."

오오야는 일기에 이렇게 썼다.

이 사령부에 크로파트킨이 철수하면서 버리고 간 훌륭한 침대가 있는데 극동의 가난한 나라의 장교들은 그 호화로움에 놀랐다. 버리기에는 아까우므로 누군가가 오야마에게 권했다.

"만약 각하, 기분이 언짢으시지 않으면 사용하시지 않겠습니까?"

오야마는 기뻐하면서

"난 낮잠을 좋아한단 말야."

그는 그것을 사용하기로 했다. 오야마는 그것이 매우 기뻤던 모양이다.

그런데 이 일본군 사령부에는 한 가지 결함이 있었다. 각국에서 온 종군기자의 접대가 서툰 점이었다. 그 접대는 극히 조잡하며 더구나 젊은 참모들에 이르기까지 그들에게 대하여 오만(그들은 그렇게 보았다)해서 극단적인 비밀주의를 취했다.

원래 메이지 시대 사람은 신문기자나 여론에 대한 인식이 부족하여 일본인 기자 등도 군대 잡부 같은 대접을 받았다. 실지로 일본인 기자의 복장은 군대 잡부와 비슷한 자가 많았고 이따금 줄무늬 옷을 입고 옷자락을 걷어 올리고 바지 같은 내의를 입고, 양산을 지팡이 대신 짚고 전지에 와 있는 자도 있었다.

참모들은 이 내외의 기자단과 접촉하는 것을 귀찮게 여겨 파리 같이 쫓아내기도 했다. 이런 점이 외인 기자단의 분개를 사게 하여서 본국으로 철수하는 자가 속출하고, 자연히 러시아측의 종군 기자의 기사가 전세계에 퍼지게되었다. 이 점 크로파트킨은 교묘했다. 그는 요양 결전이 끝나자마자 혼잡한가운데 기자 회견을 행하여 자세히 공표했다.

"우리는 예정된 퇴각을 감행하고 있을 뿐이다. 그 증거로 포는 불과 2문을유기했음에 불과하다."

일본군의 총사령부도 마찬가지로 기자 회견을 했으나 몇 줄의 문장을 낭독했을 뿐이었다.

자연히 온세계를 나돈 뉴스는 일본군의 비승리설이며 이 때문에 런던에서의 일본 공채의 응모는 격감(激減)되고 일본의 전시 재정에 막심한 충격을주게 되었다.

외국인 기자의 응대에 대하여 누가 소홀하게 대했는지는 잘 모른다.

원래 대본영 자체가 처음부터 국제적인 여론 조작의 감각이나 능력이 결여되어 있었다.

개전과 함께 영, 미, 불의 신문, 통신 기자들이 도쿄로 몰려 왔는데, 대본영은 그들에 대해 아무런 대책도 세우지 않고 있었다.

그들은 당연히 제1선에 종군 취재할 심산이었다.

"빨리 종군시켜라."

이 명령은 각 공사관을 통하여 일본의 외무성에 제의했다. 외무성의 과장급 관리가 대본영에 그 뜻을 제의하러 가면 그렇지 않아도 신경이 날카로워진 대본영의 과장급이 처음부터 거절했다.

"지금 그럴 겨를이 없다. 첫째 그들을 데려가면 작전상의 비밀이 모두 적에게 알려지고 말지 않는가."

이 일이 일본의 전비 조달에 크게 영향을 미친다는 결과를 그들은 상상조차 못했다.

그들은 도쿄에서 헛되이 체재했다. 이 때문에 처음부터 일본인에 대한 분노가 그들에게 있었다.

이들을 가장 잘 이해하고 있었던 것은 고다마 겐타로였다.

"그야 전쟁터에 데리고 가는 게 좋지."

그는 그 편의를 꾀했다. 그들은 고다마의 주선으로 각 군에 배속되었다.

그런데 군에 따라 응대 방법이 달랐다. 작전에 자신이 있는 구로키군의 참모장 후지이 시게타 등은 언제나 천막 내에서의 출입을 자유로이 하고 그들의 질문에 감추는 일 없이 대답하여 지금부터 하려는 작전 계획까지 가르쳐 매우 호감을 가지게 되었다.

그러나 오쿠군의 막료들은 비밀주의를 취했다. 전선으로 그들이 나가는 것도 금하고 전황에 대한 그들의 질문에 대해서도 제대로 대답한 일이 없다. 기자들에게만이 아니라 외국 관전무관에 대해서도 그랬었다.

——우리는 돼지 같이 대접받았다.

이렇게 말하며 분개한 관전 무관도 있었던 모양이다.

게다가 오쿠군 정면의 적은 강대하여 오쿠군은 요양 공격의 말기에 지울 수 없는 패색을 나타내고 있었기 때문에 아무런 설명도 받지 못한 그들로서는

——일본군은 지고 있었다.

그밖에 생각할 수 없다.

그들은 이 오쿠군의 패세(敗勢)로 일본군의 모든 전선을 상상하고, 요양 회전이 끝남과 동시에 그들의 대부분은 일본군의 작전 지역에서 탈출하여 영구(營口)나 지부(芝罘)로 달려가 거기에서 본국으로 기사를 보냈다.

"일본군은 요양에서 이긴 것이 아니다. 러시아군의 작전에 휘말렸을 뿐이다. 러시아군은 당당히 철퇴했다"는 내용의 기사가 전신의 키를 통하여 전 세계에 뿌려진 것이다.

그 하나로는 인종적인 편견도 농후하게 있었다. 황색 인종이 백색 인종에 대하여 다소라도 포화 속에서 우월해졌다는 현상을 그들은 솔직하게 받아들이려고 하지 않았다. 일본은 요양 회전에서 비로소 세계의 스크린 위에 그 상(像)을 투영(投影)하기 시작한 것이다.

요양 회전의 시점에서 세계에 비친 일본상(像)은 이상과 같은 사정 때문에 결코 승리자의 상으로서는 비치지 않았다.

러시아 곰이 최후의 치명상을 주기 위하여 약간 물러났다. 작은 일본인은 만신창이로 간신히 요양에 당도하기는 했으나, 그것은 승리라는 것이 아니

라 러시아 곰이 물러섰기 때문에 단지 앞으로 고꾸라진 것에 불과하다.

──그렇게 보도되고 있다.

이것을 안 일본 대본영은 다소 당황했다. 국제 사회라는 스크린에 비친 자신의 모습에 일본이 놀란 것은 이때가 처음이었는지도 모른다.

그에 이어 런던에서 공채응모가 격감하는 사태가 벌어지자 일본 제국의 원로들은 비로소 펄쩍 뛸 듯이 놀랐다.

일본에는 돈이 없다.

러일전쟁이 시작되기 직전에 일본 은행이 갖고 있었던 정화(正貨 : 금화)는 겨우 1억 1천 7백만 원에 불과하여 이것으로는 전쟁은 할 수 없다. 이 소지금의 7, 8배는 공채의 형태로 외국에서 빌지 않으면 안되었다. 그 공채 모집에 대해서 일본 은행 부총재인 다카하시 고레키요(高橋是淸)가 런던에서 애를 쓰고 있었다. 거기에 요양의 '패보(敗報)'가 전해졌다. 이것으로써 사람들은 일본의 패전을 예상하고 일제히 공채를 팔든가 손을 떼든가 했다.

이 선후책을 강구하기 위하여 이토 히로부미(伊藤博文), 이노우에 가오루(井上馨, 마쓰가타 마사요시(松方正義) 등이 우노 외에, 정부에서는 가쓰라 수상, 고무라 외상, 데라우치 육군상 등이 출석하여 회의가 열렸다. 참모총장인 야마가타 아리토모도 출석하고 있었다.

"현지군에 훈령을 내리자."

이것으로 결정되었다.

"외국 관전 무관에 대해서는 군의 기밀에 저촉되지 않는 범위 내에서 될 수 있는 대로 간곡하게, 애써 활달하게 공개적으로 대할 것을 취지로 하고 제국의 성의를 명백히 보이도록 하라."

요컨대 선전을 태만히 하지 말라는 의미이다. 이 훈령은 야마가타 아리토모의 이름으로 오야마 이와오에게 발신되었다.

이것을 받은 오야마 밑의 총참모장인 고다마 겐타로는 천성적인 울화통을 폭발시켜 격노했다.

"농담도 분수가 있지."

고다마는 외쳤다. 대본영 자체가 이 점에 둔감했던 것을 고다마가 알아채고 외국 신문이나 통신의 특파원을 만주의 현지로 데려온 것이다. 더구나 현지에서 고다마는 천성적인 소탈함으로 그들과 접촉하여 그들 사이에서 평판이 좋았다. 나쁜 것은 이 선전의 점에 대해서 아무런 정견(定見)도 갖고 있지 않았던 대본영 자신으로 그 책임을 현지군에게 전가시킨다는 것은 얼토당토 않은 일이다.

고다마는 곧 사표를 써서 도쿄에 보냈다.

"자신의 보좌가 충분하지 않았기 때문에 오야마 총사령관의 덕망을 손상시킨 것은 참으로 유감이다. 본관은 이 책임을 느끼지 않을 수 없어 삼가 본직을 면직시켜 주기를 간원하는 바이다."

야마가타는 이것을 보고 놀라 하여간 만류하여 고다마의 사표 문제만은 수습되었다.

결국 이 일건은 그 뒤 일본측에서 요양 회전에 대한 상세한 발표가 있었기 때문에 전세계가 일본의 승리를 확인했다. 이것으로써 일단 저조했던 공채의 모집 상황도 본래대로 복구되었을 뿐만 아니라 오히려 크게 호황을 나타냈다.

겨우 1억 1천 7백만 원의 금화밖에 갖지 않고 전쟁을 시작해 버린 일본으로서는 요양의 1전에 건 기대——구체적으로는 전비 조달에의 기대——가 컸던만큼 이 싸움이 대개 생각대로 된 것으로 정부측은 모두 안심했다. 돈이든 병력이든 생각해 보면 러일전쟁 자체가 일본에 있어서는 줄타기 곡예였다.

예를 들어 말하면 개전 직전에 영국에서 회항하여 개전 후에 전열에 참가한 군함 '닛신' '가스가'의 대금조차 변변히 갖지 못하고 이것을 치르는 데 일본 정부는 런던에서의 공채 모집에 기대하고 있었다. 그 공채 모집의 승부의 관건은 요양에서 이기는 데에 걸려 있다는 아슬아슬한 판국이었다.

일본 정부도 대본영도 이 전비 조달에 대한 일이 늘 사고(思考)의 중요 부분을 지배하고 이것 때문에 필요 이상으로 초조해 있었다.

이를테면 요양 회전에 있어서도 육군성 및 대본영의 지배적인 생각이었다.

"구로키가 잘못했어."

"왜 구로키는 도망치는 러시아군을 추격하지 않았는가? 추격하여 전과를 확대하려고 하지 않았는가. 전과만 확대돼 있다면 누가 보아도 일본군 승리의 인상이 명백해졌을 것이며 공채 모집의 상황도 더 효과를 올렸을 것이다.

그런데 구로키는 조금도 추격하지 않고 점령지에 정지한 채로가 아니었는가."

전비 조달로 항상 위기감이 있었기 때문에 이 같이 이미 참혹하다고밖에 말할 수 없는 비평이 생긴 것이리라.

구로키, 후지이의 제1군이 태자강을 건넌 것과 그 후의 경이적인 분전 덕택으로 요양 회전은 간신히 일본군이 이길 수 있었던 것이다. 그러나 육군성도 대본영도 그것을 그렇게 평가할 여유가 없었다.

──왜 추격하지 않았는가.

구로키에게 그것을 책망하는 것은 참혹함을 넘어 바보스러운 일이었다. 구로키는 태자강을 건넌 후 만두산의 공방을 둘러싸고 4배의 러시아군과 싸웠고 또한 전 러시아군이 갖고 있는 대포 가운데의 7할이라는 방대한 화력을 적으로 하고 있었던 것이다. 구로키는 예비대를 이 전장에 모두 투입하여 겨우 적을 격퇴했다. 러시아군이 떠날 때 구로키에게는 곧 그것을 추격할 여력이 없었다. 게다가 러시아군은 철수할 때 일본군의 추격을 막기 위하여 강력한 배치를 했다. 그러한 구로키에게 추격을 바라는 것은 무리였다.

그래도 여전히 대본영은 구로키와 후지이를 비난했다. 이 때문에 나중에 러일전쟁에 종군한 4명의 군사령관은 자살한 노기를 제외한 외에 모두 원수가 되었으나 구로키는 대장으로 끝났다. 참모장의 대부분이 대장이 되었으나 후지이 시게타는 중장으로 끝났다.

구로키, 후지이의 콤비가 일본군을 간신히 이기게 만들었는데 대승에 이르게 하지 못했다는, 소위 없는 것을 조르는 듯한 그러한 이유로 이 양인은 나중에 원수나 대장이 될 영예를 잃었다. 믿기 어려울 정도의 도량의 편협함이 일본 육군을 지배하고 있었다. 그 편협함의 원인 중 하나는 러일전쟁 수행에 대한 일본 최대의 통점(痛點)인 전비 조달에 있다는 것은 이미 말했다.

돈이 없었다.

전장에 보내야 할 포탄도 그것을 도맡아 제조할 예정이었던 오사카의 포병 공창의 제조 능력을 훨씬 상회하고 소비도 상회하여 허둥지둥 외국에서 사들여야만 했다.

이를테면 요양 회전이 끝났을 때 이미 다음 작전을 위한 포탄이 없어 9월

15일 육군성에서는 전세계의 병기 회사에 포탄을 주문했다. 회사명은 암스트롱, 카이녹스, 킹노르톤, 노벨 등이다.

그들에게 당연히 돈을 치르지 않으면 안된다. 그 돈의 조달에 일본 은행 부총재인 다카하시 고레키요가 비서관인 후카이 에이고를 데리고 유럽을 뛰어다니고 있었다. 냉정히 관찰하면 이토록 우스꽝스럽도록 바쁘게 전쟁을 한 나라는 예부터 지금까지 없었을 것이다.

다카하시가 최초로 이 사명을 위하여 요코하마를 출범한 것은 이 해 2월 24일이다. 러시아에 전쟁을 선포하고 반달 뒤였다.

이때 그의 장행회(壯行會)가 요코하마 쇼오킨(正金) 은행에서 열렸다. 이때 유신 이래 일본 재정을 담당해 온 원로인 이노우에 가오루가 일어서서 이야기를 했다.

"만약 외채 모집이 잘 되지 않고 전비가 갖추어지지 않으면 일본은 어떻게 되겠는가. 다카하시가 그것을 이루어 주지 못하면 일본은 망하오."

이렇게 말하고 나서 치밀어오르는 눈물 때문에 더 이상 말이 나오지 않자 이노우에는 고개를 숙인 채 침묵하고, 회장에 모였던 사람들도 모두 침묵하여 이상 야릇한 광경이었다고 한다.

다카하시는 처음 뉴욕으로 갔다. 여기서 두서넛의 은행가와 접촉했으나 "도무지" 하는 것이 그들의 의향이었다. 미국은 이 시기에 영, 불 등에서 자꾸만 외자를 도입하여 국내 산업을 개발중에 있어 그 때문에 타국에 빌려 줄 만한 돈이 도무지 없었다.

그는 미국을 포기하고 유럽으로 건너갔다.

이 당시 프랑스는 커다란 금융 능력을 갖고 있는 나라였으나 친러(親露) 조약의 체면도 있어 러시아에 돈을 빌려 주고 있었다.

다카하시는 영국으로 갔다. 영국과의 사이에는 영일 동맹이 있다고는 하나 영국이 일본에 전비를 대여한다는 그러한 성질의 동맹은 아니다.

다카하시는 런던에 있어서의 온갖 주요 은행이나 대자본가를 찾아갔다. 그러나 결과는 절망적이었다. 그들은 일본의 처지에 동정했지만 그러나 돈을 빌려줄 상대는 아니라고 보고 있었다.

다카하시 고레키요가 유럽에서 실지로 본 바로는 러시아의 신용은 개전으로 인해 조금도 흔들리지 않을 뿐더러 파리나 런던에서의 러시아 공채의 시가는 오히려 오름세였다.

그러나 일본의 신용은 좋지 않았다.

개전 전 일본의 4부 이자가 붙은 영화(英貨) 공채는 80파운드 이상이었으나 개전 후 폭락하여 60파운드까지 내려가 있었다.

'이렇게 인기가 없는 속에서 새로 공채를 발행한다면 영국인 대중이 응할 것인지.'

이런 생각을 하니 다카하시의 마음은 어두웠다.

"러시아라면 돈은 빌려줄 수 있다."

이것이 은행 계통의 태도였다. 러시아에는 광대한 토지가 있고 광산이 있다. 그것을 담보로 잡으면 만일의 경우라도 빌려준 사람에게 손해는 없다. 그러나 일본에는 담보로 할 수 있을 만한 토지도 광산도 없었다.

이러한 상황 밑에서 다카하시는 어찌되었든 공채 발행을 성립시켰으나 그 조건은 관세 수입을 저당한다는 것으로, 그 이자도 6부라는 큰 것이어서 말하자면 식민지적 조건이라 해도 과언이 아니었다.

그런데 이러한 상황 밑에서 움직이고 있었던 다카하시에게 있을 수 없는 행운이 저쪽에서 접근해 왔다.

우연히 런던에 와 있었던 미국 국적의 유대인 금융가 야콥 시프라는 자가 적극적으로 다카하시에게 접근해 와서 제의해 왔던 것이다.

"당신이 애쓰시는 건 전부터 듣고 있습니다. 내가 할 수 있는 범위에서 다소나마 힘이 돼드리죠."

야콥 시프는 프랑크푸르트 태생인 독일계 유대인으로, 젊었을 때 미국에 건너가서 헌옷 장사부터 시작하여 부자가 된 사나이로, 지금은 미국 쿤 엡 상회의 소유주이며 전미국 유대인 협회의 회장이었다.

다카하시가 그 성립에 이르게 한 제1회 6부 이자의 공채 1천만 파운드에 대하여 야콥 시프는 선뜻 말해 주었던 것이다.

"그 절반을 맡아 드리겠습니다."

야콥 시프는 그 후 다카하시와 연락을 취하면서 일본의 외채 소화에 크게 활약해 주는데, 다카하시는 왜 이 유대인이 일본을 위하여 그토록 힘써 주는지 잘 몰랐다.

시프는 이에 대해서 다카하시에게 이렇게 말했다고 한다.

"러시아는 유대인을 박해하고 있소."

시프는 말했다. 러시아 국내엔 유대인이 6백만 명 거주하며, 시프의 말로는 러시아 제정의 역사는 그대로 유대인 학살사이며, 지금도 그것이 계속되고 있다고 한다.

"우리들 유대인은 러시아 제정이 사라지기를 언제나 빌고 있소. 때마침 극동의 일본국이 러시아에 대하여 전쟁을 시작했소. 만약 이 전쟁에서 일본이 러시아에 이겨 준다면 러시아에 반드시 혁명이 일어날 것이오. 혁명은 제정을 말살할 것이오. 나는 그것을 바라기 때문에 혹은 수지가 맞지 않을지도 모르는 일본에 대한 원조를 지금 이 같이 하고 있는 것이오."

유대인 야콥 시프에게 그 원조의 이유를 설명 받았을 때, 다카하시의 비서관인 후카이 에이고는 잘 납득이 가지 않았다.

"인종 문제라는 것은 그토록 심각한 것일까요?"

후카이는 나중에 다카하시에게 말했다. 일본인의 개념으로 유대인이란 배금주의자였다. 무엇보다도 소중한 돈을 이길지 질지 모르는 일본을 위해서 내던진다는 것은 무슨 뜻일까. 시프는 인종 문제라고 한다. 단일 민족인 일본인에게 인종 문제 만큼 실감 나기 힘든 과제는 없다.

후카이 에이고는 런던의 금융 계통과 접촉하여 야콥 시프의 경력을 조사했다. 그리고 또 러시아에의 유대인 박해 문제를 조사했다.

차츰 납득해 감에 따라 소름끼칠 정도로 심각한 문제라는 것을 알았다.

그 역사는 오래이며 16세기의 이반 4세 때부터 현저히 나타나 있다. 이반 4세는 유대인을 기독교도로 만들려고 했다. 유대인은 그것을 싫어했다. 거절한 자는 모조리 강에 던지라는 칙명이 내려 관리들은 그것을 실행했다.

19세기 후반이 되자 이 박해는 더욱 심해져서 잔인성을 더했다. 야콥 시프는 전미국 유대인 협회장으로서 이 사태에 대하여 될 수 있는 데까지 방법을 강구했다. 영국을 비롯하여 각국 정부에 탄원했으나 내정 간섭이 되기 때문에 어느 나라의 정부도 소극적이었다.

야콥 시프는 개인적으로 러시아 정부에 돈도 빌려주었다.

"돈을 빌려줄 테니 제발 유대인을 유대인이라는 이유로 학살하는 일을 그만둬 달라."

러시아 정부는, 빌려 쓴 그때는 그 박해의 손을 완화했으나 1년쯤 지나자 본래대로 되돌아갔다. 야콥 시프는 몇 번이고 돈을 빌려주었으나 마침내 그는 제정 러시아라는 체질에 절망했다.

"혁명이 일어나지 않으면 안된다."

그는 신념을 갖게 되었다. 제정 러시아가 어느 나라보다도 풍부하게 갖고 있는 것은 반역자였다. 러시아의 제정을 전복시키려고 하고 있는 자들은 러시아에 정복된 폴란드나 핀란드의 독립당을 포함하여 그 회파(會派)만도 백을 넘을 것이다.

야콥 시프는 아마 그들에게도 자금 원조를 한 일이 있었을 것이다. 그러한 가운데에서 러시아 내정의 어떠한 혁명당이나 독립당보다도 강력한 힘으로 일어선 것이 일본의 육해군이다. 어떠한 혁명당보다도 목숨을 아낄 줄 모르며 조직적이고 강력했다.

——일본이 러시아의 제정을 넘어뜨릴 것이다. 야콥 시프는 생각했다. 비록 일본이 져도 좋다. 이 전쟁에서 제정 러시아는 쇠약해진다. 그것이 야콥 시프의 일본 원조의 이유였다.

"세계는 복잡하다."

후카이 에이고는 느꼈다. 이 사람은 고쿠민 신문(國民新聞)의 기자에서 관계에 들어가 후에 니혼 은행 총재가 되었다.

그는 일본이 태평양전쟁에 패한 1945년 10월 21일에 죽었다.

후카이 에이고는 인종 문제로 인해서 세계의 복잡성을 알았으나 다카하시 고레키요는 낙천가로 알려져 있으면서도 그런 감각은 예민했다.

"그건 그렇지."

그는 후카이에게 말했다. 그는 야콥 시프가 '러시아에 있는 유대인을 구하기 위하여 일본을 응원하는 것이다'라고 말했을 때 곧 그 이유가 극히 현실적인 것임을 이해할 수 있었다.

다카하시 자신이 젊었을 때 미국에서 노예로서 팔렸던 적이 있었다.

다카하시 고레키요는 이상할 정도의 낙천가였으나 그 성장 과정은 예사롭지 않았다. 그는 센다이 번(藩)의 에도에 근무한 잡병이었던 다카하시 가쿠지(高橋覺治)의 집에서 자란 자식으로 그의 실제의 부모에 대해서는 성인이 될 때까지 몰랐다. 그 친아버지는 막부의 하급 관리 가와무라 쇼에몬(川村庄右衛門)이며 친어머니는 가와무라 집안에 일하러 와 있었던 시바 학킨(芝白金)의 어물전의 딸이라는 여자였다. 태어나자 곧 다카하시 집안에 가게 되어 거기서 성인이 되었다.

어렸을 때 센다이 번 중앙 번저 곁에 있는 이나리 신사(稻荷神社)의 경내에서 놀고 있었는데, 우연히 영주 부인의 참배가 있었다. 이 어린 아이는 낯가림을 하지 않아서 신전의 깔개 위에 있는 부인 곁에 다가가 그 무릎 위에 앉고 말았다고 한다. 봉건 신분 사회에서는 있을 수 없는 진기한 일이었다. 그러나 이 어린 아이는 방글방글 웃고 있기 때문에 시녀들도 나무랄 수 없었고, 그러는 중 부인이 몹시 이 아이가 마음에 들어 내일 집으로 놀러 오라고 말해 주었다.

이것이 잡병들이 살고 있는 집 사람들의 화제가 되어 말을 수군대었다.

"다카하시네의 아들은 참으로 행복한 놈이야."

이 말이 어린 아이인 다카하시의 귀에도 들어가 자기는 남보다 뛰어나게 행운아이며 운이 좋은 출신이라고 생각하게 되었다. 그것이 평생의 신앙처럼 되어 그 자서전에서 말하고 있다.

"이제 와서 생각하면 그것이 나를 천성적인 낙천가로 만드는 원인이 아닌가 생각합니다."

"어떠한 실패를 해도, 궁지에 빠져도, 나에게는 언젠가 좋은 운이 전환해 온다고 생각하고 한결같이 노력했다."(자서전)

그러한 낙천가인 사나이가 아니고서는 러일전쟁의 전비 조달로 유럽을 뛰어다니는 일은 못했을 것이다. 실지로 다카하시 이외에 돈을 마련하기 위한 사람들은 처음부터 반쯤 절망하여 구미로 건너가 거의가 실패했다.

다카하시는 막부 와해 직전인 게이오(慶應) 3년(1867년) 번(藩)의 유학생으로 도미했다.

요코하마에 상관(商館)을 갖고 있는 반리이드라는 사나이의 연줄로 그 사나이의 양친이 있는 샌프란시스코로 가서 반리이드의 집에서 살았다. 곧 반리이드의 소개로 오클랜드의 브라운이라는 집으로 이주했다. 그가 노예로 팔렸던 것을 다카하시는 알지 못했다. 그러나 이윽고 그것을 알고 소동이 벌어지는데, 다카하시라는 사나이에게 볼 수 있는 재미있는 점은 그러한 자기의 과거에 대해서 조금도 비관한다든가 하지 않는 일이다. 후카이 에이고가 세계에서의 인종 문제의 심각성을 화제로 꺼냈을 때에도 "난 그건 알 수 있지" 하고 웃고 있었다는 것이다.

그건 그렇고, 유대인이 일본을 응원했다. 그동안의 야콥 시프의 원조 이유에 대해서 다카하시 고레키요의 자서전에 의하면 19세기의 러시아는 여러 곳을 침략, 정복했다.

"될 수 있다면 일본을 이기게 하고 싶다. 비록 최후의 승리를 얻을 수 없더라도 이 싸움이 계속되고 있는 동안은 러시아의 내부가 수습되지 않게 되어 정변(政變)이 일어난다. 적어도 그때까지 전쟁이 계속되는 것이 좋다. 또한 일본군은 대단히 훈련이 잘되어 있어 강하다고 하니 군비만 궁색하지 않으면, 결국 자기 생각대로 러시아의 정치가 새로워져서 유대인 동족은 그 학정에서 구출될 것이라고 했다. 이것이 곧 시프씨가 일본 공채를 도맡게 된 참된 동기였었다."

폴란드도 그 하나이다. 전에 폴란드 왕국이 있던 그 지역은 지금은 러시아 제국의 한 주로 되어 그 청년은 징병당하여 만주 벌판에서 일본군과 싸우고 있다. 1815년 러시아가 폴란드를 합병한 이래 지사(志士)들에 의해서 쉴 새 없이 독립 운동이 전개되어 그때마다 러시아 경찰과 군대에 의하여 진압되었다.

핀란드도 그러했다. 1808년 러시아는 나폴레옹과 거래하여 이 지역을 빼앗아 그 후 한때 핀란드인에 의한 자치가 허용되었으나, 현 러시아 황제 니콜라이 2세의 부친 시대부터 핀란드를 러시아화하는 정책을 실시하기 시작하였다. 현 황제에 이르러는 그것이 더욱 심해져 군대를 파견하고, 핀란드인의 자치권을 빼앗고 의회의 기능을 정지시켜 러시아어를 공용어로 삼게 했다. 또 러일전쟁이 시작되기 전에, 핀란드 헌법도 정지시키고 러시아 제국이 임명한 총독의 독재 아래 두었다. 핀란드인은 이러한 러시아화의 큰 물결에 반항하여 갖가지 저항을 나타냈으며, 마침내 러일전쟁이 시작된 해에 러시아가 임명한 총독 보브리코프를 암살하여 국민적 규모에 의한 집중 공격을 거국적으로 북돋았다.

러시아 제정은 그러한 과제를 안고 있었다. 이들 러시아의 위성권(衛星圈)에는 불평당, 독립당이 정력적인 지하 공작을 계속하고 있고, 러시아 본토에도 제정의 모순과 압정 속에서 혁명 운동가가 해마다 속출하고 있었다.

일본의 대본영은 이 전쟁을 개시함에 있어 이들 러시아 내외의 불평 분자를 선동하여 제정을 타도하도록 대첩보 활동을 전개할 것을 결정하고, 그 임무를 공사관 전속 무관을 역임(프랑스 및 러시아 주재)하고 유럽 사정에 밝은 아카시 모토지로(明石元二郎) 대령에게 맡겼다.

아카시는 후쿠오카 번의 출신으로 사관학교는 요시후루보다 아래인 5기

(五期)였다. 복장에 무관심한 이른바 동양적인 호걸풍의 사나이로 그가 한일과 그 효과는 경탄할 만한 것이었다. 더구나 자금은 마음대로 썼다. 참모본부가 그 개인에게 준 이 공작비가 일본의 세입이 겨우 2억 5천만 원 때에 1백만 원이라는 거액이었음을 생각하면 그 활동량을 거의 상상할 수 있을 것이다.

대령 아카시 모토지로는 사물의 구상력이 풍부한 인물로, 그러한 점이 간첩이라는 일에 알맞은 모양이다. 나아가서는 사물에 열중할 수 있는 성격으로 이러한 점도 유럽에서 대첩보의 주역이 되기에 적당한 인물이었는지도 모른다.

아카시의 단정치 못하고 게으른 성격은 유명했다. 그는 창업기의 육군에 적을 두었으니 망정이지 그 창업을 이어받고 유지하는 기간의 육군에 만약 이런 형의 인물이 존재했더라면 아마 그 군사 관료 사회에서 쫓겨났을 것이다.

나중에 원수가 된 우에하라 유사쿠(上原勇作 : 러일전쟁 때에는 소장으로 노즈군의 참모장, 사관학교는 요시후루와 같은 제2기)가 아카시를 야마가타 아리토모에게로 데려간 일이 있다. 조슈 기병대(奇兵隊) 출신인 야마가타 아리토모는 이때 원수로 육군의 원로로, 원로 이상으로 육군에서의 독재자적인 인사권을 소유하고 있었다.

우에하라가 말하는 바로는, 아카시는 어떤 화제에 열중하여 이야기하기 시작하면 그칠 새가 없어 야마가타는 줄곧 경청하지 않을 수 없었다 한다.

계절은 엄동 때였고 야마가타는 감기에 걸려 있었기 때문에 발을 풀솜으로 싸고 곁에 난로를 놓았다. 아카시는 그 난로 너머로 이야기했다. 열중하여 이야기하는 가운데 아카시는 소변을 보았다. 아카시는 자기가 소변을 보고 있는 것도 모르고 이야기를 계속했다. 소변은 아카시의 바지를 따라 바닥에 흘러 마주앉은 야마가타의 풀솜을 적시고, 그 젖은 풀솜이 야마가타의 발을 차게 하기 시작했으나, 야마가타는 그래도 발의 위치를 바꾸지 못할 정도로 아카시의 열중할 대로 열중한 정신에 묶이어 계속 경청할 수밖에 없었다.

아카시는 제정 러시아를 둘러싼 내외 혁명 운동의 분자들, 불평 분자, 독립 운동 분자의 주요 인물들 대부분과 접촉하고 더구나 모든 자들로부터 신뢰를 얻었는데, 결국은 이러한 성격이 그들의 마음을 사로잡았는지도 몰랐다.

그는 레닌과도 접촉했다. 그는 러일전쟁 뒤에 레닌을 평했다.

"주의(主義)를 위해서는 노력과 충성을 다하니, 단지 안중에 국가가 있을 뿐, 몸과 생명을 돌보지 않고 더욱이 사리 사욕 따윈 조금도 없다. 금후 누가 혁명의 대업을 달성한다면 아마 레닌이 할 것이다."

유럽 체재 중 어느 회합 석상에서 아카시가 여송연을 피우고 있는데 레닌이 한마디 했다.

——자넨 좋은 담배를 피우는군.

아카시는 그 여송연을 비벼서 꺼버렸다. 레닌의 뜻을 알았기 때문이다. 노동자를 지휘해 가려면 한 대의 담배에도 조심하라는, 말하자면 레닌의 훈계였는지도 모른다.

레닌은 데모나 소란을 일으키는 경우, 일체 무기를 갖게 해서는 안된다는 것이 방침이었다. 무기를 갖지 못하는 한 경찰도 군대도 무기를 휘두를 수 없다는 그러한 의미의 말을 아카시에게 이야기한 일도 있다.

유럽에서 아카시의 혁명 공작이 커다란 성공을 거둔 것은 아카시의 뛰어난 수완 이상으로 그가 갖고 있는 1백만 원의 자금이었다.

참모본부는 최초부터 이 공작에 1백만 원을 쓰려고 했다. 그것을 쓰게 할 사나이로서 단지 전쟁이 시작되기 직전까지, 러시아에서 공사관 무관으로 있었던 아카시를 선발한 것 뿐이다. 아카시를 인선한 참모본부 차장 나가오카 가이시(長岡外史) 자신이 의문을 가졌다.

"저 사나이에게 1백만 원의 대금을 쓰게 해도 괜찮을까?"

나가오카의 인상에 있는 아카시란, 다소 이치를 잘 따지고 단정치 못하고 게으르며 풍채도 시원치 않으며 게다가 더욱 난처한 건 어학이 능란하지 못했다.

"그가 훌륭하게 러시아의 국내 교란을 해치운 다음에야 비로소 그 수완을 알았다."

나가오카 가이시도 말하고 있다.

요컨대 자금이 궁핍했다면 아카시라 할지라도 그만한 활동은 하지 못했을 것이다. 아카시의 힘은 돈의 힘이라고 말할 수 있었다. 러시아의 혁명 운동가들이 아카시에게로 모여든 것도 아카시의 매력 이전에 아카시가 한없이 (라고 그들은 생각했다) 쓰는 돈의 힘에 의한 바가 크다.

아카시는 일견 거친 성격이면서도 돈을 쓰는 것이 능란하며 그 수입과 지출에 대해서도 명쾌했다. 그는 1백만 원을 다 쓰지 못하고 20 수만원을 남기고 귀국했는데, 쓴 돈에 대해서는 영수증이나 사용도의 메모 등을 정확하게 적어 두고 있었다.

아무튼 그가 돈을 내던진 것만큼 러시아 국내에서 폭동이 일어났다. 그것도 빈번히 일어났다. 제정 러시아의 요인들에는 외정(外征)보다도 오히려 이들 내정면의 질서 붕괴의 위기감 쪽이 강하게 자리잡았다. 그들은 외정(外征)은커녕 '적당한 시기에 전쟁은 종결지어야 한다' 하는 생각이 국내의 소란과 만주에서의 패보(敗報)가 전해질 때마다 강해졌다. 이것이 일본 정부가 생각하던 바였다. 일본 정부는 러일전쟁을 수행함에 있어 단기 결전 방침을 취했다. 극히 짧은 기간 내에서 연전연승해 버리고 재빨리 강화(講和)로 가져가지 않으면 반드시 패전한다는 것을 그 정부, 육해군 요인들은 모조리 알고 있었다. 그 강화를 러시아가 승낙할 만한 정세로 가져가지 않으면 안된다. 그러기 위해선 러시아가 제정에 위기를 초래하게 해야 하며, 이 때문에 아무리 돈을 써도 일본으로서는 아깝지 않으며 충분히 전쟁 계획 자체의 결산 결과가 맞는 셈이었다. 아카시는 그러한 일을 했다.

그가 친교를 맺은 사람들을 열거하자면 끝이 없지만, 그대로 러시아 혁명의 혁명 신사록(紳士錄)이 될 수 있는 것이었다.

레닌을 비롯하여 가폰 당(黨)의 총수 가폰 신부, 사상가 크로포트킨 공작, 폴란드 독립 운동의 시리야크스, 민권사회당의 수령격인 프레하노프, 작가인 막심 고리키, 자유당 좌경파의 슬르베 등 일일이 헤아릴 수 없다. 그들에게 공통적인 점은 러일전쟁에서 일본이 이길 것을 바라고 있는 일로, 이 점에 대해서는 다카하시 고레키요가 접촉한 유대인 시프의 처지와 다름없었다.

하여간 이 극히 정략과 전략에 넘친 러일전쟁은 요양(遼陽)의 단계를 지났다.

여순

여순 항구와 그 대요새는 일본 육해군에게 있어 최대의 통점(痛點)이었으며 통점으로서 그냥 계속되고 있었다.

도고의 함대는 비참을 넘어 우스꽝스러웠다. 그들은 육군이 요새를 함락시키지 못하기 때문에 아직도 항구 밖에 못박혀서 러시아의 잔존 함대가 나와 해상을 날뛰는 것을 막는 파수군의 역할을 계속하고 있었다. 대전략상으로 보아 이만한 낭비는 없고, 일본의 승패에 관하여 이만큼 위태로운 상태는 없었다.

──발틱함대는 언제 나올 것인가.

이것에 대한 유럽으로부터의 정보는 갖가지였지만 아직 확실한 정보는 없다. 그렇더라도 전율할 만한 설도 있었다.

"이르면 10월에 일본해에 나타난다."

그러나 여순은 문자 그대로 철벽이며 계절은 이미 여름을 지나려 하고 있다. 가령 지금 여순을 함락시켜도(그건 꿈이지만) 함대의 수리(修理)에는 최소 2달은 걸리는 것이다. 각 함을 수리하고 기능을 회복시키지 않으면 도저히 발틱함대에 이길 가망은 없다. 지금 함락시켜 봤자 기한은 꽉차는(10

월說이라면) 것이었다. 해군은 초조했다.

도쿄의 대본영도 초조할 대로 초조했다.

"노기(乃木)로서는 무리였다."

이런 평가가 이미 나오고 있었다. 참모장인 이지치 고스케의 무능에 대해서도 노기 이상으로 그 평가가 결정적이 되어 가고 있었는데, 그러나 그러한 인사를 행한 것은 도쿄의 최고 지도부인 이상 이제와서 어쩔 도리가 없다. 경질설도 일부에서 나오고 있었다. 그러나 전투 중에 사령관과 참모장을 교체한다는 것은 사기(士氣)면에서 불리했다.

"저 작전에서는 병사를 대량으로 투입하다가 여순 땅을 메울 사초(飼草)로 쓰고 있을 뿐, 여순 자체는 끄떡도 하지 않는다. 도대체 뭘 하고 있는 건가."

이런 비평도 대본영에서는 나오고 있었다. 경탄할 것은 노기군의 최고 간부의 무능보다는, 명령대로 묵묵히 묻힐 사초가 되어 죽어 가는 이 메이지(明治)라는 시대의 이름없는 일본인들의 온순함이었다.

──백성은 따르게 하라.

도쿠가와 3백 년의 봉건제도에 의하여 배양된, 천황에 대한 두려움과 순종하는 미덕이 메이지 30년대(1897~1906년)가 되어도 병사들 사이에 아직 남아 있었다. 명령은 절대적이었다. 그들은 한 가지밖에 모르는 것처럼 되풀이되는 동일 목표에의 공격 명령에 묵묵히 따르며, 거대한 살인 기계 앞에서 단체로 다발이 되어 죽음을 당했다.

더구나 노기군의 사령부는 항상 너무 후방에 있어 젊은 참모가 전선에 가는 일도 드물고 이 참상을 감각으로 아는 바가 둔했다. 이 공위전의 최후의 단계에 고다마 겐타로가 이 전선에 나타났을 때 이 점이 우선 그를 격노하게 했다. 고다마는 노기에 대해서는 너그러웠다. 노기에게는 단지 전군을 통솔한다는 것만이 기대되어 있었다.

그러나 실제로 작전을 행해야 할 이지치 참모장 이하의 참모에 대해서는 통렬히 꾸짖었다. 한 참모가 너무도 전황을 모른다는 이유로, 그 참모의 견장을 많은 사람 앞에서 잡아 찢은 일도 있었다. 그러나 고다마가 여기까지 나간 것은 말기 무렵이며 이 시기에는 명령 계통상 모든 것은 노기군의 재량에 맡겨져 있었다.

여순 요새의 공격에 대해서는 노기군만이 책망을 당할 수는 없다는 것을 앞에서 언급했다. 일본 육군 자체가 이 대요새의 인식에 대해서 그야말로 허술했다. 그것에 대해서도 이미 언급했다.

"이 20세기의 화려한 무대에 청동으로 만든 구식포를 갖고 나오다니 무슨 꼴이람."

이 전쟁 당시 대위였던 사토 기요가쓰(佐藤淸勝)가, '내가 본 러일전쟁'에서 분노에 찬 글을 쓰고 있다.

청동포라는 것은 15센티 청동 구포(臼砲)와 9센티 청동 구포를 말하는 것이었다. 이 같은 포(나중에 해군에서 중포를 빌기도 하고 본토의 해안 요새포를 갖고 가기도 했지만)로써 세계에서 가장 새로운 근대 요새를 공격하려한 데에 가공할 착오가 있었다.

착오라는 정도의 것이 아닐 것이다. 일본 육군은 전통적 체질로써 기술 경시의 경향이 있었다. 적의 기술에 대해서는 용기와 육탄으로 대항한다는 것이 그 자랑이기조차 했다. 이것은 그 창설자의 성격과 능력에 의한 바가 클 것이다. 일본 육군을 창설한 것은 기술 주의자인 오무라 마스지로(大村益次郞)였다. 그러나 오무라는 메이지 2년(1869년)에 죽고 조슈 기병대 출신인 야마가타 아리토모가 그 뒤를 이었다. 야마가타의 보수적 성격이 일본 육군에 기술 중시의 전통을 희박하게 했다고 말 할 수 있을 것이다. 기술면의 이류성(二流性)은 병사의 피로 보충하려고 했다.

물론 다른 의미로 일본 육군은 러시아 육군보다 약간 정밀도(精密度)가 뛰어난 병기를 갖고 있었다. 특히 소총이 훌륭했다. 그러나 아무리 일본이 자랑하는 30년식 소총을 병사들이 갖고 있다 하더라도 여순 요새를 철갑한 베통(콘크리트)은 끄떡도 없다.

노기군의 일이 가장 진척된 것은 여순 전면에 있는 작은 요새들을 하나씩 무너뜨렸을 무렵이었다. 이것들은 간단히 함락되었다. 그 뒤 6월 16일 드디어 본요새를 공략함에 있어 적장 스테셀에 대하여 항복을 권고했다. 물론 스테셀은 거절했다.

이에 대해서 그 요새의 장관의 한 사람인 코스첸코 장군은 이렇게 쓰고 있다.

"항복 권고서가 왔다는 것이 곧 전군에 전해졌다. 이 일은 일본군의 기대와 반대로 도리어 전군의 사기를 고무하는 결과가 되었다. 그 이유는 아마노기 장군이 이 요새를 함락시킬 만한 힘을 갖고 있지 않으므로 이 같은 서장을 보내 왔겠지, 하고 장병들이 해석했기 때문이다."

노기군이 드디어 제1회 총공격을 개시한 것은 8월 19일부터였다. 요양 회전의 개시보다 조금 전이었다. 그런데 이 공격이 약점 공격을 대(對) 요새전의 원칙으로 함에도 불구하고 가장 강인한 이룡산(二龍山)과 동계관산(東鷄冠山)을 택하여 그 중앙을 돌파하고, 전 요새를 두동강이로 분단하려는 거의 탁상안(卓上案)에 가까운 작전을 세워 실시했다.

이 실시에 의해서 강요된 일본군의 손해는 겨우 닷새 동안의 맹공으로 사상자 1만 5천 8백 명이라는 많은 수의 인명이 희생되었으나, 적에게서는 작은 보루 하나 빼앗지 못했다.

당연한 말을 하는 것 같지만, 유능이라든가 또는 무능이라든가 하는 것으로 인간의 전인적(全人的)인 평가를 정한다는 것은 신을 두려워하지 않는 행동이리라. 특히 인간이 하나의 풍경으로서 존재할 때, 무능한 채 하나의 경지에 달한 인물이 산이나 암석이나 캐비지나 햇살을 반사하고 있는 웅덩이처럼, 그야말로 이 지상의 모든 것을 만든 조물주의 뜻에 꼭 맞는 그런 아름다움을 보일 때가 많다.

일본의 근대 사회는 그 이전의 농업 사회에서 전환했다. 농사의 세계에서는 유능 무능의 각박한 가치 기준은 없었다. 단지 자연의 섭리에 거역하지 않고 어두울 때 일어나 해가 저물어야 쉬며, 한여름에는 뙤약볕 속에서 김을 매는 그런 착실성과 부지런함만이 미덕이었다.

그러나 인간 집단에는 수렵 사회라는 것도 있다. 백 사람이면 백 사람이 다 사냥감의 정찰, 사수, 몰이꾼 등으로 저마다의 부서에서 일하며 각자가 전체의 한 목표를 위해서 기능화되고, 그리고 그 조직을 가장 유효하게 움직이는 자로서 지휘자가 있고 지휘자의 참모가 있다. 이러한 사회에서는 인간의 유능, 무능이 문제가 된다.

군대가 그것과 비슷하다.

세계사에서 보아 수렵 민족이나 유목, 기마 민족이 군대를 만드는 데 숙달되어 종종 순수한 농업 지대에 침입하여 정복 왕조를 이룬 것은, 그들이 조직을 만들거나 그 조직을 기능화하거나 하는 일에 일상적으로 익숙해 있었기 때문이었다. 중국 본토의 농업 지대가 수천년 동안 중앙 아시아나 만주에서 침입해 오는 기마 민족에게 시달려 왔던 것이 그것이며, 유럽의 역사도 그것과 다름없으나, 유럽의 경우 본래가 수렵과 목축의 색조가 짙고 종종 기마 민족의 침략에 시달려 왔기 때문에 일찍부터 인간의 집단을 조직화한다는 감각에 익숙해 있었다. 즉 이것은 동시에 인간을 무능과 유능으로 뚜렷하게 나누어, 그 가치를 정한다는 사고 방식에 익숙해 있었다. 그렇지 않은 극단적인 사회의 예가 인도일 것이다. 인도와 그 문명에는 인간을 그 같이 분류한다는 사고 방식은 전혀없다고 할 정도로 결여되어 있었다.

메이지 이후 일본은 아시아에서 최초의 근대화 혁명을 행하여 특히 군대를 양식화했다. 양식의 조직이라는 이물(異物)을 이 농업 국가에 비틀어 넣었다. 그런데 곧 그것을 소화해 버린 것은, 일본인이 그 언어가 그러하듯이 북방의 기마 민족의 피를 농후하게 잇고 있는 탓인지도 모른다.

이상은 여담이다.

유능과 무능이라는 이 과제를 이 책에서 말하려고 하는 것도 희미하나마 여담인 것이다. 여순 공격에서의 노기군의 작전 수뇌자가 제1군 이하에 비하여 어이없을 정도의 무능을 발휘했다는 데 대해서, 말하자면 여담으로 쓰고 있다.

유능, 무능이 인간이 전인적인 가치 평가의 기준이 되지는 않더라도 고급 군인의 경우에는 유능하다는 것이 절대적 조건이어야 했다.

국가와 민족의 안위는 그들의 작전 능력에 달려 있었고, 현실적인 전투에 있어서는 그들이 무능하면 그 휘하의 병사들을 무서운 참화(慘禍) 속으로 몰아넣기 때문이다.

노기 마레스케의 최대의 불행은 그의 작전 담당자로서 참모장 이지치 고스케가 선출되었기 때문이었다. 노기에게 선택권이 있었던 것이 아니라 육군의 수뇌가 그것을 택했다.

이 각군 사령관과 그 참모장의 인사를 결정함에 있어서 최종의 결정권을 쥐고 있는 것은 야마가타 아리토모였다.

"제3군은 노기에게 맡기자."

이런 결정을 한 것은 야마가타이다. 야마가타는 번벌(藩閥) 인사의 본종(本宗)이었다. 야마가타는 조슈 군벌의 대세력가이며 당연히 조슈인인 노기를 사랑하고 있다. 그런데 아이러니하게도 노기 자신은 인사상의 번벌 사상이 전혀 없을 뿐더러, 어느 편인가 하면 그러한 풍습에 대한 은밀한 비판자였다. 그러나 야마가타 쪽이 깊은 정을 갖고 있었다.

"육군은 조슈벌(長州閥), 해군은 사쓰마벌(薩摩閥)'이라 한다. 이것은 움직일 수 없는 사실이었다. '사쓰마의 해군'의 경우에는 사쓰마벌의 야마모토 곤노효에 자신이 청일전쟁 전에 사쓰마 출신의 선배들 중에서 무능한 자를 모조리 파면하여 조직을 일신하고 기능성을 날카롭게 하여 청국에 이길 수 있었으나, '조슈의 육군'의 경우에는 그러한 신생 개혁의 시기가 없고, 원로인 야마가타 아리토모가 여전히 번벌 인사를 장악하여 조슈 출신자이기만 하면 무능자라도 영달할 수 있다는 기묘한 세계였다.

"노기가 좋을 거다."

야마가타가 그렇게 말한 데에는 그러한 사정이 있다. 이 무렵 참모총장은 야마가타 자신이며 육군 대신도 조슈 번의 정무대원(整武隊員) 출신인 데라우치 마사다케이다. 데라우치라는 자는 군사적 재능이 별로 없으며 실전 경험도 거의 없는 사람으로, 군정가(軍政家)의 위치에 있으면서도 육군의 장래가 내다보여질 개선이라는 것을 하지 않았다. 단지 부대 인사는 능란하며 (물론 번벌적 발상에 의한 것이지만) 또한 서류 다루기를 좋아하여 사무가로서는 유능했다.

이 러일전쟁에서의 작전의 중추를 쥐고 있는 것은 참모본부 차장이었다. 그것이 조슈인 소장 나가오카 가이시였다.

이 나가오카는 조슈인이 아니라 할지라도 그 자신의 능력으로 그 지위를 획득할 수 있었을 것이다. 그는 좋은 의미의 몽상가로 게다가 현실 파악력을 갖고 있으며 구상력을 겸비하고 있었다. 작전가로서는 같은 조슈인인 고다마 겐타로 같은 천재는 아니더라도 충분히 그 능력은 있었다. 한낱 대령인 아카시에게 러시아에 혁명을 일으키게끔 백만 원을 준 것은 이 나가오카 가이시다.

나가오카는 일본에 사관학교가 생겼을 때 입교하여 제1기 졸업생이 되었다. 동급생은 14명이었다. 제2기가 11명이며 그 속에 아키야마 요시후루가 들어 있다.

육군 대학교는 요시후루와 같은 제1기생이었다. 요컨대 근대화한 육군에서의 정규 교육을 받은 최초의 그룹에 속해 있다. 이 최초의 그룹 회원은 러일전쟁 당시 소장이었다.

번벌(藩閥) 인사에 대한 이야기를 계속한다.

러일전쟁을 수행하고 있는 육군의 최고 간부에는 압도적으로 조슈인이 많았다. 육군상인 데라우치, 참모총장인 야마가타, 차장인 나가오카, 현지에서의 총참모장 고다마 등과 같이 군정과 작전면에서의 요직의 대부분을 조슈벌이 차지하고 있었다.

그런데 재미있는 것은 야전(野戰)에서 대군을 지휘하는 타입은 조슈인에게 적었다.

──조슈인은 야전 공성의 맹장 같은 인재가 부족하다.

이것은 이 당시의 비(非)버널 군인 사이에서의 평가였다. 그 점은 사쓰마인이 가장 적임자였다. 야전의 총사령관에는 사쓰마의 오야마 이와오가 앉았다. 또 야전 각 군 가운데 전략상 과감성이 기대된 제1군 사령관직에는 사쓰마의 구로키 다메모토가 앉아 있다. 제2군의 오쿠는 벌외(閥外)이지만 제4군의 노즈는 사쓰마였다. 그러나 이것을 야마가타는 섭섭히 여겼다.

"한 사람쯤 조슈인을 넣어 주어도 좋지 않겠는가."

이런 말을 꺼내서, 그러한 배려에서 제3군 사령관을 택함에 있어 조슈인 노기 마레스케가 지명되었다.

당초 여순은 별것 아니겠지 하는 공기가 육군의 수뇌부를 지배하고 있어서 이 인사는 능력적 배려보다는 파벌적 배려 쪽이 강했다. 이미 현직에서 물러나 있었던 노기에게 이 기용은 명예로운 것이었겠지만, 그러나 동시에 현실의 여순에 맞부딪친 노기에게 있어 이 직책은 반드시 행운만은 아니었는지도 모른다.

또 하나 노기에게 있어 행운이 아니었던 것은 참모장의 인선마저 파벌적 배려에서 행해진 일이다.

"사령관을 조슈가 차지한 이상 참모장은 사쓰마로 하지 않으면 재미 없을 거다."

야마가타 데라우치는 이런 견지에서 소장 이지치 고스케를 선출했다. 이유는 포병 출신이라는 점도 있었으나 사쓰마 출신이라는 배려가 훨씬 컸다.

이지치 고스케가 뛰어난 작전가라는 평판은 육군부내에서 조금도 없었다. 없을 뿐더러 사물에 대한 고정 관념이 강한 인물로, 소위 완고하여 유연한 판단력이라든가 상황의 변화에 임기응변하는 능력이라는 것을 도무지 갖고 있지 않다는 것도 그의 벗이나 옛 부하 사이에는 잘 알려져 있었다.

근대전을 수행하는 작전 능력에 대해서는 노기의 경우도 물론 그 적격자라고는 말할 수 없다. 단지 노기는 정신가로서 알려지고 있었다. 이 점은 전후 크게 일본 내외에 알려지게 되는데, 이 무렵에는 육군부내에서도 겨우 일부의 사람들 외에는 알려져 있지 않다.

"노기라면 통솔력이 있다."

그러한 면에서 야마가타는 기대했다.

요컨대 러일전쟁 그 자체가 일본을 패배로 전락할 위기로 몰아넣고 있었는데, 여순 공위에 대해 그 책임을 가장 크게 져야 할 사람은 육군 상인 데라우치와 참모총장인 야마가타일 것이다.

"사상자 1만 명이면 떨어지겠지."

노기 마레스케는 도쿄를 떠날 때 이렇게 보았다. 그 정도로밖에 여순을 보고 있지 않았다. 그것을 기준으로 하여 공격법을 결정했다. 물론 참모장인 이지치 고스케의 두뇌에서 나온 것이었다.

그런데 제1회의 총격만으로 일본군의 사상자는 1만 6천에 달하는 지독한 패배로 끝나고, 게다가 여순을 떨어뜨리기는커녕 그 대요새의 철벽에는 찰상(擦傷) 하나도 낼 수 없었다. 요새 측의 압도적인 승리였다. 더구나 노기군은 그 공격법을 바꾸지 않고 두 번째의 총공격을 감행했다. 같은 결과가 나왔다. 사상자 4천 9백 명이었으나 요새는 끄떡없었다.

"이미 철벽 밑에 2만여 명을 파묻고 보면 뭔가 다른 공격법을 생각할 법도 한데."

도쿄에 있는 참모본부 차장 나가오카 가이시는 그 일기에 노기와 이지치에 대한 분노가 뒤섞인 글을 쓰고 있다.

제1회의 총공격에서 1개 사단에 필적하는 대병력이 사라졌다는 데 대해서 도쿄는 관대하였다.

"여순은 그토록 강한 요새인가."

관대하다기보다도 이런 큰 희생을 치름으로써 도쿄가 그렇게 인식한 것이다. 이러한 착오와 인식은 전쟁에는 붙어 다니게 마련이다. 그러나 도쿄의 나가오카 가이시 등이 노기군 참모장의 머리를 의심한 것은, 그 착오를 조금도 착오라 여기지 않고 따라서 여기서 교훈을 끄집어내 공격 방법의 전환을 생각하려고도 하지 않았다는 그것이었다.

요새라면 당연한 일이었다. 이지치는 1만 수천의 희생을 치르고야 비로소 백과 사전의 '요새' 항목 정도의 지식을 얻었다. 더구나 그 지식은 그들 참모가 전선에 몸을 던져 얻은 것이 아니고 '여러 보고를 종합하여' 얻은 것이었다.

"제3군 사령부는 적의 포탄이 좀처럼 닿지 않는 후방에 위치하고 있다."

이것은 이미 평판이 나 있었다.

노기 마레스케는 이것을 꺼려해서 나중에 이지치에게 제언했다.

"좀더 앞으로 나가자."

그러나 이지치는 그래서는 냉정한 작전 판단을 할 수 없다고 하여 그의 독자적인 거리를 고집했다.

노기는 겁이 많아서 이러한 위치에 있었던 것은 아니다. 그 자신은 종종 포탄이 작렬하는 전선에 말을 타고 나아가 사기를 북돋웠다. 그러나 노기가 아무리 전선의 참상을 그 눈으로 보아도 그 자신이 작전을 세우는 것은 아니었다. 그런데 제1군에서 제4군까지의 군사령관 가운데 참모의 도움을 빌리지 않고 싸움을 할 수 있는 것은 오쿠 야쓰카다뿐이라고 한다. 특히 작전 계통에 한 번도 적(籍)을 둔 일이 없는 노기로서는 이지치를 믿고 그 말을 채택해 나아갈 수밖에 없었다.

"인(仁)이면 엄하지 않다."

이 전장에 제11사단의 대대장으로 참가한 오자와(大澤) 대령은 노기를 인자로서 숭배하면서도, 너무나 인자한 탓으로 노기가 이지치 이하의 막료에 대하여 너무나 너그럽게 참았다는 것을 안타깝게 여기고 있다. 이지치가 얻는 전선 상황은 대개는 제1선의 청년 장교에게서 한 다리 거쳐 들은(직계적 단계를 거쳐서의) 것이었다. 노기는 그래도 불평을 말하지 않았다. 노기는 금주에서 장남을 잃었으며 나중에 이 전장에서 차남을 잃고 또 그 자신도 출정 당초부터 죽음을 결의하고 있었으나, 그의 최대의 불운은 훌륭한 참모장을 얻지 못했던 일이었다.

여순 요새에 대한 제2회 총공격은 물론 제1회 때처럼 단순한 돌격주의는 아니었다. 화포로써 충분히 때려눕히는 '정공법'을 병용하고 그러고 나서 돌격했다. 이 돌격은 헛되이 인간을 적의 베통에 팽개친 것으로 끝났다.

그런데 요새 공격에 대해서는 이미 프랑스의 보오방이 수립한 대원칙이 있었다.

우선 공격측이 공격의 포대를 구축하는 일이었다. 이것은 이미 일본에서는 전국기(戰國期)에 있어 부성(付城)이라 하여, 공성의 명인이라 일컬어진 도요토미 히데요시가 오다(織田) 가문의 한 부장(部將)일 때부터 자주 이 방법을 썼다.

보오방의 전술에서는 그 공격용 포대를 만들뿐만 아니라 보병의 생명을 지키기 위하여 평행호를 판다. 최후에는 갱도를 파서 적의 외벽을 지하에서 폭파한다. 그럼으로써 외벽을 점령하고 나서 돌격 태세에 들어가는 것이 원칙으로, 이 당시 세계의 육군에서의 상식으로 되어 있었다.

"그것 이외에 방법은 없다."

보오방은 단언하고 있었고, 유럽에 있어서의 많은 전례(戰例)가 그것을 증명하고 있었다.

물론 노기군은 이 '정공법'을 취하지 않았던 것은 아니다. 철저하지 못하나마 제2회 총공격은 이 정공법을 병용했다는 것은 이미 언급했다. 참호를 파기도 하고 또 여러 방면에서 적의 보루를 향하여 갱도를 파기도 했으나, 러시아는 요새를 지키는 싸움에 있어서는 세계 제일이라고 할 수 있는 전투 기술을 갖고 있어, 이 정도의 유치한 갱도 작전에 대해서는 적절하게 손을 쓰고 방해하였으므로 그다지 주효하지 못했다.

"요새 따윈 대포로 부술 수 있다."

이지치 참모장은 놀라운 낙관론을 처음부터 갖고 있었다. 공격력은 방어력보다 낮다는 의견이었으나 이것은 근대 요새전의 상식으로 보아 황당무계한 사상이었다. 물론 노기군의 참모 중에서도 보오방의 원칙을 알고 있는 자는 있었으나 "그건 혼(魂)이 없는 양놈의 전술이다" 이렇게 공공연히 말하고 있었다. 일본군에는 야마토 혼(大和魂)이 있다는 것이다. 야마토 혼은 철벽도 녹일 것이라는 신앙은 실시 부대에는 필요했지만, 고등 사령부는 그 직능상 그것에 의지해서는 안되었다. 그들은 국가와 국민에게서 보다 적은 희생으로 전승을 얻는다는 기대와 신뢰와의 교환에 있어 그 존엄성이 허용되어 있는 존재였다.

이미 일본군 병사의 순종에 대해서는 언급했다. 특히 사병은 세계에서 가장 종순(從順)했다. 그 병사 사이에서마저 분개하는 자가 나왔다.

"저런 참모장으론 안돼."

또한 보충되어 전선으로 가게 되는 사병이 북진군(야외 결전군)에 배속된다면 기뻐하고 노기군에 편입된다면 사기는 눈에 띄게 떨어졌다.

소장 이지치 고스케는 만약 그가 유신 전후에 성인이 된 사쓰마인이 아니었다면 전혀 이름없는 일생을 보냈을 것이다.

그러한 환경에 있었던 그는 최초부터 기회가 잘 주어지곤 했다. 메이지 4년(1871년), 다른 사쓰마의 청년과 함께 당시에 말하는 '친병(親兵)'이 되어 도쿄로 나갔다. 1872년 육군 유년학교가 생기자 향리의 선배의 권고로 입교했다. 또 1875년 육군 사관학교가 생겼을 때 극히 자연스럽게 제1기생으로 입교했다.

소위에 임관되어 곧 프랑스에 유학을 명령받았을 때는 모두 부러워했다.

"이지치는 마치 사쓰마 번의 귀한 집 자식과 같다."

프랑스에 3년 체재하며 포병술을 공부했는데 귀국하자 곧 당시 육군상이었던 오야마 이와오가 유럽을 순회하게 되었으므로 그 통역 대신으로 수행했다. 그는 수행 임무가 끝나자 그냥 머물러 독일에 유학했다. 이 무렵 일본에도 참모 양성을 위한 육군 대학교가 생겼는데 이러한 사정으로 이지치는 육군 대학교를 거치지 않았다.

"그 대신 이지치는 본고장에서 습득한 사람이다."

모두들 이렇게 말했다. 본고장이란 독일이다.

노기 마레스케와 인연이 맺어지게 된 것도 독일 체재 시대였다. 노기는 당시 소장으로 유럽 견학을 위하여 왔었다. 이지치는 그 통역으로 각국을 돌았다.

청일전쟁 후 대령으로 진급하여 영국 공사관 전속 무관이 되었다. 하여튼 외국 생활이 길고 일본에서의 부대 전속이나 단대장(團隊長)을 역임한 경험이 거의 없다. 그대로 소장에 승진하여 1900년 참모본부 제1부장이 된, 육군 관료로서는 드물 정도의 행운의 영달을 얻었다.

"이지치는 영·불·독에서 배운 사나이니까."

육군 수뇌의 이지치에 대한 기대였다. 이지치가 그 오랜 해외 생활에서 몸에 익힌 것은 우선 어학이었으리라. 따로 얻은 것은 작전 연구라든가 군대 실무라든가 하는 것이 아니고 군사라는 개념이었다. 근대 군대나 군사학에 대한 개념이며, 실제의 전쟁에 있어 그가 어느 정도의 일을 할 수 있느냐 하는 것은 누구에게나 미지수였다.

그러나 그러한 그가 개전 4년 전에 일본의 작전 계획의 중추라고도 할 수 있는 참모본부 제1부장이 된 것은 이 당시의 일본의 동향을 잘 나타내고 있다. 박래품(舶來品)이라든가, 귀국자 또는 양행(洋行)하여 돌아온 사람이라는 말이 극히 권위적으로 쓰이고 있었던 시대이므로, 그런 경위로 보면 소위 임관때부터 소장이 되기까지 거의 서양에서 보낸 이지치는 당시의 일본인의 눈으로 볼 때 준(準) 서양인이라고 할만한 존재였다.

"이지치라면 무엇이든 할 수 있겠지."

그는 기대되어 그 직에 임명되었다. 그는 러일 전쟁만 없었다면 관료로서 행복한 일생을 보냈을 것이다.

물론 관료로서는 불운하지도 않았다. 그는 여순에서 그토록 실책을 거듭했음에도 불구하고 전후에 남작이 되었다. 번벌(藩閥)의 덕택이었다. 단지 대장만은 되지 못하고 중장으로 그쳤다.

노기의 고등 사령부는 참모장인 이지치의 존재 때문에 감정들이 들뜨고 말았다.

어떤 여단장은 견디다 못해 도쿄의 나가오카 가이시에게 편지를 보내서 직소하기도 했다.

"이지치는 작전이라는 것을 아무것도 모른다. 늘 적정이나 전선의 사정에 맞지 않는 명령을 내려서는 헛되이 희생자를 늘리고 있다."

이 직소의 문장 속에서 이지치를 가리켜 '노후 변칙(老朽變則)의 인물'이라고 단정짓고 있다.

도쿄에서는 우려했다. 이 때문에 대본영에서는 그 실정을 은밀히 알아 보기 위하여 현지에 사람(중령 쓰쿠시 구마시치 : 筑紫態七 등)을 파견하기도 했다. 그것으로써 얻은 내정은 심각한 것으로, 노기 예하의 사단장급은 노기의 사령부에 대해서 신뢰감을 갖고 있지 않다는 것이었다.

제1회 총공격 뒤, 이지치 참모장이 만주군에 보낸 보고문은 거의 군인답지 않은 미숙한 내용으로, 그 조잡함은 고다마 등을 놀라게 했다.

"여러 보고를 종합하건대 적의 보루나 포대는 예상 이상으로 강하다. 보루는 견고하게 엄폐되어 있고 게다가 보루 밖을 기관총 등으로 연달아 쏘아

댈 총안(銃眼)을 갖추고 있다."

그들 여순 공격의 고등 사령부는 여순 요새란 어떤 것인가를 이 참담한 공격중에도 충분히 알지 못했다. 적정(敵情)이라는 것을 쉽게 파악할 수 없다는 것도 전쟁에는 부수되는 것이었으나, 알려고 하는 노력을 태만히 하고 있는 것도 확실했다.

이를테면 노기군은 요새 공격의 예비전에서 태호산(大弧山)이라는 고지를 빼앗았다. 이 고지에서는 여순 대요새 중 동쪽 정면의 보루라든가 포대 등을 한눈에 내려다볼 수 있었으나, 노기군의 참모는 점령일에 처음 왔을 뿐으로 그 뒤 누구 하나 이 정상에 올라가 적정을 살펴려고는 하지 않았다.

나아가서 또한 러시아측은 보루마다 많은 기관총을 갖추고 있다. 이 당시 총검 돌격을 명령받은 제1선 부대로선 이만큼 가공할 신병기는 없었다. 회전의 경우라면 몰라도 공성의 경우 공격측인 일본군은 일정한 코스를 더듬어 돌격해 온다. 요새측은 그것을 쓰러뜨리기만 하면 되었다. 일본군은 마구 쓰러지기 위하여 쳐들어 오는 것과 다름없었다.

그런데 러시아가 기관총이라는 것을 갖고 있다는 것을 노기군의 고등 사령부는 후방에서 지식으로 알고 있으면서도, 막료가 스스로 최전선에 나가 그 위력을 그 눈으로 보려고도 하지 않았다. 작전가라는 것은 적에게 신병기(新兵器)가 출현했을 경우 몸소 전선에 나아가 그 사나운 위세 아래서 그 실태를 체험하지 않으면, 작전은 현실성이 없는 허황된 계획이 될 우려가 있다.

여순 항구 밖에 떠 있는 도고 함대의 막료실에서는 이미 숙원이라고 해도 좋은 정도의 희망(노기군이 완고히 그것을 거절한 것은 이미 언급했다)을 계속 갖고 있었다.

——왜 노기군은 203고지에 공격의 주력을 돌려 주지 않는가.

그렇다곤 해도 노기군 사령부의 능력 문제에 대해서 입 밖에 내어 비평하는 자는 한 사람도 없었던 것 같다.

"육군에는 육군의 면목이 있다."

누군가가 이렇게 말한 일은 있다. 노기군은 정정당당히 여순 대요새의 정문으로 쳐들어가고 싶은 모양이다. 203고지는 무방비에 가깝지만(나중에 러시아군이 당황하여 요새화했다) 노기군으로서는 늘 똑같은 대답이었다.

"203고지 같은 모퉁이에 있는 언덕을 빼앗아 봤자 여순 요새를 점령할 수는 없다. 육군은 전 요새를 점령하는 것이 목적이다."

해군으로는 203고지의 정상에 서면 여순항을 내려다볼 수 있다. 거기에 관측병을 두고 항내의 군함을 육군 포로 포격하면, 그것으로 여순의 잔존 함대는 사라진다. 도고 함대는 그것으로 겨우 사세호에 돌아가 도크에 들어가 발틱함대를 기다릴 준비가 되는 것이다. 그러나 노기군은 그것을 승낙하지 않는다.

제1회의 총공격 때 도쿄의 대본영에서 해군 중령 가미이즈미 도쿠야(上泉德彌)가 노기군 사령부에 전황 시찰을 위하여 파견되었다. 공격이 실패한 뒤 가미이즈미는 귀국하려 했다. 그 인사를 노기에게 하려고 방에 찾아가자 노기는 연일의 불면으로 눈이 빨개져 있었다. 가미이즈미는 귀국 길에 연합함대를 찾아 도고를 만날 예정이었다.

"도고 각하에게 무슨 전하실 말씀이 계시면 듣겠습니다."

노기는 잠시 생각하고 나서 말했다.

"돌격은 보시다시피 실패했습니다. 이 이상 무리하게 공격할 수는 없으므로 앞으로는 정공법을 취하기로 했습니다. 육군에 있는 자가 해군의 일에 대해서 의견 비슷하게 말하는 것은 어떨지 모르겠습니다만 적(항내의 함대)에게 눈치채이지 않도록 한두 척씩이라도 사세호에 회항시켜 수선하여 발틱함대의 내항에 대비했으면 합니다."

가미이즈미는 그런 것보다 여순을 언제쯤까지 함락시키겠느냐고 노기 자신의 전망을 물어 보았다. 노기는 글쎄 도무지 열흘, 스무날을 가지고는 떨어질 것 같지 않아 앞으로의 예상이 서지 않는다고 정직하게 말했다.

가미이즈미는 여순에서 대련으로 돌아가 거기서 수뢰정을 빌어 기함 미카사를 찾았다. 최초 참모장인 시마무라 하야오를 만나 그 말을 하자, 시마무라는 "아무래도 전쟁이니까 할 수 없지" 하고 말했을 뿐이었다. 가미이즈미가 다시 도고를 찾아 시마무라에게 말한 대로 노기의 말을 전달하자, 도고도 시마무라와 꼭 같은 말을 하는 데에는 가미이즈미도 놀랐다.

"아무래도 전쟁이니까 할 수 없지."

해군의 감상은 그뿐이었다. 가미이즈미는 노기가 말한 함대 수리에 대한 의견을 말하고 도고의 대답을 물었다.

"이대로 있는 거야."

도고는 이렇게 말했을 뿐이다. 도고라는 사람은 그러한 결단력을 갖고 있었다.

노기군의 작전 미숙과 그것을 바꾸려고 하지 않는 완고함은 도쿄의 대본영으로서는 이미 암처럼 되어 있었다.

일은 간단할 것이었다.

"공격의 주력을 203고지로 돌리면 되는 것이다. 그만한 일이 왜 불가능하다는 말인가."

203고지만 함락시키면 비록 전 요새가 떨어지지 않더라도 항내 함대를 침몰시킬 수 있고 여순 공격의 작전 목적은 이룩할 수 있는 것이다. 병력의 소모도 보다 줄어들 것이다.

"203고지를 공격해 달라."

대본영에서는 갖가지 방법으로 노기군 사령부에 부탁했다. 그러나 명령계통으로 보면 대본영은 만주군 총사령부를 통하지 않으면 안되며 노기군을 직접 지도할 수는 없다. 그리고 현지의 작전은 현지군에 맡긴다는 원칙이 있다. 그러한 처지에 명령은 할 수 없다. 시사(示唆)하는 정도에서 그쳐야 했다.

대본영 해군측은 연락 회의 때마다 육군측에 간청했다.

──부탁이니 203고지를 쳐주게.

육군측도 그런 의견으로 있다. 그런데 현지의 노기군이 완강히 듣지 않기 때문에 어쩔 도리가 없었다. 대본영이 갖고 있는 권한은 노기나 이지치를 그만두게 하는 일이었다. 그러나 작전 수행 중에 그것은 아무래도 좋지 않다.

해군으로서는 이와무라 단지로(岩村團次郎)라는 고치 현(高知縣) 출신의 중령이 연락 장교로 여순에 파견된 일이 있었다. 이와무라는 노기와 이지치에게 203고지의 탈취가 얼마나 급무인가를 계속 설득했다. 그런데 이지치는

"육군 작전에 관해 해군의 간섭은 받지 않는다."

하고 차원이 다른 마당에서 냉정히 그것을 거절했다. 이와무라는 도사(土佐) 기질이 센 사나이였으므로, 분격하여 이지치의 가슴을 밀어 버리고 또 격양한 나머지 노기의 몸에도 손이 닿았다.

"그럼 각하께서는 제국이 망해도 괜찮다고 하시는 겁니까."

나중에 노기가 이와무라 중령의 침이 튀었을 뿐 별로 이렇다 할 일은 없었

다하고 증언해 주었기 때문에, 이와무라는 해군의 인사명부에서 삭제당하는 것은 간신히 면했다.

물론 이지치에 대해서는 만주군에서 동기생인 막료가 그 완미(頑迷)함을 지적하여 작전 계획의 대전환을 권고했을 때에는 서로 흥분하여 주먹다짐까지 한 일이 있었다.

203고지 문제에 대해서 더욱 사태가 변화한 것은 제2회 총공격 때 노기의 예하에 있는 제1사단의 참모장이 이 고지의 중요성을 인정하고 꼭 공격해야겠다고 군사령부에서의 참모장 회의에서 헌책했다. 이에 대하여 이지치는 "그럼 제1사단에 여력이 있으면 해도 좋다"고 허가했다. 어디까지나 조공(助攻)이었다.

이에 의하여 제1사단은 그 일부로써 이 고지를 공격했다. 산기슭에 산병호가 있는 정도의 방비였는데 일본측이 소부대였기 때문에 격퇴당했다. 이것은 일부러 스테셀에게 203고지의 중요성을 가르치러 간 것과 다름없는 결과가 되었다. 그 후 러시아측은 서둘러 이 고지를 최대급으로 요새화했던 것이다.

육군에는 해군의 야마모토 곤노효에에 상당하는 훌륭한 권위자가 없었다.

"일본 해군은 어떻게 해야 하는가."

야마모토에게는 이런 구상이 애초부터 있어, 어떻게 하면 러시아에 이길 수 있는가 하는 주제가 그 구상을 정치(精緻)하게 하고 그것으로써 해군의 체질에서 병기까지 일변시켰다.

그러나 육군은 야마모토에 비견될 만한 인물을 갖지 못했다.

지위와 권력으로 말하면 야마가타 아리토모가 그러한 인물이어야 할 텐데 이 권력을 좋아하는, 그리고 무엇보다도 인사 관계를 다루는 일에만 정열적이고 뼈 속 깊이 보수주의자였던 인물의 두뇌에 새로운 육군상(像)이라는 그러한 구상이 떠오를 리가 없었다.

이러한 야마가타가 막부 말기에 막부 체제에 도전한 지사(志士) 출신이라는 경력이 오히려 이상할 정도였으나 엄밀하게 말하면 그는 지사라 할 수 없었다.

그가 소속된 조슈 번 자체가 반(反) 막부 행동을 취했기 때문에 그 하급 번사(藩士)였던 그도 자연히 조슈 번의 움직임 속에서 움직였을 따름이다.

막부 말기 야마가타의 경력을 아무리 면밀히 보아도, 그가 일본 국가의 혁신 구상을 가졌었다는 지사로서의 자기 증명이 없다. 요컨대 최초부터 구상력을 갖고 나온 인물은 아니었다. 그는 어렸을 때 신분을 벗어날 것을 꾀하려고 했다.

그 사실이 막부 말기의 그를 움직인 에너지였다. 그는 조슈 번의 잡병 집안에 태어났다.

"야마가타라는 인물의 속에는 뭐라 할까, 천한 데가 있다. 뭐라 해도 잡병 출신이야."

막부 말기에 적군(賊軍) 쪽으로 돌아간 남부 번의 중신급의 집안에 태어난 하라 다카시(原敬)가 훗날 말했다고 하는데, 잡병 출신이라서 하는 짓이나 사고 방식에 천한 데가 나타나 있다는 것은 아닐 것이다. 출세 의식이나 영달 의식, 또는 자기 권세를 지키려는 의식이 너무 강하다는 것이 야마가타에 대한 인상을 어둡게 하고 보잘것없이 작게하게 하고 있다.

야마가타는 어렸을 때 호조인류(寶藏院流)의 창술(槍術)을 배우는 일에 열중했다. 창술이 재미있었던 것이 아니라 번의 사범이 되면 잡병 계급에서 벗어나 무사의 신분으로 될 수 있기 때문이었다. 그가 그러한 출세 의식 속에 있었을 때, 이 번의 요시다 쇼인(吉田松陰)이 세계 속의 일본에 대하여 미칠 정도의 위기 의식을 갖고 행동하고 있었다. 나중에 야마가타는 죽은 쇼인의 문하생들로 결성된 번내에서의 정당이라고도 할 수 있는 쇼카 서원계(松下書院系)의 그룹에 소속하지만, 문하였다는 사실은 다소 희박하다. 그러나 그는 평생 그 문하라고 자칭하고 있다. 적어도 쇼인이 죽은 뒤 그 당파에 속하여 이윽고 그 계열에 의하여 기병대(奇兵隊) 군감(軍監)이 되고, 그 일이 나중의 혁명 정부에서의 그의 지위를 결정지었다. 그밖에 야마가타는 전문가를 능가할 정도로 단가(短歌)와 조원(造園)에 뛰어났었는데, 그러나 새 기축(機軸)을 이룬다는 그러한 종류의 재능이 아니고 모두 오랜 방법을 고수하는 재능이었다. 그러한 인물이 '육군의 법왕'이라 불리고 있었던 것이다.

육군은 야마가타가 그러했기 때문에 해군과는 달리 군대의 기구나 장비, 또는 병기가 러시아보다 열등했다.

더구나 일본 육군의 작전을 담당하는 참모부 차장이 차례차례로 바뀌었다. 두 사람의 천재를 잇달아 잃었다. 가와카미 소로쿠(川上操六)와 다무라 이요조(田村怡興造)의 죽음이 바로 그것이었다. 이 때문에 개전 직전이 되어 고다마 겐타로가 '나밖에 없다'고 하여 내무 대신 자리를 박차고, 관리로서는 훨씬 격이 낮은 참모본부 차장(소장급의 직)에 취임했다는 것은 이미 언급했다.

그런데 그 고다마도 전 야전군의 총참모장으로서 전야에 나가게 되어 뒤가 공석이 되었다.

고다마가 후임의 인사를 고려하여 "곧 오라" 하고 전보로 불러들인 것이 46살의 나가오카 가이시 소장이었다. 나가오카는 이 당시 히로시마의 제9여단장으로서 동원 명령에 대비하고 있었다. 그런데 도쿄로 오라고 한다. 그것도 '가족을 이끌고 말도 데리고 상경하라'는 것이었다. 서둘러 상경하여 참모본부에 가서 차장인 고다마 겐타로와 대면하자 "나는 만주에 가게 되었다. 뒤는 네가 맡으라"는 것이었다. 나가오카는 놀랐다.

차장은 일본 육군의 전 작전을 담당하기 위하여 훨씬 이전부터 대러전을 연구하고 있었던 자가 그 자리에 있는 것이 바람직했으나, 이 경우의 일본 육군의 이상과 같은 절박한 사정에서는 그러한 것을 돌볼 겨를이 없었다.

이 경우 왜 고다마는 나가오카 가이시를 택했을까?

육군의 인사 방침으로 대본영과 현지 사령부를 불문하고 참모장에는 메켈의 교육을 받은 육군 대학교 출신을 앉히기로 되어 있었고, 작전 또한 모두 메켈식으로 하기로 작정되어 있었다.

이 때문에 러일전쟁은 메켈 작전이라고 불리게 되었다.

그 문하인 육군 대학교 제1기생이 이미 소장이 되어 있다는 것은 이미 말했다. 아키야마 요시후루도 그러했었다.

"아키야마에게는 카자크 기병을 맡게 한다."

이것은 기정 방침이었다. 이 때문에 그는 야전에 나가 있다. 게다가 요시후루는 특히 육군 대학교의 성적이 우수했던 것도 아니다. 이 제1기생에서 가장 전술 성적이 우수했던 것은 하사관에서 올라와 장교가 된 옛 남부 번(이와테현) 출신인 도죠 히데노리(東條英教)였다. 그러나 고다마는 도죠를 택하지 않고 보병 여단장으로 출정시켰다.

이 제1기생 8명 가운데 나가오카만이 조슈인이었다. 고다마는 파벌 의식은 희박했으나 조슈 군벌의 최고 두목인 야마가타 아리토모가 참모총장이기 때문에 단지 그것만의 이유로 나가오카 가이시를 선출하였다.

"차장직이라는 것은 야마가타 영감과의 사이의 조정을 잘해 나가지 않으면 안된다."

고다마가 짐작컨대 야마가타는 말참견이 많은 인물로 무언가를 참견할 때 그럭저럭 그것을 달래서 그 안을 철회시킬 만한 인물이 필요했던 것이다. 그 때문에 조슈인 나가오카를 택했다. 다른 부현(府縣) 출신의 차장이라면 야마가타에게 당하고 말든가, 또는 싸움이 벌어질지도 모른다. 참모본부 차장 나가오카 가이시는 그 능력으로 선출된 것은 아니었다.

육군의 인사는 야마가타를 정점으로 하는 조슈 번이 장악하고 있는 것은 이미 말했다.

'잇삔 회(一品會)'

그 파벌인의 모임에 붙여진 이름이었다. 모리(毛利) 집안의 가문(家紋)이 마치 잇삔(一品)이라는 한자 모양을 닮았기 때문이었다. 야마구치 현(山口縣) 출신의 군인으로 소장 이상인 자가 이 회의 회원이며, 육군이라는 국가 기관에 있어서의 사적 결사(結社)로 이 결사가 얼마나 무서운(군인에게 있어) 결사인가 하면, 육군 전체의 인사——누구를 진급시킨다든가 누구를 어느 직으로 보낸다든가 하는 일——를 거의 이 비밀회에서 정하고 있었던 일 이었다. 노기나 나가오카의 인사도 여기서 결정되었다고 말해도 좋았다.

'도쇼 회(同裳會)'

대령 이하의 야마구치 현 사람들은 이런 결사를 만들고 있었다. 도쇼 회는 잇삔 회의 산하 단체이며 잇삔 회에 직속되어 있었다. 이들 단체는 다른 부현 출신의 군인이 보면 불유쾌하기 그지없는 존재였으며, 후년 이에 대한 반동이 일어나 조슈 파벌에의 대항 의식에서 다른 출세 파벌이 생겨, 이윽고 그것들이 쇼와 초년 황도파(皇道派)라든가 통제파라든가 하는 일견 사상파 처럼 보이는 존재로 변전하는 것인데 여기에서는 그것들은 다루지 않겠다.

요컨대 나가오카 가이시가 참모본부 차장이라는 일본의 운명을 결정짓는 것 같은 중직에 앉은 것은 그 능력이 탁월했기 때문이 아니었다.

"나가오카라도 상관 없습니다."

야마가타에게 장담한 것은 고다마 겐타로이다.

고다마는 자기 이외에는 러일전쟁을 해 나아갈 자가 없다고 믿고 있었고 객관적으로도 그러했다. 고다마는 머리가 좋다는 조슈인의 장점을 한몸에 구현하고 있는 듯한 점이 있고, 게다가 전의 조슈 지사의 대부분이 그러했듯이 필사적으로 각오하고 있는 사나이로, 요컨대 조슈인의 전통의 우수한 부분만을 이어받고 있었다.

——나가오카라도 상관 없습니다.

대본영의 참모본부 따위는 아무래도 좋다, 고 고다마는 생각하고 있었다. 자기가 오야마 이와오를 업고 전장에 가는 한 모두 오야마와 자기가 전쟁을 하나하나 처리해 갈 작정이었다. 이 때문에 참모본부 차장쯤 집지키는 정도면 된다고 생각하고 있었을 것이 틀림없다. 그리고 병력이며 병기며 탄약의 보급 센터 정도로밖에 여기고 있지 않았다. 나가오카라도 괜찮다고 고다마가 말하는 것은 그런 뜻이었다. 실지로 고다마는 참모본부의 정수(精髓)를 거의 자기 지배 아래 있는 사람을 빼내고 나갔다.

나가오카는 '세계 제일'이라고 자칭하는 팔자 수염을 기르고 있는 묘한 인물로, 그 점에서는 그야말로 정체 불명의 협잡꾼을 상상하게 했다.

"허풍쟁이다."

그의 뒤에서 이렇게 험담을 하는 자도 있듯이 그러한 점도 다소 있었으나, 실지로는 자기의 영리함과 호쾌함을 과시하고 싶을 뿐인 어린애 같은 성격의 인물로, 전에 말한 바와 같이 전략 전술가에게 가장 필요한 천성적 상상력을 갖고 있었다. 단지 그 상상력이 이따금 몽상화하는 일도 있었으나, 그가 후에 스키를 군대에 도입한 것이라든가 비행기의 출현 당시 가장 일찍이 그것에 주목하여 육군부내를 계몽시킨 일 따위는 그의 상상력이 대단함을 입증하는 것이었다.

나가오카 가이시의 수염은 19.7인치가 넘었으며 그가 나중에 열중한 비행기의 프로펠러와 같은 모양을 하고 있어, 만약 수염이 회전하는 것이라면 나가오카는 이 수염으로 하늘이라도 날 것 같았다. 천성적인 덜렁이인 모양이다.

당시 미국에 22인치라는 수염의 소유자가 있었다. 이 사나이가 세계 제일이었다. 세계 제2가 일본의 나가오카 가이시이다.

"이것도 나의 애국심의 발현이다."

나가오카는 정색을 하고 해설하는 것이 예사였으므로 열없어하는, 감각이 도무지 없는 인물이었다.

"도대체 나가오카는 유능한 인물인가, 그렇지 않으면 삼류 인물이 허풍으로 저렇게 출세한건가?"

이것은 육군부내에서도 나중에까지 의문시 되었었다. 그의 사후에도 이 의문은 풀리지 않고 있다. 그러나 세계 제2의 수염을 매일 손질하여 많은 사람들 앞에 그 얼굴을 당당히 내밀고 있었다는 점에 이 인물의 일부분을 푸는 열쇠가 있을지도 모른다.

나가오카는 착상가(着想家)였다.

여순 대요새에는 수수께끼가 많다.

그 수수께끼의 하나는 일본의 육해군이 개미 한마리 기어나올 틈도 없이 포위하고 봉쇄하고 있는데, 요새 사령관인 스테셀의 담화 등이 세계의 신문에 실리든가 하는 것이다. 요새 내에서 외계를 향하여 아무래도 통신이 가능한 모양이다.

"도대체 어떤 방법을 취하고 있을까"

참모본부가 각지의 첩보망을 움직여 조사한 결과 전서구(傳書鳩)에 의한 것임을 알았다.

북경 주재의 아오키(青木)라는 대령이 그것을 보고해 왔던 것이다. 위해위(威海衛)에 전서구를 위한 비둘기 집이 있다는 것이었다. 미국인 소유였었는데 실제로는 러시아인이 사용하고 있는 모양이었다. 위해위는 중립국인 청국령인데다가 일본으로서는 미국인의 감정을 자극하는 그러한 사건은 만들고 싶지 않았다.

나가오카 가이시는 이 조치에 골치를 앓고 있었는데, 이윽고 나가오카다운 묘안을 착상했다.

"매를 날려 비둘기를 덮치게 하는 것이다."

그는 곧 궁내성에 달려갔다. 궁내성에는 주렵료(主獵療)라는 케케묵은 이름의 관청이 있고 도다 우지도모(戸田氏共)라는 백작이 우두머리이고, 밑에 많은 매잡이가 있다. 나가오카는 곧 이 주렵관들을 대본영에 불러 정식으로 임명 명령을 내고 작전 인사에 넣었다.

그런데 궁내성에서 기르고 있는 큰 매는 비둘기를 덮치는 습성을 갖고 있지 않다는 것을 알았다. 그러나 매잡이들은 "송골매라면 비둘기를 덮칠지도 모르겠습니다"라고 하므로 나가오카는 그거다, 그걸 해 주게, 하고 부탁했다.

이 작전안은 우선 야생의 송골매를 잡는 일부터 시작하지 않으면 안되었다. 송골매가 많이 있는 것은 고치 현(高知縣), 가가와 현(香川縣), 시마네 현(島根縣), 와카야마 현(和歌山縣) 등이다. 그와 같은 지방에 사람이 파견되어 대본영은 간신히 그것들을 손에 넣었으나 길들이는 데 긴 세월이 걸린다. 그러는 동안에 여순이 함락되어 나가오카의 송골매는 여순의 하늘을 나는 일 없이 끝났다.

나가오카 가이시는 주도하고 치밀한 사고력은 결여되어 있었으나, 잇달아 착상을 해내는 점에서는 누구보다도 활발했었다. 그 이유는 대본영 참모본부가 야전에 있는 고다마 겐타로에게 작전권의 대부분이 장악되어 있어 비교적 한가한 탓도 있었다.

"여순에 기구(氣球)를 띄우면 어떨까."

이것을 생각해 낸 것도 나가오카 가이시였다. 이것은 묘안이었다. 기구를 높이 띄워 관측병을 태우고 요새 내부를 살펴보게 하여 포탄의 탄착을 관측시키는 것이다. 나가오카는 나중에 비행기에 착안하기도 하고 전서구를 매로 처치하려 했던 것을 보면 나는 것을 무척 좋아하는지도 몰랐다.

기구는 이미 유럽의 육군에서는 실용화된 지 오래이지만 만사 기술을 경시하는 일본 육군에 있어서는 메이지 34년(1901년) 12에 한번 테스트한 적이 있음에 불과하다. 나가오카는 이 낡은 기구를 창고에서 끄집어 내어 테스트해 보았다.

로프가 없었으므로 후카가와(深川)의 제강 회사에 명하여 만들게 했다. 이 로프는 거칠고 나빴다. 이해 4월 하마 이궁(濱離宮)에서 띄워 보니 뜨기는 떴는데, 3백 미터에서 로프가 끊어져 기구는 떠다니다 오아라이(大洗)의 바다에 떨어졌다.

하여간 기구의 제조를 서둘러야만 했다. 기낭(氣囊)은 시바우라(芝浦) 제작소에 명하여 만들게 했다. 이것이 제3호 계류(繫留) 기구라 불리는 것이다.

이 기구대가 7월 여순의 노기군에 참가하여 주가둔과 봉황성에서 하늘 높이 올랐다. 이것은 큰 도움이 되지는 않았다. 왜냐하면 여순항 내의 상황이나 적의 요새 일부를 볼 수는 있었으나, 포병의 긴요한 관측에 사용하기에는 이르지 않아 군사적 효과는 거의 없었다고 해도 좋았다. 이것은 나가오카의 책임이 아니고 평소부터 지구대를 정비해 두지 않았던 일본 육군 자체에 책임이 있었다.

나가오카는 여순에서 고심했다.

"여순이 빨리 떨어지지 않으면 나라가 망한다."

나가오카는 매일같이 이렇게 중얼댔다.

명령 계통으로 말하면 여순을 담당하고 있는 노기군(제3군)에 대한 직접적 명령권은 오야마 이와오와 고다마 겐타로의 만주군이 쥐고 있다. 도쿄의 대본영은 그 만주군 위에 있어 고다마를 거치지 않고는 직접 여순의 노기군에 이것저것 명령할 수는 없다.

그러나 고다마는 요양 회전에서 더 북으로 야전군을 전개시키고 있어 그 일에 몹시 바빴다. 여순의 노기군을 염려할 여유가 없어 원칙대로 여순에 대한 모든 것은 노기와 이지치에게 맡긴 채였다.

이 때문에 대본영의 나가오카가 명령 계통을 한 단계 넘어서 직접 노기군에게 이것저것 지원하는 형태가 되었다. 지원하지 않을 수가 없었다. 노기군 사령부의 방식은 누가 보더라도 무능하고 엉망이고 게다가 완고하고 분별력이 없었다. 이대로 가다가는 손해만 늘고 게다가 적 요새는 끄떡도 없을 것이다. 무엇인가 새로운 묘수가 필요했다. 나가오카는 허풍장이라 불릴 만한 점도 있었으나 이러한 묘수를 생각하는 점에서는 가장 적당한 참모본부 차장인지도 몰랐다. 단지 참모본부 차장이라는 중직으로서는 그가 생각하는 일이 엉뚱하기 때문에 일마다 실패하기만 한다는 것이었다.

여순의 경우를 일본 패망의 위기에서 구출한 것은 노기군 사령부의 작전 능력은 아니다.

물론 노기군 사령부가 노기 개인의 기분이나 감상과는 관계없이 연달아 요새를 향하여 처넣은 인혈(人血)에 의한 것이라는 것은 틀림없으나 그것은 직접적인 원인이 아니다. 상태에 불과하다. 말을 더 한다면 이것은 자진하여 (또는 부득이) 사지에 몸을 바친 수만의 메이지 일본인 정신의 장대한 '상태'였다. 노기군 사령부는 메이지 일본인의 국가에 대한 충량함을 의지하고 그 위에 올라앉아 세계 전사상 유례가 없는 죽음의 명령을 되풀이하고 있었음에 불과하다.

이 책의 이 부분에서 도쿄의 대본영에 있는 나가오카 가이시의 가식적(假飾的) 성격에 대해서 언급했다. 그러나 나가오카의 허식성은 여순의 일본인들을 구제하는 데 충분히 의미가 있었다. 왜냐하면 그는 그러한 성격인만큼 '지혜' 또는 '재치' 등의 이야기를 듣기 좋아하며, 새로운 아이디어에 대해서는 바짝 다가서서 듣는 그러한 자세를 취했다. 노기군의 참모장인 이지치 고스케의 고정 관념으로 꽉 차 있는 성격과는 정반대였다.

어느 때 대본영 참모본부의 차장실에 있었던 나가오카 가이시를 갑작스레 찾아온 인물이 있었다. 먼 데에서가 아니다.

같은 건물 안에 있다.

'아리사카 포(有坂砲)'

이 이름으로 알려진 대포의 기술자 아리사카 나리아키라(成草)였다. 아리사카는 소장으로 조슈인이라 불리어도 좋은 옛 스오(周防)의 이와쿠니 번(岩國藩 : 조슈 모리 가문의 분가)의 옛 번사이다. 그의 아리사카 포라는 것은 재래의 속사포를 크게 개량한 것으로 31년식 속사포라 불리었다. 이 포는 러일전쟁 때 야전에서 커다란 힘을 과시했다. 나중에 중장, 남작, 다이쇼(大正) 4년(1915년) 사망.

"여순에 대해선데 말야."

아리사카는 들어오면서 말했다. 아리사카는 이 당시 육군 심사부장이라는 직책에 있었다.

"저래 가지고는 도무지 떨어지지 않을 거야."

나가오카는 불끈 화를 냈다. 떨어지지 않는다는 것을 알고 있다. 그래서 고심하고 있는 것이며, 노기군의 군사령부에 대해서 작전을 바꾸도록 몇 번이나 계속 시사하고 있는 것이다.

"무슨 좋은 작전이 있나요?"

"작전이 아냐. 나는 작전에 대한 건 몰라."

아리사카는 말했다.

"내가 알고 있는 건 대포뿐이야. 지금 여순에 가지고 간 대포, 그런 것으로는 좀처럼 떨어지지 않을 거야."

농담도 유분수지, 하고 나가오카는 생각했다. 노기군에는 일부러 포병과 출신의 이지치나 도요시마 등을 배치하고 있는 것이다.

"내가 기발한 말을 하는 것 같지만 28센티 유탄포(榴彈砲)를 보내자구."

이 말에는 나가오카도 숨을 삼켰다. 28센티 유탄포라는 것은 일본 본토의 요새 지대에 고정시켜 놓은 거포이다.

여순의 노기군으로부터 끝없이 병력의 보충을 요구해 오고 있다.
──사병을 보내라.
보내면 반드시 적의 요새 앞의(요새에조차 이르지 못하고) 참호를 메우는 사초가 되고 만다. 노기군 사령부는 인간을 죽이는 일 이외에 작전을 모르는 것 같다, 하는 소리가 대본영에서도 높았다. 노기군의 작전 두뇌의 완고함은 자신의 실패를 다음 작전의 지혜로서 이용하는 것을 모르는 것 같았다.
"일본군은 되풀이하여 같은 방법으로 쳐들어 온다."
고 하는 것은 러시아측의 자료에 있다.
여순 전선에서 포화를 뒤집어쓰고 있는 일본군 장병 사이에서도 후방의 군사령부에 대한 비난이 높아져 가고 있었다.
이 노기군 밑에서 활약하고 있는 사단장이나 여단장 등의 장관급(將官級)에서 천성적인 장군으로서의 재질과 군인으로서의 자질을 갖고 있었던 이치노에 효에(一戸兵衛 : 소장, 옛 쓰가루 번사)는 가나자와(金澤)의 제6여단을 이끌고 공성(攻城)에 참가하여 소위 이치노에 보루를 탈취한 인물인데, 그 이치노에조차(조차라고 말하는 것은 이치노에는 옛 무사적 풍격이라는 점에서 노기와 공통된 성격을 갖고 있었음을 가리킨다) 노기를 비판하여
"저 여순을 포위한 기간 중 나는 전선에서 싸우면서 왜 군사령관(노기)은 이다지도 상황에 맞지 않는 명령만 내리는 것일까 하고 생각했다."
이 너무나도 지독한 작전 지휘에 병사들은 유순하게 죽어 갔지만, 장관급 중에는 일부러 칭병하고 후방으로 송환되는 자도 한두 사람 나왔었다. 메이지의 일본인에게 있어 국가와 천황이라는 것이 절대적인 것이었는데도 그러한 인간들 중에서도 극소수나마 동요가 나타났다는 것은 확실했다.
"군사령부는 너무나 먼 후방에 있어서 이 전선의 실정을 모른다."
이런 것은 병사조차도 느끼게 되었다.
"무익한 살생."
이 말은 대본영에서 일상 쓰이게 되었다.
훗날 육군 대학교에서 여순 공위전에서의 일본군 장병의 전장 심리에 대해서 특별 강의한 당시의 중위였던 시키 모리하루(志岐守治) 중장의 소기에

서 이렇게 말하고 있다.

"노기 장군도 그 당시에는 오늘날 사람들이 숭배하는 것 같은 사령관은 아니었다. 제삼회 총공격전 때 일인데, 이번 공격에서 여순이 떨어지지 않으면 군사령관은 죽음을 결심하려 한다는 풍설이 전선에 전해진 일이 있다. 그러나 그 풍설은 조금도 제1선 부대의 독려에도 분발에도 도움이 되지 않았다. 그건 마음대로 하십시오, 하는 식으로 그냥 귀에 흘려 보냈을 뿐이다. 또한 장군의 아들이 둘씩이나 전사한 것도 오늘날 크게 제1선의 사기를 고무한 것처럼 전해지고 있지만 전혀 허위이다. 제1사단 방면은 몰라도 제11사단 쪽에서는 당연하다는 정도로 생각한 데 불과했었다."

거포.

그 표현에 가장 알맞는 것이 이 28센티 유탄포였다.

"해안포."

이 당시는 이렇게 불리고 있었다. 일본 국내의 해협이나 도쿄 만의 만구, 오사카 만으로 들어가는 기딴(紀淡) 해협 연안의 곶(岬)이나 섬에 설치되어 있었는데, 적국의 군함이 침입해 오면 이 거포로 격침시키기 위한 것이었다.

이 대포의 원형은 이탈리아에 있었다. 그것과 같은 것을 일본 육군이 오사카 포병 공창에 명하여 시작(試作)시킨 것이 메이지 16년(1883년)이라니 역사는 꽤 오래다. 일본에는 아직 양질의 주철을 만드는 기술이 충분하지 않았으므로 이탈리아의 그레고리니 주철을 수입하여 이듬해인 1884년에 완성했다.

이것을 오사카 부(府)의 신타 산(信太山) 구릉지대에서 시험해 보았더니 천지를 뒤흔들 정도의 포효를 발했으며 성적은 양호했다. 육군에서는 곧 이것을 도쿄 만의 간논자키(觀音崎)에 토대를 만들어 설치했다.

이 포는 아직 순국산이라고는 말할 수 없었다.

이것이 순국산화된 것은 그레고리니 주철을 그만두고 가마이시(釜石) 선철로 바꾸어 제조 완성된 메이지 26년(1893년)이었다. 그 후 수십 문이 제조되어 각지의 필요한 해안에 설치되었다.

이 포의 관신(管身)은 주철이다.

그 외부에 강철(鋼鐵)이 씌워져 있다.

이 당시의 육군포는 한 발 쏘면, 이를테면 야포 등이 그 반동으로 덜거덕거리면서 뒤로 물러난다. 그것을 인력으로 본래 위치에 갖다 놓고 또 쏜다.

그러나 이 포는 주퇴기(駐退機)라는 장치가 붙어 있어 포신만이 뒤로 물러선다. 물러선 것을 수압(水壓)으로 원위치에 되돌린다. 펌프 속에 용수철과 글리세린이 들어 있는 것이다.

해안포이므로 이동시킬 필요가 없고 또 너무나 크기 때문에 포가(砲架)는 고정되어 있다. 그 때문에 기초 공사도 콘크리트(베통)로 굳혀 굉장한 것이었다. 물론 고정 포가 위에 앉힌 가광(架匡)은 3백 60도 회전할 수 있는 것이어서 어떤 방각으로도 쏠 수 있다.

"그것이라면 여순 요새의 베통을 부술 수 있을 것이다. 설사 부수지 못하더라도 적에게 주는 심리적 동요는 크다."

아리사카는 말했다.

이 제안에는, 착상가로 정평있는 나가오카도 들떴던 표정을 약간 굳혔다.

"그걸 떼도 우리 국내 방비는 괜찮을까?"

"여순 때문에 나라 자체가 망해 가고 있다. 망한 뒤에 해안 방비고 뭐고 무슨 소용인가."

아리사카는 말했다.

나가오카로선 이 안은 중대했다. 참모본부 차장으로서 독단으로 할 수는 없어 우선 총장인 야마가타에게 의논하자,

"아리사카가 말하는 것이라면 틀림없겠지. 육군 대신과 상의해 보라."

이렇게 되면 나가오카의 실행력은 대단한 것이다. 곧 육군상인 데라우치에게로 가서 그 안과 취지, 기타를 설명했다. 데라우치는 '과연 위태로워' 하고 대답을 꺼렸다. 원래 데라우치는 나가오카를 평소부터 덜렁이로 알고 그 언동을 못마땅하게 여기고 있었다. 그러나 나가오카는 사정없이 데라우치에게로 여러 번 찾아가서 마침내 양해를 얻었다.

나가오카는 '몹시 기뻐하여'라고, 이때의 자기 마음을 말하고 있다. 그런데 여순의 노기군에 그것을 제안하자 대답해 왔던 것이다.

"그런 것은 필요 없다."

"나가오카는 정신이 이상해진 게 아닐까요?"

이지치 참모장은 노기 마레스케에게 말했다.

포성은 쉴 새 없이 들려 온다. 그러나 이 군사령부가 있는 근처까지는 날아오지 않는다. 이 노기군의 참모들은 전선까지 포복하여 나간다는 습관이

없다는 점에서 특징적이었으므로, 어느 참모의 군복도 깨끗하고 참모의 표지인 금몰 달린 가슴 장식은 번쩍번쩍 빛나고 있었다.

노기는 언제나 같은 표정으로 있다.

"인자(仁者)."

후년에 이렇게 불린 것과 같이 그 눈매는 늘 타인에게 부드럽고 막료들에게 노여움을 보인 적도 없으며, 거친 말을 던진 일도 없었다. 내성적인 성격을 나타내는 그 입매는 이따금 희미하게 미소를 짓는 일이 있으나, 원래가 우는 것 같은 얼굴이기 때문에 미소 지으면 울고 있는 것처럼 보이기까지 했다.

"도요시마 소장과 의논했소?"

노기는 이지치에게 물었다. 도요시마 요조는 노기군 휘하에 있는 공성용 포의 모든 일을 일괄하여 지휘하고 있는 '공성 포병 사령관'이라는 직에 있다. 이지치도 도요시마도 메켈의 문하는 아니고 육군 대학교를 나오지도 않았다.

이 점에서 서로 말하면서 배짱이 맞았다.

"육군 대학교 따윌 나왔댔자 싸움은 몰라."

육군 대학교를 나왔다고 해도 확실히 싸움을 아는 것은 아니다. 장군이나 작전가라 하는 군인은 재능의 세계에 속해 있는 것으로, 화가나 조각가가 일정한 교육을 시킨다고 되는 것이 아니라는 점과 같았다.

아키야마 사네유키는 그 전술을 독습하여 터득한 인물로, 그는 해군 대학교의 교관은 했지만 대학교의 학생으로 있은 적은 없었다. 미나모토 요시쓰네나 도요토미 히데요시, 나폴레옹 등의 천재도 일정한 교육을 받은 것은 아니다.

단지 여기서 말할 수 있는 것은, 해군의 경우 연합함대를 구성하는 함대라든가, 전대 등의 작전 담당자는 사네유키가 해군 대학교에서 지도한 학생이 태반이었다는 사실이다. 이것은 작전 사상의 통일과 작전 의도의 전달에 극히 유리했다.

육군의 경우에도 만주군 총참모장인 고다마 겐타로가, 메켈 당시의 학생은 아니고 대학교의 관리직에 있었는데 학생과 마찬가지로 수강하여, 메켈로 하여금 "고다마는 위대하다"고 말하게 할 정도로 메켈 전술을 흡수했다.

육군의 경우 러일전쟁에 메켈 전술을 사용하려고 했었다. 대본영 참모본부 차장인 나가오카도 그렇고 각군의 참모장이나 참모에 그의 제자가 많다. 자연 작전 사상이 거침없이 전달되었으나, 노기군의 경우만은 이 전류(電流)에 대해서 부도체(不導體)였다.

"대본영의 작자들은 아무 것도 모른다고 도요시마도 웃고 있었습니다."

이 거포에 대하여 이지치는 노기에게 말하는 것이다. 이지치나 도요시마나 포병이 전문인 것으로 되어 있었다. 근대전에 어두운 노기는 그들 '전문가'라 칭하는 막료들을 좇지 않을 수 없는 것이다.

이 거포가 여순에 보내진다는 놀라운 통지는 물론 전신에 의한 것이었다. 나가오카가 노기군의 이지치 앞으로 친 전문의 원문은 다음과 같다.

"공성용으로 28센티 유탄포 4문을 보낼 준비에 착수함. 2문은 은현(隱顯) 포가, 2문은 심상(尋常) 포가로, 9월 15일경까지 대련만에 도착시키려 함. 의견 있으면 듣고 싶음."

이 짧은 전문의 행간에 나가오카의 분발하는 기세가 잘 나타나 있다.

"의견 있으면 듣고 싶다."

현지군에 대한 도쿄의 배려를 나타내는 것이었다. 저자세다.

그런데 이에 대한 노기군 사령부의 답전역사에 크게 기록될 것이다.

"보낼 필요 없음."

이라는 것이었다. 고금 동서의 전사상 이토록 우매한, 구제할 길이 없을 정도로 완미한 작전 두뇌가 존재할 수 있었던가.

"나가오카는 보병 출신이야. 28센티 유탄포라는 게 얼마나 귀찮은 것인가를 모르는 거야."

노기 앞에서 이지치와 도요시마라는 이 두 포병 전문가는 공공연히 말했다.

"우선 포상(砲床)부터 만들어 나아가야 한다. 베통이 마르기까지 한두 달은 필요하다. 그 뒤 조립하는 데 얼마만한 날짜가 걸릴지 예상할 수도 없어. 그런 일조차 도쿄의 인간들은 모르고 있어."

도요시마가 이렇게 말하고 이지치가 이에 맞장구를 쳤다. 그러나 이지치는 도요시마가 말하는 "베통이 마르기까지에도 한두 달"이라고 지껄여 댈 정도까지 바보는 아니었다. 그러나 전부 합쳐 삼주간은 걸리지 않을까 하고 생각하고 3주간이나 걸리면 총공격에 늦는다고 여기고 답전을 친 것이다.

"보낼 필요 없음."

도요시마나 이지치나 실은 전문가만큼의 전문 지식도 갖고 있지 않았다는 것은, 이 거포가 아무리 분해 운반이 곤란하다 하더라도 설치하는데 열흘이면 충분하다는 것은 이 분야의 상식이었다. 그들은 제대로 알지도 못하는 지식으로 체면 만은 거만하게 전문가의 태도를 도쿄의 '비전문가'에 대해서 취해 보인 것이다.

그런데 그 '도쿄'에는 대포 연구의 세계적 권위라 할 수 있는 아리사카 나리아키라가 있었고 게다가 이 포의 전문가도 있었다.

'포상 구축반'

이 조직이 임시로 만들어졌다. 책임자는 포병 대위 요코다 미노루(橫田穰)였다. 요코다는 나가오카에게 확언했다.

"걱정하실 거 없습니다."

이 포는, 그것을 올려놓기 위하여 배가 만들어지고 이윽고 대련만에 들어가 달자방(達子房)에 도착했는데, 도착하여 겨우 9일만에 포상도 조립도 모두 끝나 발사할 수 있게까지 되었다. 그동안의 요코다의 고생은 대단한 것이었다. 그러나 하여간 이루어진 것이다.

포의 숫자도 최초의 예정보다도 늘어 6문으로 되어 있었다. 후에 더 추가하여 18문으로까지 늘게 된다.

이 대요새의 공격에 대한 일본측의 태도를, 필자는 시간의 경과를 가끔 앞뒤로 바꾸기도 하고 때로는 같은 내용을 다른쪽에서 되풀이하여 서술하기도 하며 집요하게 쓰고 있다. 동시에 그 집요함을 부끄럽게 여기고 있다.

그러나 '여순'이라는 이 지명은 단지 지명이나 말이라는 것을 넘어 메이지 일본의 존망에 관계되는 운명적인 어감과 내용을 갖고 있었기 때문이다.

——일본은 여순에서 망하는 것이 아닐까.

이러한 어두운 느낌을 누구나가 가졌다. 막부 말기에서 유신에 걸쳐 일본의 역사상 유례 없는 고생을 거쳐 근대(19세기적인 의미의) 국가를 만들어 냈는데, 그것이 겨우 37년으로 망할지 모른다는 것이었다.

"전력을 다하여 203고지를 뺏으면 된다. 그것으로 여순 공격의 전략적 문제의 태반은 처리된다."

대본영 육군 참모본부 차장인 나가오카 가이시는 이 작전의 최초부터 이런 생각이었다.

이 점 대본영의 모든 사람에게 반대 의견이 없고, 단지 현지의 노기군 사령부가 반대하여 완강히 정면 공격주의의 기정 방침을 바꾸지 않는 것뿐이었다.

나가오카는 설득에 고심했다.

참모본부의 이가타 도쿠조(鑄方德藏) 중령을 현지에 파견한 것도 그 결과인 것이다.

"어떻게든지 노기와 이지치를 설득해 주지 않겠나."

이가타는 만주에 가자 곧 노기군에는 가지 않고 만주군 총사령부를 찾아 고다마에게 부탁했다.

"저는 한낱 중령의 몸으로 도저히 여순의 두 각하(노기와 이지치)를 설득할 자신이 없습니다. 될 수 있으면 이구치(井口) 각하를 모시고 갔으면 좋겠습니다마는."

이구치란 소장 이구치 쇼고(井口省吾 : 시즈오카 현 출신)로, 대령 마쓰카와 도시타네(松川敏胤 : 미야기 현 출신)와 함께 고다마의 두 두뇌라 일컬어지던 사람이었다.

이구치와 이가타는 8월 초의 더운 날 쌍대구(雙臺溝)에 있는 노기군 사령부로 향했다. 이들을 맞이한 이지치가 한 최초의 말은 이러했다. 피와 쇠를 더 보내라고 하는 말이다.

"귀관들이 현지의 실정이나 고충을 알 수 있는가. 우리 제3군이 바라는 것은 후방으로부터의 쓸 데 없는 잔꾀보다는 사병과 포탄이다."

이구치와 이가타는 간곡히 해군의 핍박한 사정과 요청을 전하고, 현지군의 커다란 전술 전환을 요청했다. 그런데 이지치는 거절했다.

"해군과는 현지의 연합함대와 충분한 연락을 취하고 있다. 해군은 그렇게 서두르고 있지는 않아."

격론이 벌어지고 이지치는 이구치에게 욕지거리를 퍼부었다. 이구치는 이때 순간적으로 이지치를 처치하고 자기도 할복하여 그것으로써 일본을 이 위기에서 구출하려고 생각했을 정도였다.

여순 공격은 유신 후 근대화를 서두른 일본인에게 있어 처음으로 '근대'라는 것의 무서움에 접한 최초의 체험이었는지 모른다. 요새 그 자체가 '근대'

를 상징하고 있었다. 일본인은 피를 흘림으로써 그것을 알게 되었다.

육군에 있어 숙명적인 일은 "여순 요새에는 손대지 않는다"는 것이 개전 전 수년 동안 대러전 연구에 전력을 기울이고 있었던 육군 참모본부의 기본적인 사고방식이었다.

"적은 성(요새)에 틀어박혀 있다. 상대할 필요가 있겠는가?"

이것은 옳았다. 일본군으로서는 대련만에 상륙하여 배후의 여순 요새 따위에 상관 말고 북진하여, 야전에 연전 연승하기만 하면 여순 요새는 결국은 황폐해지고 만다. 버려 두는 편이 좋은 것이다.

"그렇지만 여순 요새에서 적병이 나와 북진하는 일본의 야전군의 배후를 위협하면 어떻게 하겠는가?"

물론 이런 설문이 마땅히 나왔다.

"거기에 대처할 병력을 남겨 두기만 하면 족하다."

누구나 생각했다. 이것도 옳다고 하지 않을 수 없다. 개전 직전에 참모본부 차장이었던 고다마 겐타로조차도 대러(對露) 대작전 계획의 청사진을 만드는 데 있어 여순에서 군대가 나온다는 가능성의 문제에 대해서는 이렇게 말했을 정도였다.

"대나무 울타리라도 짜 두면 돼."

대나무 울타리라는 것은 일본 전국시대에 적병의 내습을 막기 위한 임시적인 간이 장애물인데, 에도(江戶) 시대에는 출입을 금지하는 장소 등에 곧잘 이것이 세워졌다. 고다마가 말하는 대나무 울타리란 비유해서 하는 소리이다.

"그저 그 정도로 대비하면 돼."

이런 정도의 의미였다.

그런데 개전이 박두한 단계가 되어서 해군측이 제의해 왔던 것이다.

"여순을 육지에서 공략해 달라."

이것도 강력한 제의는 아니었다. 만약 해군이 서전(緖戰)에 있어 여순함대를 한 척도 남기지 않고 격침시킬 수 있다면(공상에 가까운 기대이지만) 더 이상 육지에서의 공격은 불필요하다. 해군으로서는 될 수 있는 대로 독력으로 여순함대를 전부 격침시키려고 덤벼들었다. 그런데 여순함대가 나오지 않기 때문에 어쩔 도리 없이 봉쇄만을 계속했다.

그동안 한 번 나왔다. 도고 함대는 그것을 쫓아 황해 해전을 했는데 놓친

함이 많아 그것들이 다시 여순항 깊숙이 도망쳐 들어갔다. 그 때문에 또다시 해군은 전력을 다하여 봉쇄를 계속하지 않을 수 없었다. 적함은 이제 완전히 겁을 먹어 나오지 않는다.

이 때문에 육상에서 육군을 공격해 주지 않으면 안되게 되었던 것이다. 해군으로서는 항내의 적함을 격침시키면 된다. 그러기 위해서는 탄착 관측병을 둘 수 있는(결국 그것이 203고지인데) 산을 육군에게 점령시켜 육군포로써 항내의 적함을 격침시키려는 것이다. 그것만으로 족했다. 그것으로 러일전쟁에서의 여순의 처치는 끝나게 될 것이었다.. 그런데 노기군이 요새를 완전히 퇴치해 버리려고 한 데에 이 전사상 공전의 참사(전쟁이라기보다는)가 일어나는 것이다.

사하전 (沙河戰)

요양 회전은 일본의 승리로 끝났다. 그 승리가 얼마나 쓰디쓴 내용으로 차 있든간에 러시아 군이 퇴각(그다지 손상을 입지 않고)했다는 것은 일본의 승리가 된다는 것임에 틀림없다.

"전략적 퇴각에 불과하다."

크로파트킨은 자꾸 큰 소리를 쳤지만, 요양에서 도망칠 때 그가 버리고 간 침대를 오야마 이와오가 낮잠용으로 사용하고 있는 이상 러시아군의 패배라고 하지 않을 수 없다.

세계도 그렇게 인정했다.

첫째 러시아의 궁정이 떠들기 시작했다. 크로파트킨에게 '퇴각 장군'이라는 별명을 붙이고, 저따위 애송이가 뭘 할 수 있겠어, 하고 본국을 향하여 떠들어 대고 있었던 것은 만주에 있는 리네비치라는 노장군이었다. 리네비치는 북청사변(北淸事變) 때 점령한 북경의 궁전에 들어가 스스로 약탈을 일삼았다는 인물이다. 비테의 말에 의하면, 지성도 아무것도 없는 사나이로 연대장(대령) 정도나 겨우 할 수 있는 사나이라고 한다. 그 리네비치가 아마 크로파트킨의 지위를 노리고 그를 중상하고 본국에 퍼뜨리고 있을 거라는 소문이 있었다. 물론 크로파트킨의 잇따른 퇴각은 중상이 아니고 사실이기 했지만.

비전론자(非戰論者)였던 비테는 정계에서 물러나 한가롭게 지내고 있었다. 그는 러시아에 있어서의 개명적(開明的)인 애국자로, 이 잇따른 패보에 접하여 "러시아는 큰일 나겠다"고 우려했다.

서구적 교양의 소유자인 그는 러시아 제국이라는 것의 본질은 무엇인가 하는 것을 그러한 눈으로 보고 있었다.

"러시아 제국이 세계에 두려움을 주고 있는 이유는 무엇인가. 문화인가, 또는 부력(富力)인가. 유감스럽지만 그러한 것은 아니다. 본래 러시아는 반(半) 아시아적인 한 소왕국에 불과했던 나라인 것이다. 그것이 유럽에서 가장 위력 있는 일대 강국일 수 있는 이유는 단지 무력에 의해서이다. 군대와 총검의 힘에 의한 것이며 그것으로써 타국에 두려움을 주고 있었던 것이다."

"그 군사력이."

비테는 말한다.

"이렇게도 약한 것이라는 것을 세계 앞에 폭로했다. 세계는 러시아 제국은 사상누각(沙上樓閣)이라는 것을 알았다. 이전에 지나치게 평가했던 반동으로 이번에는 실체 이상으로 러시아를 경멸할 것이 틀림없다."

확실히 경시할 것이다. 그 경시하는 자는 '내외의 적'이라고 비테는 말한다. 내부의 적이라는 것은 혁명 세력을 말하는 것이다.

"이들 연속되는 패보는 국민의 각 계급을 통하여 전에 없었던 충격을 주었다. 그 충격은 단지 한 종류의 반응이 되어 나타났다. 반응이라는 것은 현정치 형태(제정)에 대한 불만을 뜻한다."

러시아도 큰일이었다. 대외적으로는 러시아의 무력적 위신이 사상누각이라는 것이 밝혀지고, 대내적으로는 제정에 대한 불만, 증오가 되어 나타나고 있다.

"전략적 퇴각."

크로파트킨은 이렇게 말하지만 그러나 군대라는 것은 공격 속에서 사기와 질서를 성립시키고 퇴각에 의하여 그것들을 잃는 것이다. 이를테면 봉천역에서 여단장급의 두 소장이 퇴각의 책임 문제로 서로 주먹다짐을 하는 장면도 있었다.

또한 퇴각이라는 것은 크로파트킨이 아무리 변명하려 해도 정치적 인상이 몹시 나쁘다. 대외적 인상뿐만 아니라 크로파트킨 개인의 궁정에 있어서의 평가도 폭락하고 말았다.

"크로파트킨을 사임시키는 것이 좋다."

이런 의견도 궁정 일부에서 나왔으나 전쟁 도중에 사령관의 목을 자른다는 것의 불리함을 러시아 궁정도 알고 있었다.

"그보다는 조직이 나쁘다."

이 의견이 지배적이었다.

일본군의 경우 전군을 네 개의 '군'으로 나누고, 일군의 장으로서 각각 육군 대장을 두고, 그 '군' 밑에 몇 개의 사단(사단장은 중장)을 두게 하고, 그 네 개의 '군'의 총사령관으로서 오야마 이와오가 있다.

그러나 러시아군의 경우에는 크로파트킨이 방대한 전 만주를 한손에 장악하고 그 밑의 각 군단장은 일본의 '군' 밑의 사단장 정도의 권한밖에 주어져 있지 않다. 요컨대 크로파트킨 개인이 팔면육비(八面六臂)의 분주함으로 겨우 그 전군을 장악하고 있다는 형태였다.

"크로파트킨 한 사람에게 그것을 시키는 것은 너무 과중하다."

이러한 의견이 나와 갑자기 전 러시아군을 둘로 가를 것을 황제가 결정했던 것이다. 제1군과 제2군으로 나누기로 했다.

제1군은 현재의 총사령관인 크로파트킨에게 맡긴다. 그로서는 격하가 되는 셈이다. 제2군(시베리아 제6군단과 제8군단, 그리고 기병 1개 사단)의 사령관에는 새로 본국에서 그리펜베르그 대장을 보내 그 임무를 맡게 한다.

이 내시(內示)가 본국에서 전해져 왔을 때 크로파트킨의 분개와 초조는 대단한 것이어서 '내가 총사령관으로 있는 동안에 이 전쟁을 끝장내야겠다'고 생각했다.

크로파트킨은 원래 "멀리 하얼빈 선까지 퇴각하여 거기에서 백만의 러시아군을 집결시켜 공세로 전환한다"는 대전략을 갖고 있었다. 만약 그에게 이 작전을 자유로이 시키면 일본군은 백에 하나의 승산도 없었다. 하얼빈까지 쫓으려면 일본군의 보급선은 길어지고 그렇지 않아도 만성 결핍 상태에 있는 포탄 보급이 이번에는 수송면에서 대단한 곤란을 겪게 된다. 게다가 일본군의 야전 병력은 기껏 20만 전후였다. 러시아군이 1백만이 되면 이제는 아무리 작전의 묘를 다해도 이길 수가 없다.

그러나 크로파트킨은 이 하얼빈 안을 포기하지 않을 수 없었다. 이유는 군사적인 것이 아니고 그 개인의 관료로서의 사정에서였다. 이 이상 퇴각하면 궁정에서의 인기는 더욱 하락하고, 더구나 그에게 있어 존재 이유 불명의 상관인 알렉세예프 극동 총독이 그에게 봉천을 지킬 것을 종용하고 있어 그것도 무시할 수 없었다.

요양을 퇴각한 크로파트킨의 러시아군은 거의 손상을 입지 않았다. 22만 5천 가운데 손해(사상)는 겨우 2만이었다.

——멀리 하얼빈으로.

이것이 그의 원안에 있었다는 것은 이미 서술했다. 그러나 봉천의 선에서 머물렀다는 것도 언급했다.

그는 봉천에 머물렀다.

그런데 그에게 있어 의외였던 것은 일본군이 추격해 오지 않은 일이다.

“어떻게 된 일인가?”

오히려 그가 당황하여 정보 담당 참모에게 정보를 모으게 했다.

“일본군은 포탄의 보급난에 빠져 있는 듯하다.”

이런 것을 알긴 했으나 그러나 크로파트킨은 아직도 일본군을 과대 평가하고 있었다. 포탄만 하더라도 보급난 정도가 아니라 앞으로 수개월 동안 대회전은 불가능한 상태였으며 추격 따위는 도저히 할 수조차 없었다. 게다가 병력의 손해는 ‘패자’인 러시아군과 거의 같고 더구나 조건이 전혀 다르다. 러시아군은 본국에서 자꾸만 병력이 증강되고 있는 데 반하여 일본군의 병력 보충은 그야말로 지난하였다.

크로파트킨은 그 성격상 적을 과대하는 경향이 있었으나 싸움을 거듭할수록 차츰 일본군의 실태를 알게 되었다. 그는 요양을 퇴각한 단계에서 “일본군은 줄잡아 20만 7천”이라고 단정했다. 이래도 과대평가한 숫자이지만 러시아군 쪽이 병력이나 화력에 있어 모두 우세하다는 것을 겨우 이 수재 장군은 알게 되었다.

러시아군의 전도에는 커다란 희망이 있었다.

——백 만을 북무 벌판에 집결시킨다.

러시아군의 ‘전도’를 구체화시키고 있는 것은 철도 대신인 힐코프 공작이었다. 이 인물이 시베리아 철도를 관리하고 군대 수송과 보급을 맡고 있었는데 그 능력은 러시아의 온갖 전사를 통하여 높이 평가받을 만한 것이었다.

그는 단선(單線)인 시베리아 철도의 수송력을 늘이기 위하여 피행선(避行線)을 증설하기도 하고 바이칼 호 우회선을 만들기도 하여 참으로 활발한 활약을 했다. '타임스'도 이 힐코프 공작의 수완에 경탄하여 이렇게 평했을 정도였다.

"일본군에 있어 크로파트킨 장군보다 더 무서운 장군은 문관인 힐코프 공작이다."

이 힐코프의 분투로 러시아군은 요양 회전에서 패배했으면서도 그 단계보다 더욱 병력이 충실히 증강되고 강대한 군대로 변모했다는 이상한 현상을 나타냈다.

"적은 싸울수록 강해지고 있다."

이것은 제1군 사령관 구로키 다메모토가 말한 감상이지만, 뒤집어 말하면 보급이 부족한 일본군은 한번 싸울 때마다 약해지고 있다고 말해도 좋았다. 일본군의 최대의 위기는 여순의 소모전을 안은 채 요양에서 러시아에 '이긴' 단계였을 것이다.

"땅을 얻었을 뿐이다."

요양에서의 일본군의 승리는 이렇게 말할 수 있을 것이다. 만주군의 참모인 이구치 쇼고는 이 점에 언급하여 이 당시 의견서를 쓰고 있다.

"아군이 지금까지 엄청난 선혈을 뿌리고 차지할 수 있었던 것은 땅이었다. 적 진지를 뺏는 일에 너무나 큰 희생을 치렀다."

그에 비해 적의 손해는 적다. 적은 거침없이 땅(진지)을 내놓고 다음 땅으로 옮기고 있을 뿐인 것이다.

"앞으로는 이래서는 안된다. 적의 주력을 섬멸하고 적의 세력을 압도하여 적이 다시 일어나지 못하게 하는 데에 싸움의 주안점을 두어야 한다."

이구치의 의견은 당연한 것이었다.

그러나 진지 고수주의인 러시아군에 대하여 공격측인 일본군은 항상 병력과 화력에서 약간 뒤지고 있다. 진지를 부수는 일만으로도 대출혈을 하는데 그 이상 러시아군을 쫓아 전과를 확대하고 적 주력을 섬멸한다는 것은 불가능했다. 이구치의 의견대로 하면 진지 보수주의인 적의 두 배의 병력과 화력을 갖지 않으면 안된다.

이구치의 의견서를 읽은 총참모장 고다마 겐타로는 이렇게 말했을 뿐이었다.

"바로 그대로이다."

이구치의 의견대로인 것이다. 일본으로서는 빨리 전쟁을 끝내지 않으면 국력이 바닥난다. 이미 요양의 단계에서 바닥이 드러나고 있는 것이다. 빨리 적의 주력을 섬멸하고 강화로 이끌어 가지 않으면 일본은 망할 수밖에 없다.

——일본은 전시 재정으로 망한다.

이것은 각국의 정설처럼 되어 있었으나 일본의 지도자들 자신이 그 점을 뼈저리게 알고 있었다. 고다마 겐타로는 천재적인 작전가인 동시에 이미 내무 대신도 지냈고 전장에 있어 대만 총독도 겸무하고 있는 정략가이며, 그의 두뇌와 의식은 한낱 군인의 그것이 아니라 국가 자체였다. 그는 일본이 어느 정도의 재력을 갖고 있고 어느 정도의 포탄 제조력을 갖고 있는가를 정확히 알고 있었다. 그러한 절대 조건을 모조리 안 후에 고다마는 현지에서의 작전을 생각하고 진척시키고 있다. 그가 전후 곧 꺾이듯 쓰러진 것도 이 전쟁에서의 노고의 결과임은 틀림없는 일이었다.

오야마와 고다마는 요양을 빼앗았을 때 엉덩방아를 찧듯이 군을 정지시키고 말았다.

——포탄의 축적을 기다린다.

이것이 주된 이유이다. 본국에서 쥐꼬리만큼씩 보내 오는 포탄을 꾸준히 저장하고 있는 것이다. 수도의 고장으로 실오라기처럼밖에 나오지 않는 물을 큰 물통에 채우려고 하는 것으로, 이 불안과 초조 속에서의 인내만큼 비참한 것은 없었다.

러시아의 힐코프 공작이 행한 시베리아 철도에 의한 대보급 작전은 그야말로 대러시아 제국답게 세계 전사에 유례가 없는 규모를 자랑하는 것이었으나, 반대로 일본의 현지군 수뇌인 오야마와 고다마가 무던히도 견디었던 포탄 축적의 인내라는, 소국의 가련함을 그림에 그린 것 같은, 더욱이 군인으로서는 너무도 비참한 이 인내도 크게 평가하지 않으면 안될 것이다.

일본군은 주춤했다.

이때 일본이 야전용 포탄만 충분히 보유하고 있었다면 러일전쟁은 일찍 끝장났을 것이다. 아무튼 병사들은 요양에 쳐들어간 시초인만큼 사기는 왕성했다.

"아군의 사기는 왕성하다. 이 시기에 지금 다시 한번 적에게 타격을 줄 수 있다면 얼마나 유리할지 모른다. 그러나 포탄의 결핍 때문에 그것을 할 수 없다. 참으로 애석하다."

이런 취지의, 말하자면 불평이라고도 할 전보를 고다마 겐타로는 대본영의 야마가타 아리토모에게 쳤다. 쓸데없는 넋두리였다. 고다마는 일본의 포탄 보급의 현황을 잘 알고 있었기 때문이다.

이 포탄 부족에는, 한편으로는 메이지 일본의 무리(無理)가 집약되어 있었다.

청일전쟁 뒤 장래 러시아와 충돌이 일어날 것을 예측하고 육해군이 정비되었으나 육군의 경우 해군의 전함에 상당하는 것이 사단이었다.

사단이란 육군의 상비 병단으로서 최대의 단위이다. 사단장은 중장으로 충당하고 병력은 일정하지는 않지만 2만 명 전후, 전시에는 2만 명 가까이 되는 수도 있다. 사단 밑에는 여단, 이어 연대, 그리고 대대로 단과 대가 나누어지지만 이 1개 사단을 갖는다는 것은 대단한 비용이 소요되었다.

일본은 13개 사단(그밖에 후비 7개 사단)으로 러일전쟁을 시작했다. 병력으로 말하면 20여만이다. 러시아의 경우, 군제가 다르기 때문에 일본의 사단 병력으로 환산하기 힘들지만 하여간 상비 병력만으로 2백만이다. 물론 그만한 병력을 유지할 수 있는 예산도 있고 그 병력에 걸맞는 포탄도 저장되어 있다.

그런데 덧붙일 것은 1개 사단을 갖는다는 것은 평시부터 그 사단이 전시에 사용할 포탄이라는 것을 저장해 둔다는 것이 원칙이었다. 해군으로 말하면 전함을 1척 갖는다는 것은 그 전함이 전시에 사용하는 포탄을 동시에 저장해 둔다는 것과 같은 것이다.

메이지 일본의 무리는 러일전쟁이 시작되기 전 8년간이라는 짧은 기간에 사단의 수를 두 배로 한 일이었다. 두 배로 하여 겨우 13개 사단이 되었다.

당시 일본의 국력으로서는 이것은 한도 이상의 것이어서, 증설된 사단은 전시에 필요한 포탄을 충분히 저장하기까지에 이르지 않았다.

그런데 러시아는 그 시베리아 철도에 의한 보급이 순조롭게 진척되고 있었고, 본국 군대가 계속 보내져서 이 연말에는 일본식으로 환산하면 35개 사단을 만주 벌판에 전개할 수 있는 전망이 섰다.

"오래 끌면 일본은 질 것이다."

미국의 테오도르 루스벨트 대통령이 이 말을 은밀히 말하고 있었던 것은 그는 이 동안의 보급에 관한 자료를 갖고 있었기 때문이리라.

일본의 현지군은 초조해졌다.

그러나 본국의 포탄 생산을 기다리고 1문당 일정한 포탄량이 저장되어 가는 것을 기다리지 않으면 대회전을 하려 해도 할 수 없는 것이다.

일본군은 그 국력의 빈약함 때문에 요양에서의 도약력(跳躍力)을 잃었다.

"아무튼 포탄을 저장해야 한다."

이런 점에 고다마는 작전의 중점을 좁히지 않을 수 없었다. 포탄을 저장하는 일이 작전이라는 이름에 상당할지 어떨지는 의문이다. 그것을 작전의 중점으로 하지 않으면 안될 만큼 일본이라는 나라에는 이만한 대전쟁을 수행할 능력이 없었다.

그런데 한쪽에서 진행중인 여순 공격에는 포탄을 떨어뜨릴 수 없는 것이다. 만주에서의 일본군의 고생은 주력 결전장에서 포탄이 크게 결핍되었을 뿐만 아니라 여순에 있어서 전에 없던 소모전을 계속하고 있다는 일이었다.

"포탄을 더 보내라."

노기군의 참모장 이지치는 고다마에게 성화를 대며 재촉하고 있었다.

"이래 가지고는 여순은 떨어지지 않는다."

이지치는 전보문 뒤에서 성내어 소리치고 있는 것 같았다. 사실 이지치가 말하는 것도 무리는 아니다.

사실 개전 전의 일본 육군에 근대전에 대한 상상력이 부족했었다는 것이 원인(遠因)의 하나였다. 이 때문에 야포(野砲) 1문에 대한 탄약 정량이라는 것이 일본에서는 겨우 36발로 되어 있다. 그것으로 충분하다고 생각하고 있었다. 그런데 막상 싸움이 시작되고 보니 36발 따위는 순식간에 써버린다. 적어도 5백 발은 갖지 않으면 유럽 육군에 대항할 수 없음을 알았다.

"도대체 만주군은 노기군을 어떻게 생각하고 있는가. 노기군이 갖고 있는 것은 야포 1문에 1발, 산포는 3발에 불과하다."

이것을 이지치가 고다마에게 전신으로 말해 온 것은 10월 16일이다.

"이것으로 총공격을 하라는 것은 무리다."

"적어도 1문 당 3백 발을 갖게 해주오."

이지치는 요구했다.

그런데 야외에서의 주력 결전을 앞두고 있는 고다마 쪽은 이 시기에 야포 1문에 대하여 1백 발도 갖고 있지 않는 것이다. 이것으로는 전쟁이 되지 않으며 어쩔 도리도 없다.

"노기군은 자기 생각밖에 하고 있지 않다."

이런 풀길없는 분노가 총사령부에 가득찼다. 고다마는 이지치에게 답전을 쳐서 말해주었다.

"귀군(노기군)에 포탄의 양이 충분치 않다는 것은 잘 알고 있다. 그러나 이 방면(주결전장)에서의 포탄의 결핍과 수요가 시급함은 귀군 방면과 비교할 바가 아니다. 그러므로 귀군에게만 야전 포탄을 보급하는 것은 불가능하다."

고 말해 주었다.

고다마는 노기군에 대하여 야포나 산포 대신 대본영에서 보내온 28센티 유탄포를 최대한으로 활용하라고 말했다.

이지치는 이 28센티 유탄포의 사용법을 충분히 연구하지 않았다. 보통 공성포처럼 사용했으므로 적에 대하여 심리적인 위협은 별도로 하고라도 실제 효과는 적었다. 본래 항내의 군함을 쏘는 데 사용해야 하는데, 요새를 사격하는 데 쓴 것이다. 이 포가 아무리 거포라도 요새 위에 덮어씌운 흙과 모래를 크게 솟아오르게 할 뿐이었다.

크로파트킨에게는 여러가지로 적의 힘을 과대 평가하는 버릇이 있었는데, 그토록 기세당당했던 일본군이 요양의 선에서 갑자기 조용해진 것을 보고 겨우 자기의 적이 어느 정도의 것인가를 알았다.

"일본군은 병력과 포탄 보급에 골치를 앓고 있다."

이렇게 단정했다.

바야흐로 공세를 전이(轉移)할 때였다. 개전 이래 늘 일본군에 주도권을 뺏기어 수동적이었던 그는, 이 기회야말로 자기의 주도권에 의하여 일본군을 공격하여 압도하고, 될 수 있다면 일본해로 쫓아 버리고 싶다.

병력은 충분하다.

요양에서의 손해는 적었다. 지금 보유하고 있는 러시아군만으로도 충분히 일본군보다는 우세한 데다가 본국에서 매일 아홉 열차씩 도착하고 있는 중

원군을 차츰 투입해 가면 빈혈 상태에 빠져 있는 일본군에 큰 타격을 가하기란 매우 쉬운 일이었다.

그리고 또 그는 '퇴각 장군'이라고 해서 궁정의 인기를 잃어 가고 있었다. 본국에서는 그를 총사령관의 위치에서 군사령관의 위치로 떨어뜨리고, 그에게 대항할 존재로서 그리펜베르그 대장을 만주에 보내려 하고 있었다.

지금이라면 그는 총군을 장악하고 있다.

──이 시기에 명예를 회복해야지.

이런 충동이 그의 마음을 조급하게 하였다.

그는 대공세로 전환하려 했다.

10월 2일 전환에 전군에게 감동적인 선언을 했다.

"몇 가지 작은 좌절이 있었으나 그래도 아군의 사기는 더욱 왕성하다."

"생각해 보면 과거에는 일본군을 격파할 만한 병력이 없었다."

사실과 어긋나 있다. 러시아군은 언제 어느 전장에 있어서도 일본군보다 병력과 화력이 우세했다. 그러나 크로파트킨이 요구하고 있는 병력은 일본군보다 다소 많다는 정도가 아니라 일본군의 세 배는 있었으면, 하는 것이었다. 대국의 전술이라는 것은 늘 그 위에서 성립하고 있다. 나폴레옹도 항상 적을 압도할 만한 병력과 화력을 기반으로 하여 그 전술을 수행했다. 크로파트킨의 요구는 결코 비상식이 아니라 그것이 전술로써의 상식이었다.

"아군은 예정대로 봉천의 새 진지로 퇴각했다. 이 퇴각으로 구로키군의 공격을 받고 최대의 곤란을 맛보았다. 온갖 장애를 배제하고 봉천에 퇴각할 수 있었던 것은 장하다고 할 수 있다."

"그런데, 이제"

크로파트킨은 말한다.

"우리 황제는 본관에 대하여 적을 격파하는 데 충분한 병력을 주었다."

그는 공격의 시기가 도래했음을 말하고 또한 여순을 용감하게 지키고 있는 우군의 용감성을 찬양하여 야전군 장병의 일대 분발을 촉구하였으며 최후로 말을 맺었다.

"신은 우리를 수호하신다. 승리는 의심할 바 없다."

이 크로파트킨의 러시아군에 비하여 일본군의 현상은 비참하다고밖에 말할 수 없었다.

요양전에서 이기기는 했으나 사상자는 2만 명을 넘어 그 보충을 기다리고 있었다.

보충이라 해도 일본은 본국에 현역병을 2개 사단(제7, 제8사단) 정도밖에 갖고 있지 않았으므로 전장에 보낼 수 있는 것은 서둘러 소집한 예비역들이었다.

병사는 노병이며 장교, 하사관의 질도 저하하여 이제는 저 요양에서의 일본군의 강력함을 바랄 수 없다.

게다가 이들 보충 병력에 넘겨 줄 소총이 없었다. 부득이 청일전쟁에서 사용했던 무라다식(村田式) 연발총이나 노획한 러시아총을 주었지만 노획한 총으로는 일본의 소총탄을 쏠 수 없어 이 보급에는 특별한 배려를 하지 않으면 안되었다.

——이미 일본군의 전력은 바닥이 났다.

이런 실감이 병사에 이르기까지 직접 피부로 느낄 수 있었다.

"가난은 전선의 사기에 영향을 미친다"고 생각한 것은 수상인 가쓰라 타로였다. 그는 마침 센다이 북쪽에 있는 게센(氣仙) 늪에서 함금률(含金率) 60퍼센트라는 금산이 발견되었다는 말을 듣고 물론 의심스러운 일이라고 생각하면서도 명령했다.

——만주의 총사령부에 그렇게 전해 주게.

"이것으로 제국의 군사비는 문제없다."

그는 이것을 전선에 유포시킴으로써 병사의 사기를 고무하려고 했다. 그야말로 가난한 나라다운 정략이었다. 그 꿈의 금산은 채굴량 40억 원(圓)이라 한다. 만약 그것이 사실이라면 러일전쟁의 군비를 충당하고도 남으며 사병은 풍족한 기분으로 싸울 수 있고 뒷걱정을 하지 않고 죽을 수 있다.

이 전언이 요양 정거장 부근에 있는 만주군 총사령부에 전해졌을 때, 막료들은 크게 기뻐했다.

곧 총참모장인 고다마가 오야마 이와오에게 보고하자 오야마는 싱긋 웃고는 그것을 받아들이지 않았다.

"그건 가쓰라 수상의 정략일 거야."

"비록 그 금산의 발견이 정말이라도 그 채굴에 수십억 원의 비용을 투입하지 않으면 안되므로, 이 전시하에 그만한 재력을 그러한 방면에 할애할 수 있으리라 생각합니까? 하하, 가쓰라 수상의 우스갯소리라 생각하고 들어

두면 됩니다."

고다마도 웃었다. 내심으로는 '과연 총사령관이다' 하고 생각했다고 한다.

또 일본군의 더욱 불쌍한 꼴은 이 당시 일본의 국민병(國民病)이라 불리고 있었던 각기(脚氣)가 전군에 퍼지기 시작하고 있는 일이었다. 사단에 따라서는 이미 1천 명의 각기병 환자가 있어 심한 증세의 사병은 도무지 총을 쥐고는 싸울 수 없었다.

게다가 포탄이 극도로 결핍되어 있었다.

그럴 때 마침 10월 4일 구로키군이 봉천에 잠입시켰던 중국인 간첩이 돌아와서 일대 경보를 전해 온 것이다.

"봉천 전선에 머물고 있던 러시아군이 대거 남하 행동을 일으키고 있다."

구로키의 참모 장인 후지이 시게타는 곧 만주군 총사령부에 급히 보고했다.

──러시아군이 남하 행동을 개시했다.

이 경보를 들은 일본의 총사령부는 그 대책에 망설였다. 대책이라는 표현은 전쟁 용어로는 우습지만 이 경우의 일본군 수뇌의 당황함──이라 할 수 있을 것이다──에는 그것이 적합하다.

솔직히 말해서 지금까지의 러시아군의 방식으로 보아 이러한 적극적인 행동으로 나올 줄은 몰랐다. 생각하지 않았던 것은 아니지만 일본군 수뇌로서는 러시아군이 이러한 작전으로 나오지 않도록 비는 듯한 기분이었던 것이다.

그러나 그것이 현실이 되어 나오고 말았다.

──어떻게 할 것인가.

총사령부는 망설였다.

물론 재래의 일본군의 작전 감각으로 보면 적의 움직임에 앞서도록 크게 도약하여 적극적으로 총공격에 나갈 것이었다. 항상 선제(先制)와 맹렬한 공격으로 일본군은 우위를 차지하여 왔기 때문이다. 그러나 지금은 그것을 할 만한 병력과 포탄이 없다.

사수할 것인가.

이미 요양의 선에서 그러한 형태는 취하고 있었다. 각 사단마다 참호를 파고 전면에 철조망을 둘러치는 등 일본군으로서는 처음으로 취하는 수비 태세였다.

이보다 앞서 보병 제33연대(미에 현 : 三重縣)의 연대장 후지모토 타로(藤本太郎)라는 대령이 총사령부에 찾아와서 참모인 마쓰카와 도시타네 대령(미야기 현 출신)과 면회하자 똑바로 선 채 말하기 시작했다.

"의견을 자세히 보고하고 싶은데."

후지모토 대령이 말하는 것은, 이미 일본의 국력으로서는 이 요양까지이다. 더 욕심을 부려서 봉천에서 한바탕 회전을 한다면 그 소모는 이번의 요양 회전 이상으로 크고 그 상처를 보충할 능력도 몹시 쇠퇴할 것이다. 그러므로 이 요양에서 강력한 방어 진지를 만들고 적을 요격하는 것이 좋다, 고 했다. 그런데 이 후지모토의 이견에는 전략론이 붙어 있다. 러일전쟁은 원래 한반도에 대한 러시아의 위협을 배제하기 위하여 일어났다. 그러므로 앞으로 한반도에 4개 사단 정도의 병력을 가져가서 반도를 방어한 뒤에는 외교로 처리하면 된다, 는 것이었다.

"자네는 여러가지 말을 다 하는군."

마쓰카와 도시타네는 언짢은 표정을 지으며 말했다. 마쓰카와는 고다마가 그 막료 중에서 가장 신뢰하고 있는 참모였다.

"자네는 연대장이야. 연대장은 명령에 따라 용맹스럽게 매진하기만 하면 된다. 의논은 필요 이상의 일이야."

후지모토는, 나는 연대장의 직무를 소홀히 하고 있는 건 아니다, 명령이 있으면 언제라도 물불을 가리지 않고 뛰어들 작정이다, 단지 이것은 나 개인적인 의견이므로 참고로 말했을 뿐이다, 라고 말하고 가버렸다.

확실히 일본과 일본군의 현실을 냉정히 관찰하면 후지모토가 말하는 것은 옳았다.

그러나 일본의 현실만을 계산할 필요는 없었다. 적에게도 복잡한 현실이 있고 그 양자가 전쟁이라는 비정상적인 사태 속에서 얽혀 있다. 현실에서 비약하여 적극적으로 나가면 또 그런 대로 국면이 어떻게 변화할지 모른다. 마쓰카와 도시타네는 적극파였다.

이 긴박한 사태 속에서 가장 불리했던 것은 총참모장인 고다마 겐타로가 요양을 비우고 있었던 일이었다. 고다마는 여순이 처리되지 않는 원인의 하나가 노기군 사령부의 작전 능력이 빈곤함에 있다고 인정하고 9월 중순부터

20여 일이라는 장기간 동안 그 위치를 떠나 여순에 가 있었다. 여순에서 노기 마레스케와 이지치 참모장의 직권을 일시 그가 맡아 스스로 지휘하여 작전 방침이나 공격 부서의 재편성을 달성했던 것이다.

이 일이 여순 요새를 함락케 하는 속도로 크게 촉구했던 것이지만 중요한 주결전장에서의 그의 일이 등한시되고 말았다.

그의 부재중, 러시아군 남하라는 대경보가 오야마 이와오의 총사령부를 전율시켰던 것이다.

고다마가 부재중이었기 때문에 참모들의 의견이 두 갈래로 갈라져 수습할 수 없게 되었다.

대령 마스까와 도시타네는 주장했다.

"적극 공세 이외에 활로는 없다."

러시아군에 남하의 징조가 있다 해도 첩보를 종합하면 아직 충분한 준비가 갖추어져 있지 않은 것 같다, 적의 준비가 되어 있지 않은 동안에 신속히 공세를 취하여 전진해야 한다고 마쓰카와는 설명했다.

그러나 소장 이구치 쇼고는 주장을 양보하지 않았다.

──그건 위험하다.

이구치 안(案)으로는 우리 진지를 견고히 하여 적을 진지 앞으로 끌어 들여 이것을 화력으로써 크게 치고 나서 공격으로 전환한다는 것이었다.

오야마 이와오는 내심 당황한 모양이다.

"싸움은 전부 고다마에게 해달라고 할 작정이다. 그러나 지는 싸움이 되면 그건 할 수 없지. 내가 나가서 지휘한다."

그는 출정할 때 이렇게 말했었고 지금까지 계속 그 방침을 취해 왔던 것인데, 그 고다마가 부재중이기 때문에 오야마 자신이 이 중대한 문제를 결정하지 않으면 안되었다.

그 자신은 마쓰카와 대령의 의견에 마음이 끌리었던 모양이다. 그러나 마쓰가와가 어느 정도의 기초로써 그러한 의견을 주장하고 있는가를 알고 싶었는지, 자기 방에 불러 자세히 물었다.

한편 오야마는 여순에 있는 고다마의 귀환을 재촉하고 있었다.

고다마가 요양의 총사령부로 돌아온 것은 10월 6일 오전 6시였다.

그는 곧 모든 상황을 머리에 넣었으나 20여 일간의 부재는 그의 두뇌의 사고 리듬을 중단시키고 말아서 여느 때와 같은 명민함이 전혀 없었다.

이튿날 7일——경보가 들어온 지 이미 사흘 째였다. 고다마 앞에서 막료 회의가 열렸다.

이 회의에서도 이구치 소장과 마쓰카와 대령의 주장은 팽팽히 맞서 서로 양보하지 않고 언제 끝날지 모를 회의가 되었다. 적을 앞에 놓고 이토록 밑도 끝도 없는 회의가 계속된다는 것은 그 기민성으로 이름난 일본군 총사령부로서는 전에 없는 일이었다. 전사상(戰史上) 이처럼 긴 회의를 한 예가 없었다.

고다마는 아직도 결정을 하지 못했다.

고다마 겐타로는 여순의 노기군을 찾아가지 않았어야 했을지도 모른다. 그는 어디까지나 주력 결전의 총참모장으로서 항상 있어야 할 위치에 있어야 했다.

——고다마는 여순에 가서 머리가 멍청해졌다.

이 일을 참모 몇 사람이 수군댔다. 지금 적의 대군이 봉천에서 남하하고 있다는데, 여느 때라면 상황의 본질을 통찰하고 재빨리 써야 할 수를 생각하는 이 인물이 무슨 일인가에 사로잡혀 있는 것이다.

작전이라는 두뇌의 작업에서나 또는 극히 단순한 작업에서도 인간은 리듬으로 움직이고 있는 것 같다. 사고에도 리듬이 있다. 그것을 며칠이나 중단해 버리면 리듬이 쉽게 되살아나지 않고 본래대로 되돌아가는 데 다소의 시간이 걸리는데 이런 경우의 고다마가 그러했다. 이 절박한 때에 와서 고다마는 개전 이래 비로소 그 머리를 젖빛 유리처럼 불투명하게 만들어 버렸다.

단지 그것뿐인 것이다.

그러나 다시 말해 고다마의 머릿속에 사로잡힌 의식을 채워넣은 것이 있다고 한다면, 그것은 여순 공위전(攻圍戰)이 고다마가 상상하고 있었던 이상으로 참담한 상황 아래 있는 일이었다.

돌이켜 생각해 보면 일본군의 조직에 다소 무리가 있었다. 여순 공격을 담당하는 노기군만은 도쿄의 대본영 직속으로 했어야 했다.

그것이 오야마, 고다마의 명령 계통에 속해 있다. 오야마, 고다마가 할 것은 만주 본부에서의 주력 결전이며, 이것만으로도 힘에 겨운 데다 여순은 다른 방면에 있고 게다가 그 일은 요새 공격이라는, 야외 결전과는 전혀 다른 종류의 일이다. 그것을 오야마, 고다마가 동시에 해치우는 것은 신의 조화가 아닌 한 불가능하다.

이 때문에 결국 여순은 노기군이 하는 대로 맡기는 결과가 되었다. 그것이 바로 이 참상이다.

"노기 각하는 뭘 하고 있는 건가?"

"이지치 참모장의 어리석음도 참 딱하다."

만주군의 막료들 사이에서도 그러한 험담으로서의 비판이 나올 정도여서 그 이상의 뒷바라지를 할 여유가 없는 것이다.

그리고 만주군으로서는 야외 결전 때문에 매우 바빴다. 또한 병력도 포탄도 모자랐다.

"노기군이 빨리 여순을 함락하고 참가해 주었으면."

이것은 비명을 올리고 싶을 정도의 소망으로 되어 있었다. 병력이 부족한 일본인으로서는 그만한 대군이 여순에 못박혀 있다는 것은 도저히 전쟁 수학에 맞지 않는 일이었다.

이 때문에 고다마는 독려(督勵)하러 갔었다.

고다마의 여순행은 그 뒤 두 번 행해진다. 이 9월부터 10월초에 걸쳐서의 독려가 제일회였다. 이 제일회에서 고다마는 현황을 알았을 뿐 무엇을 해야 좋을지 하는 계획까지는 세우고 있지 않았다.

만주의 10월은 이미 춥다. 노기군을 독려하던 중 오야마에게 소환을 받은 고다마는 요양으로 돌아가는 기차 속에서 자꾸 추위를 느꼈다.

이윽고 겨울이 온다.

싸움은 동결되지 않을 수 없으리라.

'정말 일본은 이길 수 있을까.'

불안이 쉴새없이 그의 뇌리를 스쳤다.

이미 8월 13일, 러시아 황제는 극동에 파견할 대함대의 사령관을 결정했다. 니콜라이 2세가 충심으로 신뢰하고 있는 시종무관이 임명되었다. 해군 중장 로제스트벤스키였다. 그는 임명되는 동시에 이 세기적인 대원정의 준비에 착수했다.

일본 해군은 초조했다.

"여순을 빨리 함락시켜 달라."

해군은 육군에 대하여 비명 같은 요청을 되풀이하고 있었다. 고다마는 그 때문에 겸사겸사 노기군의 사령부에 가서 노기나 참모장 이하와도 의논하고 현지도 둘러 보았다. 그간 제2회의 여순 총공격이 행해졌으나 그저 헛되이 피와 쇠를 소비했을 뿐 적에게 큰 손해를 주기에 이르지 못하고 완전히 실패했다.

고다마는 그 의식 속에 여순 공략의 참상과 실패를 질질 끌면서 요양으로 가는 차 속에 있었다.

사태가 급한 것은 여순만이 아니다.

만주에 있는 일본 육군을 둘러싼 환경의 전부가 시시각각으로 변화하고 있는 것이다.

9월 26일에는 시베리아 철도의 바이칼호 우회선이 개통되어 러시아군의 보급력이 훨씬 높아졌다. 보급을 가지고 전쟁의 제일 요소로 하는 유럽식의 사고법은 러시아군이 특히 강했다.

크로파트킨은 이 재만 러시아군의 대증강에 기세등등하여 10월 2일 전군에 선언했다.

"이제 전진을 위한 충분한 병력을 가졌다."

여담을 좀 해야겠다.

러시아군은 적보다 두 배 내지 두 배 반의 병력과 화력을 갖지 않으면 공세로 나오지 않는다는 작전 습성을 갖고 있다. 이것은 러시아군이 겁장이여서가 아니다.

적보다도 다대한 병력을 집결하여 적을 압도하고 격멸한다는 것은 고금 동서를 통하여 상승 장군이라 불리는 자가 확립하고 실행해 온 철칙이었다. 일본의 오다 노부나가도 젊었을 때의 오케 골짜기(桶狹間)의 기습의 경우를 예외로 하고, 그 후는 전부 이 같은 방법을 썼다. 노부나가의 무서운 점은 그러한 것이리라. 그는 그 생애에서의 최초의 첫출발을 '과(寡)로써 중(衆)을 제압한다'는 식의 기습 전법으로 시작했음에도 그 후 한 번도 자기의 그 성공을 다시 모방하지 않았다는 것이다. 오케 골짜기 기습은 백에 하나 있을 성공사례라는 것을 누구보다도 실시자인 노부나가 자신이 알고 있었던 점에, 노부나가라는 사나이의 위대함이 있었다.

일본군의 러일전쟁의 단계에서는, 매우 다급해져서 일어선 오케 골짜기 때와 같은 상황의 싸움이며, 고다마의 고심도 거기에 있고 늘 과(寡)로써 중(衆)을 부수는 일에 부심했다.

그러나 그 후의 일본 육군의 역대 수뇌가 얼마나 무능했는가, 하는 것은 이 러일전쟁이라는 전체가 '오케 골짜기'적 숙명에 놓였던 싸움에서 승리를 얻은 것을 선례로 해버렸다는 것이다. 육군이 붕괴할 때가지 일본 해군은 오케 골짜기 식으로 시종했다.

좀 더 여담을 계속하고 싶다.

육전(陸戰)에 있어서의 러일전쟁은 전체적으로 오케 골짜기 때와 같은 상황과 숙명과 요소에 차 있다는 것은 이미 말했다. 이것이 의외로 성공했다.

그것이 성공한 데서 붙은 재미에 의해 러일전쟁 후의 일본 육군의 체질이 만들어져 버렸다는 것은 정말 우스운 일이라 아니 할 수 없다.

러일전쟁에서의 일본 육군은 포탄이 만성적으로 결핍되든가, 또는 기관총이라는 신병기를 후기에 아주 근소하게 가졌다는 점에서는 모자란 데가 있지만 그 밖의 장비에서는 세계 제일류의 육군이었다고 해도 좋다.

그 후 1945년에 이르기까지 일본 육군은 장비상으로는 2류였으며, 그 이상이 된 일조차 없다.

"러일전쟁은 그런 식으로 싸웠다."

그러한 고정 관념이 본래 군사 전문가이어야 할 육군의 고급 군인의 머리를 계속 차지하고 있었다. 오다 노부나가가 자기의 성공 체험인 오케 골짜기의 자기 모방을 하지 않고, 늘 적의 2배나 되는 병력을 모아 그 보급을 충분히 한다는 것을 계속해 왔던 것을 상기하면, 러일전쟁 이후의 일본 육군의 수뇌들이라는 것은 과연 전문가라는 고도의 호칭을 주어도 좋을지 의심스럽다. 그 점에 대해서는 1939년 소만 국경에서 행해진 일본의 관동군과 러시아군과의 한정된 전쟁에서 입증되었다.

이 당시의 관동군 참모의 능력은 러일전쟁에서의 참모보다도 군사 지식은 풍부하면서도 작전 능력이 훨씬 모자랐다는 것은, 이미 군조직이 관료화되어 있어 더구나 그 관료 질서가 아주 노화되고 있었기 때문일 것이다.

당시 소련은 소만 국경에서 분쟁을 일으키려는 의도가 있어 계획적으로 이 사건을 일으켰다. 관동군은 이미 알아 채고 있었으나 사변이 일어난 후에도 계속 소련군의 실력을 경시하고 그 보급 능력을 과소평가했다.

보급 능력을 과소 평가한 이유는, 이 전장은 철도에서 2백 킬로 이상이나 떨어져 있다는 것으로 작은 병력밖에 소련군은 집결하지 못하리라고 관동군은 생각했기 때문이었다. 거짓말 같은 이야기이지만 관동군 참모의 상상력의 빈곤함은 소련군이 트럭이라는 것으로 수송한다는 것을 상상하지 못했던 것이다. 당시 일본 육군은 철도 이외의 수송은 인마에 의하여 행한다는 것이 원칙이며 자동차라는 것을 군용으로 사용한다는 지혜가 그다지 퍼져 있지 않았다. 자기의 병참 방식으로 적의 병참 상태를 상상하여 적의 병력을 계산했던 것이다. 그런데 소련은 자동차를 최대한으로 사용하여 수송하고 보급했다.

일본군은 이 전쟁에서 적의 두 배나 되는 병력을 투입했다. 그런데 그 보병 장비는 러일전쟁 때에 비하여 그다지 진보해 있지 않았다. 한편 소련군은 러일전쟁 때에 비하면 군대 자체의 조직법까지 일변시키고 있었다. 보병을 군의 주력으로 한다는 것이 일반적인 상식이었는데, 전차를 주로하는 군대를 만들어 내고 있고 보병은 그것에 협동할 뿐이었다. 게다가 포병력을 비약적으로 향상시켜 강력한 화력 구성에 의하여 전투를 진행시키는 방법으로 바꾸어 버렸다. 이와 반대로 일본 육군의 수재들은 정치를 좋아하여 정신력을 찬미하는 것으로 군대가 성립한다고 믿고 있었기 때문에, 일본 육군의 장비는 러일전쟁의 연장선상에 있었음에 불과하고 그 결과는 명료했다. 사상률 73퍼센트라는 공전(空前)의 대배를 맛보고 패퇴한 것이다.

여담이 지나쳤다.

이야기의 시점을 여순에서 요양으로 돌아간 고다마 겐타로에게로 돌려야겠다.

이 시대의 군인의 사회에는 번벌(藩閥) 인사(人事) 같은 것은 있었으나 아직 관료적인 하루살이 생활의 감각이 없고 사물을 결정하는 데에도 다른 것을 되돌아보고 관료적인 질서 감각으로 사물을 처리해 가는 그러한 데가 없었다. 고다마는 스스로 생각한 것을 자기 책임으로 하고 행할 수 있었다. 고다마 개인이 국가의 안위라는 것을 수사(修辭)로서가 아니라 구체적으로 짊어지고 있었다. 그점에서 쇼와 시대의 군인과는 전혀 다른 딴 나라의 사람 같았다.

단지 그러한 책임의 무거움이 고다마라는, 다섯 척이 될까말까한 작은 사나이의 신경을 때로는 견디기 힘들게 만들었다. 단지 고다마는 천성이 쾌활한 데다가 콤비인 오야마 이와오가 늘 뒷받침이 되어 그의 신경을 감싸주기 때문에 나날을 그럭저럭 견딜 수 있었다.

그러한 고다마도 요양으로 돌아간 그 당장에는 어떻게 작전을 세워야 할지 몰랐다.

러시아군은 크게 증강되어 있다. 일본군은 병사의 수와 질, 그리고 포탄의 양에 있어 이전보다도 훨씬 적어져 있었다. 수비로 전환하려 해도 이 넓은 평원에서는 천험(天險)에 의거한다는 방법도 없다. 이러한 정세 아래에서는 고금의 어떤 명장이라도 방책이 없음에 틀림없다.

참모들의 의견은 둘로 갈라지고 있었다. 이미 언급한 바와 같이 수비에 역점을 두는 소장 이구치 쇼고의 안과 선제 공격에 역점을 두는 대령 마쓰카와 도시타네의 안이었다.

고다마는 요양 귀임(歸任)과 동시에 그 둘 중에서 하나를 택하지 않으면 안된다.

그와 오야마는 선제 공격 쪽으로 마음이 기울어지고 있었다. 적은 병력과 빈약한 화력밖에 갖고 있지 않은 이상 일반론으로서는 선제 공격이 좋았다. 과거의 전투에서도 늘 이것으로 이겨 왔었다.

고다마는 결정을 못내리고 거의 제비를 뽑는 기분이었다. 자기 참모 이외의 다른 인물의 의견을 듣고 싶었던 것이다.

'후지이와 우에하라를 부르자.'

그는 이렇게 생각했다. 소장 후지이 시게타는 구로키군의 참모장이고, 소장 우에하라 유사쿠(上原勇作 : 구 사쓰마 번 출신)는 노즈군의 참모장이다. 둘 다 아키야마 요시후루와는 육군 사관학교에서 육군 대학교에 걸친 동기생이다.

후지이 시게타라는 사나이는 사물에 대하여 늘 명쾌한 대답을 갖고 있는 사나이였다.

"요양이라는 땅은 북에서 오는 적에 대해서 방어하는 데 극히 불리한 지세입니다. 적극적으로 공격하는 이외에 다른 활로가 없습니다."

우에하라는 후지이에 비하여 날카로운 맞은 좀 없지만 역시 출전 공격밖에 없다는 설을 들고, 그 이유를 들었다.

"지금 장병들의 사기는 극히 왕성하다."

고다마의 결심은 이 두 사람의 의견을 듣는 것으로 결정되었다.

오야마, 고다마 총사령부에서 각 군에 대하여 적정의 변화에 대처하기 위한 명령이 내려진 것은 겨우 6일 한밤중이었다.

그 명령을 요약하면 별로 이렇다 할 것은 없다.

"전군 대기 진지에 가라."

이 명령이 우스운 것은 도대체 공격하라는 것인지 방어하라는 것인지 그 점이 명확하지 않다. 단지 위치로 돌아가라는 것이다.

거기에 고다마의 주저가 짙게 나타나 있었다. 고다마는 일단 공세에 마음을 결정했다고는 하나 아직 공격 개시까지는 '놀이'의 단계를 설정하려고 하는 것이 이 명령에 잘 나타나 있다. 옛부터 애매한 명령은 군대 지휘에 있어 최대의 금물로 되어 있다.

그 점은 고다마도 잘 알고 있었다.

더구나 고다마라는 사나이는 성격적으로 지나치게 경쾌하리만큼 결단이 빠른 사나이인 것이다.

그러나 인간이라는 것은 늘 한 가지 성격으로 행동하는 것은 아니다. 이 시기의 고다마는 천재적 작전가라는 것이 아니라 범용하고 아주 피로한, 한낱 노인이라는 인상밖에 들지 않았다. 좀더 말하면 그의 천성인 명쾌함이 이 시기에 상실되어 있었던 것은 여순에 잠시 있었다는, 여행에서 돌아온 뒤의 멍청함만이 아니고, 포탄이 극도로 궁핍되어 있다는 것도 큰 이유였다. 물량의 부족이라는 이 치명적인 결함이, 인간의 정신 활동을 얼마나 둔화시키는가 하는 것을 실험한 것과 같은 것이 이 시기의 고다마의 정신 상태에서 엿볼 수 있다.

그런데 포탄 부족이라면 이 시기 일본 본토의 포탄 제조 능력이 필요량의 절반도 충당하지 못하고 게다가 여순 요새 공격 때문에 당시의 일본 육군의 상상력을 훨씬 넘은 대량 소비가 행해지고 있어 앞으로는 더욱 더 필요했다. 특히 여순에서는 공성용 중포의 포탄을 필요로 했다. 이 때문에 대본영은 큰 결심을 하고 조치를 취했다.

"당분간 야포 산포의 포탄 제조를 중지하라."

생산력이 부족한 이상, 보다 절박한 것을 만들 수밖에 없었다.

"이 때문에 10월 15일까지는 야포탄을 제조할 수 없음."

이런 전보가 도쿄의 대본영에서 만주군 총사령부에 들어와 있었다.

그렇다면 요양 회전 이후의 만주 본부에서의 결전이 더욱 더 곤란해진다.

"가난하면 둔해지는 법이야."

고다마는 자기 두뇌가 회전하지 않는 데에 스스로 어이없어 하며 적극 공격론자인 마쓰카와 도시타네 대령에게 가만히 속삭였다.

이런 애매한 명령을 내린 것은 10월 6일이다.

그런데 뜻밖에도 다음다음 날인 8일이 되어도 적이 일본군의 전선에 접촉해 오지 않았다. 러시아군 남하라는 것은 혹시 허위보고가 아닌가, 하고 고다마는 의심하기 시작했다.

적도 괴이하다.

──적의 남하가 중지되고 있다.

오쿠군의 좌익에서 방어와 정찰 활동을 계속하고 있는 아키야마 기병 여단장으로부터 이런 정보가 들어왔다.

"적의 제일선은 강대인산(康大人山), 망가고(蟒家故), 판교보(板橋堡)의 선에까지 진출하고 그 후 정지하고 있음."

이것은 총사령부에서 종합한 적정(敵情)이었다. 게다가 적은 그 정지선에 있어 진지(陣地) 공사를 시작하고 있다 한다."

"무슨 뜻인지 모르겠군."

고다마는 적의 의도를 추측하기 어려웠다. 적이 있는 그대로의 기세로 해일 같이 밀어닥친다면 이때 공수 중 어느 쪽을 택할 것인가로 망설이고 있던 일본군은 틀림없이 그 방어선이 끊기고 말았을지 모른다.

일본군의 패전이 될 것은 틀림없었다. 생각해 보면 오야마는 막료들을 이끌고 일본을 떠날 때 말했다.

──싸움의 지휘는 전부 고마다에게 맡깁니다. 단지 지는 싸움이 될 때에는 내가 나가 지휘할 것입니다.

이렇게 유명한 말이 아마 실현되었을지 모른다. 이기는 싸움은 모두 고다마의 공로로 돌리고 만다는 것이 오야마의 일군의 총수로서의 대범함이었다. 단지 전투가 치열해지고 전 전선이 패색으로 무너지기 시작할 때, 아군을 대붕괴에서 어떻게든지 구하는 유일한 길을 총대장의 기량에 있다는 것은 고금 동서에 변함이 없다. 그러자면 전군에게서 소위 군신(軍神) 같은 신앙을 얻고 있는 인물이 필요했다. 그것이 산 같이 움직이지 않고 장병에게 전도의 희망을 갖게 하면서 고무하고 어디까지나 침착 호담하게 적절한 지휘 능력을 다해 가는 인물이 바람직하다. 오야마는 거기에는 자기 쪽이 고다마보다 적합하다는 것을 알고 있었다. 오야마와 고다마는 그러한 콤비이며, 오야마라는 인물은 "이기고 있을 때는 나는 필요없다"고 마음으로부터 그렇게 생각하고 있는 사람인 것이다.

오야마는 사이고 다카모리(西鄕隆盛)의 사촌 아우이며, 이웃에서 태어나 소년 시절부터 그 영향을 받고 청년기의 막부 말기에는 늘 사이고의 신변에서 그의 손발이 되어 일했다. 장군이란 무엇인가 하는 모델은 오야마에게는 사이고 이외엔 없었다.

그런데 문제는 적의 상태다.

"진지 구축을 시작했는가?"

고다마로서는 이것이 놀라움인 동시에 기쁨이었다. 적은 당장에는 오지 않을 것이다.

이 크로파트킨의 수상한 행동에 대해서 러시아군 전속의 독일인 관전 무관인 폰 테프타프는 후년에 "왜 그대로 남하하여 진격하지 않았을까. 크로파트킨의 의중은 이해하기 곤란하다"고 말했던 모양인데, 크로파트킨에게는 그 나름대로의 이유가 있었다.

그는 동부 병단과 서부 병단의 양익을 갖고 있었는데 동부쪽이 일본군을 포위하기 위하여 우회 행동을 취하고 있었고, 그 때문에 예정된 전장에 나타나는 것이 늦어지고 있었다. 서부 병단만이 진군하고 있었다. 그 보조를 맞추기 위해 서부 병단에 진지를 만들게 하여 대기시켰던 것이다. 크로파트킨은 어떤 작전에서도 완전주의자 특유의 버릇을 보였다. 원칙적으로 한다면 서부 병단으로 일본군을 습격하게 하여 돌파하고 그 후방으로 나간 다음에 동부 병단을 움직여 협격(挾擊)으로 나가야 할 터인데 그러한 작전은 이 수재에게 있어서는 무모한 모험에 불과한 것 같이 여겨졌다.

이 시기에 고다마 겐타로가 얼마나 망설이고 판단과 결단 능력을 잃어버리고 있었나 하는 것이 모두들 보기에도 안타까웠는지 나중에 말했다.

──그때를 전후해 이 사람은 딴 사람 같았다.

그가 나대대(羅大臺)에 있는 구로키군 사령부에서 각 군의 참모를 소집했을 때에도 구로키군의 참모인 후쿠다(福田)라는 중령은, 공세를 주장하는 마쓰가와 도시타네에 찬성하여 아직도 결정하지 못하고 있는 대장 고다마 겐타로에게 다가서며 이렇게 말했다.

"각하, 뭘 생각할 게 있습니까? 지금 만약 적을 우리 진지 앞으로 끌어들이려는 안(이구치 쇼고의 방어안)을 채택하신다면 우리 제1군(구로키군)은 본계호(本溪湖)의 진지를 버릴 수밖에 없습니다."

그 이유는 구로키군이 전개하고 있는 진지의 현황은 횡일선(橫一線)이 아니라 너무 들쭉날쭉 하므로, 그것을 한 선으로 나란히 놓기 위하여 돌출부인 본계호 진지를 적에게 내주고 후퇴하지 않으면 안된다는 것이다. 후쿠다는 구로키군의 참모이기 때문에 고다마와 같은 전체에 배려보다도 구로키군의 처지에 민감했다. 그러나 후쿠다가 말하는 것은 그 나름대로 이치가 맞는 말이었다. 적을 향하여 돌출하고 있는 강력한 진지를 함부로 포기하는 것은 작전상의 이익이 아니라 전군의 사기에도 관계되는 일이었다.

"상황은 이미 이렇습니다. 공격한다면 지금부터라도 공격을 해야 할 텐데 이 시기에 이르러서도 아직 공수(攻守) 양안(兩案) 사이를 계속 동요하고 계시다니, 그래도 국가 존망의 대임을 짊어지고 계시는 총참모장이십니까?"

증오가 가득 찬 얼굴로 심하게 힐난했기 때문에 성미가 급한 고다마도 화를 벌컥 내고 육군 대장답지 않게 고작 중령을 상대로 의자를 박차고 벌떡 일어났을 정도였다.

"자네는 싸움을 걸 작정인가?"

공격하기가 가능할 정도의 군대와 포탄만 있다면 고다마는 이토록 고생은 하지 않는다.

그 뒤 고다마는 겨우 결심하고 말했다.

"총군은 내일부터 공세로 전환하자. 그것을 지금부터 총사령관 각하(오야마)에게 자세히 보고한다."

후쿠다는 또다시 외쳤다. 후쿠다로서는 같은 공세로 전환하는 거라면 왜 '내일'로 해야 한단 말인가, 지금 당장 공격 명령을 내려야 할 것이 아닌가, 하는 것이었다.

"자, 당장 명령을 내려 주십시오."

다가섰을 때에는 후쿠다의 안색이 굳어졌다. 고다마의 수행원으로서 호걸로 이름 높은 소장 후쿠시마 야스마사(福島安正 : 정보참모)가 당황하여 후쿠다의 소매를 잡고 저지했을 정도였다. 나중에 후쿠시마가 이야기하고 있다.

"그때의 후쿠다의 안색은 자칫 잘못하면 군도를 뽑으려고 할 정도의 것이었다."

그러나 고다마의 결단은 아마도 이 후쿠다의 안색 덕택으로 정해진 것 같았다.

그러나 이 자리에서는 아직 명령을 내리려고 하지 않았다.

고다마가 결단한 것은 이날 총사령부에 돌아와서였다.

그래도 아직 고다마는 심리적으로 주저하고 있었던 증거로 여느 때라면 서슴없이 오야마 이와오의 방으로 가서 "이렇게 합시다" 하고 또렷하게 말했을 것이 틀림없지만, 오야마의 방을 찾아가지 않았던 것이다.

고다마는 군인으로서 오야마를 완전히 존경하고 있었고 총사령관이란 어떠한 것인가 하는 것도 고다마만큼 잘 알고 있었던 자는 없었다. 그러한 오야마에게 보좌역인 자기의 심리적 동요가 있는 표정을 보이고 싶지 않았던 것이다. 오야마는 총대장인 이상, 명경(明鏡) 같이 티 없는 심경으로 명령을 내릴 입장에 있었다. 고다마로서는 자기가 아무리 주저하더라도 오야마에게는 주저하는 심리를 일으키게 해서는 안된다고 생각했다. 고다마가 오야마의 방에 가지 않았던 것은 '오야마 사령관이 내 표정의 의미를 민감하게 알아 채고 영향을 받지나 않을까' 하고 생각했기 때문이었다. 보좌관의 심리가 주장(主將)에게 민감하게 감염된다는 것은 극히 일반적인 경우에도 많다. 하물며 이 명령을 내리는 순간에는 일국의 운명이 걸려 있다. 오야마가 동요하는 일 없이 단호한 태도로 있어 주기만 하면 심리의 묘한 점으로, 공중으로 전파가 전파되듯이 전군 병사의 심리에 영향을 주는 것이다.

고다마가 직접 가지 않고 참모인 마쓰카와 도시타네 대령을 자기 방에 불러 그로 하여금 가게 하려고 한 것은 그러한 배려에 의한 것이었다.

선임참모인 이구치 쇼고 소장을 부르지 않고 대령인 마쓰카와를 부른 것은 마쓰카와가 적극적인 공세론자였기 때문이었다. 마쓰카와의 기백이 오야마에게 감염되기를 고다마는 바랐다.

마쓰카와가 왔다.

고다마는 앉아 있었다. 고다마는 탁상에 작은 종이 조각을 놓고 말했다.

"지금부터 명령안을 전한다. 그것을 필기하여 총사령관 각하의 재결을 받으라."
고 말했다.

고다마는 구술했다.

"적은 혼하(渾河)의 좌안에 집결중에 있음."

우선 적정(敵情)을 말한 다음 총사령관의 결심을 말했다.

"아군은 적이 완전히 집결을 끝내기 전에 이를 격파하려 함."

그것이 골자이다. 이 골자에 상황 판단, 기타를 첨부하여 총사령관의 인가를 얻으라, 하고 고다마는 명령했다.

마쓰카와는 곧 자기 방에 돌아가 한 시간 반 동안 명령안을 만들고 오야마의 방 도어를 노크했다. 안에서 유장(悠長)한 대답이 들려왔다. 마쓰카와는 방안으로 들어가 오야마의 책상 앞에 다가가서 그 명령의 기초서를 내밀었다.

오야마는 한 번 읽고 또 읽자, 이윽고 얼굴을 들고 물었다.

"고다마 총참모장은 알고 있소?"

마쓰카와가 대답하자 오야마는 머리를 끄덕이며, 합시다, 하고 그 기초서를 마쓰카와에게 돌려 주었다. 명령이 성립됐다.

명령과 함께 일본군의 전역에는 활발한 행동이 시작되었다.

일본군의 전선은 가로로 퍼져 70킬로 이상에 미치고 있다. 공세로 전환하더라도 적보다 병력이 적기 때문에 전선이 고르지 못해서는 튀어나온 부분이 적에게 포착되어 포위당하면 단번에 괴멸되고 말아, 그 한 곳의 붕괴에 적의 대군이 쳐들어오면 전군이 양단되어 제각기 포위당하여 섬멸될 우려가 있었다.

"들쭉날쭉하지 않도록 횡일선으로 퍼져서 계속 진격한다."

이것이 고다마가 허가한 마쓰가와 도시타네 안이었다. 그러나 전장에는 산악 지대가 많았다. 만주치고는 이 근처의 지형은 다소 복잡했다. 더구나 이만한 대군의 보조를 맞추게 하여 대횡대를 짜면서 진격한다는 것이 과연 가능할까, 하는 것이 문제였다. 아니, 그보다도 그것을 가능하게 하지 않으면 이 공격 작전은 지는 것이다. 방어안을 주장한 이구치 쇼고가 두려워한 것도 그 점으로, 이구치는 아쓰카와와의 논쟁 중에 외친 일이 있다.

"그런 곡예 같은 일이 어떻게 가능하겠는가."

고다마의 불안도 그것이었다.

고다마는 이 작전 명령을 내리고 날이 샜을 때 멀리 동쪽 지평선에서 떠오르는 태양을 향하여 줄곧 합장했다는 것도 바로 이때였다.

——이제는 신을 의지할 수밖에 없다.

고다마만큼 신앙이 없는 사나이가 진지하게 생각했다.

그러나 마쓰카와 도시타네는 기세가 강했다.

"이 곡예가 가능하기 위하여 유신 건군 이래 군대를 열심히 단련한 것이 아니었습니까."

마쓰카와는 그때 말했다. 확실히 이 당시의 일본군은 세계의 전문가가 그 것을 인정했던 것처럼 훈련도가 높다는 점에서는 지휘관이나 사병이나 세계에서 아마 최고로 우수했을 것이다. 이것을 가능하게 하려면 군사령관, 사단장, 여단장 등 장관의 능력만으로는 어쩔 도리가 없다. 연대장 이하 실전 지휘관의 능력과 하사관의 능력이 웬만큼 우수하지 않으면 안되었다.

결과적으로 70킬로 이상의 대횡대의 줄기 찬 진격은 거의 성공을 거두었던 것이다.

이 전선 정돈 작전이란 참으로 곤란했다. 작전은 야간에 감행되었다. 튀어나온 곳은 후퇴해야 했고, 들어간 곳은 전진해야만 했다.

단지 한 가지, 일본군에게 있어 "저 진지만은……" 하고 처음부터 우려되고 있던 곳이 있었다. 여기에 러시아군이 공격해 오면 최대의 총격을 당할 것이라는 돌출 진지였다.

그것을 적을 향하여 가장 접근해서 위치하고 있는 구로키군 중에서도 유달리 떨어져 있었던 소장 우메자와 미치하루(梅澤道治 : 미야기 현 출신)의 여단이었다. 이 여단은 후비(後備)의 혼성 여단으로 사병도 소집자인 노병이 많고 병기도 구식이었다. 그것이 더구나 그 진지에 금방 이동했을 뿐으로 진지 구축도 되어 있지 않았다. 그것을 후방으로 물러나게 해야 하는데, 만약 러시아군이 그 후퇴를 눈치채고 뒤쫓아 오면 아마 처참한 싸움이 벌어질 것이 틀림없었다.

러시아군의 커다란 압력을 한 손에 도맡게 된 구로키군의 우메자와 여단이란 원래 "저건 후비니까" 하는 점에서 최고 사령부로부터도 약간 모멸의 눈으로 보여지고 있었다. 사병은 소집병이고 늙어 있다. 병기도 후비 여단이 므로 구식이라는 것도 이미 말했다.

이것을 이끈 여단장인 소장 우메자와 미치하루는 이미 노인이었다. 게다가 근위 여단이다. 근위의 군인이 약하다는 것은 이 당시의 상식으로 되어 있었다.

"러시아는 본국에서 점점 더 팔팔한 현역병이 증원되어 오는데 일본은 점점 늙어가고 있다."

이런 걱정이 총사령부에 있었는데 우메자와 여단은 그 낡아 빠진 여단의 전형이리라.

여단장 우메자와 미치하루는 사관학교를 나온 군인은 아니다. 그는 보신 전쟁에서 살아 남은 센다이 번사(仙臺藩士)이며, 더우기 관군에 대항하여 하코다테(函館) 고료카쿠(五稜廓)로 가서 에노모토 다케아키를 대장으로 하여 싸웠다.

"나는 보신 전쟁의 잔존자야."

이렇게 말하는 것이 그의 자랑이었다. 그가 만약 사쓰마나 조슈에서 태어났더라면 소장에서 머물지 않고 이때 이미 구로키나 노기 등과도 어깨를 나란히 하여 군사령관이 되었을 것이다.

이 러일전쟁에 있어서의 보신 전쟁의 잔존자는 오야마 이와오, 고다마 겐타로, 구로키 다메모토, 노즈 미치쓰라이며, 이상은 당시의 소위 관군에 속했고, 오쿠 야스카다, 다쓰미 나오부미(立見尙文)는 적군에 속해 있었다. 이상은 대장급이며 이 이외에는 소장 우메자와 미치하루가 있을 뿐이었다. 우메자와라는 인물은 "싸움의 냄새를 알 수 있다"고 일컬어지는 사나이였다. 실전에서 단련되어 온 사나이니만큼 육감이 날카롭고 그 육감에 의하여 시시각각으로 변화하는 적의 상황이나 적의 심리를 잘 파악했다.

통솔력이라는 점에서도 명인에 가깝다. 그는 '후비병(後備兵)'이라 불리어 육군으로부터 업신여겨지고 있는 그 여단의 병사들에게 자신과 긍지를 갖게 하려고 했다. 당시 아마 그가 만들어 여단 내에서 유행하게 한 듯한 '얼씨구 타령'이 있다.

"그대 보아요, 꽃다운 우메자와 여단이라네. 길림, 하얼빈 그까짓 게 무언가. 밥도 먹지 않고, 얼씨구절시구."

실지로 우메자와 인솔하에 있는 이 여단의 강함은 결코 현역병에 뒤지지 않았다.

우메자와는 이 사하전(沙河戰) 전야의 최전선을 시찰하기 위하여 나갔다. 우메자와는 실전의 명인이니만큼 이런 경우 부관이나 전령 기병을 대동하지 않고 혼자서 어슬렁어슬렁 나아갔다. 우메자와는 우익에 튀어나온 보초선에 서서 쌍안경으로 적지를 보고 있는데, 어쩐지 움직임이 느껴진다. 전진해온다. 기마 부대가 흩어져 있고 그 뒤에서 보병 부대가 뒤따라 나오고 있다.

우메자와는 옆의 보초를 향하여 곧 이 적정을 후방에 통보하도록 명했다. 그러나 보초도 보초의 임무를 잘 알고 있는 사병이어서, 자기는 보초이므로 자기 직속 상관의 명령이 아닌 한, 이 장소에서 움직일 수 없다고 거절했다. 우메자와는 그 말을 듣고 기뻐하여 그 자신이 보초가 되어 그를 후방으로 급히 보냈다. 이 기민한 조치로 이 여단은 적에게 선수를 쓸 수 있었다.

그건 그렇고, 우메자와 여단은 적에 대하여 가장 접근해 있었다.

총사령부는 구로키군에 명하여 이를 본계호의 선에까지 후퇴시키려고 했다.

"우메자와 여단 부근이 일본군의 취약점이 아닐까."

크로파트킨은 이미 짐작하고 있었다. 그는 우메자와 여단이 위치하고 있는 교두(橋頭), 본계호 사이의 후방 연락선을 절단하고 이것을 포위하여 일본군의 최우익을 궤멸시키는 데에 작전의 제일 단계의 주제(主題)를 정했다.

그러나 고다마 등 일본의 작전 두뇌들이 이것을 재빨리 알아 차리고 우메자와를 후퇴시킨 것은 좋았으나 이 적전 퇴각은 곡예 같이 위험했다. 강을 사이에 끼고 시타케리베르그의 대군이 있다.

"전쟁에는 냄새가 있다."

우메자와의 입버릇이 이때에도 나왔다.

구로키군의 참모가 와서 퇴각 시기에 대한 의논을 우메자와에게 했던 것이다.

"곧 물러나자."

우메자와는 말했다. 젊은 참모가 하루쯤 적의 상황을 보고 퇴각 방법을 정하는 편이 안전하지 않겠는가, 하자 우메자와는 말한다.

"싸움에는 냄새가 있으니까 아무리 감추어도 적에게 들키고 마는 법이야. 바람이 가지고 가거든. 하루 기다려 적에게 냄새를 맡게 하면 적이 얼씨구나 하고 추격해 온다. 이래서는 어쩔 도리가 없지."

퇴각 중에 추격당하면 대패하는 것이 전쟁의 물리학이라 해도 좋다. 우메자와로서는 적에게 아무래도 눈치채일 바에는 퇴각 명령이 내린 이 기회에 재빨리 퇴각하면 적이 보다 뒤늦게 알아채므로 피해가 적다고 한다. 이런 점은 몸 하나로 백전을 겪어 온 이 도호쿠인(東北人)의 뛰어난 지혜였다.

우메자와는 밤이 되기를 기다려 곧 퇴각 행동을 개시했다. 그야말로 바람같이 철수하여 본계호의 새 진지로 이동했다. 엄밀히 말하면 본계호를 최우익으로 하여 조선령(朝仙嶺)의 남쪽 고지에 걸친 구릉맥을 새 진지로 정했다.

러시아군은 나중에 우메자와가 사라진 것을 알았다. 그러나 실망하지 않았다.

"우메자와의 본계호에 있어서의 새 진지는 방어 공사도 미완성이고 병력도 매우 적다. 그 부근에 대군을 투하하여 돌파하는 게 제일이야."

크로파트킨은 이렇게 보았다. 크로파트킨은 이것을 더 확인하기 위하여 레넨캄프와 삼소노프 두 장군에게 명하여 대규모적인 위력 정찰대를 조직하여 우메자와를 공격하게 했다. 그 반응을 보기 위해서였다.

이때가 9월 17일이다. 우메자와가 단신 최전선의 보초선에 나와 적정을 정찰했다는 것은 바로 이때였다. 시각은 이른 아침부터 오전 11시 사이였다. 그가 그 쌍안경으로 발견한 적의 부대라는 것은 이 위력 정찰대의 선봉이었다. 그가 적을 본 것은 오전 11시 반인데, 적의 병력은 보병 약 2개 대대, 기병 여러 중대였다. 그 후속 부대야말로 "연면히 끝이 없는 것 같음"이라고 그 보고문에 있다.

그는 곧 이 변화에 대응할 조처를 취했다. 이 전투가 사하전에 있어서의 최초의 전투가 될 예정이었다.

이 보신 전쟁 잔존자인 소장은 적을 발견해도 자기 집 뜰에 개가 잘못 들어온 정도의 동요도 느끼고 있지 않았다.

그가 취한 방침은 전 여단이 쥐 죽은 듯 조용히 적의 접근을 기다린다는 것이었다. 그의 여단은 구릉 지대에 있었다.

적에 대하여 행동을 몰래 숨겨두기 쉽다. 그는 그 휘하의 노병 부대를 은밀히, 더구나 기민하게 전개시켰다. 근위 후비 보병 제4연대를 우익으로 하고 근위 후비 보병 제2연대의 제1대대를 좌익으로 하여 날개를 편 것 같은 형태를 취하고 중앙에 근위 후비 보병 제1연대를 배치했다.

그리고 또 이 여단에는 포병 1개 중대가 부속되어 있다. 이것을 셋으로 갈라 각 1개 소대(포 2문)씩을 양익과 중앙에 분속(分屬)시켰다.

러시아군은 자기들의 전진 행동이 적에게 알려져 버렸다는 것을 모르고 있었다. 물론 전투에선 그렇듯이, 척후쯤에서는 발견되고 있는 것을 각오했으리라. 그러나 일본군의 여단장 자신이 척후와 똑같은 행동을 하여 곧 전투 배치를 행했으리라는 것은 물론 모른다.

"적이 충분히 사정거리 내에 들어올 때까지 하지 말라."

우메자와는 전 여단에 명령해 두었다. 전 여단은 그것을 지켰다.

러시아군이 일본 포병의 사정거리 내에 들어온 것은 정오경부터이다. 포병은 기다렸다. 충분히 기다리고 게다가 우메자와의 지휘의 능란함은 이들 양익과 중앙의 3군데에 있는 포병으로 하여금 일제히 포문을 열게 한 것이다.

러시아군이 경악하는 것은 보병들의 육안으로도 볼 수 있었다. 보병도 급히 사격을 시작했다.

전투는 3시간 이상 계속되어 오후 3시 45분 적은 커다란 손해를 입고 패주했다. 우메자와는 곧 추격을 명하고 일몰까지 싸웠으나 이윽고 진지로 돌아오게 하였다. 우메자와쪽의 손해는 하사관 한 명의 부상으로 그쳤으나 러시아군은 큰 손해를 입었다.

그러나 러시아군은 손해를 입었다고는 해도 이것으로써 전 작전에 영향을 받을 일은 없다. 왜냐하면 목적이 위력 정찰에 있었기 때문이었다. 그들은 이 작은 국부전에 지기는 했지만, 그러나 "우메자와의 진지는 병력도 적고 방어 공사도 거의 되어 있지 않다"는 것을 확인한 것으로도 충분한 수확이 있었다. 러시아군이 대규모적인 공격을 우메자와군에 해온 것은 이 뒤의 일이다.

10월 8일 밤이 겨우 밝기 시작할 무렵, 우메자와 진지의 최전선(본계호)의 사병은 전방의 구릉군에 새카맣게 대군이 움직이고 있는 것을 발견했다. 시타케리베르그 군단의 좌종대(左縱隊)와 레넨캄프 지대였다. 그들이 본계호 전면에서 대집결한 것은 정오가 넘어서이다.

이 본계호의 최전선에 있는 일본군은 불과 1개 대대였다. 대홍수가 밀려드는 것을 판자문 한 장으로 지탱하는 것과 같은 것이어서 퇴각하려 했다.

그러나 후방의 우메자와 여단장은 이 대대를 버려 두지 않았다. 응원 부대를 급파했다. 여기서 대격전이 시작되었는데, 아무튼 고군(孤軍)이며 더구나 병력은 적었다. 결국 전멸할 비운을 당할 것은 명백했다.

구로키군은 우메자와 여단이 전멸의 상태에 빠져 있는 것을 알고 단호한 구원책을 취했다.

"우메자와가 전멸되면 전군의 위기다."

라는 것을 구로키는 알고 있었다. 일본군의 방어선을 장대한 제방이라고 한다면 우메자와 여단의 부분이 가장 약하다. 이곳이 터지면 러시아군은 대홍수처럼 일본군 자체를 침범하고 만다는 것은 자명한 이치였다.

구로키는 중장 이노우에 히카루(井上光 : 야마구치 현)가 이끄는 제12사단(고쿠라)의 전력으로써 구원하도록 명했다. 제12사단은 곧 행동에 옮겼으나 도로가 도중에 러시아군에 의하여 차단되어 있었기 때문에 그것을 배제하는 데 시간이 걸렸다. 이 사단이 우메자와의 현장에 달려온 것은 밤 8시 30분이었다.

또 구로키는 그에게 속해 있는 제2 기병여단에게도 구원을 명했다. 그러나 이 기병여단은 다른 방면인 호가자(孤家子)라는 곳에서 강대한 적의 포위를 당하여 고전중이었기 때문에 꼼짝달싹 못했다.

구로키는 다시 다른 방면의 연산관(連山關)이라는 데에 있는 병참의 수비병에게까지 군대의 상식을 넘은 명령까지 내렸다.

"본계호(本溪湖)로 가라."

이 때문에 수비병이 없어진 병참부는 비전투원만 남게 되어 평소 총을 갖지 않는 보초, 수송 병사까지 익숙지 못한 손으로 총을 잡고 만일의 경우를 경계했다.

그건 그렇고, 10월 9일에는 일본군 우익인 구로키군은 우메자와 여단을 중심으로 하여 완전히 궤멸의 위기에 빠졌다.

만주군 총사령부에 있는 고다마 겐타로는 '구로키군을 울리지 않고는 할 도리가 없다'고 보았다.

그는 대작전안을 세웠다. 왜냐하면 적의 주력이 우익인 구로키군에 덮치고 있다. 이 틈에 일본군 중앙에 있는 노즈군과 좌익인 오쿠군에게 명하여 일제히 전진 운동을 일으켜 러시아군을 포위하게 하려는 것이었다. 크로파트킨으로서는 상상도 못했던 작전이다.

세계의 전술사에도 유례가 드문 것이리라. 일본군은 러시아군보다 현저히 병력이 적었다. 소병력의 군이 대군을 포위하려고 하는 것은 탁상의 전술학으로는 무모하다고 할 수밖에 없다.

이 경우 고전중인 우익 구로키군을 '선회축(旋回軸)'으로 전군을 오른쪽으로 크게 선회시켜 적의 주력을 산지로 몰아 일본군의 장기인 산지전에서 격멸하려는 것이었다.

그러나 그 전진 운동을 일으킬 노즈군도 오쿠군도 전면에 적을 대하고 교전중이었다. 이것을 배제하지 않으면 선회 운동을 할 수 없다.

그 고다마의 작전을 알아챈 노즈 미치쓰라는 오야마와 고다마에게 허가를 요청해 왔다.

"우리군(노즈군)의 전력을 다하여 삼괴석산(三塊石山)의 적군을 야습하고 싶다."

수개 수단이나 되는 군(軍)의 야습이란 아직껏 전사(戰史)에는 없다. 오야마와 고다마는 이것을 허가했다. 노즈군은 12일 밤 이 대야습을 감행하여 삼괴석산의 적을 궤주(潰走)시키고, 또 오쿠군도 같은 날 정면의 전낭자가(前浪子街)의 적군을 격파하여 그 뒤부터 경쾌한 운동으로 옮겼다.

아키야마 요시후루와 그 기병 여단은 일본군의 최좌익에 위치하여 운동을 계속하고 있다.

"지대(支隊)."

이런 호칭으로 불리고 있었던 것은 본래의 기병 여단을 근간으로 하여 보병, 포병, 공병 등 다른 병종도 부속시켜 혼성 여단의 모습을 이루고 있었기 때문이다.

이 전투중 전에 요시후루가 청국 주둔군 사령관이었을 무렵, 그를 무척 좋아했던 청국의 실력자 원세개(袁世凱)가 진중 위문으로 술을 보내왔다.

포도주, 샴페인, 위스키, 브랜디 등 모두 네 타(打)나 있었다. 값싼 중국술만 마시고 있던 요시후루에게는 무엇보다도 좋은 선물이었다. 그러나 전장에서 부하를 통솔하고 있는 몸으로써, 이런 것을 독점할 수 있는 그런 신경을 가진 지휘관은 이 당시 아무도 없었다. 요시후루는 극히 조금만 남기고 모두 부하에게 나누어 주고 말았다.

요시후루의 지대는 주력으로 하여금 흑구대(黑溝臺)로 진출시켜 끊임없이 수색대를 북쪽으로 내고 있었는데 11일경부터 격전기로 들어갔다. 지대는 쉴 새 없이 우세한 적에게 압박당하였고 이따금 적이 자랑하는 기병단이 폭풍 같이 휘몰아쳐와 지대를 궤멸시키려고 했다. 요시후루의 전술은 이 폭풍에 견딜 수 있는 데까지 견디고, 그것이 지난 뒤에 자벌레 같이 몸을 굴신하면서 다음 거점으로 옮기는 식이었다.

폭풍에 견디는 방법은 기병들에게 기병임을 그만두게 하는 것이다. 말을 후방으로 보내고 진지를 구축하여 사격전을 한다. 그 전투를 협동 병과인 보병과 포병, 공병이 돕는다는 방식이며, 말하자면 진지 전진주의였다.

"이것이 아니면 적의 우세한 기병에게 이길 수 없어."

요시후루는 이렇게 생각하고 있었다. 적은 사람이나 말이나 몸집이 커서 도무지 1대 1로서는 일본 기병이 당해낼 수 없다는 것이다. 이 요시후루가 한 전법은 덴쇼(天正) 3년인, 그 옛날 오다 노부나가가 나가시노(長篠) 접전에서 다케다(武田)의 기마대에 취했던 전법으로, 나아가서 진지 전진주의라는 점에서는 요시후루의 필요성에서 생긴 것이라 하더라도 유럽적인 전법이었다.

비유해서 말하면 러일전쟁에 있어서의 일본군 일반의 전법은 우에스기 겐신의 진습(進襲) 맹공주의와 비슷하다. 러시아군 쪽에서 볼 때는 처음으로 경험하는 지독한 적의 맹공에 놀라 종종 일본군에게 땅을 양보했으나 요시후루의 지대만은 다른 일본군과 달랐다. 또한 러시아 기병단 쪽이 반대로 진습주의(기병으로서는 당연하지만)였었다. 그것을 요시후루는 진지 방어 방식으로 견디었다.

"일본의 각급 지휘관 중에서 아키야마 여단장만큼 고생한 사람은 없다."

이것은, 후에 요시후루 밑에서 오랫동안 러시아군 후방을 교란한 소위 나가누마(永沼) 정신대의 나가누마 중령이 언제나 되풀이하여 말했던 바였다. 요시후루는 열약(劣弱)한 일본 기병을 이끌고 참담한 고생을 했다.

──습격당하면 참고 견딘다.

요시후루의 전법은 요시후루 개인의 군진에서의 거동에도 잘 나타나 있다.

요시후루가 유럽에서 배운 기병이라는 것은 여단장 스스로 군도를 휘두르고 그 기동력으로 적을 횡격(橫擊)하고 유린한다는 용감한 것이었다. 그러나 그것을 한 번이라도 실행한다면 체격이나 말의 골격에 있어 뒤진 일본 기병은 단 한번의 습격 작전에서 소멸될 것이다.

일본 기병은 기병이면서도 쉴 새 없이 구덩이를 파서 소총을 비치하고 적의 말을 쏘았다. 기병은 농사꾼이 아니고 사냥꾼이어야 하는데 마치 농사꾼같이 토지에 집착했다.

――이것 외에 대항할 길은 없다.

이런 생각을 하고 있는 요시후루는 항상 그 여단 본부의 민가에서 지도를 바라보면서 작전을 짜고 있었다. 그는 적습이 있으면 늘 권총을 책상 위에 놓고 그 끈을 목에 걸고 있었다. 그의 전법은 간헐적으로 불어닥치는 적습이라는 폭풍에 견디어, 그 바람이 멎을 때에는 전진한다는 방법이기 때문에 어떤 일이 있어도 일보도 사령부를 후퇴시키지 않는다는 것이 필요했다. 목에 건 권총은 만약 적의 기병이 그의 본부에까지 밀어 닥칠 때 자살하기 위한 것이었다.

늘 술을 마시고 생각에 잠겨 있다. 어느 때 날이 저물어 요시후루에게 보고할 일이 있어 찾아온 기병대 제8연대 나가누마 히데부미(永沼秀文) 중령은 마침 본부의 요시후루 방이 캄캄한 것을 보고 '아니, 안계시나' 하고 내부를 눈여겨보니 요시후루는 혼자 의자에 기대어 깊이 생각에 잠겨 있다. 이따금 파랑 빨강 연필을 들고 무엇인가를 적고 있다가는 다시 연필을 버리고 생각에 잠긴다.

"저 어둠 속에서도 용케 지도가 보이는군."

나가누마는 몹시 놀랐다. 그보다도 요시후루 신변의 시중을 들어야 할 부관이 램프를 켜지 않은 데에 화가 났다.

"나카야."

나가누마는 요시후루의 부관을 불러, 불 좀 켜드리면 어떤가, 하고 주의했다.

나카야는 자기의 부주의를 사과했으나, 그러나 요시후루에게는 그러한 데가 있다. 남이 돌봐 주려 해도 할 수 없는 그러한 점이 있다. 그는 술이 들어 있는 수통을 옆에 놓고 이따금 찻종에 따라 마시며 김치 정도로 안주를 삼았다. 그 뒤는 지도 한 장만 있으면 전쟁을 할 수 있는 모양이다. 그는 육군 대학교를 나온 탓도 있어 참모가 필요 없었다. 게다가 일본 기병 자체를 만들어 낸 것은 그 자신이기 때문에, 그 특성이나 장점, 단점, 나아가서는 그의 부하 장교나 하사관의 능력이나 성질을 잘 알고 있었고, 또 유럽에서 오래 공부했기 때문에 서양인이 말을 탈 때의 운동 속도 등도 세밀히 알고 있다. 또한 러일전쟁이 시작되기 전에 러시아 극동군의 대연습을 견학했으며, 리네비치 대장을 비롯한 몇 사람의 장군들과 많은 적의 기병 장교를 알고 있었다. 요시후루에게 있어서는 누구와 의논하는 그러한 일이 필요 없는 것이다. 그 때문에 자칫하면 부관이 요시후루에 대한 주의를 게을리하는 수가 있었다.

사하전은 전형적인 회전일 것이다.
러시아군은 남하 운동을 하고 있다. 일본군은 그것을 방어하지 않고 공세로 나와 전 전선에 걸쳐 북상 운동을 개시했다. 쌍방이 다 예기한 대충돌이었기 때문에 그 충돌의 처절함은 형용할 수 없는 것이었다.
그러나 동시에 일본군에게 조금이나마 다행인 것은 이것이 순수한 회전이라는 것이었다. 지금까지 일본은 견고한 야전 진지를 구축하고 있는 러시아군에 대하여 엄청난 출혈을 돌보지 않고 공격하여 땅을 뺏어 왔다. 금주, 남산, 요양은 엄밀히 말해서 야외 결전이라기보다는 진지 공격전이었다.
그 점에서 이번의 사하전은 러시아군이 봉천의 진지를 그냥 놔둔 채 남하해 오고 있다. 운동중인 대군을 치는 것이다. 이 점 포탄이 부족한 일본군에게 있어서는 고마운 일이었다.
단지 곤란한 것은 적의 병력이 너무 거대하다는 점이었다. 자칫하면 일본군은 국지(局地)마다 포위될 뻔했다.
"한 부대라도 포위되어서는 안된다."
이 작전 실시의 어려움은 실로 여기에 있었다. 일부분이라도 포위되면 전군이 붕괴된다. 포위되지 않기 위해서는 날개를 잔뜩 펴고 그냥 밀고 또 밀고 나아가서, 적이 돌출해 오면 좌우 연계(連繫)를 유지하여 역포위하며 격퇴해 가지 않으면 안된다.
전군의 움직임을 지휘하는 총사령부의 고심은 여기에 있었다.

일본군은 장기로 하는 야습을 되풀이함으로써 우위에 서려고 했다. 그러나 러시아군 쪽에서도 그것을 허용하지 않고 종종 격퇴했을 뿐만 아니라 반대로 일본군을 야습했다.

일본군의 기병은 2개 여단이 활약하고 있다. 그 하나는 아키야마 요시후루의 여단인데, 일본의 최좌익을 지키고, 또 하나는 일본군의 최우익을 지키고 있었다. 양쪽 끝을 기병이 지킨다는 것은 적이 자랑하는 카자크 기병의 대집단이 쉴 새 없이 움직이고 쉴 새 없이 일본군의 양익을 횡격하려는 전술 본능을 갖고 있었기 때문이다.

최우익의 기병 여단은 '황족 여단'이라 불리고 있었다. 간인노미야(閑院宮) 고도히도 친왕(載人親王)이 여단장으로서 지휘하고 있었다.

이 사람은 1881년 육군 유년학교를 나와 프랑스에서 사관 교육과 기병 교육을 받았다. 쌩시르 사관학교, 소오뮈르 기병학교를 나왔으며 또한 참모학교를 나왔다.

만년에 원수가 되어 육군의 제 요직을 역임했을 무렵에는 그야말로 순전한 장식물로서 이렇다 할 능력이 있는 것 같이 보이지도 않았으나, 이 러일전쟁의 사하전에서의 그의 공적은 크다.

그가 이끄는 기병 제3여단은 요시후루의 기병 제1여단보다도 훨씬 늦게 동원되었다. 만주에 온 것은 요양 회전이 있은 뒤였다.

"황족을 전사하게 해서는 안된다."

이런 이유로 총사령부에 전속될 명령이 나와 있었으나 그때 사하전이 시작되었기 때문에 그는 그냥 여단을 이끌고 전장에 나왔다.

간인노미야 기병여단은 일본군의 우익인 구로키군의 측명을 원호하기로 되어 있었다.

그러한 구로키군에 대해서 러시아군 주력의 대 중압(重壓)이 걸려 왔던 것이다. 구로키군 속에서도 특히 고쿠라의 제12사단이 걸려 있었으며, 그 제12사단 중에서도 본계호 동쪽 고지에 있었던 시마무라 여단에 가장 커다란 병력이 공격해 왔다. 러시아군은 거의 세 배의 병력이며, 화력에 있어서는 비교가 되지 않을 정도의 포병력을 갖고 있었다. 이 때문에 시마무라 여단은 거의 전멸할 위기에 놓였다.

"기병이라는 것은 범용한 용병가의 손에 걸리면 인형처럼 된다. 뛰어난 용병가를 얻어 비로소 그 기습이 성립하며 전황을 회전시키는 기적을 낳는 것이다."

구로키군의 참모장 후지이 시게타는 평소부터 동기생인 아키야마 요시후루로부터 이런 말을 듣고 있었다. 후지이의 수중에 간인노미야 기병여단이 있었다.

'바야흐로 사용할 때가 아닐까.'

후지이는 이렇게 생각하고 곧 그것을 기습 부대로 사용하도록 발진시켰다.

이 기병 여단은 운 나쁘게 기병으로서의 통상 임무인 수색 임무를 맡고 있어 많은 대(隊)를 그 때문에 분산시키고 있었다. 곧 집결하려고 했으나 우선 그 산하의 기병 제5연대와 기관총(당시 기관포라 말했다)대를 선발시키고 여단 주력이 그 뒤를 따랐다.

도중, 모조리 산악 지대여서 행군은 극도로 곤란했다. 겨우 태자강 남쪽 기슭의 교두에 이르자 거기에는 적이 없었다.

다시 본계호 방면으로 향했으나 전부가 험준한 산지여서 행군은 더욱더 어려웠다. 그런데 기병 여단에 기관총을 갖게 한다는 것은 일본의 기병을 양성한 아키야마 요시후루가 귀찮을 정도로 상신하고 있었기 때문에 이 여단도 그것을 갖고 있었다. 러시아군은 여순 요새에서 그 새 병기를 풍부하게 갖추고 있어 대량의 일본 보병이 희생되었는데, 일본군 속에서는 기병만이 이것을 갖고 있었다.

요시후루는 이것을 수레에 싣고 말이 끌도록 하고 있었으나 간인노미야 기병여단은 그 전장이 산지이기 때문에 수레에 싣고는 도저히 좁은 산길을 끌고 갈 수 없다고 보고, 갑자기 그 구조를 바꾸어 분해하여 말등에 얹도록 했으며 또 이것을 쓸 때에는 삼각(三脚)으로 지상에 안정시키도록 개조했다. 이것이 커다란 효과를 낳게 되었다.

그들이 고생 끝에 태자강 남쪽 기슭의 평정산(平頂山) 북쪽 기슭에 진출했을 때 고립되어 구원병이 없는 시마무라 여단은 거의 전멸하려 하고 있었다.

곧 여단은 작전을 전개하여 러시아군의 좌측에 나가 맹렬한 기관총탄을 퍼부었다.

러시아군은 이 야외전에 기관총을 휴대하고 있지 않았다. 새 병기의 효력은 거짓말처럼 간단히 적의 대군을 대혼란으로 빠뜨려, 우선 러시아군 보병 약

2개 대대를 동쪽으로 궤주(潰走)시키고 또한 태자강 남쪽 기슭에까지 나와 있던 적의 기병 7개 중대, 보병 2개 대대를 궤주시켰다. 전투한 지 겨우 1시간 동안의 일이다.

간인노미야 기병여단의 기관총은 더 진출하여 본계호 동쪽을 공격중인 시베리아 저격 제3사단 주력에도 측면에서 난사하여 동요시켜 퇴각시켰다. 이 적의 동부 전선에서의 동요가 러시아군 전체의 동요에 크게 파급되어 갔다는 것은 전후에 알았다.

사하전(沙河戰)은 러시아군이 능동적인 공세로 나왔다는 점에서 주도권을 잡고 있었다. 일본군은 부득이 수동의 자세에서 벗어나려고 공격으로 나왔으나 그렇다고 해서 그 공세에 큰 목적——이를테면 장구 봉천을 찌르는 따위——같은 것이 있는 것은 아니다.

러시아군 병력은 우세하여 그들의 공세 활동은 옆으로 가득히 전개한 일본군보다 모든 방면에서 활발했었다. 크로파트킨으로서는 일본군의 어느 부분인가를 부수기만 하면 되었다. 그는 그런 작전을 터뜨린 그 틈바구니에서 일격에 일본군의 후방으로 나와 오야마의 총사령부를 뒤집어엎는, 관철도(貫徹度)가 높은 목적 의식을 갖고 있었다. 그 일 자체가 크로파트킨이 개전 이래 처음으로 가진 것이었다.

게다가 그는 풍족한 보급을 받고 포탄을 아낌없이 썼다. 일본군의 야포나 산포가 한 발 쏘면 러시아군은 10여 발을 쏘아 오는 정도였다.

"러시아군의 전 전선에 걸쳐서의 활발성은 경탄할 만한 것이다."

러시아 쪽에 붙어 있는 종군 기자는 보도했다.

게다가 러시아군은 이미 수차에 걸친 일본군과의 싸움에서 일본군의 습성을 알게 되었다. 우선 일본군은 장기로 하는 야습이 있었다. 이것에는 처음엔 놀라 곧 퇴각하기도 했으나, 이 사하전의 단계에서는 러시아군 쪽에서 야습을 해오는 일도 종종 있었고 나아가서는 일본군의 야습을 경계하기 위하여 야간에도 포의 사격을 계속했다.

또한 일본군이 장기로 하는 백병전(白兵戰)에도 러시아군은 익숙해졌다. 최초에는 이 일본군의 발도(拔刀)와 총검에 의한 돌격에는 러시아군도 놀랐던 모양이었으나, 사하전에서는 진지에 쇄도하는 일본군을 맞이하여 러시아군은 과감히 싸웠다. 반대로 일본군 진지에 백병 돌격을 해 올 때도 있었다.

하여간 러시아군의 병력은 일본군에 대해서 두 배 이상이었다. 일본군은 도처에서 처절한 싸움을 하고 고전 정도가 아니라 패배를 간신히 발끝으로 지탱하고 있는 형편이어서, 사하전의 첫 단계에서는 '일본군이 위태롭다'는 보도가 외국 기자들에 의해서 발신되었다.

"신은 우리를 비호하신다. 승리는 그야말로 의심할 바 없다."

크로파트킨이 작전을 개시할 무렵 전군에게 선언한 기백이, 일개 모든 병사들의 마음에 넘쳐 있는 듯했다.

12일, 대령(大嶺)이라는 적의 주공격점에서 노일 양군 사이에 치열한 백병전이 거듭되어, 이때 러시아군은 약 2개 연대로 백병 돌격해왔다. 일본은 겨우 1개 대대로 이를 맞이하여 거의 전멸하고 산상의 점거지를 빼앗겼으나, 그것을 탈환하려고 다시 일본군이 백병 공격하여 겨우 산상을 회복했는데, 이때 유기된 적의 시체 속에 시베리아 제1군단 사령관 시타케리베르그 중장의 막료로 페쿠타라는 참모 중령의 시체가 있었다. 그 호주머니 속에서 명령서가 나왔다. 명령이라는 것은 시타케리베르그 중장이 휘하의 2개 사단과 혼성 승마 보병 여단 및 레넨캄프 지대에 내려진 것으로, '좌익군은 본계호 방면의 일본군을 무찌르고 요양 동북에서 오야마 원수의 주력을 공격하라'고 되어 있었다.

사하전에 있어서 러시아군은 그 본래의 강력함을 보였다. 러시아가 농촌에서 동원한 그 하사관과 병사는 명령에 대하여 충실하며 특히 진지전에서는 독특한 점착력(粘着力)을 발휘했다.

그러나 보초라든가 척후 따위의 임무에서는 일본군의 하사관이나 사병 쪽이 월등히 뛰어난 것 같이 느껴졌다. 자세하게 상황 변화를 살피고 또 그것을 확인하고 때로는 전체의 상황에서 그 변화에 대한 해석을 내리는 점은 일본병 쪽이 우수할 것이다. 그리고 사병으로서의 훈련도라는 점에서도 일본병이 뛰어났다. 특히 분대나 소대의 전투의 능란함은 러시아병보다 매우 우월했다.

중급, 하급의 장교의 질도 일본군 장교 쪽이 꽤 우수한 것 같았다. 단순히 용감할 뿐만 아니라 특히 우군 전체의 상황 속에서 자대(自隊)의 전술적인 위치가 어떤 것인가를 잘 알고 때로는 전체를 위하여 자발적으로 희생되는 그러한 능력과 정신의 소유자가 러시아군 장교보다 수적으로 많은 것 같았다.

센다이의 제2사단(구로키군)에 히도히라(仁平)라는 소령이 있었는데 보병 제16연대(니이가다)에 속하는 제1대대를 지휘하고 있었다.

10월 13일에 구로키군의 두 사단은 동서로 굽이치는 구릉맥의 남쪽 기슭에 들어붙어 산정의 러시아군과 대치하고 있었다. 러시아군은 구릉맥의 봉우리마다 진지를 쌓고 구로키군을 내려 쏘고 있다. 구로키군으로서는 어느 한 봉우리라도 탈취하면 그 전과를 확대하여 이 방면의 러시아군 전선(全線)을 무너뜨릴 수 있다고 판단하고, 이날 이른 아침부터 근위 사단과 제2사단에 공격을 명했다. 그러나 공격은 모조리 실패하고 손해만 늘어갈 뿐이었다.

히도히라 대대는 이 구릉맥의 하나인 양성채(揚城寨) 고지의 남쪽 기슭에 있는 천연적인 참호라 할 만한 지격(地隙) 속에 12일부터 숨어 있었다. 지격이라 해도 1천 피트의 대상(臺上)에 있어 야간의 추위는 심하고 게다가 이 무렵 밤비가 종종 내려 지격은 진창이어서, 이 대대는 12일 아침부터 13일 오후, 이 지격을 뛰어 나오기까지 만 이틀 동안은 이 진창에 잠겨 있었다. 게다가 고군이라 해도 좋을 정도로 이동안 탄약도 식량도 보급받지 못했다. 만 이틀 동안 그들은 한잠도 못자고 한 끼도 못먹고 있었다. 휴식도 없이 적과 사투를 계속하여 그 결과 전군이 산정을 향하여 백병 돌격했다. 물론 장교 이하 태반이 사상(死傷)하고 백병전에서 살아 남은 1백 명 정도가 산정을 점령했다.

히도히라는 이 죽음의 돌격을 함에 있어 1천 명이 넘는 그와 장병들에게 이렇게 훈시하고 있다.

"앞서 요양전에서의 구련성(九連城) 싸움에서 나는 많은 부하를 잃었다. 이제 더 이상 죽일 수는 없다. 그러나 군 작전을 용이하게 하기 위해서는 이 대대를 희생시키지 않으면 안된다. 나도 여기서 죽을 작정이다. 제군도 살아 돌아갈 것을 바라지 말라."

히도히라 장병들을 사지에 투하시켜 사병에 이르기까지도 전술상의 의의를 충분히 납득시키는 지휘법을 취했다. 그리고 나서 그들에게 죽음의 각오를 요구했다. 이 대대의 사투(死鬪)가 적의 대군을 퇴각시키는 단서를 이루었다는 점에서 그 의의가 크다.

10월 7일부터 시작된 사하전은 13일이 되어서도 승패의 형태가 선명치 않았다.

이날 요시후루의 아키야마 기병여단은 변함없이 일본군의 최좌익에서 혼하라는 강의 동쪽 연안을 따라 전진하고 있었다.

그런데 두대자(頭臺子)라는 마을을 지났을 무렵 전방에 강대한 카자크 기병의 대부대가 나타났다. 병력은 2개 여단으로 요시후루 병력의 거의 두 배이다.

'과연 멋있구나.'

요시후루가 감탄한 것은 적의 기마 전투 솜씨이다. 그들은 일제히 전개하여 그 전열(前列)은 마상에서 소총을 조작했다. 마상 사격이란 웬만한 훈련 없이는 유효한 것이 아닌데 그들은 손쉽게 했다. 전열은 마상 사격을 하면서 전진하고 후열은 돌격 부대로서 장창을 비껴들고 진군해 온다.

'이것이 기병이다.'

요시후루는 적의 그 전투 행진 솜씨에 넋을 잃은 듯 바라보았다.

요시후루는 곧 필요한 조처를 취했다. 그는 어떤 경우에도 당황해하는 일이 없는 사나이였다. 당황해할 필요가 없었던 것은 그가 손수 길러낸 그 기병 여단은 기병으로서는 카자크보다도 열약하지만 그것에 대항할 수 있을 만한 충분한 대형, 장비, 전술을 갖고 있었기 때문이다.

그 요시후루 부대의 움직임을 카자크의 눈으로 보면 '일본의 기병은 묘한 짓을 하는구나' 하고 생각했을 것이다.

전투 개시와 함께 기병은 일제히 말에서 내려 기병이 아닌 상태가 되는 것이다. 땅에 엎드려 총을 쏘는 자세를 취하고 보병이 되었다.

더구나 요시후루는 기병이 숙명적으로 방어력에 약하기 때문에 늘 보병 부대를 군에서 빌리고 있었다. 그것을 전개시켰다.

또 나아가서 카자크를 쳐부수려면 이것만으로는 부족하다. 포병 부대도 빌렸다. 그 포병이 재빨리 행동을 개시하여 후방에서 방렬(放列)을 치고 있었다. 포탄을 카자크 머리 위에서 작렬시킴으로써 그 집단을 교란시킬 작정이었다.

이들 세 종류의 병종이 마치 하나의 기계처럼 작동하고 있는 것이 아키야마 지대라고 일컬어지고 있었다. 이것이라면 아무리 카자크가 세계 최강의 기병이라도 어쩔 도리가 없을 것이다.

더구나 적인 카자크에는 기마 돌격만이 유일한 장기처럼 되어 있고 그 한 가지 전법으로 이때에도 과감하게 공격해 왔다. 몇 번이나 피스톤식 공격을 가해 왔으나 그때마다 요시후루가 고안한 방어 사격주의 앞에 패하여 유기 시체를 남기고 패퇴했다.

전투는 오전 10시에 시작하여 정오가 지나서 끝났다. 카자크는 유기 시체를 남기지 않는다는 것이 상례여서 패주하면서도 마상에서 손을 뻗쳐 회수했는데 회수하지 못한 것만도 50여 구(具)나 되었다. 그밖에 유기 병기가 많고 기총과 장창을 합쳐 오백 정 정도가 있었다. 요시후루측의 손해는 극히 적어 사상자는 20여 명에 불과했다.

사하전에서는 쌍방에 기적이란 없었다. 소수의 군대가 소수측이 허용된 카드인 기습이라는 수를, 쓰기 힘든 전장 지형 속에서 두 배의 적과 정면으로 회전하여 더구나 끈덕지게 밀고 밀어, 마침내 이겼다는 점에서 세계 전사에도 드문 전례였다. 악전 고투 뒤 일본군은 그 기록을 만들었다.

10월 7일부터 시작된 전투는 13일로 고비를 넘겼다. 물론 '고비를 넘었다'는 실감이 일본군에 일어나지 않았을 만큼 러시아군의 응수는 이날도 심했다. 실지로 고비를 이미 넘은 16일에 일본군의 돌출 진지의 일부가 러시아군에 심하게 얻어맞아 크게 패퇴하였다. 러시아 전사에 '만보산의 이상적 전승'이라 씌어져 있는 것이 그것이었다. 이 만보산에 진출하고 있었던 것은 야마다 야스나가(山田保永) 소장을 지휘관으로 하는 지대였는데, 병력은 보병 2개 연대에 야포 2개 중대, 산포 1개 대대라는, 전투 단위로서는 극히 작은 것이었다.

그것은 러일전쟁을 통하여 일본군이 당한 가장 보기 흉한 패전이었다. 이를테면 포병이 달아날 때 반드시 포를 끌고 달아나는 것이 상례이며 만약 그럴 여유가 없으면 적에게 노획되어도 쓸모 없도록, 폐쇄기를 떼어 놓고 버려야 한다. 그런데 이 경우 10여 문의 포를 그대로 팽개치고 도망쳤다. 이것은 이 전쟁을 통하여 유일한 예가 되었다.

게다가 이 전투에 참가한 간부는 야마다 소장을 비롯하여 두 연대장이 모두 명성 있는 용장이었다. 연대는 후쿠야마(福山)의 보병 제41연대와 후쿠치 산(福知山)의 후비 보병 제20연대였다. 두 연대가 모두 요양 정면 공격에 참가하여 용맹을 떨친 연대로 요컨대 장병이 모두 나쁘지 않았다.

단지 전장에서 흔히 따라붙기 마련인 악운이라는 것이었다. 야마다 소장은 자기 지대가 전 일본군의 전개선에서 너무 돌출해 버렸다는 것에 위험을 느껴 16일 밤 진지를 후방으로 후퇴시키려 했다. 그 퇴각중에 러시아군의 대군이 교묘히 뒤쫓아, 더구나 일본군의 혼란중에 다른 러시아군이 출현하여 옆에서 쳤던 것이다. 러시아군은 3배 이상의 병력을 쓰고 있는데 전술상의 이상적인 전승임은 틀림없었다.

일본군은 퇴각중에 기세가 꺾였기 때문에 처음부터 약했다. 그 퇴각 방식은 전술 교과서대로였다. 우선 퇴각은 후방의 산포대(山砲隊)부터 시작하여 야포가 이를 잇고 다케시타 헤사쿠(竹下平作) 중령의 후비 보병 제29연대가 또 그 뒤를 이어 최후의 후비를 맡은 것이 현역병으로 성립되어 있는 우자와 소오시(鵜澤總司) 중령의 보병 제41연대라는 점에서 조금도 틀림이 없다. 단지 러시아군의 추격이 너무 훌륭했다. 4개 연대가 우선 우자와를 치고 1개 연대가 우자와의 배후를 돌아 야마다 지대의 주력을 차단하고, 또 1개 연대가 일본 포병과 보급 부대를 습격했다. 마치 몰매를 맞는 것과 같았다.

야마다 지대는 끊기고 어둠 속에서 처참한 싸움이 벌어졌다. 러시아병의 습격은 잔인하기 그지없어 무기를 갖지 않은 보급 부대 병사나 부상병을 모조리 찔러 죽이고, 때려 죽였다. 도살(屠殺)이라고 하는 편이 나았다.

요컨대 사하전이라는 것은 묘한 회전이었다. 끝이라는 것이 없었다.

그러나 그럭저럭 이 10월 13일이라는 날이 사하전의 고비였다는 것은 틀림없을 것 같다. 13일은 일본군이 총전진을 개시한 지 사흘째였다.

그동안 크로파트킨의 두뇌는 바쁘기 그지없었다. 그의 불행은 두뇌의 회전 속도가 보통 사람보다 너무 빠르다는 것이었다.

──어느 방면이 지금 위기에 있는가.

이런 것을 판단하는 데에 늘 마음이 기울어졌다. 어느 방면에서 적이 압박을 받고 있는가 하는 것보다는 아군의 위험에 대해서 너무 과민한 사나이여서, 그가 갖고 있는 모처럼의 두뇌도 국면에 대한 냉정한 판단을 위해서는 그다지 기능을 발휘하지 못하고 그의 그러한 심리적 통점(痛點)만을 둘러싸고 작용했다. 결국 작전이라든가 통수라든가 하는 것이 문제가 아니고 군장(軍將)의 성격이나 심리적 문제일 것이다.

러시아인은 원래 둔중한 민족으로 인정받고 있다. 항상 서구인들로부터 그렇게 불리었고 러시아인 자신도 그 점에 열등감을 갖고 있었다. 그러나 크로파트킨은 그 명민성과 기민성이라는 점에서 러시아인답지 않은 점이 있었다. 러시아인답지 않은 사나이라는 것이 개전 전까지의 러시아 궁정이나 군부에서 그의 명성의 바탕으로 되어 있었다.

"크로파트킨은 러시아 제일의 명장이다."

이 생각에는 러시아인 누구나가 의심하지 않았다. 요컨대 그의 명성은 러시아인의 열등감을 뒤집어놓는 작용으로서 성립해 있었던 것이었다.

그 13일 그는 퇴각을 결의했다.

"승리는 의심할 바 없다."

사하전을 발동하기 직전 전군에게 포고한 이 사나이가 말이다. 더구나 그 포고문에는 이런 의미의 말이 씌어 있었다.

"병력은 충분하다. 그렇다고 해서 그것에 안심해서는 안된다. 상하가 모두 어떠한 희생도 돌보지 않고 종국의 승리를 얻을 큰 결심이 없으면 안된다."

그 희생이라는 것에 가장 과민한 반응을 나타낸 것은 그의 장병이 아니라 그 자신이었다는 것은 역설적인 사실이다.

그가 퇴각을 결의한 것은 12일 밤의 오쿠군의 행동에 의해서이다(오쿠군의 좌익은 아키야마 기병 여단이었다). 크로파트킨은 자기의 서부 병단의 좌익이 오쿠군에 의하여 포위된 것을 알았다. 서부 병단의 병단장은 자기 상사인 제6군단장 조보레프 대장에게 원병을 청했으나 받아들여지지 않았기 때문에 퇴각했다. 이 때문에 러시아군은 서부 전선과 동부 전선 사이에 커다란 구멍이 생겼다. 그 구멍에 구로키군의 주력이 들어와 분단할 기세를 보였다.

"이것은 비상 사태이다."

크로파트킨은 책상을 두드리며 외쳤다고 하는데, 장본인인 구로키군이나 오쿠군은 그다지 두뇌적인 작전 행동을 하고 있었던 것도 아니고 단지 정신없이 마구 공격하고 있었음에 불과했다. 크로파트킨은 늘 혼란된 전선 속에서 자신의 패배를 스스로 일찌감치 인정해 버리는 인물이었다.

퇴각이라 해도 러시아군은 겨우 북쪽을 일본군에게 양보한 데 불과하다. 그들이 아직 세계 최강의 육군이라는 명예를 온전히 간직한 것은 사하를 넘어 도망치지 않고 그 남안에 머물러 있었기 때문이었다. 손자가 말하는 배수의 진이라는 것이 웬만큼 자신이 없는 한 이러한 포진을 불가능하다.

그렇더라도 러시아군을 사하까지 몰아넣은 13일의 일본군의 총전진이란 처참한 것이었다. 이날 밤 전 일본군은 자지 않았다. 불면의 공격을 계속했다.

"일본군의 연속적인 야습이 우리를 지치게 했다"는 대목이 러시아군의 기록에 있다. 한 번뿐인 야습이 아니라 몇 번이고 야습을 되풀이했다.

아키야마 요시후루가 소속된 오쿠군이 13일 밤 크게 전진했다. 물론 병사 한 명에 이르기까지 자지 않았다.

러시아군도 불면 상태에 놓였다. 마땅히 이런 경우 그 이튿날 아침의 공격은 느슨해지는 법인데 일본군의 이상한 점은 그 이튿날인 14일도 이른 새벽부터 맹공을 계속한 일이다.

"일본군에는 풍부한 예비군이 있다."

당연히 크로파트킨은 판단했다. 군대의 상식으로서 밤을 새워 전진을 계속했을 경우 그 이튿날의 공격은 새로운 부대가 교체하는 것으로 되어 있었다. 일본군은 그 풍부한 예비군을 투입하여 전선의 피로병과 교대시키고 있다고 크로파트킨이 생각한 것도 무리는 아니다.

그러나 사실은 그렇지가 않았다. 전날 밤을 새운 사병이 계속 14일도, 이른 새벽부터 전선으로 약진하고 있었다.

"예비군"

이것은 작전에는 필수적인 것이어서 장기로 말하면 대기시켜 놓은 말, 즉 언제라도 작전상의 대요청이 있는 경우 거기에 필요한 병력을 대량 투입한다는 것이 예비군의 효용이다. 오야마, 고다마가 그것을 풍부하게 장악하고 있다고 크로파트킨은 보았다. 그러나 실제로 오야마, 고다마는 단 한 명의 예비군도 갖고 있지 않았다. 대기시켜 놓을 수가 없는 것이다.

자연히 장기판 위에 있는 말로만 진퇴하지 않으면 안된다. 작전중의 말은 이미 피로할 대로 피로해 있다. 그러나 교대병이 없다는 현실에서는 어쩔 도리가 없다.

오쿠군의 제3사단(나고야)의 일부인 다카시마(高島) 대대 따위는 마침내 사하보(沙河堡)의 북쪽 끝에까지 전진하여 적의 포 14문, 탄약 차 수십 량을 노획했다. 단지 너무 진격하여 고립되는 위치에 빠졌다.

이에 대한 러시아군의 공격의 처절함은 형용할 수 없을 정도였다. 그 우세한 포병을 갖고 세 방면에서 포위하고 천지가 째지는 듯한 화력을 집중했다. 다카시마 대대는 모두 호 속에 들어가 이 대포화를 피했다. 그 근처 민가는 모조리 흩날리고 수목이란 수목은 모두 나뭇가지들이 달아나 새까맣게 탄 말뚝처럼 되었다. 경치가 일변했다. 포화를 뒤집어쓰고 있는 것은 다카시마 대대뿐만 아니라 부근에 있었던 모든 일본군도 같은 운명이 되었다.

이 일본군을 구한 것은 14일 저녁 4시경부터 하늘이 기울었는가 하고 생각될 정도의 기세로 내리기 시작한 호우이다. 이 때문에 러시아군은 목표를 잃고 공격을 늦추었다. 잠을 못잔 일본군은 이 호우를 다행히 여기고 호 속에서 다소의 휴식을 취할 수 있었다.

자연 현상 속에서 비라는 것만큼 인생에 깊이 파고 들어 있는 것도 없다. 전장에 있어서도 그러했다. 14일 저녁부터 내리기 시작한 호우는 병사들을 적시고 포를 적셨으며, 밤이 되자 마치 불을 끄듯이 전화를 약화시켰던 것이다.

"이 호우 속을 설마 러시아군이 공격해 오지는 않겠지."

피로할 대로 피로해 있는 일본군은 이런 마음으로 전날 밤부터 자지 못한 피로를 호 속에서 회복시키려 했다.

피로는 러시아군에 있어서도 마찬가지였다. 게다가 러시아군은 이 회전은 후반에 수동적이었기 때문에 진형이 지그재그가 되어 흐트러지고 말았다. 정돈이 필요했다. 이날 밤 크로파트킨은 그 작업에 착수했다.

"정돈!"

이 작업은 일본군에 있어서도 필요했다. 오야마 고다마의 만주군 총사령부는 이 호우가 내리는 저녁, 제군(緖軍)에 취지의 명령을 내렸다.

"회전 직후 정돈을 행하고 이후의 전진에 대비하라."

"총사령부는 싸움을 알고 있는가."

전선의 각군 참모들 중에는 이렇게 부르짖는 자도 있었다. 지금 러시아군이 동요하고 있는 틈을 타서 추격을 행해야 할 것이었다. 그래야 한다는 논의는 충분히 성립되었다.

그러나 그것은 논의에 지나지 않았다.

만약 여기서 오야마·고다마에게 신예의 3개 사단이 있고 또 충분한 포탄도 있다고 한다면 어떨까. 그것을 이 14일 밤 전선에 투입하여 완전히 피로

한 적에게 맹공을 가하면 러시아군을 사하에 몰아 넣고 그 전군을 강 속에 몰아 넣기는 그야말로 쉽다. 아마 러시아군은 궤멸적인 타격을 받을 것이다.

일본 육군은 러시아군에게 개전 후 한 번도 그 궤멸적인 타격을 주고 있지 않는 것이다. 싸움의 승리는 적에게 궤멸적인 타격을 가하는 일 없이 성립되지 않는다. 사하에 쫓긴 러시아군은 그야말로 일격으로 궤멸할 가능성이 있었다. 일본군은 그것을 할 수 없었다. 예비군도 포탄도 없다.

13일, 14일 양일간, 오야마 이와오는 사리대자(四里臺子)라는 부락의 한 고지에 올라가 전황을 보았다. 14일 저녁, 호우에 젖으면서 고지를 내려와서 고다마를 되돌아보았다.

"고다마 참모장, 간신히 승리한 모양이군요."

고다마도 일본군이 승세를 보이고 있는 것은 대강 짐작할 수 있었다. 그러나 엄밀한 의미에서의 승리는 아니다. 엄밀한 의미에서의 승리는 금주, 남산, 요양 이래 한번도 없었다. 이것을 칼싸움에 비유하자면 적을 향해 크게 전진하여 다소의 상처를 입으면서도 적의 살을 베었다. 그러나 적은 일보 일보 물러서기만 할 뿐 조금도 약화되지 않는다. 이 번에도 충분히 뛰어들었다. 그러나 적을 한칼에 두동강을 내어 그 생명을 끊는다는 것은 참으로 요원하며 적은 단지 전신에 상처를 입은 채 몇 발짝 후퇴했음에 불과하다. 그것을 오야마는 고다마에게 속삭였다.

"이제 슬슬 이쯤에서 정지할까요."

사하 회전에서의 일본군의 손해(死傷)는 2만 4백 97명에 이르렀다. 1개 사단이 몽땅 소멸한 셈이다.

러시아군의 손해도 대단했다. 일본군이 입은 손해의 몇 배나 되었다. 전장에 유기한 시체만으로도 1만 3천 3백 33명이며 포로는 7백 9명이었다. 사상자는 함께 6만 명 이상에 이르렀다. 일본군으로서는 러시아군의 뼈까지는 베지 못했으나 살은 깊이 베었다. 그러나 러시아군은 그 풍부한 보급력에 의하여 충분한 회복력을 갖고 있었다.

"연일 9열차"씩을 운반하는 시베리아 철도가 곧 러시아의 상처를 고쳐 줄 것이 틀림없다.

그 점에서 일본군은 절망에 가깝다.

비가 갠 16일에도 역시 각 전선에서 전투는 계속되었으나 이날 고다마 겐타로는 대본영의 야마가타 아리토모에게 전보를 치고 있다. 전문의 기초자는 소장 이구치 쇼고였다.

"바야흐로 적은 아직 하북안에 정지하고 흩어진 대오를 정돈하고 있음. 그 정돈을 끝내고 다시 공세로 전환할 계획을 갖고 있는 듯함."

적의 정세를 이렇게 설명하고 말했다.

"이 시기에 지금 한 번 타격을 가하는 것이 가장 유리하며 또한 아군 병력 사기도 모두 지금 우세한 위치에 있음."

확실히 우세하리라. 적에게 육만 이상의 손해를 준 직후이니까.

"그러나 유감스럽게도 포탄 결핍 때문에 이것을 실행할 수 없음……부득이 사하의 선에 견고하게 진지를 구축하고 다만 탄약의 보충을 기다려야 함은 참으로 유감임."

이에 대하여 대본영의 야마가타 참모총장은 곧 답전을 보내 왔다.

"전보, 알았음."

이것은 첫머리이고 이하는 구어역(口語譯)이다.

"포탄에 관한 일은 여러가지 방법을 강구하고 있다. 예컨대 제조력을 늘이고 또 외국에 주문하는 등 전력을 기울이고는 있으나, 지금 곧 풍부한 보급을 할 수 없음은 천세의 한이다. 지난날 총리 저택에서 나는 군을 위한 보급품 전달에는 금전을 아껴서는 안된다는 것을 주장했는데, 참석한 여러 각료들은 아무도 반대하지 않았다. 정부도 거기까지 이해를 하고 있는데 아무튼 오늘날 갑자기 보급 능력을 확장할 수 없음이 분하다."

요컨대 사하 회전은 10월 18일경에는 대체적인 종식을 보았다. 러시아군은 사하의 선에서 물러나 전력을 회복하기까지의 시간을 벌기 위하여 진지 구축을 시작했다.

일본군도 20일, 만주 총군이 전군에 대하여 방어 진지를 견고히 할 것을 명했다. 자연, 양군이 저마다 호(壕) 속에서 노려보는 꼴이 되었다.

이후 사상 유명한 '사하의 대진(對陣)'이 시작되는 셈인데, 이때 맹공주의인 일본군으로서는 본격적인 야전 진지가 만들어지게 되었다. 돌출부에서는 적에 대해서 겨우 수백 미터의 거리를 두고 참호가 파여졌다. 이윽고 수십 킬로에 이르는 장대한 참호선이 완성되어 진지와 진지 사이에는 가로 세로의 연락로가 만들어졌다.

11월이 되자 만주는 이미 겨울의 양상을 나타내기 시작했다.

양군 다 동영(冬營)을 하지 않을 수 없다.

동영이 시작되었다.
"결국 진영(陣營)을 구축하고 겨울을 넘기게 되겠지."
사하 회전 후에 재빨리 이런 상황을 감지한 것은 후방에서 보급을 담당하고 있는 병참 기관 쪽이었다. 그들은 본국에서 보내오는 포탄이나 군량과 마초를 모아 그것을 전선에 보내는 일이 마땅한 것으로 보았다.
"이렇게 포탄이 없어서야 도무지 전쟁을 할 수 없다. 이 겨울 동안은 진지에서 굴 속에 들어 있는 상태가 될 거야."
전선보다 도리어 후방 보급 기지에 있는 편이, 전쟁의 실상이나 경과를 알수 있는 법이었다. 보급이 바로 전쟁이라는 생각은 이런 데서 일하고 있는 자들에게 정착되어 있었다. 예컨대 병참 경리부장인 아카오 세보쿠(赤尾淸穆)라는 사람은 "방대한 목탄이 필요하다"는 것을 눈치채고 다수의 상인을 모아 만주 각지에서 목탄을 수집하기도 하고 또는 칠령자(七嶺子) 부근의 산림을 벌채하여 이것을 제조했다. 영하 몇 십 도라는 극한(極寒)의 야외에서 전 일본군이 동영하게 되면 목탄에 의지할 수밖에 없다. 포탄은 없었지만 목탄을 쌓아 올리는 것만은 훌륭할 정도로 잘 되어 3백만 근 이상의 대량의 목탄이 요양에 집적되었다. 야외에 쌓여 그 높이는 두 길을 넘고 멀리서 보면 거기에 중국식의 대성벽이 만들어진 듯한 경관을 나타냈다.
이 같이 후방은 싸움의 전망에 밝았으나 전선의 참모나 지휘관들은 목적 현상에 사로잡혀 있기 때문에 동영이라는 점에서는 계획적이지 않았다.
그들은 처음에 부대마다 보통의 산병호나 엄보(掩堡)를 파게 했다. 그러나 11월이 되어 싸움이 지구전(持久戰)이 될지도 모른다는 이유로도 동면이 가능하도록 연구하는 한편, 보루나 포루 따위의 반영구적인 공사도 시공되기에 이르렀다. 교통호나 갱도까지 파게 된 것은 꽤 나중의 일로 그 물벼에 풀은 마르고 눈은 얼어, 지하 1미터쯤 땅이 얼어서 내려치는 곡괭이가 튕겨 나왔다. 이윽고 전군이 지하로 들어갔다.
요컨대 사하전은 포탄 부족 때문에 중지하지 않을 수 없었다. 야마가타 아리토모는 이 책임을 "여러 해 동안의 소극적인 계획 때문에"라고 막연한 표현으로 회피하고 있으나, 요컨대 일본 육군이라는 것에는 보급 관념이 체질적인 결함으로 처음부터 결여되어 있었다.

이를테면 일본 육군의 상비병은 13개 사단이며 전투원 20만, 전시에 소집하는 후비병을 합치면 30만이다. 이 동원 계획은 물론 서양의 흉내로, 참모본부에서는 평시라 할지라도 늘 준비하고 있다.

그런데 전시하에서 포탄을 생산한다는 것을 전 육군이 잊고 있었다. 같은 일본인이라도 해군 쪽은 그것을 충분히 준비하여 전시 생산 능력을 충분히 갖추고 있었다는 것은 무슨 일인가.

놀랍게도 육군에는 도쿄, 오사카의 양 포병 공창의 포탄 제조 능력이 두 공창을 합쳐서도 하루 겨우 3백 발밖에 안되는 것이었다. 3백 발이라는 것은 포병 1개 중대가 신속히 사격하면 겨우 7분 30초로 다 쏘아 버린다는 정도의 수량이다. 거짓말 같은 이야기지만 일본 육군이란 요컨대 그 같은 지능상의 결함이라고밖에 말할 수 없는 체질을 최초부터 갖고 태동하고 있었던 것이다.

여순 총공격

여순 요새(旅順要塞)의 격전은 그대로 계속되고 있었다. 9월 19일, 노기 (乃木)군의 모든 힘을 다한 두 번째의 총공격도 참담한 실패로 끝났다. 작전 당초부터 사상자는 벌써 2만 수천 명이 넘는 경이적인 숫자에 달했다.

이미 전쟁이라기에는 너무 처참해서 재해(災害)라고 해야 옳을 것 같았다.

"공격의 주목표를 203고지에 국한시켜 주었으면 좋겠다."

해군의 이러한 요청은 애원으로 변해 갔다. 203고지만 함락시키면 된다. 거기서라면 여순항을 내려다볼 수 있게 된다.

대본영 육군부(大本營陸軍部)의 참모본부에서도 이 전략을 잘 이해하고 있다. 참모총장인 야마가타 아리토모(山縣有朋)도 잘 알고 있었다.

"그럴 필요가 없다."

오직 현지군인 노기군 사령부만은 어디까지나 부대를 요새 정면에서 대결 시켜, 밀어붙이는 기세로 공격해 가는 방법을 고집했고, 그 결과로 같은 나 라 국민을 전혀 보람 없는 사지에 계속 몰아 넣고 있다.

무능한 자가 권력의 자리에 눌러앉아 있기 때문에 생기는 재해가 이렇게 막대한 것은 일찍이 없었던 일이 아니었던가.

"노기를 갈아치워라."

이런 소리는 벌써부터 도쿄(東京) 대본영의 일치된 의견이었다. 노기를 지지하는 야마가타 아리토모까지도 같은 의견이었다. 그러나 경질에 관해서는 노기의 직속 상관인 오야마 이와오 총사령관의 동의가 필요했다.

"그렇게 하면 오히려 폐해가 있다."

그러면서 오야마는 묵살해 버렸다. 사령관이란 일군의 상징이므로 작전 진행 과정에서 바꾸게 되면 사기에 영향이 미치게 된다. 싸움은 작전과 사기로 결정되는 것이다.

"작전이 졸렬하면 참모진을 개편하는 것이 좋을 것이다. 그러나 그 참모 인사도 현재대로 두는 것이 좋다. 현재의 진용으로 달리 전략을 짜는 것이 좋겠다."

오야마 총사령관은 신중을 기했다. 참모장인 이지치 고스케(伊地知幸介)의 목을 자르는 것은 어렵지 않지만, 그렇게 되면 노기군의 장병들은 새삼스럽게 '여태까지의 작전에서 많은 전우들이 죽게 된 것은 노기와 이지치의 책임이다'라는 것을 알게 될 것이고, 따라서 군은 동요하여 마침내는 사기의 붕괴마저 막을 수 없게 될 지도 모른다.

오야마는 그것이 두려웠다. 오야마가 달리 생각이 있다고 한 것은, 계통이 다르기는 하나 고다마 겐타로(兒玉源太郎)를 노기 이지치의 뒤에서 복면의 지휘를 맡게 하는 것이었다. 이렇게 하면 노기도 이지치도 다치지 않고 사기의 붕괴도 막을 수 있을 것이다.

그런데 오야마는 과묵한 위인이어서 이 기회에 그의 생각을 입 밖에 내지는 않았다. 까닭은 고다마가 당시 사하(沙河)의 대회전(大會戰)을 수행중이어서, 몸을 두 개로 나누지 않는 한 여순으로 갈 수는 없었기 때문이다. 오야마는 시기를 기다렸다.

오야마 총사령부의 참모들도 노기의 능력을 누구 한 사람 인정해 주지 않았다. 노기의 작전을 담당하고 있는 이지치의 어리석은 고집에 대해서는 이미 모두 미워했다.

"오야마 각하는, 여순에서의 무익한 살생이 이지치에게 책임이 있다는 것을 잘 알고 계시면서 바꿔치지 않는 것은 역시 고향인 사쓰마(薩摩) 사람이기 때문이 아닌가."

그렇게 말하는 사람도 있었다.

일본의 육군 병력은 밑바닥이 드러났다. 장기를 예로 든다면, 대국(對局)에서 예비 말이 필요한 것처럼 전쟁에서도 그런 말이 필요하다. 그가 가지고 있는 말이 '예비대'라는 것은 앞에서도 지적했다. 야전(野戰)에서 작전중인 군사령관이나 사단장들도 반드시 예비군을 대기시켜 놓고 진군을 지휘한다. 그래서 필요한 결정적인 전기(戰機)를 포착하게 되면, 날쌔게 그 예비군을 투입하여 적의 목을 눌러 버리는 것이다.

육군에는 이 예비군이 필요했다. 그 예비군을 대본영에서는 소중히 아껴서 국내에 배치해 놓게 했다.

　　제7사단(아사히가와)
　　제8사단(히로마)

이 2개 사단이다. 러시아가 본국에 아직도 백 만의 예비군을 배치해 놓고 있다는데, 일본은 전체 육군에 겨우 2개 사단 3만 정도의 병력밖에 갖지 못했다는 그 빈곤만으로도 위기였다. 이것이 요양 회전(遼陽會戰) 전인 이해 여름까지의 상황이었다.

그런데 만주의 전장(戰場) 상황을 말한다면, 한 전투마다 출혈이 막대하고, 병력의 만성적인 부족으로 제7 또는 제8의 어느 사단이라도 파견해 주지 않으면 도저히 러시아의 대병력과 대결할 수 없다는 사실이 차츰 명백해졌다.

7, 8월 무렵에 가서야 "여하간에 1개 사단을 보낸다"는 결정에 도쿄와 현지의 의향이 일치했다. 문제는 어디로 보내느냐에 있었다.

——만주 평야의 주력 결전장인가.

——여순인가.

그 중 하나였다.

두 방면 다 이미 불이 붙어 있었다. 여순의 노기군 사령부에서는 이랬다.

"하여튼 보내라."

대본영에서는 결단을 주저했다. 결정 없이 제8사단을 동원해서 오사카에 집결 대기시켰다. 오사카에서라면 명령이 떨어지는 대로 곧 승선시킬 수 있기 때문이었다.

전장(戰場)은 신선한 피를 요구하고 있었다. 한 차례의 전투마다 줄어드는 병력 보충에 지금까지 소집한 후비병을 보냈다. 후비병은 나이도 많고 처자가 있는 사람이 많아 전투병으로서는 현역병보다 상당히 뒤떨어진다는 것이 이 세계의 상식이며 사실이다.

그러나 본토에 배치해 둔 제7, 8사단은 신예 그대로인 현역병 사단이었다.

"그런 병사들을 여순 같은 데 보낼 수 있는가."

이것이 대본영의 일치된 기분이었다. 노기 군은 전술의 전환도 없이 신선한 피만을 요구해 오고 있다.

"일본으로서는 소중한 이 사단을 함부로 무능한 작전으로 전멸시켜 버릴 수는 없다."

이러한 기분들이었고, 참모본부 차장인 나가오카 가이시(長岡外史) 같은 사람은 '극히 어리석은'이라는 말을 인용하기까지 했다.

그러나 극히 어리석은 생각인 줄 알면서도 결정에는 주저했다. 여순이냐 만주 평야냐, 의 선택에 우왕좌왕해 온 나머지 대본영은 의례적이기는 하나 메이지 천황의 판단을 구하기로 했다. 운수의 제비라도 뽑는 그런 심정이었으리라.

오사카에 동원하여 집결 대기시킨 제8사단은 아오모리(靑森), 이와테(岩手), 아키다(秋田), 야마가타(山形) 출신자들로 구성되어 있었다.

그들이 오사카에 집결한 것은 9월초였는데 '행선지는 여순일 것이다' 하는 걱정이 사병들의 마음속에 무겁게 자리잡고 있었다.

"여순으로 가는 자들은 사기가 죽어 흡사 도살장으로 끌려가는 양과 같다."

이런 기분은 일본 육군의 최강 사단의 하나인 히로마 사단에 있어서도 예외는 아니었다.

하지만 이 사단은 여순으로 가는 길을 모면하는 행운을 얻었다. 이 사단이 오사카에서 대기중, 어디로 보낼 것인가에 관해 대본영과 현지군의 고다마 겐타로와의 사이에 십여 차례의 전보 연락이 있었는데, 드디어 고다마는 이렇게 낙착했다.

——대본영에 일임한다.

대본영에서도 결정을 짓지 못하게 마침내 메이지 천황의 결단을 구하기로 한 것은 이미 말한 바와 같다. 그 결단은 9월 27일에 이루어졌다.

"북진시켜라."

북진이라면 만주 평야에 보낸다는 것이며, 여순에는 보내지 않는다는 뜻이다.

이 사단은 보신 전쟁(戊辰戰爭) 때 이른바 적군측(賊軍側)의 사관으로서 관군의 장수인 야마가타 아리토모를 혼이 나도록 괴롭혔던 다쓰미 나오부미(立見尙文) 중장이 인솔하고 있었다. 다쓰미는 천재적인 야전 지휘관으로서, 히로마 사단 뿐만 아니라 다쓰미 개인이 전장에 나타나기만 해도 큰 전투력이 된다고 일컬어져 왔다.

이 사단은 오사카에서 해상으로 수송되어, 이윽고 전장에 다다랐을 때에는 요양전(遼陽戰)은 이미 끝나 있었다. 그렇긴 했으나 사하전(沙河戰)에는 참가할 수 있었다. 사하 전투에 히로마 사단이 참전할 수 있었다는 것은 이 작전 승리의 요인의 하나이기도 했다.

고다마는 대본영에 대해 이례적인 전보를 치기까지 했다.

"성단(聖斷)의 밝으심에 감격하는 바."

그런데 전일본군의 암처럼 되어 있는 여순의 노기군 사령부에서는, 히로마 평야 결전 대로 사용된 것을 불평하면서 요청을 연거푸 해왔다.

"아사히가와(제7) 사단을 보내라."

이 아사히가와 사단을 출국시켜 버리면 일본 안의 예비군은 하나도 없게 되어 버린다.

"여순으로 보낸다면 최초의 돌격 전투로, 사단의 대부분은 없어지게 될 것이다."

대본영에서는 그렇게 말하고 있었다.

그러나 9월도 가고 10월이 되자, 월말의 여순 총공격도 엄청난 유혈만 보았을 뿐 헛되어 실패하여 그 병력의 보충은 불가피해졌다. 불가피하다기보다도 발틱함대가 다가오고 있는 때이므로 다급해진 것이다.

그런데도 아직 대본영에서 새삼 고려할 필요조차 없는 이런 회의에 빠져 있게 되었다.

──여순에 아사히가와 사단을 보낼 것인가.

그것은 노기군 사령부의 두뇌작전에 대한 불신 때문이었다.

대본영의 번민은 오로지 그 점에만 거듭 집중되고 있었다.

노기군의 참모장인 이지치 고스케의 능력이나 성격에 대한 평가는 이미 결정적이었다.

이지치는 거듭해 온 작전상의 실패를 자기 방침의 실패라곤 생각지 않았다.

"죄는 대본영에 있다."

그는 공언했다. 대본영에서 필요한 대로 포탄을 보급해 주지 않았기 때문이라고 이지치는 도쿄에서 오는 연락원들을 붙잡고 말했다. 이것은 대본영에 대한 가혹한 방언(放言)일 것이다.

대본영은 야외 결전용의 야포, 산포의 탄환 제조를 한동안 중지하면서까지 공성용 포탄을 만들어 냈다. 그 점에 대해서는 야외 결전을 지도하고 있는 고다마의 양해도 받았던 것이다.

——여순을 우선적으로.

고다마는 자기 쪽의 포탄 부족에 비명을 올리면서도 이렇게 전국(戰局) 전반을 내다보면서 판단하고 있었다.

노기군의 이지치는 그러한 객관성 있는 시야와 관점을 갖지 못하는 성격인 것 같았다. 게다가 또 언제나 자신의 실패를 남의 탓인 것처럼 전가하려는 일종의 여성적인 성격의 소유자인 것 같기도 했다.

"포탄 탓이다."

이렇게 말한 이지치의 무책임한 말이 도쿄에 있는 야마가타 아리토모의 귀에도 들어갔다. 야마가타는 참을 수 없어 노기 마레스케 사령관 앞으로 장문의 전보를 쳤다.

"여순 공격이 뜻대로 진행되지 않는 이유는 오로지 포탄 부족에 있다는 것을 귀관의 참모장은 자주 공언하고 있다고 한다."

"생각해 보라. 우리 나라의 생산 시설이 빈약하다는 것을 생각하면 포탄에 대해서도 어느 정도로 만족하지 않을 수 없음은 이해하고 있을 것이 아닌가. 그 포탄에 대해서도 별지와 같이 대체로 귀관이 요구하는 대로는 보내 주고 있는 터이다."

"여순에 포탄을 보급하기 위해서 대신(大臣)을 비롯한 관계자들이 증산이다, 구입이다, 하여 밤낮 고심하며 온갖 비상 수단을 다하고 있다. 그랬기 때문에 어려운 중에서도 크게 증가하게 된 것이다."

"참모장이라는 자가 그러한 언사를 쓴다는 것은 아군의 위신을 손상시키고 포위 공격군의 사기를 떨어뜨리게 할 뿐만 아니라, 참모장 자신을 위해서도 이롭지 못할 것이다."

"애당초 포탄 부족에 대한 의견이 있었다면 출정에 앞서 논의했어야 하지 않았던가."

이지치는 출정 전에는 참모본부의 포병부장이었다. 자기의 전문인데도 출정 당시에는 그것을 전혀 깨닫지 못했다. 야마가타는 이 점을 찔러 추궁했다.

"그런데도 몇 번의 공격이 있은 후에야 비로소 그 부족함을 느끼고 말썽을 부리는 따위는 대체 무슨 노릇인가?"

그렇게 쓴 다음 말이 지나쳤다고 생각했는지 야마가타는 다시 말했다.

"물론 나는 참모장의 무책임한 말을 풍문으로 들었을 뿐 확인한 것은 아니다. 그러나 이것이 만약 사실이라면 엄격히 문책하라."

이렇게 덧붙이까지 했지만, 노기 마레스케라는 인물은 스스로는 엄격한 정신가(精神家)였으나 자기 부하들에 대해서는 큰 소리로 꾸짖지도 않을 뿐더러, 이지치의 의사에 따라 움직이는 일이 많았다. 이를테면 노기군 사령부는 너무 후방에 자리잡고 있기 때문에, 요새 밑의 처참한 전투의 실황을 몰랐다. 그래서 사령부를 전진시키자는 소리도 받아들이지 않았다.

이지치가, 사령부는 후방에 있어야만 포성 때문에 작전 구상을 그르치는 일이 없을 것이라고 했기 때문이다. 야마가타의 이 질책에 대해서도 노기는 끝내 이지치에게 알리지 않았다.

여담이지만, 고다마 겐타로의 좌우의 전술가로 알려진 인물로서 이구치 쇼고(井口省吾) 소장과 마쓰카와 도시타네(松川敏胤) 대령이 있었다.

이구치 쇼고는 시즈오카(靜岡) 현 출신으로 사관학교 제1기생인 것은 앞서 말한 바 있다. 제1기생이라면 메이지 12년(1879년)에 소위로 임관된 9명이다. 이 9명 중에는 참모본부 차장인 나가오카 가이시와 노기군 참모장인 이지치 고스케가 있었다.

이구치는 작전가로서는 좀 소극적이었으나 일종의 평론가로서 이번 사하 전투가 끝날 무렵, 각군의 참모들을 찬양하기도 하고 헐뜯기도 했다. 그런 사실들을 편지로 나가오카에게 보냈다.

내용은 몹시 날카로웠다.

이구치는 구로키군(黑木軍)의 명참모장으로서 실적이 있는 후지이 시게타 (藤井茂太) 소장을 편지 속에서 깎아 내렸다.

"저 사나이는 독물(毒物)이다."

자기가 싫어하는 휘하의 참모를 교묘하게 책동하여 축출하는 데 정평이 난 동시에, 후지이는 부하의 공로까지 독점하려 드는 점도 있는 것 같았다. 요컨대 참모장으로서는 드문 재사(才士)이지만, 재사라고 일컬어지는 인물 들이 일반적으로 가지고 있는 덕기(德氣)의 부족이 후지이에게는 더욱 짙었 다.

이구치 쇼고의 말을 빌면, 이 대러전쟁(對露戰爭)이라는 마치 줄타기와 같은 위험한 전쟁을 치러 가는 마당에 이런 따위의 인물을 상부에 앉히는 것 은 군의 통솔상 적합하지 않다는 것이다.

이구치의 후지이에 대한 평은 신랄하기 짝이 없다.

"이후로도 현재대로 앉혀 두게 되면 제멋대로 무슨 짓을 저지르게 될지 모 를 위험 천만한 독물이기 때문에."

이구치 쇼고의 눈으로 본다면, 과연 후지이와 같은 빈틈없는 재사는 독물 로 보여 질 것이다. 비판자인 이구치는 중후한 사고력의 소유자이기는 했으 나 사하 전투의 공세 계획에 반대했던 것처럼 자중과 중용(中庸)의 성격이 어서, 모험심에 찬 사고력은 갖지 못했다. 그런 성격으로 해서 이구치는 전 후, 육군의 미래상을 파악하지 못한 채 구식 전술가로 뒤떨어져 버렸다.

이러한 이구치와 같은 성격에서 본다면 후지이의 곡예사와 같은 재능은 그 장점보다도 그 이면의 성격적 위험성이 훨씬 더 눈에 띄게 되었을 것이 다.

이구치 쇼고의 각군 참모들에 대한 비판은 후지이에 대한 채점이 가혹했 으나, 그 이상으로 매도(罵倒)해 온 것은 노기군의 참모 이지치 고스케였 다.

"제3군의 이공(伊公)."

이런 호칭으로 부르면서 후지이와 이공을 매장하라고 했다. 그러나 이 두 사람의 매장이 매우 어렵다고 사연에도 언급하고 있다. 후지이는 효고 현 (兵庫縣) 출신으로 사쓰마 조슈 문벌(門閥)은 아니지만 상사의 마음을 사로 잡는 데 여간 능숙할 뿐 아니라 "사람을 농락하는 재간이 좋다"라는 따위로 표현되었다. 거기에다 또 이렇게 덧붙였다.

"이공은 원수(元帥 : 오야마)와의 관계 때문에 우리 만주 총군으로서는 곤란하다."

이렇게 험한 격전 속인데도 불구하고 참모들의 세계란 직무적인 성격 탓인지는 모르나 얼마나 까다로웠는가를 짐작할 수 있다. 한편 이런 유의 까다로움은 일본 육군의 특징이지 일본 해군에는 거의 없었던 것 같다.

어쨌든, 여순의 일본군은 '노후변칙(老朽變則)의 인물'로 은근히 빈축받고 있는 참모장을 작전 두뇌로 삼고 악전 고투의 사력을 다하고 있었다. 한 인간의 두뇌와 성격 때문에 이처럼 오랫동안 재해를 끼쳐 온 실례(實例)는 역사상 없었던 일이다.

그동안에 거국적으로 공포심을 일으켜 온 발틱함대가 이미 러시아 본국에서 출범해 버렸다.

"만약 여순이 함락되지 않은 상태로 일본 해군이 발틱함대와 맞부딪쳐야 한다면 어떻게 될 것인가."

도쿄의 해군 군령부에서는 이런 불행한 예상을 전제로 해서 작전을 연구하고 있었다. 그러나 거기에는 일본의 패배라는 대답밖에 나오지 않았다.

도고 함대만은 그런 상황 아래서도 발틱함대를 이길 것이 틀림없었다.

"이기기는 이긴다."

해군 대신 야마모토 곤노효에는 그 점에 대해서는 조금도 불안을 품지 않았다. 야마모토는 러시아 함대에 이겨내기 위하여 일본 함대를 만들었으며, 함대의 질적인 위력이나 사병의 능력은 모두 러시아와 비교해서 월등히 우세했다.

그런데 대전략의 요청은 이기는 것만으로 족한 것은 아니었다. 발틱함대를 1척도 남김없이 침몰시켜 버리지 않으면 안된다.

왜냐하면 발틱함대의 거함(巨艦)이 두세 척만이라도 남아서 함락되지 않은 여순항으로 피해가게 되면 육군의 병력이나 물자의 해상 수송은 계속 위협을 받게 될 것이고, 따라서 만주 평원의 일본 육군은 조금씩 허물어져 버리고 말 것이다. 그것은 명백한 사실이다.

"1척도 남김없이 침몰시켜야 한다."

러일전쟁은 대전략이라야만 그 자체의 승리를 얻을 수 있다. 하지만 적의 대함대를 1척도 남김없이 바다 밑으로 쓸어 넣어 버린 전례(戰例)는 일찌기

세계 전사(世界戰史)에 있어 본 적이 없다.

"그렇긴 하지만, 무리이건 어떻건 그렇게 하지 않고서는 일본 국가가 존립할 수 없다."

이것은 야마모토 곤노효에의 의견이다. 이 의견은 논의도 궤변(詭辯)도 아닌 산술 해답과 같이 움직일 수 없는 직설(直說)이었다.

육군 참모총장인 야마가타 아리토모 같은 인물도 야마모토의 말을 듣고서야 알아 차리고 '과연 지당한 의견이다'고 받아들여 현지군인 오야마 이와오와 고다마 겐타로를 독려했다. 오야마나 고다마도 말할 필요조차 없이 충분히 깨닫고 있었다.

그 두 사람은 야마모토와 같은 구상의 대전략의 테두리 안에서 움직이고 있었다. 다만 형식상 오야마·고다마의 지배 아래 있는 노기군 사령부가 그 대전략에 대한 이해도가 극히 희박하여 그들 막료들이 회의를 할 때마다 말하고 있다.

"해군은 너무 조급히 서두르고 있다. 육군에는 육군으로서의 방편이 있다."

이처럼 그 문제를 대전략이라는 고차원(高次元)에서 육해군 대립이라는 저차원으로 끌어내려 사리를 평가하는 것이 고작이었다.

그런 까닭에 해군에서 주장하고 있는 203고지에 대한 주력 공격을 노기군 사령부는 계속 거절만 해왔다.

그러나 현실은 진행되고 있다. 발틱함대는 벌써 회항 행동을 개시하고 있었다.

발틱함대의 사령관인 로제스트벤스키 중장은 흡사 일본의 육군 대신 데라우치 마사다케(寺內正毅)를 닮은 것 같았다.

창조력이 없고, 창조해 보려는 생각도 없었다. 사무가로서 사무에 신경을 쓰고, 전능력을 사물의 정돈에만 쏟고, 규율을 좋아하며, 부하들의 잘못만 발견하려는 충동이 이상할 정도로 강한 점에서 쌍방은 똑같이 군의 장수라기보다는 천성적인 헌병(憲兵)이었다.

뿐만 아니라 이 양자의 신분이나 위치는 누구보다도 안정되어 있었다. 왜냐하면 로제스트벤스키는 황제 니콜라이 2세의 총애를 받는 신하였고, 데라우치 마사다케는 야마가타 아리토모를 중심으로 한 조슈 벌(閥)의 사무국장

격인 존재이기 때문이다.

일본으로서 다행스러운 것은, 데라우치가 육군 대신이라는 행정관의 위치에 취임하여 작전 일선에 나서지 않게 된 점이었다. 그리고 로제스트벤스키는 대일 전쟁의 운명을 결정짓게 될 대함대의 사령관으로서 해상을 달리고 있는 것이다.

로제스트벤스키는 일찍이 시종무관을 지냈는데, 장중함과 청결한 환경에 이상하리만큼 집착하는 인물이어서 이런 종류의 의전직(儀典織)에는 안성맞춤이었다.

그는 급사 감독과 같은 적성을 지니고 있었다.

"러시아가 가진 가장 유능한 제독이다."

황제 니콜라이 2세는 그렇게 믿고 있었지만, 그의 부하들은 속으로 그렇게 생각하지 않았다.

"저자는 우물(愚物)이다."

이렇게 본 사람은 러시아의 개명적(開明的) 정치가인 비테 백작이었던 모양이다.

로제스트벤스키는 개전초에 해군 군령부장(서리)의 중직에 취임했다.

'중직(重職)'

이것은 일본식 표현이다. 일본의 해군은 그당시 갓 조직된 것이었기 때문에 상하의 소통이 잘됐고 직무 분담은 합리적이었다. 군령 부장은 작전의 두뇌로서 그의 작전 명령은 해군의 구석구석에까지 전달되었다.

그런데 러시아의 국가 조직이나 해군 조직은 노화(老化)할 대로 노화해서, 한 예를 들면 극동의 해군 전략에 관해서 본국 군령부장의 권한은 거의 없었으며 극동은 극동대로 황제의 총신(寵臣)인 알렉세예프 극동 총독의 독단에 맡겨져 있는 형편이었다.

개전 당시 군령부장 로제스트벤스키는 궁정 회의(宮廷會議)에서 주장했다.

"유럽 러시아의 모든 항구에 들어오는 외국 상선은 철저하게 현장에서 검사해야 한다."

그는 다른 사람들이 어떻게 말하건 양보하지 않았다. 이렇게 제안한 이유는 "일본 군함이 외국 상선으로 변장하여 몰래 기항하기 때문"이라는 것이었다.

동석한 비테는 이 주장을 듣고 이상한 생각을 품지 않을 수 없었다고 그의 회고록에 써 놓았다.

'이 사람은 바보인가, 아니면 겁장이인가.'

발틱함대가 편성된 것은 이해 4월 30일이었다.

"태평양함대"

지금까지 그렇게 불려 온 것은 여순, 블라디보스토크 두 항구를 기지로 삼고 있는 '동양함대'였다. 이 극동함대는, 블라디보스토크라는 도시 명이 '동(東)을 정복하라'는 의미인 것처럼 중국과 조선 침략을 위한 러시아의 위압용 함대였다.

그 태평양 함대만으로도 일류국의 전해군에 필적하는 것이었는데, 그것이 도고 함대의 끊임없는 압박을 받고 있을 뿐 아니라 제독 마카로프까지 전사하게 된 것은 러시아 제국의 위신을 크게 손상시켰다.

그러나 러시아엔 아직 본국 함대가 건재했다.

"그걸 동양으로 보내자."

그래서 유럽의 각 수역에 배치되어 있던 군함들을 발트 해상에 모아 새로 편성하고 이름을 제2태평양함대라고 명명했다.

"경(卿)이 그 대 사령관이 되라."

황제의 지명으로, 총애받는 시종무관(해군 군령부장 겸임) 로제스트벤스키가 취임했다.

그는 성의껏 준비에 착수했다. 어느 군함을 편입하고 어느 군함을 제외하는가, 하는 따위의 작업에서부터 군함의 정비, 거기에 함대 편성 후의 훈련에 이르기까지 나날을 정신없이 바쁘게 보냈다.

그의 재능은 한낱 관료(官僚)에 적당한 것이었지만, 단정하고 위엄이 넘치는 용모의 소유자인 그는 스스로는 그렇게 생각하지 않았다.

"나와 내 휘하의 함대가 극동에 가면 기필코 승리한다."

이런 자신이 있었다. 그의 자신감은 적과 아군의 전력에 관한 정확한 파악이나 전략에서 얻어진 것이 아니었다. 그를 총애하는 그의 황제가 일본인을 공문서에서까지 '원숭이'라고 호칭하고 있는 것처럼 백인(白人)의 우월성뿐이었다. 백인이 극동의 섬나라의 열등 인종에 질 까닭이 없다는 것을 그는 무조건 믿고 있었다.

대전략으로도 이 함대를 극동으로 파견하는 것은 필요한 것이었다.

"이 함대를 일본 근해에 파견하여 일본 함대를 전멸시키고 일본 육군을 만주에 고립시켜 쓸모없게 해버린다."

이것이 전략적 의의였다.

"그러나 성공할 수 있을 것인가?"

이런 의문이 해군부내에도, 각 부처의 대신들 사이에도 스며 있었다.

무엇보다도 그 극동의 회항(回航)이란 것이 문제였다. 일본까지 일만 팔천 해리나 되는 정신이 아득해질 정도로 먼 거리가 문제로 놓여 있을 뿐 아니라 이만한 대함대가 회항하는 것이다. 그 항해 도중의 보급만 해도 큰일이었다.

병사들의 사기가 유지될 것인지도 의문이었다. 어쨌든 이만한 대함대의 회항 그 자체가 역사상 일찍이 없었던 사업이었다.

"과연 가능할 것인가?"

해군의 전문가들까지도 걱정했다.

회항, 그것부터가 큰일이었다. 전투는 회항이 성공한 다음의 문제였다. 그 전투에 있어서도 과연 이길 수 있게 될 것인가.

이 점에 있어서, 슬라브인이 뒷날 대미(對美) 전쟁에서 보여준 일본 육군 수뇌부보다 뛰어나 있었던 것은 냉정한 판단을 내리는 실무자들이 많았다는 사실이다.

"이길 수 없다."

예컨대 함정 '알렉산드로 3세'의 보프보스토프 함장은 이런 걱정을 했다.

"회항 도중에 고장이나 기타의 원인들로 말미암아 함대의 태반은 잃게 되지 않을까."

이 암담한 예상은 적중되지 않았다. 로제스트벤스키는 결전장에까지 전함대를 끌고 갔던 것이다.

"설령 그렇게 되지는 않는다 할지라도 결국은 일본 함대에 당하게 될 것이다. 왜냐하면, 일본 해군은 우리들보다 우수할 뿐 아니라 사병의 능력도 강하기 때문이다."

이 보프보스토프 대령은 함장의 신분이면서 출범 전야, 일반인이 참가한 송별연 석상의 연설에서 언급한 것이다.

그런 장소에서 그런 연설을 하는 것이 적당한지 어떤지는 별문제이지만 대령은 전문가로서의 냉정성을 갖고 있었다. 전문가는 그 냉정성을 통해서, 일본 해군의 질(質)을 알 수가 있었다. 단 러시아 사관들의 조국에 대한 충성심은 강했고, 냉정한 보프보스토프 대령도 그 점에 있어서는 남에게 뒤지지 않았다.

"우리들은 결코 항복하지 않는다. 그것만이 우리들의 결의다."

연설은 이렇게 매듭지어졌다.

애기를 앞으로 되돌린다.

──이 함대를 극동에 보내야 할 것인가.

여기에 대한 많은 사람들의 의견은 보내도 소용없다는 것이었다.

"누구라도──설사 전문가는 아니더라도──진지하게 사물을 고찰하는 능력을 가질 만한 사람들이라면, 끝내는 실패로 끝나리라는 것을 예상했을 것이다. 나도 그런 사람 중의 하나였다."

이렇게 비테는 기술했다.

──이 함대를 보내야 할 것인가.

이에 관한 최종 회의가 열린 것은 8월 10일이었다. 이날 여순함대의 태반이 황해(黃海) 해전에서 격침당하고, 남은 잔존 함대는 다시 여순항으로 퇴각해서 대요새의 보호를 받고 있는 상황이었다.

회의는 페테르스부르크에서 열렸다.

당연한 거동이지만 황제도 임석했다. 황제의 의향은 이미 알려져 있었다.

──보내 주고 싶다.

보내 주면 반드시 승리 하리라는 자신을 황제는 가지고 있었다.

회의에 참석한 사람들은 기라성 같은 이름들이었다. 궁정 정치의 최대 실력자인 알렉세이 알렉산드로비치 대공(大公)을 위시해서, 알렉산드로 미피로비치 대공 외에 아베랑 해군 대신, 사하로프 육군 대신, 램스돌프 외무 대신, 그리고 로제스트벤스키 해군 군령부장이다.

어느 얼굴에도 본심을 은밀히 감춘 궁중 특유의 표정이 서려 있기는 했으나, 조금도 명랑하지는 못했다.

이 궁정 회의는, 당시 일본 정치인들 편에서 본다면 기묘한 인상이었을 것이다.

거의 대부분의 요인들이 '함대 파견은 러시아를 패망시킬 것이다'고 생각하고 있으면서 아무도 그렇게는 발언하지 않았다. 문관, 무관 할 것 없이 그들은 국가의 존망보다도 자신의 관료로서의 입장과 지위 보전에 대한 것만을 염려하고 있었다.

"패한다."

이렇게 말하면 황제의 기분을 언짢게 하는 것이 된다. 그렇게 되면 반드시 곧 좌천된다. 그런 사실은 이 회의석에는 참여하지 못한 비테의 기록에 있다(그는 이미 한직(閑職)에 밀려나 있었다).

"나(비테)도 이런 성격의 회의에는 여러 번 참석했었지만, 열석자들은 미리부터 의제(議題)에 관한 폐하의 어의를 알고 있거나 미루어 살피고 있었다. 그 어의에 거슬리지 않으려 했다. 어의에 반대되는 의견을 갖고 있을 때에는 발언을 삼갔다."

노화(老化)된 관료 질서 밑에서는 모든 일이 이러했다.

1941년, 상식으로는 생각할 수 없는 대미(對美) 전쟁을 개시한 당시의 일본은 황제 독재국은 아니었으나 관료 질서가 노화해 버린 점에서는 제정 말기의 러시아와 다를 바 없었다.

대미(對美) 전쟁을 해보겠다는 육군의 강한 요구, 요구라기보다는 공감에 대해서 누구 할 것 없이 자기 몸의 안전을 위해 침묵했었다. 그 육군 내부에서도 얼마간의 냉정한 판단력을 가진 인사들은 모조리 좌천되었다. 결과는 상식에 벗어난 가장 열광적인 의견이 통과되었고, 그 결과 다른 사람들은 신분상의 안전을 얻게 되어 가슴을 쓸어내렸다.

이번의 경우 열광자는 로제스트벤스키 바로 그 인물이었다. 그는 해군 군령부장과 시종무관을 겸무하고 있었기 때문에 매일처럼 황제와 대면했다(제정 러시아는 그런 조직으로 돼 있어서 육군 장관 사하로프도 시종무관을 겸하고 있었다).

"어떻게 하면 일본을 응징할 수 있을 것인가."

당연한 일이지만 황제는 그에게 물었다. 그는 제2 태평양함대의 편제와 극동에의 대회항을 진언했다.

"그렇게 함으로 해서 일본 해군을 해저에 침몰시키고, 만주의 오야마를 고립시키게 됩니다."

이것이 전략이었다. 그 함대가 이기느냐 이기지 못하느냐에 대한 의논은 하지 않았다. 황제의 해군이 진다는 따위의 말을 한다는 것은 황제에 대한 불경일 뿐더러 궁정의 예의에도 어긋나는 것이다.

무엇보다도 로제스트벤스키는 그 함대가 일본 함대를 모조리 바다 속으로 격침시킬 것이라고 생각하고 있었다.

그 까닭은 그의 성격 탓인지도 모른다. 그가 한 번도 실전을 경험해 보지 못한 군령부장이었기 때문이다. 아울러 지금 또 한 가지 믿어지지 않는 것은 그의 해군 경력은 육상 근무가 대부분이었고, 함대 근무라는 것에는 전혀라고 할 만큼 경험이 없었다. 그는 다만 황제의 관료에 어울리는 멋과 궁정 유영술(游泳術)로 해군 군령부장에까지 승진한 것이다.

"로제스트벤스키 경은 이것을 어떻게 생각하는가?"

황제는 최후로 질문했다. 황제는 로제스트벤스키의 답변을 짐작하고도 남음이 있었다.

──일본 함대를 반드시 패망시킨다.

로제스트벤스키도 차마 거기까지는 언급하지 못했다. 그렇게 말하고도 싶었지만, 극단적인 말이나 단정적인 언사는 품위를 첫째로 삼는 러시아 궁정에서의 의례에 어긋나는 짓이 된다. 로제스트벤스키는 그 점에서 누구보다도 황제에게 신중한 관료였다.

"이 대원정은" 하고 입을 열었다.

"크나큰 곤란을 수반하게 되리라 생각됩니다. 그러나 폐하께서 그렇게 하라고 하명하신다면 저는 기꺼이 이 함대를 이끌고 일본과의 전투에 임할 것입니다."

도대체 로제스트벤스키의 본심은 어떠한 것이었을까?

그는 분명히 '제2태평양함대를 편성해서 일본 함대를 격멸시킨다'는 의견을 황제에게 진언했다. 그 황제가 그 진언을 채택한 것까지는 무방했으나 그에게 사령관을 명하리라고는 미처 생각하지 못했을지 모른다.

그 이유는 그가 이 의견을 제안해서 황제를 삶아 놓은 것은 이 해 봄이었고, 그때 그는 소장에 불과했기 때문이다. 소장으로서 이만한 대함대의 사령관이 될 턱은 없다.

──누군가 다른 사람이 하겠지.

그는 이렇게 지레 짐작을 하고, 짐짓 군령부장으로서의 초연한 자세로 재치 있게 이 제안을 황제에게 떠넘겼는지도 모른다. 어쩐지 그랬을 것만 같다.

러시아는 인구가 많고 나라도 광대하다. 더구나 이만한 대해군을 가지고 있으면서도, 이상스럽게도 쓸만한 장성급(將星級)은 일본보다 훨씬 적었다.

그렇긴 해도 소장을 사령관으로 하지 않으면 안될 정도로 인재가 빈곤했던 것은 아니다. 대장도 있었고 대장으로 승격시켜도 좋을 고참 중장들도 있었다.

하지만 황제의 총애는 로제스트벤스키에게 집중되어 있었다.

"저 사람은 영리하고 멋이 있어."

이것이 황제가 총애하는 이유였다. 그러한 점에서 육군의 크로파트킨 대장이 중용(重用)되고 총애받는 것과 다를 바 없었다.

러시아에는 서구(西歐)에 대한 열성(劣性)의 콤플렉스가 있다. 자기네들이 우둔하고 세련되지 못하고 조잡하기 때문에 아마도 반(半)동양적일 것이라 생각해 왔고, 서구 사람들도 아마 그렇게 생각하고 있을 것이라는 것을 항상 지나치게 의식하고 있었다.

이것은 표트르 대제(大帝) 이래 러시아 궁정에 젖어 있는 유전적인 열등감이었다.

그래서 독일인의 피가 짙은 관료를 중용하기도 했다. 슬라브계 인재 중에서도 서구적인 기민한 성격과 두뇌를 가진 자가 실력 이상으로 중용된다는 고정관념이 있었다.

로제스트벤스키도 그 중의 한 사람이다. 그는 궁정에서 마음에 들게 하기 위해 유별나게 서구적인 기민한 머리를 가진 것을 과시하기도 하고, 연출하기도 했다. 그런 결과가 황제로 하여금 자신을 갖게 한 것 같다.

"로제스트벤스키라면 틀림없이 승전하겠지."

말하자면, 로제스트벤스키 자신이 뿌려 온 씨앗이기도 했다.

발틱함대가 출범을 앞두고 대집결한 곳은 발트 해에 면접한 리바우 항이다.

"그곳은 저주받은 항구다."

이렇게 비테는 증오감에서 말하고 있었으나 러일전쟁 전, 여기에 항구를 개설하기로 했을 때에 러시아의 정계와 해군의 의견은 두 갈래로 나뉘어 있었다.

얼른 생각하기에는, 여기처럼 좋은 항구는 없을 것이다. 러시아는 대륙국으로서 항도(港都)를 개발하기에 알맞는 해안선이 별로 없다. 대부분이 겨울이면 동결된다.

수도 페테르스부르크의 방위를 맡은 대군항인 크론쉬타트도 1년에 석 달에서 다섯 달은 항구가 동결된다.

──부동항(不凍港)을 갖고 싶다.

이 소망은 팽창하는 러시아의 다시없는 갈망이었다. 물론 흑해(黑海)에도 항구는 있고, 지금은 극동에도 여순항을 갖고 있다. 하지만 유럽 러시아의 심장인 페테르스부르크와 가장 가까운 곳에 있는, 상·군(商軍) 겸용의 항구를 갖고 싶었다.

그러한 욕망에서 선택된 것이 리바우 항이었다. 여기서라면 동계 사용도 가능하다.

그러나 해군의 일부와 비테는 반대했다.

"해구(海口)가 좁기 때문에 개전과 동시에 적에게 봉쇄되어 쓸모없게 될 것이다."

러시아는 언제나 사물을 수동적으로 판단하고 처리해 갔다. 그래서 리바우보다도 에로테린스카야 만(灣)에 면접한 무르만을 해군 근거지로 하는 것이 좋겠다는 의견이 많았고, 비테도 그런 의견에 동의했다.

이 두 개 안의 논쟁은 선제(先帝) 알렉산드로 3세의 만년(晩年)에 이르러 정치의 표면에 드러났으나 황제는 사망 직전에 '나는 무르만 항을 택하고 싶다'고 그의 측근에게 일러 주기만 했을 뿐 그대로 결정하지 않은 채 운명했다. 그런데 현(現) 황제 니콜라이 2세가 즉위하자, 곧 칙령을 내려 버렸다.

"리바우 항을 해군 기지로 한다."

더욱이 이 안은 기괴하게도 '선제가 지지하셨다'고 덧붙여서, 리바우는 상항(商港)의 이름으로 하고, 군항의 명칭으로는 '알렉산드로 3세 항'으로 한다는 것까지 발표했다.

지금 황제는 측근의 누구인가에 말려든 것 같다고 비테 백작은 추측하고 있었다.

이렇게 해서 리바우에는 대해군 근거지의 건설이 시작되었다. 막대한 예산이 이 항구에 흘러 들어가서 '돈먹는 벌레'라는 별명이 이 새 항구에 붙게 됐다.

러일전쟁 전 일본의 해군 소령(당시) 히로세 다카오(廣瀬武夫)는 러시아 주재 무관으로서 이 항구를 견학하고 상세한 보고와 스케치를 '첩보'로 도쿄에 송달했다.

히로세가 보았을 때에도 군항 건설 공사는 진행중이었고, 발틱함대가 여기에 집결했을 때에도 여전히 공사는 진행중이었다.

"리바우는 부동항이기 때문에 위태로운 곳이다."

러시아 해군에는 그러한 의견까지 있다는 것을 히로세는 기록했다. 바다가 얼면 적이 공격해 오지 않는다. 그래서 러시아 함대는 안전하다는 의견인데, 히로세는 러시아 군인들의 방어 감각이 그토록 병적일 만큼 강한 데 놀랐다.

물론 비테도 그 의견에 가까웠다. 비테는 이와 같은 부동항을 발트 해에 구축했기 때문에 마침내 극동에까지 발틱함대를 보내는 따위의 어리석은 처지에 빠지게 됐다고 극언하면서 이 항구를 저주했다.

러시아가 자랑하는 최신 최대의 전함 '아료르'란 '매(鷲)'라는 뜻이다.

"나는 이 전함 아료르의 승무 수병이었다."

일본해 전에 참가했던 작가(당시는 아직 젊은 수병) 노비코프 플리보이는, 그의 작품 '쓰시마'의 서문에서 이렇게 서술하고 있다.

전함 아료르는 로제스트벤스키의 기함(旗艦) '스와로프'와 같은 형의 함정(艦艇)이었다. 플리보이의 함은 해군 진수부(鎭守府)가 있는 크론쉬타트에 배속되어 있었던 것인데, 불시의 명령을 받고 러시아에서 가장 불행한 기념 항인 리바우로 회항했다.

"이 군항의 건물, 공장의 굴뚝, 거대한 기중기들이 모두 안개 속에 잠겨 있었다."

항구로 들어가는 풍경을 이렇게 묘사하고 있다.

발트 해의 조수는 짜지 않다. 백수십 갈래의 천이 이 바다로 흘러 들어오고 있기 때문이다. 거대한 스칸디나비아 반도에 안겨 있는 밀실 같은 바다에는 봄, 가을에 짙은 안개가 끼어 배 몰기에 용이한 바다가 아니었다.

리바우 군항은 마침 확장 공사중이어서 모든 것이 건설 도중인 것 같은 풍경이었다. 전함 '아료르'는 동료 함정들과 함께 돌로 축조된 거대한 방파제안으로 미끄러져 들어가 닻을 던졌다.

이 전함의 위용은 여태까지 순양함의 승무원이었던 플리보이의 눈에는 굉장하고 멋있게 비쳤다. 세계 제일의 전함이라는 정평이 있었다. 그런데다 같은 형의 함 4척이 한 조로 돼 있다. 다른 함은 스와로트, 보로지노, 알렉산드로 3세들로서 어느 것이나 배수량 1만 3천 5백 16톤급이었다.

"러시아의 존립과 영광은 군사(軍事)에 의해서 보장돼 있다. 군사적으로 러시아가 진다고 할 것 같으면 러시아의 존재도 영광도 없다."

비테마저 강조하고 있는 그 러시아국의 영광을 지켜 내는 것은 누가 보아도 최대 최신예의 4척의 전함이며, 이 전함들이 이른바 발틱함대의 주력이 되어 있다. 그밖에 전함 3, 순양함 4, 구축함 9, 특무함 6척이 제2 태평양함대의 편제되어 있다.

뒤에 제3 태평양함대(전함 하나, 순양함 하나, 해방(海防)함 셋)를 편입해서 이른바 발틱 함대가 되는 것인데, 이 리바우 항 집결시에는 제3 태평양함대가 참가하지 않았다.

리바우 항의 구릉은 어느새 눈에 덮여 있다. 전함 스와로프에는 벌써 사령관 로제스트벤스키가 탑승하고 있었다. 그는 크론쉬타트에서 좌승함(座乘艦)이 될 이 거함에 올라 탄 것이다.

크론쉬타트를 출범한 다음날, 러시아가 일찌기 약탈한 항구인 레베리 항에 기항, 한동안 정박했다. 얼마 안되어(약 1개월 뒤) 황제가 함대에 와서 함대를 검열하고 함정마다 순시했다.

이어서 아료르 함상에 올라 사병들을 마주 대했을 때에는 얼마간 피로해진 듯 말소리의 음조가 힘이 없었다.

"우리 러시아의 평화를 파괴한 비겁한 적을 격파하라."

그는 이런 취지의 연설을 했다.

황제는 몸집이 작은 인물이었다. 그래서 황금빛 찬란한 예장(禮裝)으로 그 뒤에 서 있는 로제스트벤스키의 체구가 한결 더 당당해 보였다.

발틱함대가 리바우 항을 출항해서 만리의 정벌 길에 오른 것은 10월 15일이다. 그날 오전 9시, 순양함 '야르마즈'가 검은 연기를 힘차게 뿜으면서 먼저 출항했다.

부두에는 군악대가 열을 지어 주악(奏樂)을 연구하고, 군중은 돌격의 함성을 올렸다.

기함 스와로프가 움직이기 시작한 것은 정오였다.

만사가 러시아 풍정(風情)으로 장엄했다. 전야에는 기함 스와로프 함상에서 항해의 행운을 비는 기도식이 있었다. 그 의식은 각 함정마다 거행되었다.

러시아의 군함기인 성 안드레예프 기가 모든 군함에서 휘날렸다.

날씨는 아주 좋았다. 발트 해는 짙은 녹색으로 물들고 파도는 거의 일지 않았다.

"나는 이 함대의 성공을 믿지 않는다."

이렇게 일기에 쓴 사람은 기함 스와로프 승무원의 한 사람인 조선 기사 폴리투스키였다. 그는 유능한 조선 기사이긴 해도 항해에는 한 번도 나간 적이 없었다.

본래 페테르스부르크 해군 공창의 기사로서 군함을 건조하는 일에 종사해 왔다. 그런데 발틱함대가 극동으로 회항한다는 결정이 내려지자, 갑자기 '승함(乘艦)하라'는 명령을 받았다. 1만 8천 해리를 대함대가 항해 해가는, 이 사상 최초의 장거(壯擧)를 성공시키기 위해서는 조선 기사를 평화로운 직장으로부터 끌어내어 데리고 가는 수밖에 없었다.

함선에 어떤 고장이 발생하게 될지도 알 수 없고, 그럴 경우 항해하면서 수선하는 기발한 재주도 부리지 않으면 안된다.

때에 따라서는 잠수부도 써야 하며, 때로는 기사 자신이 잠수기를 가지고 물속에 들어가야 한다. 그러는 데는 폴리투스키가 적격이었다. 그는 아직 30살의 약관이면서, 스와로프형의 전함 구조에는 누구보다도 익숙했다.

그는 젊은 아내를 집에 남겨 두고 떠나 왔다. 그는 출항 당초부터 절망적이어서 이런 사실을 아내에게 써 보냈다.

"나는 이 함대에 실망해 버렸다."

그는 자신의 소속 함대의 사병들의 질(質)을 알고 있었다. 포수나 기관병 모두 기술 능력이 형편없었다.

거기에 장정(長征)만 8천 해리라는, 기술자의 입장에서 본다면 무모하기 짝이 없는 이 항해가 얼마나 함선의 능력을 저하시키는 것인가도 알고 있었다.

더욱이 먼 항해의 기간 중 사병들의 사기가 지속될 것인가, 하는 점에도 매우 회의적이었다. 이미 러시아의 직공이나 수병(水兵)들 사이에는 반제정적(反帝政的)인 사상이 퍼져 있었다.

이 사실을 기술자인 폴리투스키는 누구보다도 잘 알고 있었다. 전투 수역에 도달하는 동안 반란이 일어나지 않는다면 이상할 정도라고 해야 할 상태였다.

"그저 운명은 피하기 어렵다고 생각하면서 스스로를 위로하고 있소. 혹시 다행히 살아서 귀국하게 된다면 이 사실을 모조리 이야기하게 될 거요."

폴리투스키는 이렇게 썼다. 그런 생각 속에서도 그는 항해 도중 고장 함선 수리 때문에 실로 바빴고, 의무에 충실했다. 그러나 그는 다시 그의 아내 곁으로 돌아가지 못했다. 일본해에서 일본의 포탄에 맞아죽었다.

——이 자는 어지간히 겁쟁이인지도 모른다.

비테 백작이 로제스트벤스키의 성격을 보고 그렇게 생각했던 것처럼, 확실히 그는 이 대함대의 사령관으로서는 적격이 아니었을지도 모른다.

사령관도 그러했지만, 그의 수병들까지 리바우 항을 떠나 올 때부터 하나의 망상에 사로 잡혀 있었다.

"일본의 구축함이 덴마크 해협에 잠복해 있는 모양이다."

이것은 뜬소문이었다. 그런 터무니없는 일이 있을 수 없다는 것은, 일본의 해군력을 보면 넉넉히 알 수 있는 일이었다. 그 당시의 2, 3백 톤짜리 구축함을 이 머나먼 유럽의 북해에까지 회항시킨다는 것이, 과연 가능할 것인가.

그것을 가능케 하자면 수리용 공작선도 데리고 가지 않으면 안될 뿐더러 2등 순양함 한 두 척도 필요한 것이다. 그만한 힘이 일본 해군에는 없었다.

그런데도 이 함대는 벌써 싸우기도 전에 일본에 대한 공포에 지배되고 있었다.

일본인이라면 그런 정도의 기발한 연기는 할 수 있으려니 생각했다. 누구보다도 사령관인 로제스트벤스키가 그렇게 믿었던 것이다.

"적어도 스웨덴의 남단 해협에 지뢰쯤은 깔렸을 것이 틀림없다."

함대의 속도는 8노트였다.

출항한 지 사흘째인 저녁 무렵, 그 의혹의 해협에 접근하자, 사령관은 전함대에 전투 준비를 명령하고 밤에도 옷을 입은 채 취침하도록 지시했다. 말할 것도 없이 모든 함정의 비포(備砲)에는 즉시 발사할 수 있도록 장탄되어 있도록 했다.

갖가지의 억측이 요란했지만, 17일 아무 탈없이 덴마크의 랑게랜드 섬에 도착하여 닻을 내렸다. 그래도 마음은 놓을 수 없었다. 이 좁은 수역을 빠져 나가서 발트 해를 벗어나 대양(大洋)으로 나가기까지는, 도처에 일본의 어뢰나 지뢰의 위험이 걷히지 않은 것으로 보아야 한다. 적어도 로제스트벤스키만은 그렇게 판단하고 있었다.

이 판단은 유독 그의 겁에 질린 망상 때문만은 아니었다. 덴마크 해군조차 이러한 위험을 느꼈던 모양이어서, 발틱함대가 정박하고 있는 랑게랜드 섬 앞바다에 순양함 1척과 수뢰정(水雷艇)으로 중립국의 정박지를 침해할 염려에 대비하게 했다.

다음날 18일에도 이 섬의 정박지에 머물러 있었다.

조선 기사 폴리투스키의 일기는, 실은 아내에게 보내는 편지였는데 이러한 정박지에서 쉴 적마다 육지에 올라가서 고향으로 편지를 보냈다.

이날, 로제스트벤스키는 러시아 황제의 전보를 받았다. 해군 중장으로 승진시킨다는 전문이었다.

리바우 항을 출항해서 사흘밖에 지나지 않았는데 각 함정에서 고장이 속출했다. 구축함 '비스톨리'와 전함 '오스라비아'가 충돌해서 '비스톨리'에 구멍이 뚫어지고, 순양함 '젬츄그'의 증기 기관에 고장이 생겼으며, 구축함 '브라비'는 함수(艦首)쪽이 깨어져 다소 물이 새들어왔다. 이런 고장들을 함대가 정박지에서 쉴 적마다 수리해야만 했는데, 그 일만 해도 대항해의 전도가 걱정스러웠다.

놀랍고도 우스꽝스럽기 한량없는 일종의 망상(妄想)이 이 대함대를 계속 지배하고 있었다.

──일본의 수뢰정이 유럽 북부 해양에 잠복하고 있다.

이러한 망상을 비웃는 사람은 아무도 없었다.

이 집단 망상을 전함대에 뿌려 흩트린 자가 누구인지는 모른다. 아마도 그 망상의 근원은 페테르스부르크의 해군 군령부일 것이다. 가장 지적이고, 가장 냉정해야 할 이 제국의 작전 중축(中軸) 그 자체가 "가능성이 있다"고 믿었다. 그 군령부의 건물에서 함대로 옮겨 탄 로제스트벤스키 자신이 이 망상의 신자였다.

이 한 가지 일만 하더라도 그는 이만한 대함대의 통수(統帥)가 될 자격은 없었다. 설사 자기 개인의 생각이 그렇더라도 이러한 망상이 그의 함대에 만연되었다면 그것을 진정시키는 것이 통수가 아니겠는가. 그것이 최고 지휘관의 최소한의 임무인 것이다.

인심을 통일하고, 적 앞에서는 사기를 높이며, 추호도 패배 심리를 품지 못하게 하는 것이 국가와 국민이 기대하고 요구하는 군대 통솔자의 자질이며 행동이다. 작전 같은 것은 때로 참모에게 맡겨도 된다.

"불리한 전투라면 내가 지휘를 맡겠다."

이것은 일본의 전체 야전군 총사령관인 오야마 이와오의 말이며, 그의 장담은 통수로서의 본질을 나타내 보인 것이다. 군대 안에서 집단 공포(恐怖)나 망상이나 패전 심리 같은 것을 제거시키는 것이 통수의 소임이다. 노기 마레스케도 그 점에 있어서는 부족함이 없는 통솔력을 가지고 있었다.

여순 공격에서 노기 군대가 그처럼 연패를 하면서도 집단 패배 심리 같은 증상에 빠지지 않은 것은 노기 마레스케의 통솔력에 힘 입은 바 컸다고 해야 할 것이다.

이 점에 있어서 로제스트벤스키는 그 자신이 곧 환자였다.

——나는 겁쟁이가 아니다.

혹은 이렇게 말소리를 높일지 모르나, 그 자신의 성격이야 어떻든간에 전군(全軍)에 소심증을 불러 일으키는 작업의 지휘자였다.

리바우 항구를 떠나온 지 불과 3일 만에 "전원 제복 차림 그대로 취침하라. 전함대의 대포에 장탄하라"는 명령을 내린 것처럼 이해할 수 없는 일은 없고, 그래서 공포심만 뿌려 놓은 셈이 되고 말았다. 적어도 이 동안의 행동만은 통솔하고 있었다기보다는 적극적인 파괴자의 거동, 바로 그것이었다.

군대에는, 최고 사령부에 가장 많은 정보가 수집되어 있다. 하급 사관 이하는 부서마다 예속된 노동자에 불과하고, 하등의 정보도 가지고 있지 않을 뿐더러 오히려 가지는 것을 좋지 않게 보는 조직이다. 그런 까닭에 하급 사관 이하는 상부를 신뢰하는 길밖에 없으며, 자연히 상부의 1밀리 진폭(振幅)이 하부에서는 4미터 진폭으로 동요되는 신경 기능이 되어 있는 것이다. 로제스트벤스키의 전율(戰慄)이 이 대함대에, 일대 공포(恐怖)로밖에 형용할 길이 없는 심리를 초래한 것은 필연적인 것이다.

사상 최대 규모의 원정 함대가 덴마크 북쪽 끝의 스카겐 곶(岬)을 보게
된 것은 리바우 항구를 떠나서 닷새 만인 20일이다. 전체 함대가 그 곳의 앞
바다에 닻을 내리고 석탄 적재 작업을 시작했다. 수병들에게 이처럼 힘든 일
은 없었다.

그날은 날씨가 좋았다. 오후 3시, 스웨덴의 기선 1척이 신호를 보내면서
접근해왔다.

"중요한 첩보가 있다."

러시아 첩보원이 고용한 기선인데 중요한 첩보를 가지고 온 것이다. 로제
스트벤스키가 받아 보니 이러한 내용의 막연한 정보였다.

"세 개의 돛대를 세운 1척의 범선(帆船)이 어떤 자그마한 항만에서 출항
했는데 매우 의심스럽다."

——일본의 첩보선일 것이다. 어딘가에 잠복해 있는 수뢰정에 알리러 간
것이 틀림없다.

로제스트벤스키는, 이렇게 공상 소설의 작가도 따를 수 없는 상상력을 발
동시켰다.

일본의 수뢰정이 북해 방면에 있다는 것도 비현실적이지만, 설사 그렇다
하더라도 가장 빨라야 할 첩보에 돛단배를 사용할 리가 없다.

로제스트벤스키의 상상력은 이와 같이 다분히 현실 파악을 기초로 한 것
이 아니었다. 그는 강렬한 자존심의 소유자였지만, 도를 넘은 자존심이란 어
떻게 보면 병적인 공포심의 다른 한 면일 것 같기도 하다.

그러나 그가 군인이라면, 이 공포심의 그 개인의 가슴속에 감춰두는 데 힘
써야 했을 것이다. 공포심이 강한 성격자인 것이 군인으로서 반드시 불명예
스러운 것은 아니다. 고래로 이름 있는 장군이나 우수한 작전가라고 칭송받
는 인물들 중에 오히려 그러한 성격의 소유자가 많다.

인간의 지혜는 용맹스러운 성격에서보다도 공포심이 강한 성격에서 나타
나는 경우가 많은 것이다. 그러나 고금의 명장이라는 호칭을 받은 인물은 공
포심을 자기 흉중에 감춰 두고, 주위의 아랫사람에게도 알리지 않았다. 그것
이 통수의 비결일 것이다.

그런데 로제스트벤스키는 가슴속에 가두어 두기는커녕, 그것을 전체 함대
의 '쇼'로 연출시키려 했다. 방금도 그러한 명령을 내렸다.

"함대의 곁을 통과하는 모든 선박에 각 함정은 포구(砲口)를 겨누어라."

함대는 뭍에서 떨어진 바다로 가는 것이 아니고 해상 교통이 빈번한 북해에 접어들고 있었다. 북해는 노르웨이, 덴마크, 독일, 영국 등 여러 나라의 해안에 둘러싸여 있다. 각국의 상선들은 의당 이 대러시아 제국의 함대 곁을 지나갈 것이다. 그 선박들에 대해 이 대함대는 일일이 대포를 조종해서 조준을 맞춰야 한다. 광기(狂氣)도 이만저만이 아니었다.

이것은 광기라기보다는 광기를 일으키기 위한 심리학적 예비 운동과 같은 것이었다. 어떤 군대라도 한 사람의 정신 의학자에게 지휘권을 주어 군대 전체에 집단적인 공포 심리를 일으키게 하는 실험을 시킨다면 로제스트벤스키의 이러한 방법이 최선의 방법이 될 것이다.

"모든 사람들은 신경 과민이 됐다."

함대의 기사 폴리투스키는 이렇게 썼다.

——로제스트벤스키는 도고(東鄉)에게 이길 수 있을 것인가.

이러한 불안감은 벌써부터 이 함대 병사들의 일부에 배어 있었던 것 같다. 도고라는 이름은 일본 연합함대 사령장관인 관계로 해서 개전 후 러시아 해군에 알려지게 됐지만 그 인물은 아무도 몰랐다.

——일본의 도고란 어떤 인물일까?

유럽의 일류 해군국에서도 궁금해했을 뿐 그 인물의 능력은 아무도 몰랐다.

첫째 일본 해군에서 개전 전까지는 한직(閑職)인 진수부 장관으로 묻혀 있었던 인물이어서 사관들이 거의가 모르고 있었다. 반면 로제스트벤스키는 포술(砲術)에 관한 학문적 업적이 있었으므로 국제적인 지명도(知名道)가 비교적 높았다.

그러나 중요한 것은 사령관으로서의 능력이 문제인 것이다. 군대 안에서 흥미로운 것은 자기를 통솔하는 장군이 신비적이라고 할 만큼 훌륭한 장군이기를 항상 바란다는 점이다. 만약에 그렇게 인정되면 거의 종교적인 신앙을 갖고 싶어하는 것이므로, 군대가 그러한 신앙심으로 뭉쳐졌을 때 통수는 비로소 성공하는 것이다.

도고는 개전 직후부터 비록 완만하기는 했지만 그러한 신비적인 신앙의 정신을 일으켰다.

도고가 가장 큰 신뢰감을 그 신변의 막료나 사령관, 그리고 함장(艦長)들로부터 얻게 된 것은 이해 5월 15일 여순항 밖에서의 봉쇄 작전중, 하쓰세(初瀨), 야시마(八島) 두 전함을 기뢰 사고로 한꺼번에 잃어버렸을 때였다.

연합함대는 결전병력의 33퍼센트를 하루 사이에 잃어버렸던 것이다.

함대의 전원은 이래서는 그만 이기지 못하려니, 생각했다. 이 사실이 도고에게 보고되었을 때 보고자들은 흐느껴 울었다.

그러나 도고는 안색 하나 변하지 않은 채 고개를 끄덕이면서 보고자들에게 홍차를 권했다고 한다.

이 무렵, 전함 '아사히'에 영국 해군의 페케넘 대령이 관전(觀戰) 무관으로서 동승했는데, 바로 그 후에 도고를 만났다. 페케넘 대령이 일본의 운명을 좌우하게 될지 모를 대참변에 대해 위로의 말을 했을 때, 도고는 온화하게 미소를 지으면서 '고맙소'라고 했다.

페케넘은 그 후, 아키야마 사네유키(秋山眞之)를 만났을 때 술회했다.

——그때처럼 인간의 위대함을 느껴본 적은 없다.

도고는 그 심중의 비탄을 억제하는 힘으로 해서 전체 함대를 패배 심리에서 슬기롭게 구출해 냈다.

그러나 로제스트벤스키는 그의 개인적 공포 심리를 각본 삼아서 함대를 무대로 한 '쇼'를 연출해 가는 인물이었다.

북해로 거의 접어들었다. 전체 함대는 '일본의 수뢰정'이라는 환영(幻影)을 쫓아서 불면 상태였고, 모든 대포는 장탄되어 포신은 항해중의 선박들을 볼 적마다 좌우로 움직였다.

"얄팍하고 조그마한 선박을 만나게 되어도, 우리 구축함은 미친 듯이 뒤를 쫓았다."

기록자가 남긴 말이다.

이 공포의 '쇼'는 장면마다에 극적 효과를 더해 갔다.

함대는 공포 정보 때문에 더욱 황급히 닻을 끌어 올리고 북해로 들어갔는데, 그날 밤은 짙은 안개로 자욱했다.

흙탕 속을 행진하는 것 같은 밤안개의 바다 위를 함대는 서로 충돌을 피하느라고 각 함정마다 차례로 무적(霧笛)을 울렸다.

함정에 따라서 거인(巨人)이 부르짖는 것 같기도 하고 처녀가 흐느껴 우는 소리 같기도 하며, 어떤 함정은 날뛰는 광녀가 부르짖는 것 같은 소리를 뽑기도 했다.

이것이 공포심을 높였다. 거기에 무선 전신이라는 인식 교환(認識交換)의 도구도 효과를 더해 주는 데 도움이 되었다. 각 함정마다 경계심이 과민해 있었기 때문에 자주 전파를 보내고 환각에 불과한 괴상한 정보를 발송하기도 해서, 불확인 정보를 팔매질치는 돌처럼 서로 주고받았다.

다음날인 21일 아침, 해가 뜨자 거짓말처럼 안개가 걷혔다. 병사들은 그제야 자기 함대를 자기 눈으로 볼 수 있어서 마음이 놓였다.

"밤이 무섭다!"

이렇게 중얼대는 병사도 있고, 뜬소문이었지만 함장들 중에는 발광한 자도 있다는 풍문까지 돌았다.

밤이 되었다. 벌써 저녁 때부터 풍랑이 거세어져 갔다. 함대는 뱃전을 파도에 씻기면서 전진했다.

밤 9시가 되었다. 바로 그때 충격적인 무전이 전함대의 심장을 꿰뚫었다.

"우리는 일본 수뢰전대에게 추적당하고 있다."

발신처는 공작선인 '캄차카'였다. 러시아 제국이 1707년에 영토로 편입한 반도의 지명으로 이름 붙인 이 배에는 전체 함대의 수리를 위한 기계 시설을 갖추었고 기사와 직공들을 태우고 있었다.

이 배는 전체 함대의 선두를 달리는 제1순양함대의 전대에 속해 있었는데, 기관 고장으로 속도가 둔해져서 전함전대(戰艦戰隊)보다 뒤떨어져 단독으로 뒤따라 오고 있었다. 그래서 공포심은 한결 더 강했던 모양이다.

기함 '스와로프'는 풍랑을 헤치면서 나가고 있었다. 이 놀라운 무전을 받은 로제스트벤스키는 곧 반응을 보냈다.

그는 전함전대에 전투 준비를 명하는 한편 캄차카에 상세한 것을 알리도록 무전을 쳤다. 덧붙여 말해 두지만, 러시아의 무선 전신 기계는 일본 해군의 자국산품보다 훨씬 뒤떨어져 있었다.

그러나 무선 기사는 힘껏 송신기를 두드려 송전했다. 응답소리는 매우 귀에 거슬렸다. 그러나, 사실은 기계의 정밀도보다도 캄차카 선장의 심리적인 동요에 의한 것 같았다.

"사방에서 우리를 습격하려 한다."

캄차카는 이렇게 타전했다. 다시 적의 수를 물었을 때에는 이렇게 대답했다.

"수뢰정 8척."

로제스트벤스키는 이것을 그대로 믿어 버렸지만, 냉정히 생각해 보면 이처럼 바보스러운 것은 없다. 설사 일본의 수뢰정이 북해에 파견되었다고 해도, 고작 기선 따위를 습격할 리가 없다. 더군다나 8척으로 사방을 습격하려 하고 있다는 것이다.

공포의 쇼는 진행되고 있다.

거듭 시각을 말해 두겠는데, 공작선 캄차카가 일본 수뢰정 8척에 습격받을 것 같다는 비명 같은 무전을 보낸 것은 밤 8시 45분이었다.

로제스트벤스키는 캄차카와의 교신 마지막에서 이렇게 지시했다.

"하여간 귀선(貴船)은 우선 항로를 바꾸어서 습격의 위험을 피하라. 피한 다음에 귀선의 위도와 경도를 알려라. 아울러 침로(針路)도 알려라."

그런데 여기에 대한 캄차카의 대답은 이랬다.

"알리기가 두렵다."

캄차카로서는 제 위치를 무전으로 알림으로 해서 일본 수뢰정에게 방수(傍受)되면 큰일이라는 공포심이 앞섰다.

시간이 흘렀다.

밤 11시가 되었다. 기함 스와로프의 무전기가 다시 발신을 시작했다.

——그 뒤에 어떻게 되었는가. 아직도 일본 수뢰정이 모습이 보이는가?

전파는 비바람 속을 날았으나 로제스트벤스키의 전문에 캄차카는 한동안 침묵했다. 로제스트벤스키 제독은 노했다.

"겁쟁이 같은 놈!"

그는 외쳤다. 얼마 안 있어 캄차카는 극히 조심스러운 태도로 회전을 보내 왔다.

"그 모습을 보지 못했음."

이 회답에 로제스트벤스키 제독은 안심했다. 본래 같으면 '내버려 둬라'고 했을 터인데, 그 넘치는 듯한 공상력이 이 북해의 야음(夜陰)을 환하게 밝혔던 것이다. 그 공상의 세계에는 8척의 일본 수뢰정이 파도를 뒤집어쓰면서 발틱함대를 쫓고 있었다. 로제스트벤스키 제독이 전투 준비를 명령한 것은 캄차카가 보낸, 그 모습을 보지 못했음이라는 전선을 받고 나서였다. 로제스트벤스키 제독의 반응이 내린 기묘한 단장은 이런 것이었다.

"모습을 보지 못했다는 것은, 곧 적이 캄차카를 내버려 두고 우리들의 전함전대를 추적해 오고 있다는 증거가 아니겠는가."

어떤 일이든 꼭 공포심을 통해서 사물을 파악하는 정신 체질이 있다고 한다면 로제스트벤스키 제독은 아마도 그 그룹에 들어갈지도 모를 일이었다.

시간은 흐르는데, 그래도 아무 일 없이 이 대함대는 어두운 밤에 북해를 항진해 가고 있었다.

하지만 이 전함대의 사병들은 뜬눈으로 자기 부서에 웅크리고 앉아 있었다. 수병 플리보이의 글을 보면, 일부의 사병들은 취침해도 무방하다는 지시였으나 거의 전원이 잠자지 않았다고 했다.

로제스트벤스키 사령관의 공포 심리가 벌써부터 전함대의 공포심으로 되어 있었다.

밤중부터 바람이 비를 몰고 왔다.

——달이라도 있었더라면.

모두들 날씨를 원망했다. 그들은 어둠 속에서 자신의 상상력과 싸우느라고 기진맥진해 있었다.

이 함대가 통과하고 있는 북해는 원래 수심이 얕았다.

홍적기 시대(洪積期時代)에는 들판이었는데 가라앉아 바다가 된 것이다. 이 바다의 중앙 수역에 거대한 면적의 얕은 여울이 있는데 이런 이름으로 불렸다.

"도거뱅크(Dogger Bank)"

'도거뱅크'의 가장 얕은 곳은 수심이 겨우 11미터에 불과했다. 그래서 이 여울 일대가 가장 좋은 어류 번식지로 되어 있고 대구, 청어, 가자미, 넙치 같은 것들이 풍부하게 잡혔다.

——함대는 '도거 뱅크'에 가까워져 가고 있었다.

이 수역을 발틱함대의 수뇌는 알고 있어야만 했던 것이다. 여기에서 영국을 비롯한 각국 어선이 계절마다 모여 들어서 한창 조업을 하고 있다는 것은 뱃사람들의 상식이었으며, 또한 그 어선들은 밤에도 이 수역에 많이 있는 것을 알아 둬야 했던 것이다.

유럽의 선원이면 다 아는 이 정도의 상식을 로제스트벤스키와 그의 막료들이 판단 자료로서 알아 두었더라면 그들이 얼마 안가서 저지른 미치광이 소동은 일어나지 않았을지도 모른다.

밤 1시를 지나서 기함 스와로프의 정면으로 삼색의 신호탄이 치솟았다. 이것은 고기잡이 하는 영국 어선 중의 어느 배가 쏘아 올린 것이라고 하지만, 종전 후의 조사에서는 '그런 신호탄은 오르지 않았다'고 했으니 무엇보다도 전함대가 비정상적인 흥분 상태였기 때문에 생긴 환각이었는지도 모른다.

명백한 것은 로제스트벤스키가 타고 있는 기함 스와로프가 이때에 어둠을 헤치고 탐조등을 밝힌 사실이다. 이것은 이 집단 심리의 상황으로 보아서 전투 개시를 명령한 것이나 다름없었다.

"아앗!"

각 함정의 함장들은 소리치며 실색했을 것이다.

실제 기함 스와로프에서는 '개전 준비'의 나팔을 불었다. 로제스트벤스키는 전함대에 전투 명령을 내린 것이다.

상대는 어선이었다. 탐조등은 연통 하나를 세운 어선 1척을 포착했다. 그 불빛은 너무나 밝아서 "소증기선 선복(船服)의 검고 붉은 색채가 선명하게 보일 정도였다"고 기함에 탄 조선 기사 폴리투스키는 기록했다. 상대는 영국 어선이었다. 그러나 전함대는 이 함대를 일본 수뢰정으로 보고 모든 함포가 포효(咆哮)하기 시작했다.

"나는 이때 앞함교(艦橋)에 있었는데, 포성으로 귀머거리처럼 되고 포화로 눈먼 장님이 되어, 그대로 견딜 수가 없어 두 손으로 귀를 막고 아래로 뛰어 내려와서 이 광경을 구경했다."

폴리투스키가 아내에게 보낸 편지 구절이다.

미치광이 소동이 시작되었다.

이 함대에 소속된 모든 군함이 탐조등을 켜고 미친 것처럼 대포를 쏘아 댔다. 포탄이 발사될 적마다 북해의 우중충한 공기가 찢어지고 섬광이 어둠을 삼켰다.

발틱함대가 미끼로 삼으려 했던 일본 수뢰정(실은 영국 어선)은 한두 척이 아니었다. 탐조등 조종원이 기민하면 할수록 얼마든지 배는 찾아 냈다. 사격 목표에 부족함이 없었다.

어느새 영국 어선들은 이 대함대의 복판에 끼어 들고 말았다. 맨 처음 기함 스와로프가 연쇄 포격으로 마구 쏘아 댄 어선들은, 어찌된 셈인지 도주하지도 않고 흡사 숲 속의 작은 동물들이 센 바람에 날려가지 않으려고 몸을 움츠리고 기다리고 있는 것처럼 그저 떠 있기만 했다. 배 위에는 사람이 보이지 않았다.

오직 그들 영국 어선군(漁船群)에 불행 중 다행스러웠던 것은 러시아 포수들의 사격술이 별로 숙련돼 있지 않았던 점이다. 만약에 전함의 주포(主砲) 포탄을 바로 명중시켰더라면 산산히 부서졌을테지만 그렇게 큰 포탄의 대부분은 해면에 떨어져서, 도깨비 같은 물보라만 솟아오르게 했을 뿐이었다. 소구경포는 비교적 명중률이 좋았다. 명중될 적마다 "우라아" 하고 소리를 울리는 함정도 있었다.

함대는 자꾸만 앞질러 가고, 어선은 두들겨 맞은 도마뱀처럼 붉은 배를 드러내 놓고 뒤집혀진 것들도 있고, 두세 척의 어선은 화염을 뿜어 내기도 했다. 함대는 그들을 모조리 침몰시키려고 탐조등을 밝혀 놓은 채 포격을 계속했다.

"어선에는 사람의 그림자도 없었다."

이런 말을 하는 사람도 있었고, 좁은 갑판 위를 사람들이 황급히 맴돌면서 두 손을 들었다내렸다하며 애원하는 모습을 목격했다는 사람도 있었다. 어선의 승무원들이 볼품 없이 당황해하는 꼴을 보고 '일본 해군은 약하다'고 좋아서 외치는 수병도 있었으나, 엄청난 착각으로 만들어진 이 '전장(戰場)'에서는 적에 대한 일말의 동정도 있을 수 없었다.

적들은, 바다에 뛰어 내릴 수조차 없었다. 해면은 낙사탄 때문에 끓어 오르고 있었다. 섣불리 뛰어 들어가면, 살이고 뼈고 할 것 없이 파열돼 버릴 것이 틀림없었다.

'전투'가 십여 분 동안 계속되고 있을 때, 이 함대의 어느 함정이 또다른 적을 발견했다.

——저기 일본의 1등 순양함이 있음.

이렇게 되어 제1 순양함대 소속인 '아우로라'(6,731톤)가 자기편 어느 함정으로부터 집중 포격을 받아 수많은 명중탄을 맞고 말았다.

"우리는 포격을 받고 있다."

'아우로라'가 이런 구슬픈 무전을 기함에 보내왔을 때에는 이미 4곳이나 관통되었을 뿐 아니라 연통이 부서지고 종군 신부(神父)의 한쪽 팔이 날아갔으며 포술장(砲術長)도 부상을 당했다.

이때에야 제독 로제스트벤스키도 이 전투가 이상함을 눈치채고 사격 중지를 명령하기는 했으나, 포대에 있는 하관이나 포병들은 이미 자기 자신을 억제할 수 없을 정도로 흥분하여 제멋대로 사격을 계속했기 때문에 바다가 다시 고요를 되찾기까지에는 상당한 시간이 걸렸다.

"이 얼마나 부끄러운 일인가. 우리는 온 세계에 치부를 드러냈다."

조선 기사 폴리투스키는 고향의 아내에게 이런 구절을 써 보냈다.

말할 것도 없이 발틱함대의 이 광기(狂氣)는 전세계의 웃음거리가 되었다.

그러나 피해를 입은 영국으로서는 웃고만 있을 수 없는 일이었다.

저 악몽 같은 사건의 현장인 도거뱅크의 얕은 여울에서 야간 조업을 하고 있던 어선은 배 이름이 알려진 것만 해도 21척이나 되었다. 그 피해는 날이 밝아짐에 따라서 차츰 밝혀졌다.

"러시아인들은 미친개처럼 우리들을 물어뜯어 놓고 달아나 버렸다."

잉글랜드 동편의 항구 도시 헐의 어업 기지로 돌아온 그들은 이렇게 한결같이 저주를 퍼부었다. 침몰된 배도 있고 선체에 16군데나 구멍이 뚫린 배도 있었다. 머리가 잘려진 선장이며 기관장의 시체들을 운반해 온 배도 있었고, 침몰 직전에 간신히 돌아온 배도 있었다. 영국의 여론은 들고 일어났다.

"광견 함대(狂犬艦隊)."

영국 의회와 신문들은 그렇게 불렀다. 저들 러시아인들이 평화로운 고기잡이 배에 가한 광포 잔학한 행위도 행위지만 보다 더 증오하지 않을 수 없는 것은 그들이 피해자들을 그대로 현장에 둔 채, 구조도 하지 않고 달아나 버린 행동이라고 비난했다.

이 시대에 있어서 국가는 바로 가치와 명예의 원천이었다. 영국은 그들 국민에게 가해진 이 '모욕과 잔학'에 대해서 즉각 대응 조치를 취했다.

영국 정부는 해군에 동원 예비 명령을 내렸다. 뿐만 아니라 주영 러시아 대사 벤켄돌프 백작에게 통고를 보냈다.

"문제가 해결될 때까지 발틱함대의 항해 정지를 요망한다. 만약에 동함대가 끝까지 계속 항해한다면 일주일 후에 영국은 러시아와 교전 상태에 들어가게 될 것을 각오하라."

이 시대의 외교는 해군의 힘을 배경으로 해서 회전하고 있었다. 영국 정부는 '통고'를 발하는 데 그치지 않고 실력으로 발틱함대의 항해를 저지시키려고 본국 함대, 해협(海峽)함대, 지중해함대들에 대해서 전투 준비를 명했다.

영국의 이와 같은 지나칠 정도로 강경한 태도에는 물론 영일(英日)동맹의 배경이 있다.

이러한 영국의 정부, 국회, 그리고 각 신문들의 동태를 보면 금방이라도 '영러 전쟁이 발발하는가' 할 만큼 위기감에 찬 상태였으나, 영국은 이해 관계로서는 전쟁을 원치 않았다.

그러나 전쟁을 굳이 사양하지 않는다는 국가의 남성적 용기만이 이 시대의 외교적 활력의 원천이 되어 있었다.

물론 전쟁을 피하게 할 수 있는 기능은 몇 가지가 있었다. 첫째는 동맹국들이었다. 이때 프랑스는 러시아와 동맹을 맺는 한편, 영국과도 협상 관계가 있었다. 프랑스 정부는 즉각 영러 쌍방 정부에 대해서 조정의 역할을 맡겠다고 나섰다. 영러 다같이 그 제안을 받아들였다.

영국의 무력을 앞세운 외교라는 것은 이와 같이 중간 조정인이 나타날 것을 항상 기대하면서 이루어졌다.

이와 같은 전 세계의 소동 속에서 발틱함대는 남쪽으로 항해를 계속하고 있었다. 영국의 신문 통신들은 이 함대를 처음에는 미친 개라고 불렀다가 나중에는 '해적'이라고 불렀다.

"함대의 항해를 정지시켜라. 그것을 억류시켜라. 그리고 장관 로제스트벤스키와 그의 막료를 본국으로 송환시켜라."

이렇게 영국 신문들은 주장했다.

이들 영국인의 매도(罵倒)는 로제스트벤스키 제독과 그 함대에게는 너무나 가혹할 정도였다. 사실은 함대가 해적 같은 의도를 품고 그런 행동을 한 것은 아니고, 분별할 수 없는 어둠 속에서 자제할 수 없는 공포심 때문에 생겼는데 그 사태를 로제스트벤스키 제독이나 그의 부하들이 제지하지 못했다는 것뿐이었다.

"아리비온."

러시아인은 영국을 미워하여 이렇게 불렀다.

불행한 어선 포격 사건이 발생한 그 이튿날 정오에 발틱함대는 영불 해협을 통과했다. 해상에는 수증기가 자욱했기 때문에 영국 본토의 풍경은 보이지 않았다.

　선량한 애처가인 조선 기사 폴리투스키는 기함 '스와로프' 갑판 위에서, 영국 본토 쪽으로 시선을 던지면서 아내에게 이렇게 써 보냈다.

　"뱃속이 검은 저 육지"

　해적 함대, 광견 함대라고 모멸스런 욕을 듣기는 했지만, 역시 이 함대의 수병들도 그저 평범한 인간들에 불과했다.

　이 영불 해협에는 여러 종류의 새들이 있었다. 그 새들이 거대한 군함들을 보고 마스트며 포대며 연통 곁에 내려 앉기도 한다.

　오래도록 날아다닌 피곤을 풀기 위해서였고, 어떤 새는 너무 힘이 빠져서 수병이 가까이 접근해도 날아가지를 못했다. 수병들은 그 새들에게 물도 주고 모이도 주어서 다시 날려 보냈다.

　로제스트벤스키는 한결같이 수병들의 경례 동작이며 복장이며 이런저런 사소한 부주의를 시끄럽게 꾸짖고 있었지만, 전체 함대는 어딘가 답답하고 괴로운 분위기에 잠겨 있었다.

　러시아의 리바우 항을 떠나 온 이래 이 함대는 어느 항구에도 기항하지 않았다. 어선 포격 사건 이후 엿새 동안 함대는 항해를 계속하고 있었다.

　"프랑스 브레스트 항에 기항할 것인가."

　함대 안에서는 이런 소문이 돌기도 했으나 그냥 지나쳐 버렸다.

　"함대는 비스케만(灣)을 단숨에 횡단할 모양이다."

　이런 말이 오고가는 동안에 함대는 그대로의 항로를 잡아 가고 있었다. 프랑스 서해안과 스페인의 북해안을 형성한 이곳의 크나큰 많은 뱃사람들이 아주 싫어하는 곳이었다.

　날씨가 잘 변하고, 거칠어지기 시작하면 항해에 심한 고통을 준다.

　다행히 날씨는 좋았다. 그런데 이 함대는 줄곧 해상을 달려왔기 때문에 그들이 저질러 놓은 행위의 반응에 대해서는 전혀 모르고 있었다.

　"별일 없겠지."

　로제스트벤스키 자신부터가 이렇게 생각하고 막료들에게도 말했다.

　이 비극의 함대가 최초로 기항한 곳은 스페인의 비고 항이었다.

이 함대를 맞이해 준 것은, 아침 햇빛을 쬐고 있는 스페인 서해안의 암석들이었다.

이 일대는 리아스식 해안으로 비고 항만(港灣)은 좁고 깊어서 대함대를 맞아들일 지리적 조건이 충분한 편이었다. 항만은 높은 산에 둘러 싸이고, 좁은 해안에는 어촌들이 여기저기 산재해 있었다.

비고 항은 원래 어업 기지였다. 산기슭에는 옛 성터가 있고 산의 이곳저곳에는 근대식 요새를 구축해 놓았으며, 그 일각에는 스페인 국기가 펄럭이고 있었다.

발틱함대는 그 국기에 대해서 예포를 쏘았다. 발사 연기가 솟아오르고 포성은 산허리에 부딪쳐 메아리쳤다. 거기에 스페인의 요새포(要塞砲)도 답례의 발포를 했다. 병사들간에는 기대가 있었다.

"비고에서 휴양한다."

그러나 그 소원이 아무래도 무리일 것 같다는 예감을 함대 안에 가지고 들어온 영국, 프랑스의 신문들은 알려 주었다. '도거뱅크'에서 어선들에 무차별 포격을 가해 놓고 그냥 떠나온 것이, '핫 뉴스'가 되어서 전세계에 전파된 사실을 알게 되었고, 영국 정부와 국회의 태도가 극도로 경화(硬化)되어 해군까지 출동시켰다는 것을 비로소 알게 되었다.

수도 '페테르스부르크'는 영국으로부터 통렬한 항의를 받고 있으며, 우선 문제가 해결 될 동안 발틱함대의 항해를 정지시킬 것을 영국이 요구하고 있다는 사실도 알았다.

이미 영국은 행동을 개시하고 있었다. 발틱함대의 승무원들은 미처 눈치채지 못했지만, 영국 순양함 4척이 감시자로서 이웃 항만 깊숙이 숨어 있었다는 것을 나중에야 알았다.

그러나 이 대제국의 원정 함대에도 편은 있었다. 독일의 기선이었다.

러시아는 발틱함대가 소비하는 방대한 양의 석탄 보급에 지장이 없도록 동맹국인 독일 회사와 계약하고 있었다. 그 독일 국적을 가진 석탄 수송 선박 4척이 미리 이 항만에 와서 대기하고 있었다. 함대는 재빨리 석탄 적재 작업을 시작하려 했다. 그래서 석탄 수송선이 각 함정의 뱃전에 접근했는데 뜻밖에도 스페인 관헌이 '스와로프'에 올라와서 말했다.

"우리 스페인은 국외(局外) 중립국이오. 이 중립항에서 석탄 보급 작업을 하는 것은 곤란하오."

"그런 엉터리 같은 경우가 어디 있어!"

로제스트벤스키는 사령관실에서 보고를 듣고 테이블을 치면서 분개했다. 러시아가 러시아의 돈으로 독일의 석탄을 사들이는데, 어느 나라가 트집 잡을 권리가 있단 말인가, 하고 고함을 쳤으나 결국은 페테르스부르크의 외무성에 전보를 치는 수밖에 없었다.

문제 해결을 외무 대신에게 의뢰했다. 페테르스부르크의 외무 대신이 마드리드 주재 러시아 대사를 시켜서, 이 대함대가 당면하고 있는 미묘한 문제를 해결하도록 하는 길밖에 방법이 없었다.

영국 외교에 있어서 그 힘의 근원은 '해군'에 있었다. 그런데 그 힘의 사용 방식은, 러시아에 대한 경우 교활하기 짝이 없었고, 증오스러운 계략을 세계의 전해역에 퍼뜨려 놓는 것만 같았다.

스페인의 비고 항무부(港務部) 관리가 이렇게 기세등등해서 석탄 탑재를 금지시킨 것도 "그 배후에 영국의 손이 뻗쳐 있다"고 폴리투스키는 알아 차렸다. 그것은 사실이었다.

영국은 영일 동맹의 의무에 충실할 뿐만 아니라 적극적이었다. 이제 극동의 조그만 해군국을 깔아 뭉개 버리기 위해 유럽을 막 떠나려는 발틱함대에 대해서, 영국은 되도록이면 방해를 해보려는 것이다. 영국은 국외(局外) 중립인 스페인 정부에 대해서 이런 의견을 보내 왔다.

"발틱함대는 북해의 도거뱅크에서 일찍이 없었던 큰 범죄를 저질렀다. 그들은 그 문제를 처리하지 않은 채 항해를 계속할 모양이다. 피해국인 영국으로서는 되도록이면 정지시키고 싶다. 일례로서, 발틱함대는 중립국인 스페인 영내의 항만에서 석탄 보급을 하게 될지 모르나, 스페인으로서는 그 보급 활동을 허용하지 않기를 희망한다. 스페인 정부가 그 영내에서 러시아 함대의 보급 활동을 용인한다는 것은 중립을 스스로 포기하는 것이 될 것이다."

이 영국의 요망이 발틱함대를 '비고' 어항에서 꼼짝달싹 못하게 하는 결과로 나타났다.

기함 스와로프에 달려온 항무부의 역원은 서른 대여섯 살의 면도 자국이 파랗게 있는 몸집이 작은 사나이였는데 그는 몇 번이고 되풀이해서 말했다.

"스페인으로서는 중립을 파기할 수 없다."

이 몸집이 작은 한 역원이 이 대함대의 발을 묶어 놓게 했다.

러시아 제국의 영광을 대표하는 이 대함대가 더할 수 없이 초라한 모습으로 정박하고 있다. 벌써부터 석탄 배는 각 함정에 접착돼 있었고 배와 군함의 머리는 로프로 매어져 있다. 그런 상태인 채 적재 작업이 금지되었다.

"이 이상의 치욕이 있겠는가?"

폴리투스키는 이렇게 썼다.

이틀이 지났다.

그동안에 스페인의 수도 마드리드와 러시아 수도 페테르스부르크 사이에는 얼마나 많은 양의 전보 왕복이 있었을 것인가.

이틀째 되는 하오 1시, 가까스로 스페인 정부로부터 허가가 내렸다. 그러나 제한의 단서가 붙어 있었다.

"함정 1척에, 석탄 400톤만 적재하는 것을 허용한다."

그래서 곧 작업이 시작되었다. 금고 형벌을 받고 있는 병사까지 몰아내서 하는 작업이었다. 러시아에서 사관급은 이런 노동을 하지 않는 것이 통례이지만 사관들도 거들었다. 석탄 재가 날고 얼굴과 복장은 새까매졌다. 밤에는 모든 함정에 등불이 켜지고 작업은 계속되어서, 아침 9시가 되어서야 겨우 끝났다.

마침내 발틱함대는 스페인의 비고 항에서 꼬박 닷새 동안 발이 묶여 버렸다. 전략상 이 5일이란 시간은 일본으로서는 큰 이익이었다. 무엇보다도 일본 육군은 아직 여순 요새를 함락시키지 못하고 있었다.

발틱함대로서는 자기 나라의 여순 요새와 그 항내의 여순함대가 건재해 있는 동안에 극동으로 가지 않으면 안된다. 그렇지 못하면 이 대원정의 전략적인 가치가 절반 이하로 떨어지거나 혹은 제로나 다름없이 될 수도 있다.

이 무의미한 5일간의 억류는 사병의 사기를 현저하게 저하시켰다.

"이것이 영광스러운 대원정군의 모습인가."

모두 이렇게 생각했다. 조국 러시아의 위신은 어디에 있단 말인가.

황제의 대함대가 스페인의 한 시골 어항에서 그것도 그 항무부 역원에게 발목이 잡혀 있는 것이었다.

그 배후에 칠대양을 지배한다는 대영 제국이 존재하고 있다는 사실은 무지한 병사들도 알고 있었다. 이 시기의 러시아 수병의 교육 수준은 낮아서 문자를 쓰지 못하는 자도 많았으나, 그래도 조국의 영광을 빛내기를 희망하지 않는 병사는 없었다.

제정(帝政)에 절망하고 있는, 혁명을 원하는 자들도 수병 속에는 있었다. 그러한 자들도, '성 안드레예프'의 군함기(軍艦旗)가 떨쳐 온 위신이 이처럼 가볍게, 이처럼 초라하게 푸대접받는 데 대해서는 분노하고 실망했다.

"스페인의 바보들."

모두 이렇게 항무부 사람들에게 욕을 했다.

"비고의 항구는 천연의 양항(良港)이다."

이 항구의 좋은 자연 조건에 감탄해 버린 폴리투스키도 어째서 스페인 사람들은 여기를 번화한 항구 도시로 만들지 않는 것인지 이상하게 생각했다. 스페인 사람들은 이렇게 좋은 항구를 갖고 있으면서 항구의 경제적 발전을 위한 노력은 조금도 하지 않고 있다. 이 항구가 연명해 가는 것은 정어리의 수출 덕분이다. 그것뿐이다.

이 항구는 작은 어촌보다는 약간 나은 편이라 눈에 띄는 산업 시설이라고는 정어리 가공 공장이 있을 정도였다. 거리는 불결했고 대체로 빈한해 보였다. 그 이유는 "스페인 사람들이 태만하기 때문"이라고 폴리투스키는 생각했다.

얼마 되지 않아 수병들이 상륙 휴양할 사이도 없이 함대는 출항해야만 했다.

다음 기항지는 아프리카 해안의 탕지르라는 것은 누구나가 다 알고 있었다.

비고 항을 아침 일찍 빠져 나가서 바깥 바다에 접어 들었을 때 함대는 이열 종대의 포진을 쳤다. 하늘은 맑고 바다는 눈이 아플 정도로 푸르고, 만약에 앞으로 전쟁이라는 것이 없다면 모자를 흔들어 인생과 이 지상의 모든 것을 긍정해 버리고 싶을 만큼 즐거웠다.

그러나 이 함대는 얼마 안가서 불쾌한 미행자가 있는 것을 알게 되었다.

그 불쾌한 미행자는 어딘가의 항만에 숨어 있다가 나타난 듯한 영국의 순양함대였다.

그 존재를 발틱함대가 발견하게 된 것은 날이 저문 뒤였다.

"뒷쪽에 이상한 배가 있다. 네댓 척은 되는 것 같다."

밤 10시경 발견하자 곧 그 배가 엄청나게 빠른 군함인 것을 알았다. 4척이 틀림없었다.

달도 별도 없는 한밤중이었다.

어두운 바다를 이 영국 함정은 마치 대낮의 바다를 가는 것처럼 부드럽게 다가왔다. 그러면서 장난을 쳤다.

오히려 러시아 함대를 조롱하려는 것만 같았다. 4척의 함대가 환하게 불을 밝혔는가 하면 금방 일제히 소등을 해버리고 캄캄한 어둠 속으로 사라져버렸다. 그러기를 몇 번이고 되풀이하다 다시 더욱 속력을 내어 러시아 함대를 앞지르기도 하고 옆으로 반원형을 그리면서 달리기도 했다.

흡사 함대 운동의 곡예사 같기도 했다.

"우리 항로를 일본에 알리려는 것이다."

"장군을 노하게 해서 발포(發砲)를 유인하고 그래서 또 발포 사고를 내게 하여 일본 원정의 항로를 방해하려는 작전이다."

이런 말들이 오고갔다. 모두 옳게 본 것이리라. 그 함대는 러시아 군함과 충돌할 것만 같은 거리까지 접근했는가 하면 슬쩍 피해서 물러가기도 했다.

함대 운동의 교묘함은 신기(神技)에 가까웠다.

기함 '스와로프'의 사령탑에서 영국 함대의 그 무례한 거동을 내다보고 있는 로제스트벤스키는 노여움을 스스로 진정시키기 위해서 없는 자제력을 총동원하고 있었다.

다음날 아침, 그는 하찮은 일로 한 병사를 때리기는 했으나, 이날 밤의 사령탑 위에서는 용하게도 자제를 했다.

"봐요, 저게 정말 해군이야."

오히려 참모들을 둘러보고 짐짓 미소를 띠어 가면서 말했다. 로제스트벤스키 제독의 불만은 오히려 자기가 인솔하고 있는 러시아 해군에 있었다.

"러시아 해군은 틀렸어."

그는 다른 나라 사람이 러시아를 경멸하는 것과 같은 말투로 종종 말해 왔지만, 사실 저렇게 훌륭한 함대 운동을 조종할 만한 함장은 러시아 안에 한 사람도 없었고, 수병들의 훈련 정도도 한심스러운 것이었다.

물론 로제스트벤스키는 사병 훈련에 관해서는 태만하지 않았을 뿐더러 오히려, 아귀(餓鬼)처럼 열을 올렸다. 각 함정마다 매일 "전투 준비"의 호령으로 시작되는 훈련을 계속하고 있었다. 특히 포술의 훈련에는 관심이 대단했다. 이 함대에는 전원 2백 5십 명의 포수가 있었는데 그들은 매일 기진맥진할 정도로 훈련을 받았다. 로제스트벤스키 제독은 일본 함대를 만나게 될 때까지 그동안에라도 사병들의 실력을 높여 놓아야 한다고 생각했다.

"그런데, 영국 함대는 정말 대단해."

이런 생각이 누구할 것 없이 가슴을 서늘하게 했다. 동시에 그 생각은

——일본의 도고 함대도 저만큼 대단할까? 하는 불안감에 끌려서 마음이 등불처럼 흔들렸다. 만약 저런 수법으로 공격해온다면 우리들은 꼼짝달싹 못하게 될지 모른다. 수병들은 이런 생각에 젖어 있었다.

로제스트벤스키의 함대가 리바우 항구를 떠났다는 정보는 여순 항구를 봉쇄하고 있는 도고 함대에도 알려져 있었다. 그뿐 아니라 북해에서 영국 어선군을 습격해서 국제 문제를 야기시키고 있었다는 것도 신문 보도로 알려지고 있었다.

아키야마 사네유키 등의 함대는 이장산(裏長山) 열도 기지에 기항해서 이 첩보를 들었다.

이 첩보를 듣고 도고는 말했다.

"어두운 밤에 항해를 하였으니까 그렇게 될 수 있겠지."

다소 지나치게 침착한 표정으로 중얼거렸다는 얘기는 당시 막료들간에 퍼져 있었다. 이 시기에는, 에도 시대(江戶時代)로부터 이어져 내려오는 무사도(武士道) 정신이 30대 이상의 사관들에게는 아직 남아 있었기 때문에, 미지의 적함대가 겪은 실패를 비웃는 경박한 태도는 보이지 않았다고 한다.

아키야마 사네유키의 경우 이 정보에 대한 관심은 달랐다.

"영국 어선이 몇 척이나 당했을까?"

여기에만 관심을 모았다. 발틱함대의 포술 능력(砲術能力)을 알아 내고 싶었기 때문이다. 그는 도쿄의 군사령부에 대하여, 북해에서 발생한 '착각 전쟁(錯覺戰爭)'의 상세한 내용을 알려 달라는 전보를 쳤다.

로제스트벤스키가 지휘한 '착각 전쟁'에서 보여준 포술 능력에 관해서 '쓰시마'의 저작자인 노비고프 플리보이는 가정하여 러시아 함대의 반은 침몰되었을 것이라고 했다.

"만약에 우리들이 일본인처럼 포술이 능숙하고, 또한 러시아의 포탄이 일본 포탄처럼 강력한 파괴력을 가지고 있었더라면."

자기 함정끼리 서로 사격을 해서 이중 착각 전쟁을 할 것이라는 풍자의 자

탄이었다.

플리보이가 말한 것처럼, 확실히 도고 함대의 사격 능력은 높았다. 어쩌면 이 시대의 영국 함대 실력을 능가했을지도 모른다. 도고는 함대 전투에 있어서 승패의 열쇠는, 대포의 명중률이라고 생각하고 있었다. 맞고 안 맞는 데서 승패는 결정되는 것이다. 그래서 도고 사령장관은, 어느 함정에 대해서도 그것이 봉쇄 작전중이거나 항해중이거나 기지에서 대기중이거나 할 것 없이 쉬지 않고 포수들을 훈련시켰다.

더욱이 도고가 전함대의 포수들 중에서 유능한 자를 뽑아, 전함전대의 주포(主砲) 포수로 정한 것은 기발한 착안이었다. 이 얘기는 앞에서도 말했지만 도고는, 해전에서 최대의 위력을 발휘하는 것은 전함의 주포라고 했다.

주포로 거탄을 발사하는 포수는 탁월한 기능자를 뽑았으며, 평범한 사람은 아무리 훈련을 받아도 되지 않는다는 것이 도고의 '합리주의'였다. 그러므로 일본인의 포술에 관한 플리보이의 평가는 적중했다고 보아야 할 것이다.

또한 시모세(下瀨) 화약으로 만든 일본의 포탄이 굉장한 파괴력을 가지고 있다는 플리보이의 지적도 옳았다. 그러나 플리보이는 도고 함대의 이 두 가지 특징을 해전이 끝난 뒤에야 알게 되었고 북해 항해중에는 알지 못했다.

그것은 어떻든간에, 아키야마 사네유키는 북해 사건의 진상을 자료로 삼아서 발틱함대의 실력을 알아 내려고 무척 애썼다.

"로제스트벤스키의 항해."

이 이름으로 뒷날의 이야깃거리가 된 러시아 함대의 장거(壯擧)와 고난은 기록적이었다. 그들은 문자 그대로 만리 원정의 대항진이었지만 마침내 함정, 군인 할 것 없이 기진맥진해 버리지 않을 수 없었다.

한편 일본의 도고 함대는 보다 더한 피로에 지쳐 있었다. 여순 요새 방위를 맡고 있는 러시아 육군의 스테셀이 지상에서는 노기군의 접근을 막고 해상에서는 도고 함대를 항구 밖에 잡아매놓고 있었기 때문이다.

스테셀은 그 성격이 귀족적이고 허영심 많은 히스테리적인 인물인 데다가, 아내인 뭬라 알렉세예브나에게 쩔쩔매는 처지여서 훌륭한 사령관은 아니었다. 그러나 요새 방위에 능하다는 러시아 사람의 특성을 가지고 있을 뿐더러 러일전쟁 중 일본군에 가장 많은 타격을 준 사령관이었다.

사실 도고 함대는 비통했다. 발틱함대가 회항해 오고 있는데도 여순 요새는 그대로 끄떡도 하지 않았고 그 철벽 같은 요새의 품안에 숨어 있었다.

만약에 도고 함대가 항구 봉쇄를 풀면, 여순함대는 좋아라고 뛰어 나와 일본해나 황해를 돌아다니면서 일본 육군의 해상 수송 루트를 교란하게 될 것이다.

"블라디보스토크 함대도 수리가 끝난 모양이다."

이런 미확인 정보도 들어왔다. 이미 블라디보스토크 함대는 울산(蔚山) 앞바다에서 가미무라(上村) 함대에 패전했고, 그때 자랑하던 고속순양함 '러시아'와 '그롬보이'만이 쇳조각처럼 되어 블라디보스토크 항으로 도주한 채 그대로 잠복해 있는 중이었다.

말할 것도 없이 침몰하지 않은 군함은 수리해서 쓸 수 있다. 그러나 그때 여순에는 큰 해군 수리 공장이 있었지만 블라디보스토크에는 그러한 공장이 없었기 때문에 유명한 사령관인 엣센의 지휘하에 있는 블라디보스토크 함대도 러일전쟁이 끝날 때까지 기동이 불가능했다. 이 당시 도고 함대는 이 사정을 모르고 있었다.

——블라디보스토크 함대도 아마 곧 출동하겠지.

그래서 이런 추측으로 경계심을 풀지 못했다. 뿐만 아니라, 너무 오랫동안 함대의 병력을 여순 봉쇄 작전에 기울여 왔기 때문에 몹시 지쳐 있었다.

발틱함대가 리바우 항을 떠났다는 첩보를 받았을 당시, 각 함대의 상태는 보고를 해야만 할 처지였다.

"선체, 기관, 모두 매우 불량한 상태."

이 불량 상태를 고쳐 전투 능력을 완전히 되살리자면 두 달 이상의 수리 기간이 필요했다. 이 시간의 계산에는, 발틱함대가 일본 근해에 나타나기 두 달 전에 노기군은 여순 요새를 함락시켜야 한다는 전략이 포함되어 있는 것이었다.

그때 해군의 중포대(重砲隊)는 계속해서 요새를 공격하는 한편 여순의 시가지도 공격했다. 그리고 지상에서도 해군들이 노기 부대의 전투를 과감하게 도왔다.

그래서 전과는 대단했지만, 노기군의 이지치 참모장은 해군의 협조를 오히려 귀찮게 생각하고 때때로 해군 중포의 용병을 트집잡기도 했다.

여순 요새에서의 지상 전투는 일찌기 유럽의 전사(戰史)에서도 보지 못한 처참한 정도에 이른 격전이었을 것이다.

이때 스테셀의 밀사로서 일본군의 포위를 탈출한 젊은 육군 중위 라디비르라는 공작은 중립 지대인 지부(芝罘)로 달려 가서, 그곳 러시아 영사관에 들러 본국에 송신(送信)을 했다.

이 젊은 귀족인 라디비르 중위가 지부에서 외국 기자들을 만나 여순 전투의 처참상을 말했을 때, 기자들은 몸을 떨었다.

"일본군은 왜 이렇게 많은 병사를 죽이는지 이해할 수가 없다. 그 한 예로 9월 14일, 제2, 제3포대 사이의 좁은 땅에 2천 6백 여명의 일본군 시체가 쌓인 것을 보았다. 러시아 군사령부에서도 왜 이렇게 많은 병사들을 이렇게 턱없이 죽게 했는지, 그 작전상의 이유를 알아 내는 데 무척 애먹었다."

그들은 러시아군의 요새포에 맞아 죽었다기보다도 무익하게 죽어야만 한다는 명령을 받고, 무익하게 죽지 않을 수 없어서 죽었을 것이다.

노기군 사령부가 무능한 데서 생긴 집단 자살과 같은 그 죽음은, 러시아 군인들을 썩은 시체의 악취로 괴롭혀 주었다. 공작의 말로는 여순 동북부의 요새의 경사지에 흩어져 있는 무수한 일본 군인의 시체들은 매장되지 않은 채 썩어서, 비나 이슬이 내리거나 하면, 그 썩은 시체에서 나오는 냄새는 견딜 수 없을 정도로 굉장하다고 했다. 그곳에서 오십 보쯤 떨어져 있는 포대에서는 악취 때문에 러시아병은 교대 근무를 해야만 했고, 근무중인 러시아 군인들은 손수건에 나프탈렌을 묻혀서 코를 막고 다음 교대병이 오기만 고대했다.

"일본 군인들은 거의 포루(砲壘) 앞에서 죽었으며, 때로는 포루 안으로 뛰어 들어와서 처참한 백병전을 벌이기도 했다. 내가 한 포루를 검증(檢證)했을 때, 양편 군인들의 시체가 산더미처럼 쌓인 가운데서 러일의 두 나라 군인이 껴안은 채 죽은 것을 보았다. 자세히 보니 러시아 군인은 두 개의 손가락으로 일본 군인의 눈알을 찌르고, 일본 군인은 이빨로 러시아 군인의 목통을 꽉 물고 있었다."

라디비르 공작의 말은 계속되었다.

"일본 군인에게는 두 개의 눈알이 없어졌고, 러시아 군인의 목에는 기관이 드러나 있었다. 그 처참한 꼴은 누가 보아도 몸이 떨리지 않을 수 없었다."

스테셀은 방어전에 있어서는 끈덕진 저력을 가지고 있는 슬라브인이었다. 어느 위험한 포루를 지휘하고 있던 한 중령이 부대를 퇴각시키지 않을 수 없어서 스테셀 사령관에게 상신했는데, 스테셀은 여느 때와 다름없이 대답이 날카로웠다.

"귀관은 그 포를 수비할 수 없을지 모른다. 그러나 죽을 수는 있을 것이다."

그 중령은 스테셀의 의지에 복종했고, 그래서 부대는 전멸해 버렸다. 스테셀은 곧 다른 부대로 그 뒤를 보충했다. 한 군데도 노기 군대의 공격에 양보하지 않을 작정이었다.

육군 중위 라디비르 공작이 기자들에게 한 현장 설명의 줄거리는 대체로 이러했다. 그 육군 중위는 러시아 군인의 용감성을 선전하려는 것이 아니라, 오로지 비참한 전투 상황을 알려주고 싶었던 모양이다.

11월로 접어 들면서 전황은 노기군에 더욱 불리해졌다. 노기군 사령부는 여전히 "203고지를 공격의 주목표로 삼아 주기 바란다" 하는 해군의 이 전략 제안을 계속 거부해 왔다. 그러나 도쿄 대본영의 요청이 하도 빈번해서 9월 19일, 제1사단의 일부 병력을 그쪽으로 돌려 보았으나 저쪽 방어가 너무 견고해서 그만 퇴각시켜 버렸다.

노기군 사령부에 전략 능력이 있었더라면 거듭해서 공격을 가할 필요를 느꼈을 것이다. 왜냐하면 그때 203고지에는 산허리의 군데군데에 산병호(散兵壕)를 파 놓은 그런 정도의 방비 밖에 없었기 때문이다. 그제서야 스테셀도 그 취약점에 눈을 뜨게 되었다.

"203고지야말로 우리 요새 안의 약점이 아닌가?"

그래서 부랴부랴 요새 강화 작업을 시작했다. 노기군 사령부는 러시아군에 자극을 주어서 전략 지혜를 도운 셈이 되고 말았다. 노기군 사령부가 범(犯)한 헤아릴 수 없는 실책 중 가장 큰 실책이었을 것이다.

"제7사단이나 제8사단을 보내 달라."

그런 중, 노기군 사령부는 막대한 병력의 손실을 보충하기 위해서 성화같이 이런 독촉을 했다는 것은 앞에서도 말했지만, 이 두 사단은 본국에 남겨 둔 마지막 예비군이었다.

"노기군 사령부에 보내 주면 이 귀중한 신예 사단도 덧없이 전멸해 버리고 말 것이다."

대본영에서는 거의 모두가 반대했다.

마침내 앞서 동원된 제8사단은 요양 방면으로 보내게 되었다. 국내에는 제7사단 하나 만이 예비군으로 남게 되었다.

노기군 사령부에서는 거듭해서 야단법석이었다.

"그 남긴 제7사단을 보내라."

그러나 대본영에서는 적진(敵陣)의 방탄호를 메워 주는 노릇밖에 되지 않는다고 꺼려했다. 지금까지 노기군 사령부가 선택한 식으로 따른다면 단 한 번의 돌격전에서 1만 5, 6천의 사상자를 내고 있다. 그러니까 제7사단은 꼭 그 한 차례의 돌격으로 소멸해 버릴 병력에 해당한다.

그러나 결국 대본영으로서는 발틱함대가 회항해 오고 있는 위협에 대비해서 하루라도 빨리 여순을 함락시켜 버려야 했기 때문에, 할 수 없이 제7사단을 여순에 보내기로 했다.

이 사단은 홋카이도(北海道) 출신 장정들로 구성되어 있으며, 그 사령부는 아사히가와(旭川)에 두고, 연대 본부는 삿포로(札幌), 하코다테(函館), 구시로(釧路), 아사히가와에 각각 배치되어 있었다. 이 사단이 일본 육군이 본국에 아껴둔 최후의 1개 사단이었다.

이 사단은 곧 노기군 계열에 편입되었다.

"제7사단을 203고지 공격에 배치하자."

노기군 사령부는 이렇게 배정했다. 그런데 놀랍게도 이 사령부는 203고지가 대요새로 개축된 그동안의 변화를 전혀 모르고 있었다. 제대로 정찰도 하지 않은 것이다. 제7사단은 눈먼 장님 같은 사령부의 지령에 따라 철벽에 맞부딪쳐야만 했다. 이를데 없이 불행한 사단이었다.

홋카이도 청년들로 구성된 제7사단의 사단장은 사쓰마(薩摩) 출신인 오사코 나오도시(大迫尙敏) 중장이었다.

덧붙여 말해 두지만, 나이 10살 아래인 그의 아우 나오미치(尙道)는 사관학교 제1기생으로 아키야마 요시후루(秋山好古)보다는 1기 선배였다. 현재 소장으로서 오쿠(奧)군의 막료였다.

형 나오도시는 사쓰마 소속의 사병 무사(士兵武士) 출신으로서 무사 교육(武士敎育)을 받기는 했으나, 정규 군사 교육의 경력은 없었다. 이 점에 있어서 그는 옛 번(藩)의 무사 출신 군사령관급들과 같은 계열에 속한다.

메이지 천황은 사람의 인품에 관심을 많이 갖는 성격이어서 사이고 다카모리, 야마오카 뎃슈(山岡鐵舟), 노기 마레스케와 같은 무뚝뚝하고 무사 기질인 인물을 좋아하고, 야마가타 아리토모 같은 책략가는 싫어하는 편이었다.

오사코 나오도시는 사이고 다카모리, 또는 야마오카 뎃슈를 닮았다고 할 수 있는 인품이었다. 그가 대령으로서 근위 연대장(近衛聯隊長)으로 재직할 때에 메이지 천황의 눈에 들어 대단한 총애를 받았다.

그런데 일본의 천황제(天皇制)는 러시아의 황제제(皇帝制)와 달라서 천황 자신이 독재권을 쥐고 있지는 않았다. 정치와 군사는 각각 내각과 참모본부(해군은 군령부)가 판단하여 집행하는 보필 제도(輔弼制度)였으므로 천황은 그저 존재하고 있다는 그 자체에 의미가 있었다. 그러므로 메이지 천황이 오사코 나오도시를 총애했다고 해도, 니콜라이 2세가 그의 신하를 총애하는 데서 이루어지는 '관계'와는 전혀 질이 다른 것이었다. 말하자면 서로 인간적인 입장에서 평가되는 것이다.

"저 사람은 좋은 사람이야."

천황은 그런 정도의 친근감을 표시하는 데 그쳤을 뿐이다. 하기는 천황에게 독재권이 없다 해도 극히 드물게 내각에서 천황의 판단을 우러러 청하는 경우가 있는데, '그러한 처사는 천황에게 책임을 지우는 결과가 되므로 보필자로서 책임을 다해야 할 내각의 취할 바 도리가 아니다'라고 하여 극히 좋지 않게 여겼다.

──제8사단을 보내 달라.

여순의 노기군 사령부에서 요청해 왔을 적에, 대본영은 노기군 사령부가 무능한 데 겁을 먹고 여순보다는 만주 평원의 결전장으로 보내려고 했다. 그러나 노기군의 요청을 무턱대고 거부할 수도 없어서, 마침내 천황의 성단(聖斷)을 청원하기로 했다.

야마가타 아리토모 참모총장의 발언이었다.

천황의 명령을 빙자해서 노기군 사령부를 무마하려고 꾸며낸 것이었다.

'천황의 정치', 또는 '천황의 군사(軍事)'라는 것은 그런 성격의 형식이나 격식에 불과한 것이었다.

그러니까 천황이 오사코 나오도시를 총애했다고 해도 거기에 정치성이 끼어들 수는 없는 일이었다.

메이지 천황은 오쓰보류(大坪流)의 승마술의 '달인'이었다. 오사코 나오도시는 승마술이 매우 서툴렀다.

"오사코, 가르쳐 주지."

메이지 천황은 친절하게 말했다. 그래서 그는 근위 연대장 시절에 메이지 천황의 비술을 거의 다 배웠다.

메이지 천황은 오사코 나오도시를 옛 사쓰마인이라도 보는 듯한 기분으로 총애했던 것 같다.

"이젠 할 수 없이 제7사단마저 줘야 하는가."

메이지 천황은 야마가타 참모총장으로부터 보고를 받고 그렇게 중얼거리다가 한동안 무언의 침묵에 잠겼다. 제7사단이 출정(出征)해 버리면 나라 안은 텅 비게 된다.

일본의 운명도 비참했지만 이 사단의 운명도 비통했다. 전원이 여순 요새의 적 진지 호 속에 묻혀지고 말 것은 뻔했다. 메이지 천황은 이 두 가지 생각에 가슴이 막힌 모양이었다.

물론 당사자인 제7사단의 오사코 사단장은 자기 사단만이 국내에 남아 있는 것을 불만스럽게 생각하고 벌써 몇 번이나 대본영을 찾아가서 출정시켜 달라고 졸랐다.

이런 점은 '메이지 국가'의 군인다운 모습이었다. 그러다가 드디어 출정 (出征)이 결정되자, 오사코는 인사차 대본영에 들러서 야마가타 참모총장을 만나본 다음 그 길로 궁전에 들어가서 메이지 천황을 배알하고 출정을 알렸다.

처음에는 서로 부동의 자세였다. 원래 사단급의 궐내 배알은 여기서 끝나는 것이 통례였지만, 메이지 천황은 이 사쓰마 출신의 노인과 마지막 대화를 가져보고 싶었던 모양이다.

실은 대화보다도 사단의 장병들이 여순 출정을 싫어하지는 않는지 그것이 궁금했다.

"사병들의 사기는 어떠한가?"

조용히 물었다. 오사코 사단장은 짐짓 사쓰마 사투리 그대로 언성을 높여 가면서 유머러스하게 사병들의 사기가 얼마나 높은가를 전했다.

"전쟁은 이깁니다. 이긴 뒤에, 홋카이도 사단만이 싸우지 않았다 할 것 같으면 홋카이도 녀석들은 쓰가루(津輕) 해협 쪽으로 얼굴도 돌리지 못할 거라고 발을 구르며 초조해 하였는데, 마침 황공 하옵게도 출정 어명을 내리시어서……."

메이지 천황은 오사코 사단장의 보고가 꽤나 우스웠던지 그만 큰 소리로 웃음을 터뜨렸다. 여순으로 가야 할 이 사단의 참혹한 운명에 대한 염려로 무거워졌던 천황의 가슴이 오사코의 해학적인 보고 덕분에 한결 가벼워졌다.

메이지 천황은 해학가라 유머를 느끼게 하는 인품을 대체로 좋아했기 때문이기도 하다. 평소에는 별로 사쓰마 사투리를 사용하지 않는 오사코가 여기서 일부러 지껄인 것은, 자기와 자기 사단의 앞길에서 기다리고 있는 운명을 천황에게 눈치채이지 않게 하고 싶었던 것이 틀림없다.

그때 오카자와 시조무관장이 옆에 서 있었다.

오카자와는 뒷날 말했다.

"전쟁이 발발한 이래, 주상께서 그처럼 큰 소리로 웃으신 적은 없었다."

오사코는 자신을 비극 속에 끌어 넣는 것을 좋아하지 않는 인물이었다. 이 전쟁에는 그의 아우도 종군하고, 아들 오사코 산지(大迫三次) 중위도 종군했다.

그런데 산지 중위는 전사했다.

노기 마레스케도 같은 비극 속의 인물이었다. 그러나 인품이 다르기 때문에 슬픔을 새기는 태도나 표정도 달랐다. 노기 마레스케는 전쟁이 끝난 뒤에 '부끄럽거늘, 내 어찌 낯을 들고 노부(老父)를 대할 것인가'라고, 많은 부하를 죽게 한 비통을 읊은 시를 지었다.

오사코 나오토시도 비슷한 단카(短歌)를 곧 잘 지었다.

'거느린 꽃(兵士)들은 비바람에 사라지고, 소맷자락에 간직할 고향 선물마저 없네.'

──노기 마레스케와 그의 막료를 파면시키고 제3군 사령부를 쇄신하라.

이러한 논란은 도쿄의 대본영에서 끈덕지게 계속되었으나 요즘에 와서는 아무도 입 밖에 내지 않았다. 그 까닭은 어느 날 야마가타 아리토모가 궐내에 들어가서 여순 전황에 관한 보고를 했을 적에 천황이 못을 박아 말했기 때문이었다.

"노기를 파면시켜서는 안된다."

작전 도중에 군의 사령관을 바꾸는 것은 안될 말이라고 천황이 원칙론을 말한 것이었는데도, 노기 마레스케는 크게 감격했다. 노기는 그런 인물이었다.

원래 노기에게는 일본 국가의 군사 관료(軍事官僚)라는 의식은 별로 없고, 천황의 부하라는 중세적인 주종 의식(主從意識)만 굳혀져 있는 사람이었다.

메이지 이전의 구 막부시대(舊幕府時代)에는 자기의 신분이 영주(領主)인 '아사노 다쿠미노가미(淺野內匠頭)의 가신(家臣)'이라는 데 긍지를 느꼈을 뿐, 아사노 번이나 아사노 번사(淺野藩士), 즉 아사노의 무사라는 일반 공칭에는 별로 관심이 없었다.

막부 말기부터 번(藩)이라는 것이 크게 부각되었다. 번은 말하자면 법인으로, 당시의 무사들은 번을 법인으로 보고 있었다. 따라서, 조슈 번사라는 호칭을 사용하였고, 모리의 부하라는 표현은 아무도 사용하지 않았다.

육체를 가진 주군에게로의 충성심은 희박해지고, 번에 대한 충성심만 높아져갔다. 노기 마레스케는 명치 시대로 넘어와서 사회인이 되었으나, 어느 사회인들이나 마찬가지로 국가에 대한 의식은 매우 막연했다. 그것보다도 그의 의식속에서 가장 강렬하게 두드러지는 것은 메이지 황제, 그 사람이었다. 특히 노기가 메이지 황제에 대한 충성심을 심하게 드러낸 것은, 이 사태였음이 틀림없다.

야마가타는 같은 고향의 후배인 노기를 좋아했고, 젊은 시절부터 무척 두둔해 왔다. 이번 전쟁을 계기로 해서 나스(那須)에서 농사일을 하고 있는 노기를 도쿄로 불러 다시 한 번 군부에 복직시킨 것도 그 야마가타였다.

그렇게 돌보아 온 노기 마레스케가 여순의 전투에서 믿을 수 없을 정도로 실수를 거듭해 가고 있는 터이므로 야마가타로서는 책임감을 느끼지 않을 수 없었다. 그러면서도, 조슈(長州)의 거두인 야마가타의 입장으로서는 어디까지나 노기를 두둔해 주고 싶었고, 될 수 있는 대로 여순에서의 위신 추락을 구제해 주고 싶었다.

아사히가와 제7사단을 보내기로 결정했을 때 야마가타는 노기에게 격려하는 전보까지 쳤다. 그런데 노기는 공격의 주목표를 203고지로 돌려 주었으면 좋겠다는 야마가타의 권고에 응하지 않았다.

그래도 야마가타는 노기를 격려하기 위해서 천황의 격려 칙어(勅語)까지 받아 보내기도 했다.

"빨리 함락시켜라."

그 내용은 이런 것이었다. 야마가타는 그것만으로는 부족하다고 생각했는지 한시(漢詩)를 지어서 전보를 보내기까지 했다.

백탄(百彈) 격뢰(擊雷)에 하늘도 놀라고
포위 반 년에 일만 시체 구르네
정신이 뭉치면 무쇠보다 굳도다
단숨에 쳐부숴라, 여순의 성.

이 한시의 밑바닥에는, 만약 다음의 총공격에서 실패할 경우에는 책임을 져야 한다는 뜻이 암시되어 있었다.

"총군(總軍)"이라 불리는 전만주군(全滿洲軍) 사령부에서도 바로 눈앞에 러시아군이 맞서 있기는 하지만, 불안은 오히려 여순의 전투 상황에 있었다.

무엇보다도 상세한 전황의 정보를 입수할 수 없는 것이 불안했다. 이상하다고 할 정도로, 노기군 사령부는 작전에만 졸렬한 것이 아니라, 보고서 작성에도 서툴다고 비꼬았다. 보고서는 보고할 만한 작전 성과가 있어야만 쓸 수 있는 것이지, 그저 전투병들과 죽이기만 하는 바보들의 손으로는 작성되지 않을 것이라고 혹평하는 사람도 있었다.

고다마 겐타로도 모든 실책이 이지치 고스케의 무능과 성격 결함에 있다고 생각하고 있었으나, 다른 참모들처럼 입 밖에 내지는 않았다.

'노기가 불쌍하다.'

고다마는 이렇게 생각하고 있었다. 고다마와 노기는 같은 조슈(長州)인이고 똑같이 유신(維新) 후 육군에 입대해서, 1877년(메이지 10년)의 세이난 전역(西南戰役)에서는 두 사람 다같이 젊은 중령으로서 사이고군(西鄕軍)과 구마모토(態本)에서 싸웠다.

고다마는 구마모토 성 수비 부대의 참모로 일했고, 노기는 이 나라 최초의 징집으로 편성된 민병을 인솔하고 야전(野戰)을 지휘했으나, 도처에서 사쓰마군에 패했다. 그때부터 노기가 서투른 지휘관이란 것을 고다마는 잘 알고 있었다.

그러나 서투르기는 해도 뛰어나게 성실하고 책임감이 강해서 여러 면으로 그의 먼 친척인 요시다 쇼인(吉田松陰)을 닮았다. 고다마는 누구보다도 노기를 잘 알고 있는 친구였다.

노기는 사실, 근대 전사(近代戰史)를 장식하게 될 여순 전투와 같은 큰 싸움을 지휘해 가기엔 어려울 것이라는 것을 고다마는 미리부터 짐작하고 있었다.

──이지치가 도와줘야 한다.

처음에는 이렇게 생각했던 터이지만, 그 이지치도 역시 마찬가지였다. 게다가 노기는 성격상 이지치를 질책하지 못하는 것 같았다. 이때 고다마 겐타로는 노기 마레스케에게 편지를 써 보냈다.

"전에도 편지로 부탁했지만, 귀군의 전황 보고는 너무 간단하여 본부로서는 해군의 전황 보고를 통해 비로소 실황(實況)을 알게 되는 형편입니다."

좀더 상세하게 보고를 해달라는 충고였다. 이 충고는 노기 사령관이 직접 집필하라는 것이 아니고, 참모장인 이지치에게 보고서를 성실하게 작성하도록 꾸짖으라는 뜻이었다. 그러나 고다마의 이 요구에는 한 번도 만족할 만한 반응을 보여 주지 않았다.

"총군에 보고해서 무슨 덕을 보겠단 말인가. 여순 공격에 총군은 무엇을 어떻게 도와 주겠다는 것인가. 1개 사단이라도 보내 준다면 얼마든지 보고하겠지만, 지금까지 얼마나 도와 주었기에 그런단 말인가."

이지치의 태도는 이러했다. 노기군 사령부가 너무 후방에 떨어져 있다고 비난하는 소리가 비등하기도 했으나, 그 사령부의 위치도 적의 포탄이 날아올 수 없는 지점에 그대로 움직이지 않고 있었다.

11월 하순, 제3차 총공격을 시작했다.

이 정보가 노기군 사령부에서 흘러나와 만주 총군이나 도쿄 대본영에까지 전파되었다. 불안스럽기는 해도 기대는 컸다. 그런데 웬일인지 주전군(主戰軍)인 노기군 사령부에서는 거의 자신을 상실한 상태에 빠져 있는 것 같았다. 사령부는 몇 번이고 실패를 거듭해 온 묵은 작전을 바꾸려 하지 않았다. 참모본부 차장 나가오카 가이시가 지적했던 것처럼 '소용없는 살생'만을 되풀이해 가려는 눈치였다. 그러나 그 '살생 전법'에도 자신이 없어진 모양이었다. 사령부로서는 그저 형식적인 작전에만 몰두하고 있는 것 같았다. 공격을 준비하고 있는 사령부라면 활기에 넘쳐 있는 것이 본연의 모습인데, 노기군 사령부는 생기를 잃고 있었다.

"이지치 참모장은 쓸쓸한 표정이었다."

총공격 직전에 현장에 머물고 있었던 대본영의 연락원의 보고는 이렇게 되어 있다. 아무리 보아도 작전 담당자들의 자세에선 대규모의 전투에 직면한 늠름한 태도를 찾아볼 수 없었다.

독일에서 훈련을 받고 온 이지치는 어쩐지 독일 군인의 냄새를 풍기면서 오만한 자세를 뽐내는 풍모이기는 해도, 머리는 비조직적이고 사리 판단에는 둔했다.

그러면서 다른 참모의 지혜를 빌려서 어떤 하나의 구상이 마련되면 그것을 자기의 신념(信念)으로 만들어 버리는 버릇이 있었다. 오만한 태도는 그 구상에 대한 다른 사람의 비판을 막아 내기 위한 일종의 시위였다.

"쓸쓸한 표정."

그것은 아마 그 신념마저 흔들리기 시작했기 때문일 것이다. 군인이란 직업은 적의 군사를 죽이는 것도 중요하지만 그에 앞서 자기 부하의 희생을 정당화시키는 직업이기 때문에, 오래도록 그 직업에 복무하면 생사에 대한 양심이 마비되어 인격 결함의 정신 불구자가 되기 쉬운 것이다. 그러나 이지치는 아직 그러한 정신 상태에까지는 이르지 않은 것 같았다.

그러나 이지치는 작전을 담당하는 군인들이 그러기 쉬운 허세를 계속 부리며 '내 작전에 틀린 것이 없다'는 말을 대본영에서 온 연락원에게도 말했으나 그 얼굴만은 쓸쓸해 보였다. 그것은 너무나 많은 내 동포를 죽게 하고, 또 죽이지 않을 수 없게 된 데서 생겨진 허탈감이 바로 새겨져 있었기 때문이다.

도쿄의 대본영에서 파견한 연락원은 아이치현(愛知縣) 출신인 오자와 가이유(大澤界雄)라는 대본영 참모였다.

오자와는 노기 마레스케도 만나 보았다. 노기도 오자와의 눈에는, 이제부터 수만의 대군을 동원해서 적의 요새를 공격하려는 바로 그 직전의 사령관의 자세로는 보이지 않았다.

"요즘 사흘 밤낮 동안 자지 못했어."

노기가 잠을 자지 못한 것은 바쁜 탓이기도 했으나 실은 전투에 지쳐서 신경이 쇠약해졌기 때문이었다.

오자와가 보기에는 노기 사령관은 승리할 것 같지 않았다. 노기는 지칠 대로 지친 표정으로 말했다.

"나는 할 수 있는 데까지 하고 있어. 그러나 이제는 더 이상 어떻게 해야 할지 모르겠어."

이렇게 솔직한 고백을 한 것까지는 무방했으나, 너무 괴로웠기 때문인지 사령관으로서 해서는 안될 말까지 했다.

"누군가 적임자가 있으면 여순의 지휘권을 양보해 주었으면 좋겠어."

그러나 대본영에서 온 오자와 참모는 그 당시 노기의 인품을 잘 몰랐기 때문이기도 했겠지만 조금도 동정심을 느끼지 못했다.

"시누이가 도쿄에도 있고, 요양(遼陽)에도 있어요. 이거 귀찮아 못 배겨내겠어."

노기군 사령부의 젊은 참모가 도쿄에서 온 연락 장교를 붙잡고 투덜거렸다. 대본영과 만주 총군이 이래저래 성가시게 군다는 불평이었다. 실은 이 말에도 일리가 없는 것은 아니었다.

노기군에 대한 지휘 계통이 창군(創軍)때부터 애매해서, 도쿄의 대본영과 만주 총군 사령부 두 곳에 똑같이 매여 있는 것 같기도 했으나, 그러면서 어느 쪽에도 직접적인 명령권은 없었다.

──이렇게 하면 어떻겠는가.

그래서 상담역 비슷한 입장에서 그저 이 정도로 참고적인 의견 제의에 그쳤다. 노기군 사령부로서는 의견 제시라기보다도 시누이의 잔소리로밖에 들리지 않았다.

일본 육군은 노기군을 당초에 오야마·고다마의 만주군과 분리해서 도쿄 대본영 직속으로 했어야 옳았을 것이다. 오야마·고다마는 만주 야전을 지휘해야 하기 때문에 특이한 작전인 요새 공격전까지 지도해 갈 겨를이 없었다.

"여순은 노기에게 맡겨 둔다."

대체로 이런 방침을 세워 왔다. 그러니까 노기군 사령부는 자유롭게 작전 활동을 하면 되는 것이었다. 어느 누구에게도 제약을 받지 않는 그야말로 한없이 폭넓은 권한을 갖고 있다는 점에서는 통수상 이처럼 재미있는 군단은 없으리라. 그러므로 그 사령부를 재능이 탁월한 사령관이 운영한다면 자유 자재로 민활한 작전 활동을 전개 할 수 있었을 것이다.

그러나 평범한 자들에게는 자유 재량권이 도리어 짐이 되었을 뿐이었다.

──노기군 사령부는 고아(孤兒)다.

그래서 이런 느낌마저 오히려 갖게 했다. 사실, 노기 마레스케나 이지치 고스케도 그러한 뜻에서는 고아였다.

이 고아들은 휘하의 각 사단으로부터도 병력의 보충을 받았고, 또 일본의 마지막 국내 예비 사단인 제7사단까지 받아들여서, 방대하고 새로운 선혈 (鮮血)을 여순 요새에 밀어 넣을 수 있는 조건을 얻었다.

제3차 여순 총공격은 이렇게 해서 시작되었다. 그런데 노기 사령관은 신경 쇠약으로 불면증에 걸렸고, 이지치 참모장은 의기소침해서 공격 개시 전부터 자신을 잃어버린 모습이었다.

이 정황은 도쿄에서 온 연락 장교들이 모두 눈치채고 있었다.

──사령부가 자신 없는 작전 계획을 실시해 놓고 습관적으로 사병들만 죽이려 들고 있다.

연락 장교들은 모두 이런 인상을 받았다. 대본영 육군 참모차장 나가오카 가이시가 지적한 '무익한 살생'이라는 표현은 시누이 처럼 잔소리가 심한 대본영과 만주군 모두가 공통적으로 느끼는 인상이었다.

노기와 이지치가 계획 실시한 제3차 총공격처럼 전쟁 역사상 졸렬한 작전은 없었다. 전과 다름없이 요새의 정문 앞으로 공격해 들어가는 전법을 되풀이하면서, 그 성패는 오로지 일본인의 용감성에만 힘입으려 했다.

"돌격하라!"

덮어놓고 이런 죽음의 명령만 연발했을 뿐 계획과 판단에는 전혀 신경이 마비된 상태였다.

해군과 시누이들이 시끄럽게 떠들어 대는 203고지 공격에는 말썽을 막기 위해 '병력의 일부를 조금씩 돌려서 공격하도록' 하는 졸렬한 전술을 썼다.

여순 요새 제3차(보기에 따라서는 제4차) 공격이 개시된 것은 11월 26일 이었다.

그 공격 부서는 우종대(右縱隊) 제1사단(도쿄)을 송수산(松樹山)에, 중앙 종대 제9사단(가나자와)에는 이룡산(二龍山), 좌종대 제11사단(젠쓰지)에는 동계관산(東鷄冠山)으로 각각 배정해서 정면 공격의 진을 폈다.

거기에 다른 하나의 특공대인 결사대의 돌격이 계획되었다.

뒷날 여순 결전의 상징적인 존재로 유명해진 '시로다스키 대(白襷隊)'가 바로 이 결사대이다.

공격대원은 각 사단에서 선발되었는데 합쳐서 3천여 명이었다. 그 선발병들은 도쿄, 야마나시(山梨), 치바(千葉), 사이타마(埼玉), 그리고 홋카이도 출신들이었다.

"이 특공 부대는 나카무라(中村覺) 소장이 인솔하도록 한다."

노기, 이지치는 처음부터 이렇게 안을 만들어 놓고 있었다. 사병들만 죽게 할 수 없다는 도의적인 이유를 들어서 장관급(將官級)을 지휘관으로 한 명분을 삼았다. 나카무라 소장은 당시 보병 제2여단장이었다.

나카무라는 메이지 유신 때 가장 냉대받은 오미 히코네 번(近江彦根藩) 출신이다. 1872년(메이지 5년)에 육군 교도단에 입대하여 1875년에 육군 소위가 되었다. 그는 청일전쟁 때 시종무관으로 복무하면서 메이지 천황을 총애를 받았다.

"나카무라가 시로다스키 대를 지휘한단 말인가."

보고를 받은 메이지 천황은 이렇게 말하면서 한동안 침울한 표정을 지었다 한다.

나카무라는 세이난 전역에서 당시의 민병대를 이끌고 사쓰마 사병들과 싸우다가 힘이 모자라 고전하기는 했지만 그때의 전적은 상당했다. 그때부터 나카무라는 병사란, '자칫하면 도주하는 버릇이 있다.'

그는 그때부터 이런 생각을 간직하게 되었다. 그 전역이 끝난 뒤 20여 년 동안 훈련을 받아 온 결과, 일본 군인은 왕년의 사쓰마 무사들보다 강해졌고 더우기 청일전쟁을 통해서 실력이 크게 배양되었다.

나카무라는 그 청일전쟁에서 직접 싸워 본 적은 없었다. 이번에 탄우(彈雨) 속에 뛰어들게 된 것은 세이난 전쟁 이래 처음이었다.

나카무라는 보병 제2연대를 이끌고 출정하기에 앞서, 장비 점검을 끝낸 다음 훈시를 하면서 이렇게 못을 박았다.

"퇴각(退却)이라는 문자를 이번 전쟁중에는 말살해 버릴 것."

나카무라의 음성은 육군에서도 유명할 정도로 청랑(晴朗)해서 훈련장의 구석구석까지 들린다고 할 정도였다.

특히 '퇴각이라는 글자를 말살하라'고 한 것은, 세이난 전역에 종군했던 젊은 시절의 쓴 경험이 회상되었기 때문이었을 것이다.

3천 명의 '시로다스키 대'가 '퇴각'이란 두 글자를 말살하고, 나카무라 소장에게 이끌려서 여순 요새로 뛰어들자마자, 눈 깜박할 사이에 1천 5백여명의 생명이 포화 속에 선혈을 뿌리면서 사라져 버렸다.

이 불행한 시로다스키 대의 전법만큼 노기군 사령부의 작전 능력의 빈곤함을 노골적으로 드러내 보인 것은 없었다.

이 특공대를 전술 용어로서는, '돌격 종대'라고 한다. 본시 돌격 종대는 기습 작전에 필요한 것이며, 그러므로 진격해 오는 적의 빈틈에 노려서 불의에 습격하는 용병(用兵)을 위해 존재한다. 그런데 노기군 사령부는 이 병대를 정면 공격에 투입했던 것이다.

적의 정면일 뿐만 아니라, 적의 방어력이 가장 견고하게 집중되어 있는 지점인 본가도(本街道) 쪽으로 진격하라는 것이었다.

"이 사령부는 거의 발광해 버린 거동으로 작전 지휘를 하고 있는 것 같이 보였다."

이 표현은 그때 작전 본부에 있었던 한 장교(뒤에 육군 중장이 된 사토 기요가쓰 : 佐藤淸勝)의 기록이다. 히스테리 체질을 가진 사람이 곤경에서 빠져나가려 할 경우 히스테리가 발작하는 것처럼, 무능한 사령부는 극도의 곤경에 빠졌을 때 가장 어리석은 전법을 강행하는 것이다. 히스테리는 여성들에게 많다고 하지만 남자들, 특히 군인들에게 그 증상이 많이 나타난다. 치태(稚態)가 바로 그런 증상이다. 어린 아이와 같은 짓을 한다는 뜻이다.

노기군 사령부는, 나카무라 소장이 지휘하는 시로다스키 대를 본가도(本街道)로 진격시켜서, 가장 먼저 견고한 요새인 송수산 포대를 빼앗고 그 기세로 여순 시가지에 돌진해간다는 계획을 강행시킨 것이다. 이 꿈 같은 전법을 노기 마레스케는 이지치 고스케를 향해 이렇게 말했다.

"나카무라라면 해내겠지."

나카무라는 '퇴각'이란 문자를 말살하라고 훈시한 인물일 뿐더러, 군인으로서의 그 전술 사상은 낡았지만 용맹스러움이 널리 알려진 군인이었다.

나카무라는 당시 50살이었다. 그 나이의 체력으로는 본가도를 빨리 달려갈 수 있을지 얼마간 의문이기는 하나, 그를 뽑은 까닭은 '장관(將官)도 사지에 뛰어든다'는 모범을 보여주어 군의 사기를 고무시키자는 데 있었다. 너무나 많은 병사들을 죽였으므로 이 장성도 사지에 몰아 넣어야만 군을 통수하는 데 떳떳하다는 이유였을 것이다.

왜냐하면 3천명이라고 하는 것은 3개 대대의 인원에 해당되므로 그 지휘관은 소령급으로서 족한 것이었다.

'시로다스키 대'로 부르게 된 것은 대원들이 밤에도 서로 식별할 수 있도록 흰 띠를 어깨에서 허리로 걸치게 한 데서 비롯되었다.

"죽을 수 있는 곳을 얻게 됐다."

나카무라는 군사령부의 전술에 조금도 비판하는 일 없이 이 임무에 대하여 이렇게 말하고 사령부에 감사했다.

여순의 현재 전황에 비추어 장관급도 죽어야 한다고 이미 생각한 바 있었고, 거기에 자기가 뽑혔다는 것을 영예롭게 생각하고 감격했다.

이 점으로 볼때, 나카무라는 정말 메이지의 군인이었다.

말하자면, 3천 명의 시로다스키 대가 여순의 요새를 돌파하여 그 배후에 있는 여순 시가로 진격한다는 것이었다. 아무런 현실성도 없는 작전이었다. 그 대원의 전부가 요새에 비치된 살인 병기 앞에서 죽어 넘어질 것은 틀림없지만, 설사 이 '몽상 작전'의 꿈이 한 사람의 희생도 없이 실현됐다고 한들, 그 다음에 그들은 무엇을 어떻게 해야 한다는 말인가. 일본도와 소총만 휴대한 겨우 3천 명의 부대가 여순 시가에 들어가서 시가전을 해보았자 곧 진압당하고 말 것이 틀림없었다.

또한 실정에 어둡고 현실감이 희박한 작전 계획을 세운 노기군 사령부에 대한 대본영과 만주 총군의 험담은 한결같았다.

"사령관 이하 모두 현장을 아직까지 잘 모르고 있는 것이 아닌가."

이렇게 의심은 짙어져 갔다. 이 사령부에서는 참모들 자신이 격전 현장에 뛰어 들어가서 정찰하는 일이 개전 이래 한 번도 없었을 뿐 아니라, 그 사령부의 소재지조차 일선에서 너무 멀리 떨어져 있다는 비난이 많았지만, 조금도 개선해 보려고 하지 않았다. 사령부가 너무 멀리 있다는 것은, 작전에 전선의 감각이 들어가기 어렵다는 말이다.

만주군 총사령관 오야마 이와오는 개전 이래 일체 노기 마레스케가 하는 일에 언급이 없다가, 12월 1일 참다 못하여 훈령을 보내서 나무랐다.

"고등 사령부와 예비대의 위치가 너무 멀어져 적이 역습할 경우 구제할 시기를 놓치게 될 것."

사령관이 전장에서 그처럼 멀리 떨어져서 되겠느냐는 것이다.

그러면, 시로다스키 대로 얘기를 옮겨 보기로 하자.

틀림없이 전멸하고야 말 이 부대가 행동을 개시한 것은 11월 26일이었다.

이 부대는 그날 새벽에, 용안(龍眼) 북방에 있는 크로파트킨 포대 근처의 북쪽 지점에 집결하였다. 그날 저녁 때 노기 마레스케 사령관이 부관을 대동하고 이 집결지에 와서 훈시를 했다.

"이제 적의 육군은 크게 증강되고, 바다에는 발틱함대도 가까워 오고 있다. 국가의 안위는 우리 포위군의 전과에 달려 있다. 본관은 바야흐로 사지로 가게 될 본 부대에 대한 촉망이 실로 절실해진 바 있다. 제군들이 일사 보국 할 기회는 바로 이때다. 원컨대 힘껏 싸워라."

훈시는 문장으로 초안한 것이었다. 그것을 노기가 낭독하고 나자, 진중(陣中)은 '물을 끼얹은 듯 조용했다'고 이 순간의 광경이 보고되었다.

그 전날인 25일 아침, 러시아군의 스테셀 장군은 전군에 명령을 내렸다.

"내일 13일(러시아 달력)부터 노기군이 총공격을 해올 것이다. 그럴 징조가 있으니 각 포루에서는 빈틈없이 경계하고, 이상한 일이 있으면 대소를 막론하고 보고하라."

귀신같이 알아 차렸다고 하겠지만 실은 그런 것이 아니다.

노기에게는 이상한 버릇이 있는 것을 스테셀 이하 러시아군 장교들은 잘 알고 있었다.

"26일(러시아 달력으로는 13일)만 되면 반드시 노기군은 천지를 진동시키는 포격을 개시하고, 돌격 부대를 내보냈다."

그래서 러시아군은 방어 전략 수립에 크게 부담을 느끼지 않아도 좋았고 매달 26일을 고비로 삼아서 부서를 정돈하고 포루에는 포탄을 축적하여 때를 기다리면 된다. 일본병들은 저쪽 구릉의 능선을 타고 반드시 나타난다. 마치 일부러 맞아 죽기 위해서 넘어오는 꼴이었다. 거기에 포탄 세례만 해주면 그것으로 끝나는 것이다.

"26일."

노기군이 여순 요새의 전진지를 최초로 공격한 날이 26일이었다.

그리고 제1차 총공격은 8월 26일이었다. 크게 손해를 입은 노기군은 이어서 9월 19일부터 수일간의 공격을 했고, 그 다음의 총공격은 10월 26일이었다.

결과적으로 노기군이 입은 타격은 거의 궤멸적이었다. 그 뒤 다시 본국으로부터 병력을 보충받았을 것이므로 또 살금살금 총공격을 시작할 계획을 세웠을 것이고, 그 공격 일자는 11월 26일이 될 것이다. 스테셀은 이렇게 예상했다.

"어째서 노기는 짐짓 13일(26일)을 골라 공격의 날로 삼았을까."

그 까닭은 스테셀도 그 막료인 전술가들도 모두 수수께끼로 삼고 있었을 뿐이다.

여기에 대한 의문은 러시아측 뿐만 아니라 대본영 육군 참모본부도 수수께끼로 생각하고 있었다.

"일부러 적에게 준비를 시켜놓고 군사들을 죽게만 하는 것이 아닌가. 노기와 이지치는 도대체 어떤 속셈으로 26일을 택하는 것인가."

참모총장인 야마가타 아리토모도 차장인 나가오카 가이시 소장도, 이렇게 생각하고 있었다.

이번 제3차 총공격을 앞두고는 이 의문을 밝히기 위해서 모리 구니다케(森邦武) 중령을 사자로 도쿄에서 일부러 유수방(柳樹房)에 있는 노기군 사령부에 보냈다. 이에 대해 이지치 참모장의 이유와 설명은 정말 해괴했다.

"그 이유는 세 가지가 있다. 첫째는 화약 준비 때문이다. 그 준비에는 한 달이 걸린다. 그러므로 지난번 공격으로부터 만 한 달이 되는 것이다."

과학성도 전술적 배려도 전혀 없는 말이었다.

"다음은 남산을 공격해서 돌파한 날이 26일이었기 때문에 재수가 있는 날이다."

그리고 또 계속해서 말했다.

"세 번째는 26일이라는 숫자는 짝수이기 때문에 두 개로 쪼갤 수 있다. 그러니까 이날은 요새를 쪼개 버릴 수 있는 날이다."

노기 사령관도 옆에서 머리를 크게 끄덕거렸다. 이런 머리로 여순의 근대화된 요새 공격 작전을 세우고 실시해 온 것이었다.

그저 병사들만 죽게 마련이다.

──13일(26일)을 경계하라.

스테셀의 이런 경고는 그날로 당장 적중했다.

요새의 각 포루에서 보내 오는 보고는, 25일 상오 11시경부터 하오 4시경까지 안자령(鞍子嶺) 방면에서 왕가전자(王家甸子) 부근에 걸쳐, 노기군 부대가 차를 몰고 줄지어 이동하고 있는 것이 러시아군 진지에서 멀리 바라보였다는 것이다.

아마 포병의 탄열(彈列 : 포탄을 운반하는 부대)이었을 것이다. 포병의 탄열 이동이 활발해 진다는 것은 대공세가 시작될 징조였다.

"그건 그렇고, 노기군은 공격 준비를 은폐해야 한다는 전술 상식은 전혀 모른단 말인가."

스테셀은 이상하게 생각하지 않을 수 없었다. 러시아군은 이럴 경우 매우 신경질적인 비밀 작전을 취하는 것이다.

25일 정오, 스테셀은 각 부대에 전투 준비를 명령했다. 한편 스테셀 휘하에서 용장의 명성을 떨쳐 온 콘드라첸코 소장은 구만(鳩灣) 방면에서 정찰하고 있던 마노프스키 대위로부터 '이 방면에 적의 활동이 갑자기 활기를 띠기 시작했다'는 보고를 받고 해병 제10중대를 그곳으로 증파하는 조치를 취했다. 이것은 러시아군이 경계 조치를 취한 하나의 실례에 불과한 것으로, 이날 요새의 모든 부대는 각각 전투 준비에 바쁘게 움직였다.

26일, 마침내 예정대로 노기군의 공세가 벌어졌다. 러시아군의 포화는 천지를 진동시켰다. 그에 대해 일본군은 공성포(攻城砲), 28센티 유탄포(榴彈砲), 야포, 산포 여순의 산과 구릉을 공격했다.

노기군의 전진이 시작됐다. 그 속에서 노기가 '이 싸움의 성패는 제군들의 선전 분투에 달려 있다'고 격려한 나카무라가 지휘하는 3천 명의 시로다스키대는 해가 저물어갈 시각을 전후해서 진군을 시작했다.

그들이 집결한 곳은 크로파트킨 포대 북방이었고, 이 지점을 지리적으로 설명하면 수사영(水師營) 동북 고지의 발치에 해당한다. 집결처는 고지의 그늘 밑이어서 러시아군측에서는 보이지 않는다.

수사영의 동편에는 작은 하천이 흐르고 있었다. 그 하천을 끼고 전진하다가 그만 적의 탐조등에 발견되어 치열한 포탄의 집중 사격을 받았다. 살아남은 자들은 그대로 전진을 계속하여 오후 8시 40분, 백병(白兵) 돌격전을 감행하기 위해 총검을 꽂았다.

당장의 목표는 송수산(松樹山)의 보조 포대를 빼앗는 것이었다. 각 분대가 돌진하여 간신히 송수산 서편 철조망 앞에 도달했을 때, 적의 포화와 기관총 탄환이 빗발치듯했다. 특히 측면에서 쏟아지는 포탄이 시로다스키 대대원의 거의 대부분의 생명을 빼앗았다.

러시아군의 방어 진지는 노기군의 공격법처럼 고정적인 것이 아니라 생각지도 않은 곳에 새로운 포대가 구축되어 있기도 했다. 이 경우 시로다스키 대는 죽음의 대가로 포대 구축에 관한 지식을 얻었다.

철조망의 바로 건너편에 기관총을 비치한 토치카가 있었다. 또 그 뒤쪽에는 포대가 있었다. 시로다스키 대는 탐조등의 광선에 싸여 철조망의 전면에 떠올랐다.

"여순 시가로 돌진하라."

이 무모한 명령을 받고 맹진(猛進)한 이 특공대가 사실상 궤멸된 것은 전투가 시작된 밤 8시 40분에서 1시간쯤 지나서였다.

말할 것도 없이 이 작전 계획은 노기 사령관의 광기(狂氣)와 무지가 낳은 몽상이었다. 여순 시가를 둘러싸고 층층이 포루가 물고기 비늘처럼 꽉 박혀 있었다. 그 지대의 돌출부에 있는 보조 포루 앞에서 3천 명 중 반수가 사상(死傷)했다.

그렇긴 해도 아마 이 시대의 일본 군인들은 세계에서 둘도 없는 용감한 군인이었을 것이다. 겨우 살아남은 몇 명이 철조망을 뚫고 적진으로 돌진해서 적의 토치카를 습격했다. 물론 전략적으로 무의미한 짓이었지만 그 용감성은 절대적이었다.

토치카에 뛰어든 돌격 대원들은 공병용(工兵用) 포탄이 투하되어 모두 폭사했다. 토치카를 습격해서 대량 살해되면서도 러시아 병사 몇 명을 죽였다. 그러나 아무리 많은 러시아 병사를 이 토치카에서 살상한다고 해도 그 수효는 빤한 것이고, 그 여세로 작전의 주목적인 여순 시가 돌진은 첫째 물리적으로 불가능한 노릇이었다.

그때 실정이 그러한데도 일본 병사들은 자신의 죽음이 승리의 길로 연결된다고 믿고, 용감하게 전진해서 개처럼 맞아 죽었다. 그렇게 죽어 간 일본 병사들을 그대로 굳이 행복하다고 할 것 같으면, 자기네들의 생사를 맡겨 두었던 노기군 사령부가 세계 전사에 둘도 없는 무능 사령부라는 것을 끝내 몰랐다는 점에 있다 할 것이다.

그들 중 거의 대부분은 장관들의 생각에 잘못이 없다고 믿고 있었다. 간혹 믿지 않은 병사도 있기는 했다. 사단장이나 여단장급에서는 회의를 품은 사람이 더러 있었다.

——아무래도 군사령부가 이상한 것이 아닌가?

이런 의문은 유능한 장관들을 괴롭히고 있었다. 여순의 공방전에서 가장 유능하고 용감한 장군으로는 러시아군의 콘드라첸코 소장과 일본군의 이치노에 효에(一戶兵衛) 소장이 손꼽혔다. 그 이치노에 효에까지 의심을 품을 정도였다.

"왜 군사령부는 현실 정황에 맞지 않게 턱없는 명령만 하고 있단 말인가?"

그러면서도 이치노에 소장은 군의 사기를 염려하여 아무 말 없이 묵묵한 태도로 일선 지휘에 주력하고 있었다.

여순의 러시아 군대 중에서는 콘드라첸코가 지휘하는 부대가 월등하게 강했다. 나카무라 소장이 인솔한 시로다스키 대가 거의 다 죽고, 남은 일부의 병사들이 토치카에 돌격해 들어갔을 그때, 돌연 한 사람의 이상한 러시아 병사가 이 생지옥을 향해 돌진해왔다.

그는 저쪽 언덕을 쏜살같이 타고 내려왔다.

몸에는 앞뒤 할 것 없이 7, 8개의 공병용 폭약이 달려 있었고, 그 하나하나의 도화선이 불을 뿜고 있었다. 이 불덩어리는 시로다스키 대 돌격 대원이 백병전을 벌이고 있는 토치카 속으로 날아 들어와서 자폭해 버렸다.

엄청나게 죽어 가는 일본 병사와 최후를 같이 해보겠다는 생각에서 취해진 자폭 행위였을까. 그의 육체는 산산조각이 났고, 그 옆에 있었던 몇 사람의 일본 병사의 육체도 공중으로 날아 올랐다.

어쨌든, 이 시로다스키 대는 여순 공략전에서 상징적인 존재가 되었다.

그 후에 고다마 겐타로는 노기군 사령부의 참모장 이지치를 따끔하게 질책했다.

"사령부의 무모한 작전이 사병들을 무모하게 죽이고 있다. 어떤 생각인지 모르지만, 귀관이 죽이고 있는 사병들은 일본인이란 말이오."

고다마는 사실 노기를 꾸짖고 싶었다. 그러나 고다마가 노기를 나무라지 아니한 것은 통수의 위신을 생각해서였다.

"나카무라가 어떻게 잘해 주겠지."

이 특공대에 대한 노기 사령관의 기대였다. 노기 사령관의 이 단순한 기대와는 달리 시로다스키 대는 철조망 가까이 접근한 밤 10시경에 거의 사살되거나 부상당했다. 나카무라 지휘관도 중상을 입었기 때문에 와타나베(渡邊) 대령이 지휘를 대행했다.

장교도 66명이나 사상했다. 각 부대의 지휘는 하급 장교 또는 하사관이 맡게 되었다. 자정을 넘어서 다음날 오전 1시경에는 싸움터에 시체와 부상병들만 뒹굴고 있는 광경이었고, 기적적으로 살아 남은 병사들도 조직적인 전투가 불가능했기 때문에 꼼짝도 하지 못하고 말았다. 부상당한 나카무라 소장은 말이 없었다.

──'퇴각'이란 글자를 말살하라.

지휘관의 입장으로서는 이런 훈시로 스스로 퇴각 작전을 생각할 수 없었다. 지휘권을 넘겨 받은 와타나베 대령은 '퇴각'을 결심하고 부상하지 않은 병사 한 사람을 간신히 찾아내어 노기군 사령부의 지시를 받기 위해 급파했다.

사령부가 있는 유수방까지는 먼 거리였다.

보고를 받은 노기 사령관의 표정은 실망의 빛으로 굳어졌다.

"실패였군."

노기는 더이상 어떻게 해볼 도리가 없다고 생각했다. 그러나 조치를 서둘러야 했다. 날이 밝아지면 흩어져 있는 부상병들이 러시아 병사의 총칼에 찔려 죽을 것이기 때문이었다.

"그렇다면 퇴각하라."

시로다스키 대의 전법(戰法)은 기습이었지만 기습의 전과는 전멸로 끝났고, 다른 각 사단에서 취한 조직적인 공격도 모두 실패했다. 그리고 대대(大隊)나 중대는 도처에서 전멸 상태에 빠졌다.

한편 노기군 사령부에서 '필요 없다'고 거절했던 28센티 유탄포(榴彈砲)는 공성포(攻城砲)와 같이 포격의 위력을 크게 발휘했다. 그 위력으로 동계관산(東鷄冠山) 북쪽 포대와 이룡산(二龍山), 송수산(松樹山)의 외곽 방벽을 파괴하기는 했으나, 포루들은 까닭 없이 활동을 계속하고 있었다.

제11단은 외곽을 변형한 그곳 포루에 몇 번이나 돌격대를 투입했으나 그 때마다 실패로 끝났다.

러시아군의 최신식 요새는 일본군이 생각했던 것과는 전혀 딴판으로 견고하고 구조가 복잡 다단했다. 포대 앞에는 지뢰원(地雷原)과 철조망이 있고 또 그 둘레에는 기관총과 속사포가 배치되어 있다.

일본군은 한 부대가 전멸하면 다른 한 부대가 그 시체를 밟고 넘어서 돌격했다. 그러다가 어떻게 해서 포대의 흉벽을 기어 올라가면 바로 그 다른 편에는 기관총 사격대가 있었다. 그곳을 요행히 통과해서 더 뛰어들어가 보았자, 또 인후부(咽喉部)를 방위하는 수비가 있었기 때문에 사람의 힘으로는 그 포루를 어떻게 할 수도 없을 것 같았다.

이 시기에 오야마와 고다마의 총사령부는 요양에서 연대(煙臺)로 옮겼다. 북방에는 크로파트킨의 대야전 부대가 주둔하고 있었으나, 쌍방이 서로 흘겨보기만 하고 있을 뿐 격렬한 전투를 개시하려는 의욕은 별로 없는 듯했다.

"여순은——여순은,"

이 무렵에 고다마 겐타로는 말끝마다 이 말을 달았다. 만주에 있어서 전일본군의 안위(安危)는 여순의 노기군에 맡겨서 있는 형세로 기울어져 가고 있었다.

사실 노기군의 전세(戰勢)가 더 이상 악화된다면 일본의 육해군 작전은 전면적으로 붕괴될 것이고, 급기야는 일본 자체의 멸망으로 끝나고 말 정세였다. 일본 존망의 열쇠가 가장 우둔하고 가장 치졸한 두뇌의 한 두 사람에게 걸려 있는 실정이었다.

"노기는 우물쭈물하다가 그로시 장군이 되어 버릴지도 몰라."

언젠가 고다마 겐타로는 이렇게 말한 적이 있다.

나폴레옹이 워털루에서 웰링턴이 통솔하는 영국과 프러시아 연합군과 싸우고 있을 무렵, 그로시 장군에게 별동 부대를 주어 적군의 일익인 프러시아군을 탐색하도록 했다. 나폴레옹은 그로시로 하여금 프러시아군은 치게 할 작정이었다.

그로시는 우직하기만 한 장성이어서 타고난 성격 그대로의 작전을 추진시켰다. 탐색을 명령받은 프러시아군이 어디에 있는지 보이지 않아서 그저 행군만 계속했다. 그래서 마침내 먼 워털루 지역에까지 진군했을 때 굉장한 포성이 울려 왔다. 마침내 나폴레옹군과 웰링턴군의 주력 결전이 벌어진 것이다.

그로시 부대는 곧 결전장으로 달려가야 할 텐데, 그로시 장군의 생각은 달랐다. 막료들이 아무리 주장을 해도 그로시는 들어 주지 않았다.

"황제는 나에게 프러시아군을 탐색하라고 명령하셨다."

더 이상 다른 말을 하지 않고, 정해진 대로 탐색을 계속했다. 그동안에 워털루의 주력 결전은 나폴레옹의 패배로 끝났다.

만약에 이때 그로시가 상황 변화에 대처해 가는 융통성이 있어서, '탐색의 행군'을 그만두고 워털루 결전장으로 달려가 웰링턴군을 협공했더라면, 나폴레옹의 운명이 어쩌면 달라졌을지도 모를 일이었다.

그러나 운명의 버림을 받은 나폴레옹은, 왕년의 유능한 장성들을 잃어버리고 이제는 그로시와 같은 한낱 장식물에 불과한 군인에게 작전상 중요한 임무를 맡기지 않을 수 없게 된 것이었다.

그로시는 나폴레옹의 권력 그 자체를 무너뜨려 버렸다.

여순의 노기군은 만주에 있어서 일본군의 별동 부대에 해당했다.

그로시는 프러시아군을 찾아 내지 못했을 뿐만 아니라, 자기의 작전상의 기능을 자기 혼자서 완고하게 규제해 갔다. 노기 마레스케도 여순 요새를 정면으로 공격하는 기묘한 작전을 한결같이 고집해 갔다.

그로시는 나폴레옹 작전을 기동성 있게 도와 주지는 못했으나 부하들은 희생시키지 않았다. 그러나 노기는 러일전쟁에서 병사 소모를 혼자 떠맡은 거나 다름없으므로, 그런 점에서 우둔한 죄는 그로시보다 중할지도 모른다.

11월 21일, 여순 제3차 총공격이 개시된 이날, 고마다 겐타로는 연대(煙臺)에 이동한 총사령부에서 새벽 일찍 일어났다. 걱정이 되어서 잠을 잘 수가 없었기 때문이다.

군복을 입고 모자를 비스듬히 눌러 쓰면서 복도로 걸어 나왔다. 복도 한쪽 끝에 있던 불침번인 보초병이 놀란 표정으로 경례를 한다.

"음."

고다마는 거수를 하지 않고 나지막한 소리로 답례를 대신했다. 고다마는 군인이면서도 군인의 형식적인 동작에는 매우 소홀한 사람이었다. 단추 한두 개는 잠그지 않는 것이 보통이었고 어떤 때에는 구두를 좌우로 바꿔 신기도 했다.

건물 뒤에 있는 화장실을 다녀오자 주위가 밝아지고 해가 뜨기 시작했다.

그는 화장실 옆에서 아이들처럼 합장을 하고 해를 향해 공손히 절을 했다. 종교에 대한 관심은 본래부터 없었지만 만주에 출정해서 작전에 고심하는 동안 해를 향해 예배하는 습관이 생겼다. 그는 어찌된 연유에서인지 언제나 화장실 옆에서 아침 예배를 해왔다.

이 거동을 총사령부 직속 하사관과 병사들은 처음부터 알고 있었지만, 막료들간에는 훨씬 뒤에야 알려졌다. 어느 날 마스카와 도시타네(松川敏胤) 대령이 고마다의 뒤를 따라서 화장실에 들렀다가 예배하는 광경을 보게 되었다. 그러나 무안해할 것 같아 그 후에도 모두 모르는 척 해왔다.

이 여순 총공격의 날, 고다마는 여순의 성공을 빌면서 아침해에 예배를 했으나, 노기가 성공할 것인지 내심으로는 그저 걱정스럽기만 했다.

고다마는 작전을 계획할 때 심사숙고를 거듭한 끝에 두 개의 안(案)을 남겨 놓았는데, 이중에서 다시 최후의 안을 결정할 때에는 몸이 찢어지는 것 같은 고통을 겪어야만 했고, 그러면서도 그 선택에 자신을 가져본 적은 한 번도 없었다.

마지막에 뽑은 그 안이 성공하느냐 못하느냐에 따라 국가의 존망이 걸려 있고, 또 앞서 마련한 두 개의 안이 모두 같은 비중을 가진, 이를테면 제비뽑기와 같은 심정에 사로잡히지 않을 수 없었다.

따라서 고다마 겐타로는 스스로 그 선택을 '제비뽑기'라고 했다.

"피를 짜내듯이 생각을 짜내어도 지혜란 역시 한도가 있다. 최후는 운이야."

고다마는 그 제비뽑기를 아침 해에 빌었다.

"이기는 제비를 뽑게 하소서."

축원의 내용은 지극히 이것밖에 다른 것이 있을 리가 없었다.

그런데 여순의 노기군 사령부도 그처럼 진지한 태도로 최후의 안을 결정해 왔는지 그 여부는 의문이다. 물론 여순의 작전은 노기에게 일임되어 있고, 고다마는 일체 간여하지 않았다.

그날 아침의 축원은 노기 마레스케를 부탁드린다는 기도에 지나지 않았다.

203고지

여순의 노기군 사령부에서 고다마 앞으로 보내오는 소식들은 낱낱이 패보뿐이었다.

과연 걱정했던 그대로였다.

"패배했다."

하지만 노기 사령관의 보고문에는 이런 표현의 글귀가 씌어 있지는 않았다.

"힘껏 공격하고 있으나, 적은 완강하다. 아군의 사기는 매우 왕성하다."

이런 따위의 관료적인 수식 문장에 불과했다. 노기는 시인으로서 우수한 재질이 있고 산문가로서도 빠지지는 않았지만, 냉엄해야 할 전투에 관한 보고문 작성에는 낙제생이었다. 전투 보고에 문장 수식은 필요 없을 뿐더러 그 수식이 상급 사령관의 판단을 그르치게 할 우려가 없지 않았다.

덧붙여 말해 두거니와, 러일전쟁 후, 일본 육군에는 보고문을 수식하는 풍조가 고질화 됐는데 그것은 노기 마레스케의 보고문 투에서 유래한 것일는지도 모른다.

상부 사령부에 보내는 보고문은 화학 분석표처럼 객관적인 사실 기재여야 하는 것인데 러일전쟁 후, 일본 육군에서는 시 문장처럼 과장 수식하는 형용사를 즐겨 썼다. 러일전쟁 때에는 각 사령부의 보고 문장들이 노기 투를 닮은 것이 없었다.

고다마가 보고문에 관해서 노기를 나무랐던 것도 그의 보고로는 객관적인 전황을 파악할 수 없었기 때문이었다.

"어느 포대를 점령했다."

이러한 구절을 보고문에서 발견할 수 없는 것은 달리 말해서 러시아군에게 당하고 있기 때문일 것이다.

고다마의 막료들은 앞질러 짐작하고 있었다.

"지고 있는 것이 틀림없다."

손실 상황으로 보아서는 패전 상태가 아니라 일본군이 전면적인 괴멸에 직면하게 된 그러한 엄청난 패배였다. 벌써 첫날의 공격에서부터, 재기하기 어려울 정도로 수많은 생명이 사라져 갔다. 나가오카 가이시가 말한 것처럼 그야말로 무익한 승천의 비극이었다.

고다마는 화닥닥 일어섰다.

"어디로 가시렵니까?"

옆에 있던 부하들이 놀란 표정으로 물었다.

"소변 보러!"

고다마는 모자를 쓰고 걸어갔으나 방향이 화장실 쪽이 아니었다. 고다마는 문 밖으로 나갔다. 무슨 생각이 있어서 나선 것은 아니었고, 화장실로 갈 생각이긴 했으나 방향 감각이 이상해져서 무심결에 문 밖으로 나오게 된 것뿐이었다.

고다마의 동작은 이때 확실히 이상했다.

벌써 대지는 얼어붙어 있었다. 고다마는 거의 무의식적으로 바지 단추를 풀어 소변을 보았다. 아직 엄동이라고는 할 수 없었으나 추위는 일본의 한겨울보다도 훨씬 혹독했다.

저쪽에서 파수를 보고 있던 병사들이 총을 맨 채 "좌로 봐"의 경례를 보내고 있다. 고다마는 그쪽을 향해서 오줌을 누고 있었다. 군대에서는 생각조차 해볼 수 없는 거동일 뿐더러, 더욱이 육군 대장의 체통으로서는 실례가 아닐 수 없었다. 그러나 고다마의 이런 종류의 무관심은 총사령부의 사병들도 평소부터 잘 알고 있었고, 흠잡지도 않았다.

──고다마 각하께서 또 저런 짓을 하시네.

파수병들은 그저 그런 정도로만 생각했을 것이다. 하지만 그때에 고다마는 오줌을 누면서 눈물을 흘리고 있었던 것이다. 실내에서 문 밖으로 뛰어 나온 것은 무의식중이기는 해도, 혼자서 울고 싶었기 때문이 아니었을까. 그는 여순에서 무모하게 살해되고 있는 병사들이 불쌍해서 앉아 배겨 낼 수 없었던 것이다.

고다마는 집안으로 되돌아오자 회의실에는 들르지 않고, 자기 사무실로 가서 부탁했다.

"마쓰카와를 빨리 불러오라."

마쓰카와 도시타네가 고다마의 테이블 앞에 다가섰다.

고다마는 마쓰카와 또 한 사람 막료인 이구치 쇼고(井口省五) 소장을 두 사람의 문수보살이라고 자랑삼아 칭찬한 일이 있었다.

이구치 소장과 마쓰카와 대령은 사실 우수한 참모들이었고, 그래서 고다마에게는 문수보살과 같은 존재였다.

다만 두 사람은 작전상 개성이 얼마간 달랐을 뿐이다. 이구치는 신중한 편이어서 약간 소극적이었고, 마쓰카와는 과감한 편이어서 매우 적극적이었다. 고다마 겐타로는 이 두 사람의 어깨 위에 걸터앉은 셈이었다.

그런데 이 두 참모는 고다마가 자기네들의 헌책을 솔직하게 받아 주지 않는다고 약간 불평이었다. 헌책을 해도 고다마는 자기가 구상한 대로 결정해 버리는 경우가 허다했다.

두 참모가 수재이기는 해도, 고다마의 천재적인 판단력에는 따라가지를 못했던 모양이었다. 고다마의 사고(思考) 차원이 두 사람에 비해서 한차원 쯤 높을 경우도 있는 반면, 때로는 도리어 한차원쯤 낮은 적도 없지 않았고, 그럴 때에는 짐짓 제 삼안을 만들어서 결정해 버리는 경우도 없지 않았다. 여기서 차원이 낮다고 한 말은 사실에 맞지 않는 표현일지 모른다.

"전략에 정략이 내포되어서는 안 된다."

이 군사학의 원칙을 고다마는 거리낌 없이 무시해 버리기 때문에 전략 전술의 사고 순도가 낮다는 뜻에서 차원이 낮다고 한 것일 뿐이다.

이 점에 대해서 약간 설명을 첨가해 두기로 한다. 실례를 들어서 말하면 러시아 국내에 혁명 기운이 높아져 가고 있었으므로 일본 참모본부는 유럽에 체류하고 있는 아카시 모토지로(明石元二郎) 대령에게 1백만 원을 주어 그 기운을 선동시키고 있었는데, 이 공작은 '정략'에 해당한다.

그런데 야전 참모장이 그 '정략'을 믿고 전략을 태만히하거나, 공격할 것을 보류하거나 한다면 그것은 전략 사고의 순수도가 낮은 것이다. 바로 이 무렵에 이러한 일이 있었다.

"각하, 이대로만 지낼 수 없지 않습니까? 지금이야말로 공격을 재개해야 합니다."

마쓰카와 도시타네가 이렇게 몇 번이나 야외 결전의 필요성을 강조했다.

"글쎄, 생각해 보기로 하지."

그러나 고다마는 이런 정도의 반응밖에 보여 주지 않았다. 사하 회전은 끝났으나 적의 주력은 바로 눈앞에서 버티고 있다. 고다마 대장은 대체 무엇을 생각하고 있는 것일까. 마쓰카와 도시타네에게는 이해가 가지 않았다.

여기 대해서는 뒤에 달리 상세하게 말하겠지만 고다마는 야마가타 아리토모의 비밀 전보를 받고 강화 무드가 조성되어 가고 있는 사실을 알고 있었다(그러나 이 정보는 야마가타의 희망적 관측에 불과했다).

고다마로서는 일본군이 건재한 현재 상태로 강화를 맞이하고 싶었고, 또한 강화가 바로 전쟁의 최종 목적인만큼 그 목적이 실현된다고 할 것 같으면 쓸데없이 결전을 벌여서 병사들을 희생시키고 싶지 않았다.

고다마는 단순한 작전가라고 하기보다 국가의 존망에 관련된 보다 높은 차원의 정략적인 과제를 짊어지고 있는 처지였다. 말하자면 일본 그 자체를 짊어지고 있었던 것이다.

"마쓰카와군, 자네는 또 나무랄지 모르지만."

고다마의 표정은 언제나 쾌활해 보이는 생기가 있었다. 그는 손바닥으로 콧날을 비볐다. 너무 비벼서 빨개졌다. 아이들이 짓궂은 장난을 생각했을 때 하는 짓 같았다.

"무슨 일이신데요?"

마쓰카와가 조심스럽게 물었다. 그 말에 고다마는 갑자기 성을 내면서 말했다.

"무슨 일이건 뭐건 나, 지금부터 여순에 가보겠어. 여순이 저 꼴로 되어 가면 이제 만주군은 전체가 무너져 버릴 거야."

"뻔한 일이 아닙니까?"

마쓰카와는 그런 뜻으로 고개를 끄덕였다. 그러나 고다마가 여순에 가는 것은 반대했다.

지난번에 고다마가 이곳을 비우고 여순에 가서 전투를 독려하고 있을 때에 사하 전투가 벌어졌다. 그때 사하 전투의 초기 작전 지도가 원활하지 못했던 것은 고다마가 여순 전투에서 받은 자극으로 머리가 좀 멍청해졌기 때문이었다. 마쓰카와는 그때 고다마에게 이 사실을 지적해서 직언한 일이 있었다.

"총참모장이 총사령부를 비운다는 것은 아무리 다른 중요한 일 때문이라고는 해도 통솔상 중대한 일입니다."

현재도 크로파트킨의 대군이 정면에서 진을 치고 있다. 마쓰카와는 이 북방 전선을 비워 두고, 남방 전선인 여순 공격의 독전에 나선다는 것은 군대 통솔 원칙에 어긋나는 일이라고 생각하고 또 직언을 했다.

마쓰카와는 전부터 작전을 위해서는 상관의 기분 따위에는 별로 구애받지 않고 소신대로 말해 왔다.

"각하, 각하는 또 지난번의 실수를 되풀이하실 작정입니까?"

"뭐, 어째?"

고다마는 좁은 어깨를 으쓱했다. 마쓰카와는 그래도 직언을 계속했다.

"지난번처럼 독전을 하시기 위해서 가신다는 것은 전혀 소용이 없는 일입니다. 노기군 사령부에 불만이 계시다면 노기군 참모부장(오바 지로 중령)이라도 부르시는 것이 좋지 않겠습니까?"

"그런 한가로운 일을 하고 있을 수 있단 말인가. 이러다가는 노기가 거느리고 있는 군대는 몰살을 해버린단 말야."

"그렇다고 해서 총참모장 각하가 정위치를 벗어날 이유는 없지 않습니까?"

"지난번은 독전이었지만 이번은 독전이 아닐세."

"그러면 어떤 일이십니까?"

"노기를 대신해서 제3군을 지휘하러 가는 걸세."

마쓰카와는 이 말에 그만 어안이 벙벙해졌다. 너무나 중대한 일이었기 때문이다. 그렇게 한다면 군대의 혈관인 명령 계통의 파괴 행위가 된다. 고다마는 군대 질서의 본바탕을 파괴하기 위해서 여순으로 가는 것인가.

무엇이 어떻게 되었건, 마쓰카와 도시타네 대령으로서는 고다마 총참모장을 보내고 싶지 않았다. 그래서 군대 질서 원리까지 설명했던 것이다.

"틀렸어, 마쓰카와——"

마쓰카와의 말이 끝나기도 전에 고다마는 소리를 질렀다.

"군대에서 명령 계통의 질서가 중요하다는 것쯤은 귀관의 설명을 듣지 않아도 알고 있는 일이야. 그러나 질서만 지키고 일본은 망해도 좋다는 말은 아니겠지. ——노기가 지금의 저 모양으로서는."

여기서 말을 끊었다. 일본을 망쳐 버릴 것이라고 소리 지르고 싶었으나 노기에 대한 우정이 그 말을 막아 버렸다. 고다마 겐타로는 그 점이 무엇보다도 두려웠다. 하기는 마쓰카와의 주장이 사리에 맞는 것이었다.

"육군 대장. 만주군 총참모장."

이런 직함이라고는 해도 고다마는 오야마 이와오 총사령관의 막료에 불과한 것이다.

노기 마레스케는, 통수의 근원인 천황으로부터 제3군에 대한 통수권 집행을 위임 받은 군사령관이었다. 그러한 노기 사령관의 명령권을 정지시키거나 제한시키고, 만주 총군의 총참모장인 고다마가 제3군을 멋대로 휘두르게 된다면 어떻게 될 것인가. 군대의 질서는 무너지고 말 것이 아닌가.

도쿄에 있는 대본영의 나가오카 가이시가 이곳에 와서 이런 말을 하는 경우와 다를 것이 없었다.

"오야마 장군, 좀 물러 앉아 주시오. 내가 지휘를 할 테니까."

사리는 분명히 그러하지만 노기군 사령부를 이대로 방치해 두게 되면 일본이 패전하기 마련이라고 예상한 고다마 겐타로는 결의를 굳혔다.

——이럴 때 비상한 폭거라도 감행하지 않고서는 다른 방도가 없다.

어려운 일이었다. 명령 계통을 문란케 하는 것은 군대 질서에 있어서 최대의 범죄 행위로 간주될 수도 있다.

——군법 회의에 걸든지 어떻게 하든지 하고 싶은 대로 하라지.

고다마에게는 이런 뱃심이 있었다.

"다른 분을 보내실 수 없겠습니까?"

마쓰카와의 의견에 대해서도 고다마는 끝까지 우겼다.

"내가 아니면 안돼."

말할 것도 없이 거기에는 정치적인 배려가 앞서 있었다. 만약, 고다마가 조슈 출신이 아니고 사쓰마파 그룹이나, 다른 지방 출신이었다면 도저히 불가능한 일이었다. 첫째 노기 사령관이 들어주지 않을 것이고, 설사 당장은 그렇게 할 수 있다고 해도 뒷날의 상호관계에 미묘한 문제를 남기게 될 것이다.

고다마와 노기는 같은 조슈 출신이고 서로간에 향당 의식이 강렬했다. 더욱이, 두 사람은 메이지 유신 이래 오래도록 친하게 사귀어 온 터이어서 서로서로 너무 잘 알고 있었으므로, 고다마는 노기의 신경을 조금이라도 건드려서 상처를 내게 해서는 안 된다고 생각하고 있었다.

"나밖에는 아무도 그렇게 할 수는 없어. 마쓰카와군, 귀관이 간다면 노기가 물어뜯어 죽이려고 할 걸세."

"그러시다면 각하, 기왕 꼭 가시기로 작정 하셨다면, 총사령관 각하 자필로 쓰신 명령서를 휴대하시고 떠나도록 하십시오."

마쓰카와는 그렇게 하는 것이 법리상 도리에 맞을 것이라고 권했다.

고다마는 오야마 총사령관을 방문하기로 했다.

"두꺼비 밑에서라면 일할 수 있다."

그는 이렇게 말하면서 만주로 건너왔다. 처음 만주군 총사령관 인선에 대한 논의가 있었을 적에 고다마는 전적으로 오야마를 천거했다. 두꺼비는 오야마의 애칭이다.

그때에 야마가타 아리토모가 총사령관을 희망하고 있었다. 고다마와 조슈파의 총수인 야마가타와는 서로 통하는 사이였다.

——야마가타 녀석

——고다마 녀석

그러나 "저 사람(야마가타)만큼 밑에서 일하기 어려운 사람은 없다"면서, 사쓰마 출신인 오야마 이와오를 추대해 가지고 만주로 왔다.

오야마 이와오는 막부 말기에서 메이지 유신 후 10년 동안에 걸쳐 비상한 책사로 통해 온 인물이었으나, 높은 자리에 앉게 되면서부터 자기 자신을 겸허하게 하는 훈련을 쌓기 시작하여, 머리끝에서 발끝까지 초연하고 소탈한 풍격을 형성하게 된 인물이다.

해군의 도고 헤이하치로도 오야마와 공통되는 품격과 풍모를 가지고 있는 것을 보면, 사쓰마 사람들에게는 총수의 품격을 수련하는 전통적인 틀이 예전부터 잡혀 있는 것만 같았다.

바로 지난번의 사하 회전에서 격전만 계속될 뿐 좀처럼 승부의 고비를 넘기지 못할 것 같아서 참모들이 떠들어 대고 있을 때에, 오야마 총사령관이 낮잠을 자고 일어나서 참모들을 보고 느닷없이 물었다.

"고다마군, 오늘도 어디서 싸움을 하오?"

이렇게 해서 일동을 아연케 했다. 오야마 총사령관이 이런 뚱딴지같은 말을 하는 바람에 실내의 공기가 금세 밝아지고 히스테릭한 상태가 가라앉았다고 한다.

오야마의 그러한 인품에 관련해서 몇 가지 얘기를 해보겠다.

육군 참모본부 총장이었을 때, 그 휘하에는 고다마 겐타로, 가와카미 소로쿠(川上操六), 가쓰라 타로(桂太郎)가 배속되어 있었다. 모두 쟁쟁한 논객이어서 회의가 열리면 격론이 계속되어 여간해서는 매듭을 지을 수 없었다. 오야마는 초연한 기색으로 듣고만 있다가 적당한 틈을 타서 일체 이론은 말하지 않고, 한사람 한사람을 지적하여 구체적으로 지시를 한다.

"귀공은 이렇게 하시오. 또 귀공은 저렇게 하도록 하시오."

그가 혼자 즉석에서 판단한 지시 내용이 정당했기 때문에 거기에 대한 시비는 일체 없었고, 그 쟁쟁한 논객들도 그대로 승복했다.

몇 개월 전의 일이었다. 요양 회전이 끝났을 때 청국의 고관 원세개가 부하 단지귀(段之貴)를 보내 일본군 총사령부를 예방케 했다. 선사품으로는 모피, 밀크, 샴페인 따위를 가지고 왔다. 당시 사자인 단지귀는 원세개의 군사 비서관자이라는 요직에 있었다.

오야마 이와오는 단지귀를 점심에 초대해 놓고 느닷없이 이런 말을 했다.

"인간은 아무것도 모르는 것이 제일이오."

단지귀는 영문을 몰라서 오야마의 얼굴만 쳐다보았다.

"나도 아무것도 모르는 인간 중의 한 사람이오. 아무것도 모르기 때문에 참모총장도 되고 육군대신도 되고 경시총감 되고, 나아가서는 문부 대신까지 되었단 말이오. 아무것도 모르니까 어디에도 적용됩니다. 진실로 소중한 인간입니다."

단지귀는 평생 오야마를 존경했다.

고다마는 오야마의 사무실로 찾아갈 작정이었다.

이 시기는 전사의 분류에 따라서 말한다면 '사하의 대진' 시기로써 큰 규모의 보병 전투는 아니더라도 아침부터 저녁까지 포성은 그치지 않았고, 매일 포병 진지는 피아(彼我) 할 것 없이 분주했다.

이때에도 단지귀는 진중 위문을 위해서 오야마를 예방했다.

"각하 어떻게 지내시고 계십니까?"

단지귀의 문안에, 오야마는 여느 때와 마찬가지로 정중히 답례를 했다.

"총사령관이란 직책은 비교적 한가한 것이므로 시골길 산책을 하고 있소."

시골이라고 한 것은 교외를 말한 것이었다. 사실 자주 바깥을 드나들었다.

그러나 산책 도중에 탄환이라도 날아오면 어떻게 할 것인가, 단지귀는 걱정스러운 표정이었으나, 오야마는 태연하게 말을 계속했다.

"그래서 중국 배추에 대한 연구에 골몰하고 있소. 그 배추란 것이 양분도 많고 식품으로서 쓰임새도 많을 뿐만 아니라, 김치를 담가 먹으면 매우 좋은데 그 담그는 기술이 여간 어렵지 않아서……."

이런 투였다. 여순의 참상도, 정면에 있는 크로파트킨군에 대한 경계도 전혀 오불관언인 듯이 자연스러운 표정으로 웃어 가면서 한담을 늘어놓았다.

'두꺼비는 자리에 있을까?'

고다마는 총사령관실로 걸어갔다.

고다마는 오야마를, 안 보는 데서는 '두꺼비'라는 등 마구 부르기는 하지만 인간 오야마에 대한 존경심과 총사령관의 존재에 대한 존중 정신은 이상할 정도로 철저했다.

오야마는 마침 실내에 있었다. 고다마는 자신이 육군 대장이라는 최고의 장군이면서 오야마의 앞에서는 씩씩하게 부동자세로 경례를 했다.

"여어, 고다마군, 크로파트가 움직이기 시작했나요?"

오야마는 의자를 주면서 말했다. 오야마는 크로파트킨을 언제나 '크로파트'라고 불렀다. 고다마는 우스웠다. '크로파트'가 움직이기 시작하면 여순으로 가게 되기는커녕 당장 여기에서 시산 혈하의 대격전을 치르지 않으면 안 된다.

"네, 앞으로 10일 동안은, 별 이상이 없을 것 같습니다."

"그러니까 여순으로 가보고 싶단 말씀이군."

고다마는 놀랐다. 오야마는 그 예민한 천재적인 직관으로 알아차렸던 것이다. 여느 때 같으면 이 자리에서 앞질러 아는 척하지도 않았을 것이다. 오야마도 이날만은 여순 전황 때문에 여간 심각한 기분이 아니었다.

"여순으로 가겠습니다. 죄송하오나 뒷일을 잘 보살펴 주시기 바랍니다."
고다마는 드디어 할 말을 다했다.

그런데
——노기가 만약에 거부한다면, 어떻게 될 것인가.
고다마의 걱정은 여기에 쏠렸다. 제3군의 지휘권을 비록 일시적이나마 빼앗아 버리겠다는 폭거는 일찍이 군사사에 없었던 일이기 때문이다.
그래서 노기에 대한 오야마 이와오의 비밀 지령이 필요했다.
——지휘권을 고다마에게 넘겨주도록.
잘못하면 노기는 부끄러워 자살할지 모른다.
오야마는 모든 앞뒤 사정을 이해하고 있었다. 그가 러일전쟁 기간에 내린 갖가지 명령들 중에서 이것이 유일한 비밀 명령이 되었다. 그는 침울한 표정으로 종이를 펴놓고 붓을 들어 몇 줄의 글을 썼다.
"나를 대신해서 고다마 대장을 파견한다. 고다마 대장이 말하는 것은 나의 말로 받아들이도록 유의할 것."
그러므로 고다마는 총참모장의 자격으로 가는 것이 아니고 대리이기는 하나, 총사령관의 자격으로 가는 것이었다.
이 서찰이 있는 한 군대에서의 통수 질서 문란의 혐의는 형식상 회피된다. 또한 노기도 이 서찰에는 복종하지 않을 수 없을 것이다.
"그렇지만, 고다마군, 이것을 사용하겠는가?"
오야마는 짐짓 물었다.
"그것은 이미 생각하고 있었습니다. 십중팔구 사용하지 않게 되리라 생각합니다."
왜냐하면 그 서찰을 그대로 사용하게 되면 노기의 입장은 비참해질 것이기 때문이다. 될 수 있는 대로 고다마는 서로 흉금을 털어놓고 의견 교환을 해서 먼저 노기의 입으로
——고다마, 부탁하네. 호전될 때까지 얼마 동안 내 대행을 해 주게.
이렇게 말이 나오도록 할 작정이었다. 노기가 그렇게 나온다면 이 문제는 법이니 우정이니 할 것 없이 일체 뒤탈이 생길 까닭이 없다.
"그럼 고다마군은 203고지를 해치울 작정이겠지?"
"각 사단의 공격 부서와 포병 진지 같은 것을 먼저 손질하지 않으면 안 될

것입니다. 대단한 작업이지만 단숨에 해치울 작정을 하고 있습니다."

고다마는 자기 사무실로 돌아가서 마쓰카와 도시타네를 불러 명령을 구술하고 마쓰카와는 연필로 적어서 다시 문서로 고쳐 썼다. 고다마는 그 문서를 들고 총사령관실로 달려가서 다시 오야마의 승인을 요청했다.

노기에 대한 오야마의 훈령이었다. 오야마는 쭉 훑어보고 서명을 했다.

그 훈령의 제1항은 이러한 내용이었다.

"203고지의 전황 불멸은 지휘 통일에 만전을 기하지 못한 데 책임이 있음."

노기 사령관에 대한 혹심한 질책이었다. 또 제2항목이 있지만 아무튼 한 사람의 무능한 군인이 일본국의 운명을 위태롭게 하고 있다는 점에서, 이 훈령은 오야마로서는 질책이라기보다도 흡사 비명에 가까운 것이었다. 이 훈령은 고다마가 떠난 뒤에 발송하기로 했다.

11월 29일 밤 8시, 고다마는 연대 역에서 기차를 탔다. 이 남만주 철도는 러시아인이 부설만 해놓고 버려 둔 것을 지금은 일본군이 사용하고 있었다.

고다마를 위해서 마련한 이 기차는 기관차 한 대에 유개 화차 한 대로 운행되었다. 화차 안에 의자와 책상이 놓여 있고 바닥에는 삿자리가 깔려 있었다. 화물차, 기관차, 궤도 모두 러시아 제품이었다.

또 하나 러시아 제품이 있었다. 연대역에서 얻어 가지고 온 난로였다. 총사령부의 병사는 그 난로의 몸뚱이가 빨갛게 달아오르도록 석탄불을 지피고 있었다. 만약에 이 불이 꺼진다면 화물차에 탄 사람들은 동사에 버릴지도 모른다.

조그마한 창문으로 보이는 바깥 풍경은 한결같이 단조롭고 지평선을 이은 높고 낮은 구릉들이 꿈틀거리면서 뒤쪽으로 흘러가고 있다. 지면에는 서리가 하얗게 얼어붙어 있는데, 군데군데 그 하얀 지면 위에 마른 풀밭의 밤색 빛깔이 처참한 죽음의 색을 강조하고 있었다.

기관차가 때때로 섰다.

"또 헛도는가?"

고다마는 입을 삐쭉했다. 궤도가 얼어서 바퀴가 미끄러지기 쉬웠다.

고다마는 참모인 다나카 구니시게(田中國重) 소령 한 사람만 부관 대신으로 데리고 나섰다.

마침 이날, 그보다 이틀 전인 11월 27일은 여순 공격전에 있어서 기념할 만한 날이었다. 이날 새벽 3시, 노기는 이번 총공격의 실패가 뚜렷해지자 드디어 지금까지의 작전 구상을 수정하여, 공격의 역점(중점이라 할 정도는 아님)을 문제의 203고지로 돌려보자는 결심을 한 것이었다. 아집을 스스로 꺾은 것이었다.

하기야 이번의 총공격에 있어서 203고지는 부차적으로 공격하고는 있었다. 그러나 요새 공격은 적의 가장 허약한 곳을 집중 공격하는 이른바 천관 돌파 작전이어야 하는 것이지, 부차적으로 소부대를 조금씩 출동시켜서 간헐적으로 공격하는 것은 쓸데없는 희생만 내게 할 뿐이다.

"그것을 그만두어 달라고 노기에게 애원하고 싶었다."

대본영의 나가오카 가이시가 이구치 쇼고에게 보낸 편지에 그러한 사연이 씌어 있다. 노기 마레스케가 27일 새벽 3시에 내린 명령은 이제 이미 부차적은 것이 아니었다.

——203고지를 공격하라.

"203고지로 향진한다는 전보를 받고 때마침 손님이 와 있었지만 쾌재를 외치고 일어섰다."

나가오카의 여기에 대한 편지 사연은 좀 더 계속된다.

"만약, 이 착안이 빨랐더라면 칙어를 받들도록 할 것까지도 없었을 것이고, 만여 명의 사상자도 내지 않게 되었을 것을……."

그동안의 사정은 여하간에 고다마가 여순으로 남하중인 지금, 노기는 203고지를 공격하고 있다. 마침내 공격의 역점을 203고지로 옮긴 것이다.

이 전략 전환은 노기 사령관의 독자적인 판단이지, 참모장인 이지치 고스케의 발의에 따른 것이 아니었다. 이지치는 끝까지 찬성하지 않았고 이 결정 단계에도 침묵으로 거부했다.

"그 고지를 점령해서 무엇에 쓰자는 것인가."

지금도 이지치는 이 주장을 뒷받침해서 다음과 같이 설명하였다.

"203고지를 주공격 목표로 하자는 자들은 그곳을 탈취해서 그 정상에 관측소를 두고 함대를 육상포로 사격하자는 것이지만, 설사 점령이 가능하다 할지라도 거기에 포병 설비를 하자면 오랜 시일이 걸릴 것이다. 탁상공론이 아닐 수 없다."

그러나 말할 것도 없이 그 뒤에 203고지를 점령한 다음, 이 이지치의 주장이 한낱 궤변이었다는 것이 실증되었다.

노기 마레스케는 개전 이래 처음으로 자기 참모장의 의사를 무시했다. 노기로서는 대본영 만주 총군, 또 해군으로부터도 귀가 따갑게 들어온 203고지라는 열쇠 구멍에 비로소 열쇠를 찔러 넣기로 한 것이다.

만약에 이 전략이 처음부터 작전 계획에 짜여 있었더라면 어떻게 되었을까. 9월 19일, 고지가 아직 반 요새 상태였을 때 제1사단이 공격했다가 퇴각했지만 그때 얼마간 증원병력을 더 투입시켰더라면 넉넉히 점령했을 것이다. 그 모처럼의 좋은 기회를 노기군 사령부는 스스로 포기했다. 그 이후, 그대로 이 고지를 방치했다. 그동안에 스테셀은 모든 포진지 중에서 최강의 시설을 이 고지에 구축했다.

203고지는 여순시 서북방 약 2킬로 지점에 꾸부렁하게 솟아 있다. 부근에는 안자산과 의자산이 계곡 너머에 연결되어 있고, 바로 고지 옆에는 적판산과 해서산이 연립해 있다. 어느 산이나 할 것 없이 요새화되어 봉우리와 봉우리는 빈틈없는 화망으로 연결되어 있기 때문에, 쥐 한 마리만 지나가도 총포화가 폭포처럼 쏟아지게 되어 있었다.

이 고지의 살인 기구 구조는 일본인의 축성술의 개념을 초월한 것이었다. 먼저 고지 외곽인 서남부에는 견고하게 가로막은 보루를 구축해 놓고 그 보루의 내호는 2미터 이상의 깊이로 파놓았다.

겹겹이 둘러싼 장벽들이 있고, 보루 안의 사령부는 견고하게 은폐되어 있다. 또 그 고지의 동부에도 같은 구조로 된 보루가 있는데 6인치포를 배치하고 낮은 등성이에는 경포 포대가 있다. 그들 보루와 포대 사이에는 교통호가 있고 산 중턱에는 녹채가 연이어지고 그 앞에 산병호가 파여져있다.

그 화선의 총안에는 기관총이 배치되었으며 산허리 일대는 철조망으로 얽혀 있다.

노기 사령관은 여기에 제1사단과 본국에서 보내온 제7사단을 배치시키기로 했다.

"필요하다면, 제9, 제11사단의 일부를 더 증원시켜도 좋다."

27일에는 제1사단이 담당했다.

"오늘 오후 6시를 기해서 203고지를 일제히 공격하라."

사단에서 명령이 내렸다. 오후 7시 30분에는 고즈키(香月) 중령이 인솔한 연대가 총검을 번쩍거리면서 제1차 돌격전을 감행하였으나 이 연대는 밤중에 거의 궤멸 상태로 퇴각해 왔다.

전술에서 첫째로 금해야 할 것은 병력을 조금씩 사용하는 소규모 전투 방식이다. 그러나 노기군 사령부는 전술상의 초보 상식에도 이해력이 없는 것 같았다.

특히 제1사단이 담당한 203고지 공격에 있어서는 그 소규모 전법 강행이 실패의 주요한 원인이 되고 있다.

제1사단 전부를 한몫 투입해서 공격하지 않고, 소부대를 릴레이식으로 진격시켜서 차례차례로 병력을 소멸시켜 가고 있었다.

"이번에는 제7사단 전병력을 203고지에 출동시킨다."

노기의 단독 결의다

이제 겨우 전술의 상식이 노기군 사령부를 눈뜨게 한 셈이었다.

앞서 203고지를 담당해서 많은 소모를 본 제1사단에도 계속해서 이 방면을 맡기기로 했다. 주력은 신예인 제7사단이며 이 두 사단을 합해서 제7사단장 오사코 나오토시 중장이 통일 지휘를 하도록 했다.

"전력을 다해서 공격하고 적으로 하여금 쉴 여가를 갖지 못하게 한다."

이것이 새 작전 방침이었다.

제7사단은 개축한 요새 쪽으로 이동했다. 신임 담당자인 오사코 나오토시가 여기에 도착한 것은 29일 아침이었다. 오사코는 그날 상오 7시 203고지를 바라볼 수 있는 164고지에 올라가서 제1사단장으로부터 상황 설명을 듣고 공격 계획과 공격 개시 시기에 관한 타협을 했다.

"우리 공성포의 위력은 사실 상당합니다. 그런데 지금까지의 경험으로 보아서는 아무리 포격을 가하고 파괴를 해도 저들의 북구 공사가 빠르기 때문에 다음 공격 때에는 신축 포대와 다름없는 위력을 발휘합니다."

제1사단 참모의 설명이었다. 오사코는 그 점에 착안해서 다시 질문했다.

"그렇다면 공성포의 포탄을 얼마만큼 발사하면 어느 정도로 적의 포대가 파괴됩니까? 다시 말해서 적이 북구 공사에 하루 동안 걸릴 만큼 파괴하자면 얼마만큼의 포격이 필요하겠느냐는 말씀이오?"

현장에서는 먼저 이 점에 중점을 두고 전술을 연구했다.

"4시간쯤 공격을 계속하면 그 다음 날에는 상당히 약해질 것입니다."

공성법을 합리화시킬 수 있는 결론을 여기에서 얻어 냈다. 그러니까 4시간 동안 공성포로 포탄을 퍼부어 놓고 곧 보병 돌격을 하도록 하는 것이 합리적이라는 결론에 도달한 것이다.

오사코는 공격 재개 날짜를 30일로 정하고 그 전날 하루 종일 공격을 위한 참호를 파도록 했다.

이 계획에 따라서 29일 상오부터 일본군은 공성포를 비롯해서 다른 야포, 산포로 맹렬히 포격을 시작했다.

한편 두 사단의 보병과 공병들은 전력을 다해서 최종 돌격의 거리를 단축시키기 위한 접근 작전을 감행했다. 러시아군은 이 진격을 방어하기 위해서 산 전체가 불을 뿜는 듯한 응전을 했다. 하늘과 땅은 초연으로 흐려졌다.

노기 사령관의 전술 전환은 얼마간의 효력을 보게 되었다.

29일부터 30일까지 하루 동안 203고지 공방전이 빚어낸 참상은 어떻게 형용해야 할 것인지 말문이 막힐 뿐이다. 1천 명의 병사가 겨우 15분 동안에 10명으로 줄어드는 비율로 인명이 소실되어 갔다. 그래도 고지의 서남방 일각에 쌓여진 일본군의 시체들 속에서 용하게 살아남은 병사들은 포탄이 작렬하는 속에서도 적의 방어벽을 소총으로 쏘아 댔다.

──서남방의 일각을 점령했다.

이런 소식이 사령부에 보고 되기도 했으나 실상은 얼마 안 되는 전투원들이 기적 같이 그쪽 방면에 생존해 있는 상황에 불과했다. 30일, 오사코 나오토시 중장은 이 방면에 보병 27연대(아사히가와)를 증원했다.

203고지의 러시아군 지휘관은 트레차코프 대령이었다. 그는 여순의 러시아 장병들이 심복하고 있는 콘드라첸코 소장의 부하였다.

"트레차코프는 해낼 것이야."

콘드라첸코 소장은 이렇게 믿고 있었다. 확실히 그는 용감했고 그 지휘의 정확성은 경탄할 만 했다. 그는 고급 사령부로부터

"노기는 26일을 좋아한다. 26일에는 반드시 총공격을 가해 올 것이다."

이렇게 주위를 받고 있었기 때문에 응전 준비에 최선을 다했다. 놀랍게도 노기가 이번에는 203고지에 관심을 기울일 것이라는 예상까지 해서 작전을 세웠다. 그래서 여순 항만에 잠복해 있는 함대로부터 육전대의 증원까지 얻어서 병력을 증강했다.

203고지에는 두 개의 산봉우리가 있다. 28일 밤 일본군 제1사단이 그 산

정으로 기어오르는 것을 보병이 돌격으로 격퇴하고, 다시 산 중턱에 공격 진지를 구축하고 잠복해 있는 일본군을 반복 공격해서 거의 전멸시켰다.

트레차코프 대령은 수류탄을 대량으로 사용하는 전술로, 서남부에 있는 일본군 제2선 산병호도 전멸시켜 버렸다.

"일본 병사들은 인형으로 생각하면 된다."

그는 이렇게 말하여 장병들의 공포심을 털어 버리게 했다. 그의 부하는 3천 명뿐이었다. 거기 비해서 일본군은 2만 명이 넘었고 더욱이 두 사람의 중장이 지휘하고 있었다. 반면 트레차코프는 대령에 불과했다. 그는 부하들이 적은 병력이라는 데 스스로 겁을 집어먹지 않을까 걱정스러웠다.

"저 일본놈들이 기계로 만든 인형이라는 증거는 같은 동작을 되풀이하며 죽으러 오는 것만 보아도 충분하다."

29일 하오 4시, 그는 일본군의 대부대가 기정 코스로 산정을 향해 전진해 오는 것을 발견했다. 그는 곧 부근의 포대들에 경보를 내려서 일제히 포격을 가하게 하는 한편 베로제로프 대위에게 보병 전투 준비를 시켰다.

그동안에 일본군이 다른 방면인 서남쪽 산정 근방에 접근한 것을 보고 곧 폭약 부대를 보내서 응전케 했다.

또 한편으로는 후방에 대기시켜 두었던 동부 저격병 제5연대 제5중대를 그곳으로 돌려 야간 전투에서 살아 있는 일본군을 격퇴시켰다. 그리고 이날 밤 파손된 각 성채를 돌관 작업으로 보수토록 했다. 러시아군 지휘관으로서 그처럼 바쁜 사람은 없었다.

"난공불락."

일본군은 203고지를 마치 철벽으로 생각하고 있었지만, 그 고지를 수비하는 러시아군으로서는 물량과 물리에만 의지하여 싸우는 것이 아니었다.

트레차코프 대령의 그 유능한 지휘력과 3천 명의 부하들이 기동성 있게 활동한 그 용감성에 말미암은 점이 많았다.

일본군의 인적 손해는 30분마다 숫자 단위가 높아질 만큼 불어났으나 러시아군도 피해가 없는 것은 아니었다. 특히 트레차코프의 보병 부대는 위험한 공방전을 되풀이했기 때문에 다른 부대들보다 많은 병력 손실을 보았다.

"203고지야말로 공방전의 초점이다."

여순 시가(市街)에 사령부를 둔 스테셀은 그 방면에 대한 전력 보충에는 인색하지 않았다. 보충은 당연히 스테셀이 장악하고 있는 전예비 부대에서 파견되었다. 그 전예비대도 차츰 줄어들었기 때문에 스테셀은 비상 수단을 쓸 수밖에 없었다.

여순 시내의 병원에서 근무하는 위생병과 철도병들에게도 총을 들게 했다. 이들 요원의 수는 생각보다 많아서 1개 대대(4개 중대)를 넉넉히 편성할 수 있었다.

"위생병이라도 수류탄 정도는 던질 수 있을 것이다."

스테셀은 그렇게 말했다.

위생병들이 전선으로 끌려간 뒤 장교의 부인이며 딸들에게 속성 교육을 시켜서 병원 근무에 충당했다.

또한 스테셀은 항만에 틀어박혀 있는 함대에 대해 거의 강제적인 태도로 병력을 더 많이 공급하도록 요청했다. 스테셀은 또 하나의 증병책으로서 입원 가료중인 부상병들 중에서도 총을 들 수 있는 자들을 골라서 강제적으로 원대복귀를 시켰다.

──여순 요새는 까딱도 하지 않는다.

만주군 총사령부나 도쿄의 대본영이 초조하게 생각하고 있는 것과는 달리 이 요새도 내부에 있어서는 여유 있는 방어전을 계속하고 있는 것은 아니었다.

스테셀이 오로지 마음 든든하게 생각하고 있는 것은 요새 전체가 아직 변함없는 건전한 모습 그대로 기능을 발휘하고 있는 점이었다. 반면 가장 마음에 걸리는 것은 일본군이 203고지 단 한 곳으로만 관심을 기울이게 된 작전 전환이었다.

일본군의 압력이 단 한 곳으로만 쏠리게 되면 요새 방어 작전에 있어서 매우 곤란한 처지에 빠지게 된다. 다른 포대의 병력을 203고지에 나누어 줄 수도 없는 실정이고 보면 아무래도 국부적인 병력 부족을 면할 도리가 없게 된다. 그런 견지에서 위생병에게까지 총을 들려서 203고지로 보내게 된 것이지만 그렇다고 해서 방어 작전 그 자체에 폐색이 깃들기 시작했다는 것은 결코 아니었다.

"노기가 생각을 돌린 것만 같은데요."

이렇게 말하는 막료도 있었고 그런 것이 아니고 양동 작전으로 나온 것 같다는 견해도 있었다. 그 증거로써 다른 포대도 일본군의 공격을 받고 있는 사실을 들었다. 아무튼 공격하는 편에서는 그 공격 초점을 마음대로 선택할 수 있지만, 방어하는 편에서는 모든 방면에 걸쳐 골고루 손을 보아 두어야 하기 때문에 거기 따른 부자유가 더 할 수밖에 없는 것이다.

전황은 가열되어서, 격투라는 용어로는 도저히 그 실정을 표현할 수 없는 상황이었다.

고즈키 중령이 지휘하는 후비 보병 제15연대 (주로 군바 현 출신 병사)가 담당한 방면은 203고지가 아니고 적관산 (일본측 호칭)이었다.

203고지의 러시아군 진지는 양편에 이웃하고 있는 적관산과 해서산의 두 개 고지와 이어져 있었다.

고즈키 연대는 다른 부대와 함께 적관산으로 진군한 그 전날 밤에 30명의 특별 작업대를 뽑아 앞서 출발시켰다. 돌격로를 터놓기 위해서였다. 산기슭에 얽어 놓은 철조망의 일부를 잘라서 한편으로 말아 붙이고 길을 만들어서 다음날 밤으로 예정된 돌격전에 장애를 덜게 하려는 이 작업은 여간 어려운 것이 아니었다.

아무튼 여순 공격 초기에는 철조망이 두 겹으로 되어 있었는데, 일본군 공격 루트가 일정해 짐에 따라 그 진공로 요소요소에는 세 겹으로 얽혀져 있고 또 그 맞은편에는 뾰족한 나무들이 빈틈없이 박혀 있었다. 그것을 넘어서 러시아 보병의 참호가 있고, 또 그 배후에는 거대한 살인 장치인 포대가 있었다.

포대에서는 탐조등으로 쉴 새 없이 산기슭을 환하게 비추고 있었다. 어쩌다 바람결에 일본 병사의 시체가 입고 있는 옷자락이 움직이기만 해도 포탄과 기관총탄이 집중적으로 날아갔다. 총격에 맞아서 시체들이 뛰게 되면 포격이 한결 더 격렬해진다.

특히 작업반은 벌레처럼 기어가다가 탐조등이 비쳐올 때에는 시체 시늉을 했다. 시체 시늉을 했다기보다도 미리부터 시체들 틈에 끼어 있다가 불빛이 스쳐간 순간에 기어서 전진해 갔다. 그렇게 하여 철조망에 접근해서 절단 작업을 시작했으나 러시아군은 이 작업 활동을 잘 알고 있었다.

"그대로 내버려 둬."

이러한 현장 보고를 전화로 받은 콘트라첸코 소장의 대답이었다.

"일본인들은 자신이 자기의 지옥 통로를 만들고 있는 것이다."

로만 안드로비치 콘트라첸코는 제7 동부 시베리아 저격 사단장이면서 이 여순 요새의 방어작전 계획을 이렇게 정밀하게 짜놓고, 신축성 있게 추진시켜 간 중심 인물이었다. 스테셀의 공적은 거의 그 8할이 콘트라첸코의 덕분이라고 해도 과언은 아니었다.

"러시아에서 가장 훌륭한 군인."

이런 칭송을 받았지만, 이 여순의 상황 아래서는 러일 쌍방에 걸쳐서 가장 훌륭한 군인이었을지 모른다. 그는 작전 능력에서뿐만 아니라 그 용맹성과 인격적 매력 때문에 여순 수비병들의 존경심을 한 몸에 모았다. 이러한 적의 유능한 지휘관이 있었기 때문에 상대적으로 노기 마레스케가 불행했던 것인지도 모른다.

"일본군은 저희들이 만든 돌격로에 쏟아져 들어올 거다. 러시아군은 기관총의 조준을 거기에 맞춰서 그저 방아쇠만 잡아당기고 있으면 된다."

콘트라첸코는 이 지구의 지휘관인 트레차코프 대령에게 일러주었다.

제7사단과 제1사단의 일부는 공성포의 지원을 받으면서 203고지를 공격했다. 일본군의 포탄은 문자 그대로 진용을 허물어뜨렸으며, 그 초연 탄우 속을 돌격 부대는 포격이 쉬는 순간순간에 돌진하다가 전멸되거나 또는 반수 이상이나 잃어버리고 퇴각했다.

"여순 요새는 난공불락의 요새로서 지브롤터를 제외하면 고금에 다시없는 요지였다."

이 시기에 노기군에 종군한 미국의 신문 기자 스텐리 옷슈반이 그의 저서 《노기》에서 이렇게 술회했다. 옷슈반은 노기 장군을 '나의 아버지'라고 부를 정도로 그 금욕주의적인 군인 성격을 존경했고, 그 존경심은 변함이 없었다.

옷슈반의 저서 《노기》는 인간으로서의 노기를 주제로 삼은 우수한 작품이었으나 노기의 전략적 재능에 대해서는 그 책의 주제 때문에 의식적으로 피했다.

──작전에 관한 얘기는 본저의 목적이 아니다.

그리고 이런 뜻을 저서 중에서 몇 번이나 되풀이했다. 하기는 약간 작전에 관한 언급이 없지는 않았으나, 그 내용은 정확한 것이 아니었다.

"노기는 본국 참모본부의 작전 계획을 실행하는 한낱 도구에 불과했다."

예를 들면 이런 기록이 있는데, 어떤 경우 그러한 일면도 있었겠지만 그러나 노기에게 주어진 작전 실시의 자유는 완전히 자유로웠고 도쿄 참모본부가 오히려 사양할 정도였다.

옷슈반은 또 말한다.

"(노기는) 휘하의 사단, 여단, 연대가 러시아군의 포화를 뒤집어쓰고 마치 햇빛 속에 사라져 버리는 안개처럼 사라져 가는 것을 지켜보았다.

……이 작전은 장군 자신의 계획이 아니다. 장군은 단지 그 책임을 졌을 뿐이다."

여기서 간접적으로 이지치 참모장에게 책임이 있음을 암시하고 있으나 옷슈반으로서는 좀더 구체적으로 설명하기가 곤란했던 모양이었다.

이 기록은 메구로 사네스미(目黑眞澄)의 번역인 《노기》에서 발췌한 구절들이다. 이 책의 후기에서 역자는, 옷슈반의 인품을 이치노에 효에(一戶兵衛——당시는 소장) 대장에게 물었더니 다음과 같이 대답했다고 덧붙였다.

"옷슈반이라는 사나이는 당시 27, 8세의 쾌활한 청년이었다. 대단히 노기 씨를 숭배했을 뿐만 아니라 '노기 아버지'라고 부르면서 아버지처럼 따랐다."

이치노에는 여순 공략 때 여단장이었는데 노기의 작전에는 내심으로 비판적이었다. 그러나 노기와의 접촉이 잦아짐에 따라서 인간적 매력에 끌리기 시작했다. 오직 국가가 명하는 의무라고 해서 여순 공략전에 참가했던 일본 병사들로서는 그런 시적 매력이 풍부한 군사령관을 받들게 된 것이 최대의 불행이었다 할 것이다.

203고지를 수비하는 러시아군은 일본군이 그렇게 집요하고 또 믿을 수 없이 용감스러운 것에 정신적 동요의 폭을 조금씩 넓혀 갔다. 어떤 부대는 거의 전멸했는데도 살아남은 몇 사람이 미친 것처럼 그대로 기어 올라왔다. 그 돌격대원들은 등에 석유통을 짊어지고 있었다. 최후에 살아남은 병사가 토치카에 석유불을 집어던지고 그 화염 속에서 타 죽었다.

그렇게 가열한 러시아군의 총포화 속에서도 죽음의 돌격을 되풀이한 끝에, 30일 밤 일시에 드디어 기적을 일으켰다.

비록 일시적이기는 했으나 203고지를 일본군이 점령할 수 있었던 것이다.

그 전날 아침, 이 작전의 총지휘관인 오사코 나오토시는 203고지를 전망할 수 있는 고기산에 올라가 전황을 살펴보고 있었는데, 옆에 섰던 한 조장이 중얼거렸다고 한다.

'이건 지옥이다.'

산이란 산은 모두 일본군의 시체로 뒤덮여 있었던 것이다.

제1사단장 마쓰무라 중장은 오사코 총지휘관의 왼편에 엎드려서 망원경으로 적의 진지를 두루 살폈다. 그는 27일부터의 전투 결과와 적정(敵情)을 설명했다. 마쓰무라의 얼굴은 초연과 햇빛에 그을어서 녹슨 철판을 연상케 했다. 마쓰무라는 일찍부터 203고지 주공격설을 주장하면서 노기군 사령부에 헌책해 왔으나 그때마다 무시당했다.

"저 203고지 정상에만 올라가면 여순항이 내려다보입니다."

마쓰무라는 입버릇처럼 이렇게 말했다.

오사코 나오토시는 도쿄 대본영에서 나가오카 가이시 차장의 설명을 듣고 노기 사령부의 전략에 기본적인 오류가 있음을 잘 알고 있었고, 또한 203고지야말로 여순 요새를 함락시키는 열쇠라는 것도 잘 알고 있었다.

"마쓰무라 장군, 우리들이 모두 죽으면 어떻게 함락되겠지."

오사코는 패인 땅에 책상다리를 하고 앉으면서 말했다. 오사코는 연령보다는 빨리 수염이 세어서 턱이 희끗희끗했는데 지금은 흙모래가 묻어서 노란 빛깔로 변해 있었다.

덧붙여 말해 두지만, 오사코의 셋째 아들 산지 중위는 이미 전사했고, 아우 나오미치(尙道) 소장은 현재 종군 중에 있다.

"30일 새벽을 기해서 공격을 재개하기로 합시다."

오사코와 마쓰무라가 29일 고기산에서 합의한 결론이었다. 휘하의 모든 부대의 세 부서도 결정되었다.

그런데 이번의 총공격 재개에서 처음 출전한 7사단이 겪은 불행은 전략적인 결함에 기인한 것이었다. 노기 사령관은 203고지 공격에 2개 사단을 동시에 투입하지 않고 제7사단만 출동케 했다. 이것은 구태의연한 축차 투입의 노기 전법 연장이었다. 2개 사단 이상의 병력을 한몫에 투입했더라면 참담한 손해는 면했을 것이고, 따라서 203고지의 점령도 일시적인 것에 그치지 않았을지도 모른다.

30일 새벽, 일본군의 중포는 일찍이 보지 못했던 다량의 탄환을 203고지와 적판산의 적 진지에 퍼부었다. 그러나 러시아군은 일본군 포격이 멈춰지자 곧 숨을 돌려 치열한 총포 사격을 가해 왔다.

일본군 보병들은 갖가지 방법으로 진격해 갔다. 무라카미(村上)라는 대령이 인솔한 보병 제26연대(홋카이도)는 한 지점에서 다른 지점으로 이동하기 위해서 한 사람씩 기어서 전진했다. 그러나 러시아군의 포화가 이 부대를 끈질기게 추격해서 거의 전멸시켰고, 겨우 살아남은 1백 60명 안팎의 대원들이 목적지에 이동해 갔을 뿐이었다. 그들 보병은 전투를 한 것이 아니었고 단지 이동하고 있는 동안에 죽은 것이었다. 한 알의 탄환도 쏘아 보지 못했다.

"그들에게는 강철 같은 의지가 있었다."

203고지와 적판산에 도전하고 있는 일본군의 각급 지휘관들의 특성에 관해서 이런 표현으로 외국인 기자들이 보도했다. 옷슈반 기자도 노기 마레스케에 대해서 이와 비슷한 의미의 표현을 썼다.

"장군은 자기 자신을 한 개의 기계로밖에 생각하지 않는다."

그리고 휘하의 모든 부대가 포연 탄우 속에 사라지고 있는 참상에 대해서도 이런 표현을 했다.

"그들의 생명에 관해서 추호도 개인적 감정을 일으키지 않았다."

이런 면에 메이지 시대의 특질이 나타나 있는 것 같다. 일본 역사는 메이지에 이르기까지 다른 나라 역사에 비해 국가의 힘이 서민에게 중압을 준 일은 한 번도 없었다.

후세의 어떤 역사가들은 일종의 환상 속에서 서민의 역사를 권력의 피해사로 엮어내는 경향이 있었다. 예를 들면 도쿠가와 막부(德川幕府)가 자기 직할령에 대해서 베푼 정치는 다른 문명권에 있는 국가들에 비해서 대체로 너그러운 통치자의 태도를 유지해 왔다는 사실을 들 수 있다.

시민이 '국가'에 참여한 것은 메이지 정부가 수립되면서부터였다. '근대 국가'라는 것이 시민 생활에 직접 개입한 것은 징병 제도의 실시였다.

메이지 이전에는 전쟁에 끌려간 일이 없었던 서민이 국민 개병(皆兵) 제도를 규정한 헌법에 따라서 '병사'가 되었다.

근대 국가라는 것은 '근대'란 이름으로 국민에게 복지만을 보장해 주는 것이 아니라 전장에서의 전사마저 강요하기도 한다.

전국시대에는 전장에 나가는 사람들은 장군으로부터 잡병에 이르기까지 모두 직업 군인이었다. 그들은 그 직업을 스스로 버릴 수 있는 자유를 가지고 있었고, 보다 더 큰 자유는 자기네들의 장군이 무능할 경우에는 그 휘하에서 물러설 수도 있다는 것이었다. 그래서 전국시대에 있어서 무능한 장군들은 패전하기에 앞서 그 휘하의 막료나 사병들의 버림을 받고 자멸해 버리는 것이 예사였다.

그러나 메이지 유신으로 탄생한 근대 국가에서는 그렇지 않았다. 헌법이 국민을 병사로 강제해놓고 기피할 자유를 주지 않았다. 또한 전장에서는 아무리 무능한 지휘관이 무모한 명령을 해도 무조건 복종하는 길밖에 없었다. 만약 명령에 복종하지 아니하면 육군 형법을 적용하여 항명죄로 사형에 처한다.

국가라고 하는 것이 이처럼 서민에 대해서 중압을 가한 역사는 일찍이 없었다.

그러나 메이지 시대의 서민들은 이러한 중압에 별로 고통을 느끼지 않았을 뿐만 아니라 때에 따라서는 그 중압에 일종의 쾌감을 느끼기까지 했다. 그 까닭은 메이지 국가는 일본 서민층을 처음으로 국가에 참여시킨 집단적 감동의 시대였다. 말하자면 국가는 강렬한 종교적인 신앙 대상이었던 것이다. 203고지에서 일본 병사들이 경탄할 만한 용감성을 발휘한 밑바닥에는 그와 같은 역사적 정신이 물결치고 있었던 것이다.

그 실례를 또 한 가지 들어 본다.

총공격이 시작된 그날 고즈키 중좌가 인솔한 부대는 203고지 서남방 귀퉁이에 있는 러시아군의 요새를 계속 공격해서 백병전을 벌인 끝에 드디어 점령하게 되었다. 백병전의 기술은 러시아군보다 일본군이 훨씬 우수했다. 일본에는 옛날부터 창술의 전통이 있고 그 창술을 기초로 해서 지금에는 총검술의 기술이 완성되어 있었다.

고즈키대는 서남방 귀퉁이의 요새를 점령했으나 상부의 명령으로 다시 그다음 단계의 돌격을 계속 강행해야만 했다.

——거기에서 다시 산허리를 타고 정상으로 진출하라.

그러나 점령한 이 요새에 적군의 포탄이 집중적으로 날아들어 머리도 들 수 없었다. 진격 명령은 서북방으로 돌격해 가는 무라카미 대령의 보병 제26연대와 서로 손을 잡고 행동하라는 것이었다.

그 무라카미 대령의 부대는 이동할 때마다 총포화의 집중 사격을 받고 병사들이 걷잡을 수 없이 쓰러지기 때문에 그 주력은 돌격 거점인 제2보병 진지에서 몸을 움직일 수도 없었다.

진격의 좌익인 무라카미 부대가 움직이지 못하기 때문에 우익인 고즈키 부대도 그 요새에서 나올 수가 없었다. 고즈키 무라카미, 두 부대가 다 같이 총포화를 뒤집어쓰려 한 시간 동안이나 움츠리고 있었다. 고즈키 부대에서는 한 사관이 나가 보려고 얼굴을 들었다가 순식간에 머리가 날아가 버렸다. 무라카미 부대도 마찬가지였다.

이때의 203고지 전투 상황을 해상에서 망원경으로 보고 있었던 사람의 감상이 남아 있다.

"203고지의 중턱에 일본군이 진드기떼처럼 붙어 있는 것이 보였다."

그 진드기떼는 러시아군의 치열한 총포화 때문에 움직일 수가 없었다.

이 진드기의 상황을 주시하고 있던 여단장 도모야스 하루노부(友安治延) 소장은 무라카미 부대에 냉혹한 명령을 내리려고 했다.

"진지를 나와서 전진하라."

진지를 나오는 것은 전멸을 의미하는 것이다. 그러나 여단장은 명령을 내렸다.

그러나 이때 그 여단 사령부가 노철산 포대에서 날아온 거탄에 맞아 폭파되었다. 사령부는 두터운 엄개에 덮인 지하실에 있었는데 그것이 폭파된 것을 보면 그 포탄이 얼마나 큰 것이었는지 짐작이 갈 것이다. 그 거탄은 흡사 기관차가 달리는 것 같은 소리를 내면서 공중을 날아왔다.

도모야스 여단장의 부관인 23의 노기 야스스케(乃木保典——노기 사령관의 둘째 아들)가 그 포탄이 날아오는 소리를 형용해서 쓴 편지를 도쿄에 있는 한 친척 소년에게 보냈다.

"로스케 녀석들, 엄청나게 큰 대포를 쏜단 말야. 철도 건널목에서 기차가 지나가는 소리를 듣는 것보다도 훨씬 큰 소리를 낸단 말야."

그 거탄이 폭발해서 도모야스 여단 사령부의 거의 전원이 즉사했거나 부상을 입었다. 다치지 않은 사람은 도모야스와 부관인 노기 야스스케뿐이었다.

도모야스 소장은 무라카미 대령에게 전진을 명령해야만 하였으나 전화선이 절단되었기 때문에 부관인 노기 야스스케 소위에게 전령을 명했다.

전령을 명령받은 노기 야스스케 소위는 칼자루를 꽉 잡고 지하호에서 뛰어 나갔다. 그는 원래 쾌활하고 기민한 성격이어서 남산에서 전사한 형 가쓰스케 중위보다도 군인으로서 적격이었다.

야스스케는 총탄이 쏟아지는 속을 달려 거의 기적적으로 무라카미 부대가 움츠리고 있는 제2보병 진지에 뛰어 들어가 여단장의 명령을 전달했다.

"전진하라."

또 한 가지 다른 지령이 있었다.

여단 사령부의 부원들이 거의 전멸했기 때문에 무라카미 부대에서 보충할 요원을 뽑아 보내라는 것이었다.

무라카미 대령은 승복하지 않을 수 없었다.

——이런 상황에서 전진할 수 있겠는가.

그러나 이런 말은 입 밖에 내지 않았다. 군대에서의 명령이 엄중하기로는 일본 육군사상 러일전쟁 때보다 더한 때는 없었을 것이다.

"곧 전진한다고 복명하라."

노기 야스스케 소위는 다시 진지를 뛰어나갔다. 그러나 도중에서 이마에 관통상을 입고 전사했다. 혼자 달리다가 당한 일이므로 전사한 상황은 알 수 없었다.

노기 마레스케 사령관은 남산과 여순의 두 전장에서 두 아들을 모두 잃어 버렸다.

전령의 의무를 다한 노기 야스스케는 소위는 전사했으나 그 전령은 무라카미 대령과 그의 부대를 움직였다.

무라카미 부대는 피바다를 헤치면서 돌격했으나 적의 제2철조망 전후면에서 거의 전멸해 버렸다.

무라카미 대령의 휘하에는 겨우 1백 명 정도밖에 살아남아 있지 않았지만, 그 1백 명을 이끌고 하오 6시 다시 전진을 시작했다.

"무라카미의 26연대가 전진을 개시했다."

이 소식을 듣고 서남방의 요새 안에 잠복해 있던 고즈키 중령의 부대도 즉각 행동을 개시했다. 맹진이었다. 맹진 이외에는 다른 방법이 없다. 다리힘이 있는 대로 빨리 달려야만 도중의 병력 손실을 조금이라도 피할 수 있다.

무라카미 대령 부대도 마찬가지였다. 그러나 살아남은 1백 명을 지배하고 있는 것은 이성이 아니었다.

광란 상태 바로 그것이었다.

무라카미, 고즈키 두 부대는 남북으로 호응해서 러시아군 보병 진지에 쇄도했다. 러시아군 보병은 1천 명이었다.

일본군의 살아남은 병력은 5백 명이었다. 5백 명과 1천 명이 총검을 휘두르면서 생지옥의 격투를 벌였다. 러시아 군인들은 백병전에 있어서 대체로 겁쟁이였다. 백병전을 승리로 이끌어가는 요소는 정신없이 돌격해 가는 용감성밖에 없다.

약 30분간의 격투끝에 러시아 병사들은 진지를 버리고 퇴각했다. 무라카미, 고즈키 부대도 피해가 막대했으나, 무라카미의 생존 부대는 다시 전진을 계속해서 밤 9시, 마침내 산정에 도달했다. 이제 살아남은 인원은 50명 정도에 불과했다. 이 50명에 대해서 도모야스 여단장은 거듭 진격을 명령했다.

"귀관은 전멸을 고려할 것 없이 더욱 전진해서 203고지를 점령하라."

무라카미 대령은 또 행동을 개시했다. 동서고금에 이처럼 냉혹한 군의 명령은 없었을 것이다. 도모야스 여단장 직속 예비병도 이제 겨우 2개 중대밖에 없다.

도모야스는 고즈키 중령에게도 같은 명령을 내렸다. 무라카미와 고즈키 두 부대는 악귀처럼 악착같이 전진해서 30일 하오 10시, 드디어 203고지를 점령했다.

이날 이 방면의 지휘관인 콘트라쳉코 소장은 자기 지휘소를 휘하에 알렸다.

"나는 북태양구의 동부 저격병 제5연대 본부에 있다."

그 지휘소는 탄환이 쏟아지는 일선에 위치하고 있었다. 사단장의 이런 태도가 러시아 병사들의 사기를 크게 지탱해 주었다.

이때 전 러시아군은 방어면에서도 203고지의 방위에 가장 중점을 두고 있었다. 콘트라쳉코가 스테셀에게 헌책한 까닭이었다.

"203고지에 전체 러시아의 운명이 걸려 있습니다."

여순의 사령부에 있는 스테셀은 이 무명고지를 처음에는 별로 중시하지 않았으나, 콘트라쳉코의 견해를 듣고 차츰 인식을 새로이하여 지금은 콘트라쳉코 소장의 203고지 증원 요구를 무조건 받아들이고 있었다.

"이때 203고지에서 가장 많은 전사자를 내었다……."

스테셀 사령부에 있는 한 사관이 쓴 당시의 모습이다.

"……그 보충은 육군에만 의존할 수 없어서 해군으로부터 수병을 빌었다. 함대가 항만 안에 주저앉아 있기 때문에 수병이 있었던 것이다. 수병의 무리는 매일 시가를 통해서 203고지로 올라갔다. 그들은 천진난만하게 떠들면서 행진하고 있었지만 어딘가 우울해 보였고 발걸음도 무거웠다."

발길이 무거워진 것은 수병의 가벼운 단화를 벗고 육군의 무거운 군화로 바꿔 신었기 때문만은 아니었을 것이다. 앞서 출발해서 산으로 올라간 그들의 전우들이 한 사람도 살아서 돌아오지 못한 것을 그들은 잘 알고 있었다.

그래도 그들은 이 등산길을 마다하지는 않았다. 수병들 중에는 17, 8세의 소년도 있었고 40이 넘은 늙은 하사관도 있었다.

"나는 범선시대부터 해군이었어. 그러한 내가 바다에서 죽지 않고 저 회색빛 산에서 죽게 되었으니 정말 알 수 없는 일이야."

어떤 늙은 하사관 한 사람은 쾌활하게 소리를 내어 웃으며 말했다. 그들에게 '죽음의 행진'을 시키고 있는 것은 조국의 영광이었을 것이다.

어느 나라 군대를 막론하고 죽음이 확실한 곳을 향해 진군할 경우에는 비록 허세이기는 해도 거의 미쳐 날뛴다 해도 좋을 만큼 쾌활해지는 공통점이 있었다.

"일본놈들은 소총 사격이 서투르다. 놈들은 너무 흥분하기 때문일 것이다. 그 대신 놈들은 총검술만은 대단한 모양이야."

적의 특성에 관해서도 그들 수병은 잘 알고 있었다.

콘트라첸코 소장은 물론 수병만을 대상으로 삼지는 않았다. 여러 곳의 포대와 요새에 있는 부대의 부서를 기민하게 전환시켜서는 203고지의 방어전에 돌렸다. 그래도 30일 저녁때에 가서는 고지를 지탱하기 어렵게 되었다.

203고지 공방전의 치열상을 쓴 러시아 군인 코스첸코 소장의 문장을 빌어보기로 한다.

"일본군의 공성용 대포의 위력과 그 집요한 사격은 증오스럽다는 말밖에 할 것이 없다."

또 일본 보병의 돌격을 코스첸코는 다음과 같이 설명하였다.

"일본의 보병 부대는 종대로 공격해 온다. 아주 정연한 구보로 달려오는 것이다."

한 종대는 3백 명 정도였다. 3개의 종대가 뒤를 이어 간신히 올라온 적이 있었다. 맨 처음에 올라온 종대는 지뢰원에 걸려 불기둥이 하늘높이 치솟았다. 그 불꽃과 검은 연기가 사라진 뒤, 지면에는 시체들만 쌓여 있었다. 일본군 전술의 특징은 하나의 방식을 되풀이하는 것이었다. 뒤따라온 제2의 종대도 지뢰에 분쇄되었고, 또 그 뒤를 따른 제3종대도 지뢰에 날려 가 버렸다. 그동안을 시간으로 치면 채 1시간도 못되었다.

믿을 수 없을 정도로 어리석은 것이었다. 처음 제1종대가 지뢰에 분쇄되었을 때, 현장 사령부는 제2, 제3종대를 일단 퇴각시켜 놓고 포병 진지에 연락해서 지뢰가 있을 만한 장소들을 하나씩 하나씩 이 잡듯이 폭파시키는 사격을 했어야만 했을 것이다. 그만한 사격 기술은 그 당시 일본 육군 포병과에서는 이미 습득하고 있었던 것이다.

그럼에도 불구하고 똑같은 실패를 연거푸 3번이나 되풀이해서 1천 명의 군사(러시아측에서는 3, 4천 명으로 추산)를 헛되게 소멸시킨다는 것은 무슨 까닭이었을까? 이것은 노기 사령부나 오사코 사단 사령부만의 책임이 아니고 일본 육군이 가지는 작전상의 폐단이었다고 해야 할 것이다.

전략 전술에 하나의 스타일이 잡히지만 그 스타일을 종교의 교리나 교조처럼 절대의 원리 원칙으로 생각하고 그대로 반복하기를 주저하지 않았다. 이 폐단은 일본 육군이 소멸될 때까지 고쳐지지 않았다. 아마도 이것은 육군의 고질병이라기보다 일본 민족성의 어떤 결함에 근원한 것일지도 모른다.

물론 포병력이 부족하기는 했지만 그래도 포격의 위력은 대단했다.

노기군은 203고지 공격에서 일찍이 보지 못했던 막대한 양의 포탄을 퍼부었다. 그것도 보통 포격이 아닌 중포와 28센티 유탄포와 같은 거포를 총동원하다시피 했던 것이다.

코스첸코 소장은 그 광경을 이렇게 기록했다.

"그 포격은 너무나 굉장해서 여순 시내에 있는 사람들도 대화를 할 수 없을 정도였다."

일본군의 돌격주의는 직선적일 뿐, 전술상 필요한 재치성이나 융통성이 전혀 없었다. 27일 하오 5시경, 일본군이 203고지의 러시아군 참호 일부를 점령했을 때, 콘트라첸코 소장의 계책으로 러시아군은 일부러 진지를 비우고 퇴각했던 것이다. 그 뒤에 다시 역습을 하여 참호 속의 일본군을 포위, 거의 섬멸해 버렸다. 확실히 노기군의 여순 요새 공격 방법은 전술의 대소를 가릴 것 없이 융통성 없는 정신 상태에서 진행되고 있는 것 같았다.

하여간 살아남은 일본군 부대는 30일 밤 10시경, 203고지 정상의 대부분을 점령했다.

북태평양구의 일선 지휘소에 있는 콘트라첸코 소장은 이 보고를 받고 낯빛 하나 변하지 않고 태연히 말했다.

"전쟁은 호흡과 같다. 숨을 들이쉴 때도 있고 내쉴 때도 있으니까."

"3시간 뒤엔 탈환한다."

여순의 전 수비병들은 신경질적이고 귀족적인 스테셀 중장보다도 농민티가 짙은 콘트라첸코 소장의 그 용감성과 능력에 심복하고 있었다. 콘트라첸코 소장은 스테셀의 참모장인 레이스 대령에게 전화로 증원을 요청했다. 레이스 대령은 잠깐 생각한 끝에 되물었다.

"여기에도 예비 병력은 얼마 남지 않았는데 각하께서는 어떤 방법이 최선책이라고 생각하십니까?"

콘트라첸코는 자신이 담당하고 있는 국면만이 아니고 전선의 전반 상황도 잘 파악하고 있었다.

"별로 중요하지 않은 요새는 비워 두기로 하고 거기에 있는 수비병을 203고지로 이동시키는 것이 어떻겠는가. 당장은 3개의 요새가 생각나는데……."

3개의 요새란 대안자산에 있는 요새, 삼리교 부근에 있는 보병 진지, 그리고 화두구산의 요새라고 했다. 레이스 참모장은 즉석에서 동의했다. 특히 화두구산의 수비 부대는 전군에서 뛰어난 부대로 알려져 있었다.

콘트라첸코 소장은 탈환작전에 여념이 없었다. 대령, 중장 등 연대장급 지휘관을 불러놓고 훈시를 했다.

"병사들은 일본군의 돌격에 겁을 먹고 있다. 병사들이 겁내지 않게 하기 위해서는 일본군보다 먼저 행동을 개시하고 또 먼저 돌격하고, 그리고 일본군보다 더 한층 용맹스럽게 돌격하도록 해야 한다. 그러기 위해서는 연대장 자신이 먼저 칼을 휘두르며 군사들의 앞장을 서야 한다."

그는 다시 말을 이었다.

"승리의 방략은 확립되어 있다. 제군들은 오직 용감스럽게 행동만 하면 된다. 병사들을 공연히 쉬게 해서는 안 된다. 행동만이 공포심을 잊게 하는 것이다."

콘트라첸코는 스테셀에게 요청해서 보충병뿐만 아니라 수류탄과 폭탄의 보급도 받았다. 수류탄도 대단한 무기지만 폭탄은 그보다 더 큰 효력을 가지고 있다.

손으로 던지는 폭탄은 무게가 18파운드(약 7킬로)나 되는 큰 것이어서, 기어오르는 일본군을 향해 산꼭대기에서 던지면 야포 포탄보다 훨씬 큰 위력을 발휘했다. 이 폭탄은 러시아 육군의 정식 병기가 아니라 해군 대위인 보도그르스키가, 203고지 방어용으로 발명한 것이었다. 어떤 때에는 한 개의 폭탄으로 백 명의 일본군을 살상시키기로 했다.

콘트라첸코 소장이 203고지 탈환을 위해 준비한 마지막 한 가지 안(案)은 '훈장' 수여였다.

용사에 대한 훈장의 친수권은 군사령관인 스테셀에게 있기 때문에 곧 기마병을 보내서 부탁했다.

"이번의 이 전국(戰局)에 한해서 저에게 그 권한을 이양해 주시기 바랍니다."

공을 세운 용사에게는 곧 그 자리에서 훈장을 수여하려는 것이다. 사기를 높여 주는 데 필요한 조치였다.

스테셀은 한동안 주저했던 모양이다. 그는 모든 일을 공식적 규율에서 벗어나지 않도록 하는 것을 좋아하는 위인이었던 만큼 그것만이 군의 질서와 장군의 권위를 유지할 수 있는 방법이라고 생각하고 있었다.

그런 생각을 가진 스테셀도 할 수 없이 승낙하였다.

──203고지가 함락되면 여순도 붕괴되어 버린다.

그는 콘트라첸코의 의견에 동조해 온 터이므로 이 비상한 고비를 넘기기 위해서는 그만한 권한 이양쯤은 부득이하다고 생각했다. 그는 부관을 불러 각종 훈장을 가져오게 하여 그것을 콘트라첸코의 전령 장교에서 내주게 했다.

"그러나 하사관과 사병에 한해서만이야."

스테셀 사령관은 이렇게 다짐을 했다. 전령장교는 물론 그것을 잘 알고 있었다. 장교에 대한 훈장 수여권은 황제만이 가지고 있었다.

이러한 용건은 전화로 직접 요청해야 하는 것이었으나 일본군의 포격에 전화선이 거의 절단되었기 때문에 전령 장교를 보내게 된 것이었다. 현재 통신 중대가 복구 공사를 하고 있는 중이지만, 그동안에도 급하기 때문에 콘트라쳉코는 전령 기병을 후방이며 일선으로 달려 보내서 의사 전달도 하고 명령도 해야 했다.

전령 장교가 훈장을 받아가지고 콘트라쳉코 사령부에 돌아왔을 때에는 이미 대역습은 실시되고 있었다.

시각은 밤 10시 전후였다.

트레차코프 대령은 증파된 보충병과 수일간의 전투에서 살아남은 기진맥진한 잔여 부대를 이끌고 산정의 요새와 그 동남쪽 방어선에 진을 치고, 산정의 요새 일부를 점령한 일본군과 엄청난 격전을 벌였다.

양측 전투 부대는 10분이면 달려갈 수 있는 정도의 거리에서 산정의 최고봉을 사이에 두고 근거리 사격전을 전개했던 것이다. 얼마나 사격전이 치열했는지 겨우 30분 동안에 양측 군대는 각각 반수로 줄어들었다.

그때 트레차코프 대령은 콘트라쳉코의 월등한 전술 계획과 증원 부대의 계속 투입으로 매우 유리한 전세에 놓여 있었다.

반면 고즈키, 무라카미의 두 생존 부대는 거짓말 같은 얘기지만 완전 고립되었다. 지난 수일간의 전투에서 5천 명 이상의 사상자를 냈기 때문에 여단도 사단도 병력이 고갈되어 버렸다. 노기 사령부의 오산에 기인한 것이었다. 병력을 조금씩 투입하지 않고 그때 1개 사단의 신예 병력을 203고지의 기슭에 잠복시켰더라면 전투상황이 크게 달라졌을 것이다.

그 한밤중에 203고지의 정상 부근에서 벌인 러일 양군은 너무나 처참한 사투를 벌였다.

트레차코프 대령에게 다행스러웠던 것은 거의 파멸당할 무렵에 화두구산의 신예 부대와 여순 시내의 육전대를 맞아 들였던 일이다. 증원 부대는 3백 명 정도에 불과했으나, 그래도 그들은 충분한 휴식과 충분한 식사를 취한 발랄한 병사들이었고 대치하고 있는 일본병들은 수일 동안의 격전으로 기진맥진해졌을 뿐만 아니라 고립무원 상태에 빠져 있는 상황이었으므로, 여기에 비하면 2, 3백 명은 경이적인 병력이라고 할 만한 것이었다.

이 전투에서 트레차코프 대령의 지휘도에 두 발의 소총탄이 맞았다. 그래서 칼날이 빠져나오지 않았다. 그는 한 병사에게 칼집 끝을 짓밟아 누르게 한 다음, 힘껏 칼날을 뽑아내어 그 칼날로 지휘를 했다.

그도 용감한 부대장이기는 했으나 그래도 일본군의 용감성에는 혀를 내둘렀다.

일본군은 기진맥진했을 터인데도 밤 10시 반 경에 일제 사격을 가해왔다. 트레차코프는 일본군의 공격 재개에 앞서서 포위 작전을 시도했다. 먼저 동부저격병 제5연대 도보 엽병대를 서남 산정으로 보내고 그 연대의 제7중대를 반으로 나누어서 동북 산정을 돌격케 하고 자기는 육전대의 1개 중대를 이끌고 그 중간지점을 향했다. 전투병들은 모두 한손에는 총, 다른 한 손에는 폭탄을 쥐고 돌진했다.

산정에는 순식간에 수백의 화광이 번쩍이고 일본군은 한동안 이 공격을 견디었으나, 끝내는 견딜 수 없어 동북 산정을 버리고 퇴각했다. 그러나 이 퇴각은 일시적인 것이었고 곧 퇴각 행동을 포위 작전으로 전환시켜서 트레차코프 부대에 반격을 가했다.

이 일본군은 그 병력으로 보아 '군'이라고 할 수 없었다. 무라카미 대령의 연대에는 생존가가 특무조장 한 사람을 포함시켜 겨우 40명이었고, 고즈키 부대에는 1백 명 정도가 살아남아 활동하고 있었다.

이 고즈키 무라카미 두 연대에 여단에서 각각 2개 중대를 증파해 왔으나, 날이 밝을 무렵에는 거의 전사하여 동북 산정에 있는 무라카미 진지는 다시 40명으로 줄어들었다.

탄약과 식량의 보급도 완전히 두절되었다. 날이 밝아졌을 때에는, 어느 병사의 탄약통에도 한발의 탄약도 남아 있지 않았고 배고픔과 목마름에 타는 목을 적셔 줄 만한 물마저 없었다.

그들 40명은 승리자였지만 어느 전사에서도 볼 수 없는 비참한 승리자였다. 사격할 탄환도 없고 기갈을 달래줄 물도 없는 고군 40명이 동북 일각의 산정을 지키고 있다.

게다가 먼동이 트기 시작했다. 해가 떠오르면 러시아군은 이 일본군이 겨우 40명밖에 없다는 것을 알아차리게 될 것이다.

이 승리자들을 이러한 비참한 상환 속에 방치해 두게 된 책임은 분명히 고급 사령부가 져야만 할 것이었다.

해가 뜰 무렵에 40여 명의 '승리자'들은 20명씩 산을 내려왔다. 이 동북각은 다시 러시아군의 것이 되었다.

한편 고즈키 부대의 생존병들은 산정의 서남각을 그대로 점령한 채 저항을 계속하고 있었으나, 자멸은 시간 문제였다.

총참모장 고다마 겐타로를 태운 기차는 남쪽으로 달리고 있었다.

'잘 주무시는 분이군.'

수행원인 다나카 구니시게(田中國重) 소령은 이따금 고다마의 침대를 보면서 속으로 생각했다. 다나카는 이날 밤 아무래도 잠이 오지 않았다.

'전 만주군 중에서 가장 노심초사하는 분일 터인데……'

다나카는 고다마를 생각했다. 사실 고다마는 러일전쟁이 끝나자 기진맥진한 듯이 죽어 버렸다.

'그러한 처지이면서 잘 주무시거든.'

다나카는 한편 우습기도 했다.

기차가 정거할 때마다 멀리 포성이 들려오기 시작한 것은 그만큼 전장에 가까워졌다는 증거일 것이다. 다나카 구니시게는 34살의 사쓰마인이지만 조슈인의 장점을 잘 알고 있었다.

노기도 고다마도 모두 조슈 출신이다. 두 사람 다 메이지 유신을 전후하여 비통한 개인적 체험을 가지고 있다. 소년기의 노기 마레스케를 훈육한 사람은 그의 친척인 다마키 분노신(玉木文之進)이라는 타고난 무사였다. 다마키는 요시다 쇼인의 숙부이자 스승이기도 했다. 다마키는 메이지 유신 후 마에바라 잇세이(前原一誠)의 반란에 관계했다가 자결했다. 노기 마레스케와 아우 마사요시(正誼)는 다마키의 양자로 입양하여 다마키로 성을 바꿨으나 마에바라 반란에 참가했다가 전사했다.

고다마 겐타로는 조슈의 지번인 도쿠야마 번(德山藩) 출신이며 백 석의 가록을 받았다. 아버지는 돌아가셨고, 집안일은 자형이 돌보았으나 그 자형이 막부파에게 무참히 살해를 당했다.

고다마는 이때 12살의 소년이었는데, 그 현장에는 참살 직후에 돌아왔으나 냉정한 태도로 그 뒤처리를 해냈다고 한다.

"옛날에는 여러 가지 일들이 많았어."

고다마 겐타로는 그때의 얘기를 이런 식으로 우물쭈물 해버렸다. 그러나 자기 자형이 참살당한 뒤 고다마 집안의 궁색은 말이 아니었다. 번에서는 고다마 집안의 가록을 빼앗고 저택에서 퇴거할 것을 명했다.

그 후 다카스기 신사쿠(高杉晋作)가 쿠데타에 성공하여 번론이 항막 결전으로 다시 전환하게 되자, 고다마 가문에 대한 처우도 일변해서 겐타로에게는 가통을 계승케 하고 비록 얼마 되지는 않으나, 25석의 가록을 주어 가문을 회복시켰다.

고다마 집안과 노기 집안은 모두 유신 전후의 동란 속에 끼어서 그들의 사정과 신국가의 탄생이 하나가 되어 뒤얽혀 있었다.

그 신국가의 존망이 걸려 있는 지금, 한 사람은 총참모장이 되어 있고 또 한 사람은 여순 공략을 맡은 제3군의 사령관이 되어 있는데 대하여, 다나카 소령은 매우 극적인 감개를 느끼는 것이었다. 다나카는 메이지 유신 전의 자세한 사정을 모르는 새 세대인 만큼 더욱 감개가 깊었다.

고다마는 5시간쯤 잔 다음 깊은 밤중에 깨었다. 기차는 한결같이 어둠 속을 달리고 있었다.

"다나카, 일어나 있나?"

고다마는 침대에서 뛰어 내렸다. 벌써 50이 넘었는데도 흡사 우리를 뛰어나오는 토끼처럼 날쌘 동작이었다. 다나카는 황급히 의자에서 일어났다. 고다마는 웃옷을 어깨에 걸치고 탁자 위에 놓여 있는 궐련을 피워 물었다.

"죄송합니다."

다나카는 담배에 성냥불을 붙여 드리지 못한 것을 사과하였다.

"공연한 일에 무슨 사과야."

고다마 대장은 의자에 앉았다.

"다나카군, 군인이 계급이 높아질수록 늙어빠지게 되는 까닭을 알겠나?"

다나카는 의외의 화제에 그저 모르겠습니다, 고 할 수밖에 없었다. 고다마는 성냥불까지 부하들이 켜주려고 하니깐 그래, 나는 육군 대장이 되어서도 내 신변의 일은 내 손으로 해왔어, 라고 말했다. 과연 그러고 보니 그는 일상의 기거(起居)에 있어서 일개 졸병처럼 자기 일은 자기가 차근차근히 해왔다.

"그 대신 관록은 붙지 못하지만 말이다."

고다마는 픽 웃으면서, 기거동작에까지 부하의 부축만 받고 있으면 자연 왕후와 같은 관록이 붙게 된다고 말하면서 그러나 그런 따위의 관록은 나무로 만든 인형 같은 것에나 소용되는 것이지, 적어도 참모에게는 소용없는 것이라고 덧붙였다.

고다마 대장은 담배 한 개비를 다 태운 다음 웃옷을 벗어 버리고, 또 침대로 올라가면서 다나카에서 잠을 자라고 권했다.

"아무래도 잠이 잘 오지 않습니다."

"어린 아이의 기분으로 돌아가면 자연히 졸려지지……."

고다마는 담요를 머리에 뒤집어썼다. 무심해지면 잠이 온다는 뜻인 것 같았다.

'제멋대로 말하는 사람이야.'

다나카는 이렇게 생각했으나 고다마 대장의 이때 심경을 다나카 소령은 종전 후에야 짐작할 수 있었다. 태평스럽게 보였지만, 그러나 그는 여순으로 떠나오기 전에, 전사를 각오한 유서를 써서 자기 집무실에 있는 가방 속에 넣어 두었다. 고다마 대장은 둘에 하나는 죽음이라고 각오했던 것이다. 그는 노기군 사령부의 공략 전법을 전면적으로 뜯어고칠 작정이었고, 될 수 있는 대로 적의 가장 가까운 지점까지 가서 정찰을 할 심산이기도 했다. 노기군 사령부의 최대 결함은 그러한 정찰 활동을 하지 않는 데 있다고 항상 유감스럽게 생각해 왔기 때문이었다.

여하튼 그동안의 사정으로 다나카는 고다마가 여순에서 전사할 각오를 하고 있었다는 것을 사후에야 비로소 알게 된 것이었다.

다나카 소령은 잠시 잠이 들었던 모양이었다. 눈을 떠보니 기차가 정거하고 있었다. 플랫폼에서 10명쯤 되는 사람들의 말소리가 들려왔다.

'——새벽 2시 반.'

다나카가 등불에 손목시계를 비춰 보면서 침대에서 내려오고 있을 때 동행해 온 조장의 흥분한 말소리가 들려왔다.

"다나카 소령님, 203고지를 함락시켰답니다."

"뭐!"

'정말일까?'

다나카는 의심스러웠다. 출발 할 때의 상황으로서는 도저히 함락시킬 가망이 없지 않았던가. 그는 승마용 장화를 신으면서 여기가 어디냐고 물었다.

"김주역입니다."

"그런데 무슨 일이지?"

"총사령부에서 김주역에 전화가 걸려 왔습니다."

다나카 소령은 플랫폼으로 나섰다. 아직 소년처럼 애티가 남아 있는 치중병과(輜重兵科)의 중위가 경례를 했다.

이 정보는 노기군 사령부에서 총사령부에 보고해 온 것을, 총사령부에서 남하중인 고다마 대장에게 알리기 위해 병참 사령부를 거쳐 김주역에 전화로 알려온 것이라고 했다.

다나카 소령은 상세한 내용을 알고 싶었다. 그러나 일찍이 러시아 제국의 소유물이었던 이 철도는 현재 일본군 병참 사령부에서 관리하고 있기는 하나, 철도 전화는 각 역의 병참무에 연결되어 있기 때문에 총사령부와의 전화 연락은 여간 어려운 것이 아니었다.

다나카는 잠시 생각하다가 화물차로 되돌아갔다. 아직 함락시키지 못했다면 상보가 필요하지만 함락시켰다면 그 이상 더 알아보아야 할 것이 없었기 때문이었다.

고다마 대장은 여느 때와는 달리 복장을 단정하게 하고 의자에 앉아 있었다.

"들었어. 함락시킨 모양이지?"

고다마 대장의 표정에 생기가 완연했다.

"예, 함락시킨 모양입니다."

"축배를 들기로 할까?"

"예, 꼭 준비를 시키겠습니다."

다나카 소령은 조장에게 지시했다. 조장은 취사장으로 달려가서 빨리 양식을 만들도록 명령했다. 양식이라고 했자 커틀릿 정도였는데, 이것만 해도 당시로서는 최고의 요리였다. 샴페인도 준비하도록 했다.

고다마 대장의 탁자 위에 샴페인용 컵이 놓였다. 두 개뿐이었다. 고다마는 모두들 같이 마시도록 명령했다.

수행 하사관과 병사들은 갖가지 그릇에 그 술을 따랐다. 고다마는 조용히 일어섰다. 도쿄에서라면 천황 폐하 만세니 무엇이니 하는 한마디가 있을 법했지만, 고다마는 감동이 지나쳤기 때문인지 반짝거리는 눈으로 한사람 한사람 얼굴을 훑어보고 나서는 혼자서 말없이 마셔 버렸다. 조장이 참다못해 소리를 죽여가면서 '만세!'라고 나지막하게 외쳤다. 모두 거기에 합창을 했다.

차안의 설비를 가지고는 양식 조리가 불가능했다.

"그렇겠지."

고다마는 그런 것에는 관심도 두지 않고 좌우간 노기군 사령부 앞으로 축전을 보내기 위해 대련에 들르기로 했다.

'함락된 이상 노기군 사령부로 직행할 필요는 없겠지.'

새벽 일찍이 대련에 도착했다. 여기에는 전반 주군의 병참 본부가 있고 병원과 호텔도 있다. 수송선이 끊임없이 발착하고 거리도 변화했다. 고다마는 호텔에 들어가 아침 식사 시간까지 한 시간 정도 쉬었다. 그동안 호사스러운 침대에서 30분쯤 단잠을 잤다.

조장이 달려와서 아침 식사 시간을 알렸으나 5분 동안만 여유를 달라면서 담요를 다시 뒤집어쓰고 코를 골았다.

조장은 침대 옆에서 5분 동안 회중시계를 지켜보고 있다가 다시 시간을 보고하자, 고다마는 활기 있게 벌떡 일어나서 바지를 입고 구두를 집어 신더니 침대에 그대로 주저앉았다. 포켓 속에서 수첩을 꺼내 가지고 무엇인가 메모를 하고 있었다.

조장이 차렷 자세로 물었다.

"명령이십니까?"

"아니야, 시(詩)야."

고다마 대장은 담요 속에서 한시를 생각하고 있었던 모양이다. 203고지를 함락시킨 노기 사령관을 찬양하는 시였다.

잠시 후에 식당으로 내려갔다. 식탁 앞에 앉자 곧 보이가 수프를 가져왔다. 다나카 소령 앞에도 같은 수프가 나와 있다.

고다마 대장은 기분이 매우 좋았다. 다나카 소령에게 퇴고중에 있는 시에 대해서 이야기를 했다. 그는 시에는 능하지 못했다. 자기도 그것을 잘 알고 있었다.

"나의 한시는 네모난 글자만 늘어놓는 것뿐이야."

그런데 다나카는 한시를 전혀 몰랐다. 당시 대장이나 중장급 연배에는 한시를 지을 줄 아는 사람이 많았으나, 소장급에서는 벌써 그럴 만한 소양을 가진 사람이 거의 없었다. 하물며 다나카와 같은 젊은 세대와는 인연이 없었다.

애기 도중에 전화가 걸려왔다는 보고를 받고, 다나카 소령이 식당을 나갔다.

잠시 후에 돌아온 다나카 소령의 안색은 창백하게 변해 있었다. 두 눈을 부릅뜬 채 깜빡거리지도 않았다.

"무슨 일이 있었나?"

고다마 대장은 불길한 예감이 들었지만, 어떤 일이 발생했더라도 놀라지 않겠다는 자제심만은 미리 간직하고 있었다.

전쟁에는 뜻하지 아니한 변사가 따르기 마련이다.

"예, 전화는 제3군 사령부의 오바(大庭) 중령으로부터 왔습니다. 203고지를 오늘 새벽에 빼앗긴 모양입니다."

"뭐!"

고다마는 격노해서 얼굴이 새빨개졌다. 내던진 포크와 나이프가 쟁반에 맞아 날아갔다.

"다나카, 양식 같은 거나 먹고 앉아 있을 때냐?"

죄 없는 다나카와 양식에 화풀이를 하면서 모자를 쥔 채 일어섰다.

고다마 대장은 다나카 소령으로부터 대체적인 상황을 전해 들었다.

"그 따위 일이 어디 있어?"

화를 낸 까닭은 노기군 사령부에서 처음에 "점령했다"고 보고한 그 말의 개념에 대해서였다. 어떤 상태의 점령을 점령이라고 할 수 있느냐는 것이다.

과연 노기군은 산기슭에서 산중턱에 걸쳐, 시체의 산을 쌓고 피의 냇물을 흘린 끝에 203고지의 정상에 있는 두 개의 요새를 점거했다. 그 한 부대는 생존자가 백 명 안팎이었고 또 한 부대는 40명 정도였다. 노기군은 그 부대에 증원병, 탄약, 식량 등 아무것도 보급해 주지 않고 멀리 떨어져 있는 후방의 사령부에 앉아서 현지로부터 몇 단계를 거쳐서 전해오는 보고만 듣고 총사령부에 보고한 것이 틀림없었다.

고다마가 항상 불만스럽게 생각하고 있었던 것처럼 노기군 사령부에서 참모들이 직접 203고지 현장에 나가보지 않았다는 증거였다.

본래 이런 경우의 보고에 있어서도 그저 '점령하다'로 표현하지 말고

"고즈키 부대의 잔존병 1백 명, 무라카미 부대의 잔존병 40명이 각각 산정의 두 개 요새를 점거하다."

이렇게 구체적으로 정확하게 보고했더라면 총사령부측에서도

──노기군 사령부로서는 그러면 어떤 조처를 강구하고 있으며, 또 적의 동태는 어떠한가.

이와 같은 질문도 할 수 있었을 것이다.

"점령."

이런 보고라고 하면 전쟁의 완결이거나, 아니면 전투 행위의 종결을 뜻하는 것이며 그래서 고다마 대장은 건배를 했던 것이다. 그러므로 이런 경우에는 대개 점령이란 용어를 쓸 수 없는 것이다.

'예정대로 내가 가는 수밖에 없다.'

이렇게 생각을 가다듬으면서, 오야마 이와오 총사령관에게 전보를 쳤다.

"저의 직접 지휘 아래 두기 위해서 보병 1개 연대를 급히 보내 주시기 바랍니다."

이렇게 요청해 놓고 곧 타고 왔던 전용 기차에 올라탔다. 기차는 다시 북상하여 삽십리보의 교차역에서 궤도를 바꾸어 여순으로 남하해갔다.

이 차중에서 오야마 이와오의 회답 전보를 받았다.

"그렇게 조처하겠다."

고다마는 한시바삐 전장에 도착하고 싶었다. 마음은 급한데 기차의 속도는 느릿느릿했다. 기관사를 꾸짖기도 했으나 기차는 증기의 힘이 닿는 대로 달리고 있는 셈이었다. 그러면서 어느 역이건 역마다 정거하지 않을 수 없었다. 어떤 연락이 와 있는지 모를 일이기 때문이었다.

"장령자."

이 역에 기차가 도착했을 때 햇볕에 그을은 중령 한 사람이 올라탔다. 노기군 사령부에서 마중 나온 참모 오바 지로 중령이었다.

오바 중령은 불행하게도 고다마 대장의 화풀이를 집중적으로 받아야만 했다.

고다마 겐타로 대장은 오바 지로 중령에게 의자를 권하면서 물었다.

"상황은 어떤가?"

묻는 표정이 너무 사나워 보였다. 오바는 그 의자에 앉지도 못하고 약간 상기된 기분으로 상황 보고를 시작했다. 고다마 대장은 가만히 듣고 있으면서 마음속으로 느껴졌다.

'보고가 어째 엉뚱한 곳으로 미끄러져 있는 것 같다'

보신 전쟁에서 세이난 전쟁에 이르기까지 탄환 속에서 살아온 이 사나이는 오바 중령이 말하는 상황이 수 시간 전의 상황임을 판단한 것이었다.

사실 오바로서는 무리가 아니었다. 그는 이지치 참모장으로부터 마중 나가라는 명령을 받고 수 시간 전에 사령부를 출발했기 때문에 그 이후의 상황은 모를 수밖에 없었다. 오바는 먼저 그 시차에 관한 보고부터 해야 했을 터인데 고다마 대장의 태도가 하도 거칠어 보여서 미처 그 말도 못했던 것이다.

고다마는 잠시 듣고 있다가 버럭 호통을 쳤다.

"이 바보녀석!"

이것이 고다마 겐타로의 성격적인 결함이었다. 그는 장수로서 구비해야 한다는 중후하고 온화한 자기 연출을 할 줄 모르는 인물이었다. 기분 내키는 대로 웃고, 성내고, 기꺼워하는 단순한 천성의 소유자이기 때문에 그 사심 없는 성품을 사람들은 일종의 애교로 받아 주었을 뿐, 남을 해롭게 하는 일은 별로 없었다. 그러나 오바 지로와 같은 이 시대의 육군에게는 귀한 재능을 가진 장교에게 심리적 압박을 주어 상황 보고를 오히려 그르치게 만든 것은 옳지 않은 일이었다.

"오바군 싸움판에 수시간 전의 상황이란 것이 있을 수 있는가?"

오바도 물론 잘 알고 있는 일이었다.

오바는 낮은 목소리로 대답하고 경례를 했지만 불쾌했다.

"예, 알았습니다. 지금 곧 상황을 알아보고 오겠습니다."

고다마 대장은 그 이상 불쾌한 심정이었으나 덧붙여서 한 가지 더 물었다.

"이 정거장에 통신소는 있는가?"

통신 작전의 원칙상 당연히 설치되어 있어야 할 것이지만, 이 정거장에는 없었다. 통신소는 장령자역(長嶺子驛)에서 4킬로 떨어져 있는 한 부락에 설치되어 있었다. 지금부터 기마병이 달려갔다 온다 해도 상당한 시간이 걸릴 것이 분명했다.

"왜 통신소를 정거장에 두지 않는 거야? 만사가 그렇기 때문에 지기만 하는 거야."

고다마 겐타로는 숨결이 거칠어졌다.

"그만둬, 발차하도록 해. 모든 것은 군사령부에 가서 듣기로 하겠어."

다나카 구니시게 소령은 고다마 대장의 명령을 받고 창 밖으로 머리를 내밀면서 기관사에게 손을 들어 보였다.

기차가 움직이기 시작했다. 오바 중령은 안색이 파래진 채 그대로 서 있었다.

'마음이 약한 사나이로군.'

고다마 대장은 마음속으로 이렇게 생각했다. 사실 오바 중령은 남다른 재능을 가지고 있으면서도, 그 성격 때문에 이지치 참모장의 제압 밑에서 그 재능을 충분히 발휘해 보지 못한 것 같았다. 고다마 총참모장은 노기 사령관 휘하 막료들의 기풍을 오바의 거동을 통해 짐작할 수 있었다.

기차는 남쪽으로 달리고 있다.

오바는 간신히 의자에 걸터앉았다.

"오바군, 지금 이 시간에도 발틱함대는 일본 쪽으로 다가오고 있단 말이야."

고다마가 말하자 오바는, 다 알고 있는 일이 아니냐고 마음속으로 생각했다.

"오바, 불만인 것 같군. 그러나 노기군 사령부에서는 아직 그 사실을 명확하게 모르고 있는 것 같아서 하는 말이야."

예부터 지원 없는 고성(孤城)은 지켜 내지 못한다. 농성 작전이라는 것은 원군이 달려와 줄 것을 기대하고 있기 때문에 가능한 것이다. 여순 요새의 경우는 발틱함대가 다시없는 대원군이었다. 그 원군에 기대를 걸고 있기 때문에 스테셀 이하 러시아 장병들은 필사적으로 방어전을 계속하고 있는 것이다.

"여순 요새가 함락되기 전에 발틱함대가 들어 닥치면 그만 일본은 끝장이야, 우리 해군은 그래서 비명을 올리고 있는 것이다."

"잘 알고 있습니다."

오바의 대답이었다. 그렇기 때문에 노기군은 시산혈해(屍山血海)의 공략전을 벌여오고 있는 것이 아닌가. 오바는 어처구니가 없었다.

그러나 고다마는 또 한번 호통을 쳤다.

"모르고 있어!"

고다마의 뱃속에는 다른 인상이 도사리고 있었다. 대본영에서 해군의 절박한 요청을 노기군 사령부에 전달했을 때만 해도 이지치 참모장은 이런 내용의 회답을 한 일이 있었다.

"해군과의 연락은 현지에서도 빈번하다. 그런데 도고 각하의 의향은, 그렇게 긴박하지 않을 뿐더러 오히려 우리 사령부의 곤경에 동정적이었다."

이렇게 비논리적인 답변이 있을 수 있는가. 이지치도 대본영과 만주군 총사령부의 중간에 끼어 있는 형편이기 때문에 감정적이었을 것이다. 여순 항구 밖 해상에서 봉쇄 작전을 실시하고 있는 도고측에서 사실 몇 번인가 노기군 사령부에 참모를 파견했다. 그러나 현지의 육군에 대한 예의상 한두 번의 예외는 있었으나, 대체로 온건한 태도로 접촉했다.

이지치는 그와 같은 대인 접촉면에서 받은 인상을 가지고 러일 양국 전체에 걸친 대전략의 과제마저 어물쩍하게 회답했던 것이다.

고다마 총참모장은 그 태도에 환멸을 느꼈던 것이다. 지금도 노기군 사령부가 이지치와 같은 그러한 기분에 젖어 있다고 한다면 언제까지나 요새는 함락시킬 수 없다는 말을 하고 싶었던 것이다.

그런데 또 다른 하나의 광경이 고다마를 크게 분개케 했다. 철도의 양측에 무수한 흰나무 묘표들이 끝없이 이어져 있었다. 전사자들의 묘비였다.

"다나카군, 저걸 좀 봐."

고다마는 밖을 가리키면서 말했다.

"이 철도는 군대를 수송하는 본선이야. 이 본선을 끼고 묘표를 줄지어 세워 놓은 것만 보더라도 노기군 사령부의 좁은 소견과 부주의를 짐작할 만하지 않은가. 일선으로 실려 가는 보충병들은 반드시 이 묘비의 숲을 내다보게 될 것이다. 병사들은 싸우기도 전에 사기를 잃게 될 것이 아닌가."

이윽고 진동하는 포성이 바로 가까운 곳에서 들려오기 시작하자, 기차는 유수방 근처의 한 지점에서 정거했다. 하사관들이 화물차 밑으로 발판을 놓자, 타고 있던 사람들이 모두 기차에서 뛰어내렸다.

근방 일대는 짙은 갈색의 대지가 단조롭게 펼쳐져 있고 뼈만 남은 나무들이 띄엄띄엄 늘어서서 날카로운 가지로 하늘을 찌르고 있는 것이 한결 더 스산해 보였다.

고다마 대장이 앞으로 나서면서 걸어가자고 했다. 기마를 몰고 영접하는 장교들도 할 수 없이 말에서 내렸다. 고다마는 군인이면서도 승마를 좋아하지 않았다. 그는 8개월 만에 태어난 조산아였기 때문에 군인으로서는 체격이 너무 작았다. 그의 짧은 다리로는 서양 말의 큰 배를 죄어 붙일 수 없었다.

"쭈욱 걸어가시겠습니까?"

다나카 구니시게 소령이 물었다.

"응"

고다마 대장이 앞장서서 걷기 시작했다.

바로 맞은편에 유수방 마을과 상록수 숲이 보였다. 거기서 조금 가면 비탈길이 있고 말라붙은 하천이 있다. 그 하천 너머에 노기군 사령부의 건물이 있다.

그 건물은 유수방에서는 호농에 속하는 주운래라는 사람의 주택이었다. 대문 안은 넓은 마당이고 그 마당 오른편에는 한 그루의 거목이 서 있다. 그 나무 밑에 전신과 전화 설비가 있었다.

정면의 건물이 사령부로 되어 있고 중간 출입문의 왼편 방이 노기 사령관의 거실이며 오른편 방이 이지치 참모장의 거실로 되어 있었다.

고다마 겐타로는 패검을 흔들면서 노기 마레스케의 거실로 들어갔으나 노기는 전선 시찰중이라고 했다.

'이지치는 방에 있겠지.'

고다마가 오른편 방에 들어갔을 때 마침 이지치는 신경통으로 장화를 신은 채 침대에 누워 있었기 때문에 미처 몰랐다.

이러한 상황 속의 방문이었기 때문에 정말 불행한 대면이 되고 말았다.

"이지치군, 대체 어떻게 된 셈이야?"

고다마가 외치는 소리에 이지치는 문득 정신을 차리고 침대를 내려와서 경례를 했다. 그러나 신경통이 심해서 더 서 있지를 못하고 그만 의자에 주저앉고 말았다.

그러나 상관인 고다마 대장은 그대로 서 있었다. 이지치는 죄송스럽게 생각하고 곧 의자에 앉도록 애원하다시피 했다.

"부탁드립니다. 그 의자에 앉아 주십시오."

"신경통인가?"

고다마는 할 말을 잃은 것 같았다. 이지치는 요통이 심하다고 하면서 자기 신경통에 대해 몇 가지 얘기를 지껄였다. 고다마가 "대체 어떻게 된 셈인가" 하고 물은 것은 203고지를 탈환당한 것과 침체된 전황에 대한 것이었으나 이지치가 그만 주저앉는 바람에 신경을 설명으로 빗나가 버린 것이었다.

그 뒤에 고다마는 노기군 사령부의 작전에 대하여 통렬하게 비판을 가했다. 그 중에도 이지치에게 퍼부은 말처럼 가혹한 힐난은 없었다.

몇 개의 단어를 들어서 요약해 보면 무능·비겁·완고·둔감·무책임 등 군인으로서는 그 한 마디 말만 듣더라도 자살하고 싶을 정도의 충격이 아닐 수 없었다. 이지치는 화가 치밀어 창백해진 얼굴을 긴장시키면서 한순간에 패검의 칼자루를 꽉 움켜쥐기까지 했다. 이지치는 고다마를 죽여 버리고 싶은 충격을 간신히 진정시키면서 역습을 취했다.

"여순의 전황에 대해서 제3군 사령부에만 그 책임을 지우려는 것은 각하의 비겁한 태도입니다. 첫째 누구보다도 대본영이 나쁩니다. 동시에 각하, 각하의 책임이기도 합니다. 그렇잖습니까?"

고다마는 이지치의 변명이 유치한 데 놀란 모양이었다.

"이지치, 머리가 돌았나? 국가는 이 방면의 전쟁에 대한 책임을 노기와 너한테 맡겼다. 너는 참모장이 아니냐."

"저는 그런 뜻이 아닙니다. 예를 든다면 각하, 각하는 제가 신청한 포탄을 만족할 만큼 보내주신 일이 있습니까?"

'이 놈은 어린애가 아닌가?'

고다마는 서글픈 생각이 들었다. 이지치는 바로 최근에 포탄 보충을 위해서 오야마, 고다마의 총사령부 앞으로 탄원서를 보내고 전보도 쳤다. 그리고 마침내는 작전주임인 시라카와 중령을 파견하기까지 해서 연거푸 탄원했으나 고다마 총참모장은 그때마다 물리쳐 버렸다.

"이렇게 포탄이 부족한데 어떻게 싸우란 말입니까?"

"포탄 부족은 일본군 전체의 문제야. 국내의 포탄 생산이 미처 따라오지 못하고 있는 실정이다. 외국으로도 발주하고 있으나 당장 수급이 되지 않아. 그 부족한 탄환을 야외 결전용과 여순 공격용으로 간신이 나눠 주고 있으나 실은 소요량의 반도 못되는 셈이지. 그런데 이지치군, 일본은 여순에서만 싸우고 있는 것이 아니야. 그걸 모른단 말인가?"

"저는 각하의 책임을 묻고 있는 것입니다."

"너는 계집애냐?"

고다마는 벌떡 일어섰다. 화가 치밀었다. 좁은 자기중심적인 시야밖에 가지고 있지 못한 녀석이란 의미였다.

"군참모장의 신분으로서 자신의 작전 책임을 남에게 전가시킨다고 할 것 같으면 차라리 스테셀을 찾아가서 문책하는 것이 좋지 않겠나? '귀관이 너무 강합니다. 그러니까 책임은 귀관이 져야 합니다' 하고 말이야."

"그게 무슨 말씀입니까?"

이지치는 고함을 질렀다.

"어쨌건 각하, 각하가 이 전황을 어떻게든 호전시키려면 포탄을 보내 주십시오, 포탄을."

"포탄 사정은 어느 군에서나 마찬가지야. 주어진 조건 밑에서 최선을 다하는 것이 참모관의 소임이 아닌가."

"최선을 다하고 있습니다."

이지치가 이렇게 말하자 고다마는 더 이상 앉아 있는 것은 부질없다고 생각했다. 노기를 찾아 담판을 지어야겠다고 생각했다.

노기 사령관과 고다마 총참모장 사이에 연락이 잘 닿지 아니한 모양이었다.

노기 사령관은 전부터 고다마 총참모장이 '군사령부의 위치가 너무 후방에 떨어져 있다'고 못마땅하게 생각했던 것을 꺼림칙하게 생각하고 있었으므로, 이날 후방에 그대로 있는 유수방의 사령부를 고다마가 좋아하지 않을 것을 미리 짐작하고 짐짓 초연이 자욱한 일선에서 회견할 작정이었다.

회견 지점을 보병의 전선으로 하면 위험하지만, 포병 진지로 하면 전략적인 전망의 위치로도 좋을 뿐만 아니라 별로 위험하지도 않았다. 그래서 이날 아침 일찍이 군사령부에 회견할 지점을 알려두고 나갔다.

"나는 일선 시찰을 해야겠는데 고다마가 오면 토성자역 부근에서 만나게 될 것이다."

그런데 이렇게 일러둔 말이 좀 분명하지 못했던 탓으로, 노기 사령관이 어느 때쯤 토성자역 부근으로 가게 될 것인지 사령부에서는 아무도 몰랐다.

"군사령관의 소재도 모른단 말인가?"

이렇게 꾸짖고 싶었으나 꿀꺽 삼켜 버렸다. 고다마는 생각을 고쳐먹었다. 노기도 전쟁을 하고 있는 참이니까 어디에서 만날 시간까지 예정해 둘 수는 없었을 것이라고, 생각이 동정적으로 변한 것이었다.

그렇다 치더라도 이지치가 남아 있는 사령부에 노기 사령관이 없다는 것은 고다마 총참모장이 예기하지 못한 일이었으나 오히려 잘됐다고 생각했다.

고다마의 사명은 노기의 명예에 중대한 영향을 줄 가능성이 있는 것이므로 될 수 있는 대로 단 두 사람만이 조용한 장소에서 만나고 싶었다.

이날 노기 마레스케의 일기장에는 다음과 같은 글귀가 적혀 있었다.

"아침, 토성자에서 고다마를 기다렸다. 오지 않았다."

그때 고다마와 이지치는 유수방의 사령부 거실에서 크게 입씨름을 벌이고 있었던 것이다.

일기장에는 몇 가지가 더 적혀 있었다.

"도요시마(豊島) 사령부에 올라갔다."

토성자역 근방에서 기다리다가 공성포 진지가 있는 산으로 올라간 행적의 기록이었다.

노기는 거기서 또 기다렸으나 고다마는 오지 않았고, 어느새 한낮이 되었다. 점심은 지하실에 있는 공성포병 사령관 도요시마 요조(豊島陽藏) 소장의 사령부에서 먹었다.

"고다마는 오지 않은 모양이군."

노기는 점심 식사를 마치고 군소리처럼 말했다.

"유수방에서 기다리고 계시는 것이 아닐까요?"

도요시마 요조가 말을 받았다.

"그럴지도 몰라."

노기는 씁쓰레 웃었다. 사실 노기로서는 고다마의 방문은 반갑지 않았다.

"유수방으로 돌아가 볼까."

일어선 노기를 배웅하기 위해 도요시마가 앞장서서 문을 열었다. 싸락눈이 내리고 있었다.

"귀찮게 눈이 내리는군."

도요시마가 중얼거렸다. 노기는 아무 말 없이 타고온 말 옆으로 갔다.

따라온 사람은 부관뿐이었다.

노기 사령관은 포병 진지를 떠나서 여순으로 통하는 한길로 접어들었다. 말은 여순의 하늘을 뒤로하고 북쪽으로 머리를 돌렸다.

완만한 비탈길을 지나서 토성자에 도착하자 얼어붙은 전답들이 시야에 확대되었다. 이곳저곳에, 혹은 멀고 혹은 가깝게 김가둔, 한가둔, 홍가둔, 장가둔 등으로 부르는 마을들이 흩어져 있었다.

노기는 토성자 부락을 북쪽으로 직행해서 마을 밖까지 갔다. 그곳 길 한 옆에 사당이 있었고 거기서 한편으로 오솔길이 있었다. 그 길을 따라 오른쪽으로 돌아서자 갑자기 바람이 몰아쳐 왔다. 눈보라였다. 금세 수염이 입김에 얼어붙었다.

1킬로쯤 가자 조가둔이라는 마을에 당도했다. 그 마을 밖에 있는 허물어진 고가의 저쪽으로부터 두 사람의 장교가 말을 타고 다가오고 있었다.

'고다마가 아닌가!'

생각했으나 시야가 눈보라에 흐려 볼 수 없었다. 노기는 말을 토담 옆으로 다가 세우고 잠깐 기다렸다.

"노기 아냐!"

자그마한 만주 말을 타고 있는 고다마가 외쳤다. 노기는 가볍게 고개를 끄덕해 보이면서 그 토담 옆에서 거수경례를 했다.

고다마는 답례는 하지 않고 만면에 웃음을 띠며 달려와 말을 노기의 말 옆에서 세웠다.

"노기, 수염이 하얗게 세었군."

고다마의 이 첫 인사말은 고다마답지 못하게 감상적이었다. 그는 세이난 전쟁 이래의 전우인 노기의 수척해진 모습에 놀랐던 것이다.

이때 문득 옛날의 어느 시절 한 토막이 회상되었다. 고다마가 약관 29세에 치바현(千葉縣) 사쿠라(佐倉)의 도쿄 진수부 보병 제2연대장이었을 때, 노기도 도쿄 진수부에 속한 제1연대장으로 복무하고 있었다.

이 두 연대가 홍백의 대항 연습을 했을 때 고다마가 어렵잖게 이겨 버렸다. 그러나 노기는 자기가 진 줄도 모르고 연습장에서 멍청하게 말을 세워 놓고 있었다.

고다마는 노기의 얼굴에서 문득 그때의 일을 회상했다.

'이 사나이를 현재의 이 궁지에서 구출해 줄 사람은 나밖에 없다.'

고다마는 다시 마음을 가다듬었다. 이 울상을 하고 있는 친구를 여순 공략의 영광스러운 장군으로 만들어 주어야 하는 것이다.

그러나 노기가 만약 고다마에게 지휘권을 위양하지 않는다면 일은 까다롭게 된다. 그때에는 오야마 이와오의 비상 명령을 내보이고 그 지휘권을 강제적으로 정지시키지 않을 수 없기 때문이다.

"노기, 우리 둘이서 좀 얘기를 하고 싶은데 어디 그럴 만한 장소가 없을까?"

마침내 고기산으로 장소를 택했다. 고기산은 203고지의 북방 3킬로 지점에 솟아 있는 산이다. 전에는 러시아 보병 진지였으나, 지난 8월 15일 다카사키 보병 제15연대가 습격해서 뺏은 산이다. 당시는 무명의 고지였다. 다카사키(高崎) 연대가 탈취했다고 해서 고기라고 명명했다.

고다마와 노기가 만난 이 조가둔이라는 부락은 전장에서 상당히 먼 후방이었다. 고기산까지는 거의 15킬로의 거리였는데도 고다마는 가보자고 앞장을 섰다. 그러나 고다마가 탄 말은 만주 토산이어서 노기가 탄 서양 말과는 비교가 되지 않았다. 마상의 노기 마레스케는 늠름하기 이를 데 없었다.

노기는 별로 병서는 읽지 않았지만 군복에는 극히 신경을 쓰는 버릇이 있어서 자기가 입는 복장은 모두 요코하마에 있는 영국인 양복점에서 만든 것들이었다. 가이코사(偕行社)에서는 보통 15원 안팎이면 되는 장교복을 노기는 2백원이나 주고 외국인 양복점에서 만들었다.

노기의 군인으로서의 의식은 전술 전략의 연구보다도 오히려 그 독특한 정신, 복장, 기거 동작 등 품격과 외양에 뿌리박혀 있었다. 그의 군복은 양식마저 자기 취미에 맞춘 것이어서 모자, 장화, 복장 일체가 다른 장교들 것과는 다른 독특한 디자인으로 만들어진 것들이었다.

또 한 가지 독특한 것은 이 살인적인 혹한 속에서도 외투를 입지 않았다는 것이다. 노기는 외투를 입지 않는 것이 자기 정신의 자세라고 생각하고 있는지 모르지만 옆에서 동행하고 있는 고다마는 그저 이상하게만 생각되었다.

"노기, 자네는 외투를 입지 않는가?"

고다마는 짐짓 물었다.

"음."

노기는 빙긋이 웃었다. 고다마는 까닭도 모르고 그저 감탄하고 경복했다.

"흡사 절간에서 고행하는 수도승 같군."

고다마는 무척 추위를 타는 체질이었다. 폭신한 외투 안에는 털조끼를 겹쳐 입고 있었다. 그 조끼는 오야마 이와오가 원세개로부터 선물로 받은 것을 이번 여순 출정의 기념으로 고다마에게 선사한 것이다.

"──아무것도 선사할 것은 없고, 이것이라도 입고 가시지요."

"고기산"

이 고지는 여순 요새 쪽을 향해서 뻗어 있는 큰 구릉 지대의 첫 번째 봉우리에 자리 잡고 있었다.

고다마와 노기는 고지로 가는 길의 마지막 마을인 전반구라는 부락을 지나가면서 서로 말을 건넸다.

"노기."

고다마는 전반구의 '전'자 뜻을 몰라 노기에게 물어보았다. 노기는 과연 한문에 소양이 깊어서 서슴없이 풀이해 주었다.

"맷돌이라는 뜻이야."

그렇게 듣고 보니 과연, 여러 고지들의 사이에 끼여 있는 둥근 평지가 맷돌을 닮아 보였다. '구'라고 하는 글자는 세류의 뜻이었고, 그 세류 같은 시내가 북서로 흐르고 있었다. 그 시냇물이 이 작은 부락의 생명수가 되어 주고 있는 것 같았다.

전반구 부락을 지나서 비탈길을 오르기 시작했다. 그 연변의 이곳저곳에는 음지를 이용해서 노기군의 중포(重砲) 진지가 줄지어 있었다. 고다마가 처음에 본 것은 제1포대였고, 그 다음이 28센티 유탄포 진지, 제2포대, 12센티 유탄포 진지들이었다. 203고지를 공격하고 있는 제7, 제1사단의 사령부도 제2포대 바로 옆에 있었다. 여기에서 5개의 산을 넘어 203고지에 대포를 쏘아 보내는 것이다. 노기군은 이 일대를 '고기산'이라고 했다.

"그런데, 아무래도."

고다마는 노기 옆으로 말을 몰았다.

"203고지를 사격하자면 여기 이 포병 진지로서는 좀 멀지 않을까?"

'장기의 비차라면 몰라도.'

고다마는 이렇게 생각했다. 203고지를 주목표로 공격할 바에는 좀더 직접적으로, 좀더 대담하게 중포의 위력을 발휘할 수 있는 지점이 있지 않겠는가. 그러나 고다마는 전문가의 견해로 생각했던 것은 아니다. 고다마는 포병 출신이 아니었다.

"노기, 자네 생각은 어때?"

고다마는 재차 물었다. 노기의 머리로서는 대답이 나오지 않았다. 조금 망설이는 듯하다가 어딘가 쓸쓸해 보이는 미소를 떠면서 엉뚱한 말을 했다.

"이지치가 잘 하고 있으니까."

노기는 이지치를 두둔하려는 생각이었다. 이지치가 포병 출신인 만큼 이지치의 구상으로 작성된 포병 진지의 지도에는 포병에 어두운 자기로서는 일체 개입하지 않기로 해온 것이다.

"이지치는 전문가니까."

노기는 덧붙였다.

'전문가가 다 뭐야.'

고다마는 매우 불만스러웠다. 아무리 중포라고 해도 포탄을 발사시키는 기계 장치에 불과하지 않는가. 그 기계를 조종하라면 사양해야겠지만 포탄을 어느 지점에서 발사해서 어디를 맞춰야 한다고 할 경우 그것은 경험이 없어도 넉넉히 생각해 볼 수 있는 일이며, 그것이 바로 용병이 아닌가.

'이 중포 진지의 위치는 잘못 정해진 것이다.'

고다마는 전문가라는 이지치의 지혜보다도 자기 안식이 훨씬 높다고 자신했다.

어느새 해가 저물었다. 어디 하룻밤 쉬어갈 처소를 찾아야만 했다. 고다마가 말을 몰아 고기산 기슭까지 갔을 때 마침 그곳에 참호가 파여져 있는 것을 발견했다.

"노기, 오늘밤 여기서 같이 쉬기로 할까?"

노기는 놀랐다. 전장에서 멀리 떨어져 있는 유수방의 사령부 외에서는 밤잠을 자본 일이 없었기 때문이었다.

여기는 제1선보다 좀 멀리 떨어져 있기는 하나 중포 진지가 집중되어 있는 점에서는 그대로 제1선과 다름없었다.

"노기군 사령부는 탄환이 날아오는 장소에서 너무 멀리 떨어져 있으면서 그래도 전선의 상황은 잘 아는 모양이다."

고다마는 전에 이런 일로 통렬히 질책한 일이 있었지만 지금 여기서 다시 한번 일깨워 주고 싶었다.

——군사령부가 진정 싸움을 할 생각이라면 여기까지 전진해야 한다.

고다마는 노기의 부관을 불러 참호 밑바닥에 삿자리를 깔개하고 침구와 난방 도구, 그리고 소탁자와 램프를 들여놓도록 부탁했다.

그 준비가 다 된 뒤 고다마는 입구에 쳐놓은 담요를 젖히고 들어가 노기를 들어오도록 권했다. 안의 넓이는 다다미 두 장 정도였다.

"부를 때까지는 아무도 출입하지 마라."

고다마와 동행해 온 다나카 소령도 실내에 들어오지 못하도록 했다. 다나카는 출입구 옆에 텐트를 치고 거기서 문지기처럼 대기의 자세를 취하고 있었다. 노기의 부관도 행동을 같이했다. 이 구덩이 안에서 고다마는 가장 중대한 통수권 이양 문제를 얘기할 작정이었다.

"자네의 그 지휘권을 잠시 나에게 이양해 주게."

한마디로 이런 뜻의 얘기다. 노기 사령관의 처지에서 말한다면 이 이상의 불명예와 모욕은 없을 것이다. 고다마도 젊었을 때부터의 친구로서 노기를 그러한 입장에 몰아넣는 것은 괴로웠지만, 요새에서 헛되이 죽어가는 일본인과 일본을 위해서는 할 수 없는 일이었다.

고다마가 가장 두려워한 것은 노기가 불응할 경우였다. 노기로서는 불응할 만한 이유가 충분히 있다. 군사령관은——사단장도 마찬가지만——천황이 친히 내려주는 직함이다. 그러므로 천황이 아닌 누구도 그 지휘권을 박탈하지 못한다. 그러나 고다마는 오야마 총사령관의 명령서를 호주머니에 넣고 온 것이었다.

"만주군 총사령관인 오사코 이와오라면 내가 대신해서 지휘를 하겠다."

법적으로 못할 것도 없다. 고다마가 가지고 있는 것은 그 명령서였다. 단지 자신이 직접 지휘하는 것이 아니라, '오야마의 대리인으로서의 고다마'에게 지휘를 시키도록 한 것이다.

두 사람은 소탁자를 끼고 마주 앉았다.

고다마는 중대한 요건을 어떻게 말해야 노기의 명예와 자존심을 상하지 않게 할 수 있을 것인지 무척 마음이 괴로웠지만, 막상 얘기를 시작했을 순간부터 어조는 자연스러워졌다.

"이지치의 하는 짓을 봤지만 아무래도 중대한 점에 잘못이 있는 것 같이 생각되더군."

얘기는 이지치에 대한 비난에서부터 시작되었다. 노기 사령관이 나쁜 것이 아니라 참모장인 이지치 소장이 나쁘다는 것을 앞세우지 않고서는 노기의 면목이 서지 않는다.

노기는 아무 말이 없었다.

"이지치는 잘하고 있어."

평소 같으면 이러면서 두둔했을 터인데, 그 순간 고다마의 미소 속에 숨은 심상치 않은 어떤 기백 같은 것을 직감했기 때문인지 입을 열지 않았다. 다시 말하자면 그때의 전황은 그런 수인사 같은 말로 사태를 우물쭈물해버릴 수는 없는 단계에 놓여 있었다.

"그래서 나는 노기의 친구로서 이지치에게 솔직한 의견을 털어놓고 싶네."

노기는 머리를 가볍게 끄덕해 보였다.

"그러나"

고다마는 말머리에 힘을 주었다.

"내가 의견을 제시하면, 경우에 따라서는 이지치도 고집을 부리면서 격분할지도 모르지. 그래서는 곤란하단 말이야. 이지치가 고집을 피우면서 내 의견을 따르지 아니한다면 내가 여순에 온 일이 모두 허사가 되고 마는 것일세."

노기는 또 한번 머리를 끄덕해 보였다.

'사실이야.'

솔직히 그렇게 생각했다. 사령관인 노기의 입장에서 그 말을 들어 볼 때 단순히 친구의 자격으로 의견을 말하는 것뿐이라면 이지치 참모장으로서는 그 말을 들어야 할 필요가 없는 것이다. 이지치에게는 노기가 직속 상관이니까, 고다마의 지시를 받아야 할 의무는 없다.

"그런데……."

고다마는 말을 계속했다.

"자네의 그 제3군 사령관 지휘권을 잠시 동안 나에게 빌려줄 수는 없겠는가?"

재치 있는 말솜씨였다. 듣고 있는 노기 자신도 이 문제의 중요성을 미처 깨닫지 못했다. 노기 마레스케는 그 성격 탓이라고 할까 아마도 평생토록 그 중대성을 깨닫지는 못했을 것이다.

"지휘권의 차용이라고 했지만 자네의 서장이 없어서는 아무 소용이 없네. 고다마는 나의 대리라는 서장 한 장 써주겠는가?"

흡사 사기사 같은 말솜씨였다. 노기는 고다마의 사기에 넘어간 셈이었다.

"그렇게 하지."

쾌히 승낙을 해 주었다. 고다마는 사실 말을 하면서도 몇 번이나 호주머니를 손으로 만지면서 오야마 이와오의 명령서를 끄집어낼까 망설였던 것이다. 내놓기만 하면 노기의 오명은 영원히 씻을 수 없게 될 것이다.

고다마는 그러한 불행을 피하기 위해서 얘기를 옆길로부터 몰고 와서 노기를 말주변에 휘말려들게 한 것이었다. 노기는 보기 좋게 그 말주변에 넘어갔기 때문에 자신의 위기를 모면하는 행운을 얻었다.

노기는 앉은 자리에서 지휘권을 이양하는 서장을 썼다. 고다마는 그 서장을 소중히 호주머니에 집어넣고, 즉석에서 노기군 참모들의 집합을 명령했다.

고다마는 자기가 주재하는 참모 회의를 이 고지에서 열 작정이었다. 그런데 인원이 너무 많았다. 노기군 관계자들뿐만이 아니고 만주 총군 사령부에서도 노기의 상담역으로 일찍부터 후쿠시마 야스마사(福島安正) 소장과 구니시 고시치(國司伍七) 대위가 이 전선에 와 있었고, 도쿄 대본영에서도 사메지마 중장과 쓰쿠시 구마시치(筑紫熊七) 중령이 파견되어 있었다.

그들의 역할은 모두 노기와 이지치의 완고한 '203고지 경시 방침'을 수정시키는 데 있었으나, 현지의 처참한 전투에 현혹되어 이지치의 완강한 태도에 눌려 설득은커녕 여순의 진중에서 빈들거리는 귀찮은 존재처럼 되어 있었다.

그 경위는 여하간에 참모 회의 요원으로서는 인원이 너무 많았다. 그 요원들 전원을 한 방에 집합시킬 만한 가옥이 이 고지에는 없었다.

"할 수 없군. 유수방 사령부로 되돌아가야겠는걸."

성급한 고다마는 밤중에 고지를 출발해서 다음날 아침 9시경에 도착했다. 고다마는 기진맥진했다.

"회의를 내일로 연기하시면 어떻겠습니까?"

다나카 구니시게 소령이 보기에 민망스러워서 진언을 한 것인데 고다마는 그 말을 묵살해 버렸다.

회의를 다음날로 연기할 수 없는 실정이었다. 이 순간에도 최전선에서는 병사들이 계속 죽어 가고 있다. 그 참상이 고다마의 마음을 무겁게 짓누르고 있기 때문이었다. 그들 병사를 '무익한 살생'에서 구출하는 길은 고다마가 생각하는 작전의 일대 전환밖에 없었다.

고다마가 유수방으로 돌아오고 있는 도중에 제7사단장인 오사코 나오토시 중장이 그 옆에 따라오고 있었다. 오사코는 안장에 등불을 달아놓고 있었다.

"오사코 장군이오?"

고다마가 말을 건넸다.

"아, 각하였습니까?"

오사코는 말의 속도를 늦추었다.

"홋카이도의 병사들은 강한 모양이지."

"아, 그렇습니다. 강합니다."

오사코는 그렇게 말했지만, 정확하게 표현하자면 "강했습니다"라고 해야 했다. 아사히가와의 제7사단이 여순 작전에 나섰을 당시에는 1만 5천 명이었던 것이 겨우 수일 동안에 1천 명으로 줄어들었다.

"1천 명이라."

고다마는 한참 동안 아무 말 없이 어둠 속에서 말을 몰았다. 병력의 손실 상황은 전날 이지치로부터 듣기는 했지만 바로 옆에 있는 전투 지휘관의 육성을 통해서 들어보니까 인원 증대가 한결 절실해지는 것이었다. 1천 명이라고 한다면 소령이 지휘하는 1개 대대 정보의 인원이므로 수염이 센 육군 중장이 몸소 지휘할 것은 못된다.

유수방의 군사령부에 도착하자 고다마는 곧 회의 준비를 명령하고 노기의 거실에서 휴식을 취했다. 극도로 피곤해졌다.

"노기, 브랜디 없어?"

"있어."

노기는 빙긋이 웃으면서 가방에서 한 병을 꺼냈다. 컵이 없어서 물통 뚜껑을 들고 왔으나 고다마는 벌써 병 주둥이를 입에다 갖다 대고 있었다.

작전 회의가 열렸다.

처음 30분 동안은 상황 보고가 있었다. 고다마는 보고한 사람의 얼굴은 보지도 않고 어찌된 셈인지 낯빛을 붉혀 가지고 엉뚱한 곳을 쳐다보고 있었다. 조금 전에 브랜디를 조금 마시기는 했으나 그 정도의 양으로 취할 사나이는 아니었다.

'이제 회의도 보고도 필요 없어. 오로지 명령이 있을 뿐이야.'

이때 고다마는 이렇게 생각하고 있었다. 곧 그는 제3군 막료들에게 작전을 180도로 전환하도록 명령할 작정이었다. 현 단계로서는 그 길밖에 없었다. 고다마는 마침내 보고를 중단시키고 일어섰다.

"다음은 명령이다."

이 말을 들은 좌중은 술렁거렸다. 그럴 수밖에 없었다. 고다마 겐타로가 아무리 육군 대장이고 총사령관 오야마 이와오의 총참모장이라고 해도 요컨대 오야마의 참모에 불과했다. 참모에게 명령권 따위는 없다. 참모가 명령한다는 것은 통수권의 무시이며 군대 질서의 파괴행위로밖에 볼 수 없다.

"나는 오야마 총사령관의 대리로서 여기에 와 있다. 거기에 관한 서장은 여기 있다. 뿐만 아니라, 제3군 노기 군사령관은 군사령관의 직권을 일시 정지하고 내가 대행하기로 했다. 거기에 대한 것도 오야마 총사령관의 서장이 있고, 또한 노기 마레스케로부터도 권한 대행 서장을 받아가지고 있다."

고다마가 이때 이렇게 말하면 일동은 사태를 어느 정도는 이해하게 될 것이다. 그러나 고다마의 '명령'에 법적 근거는 있다고 할지라도 그 이례적인 권한 행사는 일종의 쿠데타와 같은 인상을 일동에게 주게 될지 모른다. 그러한 인상을 주는 거동은 피해야 한다고 생각했다.

더구나 오야마와 노기의 서장을 여기서 내어 놓으면 고다마의 입장은 선명해질지 모르나 노기의 면목은 형편없이 되어 버린다. 노기를 아끼는 고다마로서는 그러한 방법을 취하고 싶지 않았다. 그래서 고다마는 자기의 입장을

"오야마 각하의 지시에 따라 노기 군사령관의 상담역을 맡게 되었다."

이 정도로 밝혀두는 데 그쳤다. 지나치게 소탈한 표현이어서 법과 질서를 존중하는 군대 사회에서 통용될 말은 아니었지만, 고다마는 그 정도로 해두고 이어 이렇게 말해버렸다.

"공격 계획의 수정을 요구한다."

노기가 해야 할 말이었다. 좌중의 일동은 고다마 옆에 앉아 있는 노기의 얼굴을 주시했다. 노기는 한 개의 정물처럼 아무런 표정 없이 침묵을 지키고 있었다.

고다마의 명령은 지금까지의 제3군 사령부의 전술 사상에서 본다면 청천벽력이었다.

"첫째"

고다마는 새 전술의 제1항을 말했다.

"203고지의 점령을 확보하기 위해서 화석령 부근에 있는 중포 부대를 빨리 고기 산으로 이동시켜 의자산을 제압토록 한다."

"둘째, 203고지를 점령한 다음에는 밤낮에 걸쳐 15분 간격으로 28센티 유

탄포 사격을 가하여 적의 역습에 대비해야 한다."
포병의 상식으로 말한다면 도저히 불가능한 일이었다.

'정말 턱없는 말을 하는 사람이군.'
사토 고지로(佐藤鋼次郎) 포병 중령은 딱한 생각이 들었다. 고다마는 공성용인 대포를 말이 끌고 다니는 야포나 산포로 잘못 알고 있는 것은 아닌가 생각되었다.
28센티 유탄포는 말할 것도 없고 최후방인 화석령에 설치해 둔 육군 중포만 하더라도 그것을 옮겨서 설치하자면 한 채의 빌딩을 세우는 것만한 기초 공사를 해야 한다.
그런데 고다마는 장난감 대포라도 이동하는 것처럼 빨리 중포 부대를 이동하라는 것이다. 모두 어처구니없는 표정으로 침묵을 지키고 있었다.
고다마로서는 이 작전밖에 다른 도리가 없다고 생각하고 있었다. 요새를 분쇄할 만한 모든 거포를 203고지 가까이에 집결시켜 쉴 새 없이 포격을 퍼부어야 한다. 이것은 어린 아이들도 생각해 낼만 한 단순한 이치였다.
이 단순한 이치를 왜 노기군 사령부에서는 채택하지 않았던 것인가, 오히려 이상스러울 정도였다.
'노기는 전문가들에게 홀렸어.'
고다마는 이렇게 해석하고 있었다.
대본영에서는 제3군 사령부를 편성할 때에 포병의 권위자들을 배속시켰다.
참모장 이지치 고스케 소장만 해도 포병과 출신이었다. 또 공성포를 조직적으로 운용하기 위해서 그 포병대들을 모두 한 사람의 사령관 밑에 배속시켰다. 제3군 공성포 사령관 도요시마 요조 소장이 그것이었다. 그 도요시마의 휘하에는 고급 부원으로서 사토 고지로 포병 중령이 배속되어 있었다. 그밖에 젊은 세대의 포병 권위자들도 많았다.
말하자면 중포와 같은 육군 최대의 기계를 조종하는 데 필요한 신지식을 가진 전문가들이 노기군 사령부에 총동원되어 있는 셈이었다.
노기 사령관은 안심하고 그들에게 얹혀 있었던 것이다. 노기 마레스케 자신은 근대 병학을 거의 연구해 본 적이 없었다. 하물며 포술에 관한 연구는 말할 것도 없었다. 그러니까 전문가들만 믿을 수밖에 없었다.

그러나 고다마의 생각은 그렇지가 않았다.

'전문가들의 말대로만 전술의 기초를 세우면 엉뚱한 결과를 가져오기 쉽다.'

전문가라고 해도 당시 일본에 있는 전문가들은 외국 지식의 번역자들에 불과했고, 추종자의 처지를 벗어나지 못했기 때문에 독창적인 구상에 응용할 만한 지식과 정신의 여유를 갖지 못했다.

고다마는 과거에도 몇 번이고 겪은 일이지만 전문가들에게 물으면 대개는 "그것은 불가능한 일입니다"라는 대답을 예사로 했다. 그들이 생각하는 범위가 얼마나 좁은 것인가를 고다마는 통감하고 있었다.

고다마는 언젠가 참모본부에서 이렇게 꾸짖은 일이 있었다.

"제군들은 어제까지의 전문가일지도 모른다. 그러나 내일의 전문가는 아니야."

전문 지식이나 상식이란 원래 보수적인 것이었다. 고다마는 그 사실을 잘 알고 있었다.

'전쟁이 필요로 하는 지상의 요구가 중포 진지의 신속한 이동과 집결을 명령하고 있다. 상황이라는 것은 전문가들이 생각하는 대로 변하는 것은 아니다. 중포 진지의 이동과 집결이 여의치 않다면 러일전쟁 그 자체가 패전으로 끝난다.'

고다마는 이렇게 생각하므로 그 과업에 대한 긴장은 이 사나이의 기백이 되었다.

좌중은 그대로 침묵하고 있었다.

그런 분위기 속에서 고다마는 턱을 치켜들고 창밖을 바라보고 있었다. 그도 침묵을 계속했다.

그는 이 좌중의 침묵이 안고 있는 뜻을 잘 알고 있었다. 첫째는

——고다마는 노기 사령관의 통수권을 침해하고 있다.

그 다음은

——중포에 대한 인식이 전혀 없다.

거기에 겹쳐서 노기군 사령부의 막료로서의 영역까지 침해당했다고 하는, 관료 특유의 집단 의식이 반발하고 있는 것이다.

침묵의 밑바닥에 깔려 있는 그 사나운 외침을 고다마는 머리와 피부로 충

분히 느끼고 있었다. 그러나 고다마는 이들 일단과 싸우는 것만이 일본을 구출하는 길이라고 각오했다.

고다마가 연대의 총사령부를 나올 때에 트렁크 속에 유서를 감춰 두었지만 그의 죽음은 스테셀의 탄환에 쓰러지는 것만을 예상한 것은 아니었다. 군사령부 안에서 어떤 사태가 돌발할지도 모르는 일이었다. 전투에 열중하고 있는 사령부라는 것은 평소의 감각으로는 측정할 수 없는 과격한 감정이 인간 관계를 지배하는 경우가 없지 않다.

"다른 질문은 없는가?"

질문이 없다면 명령의 세부 사항으로 들어갈 작정이었다. 예상대로 일어서는 사람이 있었다.

'이지치냐, 도요시마냐.'

고다마는 그렇게 예상하고 있었으나, 오히려 그러한 소장급 인사들은 이런 경우 경솔한 태도는 취하지 않는다.

나라(奈良)라는 포병 소령과 포병 중령인 사토가 번갈아 일어서서 맹렬한 반격을 시작했다.

"중포 진지의 신속한 이동은 불가능합니다."

나라 소령의 의견이었다.

고다마는 믿지 않았다. 전에 대본영에서도 도쿄 항만의 요새포인 28센티 포를 여순에 보내려 했을 때, 이지치 참모장은 말했다.

"요새포라는 것은 그 포상 공사의 콘크리트를 말리는 데만도 한두 달은 걸린다. 그러한 거물은 갖다 놓아도 소용이 없으니 보낼 필요가 없다."

그러나 대본영에서는 기어이 보내주었다. 그런데 대본영에서 현지에 파견된 요코다(橫田) 포병 대위가 지휘하는 포상 구축반은 겨우 9일만에 설치 공사를 끝냈다.

이지치를 비롯해서 여순의 포병 전문가들이 모두 필요 없다고 거절했던 28센티 포가 지금에 와서는 스테셀을 떨게 하는 최대의 위력을 발휘하고 있다. 지금 노기군 사령부의 전선에서 으르렁거리고 있는 이 대포는 18문이었다. 뒷날 대본영의 나가오카 가이시 참모차장은 이렇게 기록했다.

"실로 그 대포는 여순을 함락시킨 위대한 공훈자의 하나로서 영구히 기념되어야 할 것이다."

고다마 총참모장은 나라 소령을 누르고 큰 소리를 질렀다.

"명령이다. 24시간 내에 중포 진지의 이동을 완료하라."
결과는 명령대로 어김없이 완료되었다.

이어서 사토 고지로 포병 중령이 명령 제2항에 대한 이의를 제기했다.
"각하는 보병이 203고지를 점령한 뒤, 그 점령을 확보하기 위해서 28센티 포로 밤낮없이 15분 간격으로 원호 사격을 하라고 말씀하셨습니다만……."
"음, 그렇게 말했어."
고다마는 사토를 쏘아보았다.
"……그렇게 되면, 우리편을 쏘게 될 염려가 있습니다. 염려라기보다는 그렇게 될 공산이 큽니다."
이 말이 바로 전문가의 논리였다. 포병의 원호 사격이 어렵다는 것은 아군 보병의 바로 머리위로 포탄을 날아가게 하여 적만을 분쇄해야 하기 때문이다. 그런데 203고지의 정상처럼 좁은 장소에서 양편 전투원들이 엎치락뒤치락하게 되면 원호 사격이란 도저히 불가능해진다. 사격을 하면 네 편 내 편 할 것이 없이 모조리 분쇄되어 버릴 염려가 있다.
말하자면 사토는 포병의 상식으로서는 그런 경우에는 원호 사격을 하지 않는다는 말을 하고 싶은 것이다.
"그것을 잘해 봐."
고다마는 조용한 말로 일깨웠으나 사토는 승복하지 않았다.
"폐하의 국민을 폐하의 대포로 쏠 수는 없습니다."
이 말을 듣자, 고다마의 두 눈에는 돌연 눈물이 글썽해졌다. 이 광경을 그의 부관인 다나카 구니시게 소령은 평생토록 잊지 못했다. 고다마 겐타로는 지금까지 억제하고 있던 감정이 한꺼번에 치솟은 것이었다.
"폐하의 국민을 무위 무능한 작전으로 헛되게 죽게 한 자는 누구인가. 이 이상 병사들의 생명을 헛되이 잃지 않게 하기 위해서 나는 작전 전환을 바라고 있는 거다. 원호 사격은 과연 옥석을 동시에 분쇄하게 될 것이다. 그러나 그럴 경우의 인명 손실은, 이 이상 현재의 작전을 강행하는 데서 빚어지는 지옥에 비교해 본다면 훨씬 경미한 것이다. 그동안에도 몇 번인가 보병은 돌격을 감행해서 산정에 올랐으나 그때마다 역습을 받고 몰살되다시피 했다. 그 역습을 막아야 한다. 막는 방법은 대 거포로 원호 사격을 하는 길밖에 없다. 원호 사격은 위험하다는 그러한 계산 방법 때문에 지금까지 얼마나 많은 병사들이 죽어 갔는가."

노기 사령관은 말이 없다.

고다마 총참모장은 말을 계속했다.

"방금 들은 바로는 203고지의 서남방 일각에 백 명도 안 되는 병사들이 지난밤부터 달라붙어 있다고 한다. 그들은 보병의 증원은커녕 포병의 원호도 없이 그대로 찬 바람 속에서 사수하고 있다고 한다. 그 모습을 여기에 있는 어느 누구가 본 일이 있는가?"

고다마는 좌중을 둘러보았다. 놀랍게도 이 군사령부에서는 사령관을 비롯해서 그 막료들의 어느 한 사람도 그 현장을 보고 온 사람은 없었다.

"명예로운 용사들의 죽음이 눈앞에 임박해 있다. 그러나 그것을 구출하려 하지도 않고 또 그 산정의 일각을 확보하고 확대시킬 생각조차 아니하고 있는 것은 어찌된 까닭인가?"

고다마의 노여움이 다시 치솟았다.

──제1선의 지휘관들은 군사령부를 신뢰하지 않는다.

고다마는 이러한 경향을 일찍부터 듣고 있었다.

"참모가 전선에 가 본 일이 없다는 것은 무슨 소리인가?"

노기로서는 한대 얻어맞은 셈이지만 그 옆에 그대로 무표정하게 앉아 있었다.

"들은 바에 의하면"

고다마는 또 한번 말머리에 힘을 주었다.

"이 군사령부에서는 참모가 이 유수방의 사령부에서 일선으로 왕래하는 것은 좋지 못한 일로 생각하고 있다는 말을 들었어."

이지치 참모장이 포위 작전을 개시하면서부터 그러한 방침을 취해 왔다. 젊은 참모들 중에는 치열한 전투 현장에까지 경찰을 나서고 싶다는 사람도 있었으나 이지치는 기묘한 설명으로 일선 정찰을 금해 왔다.

"참모에게는 참모의 일이 있다. 전투의 참상을 보면 오히려 작전 의식이 흐려진다."

노기 사령관도 이 설명에 따라서 보병의 돌격용의 참호가 있는 제1선까지는 가지 않았다.

노기군 사령부의 작전과 명령이 모두 설정과 어긋나게 된 이유는 이러한 데에도 있었다. 고다마는 그 점을 따갑게 지적했다.

"제1선의 상황에 어두운 참모는 아무 소용이 없어."

고다마는 이어서 노기군의 참모인 오바 중령을 불렀다. 오바는 의자를 밀어 붙이면서 일어섰다.

"지금 곧 두세 명의 참모를 데리고 전선으로 가라. 전선의 실정을 충분히 파악하고 와. 내일 나도 가겠어. 그때 보고를 듣기로 하겠다."

말을 끝내자마자 금방 소리쳤다.

"무엇을 우물쭈물하고 있어, 빨리 가!"

오바 중령은 얼른 나가서 군장을 갖추어 다시 들어왔다. 세 사람이었다. 선임인 오바 중령이 거수경례를 하면서 보고했다.

"오바 이하 3명, 지금부터 전선 시찰을 떠납니다."

노기 사령관은 비로소 몸을 일으켜 그들 한사람 한사람과 악수를 했다. 극히 생명이 위험하다.

"몸조심하게."

그는 정답게 일러 주었다.

그동안 고다마는 의자에 앉은 채 쳐다보지도 않았다고 한다. 전선에도 나가지 않고 병사들만 죽여온 참모들을 새삼스럽게 전선 시찰을 간다고 해서 위로할 까닭이 무엇이란 말인가. 고다마는 그렇게 생각했을지도 모른다.

고다마는 정말 피곤해졌다. 그는 노기 방에 침대를 하나 더 만들게 해서 군복을 입은 채 담요 안에 들어가 버렸다. 방 안에는 난로불이 타고 있었으나, 어쩐지 한기가 가시지 않았다.

노기는 이 시기에 불면증에 걸려 있었다. 고다마는 곧 잠이 들었다.

고다마가 다음날 아침 6시쯤 눈을 떴을 때 옆에 있는 노기 침대는 비어 있었다.

"노기는 어딜 갔을까?"

복도를 향해 물어 보았다. 노기 사령관은 벌써 한 시간 전에 고기산으로 떠났다는 대답이었다. 노기는 아마도 중포 진지 전환 공사를 독려하기 위해서 나간 것 같았다.

'노기도 겨우 행동 개시를 했구나.'

고다마는 이렇게 생각하고 웃었다. 중포 진지의 이동이 얼마나 어려운 것인지 고다마는 잘 알고 있었다. 포병들만이 아니고 공병대도 총동원되어야 할 것이다.

예비 부대의 보병들도 모두 몰려나와서 대포를 끌어 올리는 작업의 주력이 되어 줄 것이다. 가령 대포 1문에 만 명이 동원되어 로프를 당긴다면 아무리 중량이 무거워도 끌려가기 마련일 것이다.

노기는 그 당기는 부대를 독려하기 위해서 갔을 것이다.

고다마는 이 이동 작업의 성공을 믿고 있었다.

아침 식사를 간단히 해치우고 다나카 구니시게를 큰 소리로 불렀다. 다나카는 황급히 방 안에 섰다.

"떠나야지."

"예, 말에 손질을 해 놓았습니다."

고다마 대장이 밖으로 나오자 총사령부에서 파견된 후쿠시마 야스마사 소장이 벌써 문 밖에서 대기하고 있었다.

일행은 유수방을 떠났다.

"후쿠시마."

고다마는 말을 건넸다.

"유수방보다는 수사영 쪽이 군사령부 설치 장소로서는 낫지 않겠어?"

수사영의 부락은 적 진지에 훨씬 가까운 곳이다.

"각하가 직접 말씀하시지 않는 것이 좋을 것입니다. 이 후쿠시마가 기회를 보아서 노기 각하에게 저의 의견으로 말씀드리기로 하겠습니다."

후쿠시마 야스마사의 의견은 고다마 대장이 더 이상 세부에 이르기까지 입을 열게 되면 노기군 사령부에서 감정적으로 대하게 될까 염려스러웠기 때문이었다.

고다마도 그것은 충분히 알고 있다.

후쿠시마 야스마사는 신슈 마쓰모토(信州松本) 출신이었다.

메이지 초기에 도쿄로 올라가서 빈한한 유학 생활을 했다. 그 당시 사법경인 에토 신페이(江藤新平)의 도움을 받기도 했다. 상경 목적은 공부에 있었는데 우연한 계기로 육군성에 취직하게 되었으나 군사 교육은 일체 받아 본 적이 없었다. 어학을 가지고 육군성에 복무하고 있는 동안에 어느새 변칙적으로 장교로 임명되어 자연 승진을 거듭하여 소장 계급에까지 올랐다.

그는 기억력이 탁월해서 10개국 말이 통했고 7개 국어는 자유로이 말할 수 있었다. 또한 한 가지 특기할 만한 것은 소령 시절에 독일 주재 무관으로 근무하다가 귀국할 때, 혼자 말을 타고 베를린을 출발해서 러시아 수도를 경유, 우랄산을 넘어 시베리아를 횡단, 다시 몽고와 만주를 거쳐 블라디보스토크에 종착하여 그 명성을 세계에 떨친 일이 있었다.

러일전쟁이 발발하자 후쿠시마는 총사령부의 막료로 뽑혔다. 그의 전담 임무는 전장 첩보 활동이었다. 후쿠시마의 휘하에는 많은 군사 탐정, 중국 낭인, 현지 주민 간첩, 거기에 마적까지 망라되어 있었고, 그들은 첩보에서 후방 교란에 이르기까지 일본 역사상 일찍이 없었던 대규모의 조직 체계 밑에서 활동하고 있었다. 후쿠시마는 그 공로로 해서 뒤에 대장이 되었다.

그는 북청사변 때 일시적으로 지휘를 해본 것밖에는 한 번도 부대를 지휘해 본 일이 없는 특수한 군인이었다.

고다마 겐타로는 12일 3일, 전선으로 나갔다. 203고지의 포대들은 모두 조용했다. 일본군도 전원이 총검을 거두었고 대포도 잠잠해 있었다.

휴전이었다.

시체 수용 작업을 위한 휴전이었는데 이러한 형태의 휴전은 이 포위 전투가 계속되고 있는 동안에 때때로 시행되었고, 이제는 관례가 되어 있었다.

그러나 실상 목적은 각각 달랐다. 러시아군에 비해서 압도적으로 전사자가 많은 일본군측으로서는 사실 그대로의 시체 수용 작업 때문이었지만 러시아군측에서는 파괴된 포대 복구 작업에 휴전을 이용하고 있었다. 러시아군측에서는 언제나 이 휴전 요청을 쾌히 받아들였다.

일본군측에도 약간의 이점은 있었다. 돌격 거점인 참호의 밑바닥에 시체가 깔리고 그 시체 위에 또 시체가 겹겹으로 쌓여서 참호를 사용할 수 없게 되어 버린다. 살아남은 보병은 참호 안에 쌓인 시체를 밟으면서 행동을 해야 하는데 그 시체들이 참호보다 더 높게 쌓여지면 살아 있는 보병의 몸이 밖으로 노출되기 마련이다. 그래서 휴전을 해놓고 그 시체들을 처치해 버려야 참호의 기능을 되살릴 수 있다는 것이 노기군측의 휴전 목적이었다.

이러한 일본군측의 설정에 비해서 러시아군측은 포대를 보수해서 그 위력을 더욱 강력하게 해갔다. 그러므로 휴전 효과의 비중은 논할 여지도 없는 것이었다.

'이 무슨 어리석은 짓들이야.'

고다마는 연대의 총사령부에 있을 때부터 여기에 대해서 매우 분개했던 것이다. 그런데 이번의 휴전은 고다마가 여기에 도착한 날인 12일 1일 노기군측에서 제안한 것이었다.

러시아군측에서는 즉각 수락했다. 기간은 12일 1일부터 4일까지로 정했다.

고다마는 이번 휴전만은 좋은 기회라고 생각했다.

'이 기간 중에 작전 계획을 변경해 버리자.'

중포 진지의 이동을 24시간 안에 완료해야 한다고 말했을 때, 노기군 사령부의 포병 담당자들은 놀랐겠지만 이 휴전 기간을 이용해서 그 작업을 해치우지 아니하면 탄환의 빗발 속에서는 해낼 수 없기 때문이었다.

고다마가 고기산의 제7사단 사령부에 도착했을 때 203고지가 조용했던 것은 그러한 까닭이었다.

그렇다고해서 여순 일대가 모두 잠잠한 것은 아니었다. 이 대요새의 북부와 동부 방면의 포대들은 변함없이 활동을 하고 있었고,

우레소리 같은 포성을 쉴 새 없이 울리고 있었다.

오사코 사단장은 엄개호 속에서 몸을 구부린 채 고다마 대장에게 간청을 했다.

"각하, 저의 사단에게 또 한 번 공격을 시켜주시지 않겠습니까?"

여간 피로하지 않은 모양이어서 감정을 억제하지 못하고 이렇게 말한 다음 이 노인은 벌써 목이 메어 버렸다. 이 늙은 사단장의 부하 생존자는 겨우 천 명 정도에 불과했다.

고다마는 승인했다.

고다마는 그의 새로운 작전 계획에 의한 공격계획 속에 이미 소멸해 버린 것이나 다름없는 제7사단을 가담시켜 줄 작정이었다. 그렇게 하지 않고서는 제7사단은 그저 학살당하기 위해서 여순에 온 사단이라고 전사에 기록될지도 모를 일이었다.

고다마는 이 제7사단 사령부에서 될 수 있는 대로 치밀하게 전황을 알아두고 싶었다.

그는 전날 밤 수행한 다나카 소령에게 명령해서 제7사단 참모에게 공격 정면의 지도를 작성하도록 일러두었다.

그 지도가 벌써 다 되어 있었다.

고다마는 돋보기를 쓰고 그 지도를 들여다보았다. 한 장의 종이 위에 무수한 군대 부호가 기록되어 있었다. 그 기록들이 혼잡해 보이는 것은 전황이 처참해서 여러 전투 부대가 서로 얽혀져 있기 때문일 것이다. 고다마는 그 부호를 하나하나 점검하면서 그 지점이 가지고 있는 작전상의 의미를 해석해 가다가 이상한 점을 발견하게 되었다. 그것은 같은 중대가 우익에도 좌익에도 각각 배치되어 있었기 때문이었다.

'이것은 어찌된 까닭일까?'

생각해 보았으나 그 의미를 알 수 없었다. 얼마 후에 사단 참모가 잘못 기록한 것을 알게 되었다. 잘못 기록했다기보다는 그 참모가 현지를 모르고 있는 증거였다. 참모들은 현지에서 보내온 보고만을 기초로 그것을 탁상에서 조립하여 작전 계획을 짜고 있다는 사실이, 이것만으로도 명백했다. 군사령부이건 사단 사령부이건, 이 싸움을 연전연패시킨 그 주요 원인은 바로 여기에 있었다.

고다마는 이 사실을 벌써부터 거듭해서 지적해 온 것이었다.

그런 만큼 지도를 들여다보고 있는 고다마의 분노는 대단했다.

'이 녀석들이 사람을 죽여 왔어.'

이러한 생각이 들자 그 다음의 행동에서 그는 이성을 잃어버렸다. 그는 지도의 맞은편에 서 있는 소령 참모에게 덤벼들어 금빛 영롱한 참모현장을 힘껏 잡아 찢었다.

"귀관의 눈은 어디에 붙어 있나!"

호통을 쳤다. 다음의 말이 오래 전해졌다.

"국가는 귀관을 대학교에서 공부시켰다. 귀관의 영달을 위해서 공부시킨 것은 아니다."

소령 참모는 얼굴이 창백해졌다. 이 소령은 고다마 대장이 왜 화를 내고 있는 것인지 그 까닭을 모르는 것 같았다.

"봐!"

고다마는 지도의 한 지점을 두들겨 보았다. 소령 참모는 그제서야 그 이유를 알아차린 모양이었으나 그 지도가 잘못 된 점에 대한 책임감은 느끼지 못한 표정이었다. 그는 약간 안색의 긴장을 풀면서 고다마의 거동을 살폈다. 관료들의 특질인 자기 방위의 잠재 의식이 자연발동한 때문이었다.

"그렇지만 보고에는 그렇게 돼 있습니다."

참모 현장을 찢긴 굴욕까지 받았기 때문에 좀 무뚝뚝한 어투로 말했다.

"자신은 보지 않았던 말인가?"

고다마는 다른 참모들에게도 들리도록 큰 소리를 질렀다. 다른 참모들도 그의 처사를 매우 불쾌하게 생각하고 있었다. 참모가 돌격 부대의 전투 제1선까지 가야 할 까닭이 무엇인가 이러한 무언의 항변을 고다마는 즉각적으로 느꼈다.

"참모는 상황 파악을 위해 필요하다면 적의 요새에까지라도 들어가봐야 한다. 탁상의 공안 때문에 허무하게 죽어가는 사람들의 일을 생각해 봐."

고다마는 모자를 쥐고 밖으로 나갔다.

전선으로 갈 작정이었다.

12일 5일에 접어들었다.

아직 28센티 유탄포의 진지 이동은 완료되지 않았으나 공성포는 새로 구축한 진지에서 이른 아침부터 포격을 시작했다.

때를 같이해서 203고지의 포대에서도 포격이 시작되고, 그 후방(동쪽)에 있는 의자산 포대에서도 거탄이 203고지의 꼭대기를 넘어 퍼부어졌다. 그 포탄들이 일본군 보병 참호에 연달아 떨어져 흙모래와 총기, 시체들까지 함께 공중으로 날렸다.

새 진지로 옮겨온 일본군 공성포의 거탄도 거기에 대응해서 오늘부터는 침묵하고 있지 않았다. 먼저 의자산 꼭대기를 노려서 보복 사격을 퍼부었다.

적의 먼 포대로부터 날아오는 포탄은 우레 같은 굉음을 끌며 떨어진다. 그 포탄이 땅 위에 떨어지기까지는 몇 초가 걸렸다. 한편 일본군의 중포는 사격 거리가 가까웠기 때문에 발사하는 소리와 적진지에서 폭발하는 소리가 거의 동시에 일어났다. 이 포격의 위세가 산허리에서 돌격 태세를 갖추고 있는 보병들의 사기를 한결 높였다.

이때 고다마는 203고지에서 가까운 구릉을 올라가고 있었다. 의자산에서 발사하는 포탄이 그 앞뒤에 떨어졌다. 그는 보병의 일등병 모양으로 산꼭대기를 향해서 달렸다. 그 뒤에는 참모 현장을 가슴에 단 사람들이 숨을 헐떡이며 뒤따르고 있었다.

군사령부의 참모, 사단 참모, 제7, 제1사단장들과 그들의 부관들이 줄줄이 뒤를 이었다. 이렇게 많은 노기군의 작전 두뇌들이 한꺼번에 포탄 속을 헤치고 행동을 같이한 것은 이번이 처음이었다.

수행원인 다나카 구니시게는 고다마의 곁에서 그를 감싸듯이 하며 뛰어가고, 후쿠시마 야스마사는 체구가 작은 고다마를 부축하면서 달렸다. 모두들 지면에 흩어져 있는 무수한 포탄의 파편들을 밟으면서 올라가고 있었다.

시베리아를 단신 한 마리 말에 올라 횡단한 경력을 가지고 있는 후쿠시마는 자기 자신을 공기와 같다고 말한 일이 있었다. 그 뜻은 명백하지 않으나 자기 자신이 공기처럼 되어 버리면 시베리아도 횡단할 수 있고 탄우 속에서도 까딱없이 걸어 다닐 수 있다는 의미인 것 같았다.

그럴지도 모른다.

산정에 도달한 고다마는 능선에 엎드려 망원경으로 203고지의 정상을 살펴보았다. 죽어 넘어진 병사들, 살아서 활동하고 있는 병사들이 샅샅이 보였다.

정상의 일각을 그대로 사수하고 있는 불과 백 명도 안 되는 병사들의 모습은 실로 감동적이었다. 그들은 고급 사령부의 버림을 받은 처지였지만 조금도 원망하는 빛이 없이 죽음의 결투를 되풀이 하고 있다.

"저 모습을 보고 감동하지 않는 놈은 인간이 아닐 거야."

고다마는 옆에 있는 후쿠시마에게 말했다. 참모라면, 감동하여 어떻게 선처해야 할 것인지 계획도 머리에 떠오르게 마련이 아니겠는가. 머리가 좋고 나쁘고의 문제가 아니라 양심의 문제라고 고다마는 생각했다.

그렇게 생각했기 때문에 그의 유명한 성난 목소리가 그 뒤에 터지게 되었다.

왜냐하면 몰려서 올라온 사단장이나 참모들은 그저 의무적으로 여기에 올라왔다는 듯이 아무런 감각도 없는 표정들이기 때문이었다.

'아무도 책임을 느끼지 않고 있군.'

고다마는 그렇게 느꼈다. 책임 의식이 있다면 이 자리에서라도 당장 무슨 대책이 있어야 했다. 그런데 모두 견학자처럼 무책임한 태도였다.

"다나카, 뭘 그렇게 어물어물 하고 있어."

고다마 대장은 다나카 구니시게 소령을 돌아보면서 호통을 쳤다. 그때 머리 위로 포탄이 날아갔다.

"바보냐!"

다나카는 자기가 고다마의 화풀이 대상이 된데 놀랐다.

"너는 앞으로 사단장도 될 것이고 군사령관도 될 사나이야. 이렇게 우군이 고전을 하고 있는 것을 보았다면 적절한 지휘에 임해야 하는 것이 당연하지 않는가. 그런데 뭘 그렇게 멍청하게 구경만 하고 있느냐말야. 너는 외국에서 온 관전 무관이냐?"

"옛!"

다나카는 그 소리에 얼른 몸을 일으키면서 대답은 했지만, 사단장도 군사령관도 아니기 때문에 지휘권을 행사할 수는 없는 노릇이었다. 그래서 당황했다. 그러나 곧 그것은 자기를 꾸짖는 것이 아니라 관전하고 있는 노기 사령관과 두 사람의 사단장을 간접으로 비꼰 것이라고 생각했다.

다나카는 노기 사령관을 힐끗 돌아다보았으나 민망스러워서 시선을 곧 돌려 버렸다. 두 사람의 사단장도, 노기 옆에 그저 멍하니 서 있었다.

'무리다.'

다나카는 생각했다. 지휘하라, 했지만 망원경의 렌즈에 비치는 광경을 보고 무엇을 어떻게 지휘할 수 있겠는가. 설마 육군 대장이나 중장이 보병의 소대장이나 분대장이 되어 돌격을 할 수도 없지 않겠는가.

그러나 고다마는 금방, 그 일은 잊어버린 듯이 공성포병 사령관을 불렀다.

"도요시마!"

"28센티 유탄포의 이동은 완료했는가?"

"앞으로 20분이면 끝납니다."

도요시마 요조 소장은 대답했다.

"그 28센티 유탄포로 203고지 꼭대기 너머로 여순항 내에 있는 군함을 쏘도록 하라."

도요시마는 고다마의 작전이 무모한 데 놀랐다기보다도 일종의 분개를 느꼈다. 포병의 입장에서 말한다면 그러한 엉터리 주문은 도저히 받아들일 수 없는 것이었다.

도요시마는 아무 말이 없었다.

고다마도 그 말은 잊어버린 것처럼 망원경을 다시 들고 203고지의 정상 부근에 조준을 맞추었다.

고다마의 중포 진지 전환 작전은 계획대로 훌륭한 성과를 거두어 가고 있었다.

당초 203고지를 공격하는 일본군은 그 고지에서 발사하는 총포화보다도 그 주변 포대들이 발사하는 포격 때문에 전멸을 되풀이해 왔던 것이다.

러시아군의 요새 화망 구성이 교묘해서 일본군은 무수한 생명을 거기에서 소멸시켜왔다. 고다마는 그 주변 포대를 못 쓰게 만드는 작전에 포병 전술의 초점을 두었다.

그 결과, 그렇게 맹위를 떨쳐온 압호취(鴨湖嘴) 포대를 침묵시키는 데 성공했다.

그러나 아직 북태양구 지점의 여러 포대들은 기능을 잃지 않고 있었다. 그러나 그것도 일본군 중포의 끊임없는 맹포격에 의하여 차츰 쇠퇴해 갔다.

애기가 조금 뒤바뀌지만, 203고지에 대한 보병의 돌격이 개시된 것은 12일 5일 상오 9시부터였다.

처음에는 좌우의 두 종대로 행동을 개시했다. 203고지 서남방향으로 돌격하는 종대는 사이토(齋藤) 소장이 지휘했고 동북방으로 돌격하는 중대는 요시다 소장이 지휘했다.

이 종대를 보호하기 위한 고다마 방식의 포병 용병은 매우 중후하고 적절한 것이었다. 돌격 보병은 우군의 포탄 우산을 쓰고 행동할 수 있었다. 28센티 유탄포의 경우만도 사용한 포탄의 양은 2천 3백 발, 중량으로는 5백 톤이나 되었다.

사이토 다른 소장은 30명씩 편성한 결사대를 연속적으로 올려 보내 돌격을 계속하도록 했다. 살아서 서남각으로 돌진한 병사들은 산꼭대기에 있는 적과 격투를 하면서 방어 공사를 강행했는데, 뒤따라 올라가는 30명들도 그러한 전술을 되풀이 했다.

노기 마레스케는 이날 일기에 다음과 같은 기록을 남겼다.

"아침부터 203고지 포격, 9시부터 사이토 지대 전진. 목적 달성."

이 일기에서 '목적 달성'이라고 간결하게 표현한 것과 같이 그 작전의 진행과 성과는 실로 간결한 것이었다.

상오 9시에 시작해서 10시 20분에 203고지의 서남각을 완전히 점령했다. 겨우 1시간 20분이 걸렸다.

그 시간에도 203고지 동북각에 있는 러시아군은 완강하게 저항하고 있었다. 이 방면에는 요시다 헤이타로 소장이 지휘하는 종대가 하오 1시 30분

공격을 개시했다. 이 방면의 동반 돌격에서 성공한 부대는 마쓰야마의 보병 제22연대 제1중대였다. 그 뒤를 이어서 고다마의 부탁으로 오야마 총사령관이 파견한 신예 제17연대가 돌격해서 점령을 확보했다. 그 소요 시간은 30분에 불과했다. 마치 고다마가 마술을 부린 것 같은, 거짓말 같은 성공이었다.

고다마는 그때 시종 전투 상황을 주시하고 있었다. 203고지 점령이 거의 확실해진 하오 2시, 몸소 유선 전화에 매달려 산정에 있는 장교들과 통화를 했다.

"여순항이 내려다보이는가?"

이것이 가장 중요한 의문점이었다.

"203고지에서는 여순항을 내려다볼 수 있다. 그 고지를 빼앗아 산정에 관측소를 설치하고 거기서 중포탄을 산 너머로 쏘면 여순함대는 전멸시킬 수 있다."

도고 봉쇄 함대에서는 일찍부터 해상에서 지형을 생각하여 이렇게 작전 방향을 제시해 왔으나 노기군 사령부는 조금도 관심을 기울이지 않았던 것이다.

고다마의 작전 목표는 바로 거기에 있었다. 중포 진지를 이동 집결시킴으로써 보병의 돌격전을 용이하게 하여 아주 간단하게 203고지를 빼앗았다.

전화의 수화기에서 말소리가 울렸다.

"보입니다. 모든 함정이 일목요연하게 보입니다."

고다마의 작전은 드디어 결정적인 효력을 나타냈다. 다음은 산 너머로 군함을 포격만 하면 된다.

여기서 28센티 유탄포에 관한 약간의 설명을 다분히 해두기로 한다.

"해양 방위"

위기의식이 스며있는 이 용어는 에도 시대 중기 이후 러시아를 비롯해서 강국들의 함선이 일본 근해에 출몰하게 되면서부터 사용하게 된 말이다. 막부 말기에 와서는 그 위기의식이 아주 심각해져서 막부는 물론 지방자치령인 모든 번에서도 영역의 해안선에 포대를 설치했다. 그러나 포대들은 곧 쓸모없이 되어 버리고 말았다.

메이지 정권은 이런 막부 말기의 혼란과 위기의식 속에서 탄생한 정권이었으나 유신 후 한동안은 내란과 정치 정세의 불안 때문에 연안 방위에 까지는 손이 뻗히지 못했던 것이다.

"적어도 도쿄 항만만은 위력 있는 요새포를 설치해 두어야 한다."

그래서 세이난 전쟁이 끝난 뒤인 1877년에 비로소 그러한 요새포를 구하기 시작했다.

일본 정부는 이탈리아 육군이 비치한 것과 같은 해양포에 그 모델을 구입했다. 러일전쟁의 상징이 되어버린 28센티 유탄포의 원형은 바로 이 해양포다.

이것을 곧 국산화 하려는 시작을 오사카 포병 공창이 맡았다. 원재료인 무쇠는 이탈리아의 그레고리니 무쇠를 구입해서 1884년에 3문을 완성했다. 먼저 오사카 부의 신타 산(信太山)에서 사격 시험을 해본 다음 도쿄 항만의 간논자키(觀音崎) 포대에 설치해 놓고, 여러 면으로 시험을 해본 결과 그 성적이 매우 양호했다. 그래서 1887년에 해안포의 규격포가 되었다.

그러나 메이지 육군은 병기 국산화의 절대적인 방침을 세워 놓고 있었기 때문에 수입하는 그레고리니 무쇠 사용을 속히 중지하지 않으면 안 되었다. 대용의 부석 무쇠로 시험 제작을 해본 결과 수입 무쇠 못지않은 성과를 얻게되었다. 1893년 이후에 제조한 대포는 모두 국산이었다.

이 거포의 포신은 앞서 말한 것처럼 무쇠로 되어 있으며, 그 외피에 강철을 덮어 씌운 것이다. 거포는 조종 장치가 육군이 야포나 산포와는 달리 발사에 의한 포신의 반동을 주퇴기라는 용수철 장치의 작용으로 본래의 위치에 돌려놓은 점이 특이하다.

이 주퇴기라는 것은 탄환의 발사에 따라 포선이 뒤로 밀려갔다가 곧 그 반동의 힘이 사라지면 포신은 다시 그 자체 중량의 힘으로 본래의 위치로 되돌아오는 운동 장치로 설명될 수 있다.

탄환은 강철단이다. 좀 미흡한 것은 폭약이 황색약이 아니고 약간 위력이 약한 흑색약으로 만들어진 것이다.

또 한 가지의 약점이라고 할 수 있는 것은 이 포를 해안 요새에 고정적으로 배치되도록 만들었기 때문에 이동은 거의 불가능하다는 점이었다.

그러나 일본 육군은 이 포를 여순에서 사용하여 당시에는 벌써 18문이나되었다.

여담이지만 고다마는 이 육중한 대포를 6문이나 봉천의 야전장에까지 끌고가서 마음대로 위력을 발휘시켰다. 요새용으로 항구에 설치해 두기로 되어 있는 포를 야전용으로 이동한 예는 세계 전사(戰史)에 없는 일이었다.

"28센티 유탄포를 가지고 203고지 너머로 항만 안의 군함을 쏘아라."

고다마가 이렇게 명령했을 때 노기군 포병 사령관 도요시마 요조는 '이것만은 거부해야겠다'고 생각했다. 고다마에 대해서 노기군 사령부가 보인 최후의 저항이었을 것이다.

도요시마 소장은 고다마 대장의 등살에 소처럼 끌려 다녀야만 했다. 오늘 상오 10시경에만 해도 그러했다. 사이토 소장의 결사대가 203고지의 서남각으로 돌입했을 때 고다마는 도요시마를 보고 관측반을 곧 서남각으로 올라가게 하라고 명령했다. 동북각에 있는 러시아군이 저항을 계속하고 있을 때였다. 대체 포병의 관측 장교가 유선 전화선을 끌고 돌격하는 보병을 뒤따라 올라가는 그러한 전투는 포병으로서 이해 할 수 없는 일이었다. 위험하므로 관측 장교의 전사를 염려했다. 그러나 고다마는 듣지 않았다.

관측소는 드디어 설치되었다.

──거기에서 여순항이 보이는가.

고다마의 이 유명한 말이 전선을 통해서, 서남각 꼭대기에 올라가 있는 관측 장교에게 전해진 것은 바로 이때였다.

──보입니다. 그대로 다 보입니다.

관측 장교의 대답을 듣고 고다마는 곧 군함 포격을 결심했다. 포병 진지에서는 산정에 있는 관측 장교가 지시하는 대로 조준을 맞춰서 포탄을 발사하면 된다.

도요시마에게 이 작전을 명령했다. 그러나 이 작전 계획을 미리부터 눈치채고 있었던 도요시마는 즉석에서 반대했다.

"그것은 불가합니다."

"이유는?"

이유를 말하라는 것이다. 이유는 포병과 출신이라면 누구나 똑같이 말할 것이다.

첫째, 28센티 유탄포가 거포이기는 하나, 철갑탄이 아닌 유탄을 발사하기 때문에 군함을 관통할 수가 없다.

뿐만 아니라 군함을 쏘면 군함이 보복을 해온다. 무엇보다도 먼저 203고지의 관측소가 날아가 버릴 것이다. 꼭대기의 진지가 파괴될 것이고, 또한 산기슭까지 전진한 포병 진지도 포격당할 것이 틀림없다.

구경이 작은 육군포와 구경이 큰 해군포와 싸우게 되면 그 결과는 뻔한 것이다.

도요시마의 주장은 이러했다.

'이 사나이, 좀 모자라는가?'

고다마는 도요시마의 입언저리를 찬찬히 들여다보았다. 수염이 자꾸 움직이고 있었다. 당초 노기군의 여순 요새 공격 작전은 해군측의 요청에 의한 것이었다. 해군측의 요청은 러시아의 여순함대가 밖으로 나오지 않고 항만 안에만 잠복해 있으므로 먼저 육군이 요새를 점령해 달라는 부탁 때문이었다. 노기군은 그래서 고전을 계속해 왔지만 그 목적은 극히 단순했다.

항내의 군함만 격침하면 된다. 그 다음에 도고 함대는 봉쇄를 해제하고 본국의 사세호로 돌아가 함정을 수리해서 닥쳐올 발틱함대에 대비하면 된다.

'전투가 너무 치열했기 때문에 도요시마의 머리가 멍청해진 것 같군.'

고다마는 찌푸린 표정이었다.

고다마는 그 표정 그대로 반대 이유를 듣고 있다가 반문했다.

"그러면 어떻게 하겠단 말인가."

포병의 권위인 도요시마 요조는 벌써 답변을 준비하고 있었다.

멋진 대답이었다.

"그 함포의 보복 사격 피해를 적게 하기 위해 28센티 유탄포를 비롯한 각종 중포의 주위를 서서히 철판으로 둘러싸 담장을 구축하는 것입니다."

"서서히란 무슨 뜻인가?"

"철판 제작과 담장을 구축하자면 아무래도 3일 동안의 여유는 필요하다는 것입니다."

"도요시마군"

고다마는 달래듯이 말했다.

"귀관은 피곤해진 것 같군. 그러한 담장 구축은 전쟁이 끝난 뒤에나 하게나. 지금은 치열한 싸움을 하고 있는 판이야."

고다마는 음성을 낮춰서 말했지만 내심으로는 펄쩍 뛰면서 욕을 퍼붓고 싶은 충동을 가라앉힐 수가 없을 정도였다.

"명령이다."

고다마는 음성을 가다듬었다.

고다마에게 명령권 같은 것은 없다. 군사령관인 노기 마레스케만이 가지고 있다. 도요시마는 어지간히 그 말을 하고 싶었다. 그러나 그렇게 말할 만한 용기가 없었다. 고다마는 덮어씌우듯이 또 한번 소리 질렀다.

"명령이야!"

도요시마는 할 수 없이 명령을 받아들이는 부동 자세를 취했다.

"공성포병 사령관은 28센티 유탄포로 즉각 여순항 내의 적 함대를 사격, 이것을 모두 격침시켜라."

도요시마는 그게 될 턱이 있느냐고 생각하면서도 엄개호 안에 설비되어 있는 전화기를 들고 각 부서에 행동 개시를 명령했다.

약 10분 후에 28센티 유탄포 진지로부터 은은한 포성이 들려오기 시작했다.

그 포성은 땅을 갈라놓을 듯이 엄청난 소리를 내었다.

그 사격의 명중도는 백발백중이라고 할만 했다. 항만 안에 있는 군함들 중에서 먼저 전함 '폴타바'(10,960톤)가 격침되었다. 포탄이 갑판을 뚫고 폭약고에서 폭발하여 대 화재를 일으키고 이윽고 검은 연기 속에서 선체가 기울어지기 시작했다.

이어서 여순함대의 대표적인 전함 '레토뷔잔'(12,902톤)이 연달아 8발을 맞고, 타고 있던 뷔렌 제독이 중상을 입게 되었다.

이 포격은 연일 계속되었고 수일 후에는 전함 '세마스토폴리'와 몇 척의 소함정을 제외한 4척의 전함, 2척의 순양함, 그밖에 10여 척의 대소 함정을 격침 또는 파괴시켰다. 그리고 항내에 있는 조선소까지 분쇄해서 함정 수리를 못하게 했고 거기에 겹쳐 시가지에도 포격을 가했다.

고다마 겐타로는 성공했다.

그는 포병 진지를 전환해서 보병들의 돌격을 용이하게 해주었고 6천 2백 명의 일본 군인을 죽인 203고지를 1시간 20분만에 점령했으며, 또한 그 동북각을 겨우 30분 사이에 점령했다.

메이지 37년 12일 5일이었다.

그 다음날이 6일 노기 마레스케는 일기를 다음과 같이 기록했다.

"날씨, 활짝 갬."

"하오 203에 오르다. 와타나베, 무라카미 양 연대 관측 장교 등과 악수, 귀로에 사이토 소장 방문, 적판산 동부의 적 퇴각하다."

노기 마레스케의 이 일기 그대로 당일 하오에 처음으로 203고지의 산기슭을 밟고 비탈을 올라갔다. 장병들의 수고를 위로해 주기 위해서였다. 여러 막료들이 그 뒤를 따랐다.

그런데 이때 고다마는 고기산에 있는 제7사단 사령부에 남아 있었다. 이상하게도 자기가 함락 시킨 그 산에는 올라가지 않았다.

"배가 아파."

노기에게 이렇게 말하고 동행을 피했다.

고다마의 생각에는 새 점령지를 순시하는 것은 일종의 퍼레이드에 불과했다. 그것을 거행하는 것은 군사령관의 소관이다. 고다마는 자기가 만약에 노기와 함께 막료들을 이끌고, 203고지로 올라간다면 노기 마레스케 사령관의 면목에 관계된다고 생각했다.

고다마 총참모장은 오야마 총사령관의 특명에 따라, 한때 노기 사령관의 지휘권을 빼앗았다. 이 비밀을 현지에서 알고 있는 사람은 노기와 군사령부의 참모들뿐이었다. 대본영에서는 야마가타 참모총장과 나가오카 차장이 알고 있었을 뿐이다. 외부에 이 사실을 누설시키지 않는 동시에 작전 성공의 공적은 일체 제3군 사령관인 노기 마레스케 남작에게 들려줘야 할 것이었다.

그렇게 하지 아니하면 이후 육군의 통수권 문제에 있어서 고다마는 굉장한 나쁜 전례를 남기는 장본인이 될 것이다. 고다마는 여기에 대한 이치를 잘 알고 있었다.

그래서 고다마는 203고지 순시도 사양한 것이었다.

무엇보다도 이미 함락돼 버린 203고지에는 아무것도 할 일이 없었다.

"치통도 곁들었어."

노기가 가자고 했을 때 고다마는 이렇게 핑계를 댔다. 사실 이빨이 좀 아프기도 했다. 고다마가 병을 빙자하고 고기산에 남아 있게 되자 오치아이(落合) 군의부장도 직책상 같이 남아 있지 않을 수 없었다.

오치아이는 고다마의 말동무가 되었다. 고다마는 오치아이에게 불평을 늘어놓았다.

"군의부에 왜 치과가 없는 거야. 상급 지휘관은 거의 노인층인데 오랫동안 야전에 매달려 있게 되면 의치가 헐어서 매우 곤란할 때가 많아. 복통은 참을 수 있어도 치통은 견디기가 어려워요. 오치아이군, 고칠 수 있겠나?"

농담이 아닌 것 같아서 오치아이는 좀 당황했다.

"독일에서도 군의부에 치과의는 포함되어 있지 않습니다."

고다마는 이 말을 듣고, "그러면 독일인들은 이를 앓지 않는가"라고 말했다.

203고지가 함락됨에 따라 러시아군의 방어구성에는 중대한 영향이 미쳤다.

203고지와 연결되어 있는 적관산의 요새는 일본군을 무수히 살상해 온 러시아군의 강력한 진지였으나 고지가 함락되자, 지세의 이점을 잃게 되어 6일에는 할 수 없이 후퇴해 버렸다.

여기에 뒤따라서 사아구 북방 고지의 요새들도 고립 상태에 빠지고 말았다.

일본군측에서 이 방면에 척후를 보내서 탐색해 본 결과, 어디에도 러시아군의 그림자는 보이지 않았다. 6일 하오 2시, 일본군은 이 고지 일대를 모조리 점령했다.

이와 때를 같이해서 삼리교 서북 고지의 적군들도 요새를 버려두고 도망쳐 버렸다.

"적관산 동부의 적 퇴각하다."

노기 사령관이 12월 6일의 일기에 이렇게 기록한 것은 이와 같이 러시아군의 방어 구조가 무너진 상황을 표현한 것이었다.

6일 저녁때 고다마는 고기산을 떠나 203고지로 올라갔다. 수행원은 다나카 구니시게 소령 한 사람뿐이었다.

산꼭대기에 올라가서 동쪽을 바라보니 이 고지의 위치는 과연 기묘했다. 여순항 전체가 한 눈에 들어왔다.

산도 시가지도 모두 하얗게 눈에 덮여 있고 왼쪽 끝에는 백옥산이 솟아 있다. 정면에는 이 일대의 최고봉인 황금산이 약간 화산을 닮은 모습으로 자락을 펼치고 있다. 그 여러 산들에 둘러싸여 새파란 빛깔을 띠고 있는 것이 여순항이었다. 그 항내의 동쪽 구석에 여순함대의 함정들이 모여 있었다. 그 함정들은 모두 고다마의 머리 위를 날아가는 28센티 유탄포의 포탄에 맞아 검은 연기를 뿜어 올리고 있었다. 공격에 맞서는 함정은 하나도 없었다. 일본군의 각종 중포에서 발사되는 포탄이 비 오듯 해서 맞서 싸울 겨를이 없었다.

"도요시마가 함포 사격을 그렇게도 두려워했는데……."

고다마는 포격의 상황을 주시하면서 중얼거리듯이 말했다.

"도요시마는 지나치게 많이 알기 때문에 그렇게 생각했을 것이다. 나는 아무것도 모르니까 적이 반격할 여유가 없을 정도로 이쪽에서 연달아 사격하면 된다고 생각했던 거야."

그것이 그대로 된 것이었다.

"그러시다면 각하의 생각은 요행을 노리신 것이었습니까?"

다나카는 가벼운 기분으로 고다마를 약간 놀려 보았다. 고다마는 "흥!" 하고 콧소리를 내면서 웃더니 요행을 바라고 한 것은 아니라고 대답했다.

"기합과 같은 것이야. 전투는 몇 분의 일초로 지나가는 기회를 포착해서 이쪽으로 끌어들이는 작업이야. 그것은 지혜로 되는 것이 아니라 바로 기합이지."

고다마는 걸음걸이에 별로 조심성이 없는 사람이어서 산을 내려오면서 두 번이나 넘어졌다. 한번은 포탄이 폭발해서 파인 큰 구덩이에 떨어졌다. 초연 냄새가 남아 있었다.

다나카가 그의 팔을 잡아 끌어올렸다.

산기슭에서 말을 탔다. 그때 고다마는 다른 방향의 전국(戰局)으로 관심을 돌렸다.

"다나카군 내일 연대에 전화를 걸어서 북방의 적군의 동정을 물어두게."

고다마는 북방에 있는 러시아군이 활기를 띠고 있다는 정보가 몹시 마음에 걸렸다. 일본의 흥망을 짊어지고 싸워야 할 고다마의 임무는 이미 여순에 있는 것이 아니고 북방의 전선에 있는 것이다.

203고지의 함락은 일본군을 그처럼 골탕 먹여온 여순 요새에 치명상을 입혔다. 고지가 함락되자마자 일본군의 포탄이 산봉우리를 넘어서 여순항과 여순 시가에 끊임없이 떨어지기 시작했다.

고다마 겐타로는 성공한 것이었다. 여순 요새에는 많은 포대가 산재해 있었으나 가장 중요한 그 요새의 배후가 일본군 포병의 조준에 드러나 버렸기 때문에 그 요새 전체가 기능을 잃게 될 수밖에 없었다.

'이제부터는 잔적을 소탕하는 전투나 마찬가지다.'

고다마는 이렇게 전망했다. 그 소탕 작전만은 노기군에 맡겨 두어도 무방할 것이 또 그들의 의무이기도 했다.

당초 해군이 해상에서 발견한 이 203고지라는 대요새의 약점을 노기군 사령부에서 솔직히 인정하고, 또 도쿄의 육군 참모본부가 이 해군의 작전안을 지지한 그대로 노기군 사령부가 시행했더라면 여순 공격에서 일본군 사상자를 6만 2천이나 내지는 않았을 것이다. 그리고 이 시기에 만약 고다마가 노기와 교대하는 비상 조치로써 지휘권을 넘겨받지 않았더라면 더 많은 사상자를 내게 되었을 것은 틀림없는 일이었다.

"내가 할 일은 여기서 끝났어."

고다마가 수행원인 다나카 소령을 보고 이렇게 말한 것은 지난 5일, 28센티 유탄포의 제1탄이 산을 넘어 여순항 내에 있는 러시아 군함에 명중되었을 때였다.

고다마는 그 다음날인 6일과 7일, 계속해서 작전 지휘를 했다. 7일 노기는 아침 식사 후 전선인 고기산을 떠났으나, 고다마는 그대로 남아 있었다.

"7일, 안개가 끼었다."

12월 7일, 노기 마레스케의 진중 일기에는 이렇게 기록되었다. 아침 안개가 짙어서 근방의 산들이 안개 속에 잠겨 보이지 않았다. 양편의 포성만 은은하게 울려왔다. 그때 대지를 진동시킨 것은 아직 살아남아 있는 러시아군 포대에서 날아온 포탄이 작렬하는 폭음이었다.

7일의 노기 일기는 계속한다.

"조반 후 고기산에서 유수방으로 귀환. 오오시마 중장으로부터 카스텔라와 차, 오키쓰(沖津) 도미 보내오다. 사과를 보내다."

노기는 그때 유수방의 사령부에 들렀던 것이다. 적의 포탄이 여기까지는 날아오지 못했다. 노기는 전선에서 연일 기거했던 까닭에 매우 피곤했으나 그래도 집무용 탁자 앞에 앉았다.

고다마는 저녁때에 유수방으로 돌아왔다. 고다마는 문 앞에서 나무 위에 올라가 있는 통신병에게 무엇인가 큰 소리로 말을 하고 있는 모양이었다.

노기는 뜰 앞으로 나가서 고다마를 마중했다. 고다마의 얼굴과 수염은 모래먼지가 묻어서 노랗게 보였다. 노기가 위로해 줄 말을 생각하고 있는데,

고다마는 노기의 오른팔을 두들기며 말했다.

"아, 배고파."

식사를 좀 빨리 시켜주었으면 하는 것이다.

노기의 일기는 계속된다.

"저녁때 고다마 대장 돌아오다."

그 다음에 '밤에 방문'이라고 쓴 것은 노기가 그날 밤에 고다마의 거실을 찾아가 보았다는 뜻이다. 그때 유수방의 노기군 사령부 안쪽의 방 하나를 비워서 고다마의 거실로 꾸며놓고 있었다.

방문 이유는 저녁때 전선에서 돌아오자마자 물었기 때문이다.

"노기, 오늘밤 시회(詩會)를 하지 않겠나?"

그때 노기는 고다마 겐타로의 정력에 감탄하면서 대답했다.

"해도 좋지."

고다마의 생각에는 아직 포성이 울려오고 있기는 해도 전쟁은 고비를 넘긴 것이다. 작전 책임자로서는 이것으로 단락을 본 셈이었다. 다음의 방침도 지시해 두었으므로 각급 지휘관들이 알아서 할 것이다. 고다마는 그것보다도 자기의 본무인 연대로 돌아가겠다고 생각하고 노기와 이별의 시회를 가져 보았으면 했던 것이다. 또 노기에 대한 동정도 있었다.

'노기에게는 정말 미안했어.'

노기 마레스케 개인의 면목을 무시할 수 있었기 때문에 일본 장병들을 대량 참살에서 구출할 수 있었고, 연전연패의 전황을 단숨에 승리의 방향으로 전환시키게 된 것이지만 그러나 뒤에 남는 것은 노기의 면목 문제였다.

무엇보다도 고다마의 생각을 지배하고 있는 것은 노기가 여순을 함락시켰다는 말을 국내외에 선전해야 한다는 것이었다. 고다마의 힘으로 함락시켰다는 사실은 영구히 비밀에 붙여져야 한다고 생각했다. 고다마는 내외 기자단에 대해서도 자기의 여순 출장을 '전선 위문'이라고 꾸며대 놓았다. 또 그 뒤 군사령부 참모들에게도 다짐을 해두었다.

"나의 이번 작전 개입은 통수권과 관련해서 약간의 문제가 있게 될지 모른다. 이번 일이 선례가 되어서는 큰일이니까, 종전 후에라도 공표하는 것은 삼가 주기 바란다."

어디까지나 함락의 명예는 노기 마레스케의 것이라는 것을 고다마는 도쿄에 있는 참모총장 야마가타 아리토모 원수에게도 말해 둘 작정이었다.

고다마는 노기가 이 전쟁이 끝난 뒤, 해군의 도고와 함께 구국의 영웅으로 등장하게 되리라고는 상상조차 해보지 못했고, 또 사실 영웅이 된 노기의 모습을 보지도 못했다. 고다마는 이 전쟁이 끝난 그 다음해에 죽었던 것이다. 물론 고다마가 살아 있어서 노기의 영웅상을 보았다 해도 그의 성격상 별다른 생각은 갖지 않았을 것이다.

7일 밤에 시회를 하자고 한 것도 실은 노기에 대한 우정 때문이었다. 노기는 작전에서는 졌지만 시인으로서는 고다마보다 훨씬 우월했다. 고다마로서는 시회를 해서 시인인 노기를 위로해 주고 싶었던 것인지 모른다. 조슈 출신인 이 두 사람의 우정은 후세 사람들의 상상을 초월할 정도로 두터웠던 것 같다.

7일의 노기 일기는 계속된다.

"……시가(志賀) 있음, 시담(詩談)."

무척 간결한 표현이다. '시가 있음'이라고 한 것은 시가 시게다카(志賀重昻)가 함께 있었다는 말이다.

"시가"의 인물에 관한 설명을 해둘 필요가 있을 것 같다.

메이지 육군은 외국 육군을 모방해서 만들었다. 외국 육군에서는 (해군도 그러했지만) 큰 전쟁을 할 때에는 유명한 문학자를 종군시키는 경우가 많았다. 시가 시게다카도 그러한 예를 본떠서 칙임관 대우의 관전원으로서 노기 군에 종군시킨 것이었다. 칙임관의 설명은 좀 까다롭지만 예를 들어 말한다면 각 성의 차관, 부, 현의 지사급 관리들이고 칙임관 상당의 대우를 받는 그룹에는 대학교, 전문학교, 고등학교 교수가 있다.

문학자라고 해도 메이지 정부의 감각으로는 외국처럼 소설가 등을 칙임관 대우 관전원으로는 하지 않았다. 당시의 분류로 말하는 경문학자가 선발되었다.

그것도 관록이 있는 경문학자(硬文學者)라야만 했다.

시가 시게다카는 저널리즘 출신이었으나, 한때 관계에 진출해서 농상무성 산림 국장이나 외무성의 칙임 참사관을 한 일도 있었다. 이 거창한 경력들이 인정되어 관전원으로 선임되었지만, 문장가로서나 견식가로서나 당시 일본 국내에서는 손꼽히는 인물이었다.

그는 분큐 3년(1862년) 미키와 오카자키(三河岡崎)에서 출생하여 홋카이도 대학의 전신인 삿포로 농학교를 졸업했다. 특히 흥미를 느낀 과목은 지리학이었다.

메이지 19년, 해군 병학교의 졸업 항해에 수행하여, 연습함인 '쓰쿠바'로 남양의 섬들을 순항하면서 그 섬들에 대한 서구 열강의 식민지 경영을 관찰하고 경세적인 입장에서의 지리학이라는, 독창적인 학문의 기초를 마련했다.

이때의 저서로서 《남양시사(南洋時事)》라는 것이 있는데, "국가는 생산력을 증강해야 한다"는 논지를 펴서 당시 경박한 정쟁에 여념이 없던 정계와 언론계에 충격을 주었다. 그의 이와 같은 주장은 지리학자로서 노후에 영국 왕립 지리학 협회 명예 회원이 되기까지 한결같이 변함이 없었다. 그러한 면에서 그 역시 메이지 신흥국가의 한 상징적인 인물이었다고 할 것이다.

저널리스트로서 활약한 무대는 그 자신이 간행한 〈일본인〉이라는 잡지와 구가 가쓰난과 마사오까 시키가 있었던 신문 〈니혼〉 〈도쿄 아사히〉 신문 등이었다.

메이지 육군이 시가 시게다카를 노기군 사령부에 종군시킨 이유는 그밖에도 여러 가지가 있었다. 그 하나는 영어에 능한 점이었다. 러시아 군에게 보내는 항복 권고문을 초안하고 스테셀이 항복해 왔을 때의 통역도 해야 한다. 그뿐만 아니라 전시 국제법 우등생이 되려는 일본 육군으로서는 그 법규를 알고 있는 시가 시게다카를 노기군에 붙여두고 실수가 없도록 보살피게 할 필요가 있었던 것이다.

시가 시게다카는 당년 41세였다. 영국에서 만들었다는 낡은 프록코트를 입고 다녔다.

고다마가 시가를 시회에 초청한 것은 시평을 해서 흥을 돕게 하자는 의도에서였다. 그는 한시에 있어서도 당시 약간의 인정을 받아왔다.

방 천장에서 드리워진 끄나풀 끝에 램프가 매달려 있고, 고다마는 그 램프 밑에서 조그마한 수첩을 뒤적이고 있었다.

"시의 초고인가?"

노기는 빙긋이 웃으면서 고다마의 수첩을 들여다보는 시늉을 했다.

"어, 봐서는 안돼."

고다마는 짐짓 부끄러운 것 같은 몸짓을 하면서 램프 저쪽으로 수첩을 숨졌다. 시가 시게다카가 소리를 내어 웃고 고다마 뒤에 앉아 있는 다나카 소령도 낄낄거렸다.

"다나카, 뭣이 그렇게 우스워?"

고다마가 평소의 버릇으로 입술을 삐죽하게 내밀었을 때 멀리서 포성이 연달아 울려왔다.

"노기, 내 것은 아직 퇴고가 덜 되었네. 그보다도 자네 것부터 내 놓아 보게."

"내 것도 아직 손보지 못했어."

노기는 안 포켓 속에서 수첩을 끄집어내면서 이렇게 대답했다. 그동안에 다나카 소령이 벼루와 종이를 갖다 놓았다. 노기는 그 종이에 미끈한 필적으로 자작시를 썼다.

有死無生何足悲
千年誰見表忠碑
皇軍十萬誰英傑
驚世功名是此時

이 시는 이날 고기산에서 유수방으로 돌아오면서 마상에서 읊어 본 즉흥시였다.

"이건 정말!"

고다마는 진심으로 감탄했다.

"자네의 산천 초목은 슬픔에 젖어 있지만, 이 시는 그야말로 3군의 장수답게 영기(英氣)가 발랄하군."

고다마는 시를 풀어 읽어내려 갔다.

죽음만 있고 생 없는데 무엇이 슬픈손가.
천 년, 누군가 보리라, 표충비를
황군 십만 모두 영걸인데
경세의 공명 바로 이때 일러라

다시 그 뜻을 새겨 보기로 한다.

"이 전장에는 죽음만 있을 뿐, 생은 없다. 그러나 조금도 슬퍼할 것은 못 된다. 어차피 인생은 짧은 것이다. 말 없는 표충비야말로 천 년의 풍상(風霜)에도 꿋꿋이 견디는 것이 아닌가. 십 만의 일본군, 그 모두가 영웅 호걸인데 공을 세워 세상이 우러러 보게 할 때는 바로 이때 이리라……."

"그런데"
고다마는 머리를 갸우뚱했다.
"천 년, 누군가 보리라, 표충비란 구절은 어쩐지 슬프기만 한 것 같군. '천 년 썩지 않는'이라고 하면 어떻겠나?"
거침없는 지적을 받고 노기는 순순히 두 자를 '불후'로 고쳐서 천년 불후 표충비라고 다시 쓰고 서명을 했다.
'석초'
석초는 노기의 아호이며 '석림자'라고도 했다.

그 뒤, 군의부장인 오치아이 다이조도 들어와서 합석을 했다. 마침 고다마가 자기의 시를 모필로 쓰고 있을 때였다.
"아아, 득리사(得利寺)!"
오치아이는 감탄하는 표정으로 들여다보았다. 고다마가 쓰고 있는 이 시는, 여순으로 오는 도중 차창으로 득리사 격전장의 자취와 전사자들의 묘표를 멀리 바라다보면서 수첩에 적어 놓은 그때의 감상시였다.

득리사, 그 언저리 바람 소리 구슬프다
까마귀 또 돌아와 새 묘비 조상하네
십년의 한사(恨事) 이슬처럼 스러지고
그 웅지 이제 안락하리라

"아무래도 결구가 여의치 않아."
고다마는 머리를 흔들었다. 과연 시작에 있어서는 노기와 비할 바가 아니었다.
"바람 소리 구슬프다는 좀……."
시가 시게다카도 어째 좀 부자연스러운 것 같아서 불만스러웠다. '바람 소리 구슬프다'는 것은 바람이 전장에 불어서 슬프다는 것인데 너무 평범하고 통속적이라 할 것이다. '까마귀 또 돌아와'라고 한 것도, 시가는 판에 박힌 문구라고 생각했다. 까마귀가 새 묘지에 날아와서 울고 있었다는 것은 조작 같아서 부자연스럽게 느껴졌다. 그러나 전구인 '10년 한사 이슬처럼 스러지고'는 가필의 여지가 없는 구절이라고 평가했다.

"10년 한사."

여기에는 역사적 유래가 있다. 청일전쟁 후 러시아가 주도한 삼국 간섭의 압력 때문에 일본은 요동 반도를 청국에 반환했다. 그 러시아가 그 뒤에 이곳을 청국으로부터 강제적으로 조차하여, 여순에는 군항을 구축하고 대련에는 총독부를 두고 또한 남만주 철도까지 부설해서 요동 지역을 영토화했을 뿐만 아니라, 러시아는 조선으로 남하할 계획까지 세우고 있었다.

이것으로 일본의 여론은 격렬하여 와신상담이라는 말이 유행하기 시작했으며 육해군은 러시아와의 전쟁 준비를 진행시키고 있었다.

그때가 10년 전이었다. 십 년의 한사는 그것을 지적한 것이었고, 거기에 러일전쟁의 원인이 내포되어 있었다. 그 원한은 득리사 전투의 포화 속에 연소되고 포연도 사라진 지금, 그 십 년은 하루아침의 이슬처럼 스러져 버렸다는 감개를 엮어 보인 것이리라.

"신통찮지?"

고다마는 이렇게 말하면서 또 쓰기 시작했다. 써 내려가면서

"서투른 사람일수록 시는 얼마든지 나올 수 있거든……."

그 다음의 구절이 '기고 담당 최철성'이었다. 등 뒤에서 보고 있던 다나카 구니시게는 내심으로 '꼭 소학교 창가 같다'고 생각했다.

'기고 담당 철성을 치다'의 뜻은 바꾸어 말해서 승전의 군기와 군고가 기세당당하게 적진을 봉쇄하고 있다는 표현이다.

덧붙여 말해 두지만 그때 수행원이 다나카 소령은 휴지 정리계이기도 했기 때문에 쓰다가 버린 종이를 정리하면서 그 종이들을 몰래 간직해 두었는데, 그때 그는 고다마의 시고만 챙기고 노기의 것은 내버린 모양이었다. 그러나 전쟁이 끝난 후 고다마의 이름은 세상에 별로 드러나지 않았으나, 노기의 명성은 여순의 명장으로서 세상에 떨쳤다.

"노기님의 시고 종이도 챙겨두었으면 좋았을 것을."

다나카 구니시게 소령은 여순 전투 얘기를 할 때마다 이 말을 했다. 그 말

이 비꼬아서 한 말인지 그 뜻은 좀 아리송했지만……

노기 마레스케는 조슈인으로서는 전형적인 인물이었다. 그는 스승인 다마키 분노신을 중심으로 해서 사제의 서열을 따진다면 비록 활동시대는 떨어져 있다고 해도 요시다 쇼인과는 같은 제자의 입장이었다.

쇼인의 숙부인 다마키는 소년 시절이 쇼인을 채찍으로 단련해서 다마키의 생각대로 전형적인 무사를 만들 작정이었다.

——도라지로(寅次郞 : 쇼인)는 죽겠다.

쇼인의 어머니는 다마키의 훈련 방식이 너무 엄해서 늘 가슴 아프게 생각했다. 그러나 쇼인은 극히 온순한 자세로 순종했다. 그 단련을 잘 참아서 다마키가 생각하는 무사의 상에 어긋나지 않도록 스스로를 이루어 갔다.

다마키의 무사상은 공적인 일에 헌신하는 데만 자기의 생명과 존재의 가치가 발견된다는 논리로 굳어져 있었다. 그러한 정신을 순수하게 배양해 가면서 거기에 티끌만한 잡물도 끼어들지 못하게 했다.

그 한 실례로서 이런 일이 있었다.

쇼인이 소년 시절에 책을 읽고 있었을 때 파리가 얼굴에 앉았다. 쇼인은 가려워서 볼을 긁었는데 그 순간 다마키는 생각했다.

——성현의 글을 읽는 것은 공(公)이다. 그 독서 중에 가렵다고 해서 긁는 것은 사사로운 일이다. 이 조그마한 사정을 방치해 두게 되면 뒷날 어른이 되어서 어떠한 사리 사욕을 갖게 될지도 모른다.

그래서 쇼인을 참혹하게 매질했는데, 다마키의 그와 같은 교육을 노기 마레스케도 소년 시절에 받았다. 노기는 다마키 저택에 기숙한 제자이기 때문에 쇼인보다도 한결 더 엄한 교육을 받았을 것이다.

노기 마레스케도 선량하고 순종하는 성격이어서 그 훈도를 잘 견디어 냈다. 다마키 분노신은 메이지 9년 하기 반란에 연좌한 탓으로 자결했으나, 그가 평생을 통해 이루어 놓은 특기할 만한 일은 요시다 쇼인과 노기 마레스케 두 사람을, 자기의 순수한 신념 속에 있는 온 무사의 전형으로 훈육하여 역사의 흐름 속에 내보낸 일이라 할 것이다.

그런데 그는 무사상을 행동의 능력자로 만들기 위한 훈육은 하지 않았다. 쇼인이 에도에서 유학하고 있을 시절에 다른 번의 친구들이 자리에 모여앉아 한가로이 이야기를 했다.

——만약 자기네들이 전국 난세의 사람이었다면 어떤 인물에 해당할까.

이런 화제로 흥을 돋웠다. 누구누구는 백 만 석의 녹을 받는 일을 할 수 있을 것이고, 또 누구누구는 진두에서 용맹을 떨칠 무사 대장을 하게 될 것이다, 라는 등의 토론을 하던 끝에 쇼인의 인물평에 말 머리가 돌려졌다. 그때 쇼인은 자리에 있지 않았다.

——그는 잘해도 수천 석짜리 인물밖에 되지 않아. 그것도 야전에서 성을 공격하는 맹장이 아니고, 하나의 성을 끝까지 지켜 내는 역할이라고 할 수 있어.

이런 평이 나오자 다른 한 사람은 엉뚱하게 깎아 내렸다.

"그런 정도도 아니지, 그 성을 지키는 장수의 내실에서 마나님 간호원이나 하는 것이 적격일 거야."

요시다 쇼인은 여자에 대해서는 극히 결벽하여 마치 비구승처럼 평생토록 여자와는 인연이 없는 사람이었다. 쇼인은 이 주석의 얘기를 뒤에 듣고도 별로 개의하지 않았다. 그는 노후에 자신을 스스로 평가한 글을 남겼다.

——나는 영웅의 소질은 전혀 없다.

영웅이 가져야 하는 권모 술수의 능력이라든지, 남이 어떻게도 할 수 없는 끈덕진 성격과는 인연이 먼 인품이었다.

요시다 쇼인은 근대 일본 사상사에서 거인의 존재일 뿐 아니라 막부 말기의 문장가로서 최고봉이었다. 노기 마레스케는 메이지 시대에 있어서 가장 우수한 한시인(漢詩人)이란 점에서 동문인 쇼인을 닮았다고 할 수 있을 것이다.

203고지는 이미 함락되었다.

노기는 11일의 일기에서 그날의 기상을 기록했다.

"바람이 불고 매우 춥다. 영하 10도."

이날 아침, 노기는 풍도산 진지를 순시해야만 했다. 유수방의 사령부를 떠나올 때 관전원인 시가 시게다카가 문 밖까지 전송을 했다. 바깥은 눈이 섞인 매서운 바람이 불고 있었다. 노기는 뜰에 내려섰다가, 문득 시가가 서 있는 지점까지 되돌아가서 약간 부끄러워진 것 같은 미소를 띠우면서 시가의 손바닥에 종이 조각을 쥐어주었다.

"시가씨, 뒤에 좀 봐 주시오."
이렇게 부탁을 받은 시가는 방으로 들어가서 그 종이쪽지를 펴 보았다.
연필로 쓴 시의 초고였다.
유명한 이령산이란 시였다.

　爾靈山險豈難攀
　男子功名期克艱
　鐵血覆山山形改
　萬人齊仰爾靈山

시가 시게다카는 낮은 소리로 풀어 읽어 내려갔다.

　이령산이 험한들 어찌 오르기 어렵다하랴
　남자의 공명, 간난을 이기는 데 있거늘
　철혈이 산을 덮어 산형을 바꾸었구나
　만인이 함께 우러러 보는 아, 이령산

시가는 이 시에 경탄했다.
──나로서는 도저히 따를 수 없다. 하물며, 고다마씨로서야……
수일 전의 시회에서 보여준 고다마의 시가 문득 생각되기도 했다.
'이령산'
이 산 이름이 지닌 뜻은 광채를 발하는 것 같았다. 이 이령의 표현을 생각
해 낸 노기의 시상과 그 재능은 벌써 신묘의 경지에 이르렀다고 할 만한 것
이었다.
이영삼(203)의 표고 음을 따서 '너(爾)의 령의 산'이라고 했다. 이것은 단
순히 말의 음에 맞춰서 한 표현이 아니고, 이 산에서 전사한 무수한 영──
노기 자신의 둘째 아들까지 포함해서 ──을 달래는 진혼의 마음을 아로새
겨서 '이령산' 석 자를 붙여놓고 매듭에 가서 '너의 영의 산'이라 부르면서
이 시의 끝을 맺었다.
실은 203고지가 함락된 그 다음날, 이 산의 이름을 어떻게 불러야 할 것
인가 여기에 대한 산상의 토론이 있었다.

마쓰무라 제1사단장은 '철혈산'이 좋겠다고 말했다. 무쇠와 피로써 빼앗은 산이기 때문이라고 강조했다. 여기 대해서, 시가 시게다카는

"여순 후지(旅順富士)가 어떻겠느냐?"

이렇게 제안 했으나, 그 안이 시원찮다고 스스로 철회했다.

"고다마 산은 어떻습니까?"

말하는 자가 있어 거의 채택될 단계에 다시 이론이 생겨 결말을 못 지었다. 이 산 이름을 조절하는 역할을 시가 시게다카가 맡기로 했다.

'이령산 이외에는 없군.'

시가는 노기의 시를 읽어 보고 뜻을 굳혔다.

이령산의 시는 고지가 함락된 그 다음날이 12일 6일 노기가 산 위에 올라가서 지은 것은 아니었다. 노기가 올라간 그날 아직도 쌍방의 시체가 형상조차 찾아 볼 수 없을 만큼 찢어진 그대로 산적해 있었다.

암석이 포탄에 맞아서 맷돌로 같아 놓은 것처럼 잿가루가 되어 발자국을 떼어 놓을 때마다 장화가 빠질 만큼 푹석푹석했다. 이 전장의 처참한 상황은 시상을 일으키게 할 만한 광경이 아니었다.

노기는 밤새도록 함박눈이 나리는 12일 10일 밤 유수방에서 이 시를 생각했던 것 같다. 운, 고저, 앞뒤의 순서를 잘 맞추어 다듬어 가지고 다음날 아침에 시가 시게다카에게 넘겨준 것이었다. 이 11일 하오에 203고지에서 전사한 둘째 아들 야스스케의 유골과 유품이 군사령부에 도착했다.

노기 마레스케에게 '너의 영'은 이령산에서 전사한 모든 일본인의 영혼을 가리킨 것인 동시에 금주성 밖에서 전사한 큰 아들 가쓰스케에 비해 성격이 쾌활했던 둘째 아들의 영혼을 달래는 심정이 한결 더 절실했을 것이다. 노기는 이날의 일기를 단 한마디로 그쳐 버렸다.

"야스스케 유골 유품 보내오다."

그 다음 14일의 일기에는

"밤에 내린 눈이 다섯 치나 쌓이다…… 이령산으로 히라사(平佐)를 방문. 도중에 이치노에(一戶)를 찾아보고 송수산에 오르다."

이렇게 씌어있는데 이치노에란 여단장인 이치노에 효에 소장을 가리킨 것이었다. 이치노에는 여순 공격에서 한결같이 정확한 지시를 했고 또 그 용감성은 전군에 떨쳐 있었다. 뒤에 이지치 고스케 후임으로 노기군 참모장이 되

었다.

노기는 그 걸음에 자작시를 이치노에에게 보였던 것이다.

"그 시는 필시 나의 막사에 오셨을 때 착상한 것 같은 생각이 든다."

그 뒤에 이치노에가 이렇게 말했던 것은 그런 사정이 있었기 때문이었을 것이다. 이치노에의 이날 일기에 날씨가 적혀 있다.

"밤에 내린 눈이 다섯 치나 쌓이다."

당연한 것 같기는 하나 노기가 그날에 기록한 날씨와 서로 부합한다.

"하늘은 개고 바람은 잔잔하다. 상쾌하기 이를데 없다"고 했으니까 눈이 개인 쾌청한 날씨에 바람도 평온했던 모양이다.

"노기 장군, 막사에 오시다. 나의 엄개호로 들어와 곧 붓과 먹을 청하여 이령산의 시를 써서 보이시다. 다과를 대접하다."

이치노에 소장의 일기 한 구절이다.

노기는 이때 '다과'의 대접을 받고 놀랐다.

"귀한 것이로군."

노기가 이렇게 말하자 이치노에에는 그 내력을 설명했다. 지난번 휴전을 했을 때 이치노에 여단은 이치노에 자신이 지휘하여 동쪽 포대 밑에 흩어져 있는 시체들을 수용했다. 이때 러시아군 측에서 온 시체 수용 작업대와 만나게 되었는데 그 작업대에도 장성급이 있었다. 이치노에가 빙긋이 웃으면서 경례를 하니까 그 장성도 미소를 띄우면서 답례를 하고 다과를 선물로 주더라고 했다.

노기 마레스케는 그 말을 듣고 매우 즐거워하면서 기념으로 두세 알을 달라고 했다.

이치노에의 일기에는 이렇게 적혀 있다.

"기념으로 두세 개를 품에 넣고 가시다."

해도

　도고의 연합함대는 노기군이 여순 요새를 공략하는 동안 계속 바다 위에서 여순 입구를 봉쇄하여 항 안의 러시아 함대가 밖으로 튀어나오지 못하게 했다.

　개전 이래 10개월, 전 병력이 바다 위에서만 머물고 있었다.

　함대는 지치고 병사들의 피로도 격심했다.

　그동안 적의 발틱함대가 시시각각 다가오고 있는 것이 도고를 비롯한 모든 사람들을 초조하게 만들었다.

　적의 발틱함대가 내습하기 전에 모든 함들을 사세호 선거에 넣을 필요가 있었다.

　이를 위해 해군에서 이와무라(岩村), 이슈인(伊集院) 등 두 명의 참모를 연락 장교로 하여 노기군 사령부에 파견하고 있었다. 그 장교들의 연락으로 '미카사'의 수뇌부는 육군의 전황과 그 경과를 소상하게 알 수 있게 되었다.

　"고다마 대장이 남하하여 노기군 사령부에 들어갔다."

　이런 소식도 그 연락을 통해 알게 되었다.

　"공격 목표를 203고지로 전환했다."

이런 정보도 알았다.

주공격 목표를 전환한 뒤 곧 203고지가 함락되어 그 산꼭대기에 관측소가 설치되었다. 그 관측 장교의 유도에 따라 포탄이 산을 넘어 여순 항내에 정박 중인 러시아 함대를 연달아 격침하기 시작한 것을 알았을 때, 도고는 고개를 약간 끄덕였다.

"그것 참 잘 되었군."

그러나 미소를 보일 정도는 아니었다. 그의 집념은 아직도 항내에 있는 러시아 함대로부터 떠나지를 않고

──단 한 척이라도 살려 두어서는 안 된다.

오직 그런 완전주의에 사로잡혀 있었다. 만일 전함 한 척이라도 건재한다면, 그리고 그것이 바깥 바다로 나오게 된다면 일본 근해의 수송은 중대한 위기에 직면하게 될 것이 아닌가. 그렇게 된다면 설사 단 한 척이 항내에 살아남아 있더라도 도고는 그것을 봉쇄하기 위하여 최소한 전함 두 척은 남겨 놓지 않으면 안 될 것이다. 전쟁에서 완전주의가 이렇게도 절실하게 요구된 예는 바다나 육지의 전사를 통틀어 유례가 없는 일이었다.

203고지에 관측소가 설치되었을 때 해군 측에서도 즉시 장교를 파견했다. 군함의 함종이나 함명의 식별은 육군의 포병 장교로서는 할 수 없었기 때문이다.

203고지의 산 위에서 내려다보니 항내의 러시아 함대는 바다 위에서 상상했던 것보다 더욱 많아 20척이나 되었다.

전함 5, 순양함 2, 구축함 5, 포함 2, 수뢰포함 2, 수뢰 부설함 1, 그밖에 '엘마크'라는 세 개의 마스트를 가진 수송선이 있었다. 편성으로 보아도 당당한 함대였다.

그것들이 6일부터 8일 사이에 203고지 관측소의 유도를 받은 포격으로 말미암아 단 한 척을 남겨 놓고 모두 침몰 또는 좌초하여 보잘것없는 쇳조각이 되어 버린 것이다. 거짓말 같은 성과였다.

단지 운수 좋은 한 척만이 일본군의 포탄으로부터 치명상을 면할 수 있었다.

전함 '세바스토폴리'(100,960톤)였다. 그밖에 숫자에도 들어가지 않는 포함 1척이 그 운수 좋은 전함 곁에 붙어 있었다. 세바스토폴리는 9일 이른 새벽 살그머니 배를 몰아 노호미 반도의 성두산 밑에 숨어들었다. 여기라면 일

본군 관측소에서 절대로 보이지 않을 것이다.

"전함 세바스토폴리가 없어졌다."

9일 아침 그것을 알게 된 노기군의 거포들은 항 안팎을 향해 대대적인 수색 사격을 벌였다. 가시 범위 밖을 사격하는 것이기 때문에 물론 장님 사격이었다. 한 발이라도 우연히 맞아 주면 검은 연기가 오르게 되므로 연기를 목표로 쏠 수가 있는 것이다.

물론 도고 휘하의 봉쇄 함대도 바다 위에서 전력을 다하여 수색했다.

결국 어떤 구축함이 부류기뢰가 떠 있는 위험 수역에 접근하여 용왕당이 라는 지점까지 갔을 때, '세바스토폴리'를 발견하게 되었다. 그러나 그 이상 접근하는 것은 위험했기 때문에 급히 되돌아왔다.

전함 세바스토폴리의 함장은 여순함대 제일의 용맹을 떨치는 폰 엣센 대령이었다. 이 독일계 러시아인은 처음 3등 순양함 '노뷔크'의 함장이었는데, 그 쾌속을 이용하여 개전 이래 줄곧 도고 함대에 도전해 왔으므로 도고 함대에서도 "이크, 또 노뷔크야"라고 할 만큼 가장 유명한 존재였다.

엣센은 함대가 여순항에 눌러앉게 되면서부터 중령에서 대령으로 승진하여 전함 세바스토폴리의 함장이 된 것이다.

이 전함은 이미 전투력을 잃어버리고 말았으나, 엣센은 육지에서 쏘는 육군포에 맞아 허무하게 침몰하기보다는 차라리 여순항 밖으로 나가 일본군의 해군포에 격침되는 편을 원했다.

엣센은 조함의 명수였다. 그는 조용히 항 밖으로 나왔다. 노호미 반도의 기슭을 따라 성두산 밑으로 나오게 되자 함을 세우고 닻을 내렸다. 만일의 경우 병력을 육지로 물러날 준비도 갖추었다. 요컨대 폰 엣센은 전함의 무덤으로 적합한 바다 위에서 이 함의 생애를 마치려고 했던 것이다.

그러나 일본군의 입장에서 본다면 상대는 비록 쇠잔했다고는 하나 전함이었다. 이 처리를 위해 '미카사' 함상에서 막료 회의가 열렸을 때, 마침 중령으로 진급한 아키야마 사네유키는 말했다.

"아군이 손해를 입게 되면 곤란합니다. 수뢰정의 야습으로 처치하는 수밖에는 없겠습니다."

결국 수뢰 공격으로 결정되었다.

도고 함대는 모든 수뢰정을 이 공격을 위해 배치하여 차례차례 출동시켰다.

이 수뢰 공격은 12일 9일부터 16일까지 계속되었으나, 그래도 아직 '세바스토폴리는 확실히 침몰했다'는 보고를 들을 수가 없었다.

아무래도 야간이므로 잘 살필 수가 없었다. 또한 파도가 거칠어 작은 수뢰정은 파도에 이리저리 휩쓸려 스크루가 공중에 도는 일도 있었다. 또한 그 주위에 기뢰를 부설해 두었을 위험도 있었다. 그리고 그보다 더 두려운 것은 상대가 그 당시 만능의 거인으로 불리던 전함이라는 점이었다.

어느 수뢰정도 이 전함과 맞붙어 죽으려는 용기가 없었기 때문에 적당한 거리에서 어뢰를 발사하고는 황급히 돌아와 버리는 형편이었다. 군인들은 대해전에서 죽는 것은 각오가 되어 있었지만, 이 정도의 일에 생명을 거는 것은 그다지 좋아하지 않았다. 그런 기분이 이토록 오랜 시일에 걸쳐 정지중인 군함을 침몰시키지 못하는 원인이었을 것이다.

12월 16일 밤, 미카사의 막료들이 저녁을 먹고 있을 때 자연히 화제가 한결같이 걱정을 하고 있는 다음 문제에 집중되었다.

"세바스토폴리는 확실히 침몰했는가."

이 러시아 전함을 8일간 밤마다 교대로 습격했던 여러 수뢰정 정장들의 보고에 따르면 확실히 세바스토폴리는 침몰한 것이었다. 그러나 미카사에서는 그 보고를 의심했다. 의심한 데 대해서는 충분한 이유가 있었다.

우선 이 당시의 수뢰정이 공격 능력이 문제였다. 지난 2월 8일과 여순항 밖의 러시아 함대를 일본의 구축함, 수뢰정이 야습했을 때, 아무리 첫 출진이었다고는 하더라도 그 성적이 너무나 참담했다. 20개 정도의 어뢰를 발사하여 겨우 세 척에 아주 적은 피해를 입혔을 뿐이었다. 겁을 내어 먼 데서 발사했다고 해도 변명할 수가 없을 것이다. 더구나 야습 부대라고 하는 것은 발사가 끝나면 즉시 이탈하지 않으면 안 되기 때문에 전과를 확인할 수가 없다.

──거의 명중. 대파된 것으로 사료됨.

이런 정도의 보고가 고작이었다.

이 전함 세바스토폴리의 경우도 마찬가지였다. 야습 부대의 보고로는 벌써 침몰되어 있었다. 그런데도 '미카사'는 아직도 수뢰정을 내보내어 열심히 공격을 계속했다. 야습 부대의 보고 따위를 믿고 거기에 따라 방침을 세웠다가는 엉뚱한 결과가 빚어질지도 모른다는 생각이 모든 막료들에게 있었던 것이다.

두 번째 이유는 극히 심리적인 문제였다.

──만일 전함 '세바스토폴리' 한 척이라도 건재하게 된다면 도고 함대는 여순 봉쇄를 해제할 수가 없다.

이러한 작전상의 근본적 문제에서 오는 압박감이 도고와 그 막료들의 신경을 바늘 끝처럼 날카롭게 만들었다. 만일 세바스토폴리가 수뢰공격을 받으면서 이를테면 죽은 것처럼 하고 있다가 나중에라도 극동 수역에서 설치기 시작한다면, 도고 함대가 10개월에 걸쳐 실시한 봉쇄 작전이 수포로 돌아갈 뿐 아니라, 노기군 병사 6할 이상의 사상자를 내었던 전례 없는 전력 소모가 무의미하게 되어 버리는 것이다.

그때 우연히 미카사에 와 있던 제2함대(기함 '이즈모') 순양함 '이와테'의 탑승원인 대위 이다 히사쓰네(飯田久恒)가 자진하여 출동을 희망했다.

"저는 먼 곳까지 잘 봅니다. 내일 아침 보고 오겠습니다."

전원이 찬동했다. 이 이다 대위를 위하여 속력이 빠른 수송선을 내주기로 했다. 그곳은 머리 위로는 적의 포대가 아직도 활동하고 있고 해면 아래에는 기뢰가 잠겨 있어 극히 위험한 길이었으나, 일개 대위가 그것을 확인하기 위하여 설사 죽는다고 하더라도 그 죽음에는 그만한 의의가 있는 것이었다.

"이것이 식탁에서 거의 결정된 것이었어요."

뒤에 중장이 된 이다 히사쓰네의 말이었다.

그런데 장애가 생겼다.

──내가 직접 보러 가겠다.

사령관장 도고 헤이하치로가 이러면서 나서게 된 것이다.

사실은 도고도 그날 저녁 식사 때 그 자리에 있었다.

이다 대위가 한 말도 듣고 있었던 것이다.

──내일 아침 제가 보러 가겠습니다.

그때 도고는 그의 특징인 침묵을 지키고 있었다. 잠자코 나이프와 포크를 솜씨 좋게 놀리며 식사를 하고 있었다.

그 뒤 자기 방에 들어가자 곧 사네유키를 불렀다.

사네유키가 들어가자 도고는 계절 인사라도 하는 것처럼 아무렇지도 않게 말했던 것이다.

"내일 아침, 내가 세바스토폴리를 보러 가겠으니 준비를 해두게나."

사네유키는 놀라지 않았다. 머리가 너무 기민하게 움직이는 것이 결정적인 사네유키는 도고가 하는 발언의 중대성에 놀라기보다도, 이다의 자리가 구석이었기 때문에 이다의 발언을 도고가 듣기에는 멀었을 것이라고 생각했던 것이다. 말하자면 도고는 이다의 말을 듣지 못했다고 판단한 것이다.

"아니, 거기에 대해서는 눈이 좋은 이다 대위가 가게 되었기 때문에……."

사네유키는 극히 사무적으로 말했다.

도고는 사네유키의 그런 태도가 비위에 거슬렸던 모양이다. 도고는 약간 노골적으로 이마를 찌푸렸다. '뻔히 알고 있는 것은 말할 필요가 없다'는 뜻이었을 것이다.

"내가 가는 거야. 다만 이다 대위가 동행하는 것은 상관없어."

도고는 잘라 말했다. 그 어조에는 이다 대위 같이 눈이 좋은 인간이 설사 백 명이 가더라도 나는 그 보고를 믿을 수 없는 느낌이었다. 이 일만은 내가 내 눈으로 확인하고 싶다는 말뜻이 한 시간의 연설 분량만큼이나 들어 차 있는 것 같았다. 도고의 이런 집착도 무리가 아니었을 것이다.

사네유키도 그 일을 생각해 보면 도고의 심정을 이해할 수 있을 것이다. 지난 여름부터 시작한 여순 공격에서 육군의 병사를 그만큼 죽이게 된 전략적 요청이란 바로 항내에 있는 여순함대의 건재 때문이었다. 그것이 지금 세바스토폴리 한 척만을 남기고 모두 침몰한 것이다. 국가의 위난이 겨우 지나간 것처럼 여겨지기는 했지만 그러나 실제로 지나갔느냐, 현실적으로 세바스토폴리가 침몰했느냐하는 문제에 부딪히게 되면 도고는 지난 10개월간의 걱정이 너무나 컸던 만큼 신경질적인 정도로 정확성을 기하고 싶은 심리 상태에 놓여 있었다. 도고 자신이 자기 눈으로 침몰한 것을 목격하고 나서야만 비로소 그는 전 함대를 이끌고 사세호에 돌아가 발틱함대를 요격할 준비에 착수할 수 있는 것이다.

"알겠습니다."

사네유키는 약간 얼굴이 창백해져서 도고의 방을 나왔다. 도고가 침몰을 확인하러 가게 되면 어쩌면 폭사하는지도 모르는 일이었다. 지금 연합함대 사령장관을 잃게 되면 얼마만큼 함대의 사기에 영향을 미칠지 헤아릴 수도 없는 일이었다.

사네유키는 참모장인 시마무라 하야오(島村速雄) 소장에게 보고했다. 말을 듣자마자 시마무라의 큰 얼굴이 굳어졌다.

"내가 말리고 오겠다."

시마무라는 그렇게 말하고 돌진하듯이 도고의 방으로 들어갔으나 금방 되돌아 나오더니 사네유키의 곁을 지나 구석에 있는 이다 대위에게 사태가 변한 것을 알려 주었다.

"도리가 없군. 장관께서 직접 가시겠다는 거야."

——야단났다, 야단났어.

참모장 시마무라 하야오는 그런 소리를 연발하면서도 결국은 도고가 끄집어낸 말을 구체화할 수밖에는 없었다.

"장관이 타실 배는 '다쓰타(龍田)'가 좋겠습니다."

사네유키가 그렇게 말하자 시마무라는 고개를 끄덕이며 말했다.

"몰래 호위 구축함이나 두 척 딸려 보내기로 하지."

'다쓰타'(866톤)는 통보함이었다. 사네유키는 즉석에서 출동 함정들에 대한 몇 통의 명령을 기안하여 시마무라에게 보인 다음 즉시 하달했다.

이튿날인 17일 아침, 도고는 다쓰타에 옮겨 타고 이장산(裏長山) 열도의 근거지를 20노트의 속력으로 출발했다.

도중 대련(大連)에 들렀다가 19일 아침 다시 해상으로 나왔다.

파도는 약간 거칠었다.

하늘은 쾌청했다.

도고 곁에는 해군 제일의 천리안임을 자청하는 이다 히사쓰네 대위가 같이 있었다.

물론 도고의 막료인 시마무라 하야오나 아키야마 사네유키는 따라오지 않았다.

도고는 그들의 동행을 금지했다. 이 다쓰타가 부류 기뢰에 부딪친다면 연합함대의 수뇌부는 순식간에 궤멸될 것이기 때문이다.

다쓰타가 출발한 후 곧 뒤에서 구축함 두 척이 쾌속으로 뒤쫓아 오더니 다쓰타의 함미에 바짝 달라 붙었다.

——묘한 게 왔군.

함교에 있는 도고는 그렇게 생각했던 모양이다. 쌍안경을 눈에 대고 뒤에 있는 두 척의 구축함을 지켜보고 있었다.

"도고 장관은 줄곧 뒤만 보고 있었다."

뒤에 이다가 한 말이다. 그는 이 다쓰타의 함장인 가마야 다다미치(釜屋忠道) 중령 등과 함께 열심히 전방의 해면을 주시하고 있었다. 파도 사이에 부류 기뢰가 떠오르는지 어떤지를 지켜보지 않으면 안 되었기 때문이다. 이럴 때는 사람의 눈이 하나라도 더 많은 것이 좋다. 사령장관도 거기에 관심을 두어 주면 좋으련만, 도고는 줄곧 뒤에 있는 구축함이 마음에 걸리는 모양이었다.

이 두 척의 구축함 함장들은 출발 전에 시마무라 하야오로부터 강력히 주의 받은 일이 있었다.

——만일의 경우에는 양현에 구축함을 갖다대어 그 임무를 완수하라.

이것이 되풀이된 당부였다. 만일의 경우란 물론 다쓰타가 부류 기뢰에 부딪쳤을 경우를 말하는 것이다. 사고가 생기면 즉시 두 척의 구축함은 좌우로 갈라져 다쓰타의 양쪽 뱃전에 구축함을 갖다 붙여 도고를 구출한다는 것이었다.

시마무라가 지시한 대로 이 두 척의 구축함 함장은 언제든지 행동으로 옮길 수 있도록 군함을 조종하고 있었다. 가끔 그들은 연습도 했다. 다쓰타의 함미에 달라붙었는가 하면 금방 좌우로 갈라져 다쓰타의 양현으로 바짝 다가와 서로 맞대는 듯한 동작을 했다. 그리고 곧 뒤로 물러서는 연습이었다.

개전 당시에는 어떤 구축함도 이렇게 훌륭한 동작은 할 수 없었으나 10개월의 봉쇄 기간중에 실시한 훈련으로 이토록 훌륭하게 해내게 된 것이다.

도고의 관심은 거기에 있는 것 같았다. 그가 말 많은 사나이라면 '참 잘한다' 하고 그 능력을 칭찬했을 것이 틀림없다. 그러나 그는 언제나 말이 없기 때문에 '저 구축함은 나를 호위하기 위해 와 있는 것인가' 하는 것마저도 아무에게 질문하지 않았다.

도고가 탄 다쓰타는 용왕당이라는 작은 곶을 향해 달리고 있었다. 해군에서는 곶을 '루완단'이라고 발음하고 있었지만, 물론 곶이라고 할 만큼 큰 것도 아니었다. 거기에 해군에서는 미리부터 망루를 만들어 놓고 있었다. 그 망루에서 서남서쪽을 보면 여순항 입구가 잘 보이는 것이다.

이 곳에다 일본 해군이 몰래 소방서 망대 같은 망루를 만들어 놓았는데 러시아군은 미처 모르는 모양이었다. 여기라면 여순 대요새 중, 동계관산 포대에서 충분히 쓸 수 있는 거리였다. 하나 일본군은 나무로 위장하거나 하여 감쪽같이 보이지 않게 해놓았다.

도고는 거기에 가려는 것이다.

이윽고 '다쓰타'는 여순 요새에서 발견되지 않은 채 용왕당 곶의 동쪽에 조용히 닻을 내렸다. 이 부근의 바다는 이상할 만큼 푸르다. 곧 다쓰타에서 보트가 내려졌다. 그 보트는 도고와 이다 대위를 망루로 실어 날랐다.

망루에 오른 이다는 이 배의 쌍안경으로 서남서쪽을 바라보았다.

도고는 연합함대 장교 중에서 그만이 가지고 있는 그 큰 쌍안경을 눈에 갖다대었다. 8배의 배율을 가진 사이즈의 신제품이다.

도고는 멀리 여순 입구의 항구를 가로막고 있는 노호미 반도를 바라보았다.

그 반도에는 여러 개의 산이 늘어서 있었다. 그 서남쪽 끝, 즉 반도가 시작되는 부분에 있는 산이 성두산이었다. 그 성두산이 바다로 잠겨든 해면에 한 척의 큰 군함이 웅크리고 있다.

전함 '세바스토폴리'였다.

이다는 쌍안경으로 보기도 하고 육안으로 보기도 했다. 어느 쪽으로 보아도 적 전함의 상태는 충분하게 보인다.

원래 높아야만 할 뱃전이 매우 낮다. 더구나 약간 경사가 져 있었다. 얕은 해저에 함저가 닿아 있다는 것은 그 모습을 보면 누구든지 알 수 있다. 요컨대 가라앉은 것이다.

'장관은 그것을 모르는 것일까.'

이다가 이상하게 생각할 정도로 도고는 숨을 죽이듯이 그 일점을 계속 응시하고 있었으나 이윽고 조용하게 말했다.

"가라앉아 있군."

이 과묵한 사람이 말한 "가라앉아 있군"이라는 한 마디를 이다는 평생토록 잊어버릴 수가 없었다. 10개월에 걸친 봉쇄 작전은 이 순간 종지부를 찍게 된 것이었다. 그리고 도고는 극동 수역에서의 긴장으로부터 해방되어 다음은 발틱함대의 회항을 기다리기만 하면 되게 되었다.

도고는 다쓰타로 돌아갔다.

"오늘은 대련의 항무부(港務部)에서 하룻밤 묵기로 하세. 아키야마 중령에게 전문을 띄워 내일 항무부까지 오도록 말해 주게."

그는 이다에게 말했다.

도고는 그런 예정을 세웠다. 그는 내일 대련을 출발하여 제3군 사령부를 방문, 노기 마레스케에게 위로와 감사의 뜻을 전할 작정이었다.

그날은 겨울철이면서도 요동 반도 일대는 일본군이 상륙한 이래 처음이라고 할 만큼 쾌청한 날씨여서 저녁때가 되어도 구름을 찾아보기 어려울 정도였다.

저녁 무렵 도고는 대련에 상륙하여 항무부에 들어갔다. 이다 대위와 단 둘인데 호위병도 데리고 있지 않았다. 부두에는 청국의 쿠울리(苦力)들이 많이 몰려 있었으나, 이 두 명의 해군 장교 중의 하나가 일본의 연합함대 사령장관이라고는 아무도 눈치 채지 못했다.

그가 묵은 붉은 벽돌집은 과거에 러시아가 항만부로 써오던 것인 모양이었으나, 일본군도 여기에 같은 기능의 조직을 두고 동시에 대련 방비대의 사령부도 두고 있었다.

도고는 이층에 방을 잡았다. 창문은 대련만을 마주 보고 있는데 창에서 내다보면 바로 눈앞에 러시아인이 쌓은 방파제가 정면으로 보였다. 그 왼쪽에 항구를 감싸듯이 하며 향로초라는 작은 곶이 돌출해 있다.

러시아 제국이 요동 반도에 강제로 눌러앉아 여기에 항구 도시를 만든 것은 1897년이었다. 그때까지는 어촌이 드문드문 흩어져 있는 쓸쓸한 해변에 지나지 않았다. 러시아는 여기에 대도시를 건설하여 극동 지배의 근거지로 삼으려고 했다. 과거 청국인이 칭니와(青泥窪)라고 불렸던 이 땅을 러시아인은 다시 다루니라고 이름을 붙였다.

도고가 여기에서 하룻밤을 묵은 이 시기에는 일본인들도 아직 다루니라고 부르고 있었으며, 대련이라는 별칭이 있기는 했으나 정식 명칭은 아니었다. 대련이 정식 명칭이 되는 것은 1906년부터이다.

다음 날 아침 도고의 지시대로 참모 아키야마 사네유키가 찾아왔다.

도고는 아래층으로 내려갔다. 사네유키는 현관에서 경례했다.

그 뒤 두 사람 다 입을 다물고 있었다. 별로 이야기할 용건도 없었다. 이다와 다 함께 건물을 나섰다. 이미 기차가 준비되어 있었다.

그들은 유수방에 있는 노기군 사령부에 가는 길이다. 그들을 태워 보내기 위해서 마련된 특별 열차가 이 건물 바로 옆에 대기하고 있었다. 노기군에서 마중 나온 장교도 와 있었다. 모두 기차에 올랐다. 오른 것과 동시에 기차가 움직이기 시작했으나 거의 흔들리지 않았다. 광궤 선로인 때문일 것이다.

유수방에 도착할 때까지, 마중 나온 육군 장교가 203고지 함락 후의 전황을 설명했다.

물론 203고지가 함락되었다고는 하지만 그 후방에는 아직도 제이, 제삼의 방어선이 강인하게 남아 있었고 특히 이룡산 보루와 송수산 보루 등, 8월 이래 일본인의 피를 계속 빨아들이던 보루는 아직도 건재했다.

그러나 203고지가 함락된 이후 노기군 사령부의 공략 작업은 상당히 수월해지고 있었다. 주로 포병력을 가지고 적의 전투력을 약화시키면서 한편으로는 이들 보루를 향해 갱도를 파 들어가는 이전부터의 작전에 주력을 기울여, 갱도가 보루 밑에 도달하면 강력한 폭약으로 폭파하는 방법을 쓰고 있었다.

도고가 방문하기 이틀 전인 18일에는 이런 방법으로 일찍이 수만 명의 일본군을 사상케 한 동계관산 보루 밑까지 파고 들어가 이것을 폭파해 버렸다.

"앞으로 10일 이내에 이룡산도 송수산도 폭파할 수 있습니다."

육군 장교는 그렇게 말했다. 이 장교는 이전에 고다마 겐타로를 마중 나갔던 군사령부 참모 오바 지로 중령이었다.

도고가 노기를 방문하는 목적은, 우선 203고지를 함락시켜 준 사례를 하고 또 노기의 두 아들이 전사한 데 대한 조의를 표하려는 것이었을 것이다.

이 목적의 두 번째 문제에 대해서는, 도고라는 전시 함대의 장수로서의 차원과 이러한 세속적 예절의 차원이 서로 어긋나는 것 같지만, 그러나 이 시대 인간의 감각으로서는 오히려 이것이 정상이었다. 도고나 노기는 에도 시대의 무사인 자신들을 너무나 잘 보존하고 있었다. 무사의 가장 중요한 과제 중 하나는 정의라는 것이었다.

도고가 노기를 방문한 목적의 하나가 그것이었다는 것은, 뒤에 도고가 사세호로 돌아가 대본영에 보고하기 위해 도쿄에 갔을 때, 대본영에 보고가 끝난 뒤 그는 아무데도 들르지 않고 곧장 니자카(新坂)의 노기 저택을 방문하여 노기의 부인 시즈코(靜子)를 위문한 일로도 알 수 있다.

세 번째 목적은

"내가 맡은 여순항 밖에서의 임무는 끝났습니다. 곧 본국으로 돌아갑니다."

그런 인사를 도고는 여순의 전우였던 노기에게 해두고 싶었던 것이 틀림없다.

이와같은 일은 도고 자신은 밝히지 않고 있다. 사네유키에게도 말하지 않았다. 단지 사네유키나 이다 등이 그렇게 억측하고 있는 데 지나지 않지만 거의 그러했을 것이다.

──나는 신시대에 태어났으니까.

아키야마는 곧잘 이런 말을 했다.

신시대라는 것은 사네유키가 메이지 원년(1868년)에 태어났다는 의미였다. 그러므로 자기들은 머리가 새롭다는 의미는 아닌 것 같고 오히려 비하할 때 그런 말을 썼다. 무사라는 것이 없어지는 시대에 태어났기 때문에 무사적인 소양을 별로 몸에 지니지 못했다는 의미를 나타낼 때 사용했다. 사네유키뿐 아니라 그 세대의 사람들은 구식 인간을 경멸하는 한편, 동시에 전형적인 무사상이라는 것에 대한 동경을 대부분 지니고 있었다. 사네유키가 히로세 다케오(廣瀬武夫)를 평생의 친구로 사귀고 있었던 것은, 히로세가 자기와 동세대의 인간이면서도 무사적인 교양을 지니고 열심히 무사가 되려고 한 점에 이끌렸다고 할 수 있을 것이다.

사네유키는 도고를 그런 범주의 인간으로 보고 있었고 노기를 또한 더한 층 그런 눈으로 바라보고 있었다.

그는 203고지의 공방전이 한창일 때 노기군 사령부의 손님으로 상주하고 있는 해군 참모에게 자주 육전의 전략 전술에 대한 의견을 밝히는 편지를 써 보냈는데, 그 속에서 노기에 대한 존경의 마음을 새기듯 하는 문장으로 몇번인가 되풀이 쓰고 있다.

아무튼 다분히 극적인 일에 마음이 들뜨기 쉬운 원래의 이 문학 청년은 도고가 노기를 회견하러 간다는 이번의 유수방행에 대해서는 그의 머릿속에 극히 극적인 상상의 구성이 이미 준비되어 있었다.

회견 후 사네유키는 대본영의 동료에게 보낸 편지에서 이런 말을 적어 놓았다.

──이 두 장군의 회견 상황만은 도저히 편지로는 다할 수 없다.

203고지의 함락이 도고 함대를 여순의 속박으로부터 해방시켰다는 그 거대한 극적 배경이 이 회견을 더욱 극적으로 만들었다는 것을, 그 당시의 입장에서 사네유키 이상으로 통감한 자는 적었을 것이다.

유수방에는 역의 설비가 없고 초원에 열차가 설 수 있을 뿐이라는 것은 이미 말한 바와 같다.

기차가 정차하면 곧 기관조수가 뛰어내려 승강구 밑에 석탄 상자를 발판 대신 갖다대는 식이었다.

기차는 다가오고 있었다.

노기 마레스케는 도고가 바다에서 온다고 했기 때문에 막료를 거느리고 이 레일 곁에까지 마중 나와 있었다.

이날은 웬일인지 바람이 없었다. 겨울날 오후의 태양이 얼어붙은 눈을 따뜻하게 비춰주고 있었으나 그래도 계속 말을 타고 있으면 장화 속의 발이 얼 염려가 있었다. 막료들은 모두 말에서 내려섰다. 말들은 사령부의 하사관이나 병사들이 고삐를 잡고 한군데 모아두고 있었다.

노기만이 말을 타고 있었다.

이윽고 기차가 접근하자 노기는 급히 말에서 내렸다.

기차가 서고 석탄 상자가 놓여졌다.

도고의 자그마한 몸이 내려섰을 때 노기는 달려가듯이 하여 손을 잡았다.

"여어, 이 한마디를 했을 뿐 두 분 대장께서는 잠시 말을 잇지 못했습니다."

이것은 이다 히사쓰네가 전하는 말이다.

도고의 막료인 사네유키는 도고의 곁을 떠나 노기 막료들 속에 끼어 들어갔다.

노기와 도고는 선두에서 걸어갔다. 유수방의 군사령부까지는 4, 5마장의 거리였다. 그동안 두 사람은 한마디의 대화도 없었다.

"어느 분도 아무 말씀이 없었습니다. 그저 터벅터벅 걸어가실 뿐이었지요."

이다의 회상담이었다. 도고의 바로 뒤에 아키야마와 이다가 따르고 있었다. 바른 대로 말하자면 어떤 대화가 나누어질 것인가 하는 것이 두 사람에게는 약간 극적인 관심거리였다. 그러나 노기는 원래 말이 없는 사람이었고, 도고는 그 이상으로 말이 없는 사람이었다. 묵묵히 걷기만 했다.

이윽고 유수방의 군사령부에 도착했다. 군사령부의 건물은 앞서 말한 것처럼 민간인의 저택이었고 근처 집들의 규모에 비해 결코 작은 것이 아니었으나 이다의 눈에는 '아주 작은 중국인의 허름한 집' 정도로 보인 것 같다.

"두 분은 함께 그 조그만 집으로 들어갔습니다."

이런 이다의 회상담처럼 그 군사령부에 들어간 것은 두 장군 뿐, 육해군 막료들은 모두 사양했다. 이 조그만 집에서 어떤 대화가 이루어졌는지는 아무도 모른다. 서양의 관례라면 이런 경우 기록계와 같은 사람을 참석시켰을 것이다. 그러나 노기나 도고는 모두 메이지인이어서 그런 배려는 없었다. 더욱이 회상록을 쓴다든가 하는 습관도 없었기 때문에 끝내 그 속에서의 대화는 알 수가 없다.

단지 사네유키나 이다가 상상하건대 203고지 공략을 정점으로 하는 여순 공격의 노고를 도고가 위로하고 사례했을 것이다. 그리고 노기가 두 아들을 잃은 데 대해 도고는 조의를 표했을 것이다. 또 이번 방문의 최대의 주제로 도고는 이렇게 보고하고 인사했을 것이다.

"나는 봉쇄를 해제하고 본국으로 돌아갑니다."

그동안에도 양군 사이에는 아득하게 우레소리 같은 포성이 끊임없이 교환되고 있었다.

"구로이를 찾아가 위로하고 싶습니다."

도고가 모든 말을 다 마친 다음 이런 뜻의 말을 노기에게 한 것만은 확실하다.

"그럼 내가 안내해 드리지요."

노기가 그렇게 말하고 탁자 위의 모자를 집어든 것도 분명하다.

여기에서 '구로이'에 대한 설명을 하지 않으면 안 된다. '구로이'라는 것은 해군 중령 구로이 데이지로(黑井悌次郎)를 말하는 것이지만, 이제는 한 시설의 이름처럼 되어 있었다. 구로이는 해군이 노기에게 협력하기 위해 함포를 양륙하여 육상 포대를 구축했을 당시의 총지휘관이었다.

"여순 공격에 협력하기 위해 함포를 양륙하고 싶다."

언젠가 도고의 막료가 이렇게 말했다.

이때 노기의 참모장인 이지치 고스케는 한 마디로 거절했었다.

"필요 없습니다."

육군은 육군만으로 하고 싶다는 생각에서 나온 것으로서 이지치는 청일전쟁 때도 이와 같은 분쟁을 일으켰는데, 그에게는 어쩐지 해군과의 조화를 병적으로 싫어하는 일면이 있었다.

그런데 해군은 보기 드물게 고집을 부렸다. 해군의 생각으로는 구경이 작은 육군포(陸軍砲)로는 요새의 콘크리트를 깨뜨릴 수가 없으므로 적함의 강대를 깨뜨리는 함재포를 육상에서 쓰는 것이 어떻겠느냐는 것이었다. 그러나 이지치는 그 제의를 한마디로 잘라버렸다.

"육지의 걱정은 육지에서 하겠다."

그러나 이지치에게는 전문가라는 것을 내세우는 버릇이 있어서 툭하면 비전문가가 무슨 수작이냐는 기분이 있었다. 이런 이지치가 가지고 있는 가장 우스운 점은 군사 문제에는 아마추어와 전문가의 차이가 있는 것이라고 맹신하고 있는 점이었다.

——나는 포병의 전문가다.

그는 곧잘 그런 소리를 뇌까렸다. 요컨대 해군의 제안을 아마추어의 생각이라고 하여 일축한 것이다. 덧붙여 말해 두고 싶은 것은 대포의 조작과 같은 기술 분야에는 아마추어와 전문가의 문제가 있다고 하더라도 군사라는 그 자체에는 아마추어와 전문가라는 것은 없는 법이다. 이른바 전쟁의 전문가라는 자들이 실제의 전쟁에서 패배한 예는 얼마든지 있는 것이다.

어쨌건 이 해군의 제안은 결국 노기군 사령부가 받아들이게 되었다.

그 후 구로이 중령을 지휘관으로 하는 이 해군 중포의 활약은 28센티 유탄포와 함께 여순 요새를 뒤흔드는 위력을 발휘하였으나, 육군측의 전사는 그 위력을 크게 평가하려고는 하지 않았다.

도고는 그 구로이 데이지로의 중포 진지에 위문하러 가겠다는 것이다.

도고가 지금부터 가려고 하는 해군 중포 진지에 대해서는 좀더 말해 둘 필요가 있을 것 같다.

이 부대는 정식 명칭으로는 '해군 육전 중포대'라 불리고 있었다. 그들은 도고의 지휘에서 벗어나, 노기군 사령부에 소속되어 풍도(豊島) 공성포 사령관 지휘 하에 들어가 있었다.

이 함포들은 그 후 더욱 많이 필요했기에 수가 늘어났으나 6월에 처음 양륙될 당시에는 대련만에 정박하고 있던 구식 이등 전함 '후소'(3,783톤)에 설치되어 있던 것을 떼어낸 것이었다. 그밖에 이전부터 해군이 가지고 있던 육전대용의 속사포도 포함되어 있었다.

후소의 함포는 12근 포였는데, 그것이 12문 육지에 내려 놓았다. 그 후

12센티 포, 15센티 포 등의 대형 함포가 본국으로부터 기선에 실려 대련항으로 들어와 양륙되었다.

함포가 산에 오르는 것이었다.

이를테면 표시뿐으로써 육군포와 같은 포가도 포상도 없었다. 이것을 어떤 장치로 육상에서 쓸 수 있게 만드는가에 대해서는 지휘관인 구로이 데이지로에게 맡겨졌다. 구로이는 연구에 뛰어난 사나이였기 때문에 특별히 설계를 하여 조선 재료나 철제, 철판 등을 산꼭대기에 싣고와 독특한 포가와 포상을 만들었다.

이 포들이 화석령을 근거지로 하여 세 개의 포대를 만들었는데 그 포의 수는 각종 구경의 포를 합하여 43문, 병력은 1천 3백 명이었다.

이 포대가 최초로 포문을 연 것은 8월 7일이었다. 이때에는 육군 포병이 아직 전개를 끝내지 못하였기 때문에 여순 공격의 초동기에 포효한 것은 이 지치가 싫어하는 이 해군포였다.

11월 3일에는 구로이가 재미있는 계획을 짰다. 이날은 덴초세쓰(天長節 : _{일본 천황의 탄생일})였다.

예포를 쏘지 않으면 안 되었다. 해군의 예포는 21발이었으나 육군에서는 1백 1발이었다.

"우리는 임시로 육군에 배속되어 있으니까 육군식으로 1백 1발을 발사하자."

이렇게 말하고 그것도 공포를 쏘기보다 실탄을 발사하도록 계획을 세웠다. 그 실탄은 말할 것도 없이 적진으로 쏘아 보내는 것이었고 그 목표는 여순항내로 지정했다. 물론 203고지 함락 이전이어서 항내를 내려다볼 수 있는 관측소가 없었기 때문에 무턱대고 쏘는 사격이었다.

구로이는 항내를 도상에서 바둑판같이 갈라놓고 그 눈금마다 한 발씩 포탄을 떨어뜨리기로 작정했다. 사용하는 포탄은 1개 포대마다 1백 1발, 3개 포대를 합하면 3백 3발이다.

이것을 시작하자 포격의 중간쯤에서부터 항내에 큰 화재가 일어나는 것이 보였고 곧 이어 검은 연기가 하늘을 뒤덮으며 굉장한 사태가 벌어지게 되었다.

이 육전 중포대가 여순 공격에 사용한 포탄 수는 15센티 포가 5천 발, 12센티 포가 1만 7천 발, 12근 포가 2만 3천 발로서 장거리 사정 거리를 가진 중포로써는 최대의 활약을 했다고 할 수 있을 것이다.

이미 도고는 그의 함대를 이끌고 본국으로 돌아가게 되었으나 그의 부하 중에서 구로이 중령을 비롯한 육전 중포대만이 여순 요새가 함락될 때까지 남아있지 않으면 안 되게 된 것이다.

도고가 위로하려고 하는 것은 그와 같은 사정 때문이기도 했다.

사네유키가 이 두 장군의 대면에 관하여 그 후 대본영에 근무하는 오가사와라 조세이(小笠原長生)에게 들려준 감상은 오가사와라에 의해 기록되고 있다.

"나는 지금까지 이와 같이 두고두고 기억에 남을 만한 장면을 본 일이 없었다. 도고, 노기 두 대장이 열성을 다하여 악수하는 순간의 광경은 잊을 수 없는 인상을 나에게 주었던 것이다."

여순 공략이라는, 이 일본 민족이 경험만 최대의 고난은 이 무렵부터 민족의 서사시로 변해 가는 모양이었다.

구로이 중령의 중포 진지로 가는 동안 포성은 아직도 은은하게 하늘에 메아리쳤다.

거기에 도착하기까지의 지형은 대지가 파상을 이루고 있었다. 파도의 바깥쪽 낮은 지대를 누비고 가면 마치 둑 밑을 걸어가는 것과 같아서 적으로부터 모습을 감출 수가 있다. 모습이 드러나면 아직 살아있는 송수산 포대나 의자산 포대에서 쏘아 오기 때문이다.

도중, 걸어가면서 안내자인 노기는 도고에게 두 번이나 같은 말을 했다.

"바다의 제독인 당신이 육지에서 부상을 당하면 곤란하니까 머리를 들면 안 됩니다. 머리를 들면 금방 쏴 대니까요."

수행하는 이다는 기억력이 좋아서 노기의 이 말을 그대로 기억하고 있었다.

왼쪽이 적의 요새였다.

노기는 도고를 보호하기 위해 왼쪽에 자기가 서서 허리를 구부리고 걸었다. 왼쪽이 언제나 지대가 높았다. 노기는 도고를 낮은 곳에 두고 걸어갔다. 말이 없는 도고는 별로 사양하지도 않고 노기가 하라는 대로 걷고 있었다. 지대가 좀 높아지면 노기는 도고를 위해 낮은 자리를 가리켜 주었다.

"좀더 이쪽으로 오십시오."

이윽고 해군이 파견한 육전 중포 진지에 도착하자 구로이 중령이 한길에 마중 나와 있었다. 구로이의 안내로 두 사람은 흙주머니에 둘러싸인 지휘소로 들어갔다.

"수고가 많았네."

도고가 구로이에게 말했다. 그리고는 잠시 말을 끊었다가 싱긋 웃으며 말했다.

"아직도 뒤가 남았구먼."

구로이의 임무는 전요새를 함락할 때까지 계속되는데 도고는 그것을 도고식으로 표현하고 있는 것이다.

"나는 일부 함정을 남겨놓고 본국으로 돌아가게 되었다네."

도고는 노기에게 했던 말을 구로이에게도 했다. 30분 가량 있다가 다시 유수방으로 돌아와 저녁 식사를 들었다.

그 자리에서도 대화다운 대화는 거의 없었다. 도고는 극단적으로 말이 적었고 노기도 말이 많지 않았다. 단지 이지치만이 몇 가지 화제를 꺼냈다. 주로 신경통에 관한 이야기였다.

식사를 마치자 도고는 곧 출발했다. 차 안에서 사네유키가 물었다.

"오늘 밤, 대련에서 주무시렵니까?"

"아니, 미카사로 돌아가겠네."

도고의 말이었다. 그렇게 해야 할 것이었다. 새로운 적을 기다리기 위하여 반나절이라도 빨리 연합함대는 여순의 바다에서 철수해야만 할 것이었다.

도고는 기함 '미카사'에 돌아가자 곧 대본영 앞으로 장문(長文)의 전보를 띄웠다.

초안은 역시 아키야마 사네유키가 맡았다. 사네유키는 연필을 쥐고 30분 만에 써내었다. 내용은 다음과 같았다.

──이것으로써 여순 봉쇄 작전은 완료되었음.

곧 군령부장 이토 스케유키로부터 지시가 왔다.

"제3함대를 남겨 놓고 철수하라."

제3함대라는 것은 중장 가타오카 시치로(片岡七郎)가 지휘하는 것인데 2등 순양함(4,000톤급) 4척이 주력을 이루고 있었다. 그 이름은 '이쓰쿠시마(嚴島)', '하시다테(橋立)', '마쓰시마(松島)'이다. '진원'만은 청일전쟁 때

포획한 군함인데 형이나 크기나 속력이 달랐다. 그밖에 3등 순양함이 4척, 포함이나 해방함 종류가 6척, 거기에 수뢰정대가 3개 정대 부속되어 있었다. 이 제3함대가 적 요새에 대한 보급로 차단 임무와 노기군과의 협동 작전을 위해 남아 있게 되었다.

"도고 연합함대 사령장관은 가미무라(上村) 제2함대 사령장관과 함께 대본영에 등영하라."

이토는 그 명령의 마지막 구절을 이렇게 맺었다.

'미카사'를 비롯한 도고 함대는 그들의 근거지였던 이장산(裏長山) 열도를 떠나 제1함대는 구레(吳)로, 제2함대는 사세호(佐世保)로 들어갔다.

어느 함이건 손상이 심했다. 오랫동안 바다에 띄워 두기만 했기 때문이었다. 또한 황해 해전을 비롯하여 크고 작은 해전 때문에 포 같은 것도 상당히 상해 있었다. 미카사 등에도 바꾸지 않으면 안될 포가 몇 문인가 있었다.

구레(吳)의 선거에는 손상이 심한 전함 '시키시마'가 한걸음 먼저 귀국하여 수리받기 위해 기다리고 있었다. 이 함은 주포에서 부포에 이르기까지 거의 바꾸지 않으면 안 되었고 기관의 손상도 심했다.

"수리에 2개월 반 걸릴 것이다."

시키시마를 검사한 기술관은 그런 판정을 내리고 예정을 세웠다.

그런데 적의 발틱함대의 동향이 분명하게 파악되지 않고 금방이라도 극동 수역에 출현할 것 같은 긴박감이 있기 때문에, 함장인 데라가키 이조(寺垣 猪三) 대령(뒤에 중장)은 기술관에게 부탁했다.

"그래서는 적이 먼저 와 버리겠다. 좀 더 빨리 해줄 수 없겠는가?"

기술관도 그것은 충분히 알고 있었다. 그러나 어떻게 할 수도 없다고밖에 대답할 길이 없었다.

그런데 막상 수리가 시작되자 직공들이 분발하고 일어났기 때문에 기술관이 생각한 이상의 속도로 작업이 진척되었다. 직공들은 휴식도 취하지 않고 식사도 선 자리에서 먹어 치우는 등 열심히 일했다. 탑승원인 수병들은 그것이 가엾어서 차를 날라 주기도 하고 간식을 만들어 주기도 했다. 함장인 데라가키 이조도 마침내는 현장 직공들을 설득하고 다녔을 정도였다.

"그렇게 일을 해서는 몸을 지탱할 수 없겠군. 아직 미카사도 올 것이고 뒤에도 백 척이나 되는 군함이 올 거야, 몸을 아껴 두어야 해."

직공들의 엄청난 기세는, 보통 볼트 대가리를 쳐부술 때 10회나 20회 정도의 타격이 필요하다는 것이 상식이었으나, 이번 경우에는 어느 직공이나 망치에 힘이 들어있어서 5, 6회로 대가리를 부수어 버리는 형편이었다.

이렇게 되어 시키시마의 수리는 2개월 반이라던 것이 1개월 20일 정도로 끝났다.

도고와 가미무라가 도쿄에 돌아온 것은 이달 30일이었다. 신바시(新橋) 정거장에 내리자 수만의 군중이 몰려들어 그들을 환영했다.

두 사람은 궁내성에서 보내온 마차를 타고 등영(登營)했으나 막료들은 그대로 해군성으로 갔다. 사네유키도 그 중의 한 사람이었다.

저녁 무렵 사네유키는 먼저 요쓰야(四谷) 시나노 거리(信濃町)에 있는 형 요시후루의 집으로 찾아가 노모와 형수인 다미코(多美子)에게 인사했다.

어머니인 오사다는 이미 78살로서 출정 전에 비하면 훨씬 더 늙으신 것 같이 느껴져, 사네유키는 도저히 그런 어머니를 바로 볼 수가 없었다. 그러다가 어머니로부터 이런 불평을 들었다.

"애야, 너는 왜 안절부절을 못하느냐."

사네유키의 눈에 꽤나 침착성이 없었던 모양이다.

사네유키에게는 그런 일면이 있었다. 아버지가 마쓰야마에서 죽은 것은 1890년이었는데, 이때 형인 요시후루는 프랑스 유학중이었고 동생인 사네유키는 해군 소위 후보생으로 군함 '히에이(比叡)'에 탑승하여 콘스탄티노플에 있었다.

"어머니, 아버지는 돌아가셨다면서요."

그 후 요시후루는 마쓰야마에 돌아왔을 때, 표정도 변하지 않고 세상 이야기하듯이 말했었다. 요시후루는 어떤 경우에도 감정을 겉으로 드러내지 않도록 애쓴 사나이였으나, 사네유키의 경우는 집에 돌아와 잠시 어머니의 얼굴을 보고 있는 동안에 참을 수가 없었던지, 소리를 내어 울음을 터뜨렸는데 너무나 애절하게 울어대어 어머니가 오히려 당혹했을 정도였다.

지금도 그는 "만일 어머니가 돌아가시면 어떻게 할까" 하는 마음뿐이어서 감정을 가눌 수가 없는 것이다.

사네유키라는 사나이의 이런 성품때문에 이 막내아들을 가장 귀여워했던 어머니는 잘 알고 있었다. 그래서 일부러 건강한 듯이 행동하고 있었으나, 사실은 이즈음 다리가 아파 변소에 가는 것조차 어려울 정도여서 평소엔 거의 자리에 누워 지내는 생활이었다.

이날 어머니에게는 약간 평소와 다른 점이 있었다. 지금까지는 사네유키가 진급을 해도 아무 말이 없었는데, 그가 해군 중령이 된 것을 대단히 기뻐한 일이었다.

이 진급에 대해서는 지금 오쿠군(奧軍)의 최좌익에 있는 형, 요시후루로부터도 함대로 편지가 왔었다. 사네유키는 이 편지를 형수에게 보이기 위해 가지고 왔으나 그것이 어머니의 눈에 뜨일까 두려워 결국 내놓지 못했다. 요시후루의 편지에는 동생의 진급을 축하한 다음 이렇게 쓰여져 있었던 것이었다.

"한 집안의 멸망, 근심할 일이 못되리라. 형제가 함께 이 전례 없는 국난에 쓰러질 수 있다면 이 아니 일생의 쾌사이랴. 앞으로의 무대를 즐겁게 기다리고 있노라."

사네유키는 해가 진 뒤 아오야마 다카기 거리의 셋집으로 돌아갔다. 거기에는 작년 7월에 결혼한 아내인 스에코가 저녁을 지어놓고 기다리고 있었다.

이 새색시가 현관에 마중 나왔을 때 그는 꽤나 부끄러웠던지, 말도 하지 않고 잠시 화난 사람처럼 있었다고 한다.

어쨌든 배는 선거(船渠)에 들어 있었다.

뱃사람에게는 이 기간이 바로 휴양이어서 사네유키도 매일 군사령부에는 나갔으나 일찍 돌아왔다

집에 돌아오면 곧 "베개" 하고 스에코에게 베개를 갖고 오게 해서는 군복을 입은 채 방바닥에 벌렁 누워 버린다. 그러고는 줄곧 천정만 쳐다보고 있다.

'대체 어떻게 해드려야 하는 것인지.'

스에코는 매일 허둥대는 기분이었다. 차를 날라다 주어도 얼굴을 천정으로 향한 채 움직이지 않는다. 스에코는 차를 베개 옆에 놓아두지만 결국은 식어 버리고 만다.

"누에콩."

이렇게 말할 때도 있다. 사네유키는 유럽에서나 함대 근무를 할 때나, 언제나 볶은 누에콩을 윗주머니에 넣고 다녔고, 이번에 도쿄에 돌아와 군령부에 나갈 때도 주머니에 누에콩을 불룩하게 쑤셔 넣고 씹으면서 걸었다.

얼마 전에도 '미카사' 함상에서 어머니에게 띄운 편지 끝머리에 조르는 것을 잊지 않았다.

"완두콩을 두세 말 정도 볶아서 보내 주시기 바랍니다."

볶는 방법은 아무래도 어머니가 아니면 잘 되지 않았다. 스에코는 이것 때문에 일부러 시어머니에게 볶는 방법을 배웠을 정도였다.

여하튼 자택에서의 사네유키는 밥을 먹는 것 이외에는 언제나 천정을 바라보고 있었다.

그가 쳐다보는 천정은 스에코에게는 단순한 천정이었으나 사네유키에게는 거기에 정확하기 이를 데 없는 일본 열도가 나타나 있었다. 내해가 있고 외해가 있으며 바다는 동지나해로부터 일본해, 태평양, 오호츠크 해까지 펼쳐지고 있다.

'발틱함대는 어디서 어떻게 올 것인가.'

이 문제에 일본 그 자체의 존망이 걸려 있었다. 일본의 태평양 기슭을 돌아 멀리 북쪽에서 블라디보스토크로 들어갈 것인지, 아니면 동해를 거쳐 갈 것인지, 그것은 발틱함대 사령관인 로제스트벤스키와 신만이 알고 있는 일이었다. 그러나 일본은 그것을 요격하는 함대를 하나밖에 가지고 있지 못하기 때문에 태평양과 일본해의 두 곳에서 기다릴 수는 없는 것이었다.

그 어느 한쪽을 택하여 그 뒤는 운에 맡길 수밖에 없는 것이다. 하지만 그 연구와 도박은 사네유키 혼자만의 일이 아니라 군령부 전부의 일이었다.

그러나 발틱함대가 나타난 후의 작전은 모두 사네유키의 일이었다. 지상 명령으로서 요구되고 있는 것은 승리하면 된다는 간단한 것이 아니었다. 한 척도 남기지 않고 침몰시킨다는, 세계 전사에 일찍이 없었던 요구가 연합함대를 속박하고 있는 것이다. 3척이나 4척이 살아남거나 하여 블라디보스토크로 달아나게 된다면 그것이 일본의 해상 수송에 큰 위협이 되어 만주에 있는 육군의 사활 문제가 될 것이다.

사네유키가 매일 정신이 이상해질 만큼 생각에 잠겨 있는 문제는 이것이었다. 그는 이미 그 원칙을 세웠다.

"7단 태세의 전법"이었다.

이 전법은 그가 오가사와라로부터 빌려온 일본 수군의 옛 전법에서 생각해 낸 것이었다. 그것이 과연 효과가 있을 것인가를 천정에 역력히 그려져 있는 일본 열도의 해역 안에서 쌍방의 함정을 맘껏 달리게 하면서 생각하고 있는 것이다.

발틱함대는 그 원정 항해를 계속하고 있었다. 이만한 대함대가 유럽의 북해로부터 극동의 바다까지 그야말로 만리의 파도를 차고 원정한다는 그 일 자체가 이미 영웅시적(詩的)이었다.

거기에 대해, 그것을 요격해야 할 일본의 작전가가 도쿄 한구석의 셋집에서 누에콩을 씹어가며 천정을 노려보고 생각하고 있다는 것은, 소탈한 것을 좋아하는 일본의 선화(禪畵) 같이 어딘지 익살스럽다고 할 수 있을 것이다. 러시아 사관의 대부분은 귀족이었으나 일본의 작전가인 아키야마 사네유키의 셋집에는 목욕탕마저 없었다. 다행히 이웃에 아내 스에코의 친척이 있었으므로 그 집 목욕탕을 빌리러 가곤 했다.

사네유키의 어머니는 '사네유키가 도쿄에 있는 동안만이라도 사네유키네 집에서 살고 싶다'고 했기 때문에 사네유키가 귀향한 이틀 후부터 여기에 와 있었다. 어머니는 막내인 사네유키가 아무래도 귀여운 모양이었다.

어머니가 목욕을 하러 갈 때는 사네유키는 힘들이지도 않고 어머니를 업고 나섰다.

언제나 그랬다. 군복을 입은 채 업고 갈 때도 있었다.

"창피하게 무슨 꼴이냐. 그만둬라."

어머니는 이것을 싫어하여 발버둥을 쳤으나 아들 사네유키의 좋은 점은 그가 하는 모든 것이 기능적이고 합리적이라는 데 있었다. 힘이 센 자기가 업고 가는 것은 당연한 일이며, 남에게 부탁하면 일일이 인사를 해야 하기 때문에 성가시다는 말만 하고는 얼른 어머니를 업고 이웃 친척집까지 데리고 가는 것이다.

"사네유키님, 발틱함대는 어떻게 됐을까요?"

그 친척집 사람들은 짓궂게 물어오지만 그는 그때마다 머리를 흔들고 말했다.

"그걸 안다면 걱정이 없겠습니다."

그렇게 말할 뿐 절대로 그 화제는 꺼내지도 않았다. 그러나 신문이나 거리의 화제는 발틱함대의 내함에 집중되어 있었고, 그것이 어느 나라 무슨 항구에 나타났다는 외신이 신문에 실리는 날은 전국의 화제가 되었다. 사네유키의 가족들에게 목욕탕을 제공하고 있는 사람들로서는 사네유키에게 그것을 묻는 것이 당연했을 것이다.

"이기겠습니까?"

그것을 묻기도 한다.

그런 종류의 질문은 마음이 편했다.

"이깁니다."

그렇게 말하면 되었다. 설마 군인의 몸으로 진다고는 할 수 없고 또한 분명히 그의 머릿속에서는 이기기는 이긴다는 확신이 있었다.

그렇기는 하지만 한 척도 남기지 말고 침몰시킨다는 절대적 과제를 짊어지고 있는 이상 거기에 대한 생각이 문제였다. 그의 머릿속에는 발틱함대의 모든 군함의 속력 등은 훤하게 들어 있었고, 물론 도고 함대의 여러 전대의 운동 속력도 기억 속에서 뛰놀고 있었다.

그 갖가지 속력의 함정들이 천정을 노려보고 있는 그 허공에서 끊임없이 뒤섞여 움직이고 있었다.

'이런 진형은 안 되겠다.'

그렇게 생각하면 그것을 지우고 새로운 진형을 짠 도고 함대가 천정의 파도 위에 나타나고 나타나면 또 파도를 가르며 항진하기 시작하는 것이었다.

사네유키는 군사전략에 대해서 뒤에 해군 대학교에서 강의한 일이 있었다.

"군사전략이라는 것은 스스로 터득해야 하는 것이지, 글이나 말 혹은 옛사람이나 선배로부터 배워지는 것이 아니다."

그는 터득하는 방법을 자상하게 가르쳤다. 모든 전사를 읽고 연구하라, 읽을 수 있는 대로 많은 병서를 읽어야 하며 그 바탕 위에서 스스로 원리를 추상하라, 병략이라는 것은 개개인이 연구하여 개개인이 터득할 수밖에 다른 도리가 없다고 말했다. 요컨대 교과서는 개개인이 만들 수밖에 없다는 것이었다.

사네유키의 발틱함대에 대한 전법도 그의 창안이며 어느 나라의 전술 서적에도 없는 것이었다.

그가 지금 연구를 거듭하고 있는 요격 전법은 뒤에 '7단 태세'라는 이름이 붙었다. 사네유키는 적을 한 척도 남기지 않고 침몰시키기 위해서는 원칙적으로 이것 이상은 없다고 생각하고 있었다.

즉, 제주도 부근에서부터 블라디보스토크 앞바다까지의 해면을 7단으로 구분하는 것이다.

그 구분마다 전법이 변한다.

먼저 제1단은, 발틱함대가 일본 근해에 나타나면, 즉시 주력 결전은 하지 않고 재빨리 구축함대나 수뢰정대 같은 속력이 빠른 작은 함정을 내보내어 전력을 기울여 적의 주력을 습격함으로써 혼란에 빠뜨린다. 이것은 그가 숙독했던 다께다 신겐의 전법을 그대로 닮은 것이었다.

제2단은 그 이튿날 일본 함대의 전력을 다하여 적 함대에 정식 공격을 퍼붓는다. 전투의 승패는 여기에서 결정될 것이다.

제3단과 제5단은 주력 결전이 끝난 일몰 후, 다시 구축함과 수뢰정대 같은 작은 함정을 내보내어 철저한 어뢰전을 벌인다. 이것은 정식 공격이라기보다 기습이라고 할 수 있을 것이다.

이어 그 다음날 제4단과 제6단의 막을 올린다. 일본 함대의 전력이 아니라, 그 대부분을 가지고 적함대의 남은 세력을 울릉도 부근에서 블라디보스토크 항의 밖에까지 몰아낸 다음, 그 뒤에는 제7단으로서 미리 블라디보스토크 항구의 부설에 둔 기뢰 침설 지역으로 몰아넣어 모조리 폭침시킨다는 웅대한 구상인데, 제1단에서 제7단까지 서로 밀접한 관련을 유지할 뿐 아니라 더욱이 각 단계가 충분히 겹쳐 있어 빈틈이 없다. 그 정밀성과 주도성은 동서고금의 어느 해전사에 비해도 손색이 없다. 사네유키 이전의 역사상의 해전이라는 것은 거의가 닥치는 대로 해젖힌 조대한 것이 많았는데, 사네유키는 오히려 이 치밀성을 육전의 전사를 읽음으로써 터득했다고 해도 좋을 것이다.

사네유키는 이 7단 태세에 대해서만 생각하고 있었다. 어머니를 업고 목욕탕을 빌려 갈때에도 이 일을 생각하고 있었고 천정을 노려보고 있을 때에도 물론 이 일뿐이었다.

'8월 10일의 황해 해전의 고전을 두 번 다시 되풀이한다면 일본은 멸망하고 만다.'

사네유키의 뇌리에는 언제나 그 생각이 가득 차 있었다. 그때 우연히 일본의 주포탄이 적의 기함에 명중하여 적의 지휘나 진형을 큰 혼란에 빠뜨릴 수 있었기 때문에 간신히 승리를 얻을 수가 있었다. 그런 우연이 없었다면 아무리 생각해 보아도 우리에게 승산이 있을 턱이 없었다.

사네유키가 두고두고 화제가 황해 해전에 미치면 그렇게 말했던 것처럼 정말 우연한 전기로 승리를 얻었던 것이다. 사네유키는 다가오는 발틱함대와의 결전에서는 우연을 믿는 요소를 완전히 배제하고 싸우려 했는데, 그것이 이 '7단 태세의 전법'이었다.

'로제스트벤스키의 항해.'

이렇게 불리는 발틱함대의 고난에 찬 항해는 아직 아프리카 대륙의 가장자리에 겨우 당도했을 정도였다. 러시아에서 극동의 섬나라까지만 8천 해리, 이 기록적인 목표에 성능이 제각기 다른 40여 척의 크고 작은 함정을 이끌고 이 궁정 관리 같은 사령관은 도전하려고 하는 것이다. 생각만 해도 정신이 아찔해지는 사업이었다.

"도고와 그 함대를 모조리 바다 밑에 쓸어 넣게 된다면 이런 고난도 그 하나하나가 보석처럼 빛나는 추억이 될 것이련만."

사람들은 그렇게 생각했다.

그러나 1만 2천의 탑승원 중에 확고한 필승의 전망을 가진 자는 없었다. 아니, 그것이 군대가 지니는 자연스러운 생리인지도 모른다. 도고 함대라 하더라도 그 병사 전부가 필승을 확신하고 있는 것은 아니다. 확신하고 있다면 상당히 어리석거나 비정상적인 정신 체질을 가진 사람일 것이다.

단지 국가라는, 다분히 중세적인 신성상을 강요하는 절대 권력이 로제스트벤스키를 비롯하여 취사병에 이르기까지 만 8천 해리의 원정에 종사하도록 명령했을 뿐이었다. 그것만이 모든 것이었다. 사람들은 거기에 복종할 수밖에 없으며 복종하지 않으면 국법에 따른 죽음이나 자유 구속이 있을 뿐이었다.

그들의 고난은 이 대원정이, 그 원정에 필요한 모든 조건을 제대로 공급받지 못한 데 있었다. 만 8천 해리의 항해 중 태반의 항구가 영국에 의해 장악되어 있거나 그 영향 아래 있었다. 영국은 세계의 해상에 있어서의 일본의 대리인이었다. 영국은 국제법이 허락하는 한도 내에서 발틱함대의 항해를 방해하려 했고 그 함대를 지치게 하려고 애썼다.

"이 해상의 악한. 해상의 우월자. 러시아 제국에게는 불구대천의 원수, 그들이 우리 항해를 방해한 사실은 헤아릴 수도 없었지만 그래도 모두 눈물을 삼키고 이것을 참아왔다."

조선 기사 폴리토우스키는 11월 2일자로 그의 아내에게 이런 편지를 써 보냈다. 11월 2일인 이날, 이 대함대는 이미 9개국의 연안을 통과해 왔다. 스웨덴, 노르웨이, 덴마크, 벨기에, 네덜란드, 영국, 프랑스, 독일, 스페인……

그 뒤에 포르투갈을 거쳐 아프리카 연안에 들어가게 된다.

그가 이 편지를 쓴 다음 함대는 호우를 만났다. 11월이라고는 하지만 함 내는 숨을 쉬기가 어려울 만큼 무더웠다. 항해 도중 줄곧 그 미운 추적자— —영국 해군의 순양함대——는 여전히 뒤따르고 있었다. 이것 때문에 출항 이후 거의 이런 상태였지만, 각 함의 탑승원들은 옷도 벗지 못하고 밤에도 포 옆에서 잠을 자야 했다. 수병의 피로는 극도에 다다랐다. 영국 함대가 주 로 노리는 것은 수병을 지쳐 빠지게 하는 것이었다. 수병을 지치게 하는 것 은 결코 국제법상의 위반이 아닌 것이다.

그러나 이 기간의 항해는 다른 점에서는 순조롭게 되어 갔다.

11월 3일, 러시아의 우방 프랑스의 식민지인 모로코의 탕지르에서 사관들 까지 석탄가루로 새카맣게 되어 석탄을 실은 다음 7일에 출범, 모든 함들이 석탄을 만재했기 때문에 본래 키가 높은 러시아 군함이 홀수선 바로 위까지 함체가 잠겨 있었다. 어떤 군함의 경우는 3천 톤 이상을 싣고 있었다. 항구 마다 석탄을 자유롭게 살 수 있다면 별 문제없지만 그것이 영국의 방해로 제 한되어 있었기 때문에 이렇게까지 무리하게 싣지 않을 수가 없었다.

바다에서 보는 아프리카 서해안의 풍경은 열대의 밝은 분위기 따위는 없 고 더구나 북방 민족인 러시아인에게는 음울한 어두운 빛깔로 충만되어 있 었다. 남하함에 따라 더위가 극성을 부렸는데 더위는 그런 대로 참을 수 있 다고 하더라도 끈적끈적한 습기에는 견딜 재간이 없었다. 빨래는 좀체 마르 지 않고 모두가 눈에 잠긴 러시아의 겨울을 그리워했다.

함대가 다카르 항에 들어간 것은 11월 12일 아침 8시였다. 항구는 고레이 트 섬이라는 작은 섬을 안고 있으며 프랑스인이 건설한 다카르 시가는 해안 에 있었다. 그런데 시가의 일부는 고레이트 섬에도 있었다.

이 항구는 프랑스가 장악하여 서부 아프리카 경영의 책원지로 삼고 있었 으며 항구는 그 군항이 되어 있었다.

"여기는 우리 동맹국의 군항이므로 우리는 충분히 석탄을 사들일 수 있을 것이다."

제독 로제스트벤스키는 마음을 놓고 있었다. 항구에 들어온 군함들은 차례차례 닻을 내렸다. 무더위를 제외한다면 이 항구는 발틱함대에게 쾌적한 곳이 되어야 할 것이었다.

여하튼 석탄은 싣지 않으면 안 된다. 로제스트벤스키의 생각의 대부분은 극동에서 도고 함대와 어떻게 싸우느냐는 문제보다도 석탄으로 가득 차 있었다. 석탄이 없으면 전장까지 갈 수가 없는 것이다.

석탄 정도는 수준 이상의 항구라면 세계 어느 항구에나 있을 것이었으나 발틱함대에게는 그것이 극도로 부자유스러웠다. 영국은 석탄 싣는 것을 방해했다. 이전의 탕지르 항구에서는 영국 상인이 부선과 바구니를 매점하여 함대는 석탄을 싣는 데 큰 불편을 겪었으며 그런 종류의 일은 헤아릴 수 없이 일어났던 것이다. 영국은 일본에는 더 할 나위없는 동맹국이었지만 러시아에게는 악마였다. 그러므로 석탄은 실을 수 있는 항구에서 필요 이상의 많은 양을 싣지 않으면 안 되었다.

"탕지르 항에서 그만큼 많이 싣지 않았나. 제독은 어떻게 된 것이 아니냐?"

하사관이나 병사들 사이에는 이런 불평이 일어났으나 실정은 그런 조무래기 불평가들의 낙관과는 다른 것이었다. 첫째 탕지르에서 충분히 실은 함대도 있으나 많이 싣지 못한 함대도 있다.

"상륙은 석탄 적재 작업을 마친 뒤에 허가한다. 그때까지는 사관일지라도 함을 떠나지 말라."

로제스트벤스키는 그런 명령을 내렸다.

"앞으로의 항해가 성공하느냐 못하느냐는 전적으로 석탄에 달려 있소. 석탄 적재량의 정도가 우리 함대의 운명을 쥐고 있는 거요."

막료들은 그런 말로 여러 함장들을 설득했다. 물론 갑판에도 빈틈없이 석탄 무더기를 만든다. 경우에 따라서는 포탑 주변에 쌓아 두어도 좋다는 것이었다.

이 적재 작업만큼 괴로운 노동은 없었다.

게다가 속력이 요구된다. 로제스트벤스키는 명령했다.

"병사들에게 상금을 줘라"

제일 먼저 싣는 수병에게 상금을 준다는 것이었다.

어쨌건 이 작업은 석탄 가루가 자욱한 속에서 하지 않으면 안 되었고, 따라서 함대의 모든 출입구와 창문을 닫아 두지 않으면 함내는 새까맣게 되어 버리는 것이다. 창문을 닫아 두면 이 찌는 듯한 무더위 속에서 함내의 온도와 습도는 살인적으로 상승하기 마련이었다.

아무튼 이 석탄 싣기와 그 석탄 가루 속에서의 숨가빴던 경험이 발틱함대의 탑승원들에게는 이 항해 중에 겪은 가장 주요한 이미지가 되어 가고 있었다. 모두 발가벗고 일하며 머리칼이 철사처럼 빳빳해지고 얼굴이 시커멓게 변하여 폐까지 검어질 것 같았다.

이 작업의 체험자인 플레베는 '고문'이라는 말을 쓰고 있다. 밤의 작업은 그래도 편한 편이었으나, 다카르 항의 한낮에는 온 몸이 불타오르는 것 같았다. 과로로 쓰러지는 병사가 속출했다.

"빨리, 빨리!"

로제스트벤스키는 잔소리 많은 하사관처럼 쉴 새 없이 소리를 지르고 있었다. 이 제독도 극도로 지쳐 있었다.

여하튼 석탄 가루가 들어오지 못하도록 그의 방도 창문을 밀폐한 채로 있었다. 하루 종일 그의 방 온도는 체온 이상이었다. 50도까지 오른 때도 있었다. 그 위에 책상 서랍이 부풀어서 열리지 않을 정도의 지독한 습기로 마치 탕 속에 들어가 있는 것 같았다.

견디다 못해 갑판에 나가면 거기에는 일사병이 일어날 것 같은 뜨거운 햇볕이 쏟아지고 있었다.

흑인이 함대 주변을 작은 배를 저으며 돌아다녔다. 돈을 던져 달라고 조르는 것이다. 어느 함대 곁에나 구걸하는 배가 돌아다니면서 때로는 함에 올라오는 일도 있었고, 심지어는 함장실까지 들어온 구걸꾼도 있었다.

그 중의 하나가 작은 배 위에서 로제스트벤스키에게 두 손바닥을 펴 보이고 있었다. 거기만 누런 마른 잎 빛깔이었다. 전신이 새까만 러시아인들을 놀리는 것이다. 로제스트벤스키는 화낼 기운도 없었다.

그는 석탄 싣기를 서두르지 않으면 안 되었다. 그런 형편이었다.

이 다카르 항이 프랑스 식민지라는 것은 앞에서 말한 바와 같다. 프랑스는 동맹국이었으나 일본과 영국 같은 충실한 친구는 아닌 것 같았다. 과거에는 그러했다. 개전 전후에도 그러했다. 그러나 개전 이후 시간이 지남에 따라 태도가 냉담해지고 있는 것이다. 분명히 만주 벌판에서의 러시아 육군의 연전 연패가 프랑스의 태도를 냉담하게 만든 것 같았다.

그렇다고 프랑스가 일본에 호의를 베푸는 것도 아니었다. 프랑스 외교에서 일본의 존재 따위는 문제될 가치조차 없었다. 프랑스는 일본의 승리가 거듭됨에 따라 일본의 동맹국인 영국에게 사양하기 시작한 것이다.

"석탄을 싣기 위해 정박하도록 해주기 바라오."

이 곳에 주재하고 있는 서부 아프리카 총독에게 청을 했더니 그 대답은 어찌된 셈인지 뜻밖에도 냉담한 것이었다.

"본국에 알아 보지요."

함대가 이 항구에 들어온 것은 아침 8시였는데 오후 5시에 총독이 기함으로 찾아와 로제스트벤스키에게 말했다.

"미안하지만 이곳에서의 석탄 적재는 허가할 수 없습니다."

"그것은 파리의 명령입니까?"

로제스트벤스키가 되묻자 총독은 지금 훈령을 기다리고 있는 중인데 아직 대답은 없다고 말했다. 로제스트벤스키는 그렇다면 대답이 올 때까지 싣겠다고 억지를 썼다. 총독은 방안의 더위에 질려 달아나 버렸으나 어쨌건 파리 외무성에서 전신이 올 때까지 석탄 적재를 마치지 않으면 안 되었다. 로제스트벤스키가 작업을 서두르게 한 것은 그런 이유 때문이었다.

발틱함대는 이 더운 항구에 계속 머물렀다. 다행히 이곳 총독이 프랑스 외무성에 '러시아 함대를 정박시켜도 좋겠는가' 하는 질문을 띄웠으나 외무성은 일부러 침묵을 지키고 있었다. 나가라고 하는 것도 러시아의 맹방으로서 가혹한 일이었고, 그렇다고 허가하면 영국의 기분을 상하게 할 것이 틀림없어 프랑스로서는 미묘한 처지였다.

――러시아 함대는 제멋대로 들어왔다. 한번은 석탄 적재를 금지시켰으나, 함대를 거느리고 있는 제독은 난폭하게 그것을 묵살했다.

요컨대 총독에게 이런 정도로 해두라는 것이었을 것이다. 어쨌건 프랑스는 러시아를 버리고 영국과 가까워지려는 기미가 있는 것이다.

"요컨대 우리 군대가 지고 있기 때문이야. 외교는 전쟁이 결정하는 이상 프랑스의 태도가 냉담한 것도 무리가 아니겠지."

이처럼 약한 마음을 드러내는 의견을 입 밖에 내는 막료도 있었다.

그동안의 소식에 대해서 플레베의 재미있는 표현을 빌면 바로 이것이었다.

"우리 함대에 대한 프랑스의 대우는 마치 파산한 친척을 대하는 것 같은 태도였다."

러시아의 친척이기는 하지만 이 이상 상관할 수 없다는 것일 것이다.

원래 프랑스 외무성은 동맹국인 러시아가 유럽 러시아를 비워 놓고 극동에 육해군의 대군을 지나치게 보내는 것을 불쾌하게 생각하고 있었다.

——무엇을 위한 러불 동맹인가.

러시아에 대해서 호통을 치고 싶은 기분이었다. 프랑스는 영국의 위압을 받고 있었다. 이 발틱함대가 남하하고 있는 아프리카의 권익 때문이다. 아프리카에서의 프랑스의 영토와 권익은 항상 영국의 압박을 받고 있었으며, 수년전 어느 미개지에 프랑스의 탐험가가 삼색기(프랑스 국기)를 세우고 프랑스의 새로운 영토임을 선언하려고 했을 때, 영국이 엉뚱하게 나서서 맹렬히 항의하는 바람에 프랑스는 그 공갈에 굴복하지 않을 수가 없었다. 그때 프랑스 정부는 영국과의 전쟁을 결심하고 교전할 경우 러시아의 출병 여부를 타진했으나 당시 러시아는 영국과 싸울 만한 준비가 없었기 때문에 중단하게 되었다. 그런 험악한 관계는 아직도 계속되고 있다. 주로 아프리카라는 먹이를 에워싼 시비였다.

프랑스는 영국과의 전쟁에 도저히 자신이 없었다. 러시아를 믿을 수밖에 없는데 그 러시아가 대군을 총동원하여 일본과 사투하고 있는 것은 프랑스로서는 아무리 생각해도 재미없는 일인 것이다. 더구나 만주에서 러시아는 연전연패했다. 프랑스로서는 동맹국인 러시아가 세계에 그 약세를 드러낸다는 것은 바로 자기 나라의 발언권이 폭락하는 것과 같은 것이었다.

영국은 그것을 알고 있었다. 영국이 발틱함대를 방해하는 것은 일본과의 친분 이상으로 프랑스에 대한 공갈이기도 한 것이었다.

프랑스도 그 공갈에는 떨지 않을 수가 없었다.

"우리 프랑스는 고립되고 있는 것이 아니다. 세계 제일의 육군국인 러시아가 붙어있는 것을 알아야 할 것이다."

그런 배짱으로 간신히 영국에 대항해 왔는데, 그 한패가 세계의 군사력 시장에서 시세가 몰락한 이상 이번에는 반대로 영국의 비위를 거스르지 않으려고 하는 것은 당연한 일이었다.

발틱함대는 그런 외교 관계가 얽혀 있는 바다를 남하해 가고 있는 것이다.

분명히 이 '로제스트벤스키의 항해'는 만 리(里)의 파도만이 모험의 대상은 아니었다. 이 대함대는 외교의 바다를 항해하고 있었다.

"프랑스가 냉담해져서 앞으로의 기항이나 연료, 음료수 등의 공급을 거절한다면 대체 우리는 극동의 바다에 도달하게나 될 것인가."

그런 근심이 이미 불령(佛領) 다카르 항에서 막료들의 가슴을 짓눌렀다.

──왜 리바우 항을 떠나기 전에 교섭을 하지 않았는가.

이것이 플레배의 의견이었고, 옳은 말이었을 것이다.

"그것은 로제스트벤스키가 잘못했기 때문이다."

플레베의 말이다.

"그는 그럴 필요가 없다고 했다. 그가 원정을 앞두고 외교상의 공작을 해 둬야 할 것을 하지 않았기 때문이다. 덕택에 우리는 앞으로 우리가 마음 놓고 석탄을 실을 수 있는 항구가 하나도 없게 된 것이다."

이렇게 울부짖듯이 책망하고 있으나 이것은 로제스트벤스키에게는 좀 가혹할 것 같다. 그가 아무리 황제의 전제 국가에서 황제의 사랑을 받는 신하였다고 하더라도 외교상의 책임까지 져야 할 위치는 아니었다. 외교상의 책임은 외무 장관이나 해군 장관이 져야 할 것이고 로제스트벤스키는 극동의 전장에서 도고 함대와 싸울 명예와 의무만을 띠고 있는 인물인 것이다. 원정 도중의 기항 문제를 해결해 두는 것은 그의 책임은 아니었다.

그러나 그가 이러한 외교상의 공작을 해 두는데 대해서 "그런 것은 필요 없다"라고 말한 것은 분명하다. 그는 대러시아 제국의 위신을 믿고 있는 군인이었고 발틱함대가 가는 도중에 감히 어느 나라가 러시아의 무위를 방해할 것인가, 하는 높은 긍지를 가지고 있었다. 군인이란 언제나 그런 좁은 정신과 시야를 가진 직업인이며 물론 싸우는 인간인 이상 그것만으로 충분했다. 정치나 외교를 알 필요는 없다.

그러나 여기에서 문제가 된 것은 러시아 제국이 이 세계에 유례가 없는 전제 체제라는 것이다.

──전제 국가는 결국은 깨지기 쉽다.

데오도로 루스벨트는 두 나라 중 어느 편이 이길 것인가를 예상할 때, 일본을 황제 전제가 아니므로 이길 것이라는 뜻을 포함하여 그렇게 말한 일이 있었지만, 이 로제스트벤스키 항해의 기항 문제에 있어서도 그것이 그대로 드러났다.

"외교상의 공작은 필요 없습니다."

로제스트벤스키가 말하자 황제도 그런 방침을 세웠다. 외무 장관이 끼어들 틈이 없었다. 루스벨트가 말한 전제의 취약성은 그런 곳에서 드러나고 말았다.

그렇지만 로제스트벤스키에 대해서 한번 더 변호한다면 강대한 군사 제국인 러시아는 그 군사력을 배경으로, 자질구레한 외교를 하지 않아도 다른 나라 편에서 러시아의 눈치를 살피면서 따라와 주었던 것이다.

"러시아 제국의 위신은 군사적 강대성에 의해서만 성립되고 있다. 그 이외의 러시아는 없으면 군사적 강대성이 없어지면 러시아 그 자체가 없어지는 것이다."

개명가인 비테마저 이렇게 언명했었다. 사실 그런 상태로 러시아 외교의 본질이 존재해 왔는데 로제스트벤스키도 언제나와 같이 그렇게 생각하고 있었다. 단지 그와 러시아에게는 불행하게도 만주 벌판에서 그 러시아의 군사적 위세가 이미 과거의 것이 되어가고 있었던 것이다.

원래 북양을 근거지로 하고 있는 러시아 함대가 더운 아프리카 해안을 항해하는 것은 사상 최초의 일이었다.

더위와 혹독한 석탄 적재 작업 때문에 사기의 저하가 눈에 띄기 시작했다.

군대라는 집단을 움직이는 것은 명령과 규율이었으나 그 규율이 더위에서 오는 게으름 때문에 유지될 수 없게 되었다.

낮에는 군함이라는 그 강철의 덩어리가 불을 뿜을 듯이 뜨거워져 아무도 손을 댈 수가 없었다. 상갑판은 나무판자였다. 그 나무판자마저 뜨거워져서 그 열기가 구두 밑바닥을 통해 다리까지 퍼져 오르는 형편이었다. 밤에는 함내에서 잘 수가 없어 모두 밤하늘을 바라보며 아무데서나 뒹굴었다. 사관들마저 이제는 위신을 찾을 겨를이 없어 수병들처럼 아무데서나 쓰러져 잤다. 군대 질서라는 것은 단지 이만한 일로도 미묘한 부분이 썩어가는 것이었다.

이러한 사기의 이완이 기관의 정연한 운전에도 지장을 가져오는 모양이었다. 함대가 다카르 항을 떠날 때 각 함에 고장이 속출하여 그렇지 않아도 신경질인 로제스트벤스키의 신경을 헝클어 놓았다. 그는 기함 '스와로프'의 함내를 어정거리면서 마음에 들지 않는 일이 있으면 함부로 수병들을 때렸다. 언젠가는 망원경으로 두들겨 수병의 머리에서 피가 흐르기도 했으며 망원경

역시 부서져 버린 일도 있었다.

예를 들면 운송선 '말라이야'가 기관 고장을 일으켜 전함대가 정지하지 않으면 안 되는 일이 있었다. 잘 조사해 본 결과 기관 고장이 아니라 조선의 부주의로 얕은 여울에 바닥이 스쳐 킹스톤 판(함적에 붙여둔 바닷물 취수판)에 흙모래가 들어간 것으로 밝혀졌다. 이런 종류의 사고는 군기가 확립된 해군에는 보통 일어나지 않는 법이다.

이윽고 수리가 끝나자 전함대는 겨우 움직이기 시작했다. 앞바다에 나와서 얼마 되지 않았는데 또 전함 '보로지노'에서 신호가 올랐다.

"우리 함 고장 발생."

기관이 움직이지 않는다는 것이다. 전함대는 다시 정지하지 않을 수 없었다. 이윽고 보로지노의 두 개의 기관 중 한 개가 움직이게 되었다. 전함대는 겨우 5노트의 속력으로 달리지 않으면 안 되었다.

"이게 해군인가?"

로제스트벤스키는 자기의 전함대에 대해 악의에 찬 욕설을 퍼부었다. 온화한 참모장인 해군대령 코롱은 자기가 프랑스인의 혈통인 것을 자랑삼고 있는 인물이었으나 마음이 약하기 때문에 되도록 장관실을 노크하지 않기로 하고 있었다.

이튿날의 야간 항해중 또 보로지노가 움직이지 않게 되었다. 전함대는 이 귀찮은 전함 때문에 세 번이나 서지 않으면 안 되었다. 아침이 되어서야 겨우 고장난 곳을 고쳐 함대가 움직이기 시작했다.

며칠 동안 열대의 바다에서 항해가 계속되었다. 11월 21일 밤이 되자 또 말라이야에서 신호를 올렸다.

"우리 함 고장 발생."

이 배가 킹스톤 판의 고장으로 바닷물이 모래와 함께 들어온 것은 전에 말했지만 이번에는 물을 퍼내는 펌프가 고장이라는 것이다.

이제는 단독 항해는 무리였다. 여하튼 다음 기항지까지 이것을 로프로 끌고 가지 않으면 안 되었다.

'말라이야'의 고장 소동이 가라앉았을 무렵 이번에는 공작선 '캄차카'가 갑자기 함열을 벗어나더니 신호를 올렸다.

"우리 함에 현저한 파손 있음. 항해 불능."

기함 '스와로프'에 있는 로제스트벤스키는 만일 옆에 캄차카 함장이 있었다면 때려 죽였을지도 모를 기세로 욕설을 퍼부었다.

그러나 사실은 고장이 아니고 징용된 화부들의 조그만 반란이었다.

그들은 사관 대우의 기관 기사와 큰 싸움을 벌여 여럿이서 기사를 때렸는데, 이 소식에 당황한 함장이 '고장'의 신호를 올림으로써 사령관과 전함대의 주의를 자기 배에 집중시켜 만일의 경우 구원을 청할 수 있도록 조치한 것이었다. 당황한 함장의 꼴이 우습지도 않은 것은, 이미 러시아에는 혁명적 기운이 넘쳐 있어 이 함대의 징용 신원이나 수리공, 수병들 가운데도 그런 위험 분자가 섞여 있다는 공포가 사관들에게 있었기 때문이다.

캄차카에서 일어난 화부들의 조그만 반란은 곧 수습되었다. 캄차카는 고장의 신호기를 내리고 기운차게 달리기 시작했다.

이런 종류의 사건이 이 전후에도 몇 번이나 일어났다. 그래도 군함에서는 일어나지 않았으나 운송선의 징용 선원들 사이에서 일어났다. 화부들이 단결하여 피로하다는 핑계로 이 이상 불을 때기 싫다고 나선 것이다. 그것은 기관에 필요할 뿐인 증기를 일으키는 노동은 이제 하기 싫다는 것이었다.

이런 일들이 일일이 로제스트벤스키에게 신호로 보고 되었다. 로제스트벤스키는 마치 헌병 하사관처럼 고함을 지르면서 일일이 신호로 형벌을 내렸다.

언젠가도 함대가 바다 위에 일제히 정지했다.

이번에는 고장도 반란도 아니었다.

로제스트벤스키 자신이 다음의 기항지로 예정하고 있는 '가봉'이라는 항구가 어디에 있는지를 모르게 되었던 것이다.

전함대가 바다 위를 방황하는 미아가 되었다. 컬럼버스나 마젤란 등의 모험 항해 시대라면 몰라도 근대 해군의 시대에 들어와서는 이런 예가 없는 일이었다. 러시아는 오랜 해군국이었지만, 그러나 로제스트벤스키는 그런 전통과는 별도로 좀 더 해군 기술을 배운 뒤에 이 대원정을 생각했어야 옳았다. 그는 황제와 조국의 운명을 짊어지고 대항해에 나온 사람치고는 너무나 무능하다는 것을 이제야 겨우 전함대의 장병이 알아 챈 것 같았다. 총수에 대한 신뢰감이 없는 군대에 사기가 오를 리 없었다.

"로제스트벤스키가 우리를 끌고가는 곳에 승리 따위가 있을 게 뭔가. 그저 우리를 죽이러 가자는 것 뿐이다."

이런 절망적인 생각이 많은 수병들의 가슴에 싹텄다.

로제스트벤스키는 기함의 항해장을 꾸짖어 '루시'(1,202톤)라는 속력이 빠른 예항선에 신호를 보내게 했다.

"가봉 항이 어디에 있는가?"

루시가 달려간 것은 아침 8시께였는데 해지기 전에 돌아왔다.

이리하여 가봉을 항을 찾았다. 앞으로 20해리쯤 남쪽에 있다는 것을 알았다. 그 보고로 전함대가 움직이기 시작하여 일몰후 가봉 앞바다의 공해 안에 닻을 내렸다.

가봉은 프랑스령 적도 아프리카에 있는데, 오고베 강이 바다로 흐르기 때문에 연안이 얕아 좋은 정박지라고는 할 수 없었다. 날이 새자 과연 고온 다습의 열대답게 짙은 녹색의 밀림이 해안에까지 뻗어 있는 것이 보였다.

가봉에는 겨우 부두가 있을 정도여서 항구라고 말할 만한 시설은 없다. 7백 명 가량의 백인이 살고 있으나 갑자기 들이닥친 함대를 보자 법석을 떨었다.

"저 정도의 항구라면 일부러 밀고 들어가 시끄럽게 할 필요도 없다."

로제스트벤스키는 그렇게 말하고 전함대를 앞바다에 머물게 하여 제각기 닻을 내렸다. 영해 밖이므로 프랑스 정부의 허가를 얻을 것도 없을 것이다.

"가장 불쾌한 것은 프랑스인의 근성이다. 그들이 한 번이라도 친구다운 행동을 한 일이 있는가."

로제스트벤스키는 그렇게 말했다.

그날 밤은 앞바다에서 지냈다. 모든 함대가 밤새 흔들렸다.

이튿날 오전 육지에서 한 척의 기정이 다가왔다. 프랑스의 해군 대위가 타고 있었다. 그는 기함 '스와로프'의 함미쪽으로 와서 거기에 기정을 갖다 붙이려고 했으나 잘 되지 않았다. 이런 큰 군함이 물결을 막고 있기 때문에 함미에는 파도가 소용돌이 쳐서 하마터면 전복될 뻔했다. 간신히 옆에 갖다 붙이고 함으로 올라왔다.

대위이기는 했으나 그는 프랑스 국가를 대표하고 있으므로 로제스트벤스키는 그의 전아한 참모장과 함께 대위를 깍듯이 영접하여 점심을 같이 들었다.

프랑스 이름을 가진 참모장 코롱 대령은 프랑스어로 물었다.

"전황에 대해서 무슨 새로운 소식이라도 알고 계시는지요?"

프랑스 사관은 계속 미소를 지으면서 모른다고 머리를 저었다. 이곳에는 신문도 반달이나 늦어진다고 말했다. 아무것도 모르고 있는 모양이었다. 이 당시 놀랍게도 로제스트벤스키는 만주와 여순항에서 벌어진 모든 전황에 대해서 아무것도 모르고 있었다.

"그런데 우리가 이곳에 정박해도 상관없겠지요?"

로제스트벤스키는 위엄 있게 말했다. 이 가장 중요한 질문에 대해서도 프랑스 사관은

"저희들은 본국에서 아무것도 지시를 받은 것이 없습니다."

"물론 그것으로 충분합니다. 귀국과 우리 러시아는 동맹국이니까요."

로제스트벤스키가 그렇게 말하자 프랑스 사관은 기쁜 듯이 두 번이나 연거푸 머리를 끄덕였다.

'이 프랑스인은 가엾게도 더위에 지쳐 머리가 멍청해졌군.'

로제스트벤스키는 그렇게 생각했다.

프랑스 사관이 돌아간 뒤 독일 국기를 단 기선이 나타나 함대를 위해서 석탄을 제공했다. 같은 동맹국이라도 독일쪽이 아직도 믿음직스러웠다. 그러나 병사들에게는 또 괴로운 석탄 작업이 시작되었다.

그런데 그 뒤에 바로 그곳 프랑스 지방 장관으로부터 전갈이 왔다.

"여기서 석탄을 싣는 것은 곤란하다."

프랑스의 냉혹함은 어떠한가.

"여기는 공해요."

로제스트벤스키는 그 고의적인 방해를 한 마디로 거절해 버렸다. 프랑스 지방 장관의 전갈을 가져온 자는, 잘 알고 있습니다, 우리는 국제법의 논쟁을 하려는 것이 아니라 부탁을 드리고 있는 것입니다, 어딘가 좀 더 구석진 만을 찾아 거기에서 석탄 적재를 해줄 수 없겠소라고 했으나 로제스트벤스키는 묵살했다.

'프랑스놈들, 영국의 기분이나 맞추고……'

이 성급한 제독은 하마터면 호통을 칠 뻔했으나, 그래도 그는 이런 아프리카의 벽지에서 또 국제 문제를 일으켜서는 안 되겠다고 생각했던지 굳게 입을 다문 채 석탄 적재 작업을 계속하게 했다.

그 뒤 로제스트벤스키를 더욱 불쾌하게 한 것은 러시아의 수도 페테르스

부르크에서 이 가봉 항 밖의 정박에 대해서 훈령의 전보가 온 일이었다.

"프랑스의 기분을 상하게 하는 것은 옳지 못하다. 아무리 공해라도 가봉 부근에서의 정박은 피하라. 다른 장소로 이동하라."

이런 내용이었다. 러시아 제국의 외교상의 심리가 그대로 나타나 있었다. 러시아는 프랑스와 독일이라는 두 개의 유력한 동맹국을 가지고 있으면서도 전쟁의 상대가 유럽과는 관계없는 일본이었고, 더구나 전장이 극동이라는 사실 때문에 양국으로부터 서먹서먹한 대접을 받았을 뿐 아니라 특히 프랑스로부터 냉담하게 취급되어 왔다.

"러시아 외무성은 대체 무엇을 하고 있는가."

막료들 사이에 자기 나라 외교에 대한 맹렬한 비판의 소리가 튀어나왔고, 마땅히 페테르스부르크의 외무성은 비난받아야 될 것이었다. 그러나 장본인인 로제스트벤스키는 프랑스인의 냉담만을 욕할 뿐 러시아 외교의 잘못에 대해서는 적어도 그가 수병에게 달려들어 때리는 만큼의 정열도 나타내지 않았다.

실제적으로 러시아 제국에 본격적인 외교라는 것이 존재하고 있었던 것일까. 이 제국은 다른 나라와 동맹을 맺어도 자기 형편대로 예사롭게 그것을 파기한다는 점에서 이미 유럽에서는 악평이 나왔다. 새삼스럽게 다른 나라의 냉담을 욕할 수도 없을 것이고, 로제스트벤스키의 머리도 다분히 러시아적이어서 외교라는 것에는 둔했기 때문에 "군사적 위신만이 외교를 결정한다"는 단순한 러시아적 논리 이외에는 정치적 감수성을 가지고 있지 않았다. 따라서 그는 러시아의 다른 정치가나 군인과 마찬가지로 외교상의 고립을 그다지 두려워하지 않았다.

이 함대는 세계의 외교에서 버림 받았다는 점에서 플레베의 표현대로 '부랑 함대'가 되어 있었으나 로제스트벤스키는 거기에 대해서 극히 둔감했고, 다른 표현을 빌자면 매우 대담했다.

그는 본국에서 온 훈령마저 묵살하고 석탄 적재 작업을 해치웠다.

발틱함대는 가봉 항 밖에서 계속 눌러앉아 있었다.

그 이유는 석탄을 싣는 일 뿐만 아니라 곧 희망봉 근처에서 폭풍우가 발생한다는 기상 예보를 들었기 때문이었다. 그러나 그것이 어느 정도 정확한 것인가는 아무도 보증할 수 없는 것이다.

사관의 일부는 상륙이 허가되었다. 그러나 희희낙락하며 상륙한 자는 없었다.

"이 근처에는 식인종이 있다."

이런 소문이 함대 전체에 퍼져 있었기 때문에 상륙한 사관들도 퍽 신경이 날카로웠다. 사실 며칠 전, 네 명의 프랑스인이 밀림 속에서 붙잡혀 먹혀 버렸다는 사건이 가봉 거리의 화제가 되어 있었다.

상륙한 러시아 사관 중에 프랑스 관리와 친해져 그의 안내로 이 부근의 흑인 추장을 방문한 자가 있었다. 그 러시아 사관을 놀라게 한 것은 그 추장이 영국 해군 사관의 예복을 입고 나타난 일이었다. 모자도 해군 예복의 그 삼각모자를 쓰고 있었다.

가봉에 대해서는 러시아인들도 충분히 유쾌한 기분을 가졌다. 모두 여러 가지 선물도 샀다.

예를 들면 창 끝이 맹수의 이빨로 된 창이라든가, 뼈로 만든 악기, 앵무새나 빛깔이 아름다운 새 등이었다. 그들은 모두 그런 선물을 들고 고국에 돌아갈 날을 생각했다.

그러나 극동의 전황은 여전히 잘 알 수가 없었다.

함대의 어느 운송선이 함부르크에서 온 개인 전보를 받았는데, 그 중에 이런 정보가 있었다.

"육군의 크로파트킨이 일본군을 만주 평야에서 몰아내고 해안까지 추격하고 있다."

이 개인 전보는 순식간에 함대에 퍼져 반신반의하면서도 일동을 유쾌하게 해주었다.

12일 1일 오후 5시, 함대는 일제히 닻을 올리고 가봉을 출발했다.

——이번에는 어디로 가느냐.

이런 것은 함대의 사관들도 잘 알 수 없었다.

다음날인 2일, 각 함에서 적도제가 베풀어졌다.

기함 '스와로프'에서는 아침 9시부터 전신을 새까맣게 칠하고 흑인으로 가장한 패들이 육전대용 포차를 끌고 나타났다. 포차 위에는 넵튠이나 비너스, 트리톤(海神) 등으로 가장한 자들이 타고 주위에는 군악대 패들이 둘러싼 채 떠들썩하게 함수에서 함미까지 누비고 다녔다. 함교에서는 로제스트벤스키도 구경하고 있었다.

"함대는 어디로 가느냐?"

이런 가장 중대한 일에 대해서는 이 가장 행렬을 구경하고 있는 로제스트벤스키도 아직 결정하지 못하고 있었다.

참모장의 의견은 포르투갈령의 어딘가가 좋겠다고 했다. 포르투갈은 약소국이기 때문에 이 함대를 방해하려는 생각은 하지 않을 것이다. 그러나 항해장은 적당한 정박지가 없을 것 같다고 하여 반대했다. 독일 보호령에 들어가는 방법도 있을 것이다. 독일은 프랑스보다는 이 함대에 냉담하지 않을 것 같다.

그런데 로제스트벤스키는 그 막료들보다 기항지에 대해서는 강경했다.

"외교상의 배려는 할 필요가 없다."

그렇게 말했다. 그러나 결국은 가는 곳마다 외교 문제를 일으킬 것이 분명하다.

이 무렵, 이 함대에 석탄을 제공하고 있던 독일 기선과 빈번한 교신이 있었는데 이런 약속이 되었다.

"그럼 우리는 대어만에서 만납시다."

대어만이란 포르투갈령인데 이름 그대로 고기가 많았다. 독일 기선은 그리로 향했다. 이 기선은 발틱함대보다 하루 먼저 대어만에 도착했다.

대어만의 연안만큼 황량한 풍경은 없을 것이다. 대지의 굴곡을 이루고 있는 것은 바위뿐이며 해안에 푸른색이 거의 없고 모든 것이 갈색이었다.

강도 우물도 없으며 따라서 거리 같은 것도 없었다. 연안에는 열 채 가량의 집이 흩어져 있을 뿐 도시 설비 같은 것은 없었다. 단지 한 척의 포르투갈 포함이 항상 이 만을 지키고 있었다.

포함은 아주 작은 것인데 이름을 '림포포'라고 했다. 보기에도 구형이 완연하며 칠도 벗겨지고 질이 나쁜 석탄을 사용하여 언제나 시커먼 연기를 뿜고 있었다.

이 '림포포'에 리스본의 포르투갈 해군성으로부터 명령이 내렸다.

"러시아 함대의 기항을 허락하지 말라."

독일 기선이 입항한 직후였다.

영국의 간섭 때문이었다. 영국은 발틱함대가 다음에 쉴 곳은 이 근처가 틀림없다고 판단하고 미리 포르투갈 정부에 그런 요구를 했던 것이다. 약소국인 포르투갈로서는 영국의 비위를 건드리면 식민지를 유지하는 데 곤란한 일이 많았다.

——러시아 함대가 오면 쫓아 버려라.

그래서 결국 이렇게 된 것이었다.

세계 유수의 대함대를 이 보잘것없는 포함 한 척으로 쫓아 버릴 수 있을 것인가. 그런데 그 배후에는 영국의 대 해군이 버티고 있다는 안도감이 있었던 것 같다. 포함 먼저 독일 기선에 "퇴거하라"는 명령을 내렸다.

독일 기선은 굴하지 않았다.

이에 포함은 포를 동원하여 발포했다. 공포이기는 했다. 그러나 그 포성은 만 안에 울려 퍼져 굉장한 소리를 냈다.

독일 기선은 깜짝 놀라 닻을 올리기가 바쁘게 항 밖으로 달아났고 다시 바깥 바다로 빠져나가 거기에서 하룻밤 떠돌면서 발틱함대의 도착을 기다렸다.

오후 1시 50분, 발틱함대의 전함이 차례차례로 수평선에 나타나자 이 독일 기선은 굉장히 기뻐하며 접근해 갔는데, 너무 접근했기 때문에 전함군이 만들어 내는 파도 때문에 배가 크게 요동쳤을 정도였다. 독일 기선은 발틱함대와 함께 다시 만 안에 들어갔다.

만(灣) 안 깊숙이 들어앉아 있던 포르투갈의 포함은 충실한 개처럼 달려 나왔다. 이 함이 용감했던 것은 기함 '스와로프'의 옆을 빠져 함대의 규모를 보기 위해 한 바퀴 돌았던 일이었다. 그 다음 스와로프 곁으로 돌아와 닻을 내렸다.

"공해까지 퇴거하시오."

포함의 함장은 로제스트벤스키에게 경고했다. 로제스트벤스키는 그것을 무시했다. 즉시 석탄 신기를 시작하여 24시간에 걸쳐 작업을 마치자 급히 출항해 버렸다. 이렇게 된 이상 로제스트벤스키로서는 각국의 바다의 관문을 짓밟으면서 나갈 수밖에 없었다.

함대는 독일령의 항구로 향하였다.

이번 항로는 이 어려움이 많은 대항해에서 이 함대가 최초로 들어가는 독일령의 항구였고 "이번에는 충분한 대접을 받을 수 있을 것이다"라는 느긋한 마음이 어느 탑승원에게도 있었다. 독일 및 그 국민은 단순한 동맹국의 관계에 있을 뿐만 아니라 이번 러일전쟁에서는 러시아에 대한 진정한 동정자였다.

독일은 극동에서의 식민지 쟁탈에 약간 뒤졌다. 뒤졌기 때문에 러시아와 보조를 맞추었고 특히 요동 반도에 발판을 마련하려고 애쓰다가 다행히 교주만의 조차(租借)에 성공했으나, 아무튼 독일은 제국주의의 후진자이기 때문에 항상 여기에 대한 욕구 불만에 번민하고 있으며, 그런 점에서 러시아에 대한 외교상의 전우라는 실감을 자주 느끼고 있었다.

재작년 7월 24일, 리베리 앞바다에서 베풀어진 러시아 황제와 독일 황제의 해상 회견의 화려한 모습은 양국의 친선을 위한 가장 인상적인 정경이었을 것이다. 두 황제가 다같이 함대를 거느리고 함께 맹세했는데 더구나 영국적 감각으로 볼 때 더없이 유치한 것은 러시아 황제 니콜라이 2세는 독일 해군 제독의 군복을 입고 독일 황제 빌헬름 2세는 러시아 해군 제독의 군복을 착용하고 있었다. 그 다음다음 날 두 황제가 제각기의 함대를 이끌고 헤어져 갈 때 빌헬름 2세는 그 좌승함의 돛대 높이 신호기를 울리고 인사를 보냈다.

"대서양의 제독으로부터 태평양의 제독에게 인사를 드립니다."

러시아는 아무쪼록 극동을 정패하오, 하는 것을 암시한 독일식 위트였을 것이다.

그 후 2년이 지났다.

러시아가 일본에 대하여 개전했을 때 독일의 외교상의 입장과 생각은 그 신호처럼 단순지는 않았으나, 독일인은 백인 우월이라는 감정에서 당연하겠지만 러시아에 성원을 보냈다. 빌헬름 2세는 니콜라이 2세에게 친서를 보내면서 이런 약속을 했다.

"귀국의 서쪽 국경에 대해서는 안심하시기 바랍니다. 독일은 어떤 행동도 하지 않을 것입니다."

이런 기회에 유럽 러시아 국경을 위협하는 따위의 좀도둑 같은 짓은 하지 않는다는 것이었다. 이렇게 말하는 것은 유럽 러시아에 있는 러시아 육군을 전부 극동으로 돌려도 좋다는 뜻이었다.

그러나 그 후 극동에서 러시아의 전황이 나빠지자 빌헬름 2세는 '독일에게는 대단한 행운이야' 하고 복잡한 기쁨을 표시했다. 아무튼 러시아는 북방의 거인이므로 그 힘이 약해지는 것은 독일의 행복이 된다. 동시에 독일로 봐선 원주인 프랑스의 힘도 약해진다. 이것은 프랑스가 러시아와 동맹하고 있기 때문이며, 프랑스의 유럽에서의 발언권은 역학적으로 다분히 러시아 육군의 강대한 요소를 배경으로 하고 있었다. 그것이 약해진다는 것은 독일에 더없는 행운일 것이다.

그런데도 불구하고 러독 통상 조약 등을 통하여 독일은 여전히 러시아에 외교상의 호의를 보여 주고 있었다. 발틱함대가 다음의 기항지로 선택한 것은 독일령 알굴베크벤 항이었다. 함대는 불쾌한 대접은 받지 않을 것이다.

독일령 알굴베크벤으로 들어간 것은 분명히 함대에게는 행운이었다.

이곳의 주둔군 사령관은 말한다.

"나는 외교관이 아닙니다."

그렇게 말할 뿐 발틱함대의 정박에 대해서는 아무 말도 하지 않았다. 이 주둔군 사령관의 말은 이런 것이었다.

"나는 공문서로 러시아 함대의 입항을 알게 된 것이 아니므로 여기에 대한 처리를 해야 할 의무는 없다. 그리고 러시아 함대는 곶의 그늘에 정박하고 있기 때문에 나의 사령부 창문에서는 보이지 않는 것이다."

요컨대 눈을 감아 주겠다는 것일 것이다.

"친절한 사나이군."

로제스트벤스키도 만족했다. 상대가 "보이지 않는다"고 말한 이상 제독 자신이 정식으로 그를 초청하거나 방문하거나 할 수는 없었으나 그래도 호의를 감사하는 사자를 보냈다.

이곳에는 신문도 있었다. 9백 킬로 남쪽의 케이프타운에서 발행되는 영자지인데 기사는 그렇게 묵은 것은 아니다. 이 신문 뭉치가 함대에 들어 왔을 때 이 해상의 러시아인들은 203고지가 함락된 사실을 처음으로 알았다. 물론 '203고지'라는 지명까지는 보도되지 않고 여순 항내를 내려다보며 쏠 수 있는 전략적 요지가 일본군의 손으로 넘어갔다는 의미의 보도였다.

"그렇다면 여순함대(제1태평양함대)는 대체 어떻게 되었단 말인가?"

참모장인 코롱 대령은 검은 머리카락을 이마에 내려뜨리면서 이날 종일 초조해 있었다. 이 발틱함대는 극동에서 여순함대와 합류해야만 도고 함대에 대해 강대한 힘을 발휘할 수 있는 것이다. 그 극동 대기 함대가 만일 전멸하고 만다면 함대의 작전을 어떻게 해야 될 것인가.

"그 녀석들(여순함대)은 육군에 기대어 살려고 한 비겁한 놈들뿐이야. 나는 처음부터 그녀석들의 힘을 기대하지 않았어."

로제스트벤스키는 마치 골통을 때려 부수기라도 할 듯이 격렬한 어조로 욕을 퍼부었지만 그러나 그것은 그 자신을 속이는 말이었다. 그의 함대가 극동에 가게 되는 이 대작전 계획은 여순함대가 건재하다는 견제 위에 설립되어 있는 것이다.

하기는 신문의 보도가 반드시 확실한 것도 아니다. 함대는 오직 황제의 명령대로 동쪽을 향하여 항진할 뿐이었다.

이곳에서 정박 중 전함 '아료르'의 사관이 미쳤고, 운송선 '카레야'의 수병한 명도 발광하여 모두 병원에 수용되었다. 그들이 발광하게 된 것은 이 뉴스와 관련은 없을는지 모르지만 함대의 장병들에게 앞날에 대한 불안을 느끼게 하는 원인 중 하나가 되었다.

그 독일령의 항구는 외교상으로 불쾌한 것은 없었으나 단지 항구가 좁기 때문에 전함들은 만 안에 있었고 순양함 이하의 배들은 만 밖에 정박하고 있었다. 그 위에 바람이 거의 열풍이라고 할 만큼 강하고 그것도 입항한 날부터 매일 불어 대고 있어서 탑승원의 휴양에는 적당하지 못했다.

"여기는 언제나 이렇답니다."

그곳 독일인이 말했으나 지금부터 아득한 극동의 전장으로 가는 러시아인에게는 신의 보살핌이 너무나 적은 것처럼 느껴졌다.

함대는 음울한 다갈색의 기복밖에 없는 아프리카 해안을 좌현으로 바라보면서 남하를 계속했다. 이윽고 연안에서 멀리 떨어져 육지가 보이지 않게 되었다.

"침로는?"

수병들은 서로 확인할 필요도 없는 일을 자꾸 듣고 싶어 했다.

"남쪽."

질문을 받은 자는 그렇게 대답해 준다. 함대는 남극까지 빨려들 듯이 오로지 남쪽으로만 내려가고 있는 것이다. 과연 러시아인에게는 남쪽은 동경의 천지인지도 모르며, 또 분명히 그러했다. 이 민족의 침략주의는 남쪽을 동경하는 본능적 충동인지도 모른다. 그러나 러시아인의 '남쪽'이라는 이미지는 유럽이라면 흑해 연안이고 아시아라면 기껏해야 중국이었다. 그들에게는 만주나 그 남단의 여순 정도가 느낌이 확실한 '남쪽'이었다. 그렇기 때문에 여기에서 일본과 전쟁을 해서라도 모처럼 탈취한 '남쪽'을 확보하고 싶었던 것이다.

그런데 지금 함대는 너무 남하하고 있었다. 적도는 벌써 지났고 이제는 러시아인의 지리적 상상력이 미칠 수 없을 정도의 남쪽까지 왔는데 그래도 아직 남하하고 있는 것이다.

　"그 최후의 남쪽에 희망봉이 있다."

　이것은 누구나 알고 있었다. 희망봉에서 함대는 왼편으로 꺾여 비로소 동쪽을 향하는 것인데 여하간 희망봉이라는 이 아프리카 남단의 곶의 암울한 어감은 어떤가. "Cape of good hope"라는 아무래도 속임수 같은 그 이름에 어떤 러시아 수병도 속지는 않았다. 희망봉 저쪽은 바다가 폭포처럼 땅 속으로 내리쏟아지는 것이나 아닐까 하는 북방인다운 상상이 강했고, 더구나 그것은 현실의 지식으로 뒷받침되고 있었다. 희망봉 회항이 항해자들에게는 얼마나 어려운 것인가를 그들은 알고 있었다. 이 곳이 있는 아프리카 남단의 바다라는 것은 지옥과 같은 폭풍의 명소이며, 그 거대한 파도는 옛날부터 수많은 용감한 항해자들을 바다 밑바닥으로 내동댕이쳤다.

　"폭풍의 곶."

　이렇게 부르는 편이 그 지명에 훨씬 어울리고 실제로 최초에는 그런 이름이 붙여져 있었다. 이 곳은 4백 수십년 전 처음으로 문명 세계에서 온 항해자에 의해 발견되었다. 이 무렵은 러시아의 역사에도 중대한 시기였다. 이반 3세가 킵차크한국을 격파하여 처음으로 러시아인이 몽고인의 지배에서 해방된 러시아인에 의한 러시아의 초창기였다. 한편 일본인의 그 기나긴 역사에 있어서는 무로마치 막부의 사양기였고, 아시카가 요시마사(足利義政)가 히가시 산(東山)에 이른바 긴카쿠 사(銀閣寺)를 지어 히가시 산 문화라는, 그 후의 일본 문화의 원형의 하나가 되는 것을 만들고 있던 시절이었다.

　이 곳을 발견한 것은 포르투갈의 항해자 바르돌로메오 디아스였다. 그는 여기에서 굉장한 폭풍우를 만나 난파하여 이 곳 부근에 표착했다. 그는 이 곳을 저주받은 곳이라 하여 '폭풍의 곶'이라고 이름을 붙였다. 그러나 유럽 세계에서 인도로 가는 항로가 이것 때문에 개척되었다는 것을 생각하면 이 곳은 유럽의 번영을 위하여 기뻐해야 할 존재였기 때문에 당시의 포르투갈 왕은 이것을 '희망봉'으로 개칭했다.

　그 뒤 왕명에 따라 바스코다가마가 처음으로 여기를 통과함으로써 인도양으로 가는 항로가 열려 유럽과 동양이 연결되었다. 그 후 동양은 유럽인에게는 줄곧 번영의 봉사자가 되어 왔으나, 러시아인의 이 대함대는 지금 그 동양인의 반란에 큰 철퇴를 내리치기 위하여, 다가마 이래 4세기가 지난 지금 이 곳을 돌아가려는 것이다.

바다의 형세가 수상해졌다.

독일령 앙굴베르벤 만을 나설 때부터 날씨는 나쁘지 않고 바람도 잔잔했는데 물결이 크게 일렁이고 있었다.

"어째서 바람도 없는데 물결만 저렇게 이는 것일까?"

그것이 막료들의 화제가 되었다. 파도는 마치 바다 그 자체가 솟아오르는 것처럼 크고, 그 꼭대기는 파도 사이에 있을 때의 군함의 갑판보다도 더 높았다. 군함은 이윽고 파도를 타고 가다가 다시 천천히 내려간다. 바람도 없이 이 모양이었다.

"그 증거는 저기에 있군."

웅변가로 이름난 기함 '스와로프'의 항해장 조토프 대위가 해면을 가리켰다. 생나무 가지와 잎사귀가 수없이 떠다니고 있었다.

"며칠 전에 폭풍우가 있었던 증거야. 폭풍우는 벌써 지나갔지만 그래도 바다는 조용해지지 않아. 일렁이는 것만은 남아 있는 거지."

옆에서 듣고 있던 함장인 이그나티우스 대령은 그의 특징인 밝은 목소리로 웃으면서 말했다.

"그것 참 새로운 학설이군. 나는 여지껏 범선함대때부터 배를 타 왔지만 그런 이야기를 듣는 건 처음인걸."

이 함장은 결코 무능하지는 않았으나 그래도 강철의 기계 군함 시대가 된 것을 가끔 감상적으로 저주할 때가 있다.

"아니, 함장님의 말씀이기는 하지만 저는 저의 학설을 고집합니다."

"그러나 항해장, 파도는 바람이 일으키는 거야."

함장은 진정으로 말하는 것일까. 현재 바람이 없는데도 큰 물결이 일고 있다는 물리적 현상이 함수를 하늘로 치켜올리기도 하고, 바다 밑바닥을 향하게도 하고 있는 것이다.

"현재 바람이 없지 않습니까. 그런데도 물결이 일고 있습니다. 맑은 하늘의 높은 파도, 함장님은 이것을 어떻게 생각하십니까?"

"그건 신의 영역이야."

함장은 두툼한 손바닥으로 책상을 두드리면서 즐거운 듯이 말했다. 신을 끄집어 낸 것은 증기 군함의 운용술에 능란한 항해장의 과학 취미를 놀리는 것인지, 아니면 이 함장은 이 대함대가 극동에 도달했을 때의 운명을 생각한 끝에 항상 신을 생각하게 된 탓인지도 모른다. 이그나티우스 대령은 해군에 대한 안목이 로제스트벤스키보다 훨씬 높았고, 특히 도고 함대 탑승원의 질이며 그 군함들의 성능에 대해서는 로제스트벤스키보다 높이 평가했다. 단적으로 말하여 이 함장은 다가올 극동에서의 해전에 대해 비판적이었다.

"해사나 해군이라는 것은 원래 신에 속하는 부분이 많은 법이야."

진정인지 어떤지, 그런 소리를 곧잘 했다.

웅변가인 항해상은 함장의 심정을 헤아리기 보다도 그 말에 걸려들어 우쭐대면서 말했다.

"신의 수고를 덜어 주기 위해서 과학이라는 것이 존재하는 것입니다."

"그렇지, 전쟁 또한 신에게 수고를 끼치기보다 될 수 있는 대로 과학적 사고에 따를 필요가 있지. 더구나 평소 우수한 해군을 부지런히 만들어 내는 작업은 신의 일이 아닐 거야. 그것을 게을리 해 놓고 막상 전쟁이 터졌을 때 신을 믿는 것은 신에 대한 모독일지도 모르지."

함장은 그렇게 화제를 다른 방향으로 이끌어 가고 말았다. 그도 다른 우수한 지휘관들처럼 페테르스부르크 궁전에 있는 장성들에게 통렬한 반감을 가지고 있었다.

함대의 모든 사람이 희망봉이라는 그 지리적 존재에 겁을 내고 있는 것은 그에 대한 상징적인 해석이야 어떻든, 구체적으로는 날씨 때문이었다. 거칠어지지나 않을까 하는 불안이 끊임없이 화제에 올랐다.

그런데 여전히 파도는 높았으나 맑은 하늘은 그대로 계속되고 있었다.

이윽고 함대의 좌현에 기묘한 형태의, 산꼭대기가 테이블 꼴을 한 산이 보이기 시작했다. 그 형태처럼 테이블 산이라고 불리는 것인데, 그곳이 영국령 케이프타운이라는 것을 증명하고 있었다. 그 산 밑에 남부 아프리카 제일의 좋은 항구와 도시가 있을 터이지만 앞바다를 항행하는 함대에서는 보이지 않았다. 도시 설비는 유럽의 작은 도시 이상으로 잘 되어 있고 백인만도 10만 명이나 살고 있다는 곳이었다.

그러나 영국령이기 때문에 발틱함대는 인연이 없는 항구여서 함대는 10노트의 속력으로 그 앞바다를 통과했다. 케이프타운의 거리는 남쪽에 테이블

산을 등지고 있는데, 그 암석의 양골이 이어져 곶이 되고 그것이 다시 남쪽으로 뻗어가 희망봉이 이루어진다. 이윽고 그 곳에 도달했을 때 사람들은 좌현에 몰려 응시했다.

'희망봉이란 이것이었군.'

새까만 낭떠러지가 겹쳐 있고 나무는 전혀 없는 것이 마치 죽은 상을 띤 땅의 뼈다귀 같은 느낌이어서, 적어도 그 이름과 같이 사람들에게 행복한 장래의 희망을 품게 할 것 같은 광경은 아니었다.

그러나 발틱함대의 모든 사람들은 현재의 이런 상태에 감사했다. 반드시 거칠어진다는 이 부근의 바다가 의외로 잔잔했다. 함대는 이 아프리카 대륙의 꼬리를 둥근 호를 그리면서 천천히 돌았다. 함대 전방에서 네 개의 마스트를 세운 큰 범선이 다가왔다. 미국기가 휘날리고 있었다. 범선은 함대 속에 들어와 각 함과 엇갈리면서 이윽고 멀어져 갔는데, 아마도 희망봉을 이만한 대함대가 통과하는 역사 이래 처음인 광경을 보고 놀랐을 것이 틀림없다. 여하튼 발틱함대에게는 이제 대서양은 과거의 것이 되었다.

이날 밤 아글라스 곶의 등대를 가로질렀다. 엄밀하게 말하자면 아프리카 대륙의 최남단은 희망봉이 아니라 이 곳이며 여기를 지나면 인도양으로 들어간다.

"거리상으로 말하자면 지금까지 우리는 일본과 멀어지기만 했었지요?"

막료실에서 조선 기사 폴리토우스키는 옆에 앉아 있는 뚱뚱보에게 말했다. 세묘노프라는 중령이었다. 사실 폴리토우스키의 말처럼 아프리카를 한바퀴 도는 이 항해는 거리적으로는 일본과 멀어진다고 할 수 있을 것이다. 그러나 희망봉과 아글라스 곶을 돌고 1미터의 파도를 넘으면 1미터만큼 일본과 가까워지는 셈이었다. 아직도 전도에는 지금까지 온 거리 이상의 거리가 가로놓여 있다고는 하지만 함대가 전진한다는 것은 그만큼 전장에 가까워지는 셈이 된다.

"당신은 항해가 처음이었지요?"

세묘노프 중령은 붉은 얼굴에 웃음을 띠며 말했다.

"체험이라는 것은 최초가 시(詩)지요. 말씀하시는 것이 매우 시적이군."

함대의 사관 중에서 가장 문필에 재능이 있다는 세묘노프는 그 젊은 조선 기사의 화제가 퍽 마음에 든 모양이다.

그러나 당사자인 폴리토우스키는 전장에 가까워진다는 공포를 그렇게 표현했을 뿐이지 시적인 감개를 말한 것은 아니었다.

　분명히 희망봉을 무사히 돌았다.
　"마다가스카로 섬으로."
　함대는 이 대양 속의 다음 목표를 향하여 항진했다.
　그동안 몇 번이나 기도의 의식을 베풀어 함대는 그들 항해의 안전을 신에
게 빌었다. 그러나 결국 전함대의 탑승원이 두려워하고 있던 아프리카 남단
의 바다의 명물이라고도 할 수 있는, 대폭풍과 큰 파도가 함대의 등 뒤에서
덮쳐 왔기 때문에 무사하지 못했다.
　폭풍우가 몰아친 최초의 밤의 그 음산한 분위기는 이루 형용할 수 없을 정
도였다. 비 같은 것은 한 방울도 뿌리지 않았다. 하늘은 한껏 맑고 달은 교
교히 파도를 비추고 있는데, 바다가 끊임없이 솟구쳐 오르고 간단없이 내려
앉으며 열풍은 돛대를 울리고 함은 물결 사이에서 춤을 추었다. 전함대가 춤
을 추었다.
　게다가 그 달빛 아래의 해면에 은색의 거대한 물체가 나타났던 것이다. 놀
랍게도 빙산이었다. 빙산이 왜 열대의 바다에 나타났는가에 대해서는 약간
의 지리 지식이 필요했다. 남극에서 어쩌다 큰 빙산이 부서진 채 떠다니다가
이 근처까지 흘러오는 수가 있는 것이다. 밀폐된 무더운 함내에서 창 너머로
이 불길한 물체를 보고 정신없이 성호를 긋는 수병도 있었다. 그동안에도 함
은 가로 세로 마구 흔들리고 갑판은 끊임없이 큰 파도에 씻겨 나갔다.
　날은 밝았으나 폭풍우는 수그러지기는커녕 더욱 맹렬히 기세를 떨쳤다.
바람은 변함없이 함대의 등 뒤에서 덮쳐왔다. 마음 약한 사람이면 함미 쪽을
볼 수가 없을 것이다. 함미 저쪽에서 함의 돛대보다도 높을 것 같은 큰 파도
가 세차게 솟구쳐 올랐는가 하면 곧 맹렬한 속도로 함을 덮쳤다. 파도가 휩
쓸고 간 직후에는 이제 함이 송두리째 바다 속에 빠져 들었다고 생각될 만큼
갑판에 바다가 생겼다. 그것이 끝나면 함은 하늘 높이 쳐들려지는 것이다.
이윽고 함은 파도의 골짜기를 향해 미끄러져 간다.
　창에서 바라보는 바다의 정경도 굉장했다. 요함들은 돛대를 좌우로 흔들
면서 제각기 풍랑에 시달리고 있었다.
　"모로 쓰러지는 것이나 아닌가?"
　이런 걱정에 비명을 지르고 싶은 순간도 있었다. 요함에서 이쪽을 볼 때도

같았을 것이 틀림없다. 가끔 요함은 파도 꼭대기에 실리어 함미가 공중에 뜨고 스크루가 헛 돌아가는 것이 보였다.

그런데도 아직 함대는 놀랍게도 대열을 가다듬어 지정된 10노트의 속도로 항진하고 있는 것이다. 이것을 강인성이라고 해야 할 것인가. 참혹하다고 해야 할 것인가. 어쨌건 인간의 집단이 해낼 수 있는 최대의 에너지가 여기에 쓰여지고 있는 것은 의심할 여지도 없는 것이었다. 인간은 개개의 자유 의사에 맡겨졌더라면 결코 이렇게 할 수는 없었을 이 인내와 용맹한 행동을 국가의 명령이라는 것만으로 해내고 있는 것이다. 러시아인이 국가라는, 신 이상의 명령자를 가진 이래 이 항해만큼 인간들에 대해서 눈부신 지배력을 발휘한 일은 없었을는지도 모른다.

이 폭풍 때문에 뱃멀미를 하는 자가 많았으나 로제스트벤스키의 모습은 조금도 변하지 않았다. 식욕도 떨어지지 않는다.

"나는 범선 시대부터 뱃놈이야."

그렇게 말하면서 취하지 않는 것을 자랑했으나 그건 경력보다는 체질일 것이다. 그는 본래 함대 근무의 경력이 적은 사나이였기 때문이다.

그는 이날 아침 정각에 제독의 식당에 나타나 착석했다. 막료들은 이미 줄지어 앉아 기다리고 있었는데 얼굴이 창백한 자도 있었다.

이 식사 도중에 일어난 함의 요동만큼 굉장한 것은 없었다. 상갑판에 밀려든 큰 파도가 때마침 열려 있는 식당 문으로 갑자기 왈칵 쏟아져 들어온 것이다. 순식간에 바닥은 물에 잠겨 버렸다. 사관들은 일제히 두 발을 공중에 쳐들었다. 그 밑을 바닷물이 굽이치며 이리저리 옮겨 다녔다.

"빨리 처리하지 못해!"

두 발을 들고 있던 로제스트벤스키는 왼손에 들었던 포크를 쳐들고 시중드는 수병에게 호통을 쳤다. 수병들은 여기저기로 흩어져 캔버스로 만든 양동이 따위를 들고 나와 바닷물을 퍼내기 시작했다.

"좀더 많이 불러와!"

로제스트벤스키는 다시 호통을 쳤다. 이와 같이 상대가 함장이건 수병이건 가리지 않고 고함을 쳐대는 것이 그의 버릇이었으나, 그런 로제스트벤스키를 러시아 해군이 키운 이상 러시아 해군에 책임이 없다고는 할 수 없다.

대체로 러시아 해군은 사관이 병사를 때리는 일이 흔히 있었다. 일본 해군에서는 상당한 성격 이상자가 아닌 한, 사관이라는 자가 병사를 잡고 직접 때리거나 하는 일은 우선 없고, 병사에 대한 제재는 고참병이나 하사관의 소관으로 되어 있었다. 그런데 러시아 해군에서는 소위나 중위가 함부로 병사를 때렸다. 이런 것은 아마 러시아의 사회 제도에 근본적인 원인이 있을 것이다.

　러시아 사관의 대부분은 귀족 또는 지주 계급 출신이었고 병사들은 농노적인 계급에서 징집되어 왔다. 러시아 농촌에서 지주가 자주 농노를 때리는 광경을 볼 수 있듯이, 결국은 그런 관계가 해군에도 들어오게 되었던 것이다.

　로제스트벤스키는 평범한 사관이 아니라 일군의 총수이다. 일군의 총수가 그대로의 성벽(性癖)을 드러내어 병사를 직접 호통 치는 따위의 일은 일본에는 옛날부터 없었다. 일본의 총수는 전국의 그 옛날부터 상징성이 높아서 반신적인 인상을 휘하 장병에게 준다는 습관이 있었기 때문에 독일 방식을 도입한 육군이나, 영국 방식을 도입한 해군에서도 그런 점은 조금도 변하지 않았다. 가령 연합함대 사령장관인 도고 헤이하치로가 '미카사'의 하사관이나 병사를 붙잡고 큰 소리로 꾸짖거나 때리거나 하는 풍경은 거의 생각할 수 없는 일이었다.

　그러나 로제스트벤스키는 물 퍼내는 지휘에까지 나서는 노골적인 데가 있었다.

　다음날 풍랑은 잔잔해졌다.

　함대는 마다가스카르를 향하고 있었다. 며칠 계속된 폭풍이 순풍이었기 때문에 예정보다 빨리, 즉 일주일 정도만 지나면 그 인도양 서부에 있는 섬에 도착할 수 있을 것 같았다.

　해가 지고 해가 뜨고, 함대는 항해를 계속했다. 이 항해 끝에 어떤 일이 일어날 것인가에 대해서는 수병들은 되도록 생각하지 않도록 하는 습관을 몸에 익히기 시작했다. 좋은 병사라는 것은 그런 종류의 자기의 상상력을 될 수 있는 대로 연마시켜 가는 데 익숙해 있었고, 더구나 또 바쁜 함대 근무와 규율생활이 그런 쓸데없는 사고력을 인간으로부터 빼앗아 버리는 것 같았다.

　단지 비전투원만은 상상을 잊는 습관을 몸에 익히지 못했기 때문에 공포에서 해방될 수가 없었다.

"우리는 지옥에 가는 것이 아닌가."

예를 들면 기함 '스와로프'에는 사령관이 타고 있기 때문에 일부러 프랑스인인 스튜어드나 쿡을 고용하여 태웠는데, 이 친구들은 함대가 전에 비고 항에 입항했을 때 모두 달아나고 말았다.

"놈들은 쥐새끼야."

러시아인들은 그렇게 욕을 퍼부었다. 배에 화재가 나게 되면 쥐들이 그것을 본능적으로 미리 알고 일제히 달아나는 일이 있는데, 러시아인은 프랑스인들을 그것에 비유했다.

함대 안에서 언제나 함대를 애먹이는 곤란한 배가 있었다. 공작선인 '캄차카'였다. 이 함대가 북해에서 영국 어선단을 일본의 수뢰정인 줄 알고 난사하게 된 저 큰 추태도 원인을 따져보면 캄차카가 허둥댔기 때문이었다.

이 캄차카에는 군인이 함장 이하 극소수밖에 없었다. 대부분은 징용공이었다. 징용공은 군인 같은 사명감이나 규율을 가지고 있지 않기 때문에 풍부한 상상력으로 항상 정신을 동요시키고 있었다.

"어차피 도고에게 죽으러 가는 거야."

"일본 해군은 영국 해군보다 우수하다고 하잖는가."

이런 상상을 동료들끼리 서로 교환하면서 공동의 공포와 환상 속에 모두 정신을 빼앗기고 있었다.

이번 마다가스카르 성으로 항해하는 도중에도 그들은 문제를 일으켰다.

캄차카만이 대열에서 점점 뒤떨어지기 시작한 것이다. 로제스트벤스키는 몇 번이나 신호를 올려 그 부당한 행위를 꾸짖었다.

하기야 함장에게도 약간의 이유는 있었다. 석탄이 나쁘기 때문에 증기가 충분히 오르지 않아 속도가 떨어진다는 것이다. 아주 지독히 나쁜 탄을 150톤이나 가지고 있었기 때문에 수부들은 이런 욕을 퍼부으면서 그것을 이유로 게으름을 부리기 시작하고 있었다.

"이것은 석탄이 아니라 진흙덩이다."

함장은 그들에게 이끌려 마침내 로제스트벤스키에게 신호를 보냈다.

"조악탄 150톤을 바다에 버리는 것이 좋겠음."

이 신호를 본 로제스트벤스키의 격노는 절정에 올랐다.

공작선 '캄차카'의 꼴은 로제스트벤스키가 보기에는 소극적인 반란으로밖에 생각되지 않았다.

──그대는 왜 늦는가.

로제스트벤스키가 힐문했을 때도 함장은 석탄에 화력이 없습니다, 라고 말할 뿐이었다. 그 함장도 기관원들의 저항에는 어쩔 수가 없었다. 이런 엉터리 석탄을 아무리 때보아도 속력 유지에 필요한 증기를 울릴 수는 없다고 기관원들은 불평스럽게 대답하지만, 석탄이 나쁜 것은 전함대에 공통적인 것이지 유난히 캄차카만 그런 것도 아니었다.

이 무렵 세계의 석탄 중에 가장 질이 좋은 것은 영국산이라고 했다. 일본 해군은 이것을 '영탄'이라고 불렀다.

석탄의 화력이 강해야 한다는 것은 이 시대의 군함 전력의 기본 조건의 하나였고, 따라서 일본 해군 장관 야마모토 곤노효에는 차관인 사이토 마코토를 시켜 영국탄을 대량 매점하게 했던 것이다. 야마모토 곤노효에의 거의 기하학적인 완벽성이라고도 할 수 있는 전략속에 영국탄에 대한 배려가 포함되어 있어서 그것은 넉넉하게 준비되어 있었다.

그런데 러시아 해군의 선박들은 그것을 소홀히 했다. 페테르스부르크의 태만이 결국은 전장에 가는 함대에 영향을 미쳤다. 발틱함대의 약점 중 하나가 그것이었고, 그것이 군인 아닌 징용공들이 많이 타고 있는 공작선 '캄차카'에서 드러났던 것이다.

물론 석탄에 대해서는 로제스트벤스키가 어느 정도의 위기감을 느끼고 있었던가가 의문이었다.

──석탄은 석탄이기만 하면 되는 것이 아닌가.

그는 그런 정도의 지식밖에 가지고 있지 않았다고도 할 수 있을 것이다. 그뿐 아니라 다른 많은 함장급이나 중령 이상의 연배들은 기관에 대해서는 굉장히 둔감했다. 이런 불행은 러시아 해군이 범선 시대의 전통을 너무 오래 지녀온 데 원인이 있다고 이미 말한 바 있다. 물론 로제스트벤스키가 해군 사관학교에 들어갔을 땐 세계의 해군은 증기 군함 시대이었으나 그래도 군대라는 것은 기본적으로 극히 보수적이었기 때문에, 범선 기술의 전통이 그 후에도 계속되어 이 함대로 말하자면 30대의 사관, 예를 들면 대위급 이하가 기계 군함 시대의 교육을 받았을 뿐이었다.

그런데 일본 해군은 범선 시대를 거치지 않고 기계 군함 시대부터 출발했다. 물론 해군 장관인 야마모토 곤노효에도 기계 속에서 태어났고 도고 헤이하치로도 그러했다. 그들은 석탄의 칼로리가 군함에게는 얼마나 중요한 것인가를 극히 당연한 상식으로 전략 사상 속에 간직하고 있었다.

"조악탄 150톤을 바다에 버렸으면 좋겠다."

캄차카 함장이 그런 신호를 올렸을 때 로제스트벤스키는 과학적 고찰보다도 오히려 그것을 모반이라고 생각했다. 그는 즉시 신호를 올려 꾸짖었다.

"모반을 책동하는 자는 바다 속에 던져 버려라."

공작선 캄차카의 추태는 더욱 계속되었다.

이 배는 로제스트벤스키에게 꾸중을 들은 뒤에도 속력이 늦었다. 검은 연기를 하늘 가득히 뱉어 내면서 숨을 헐떡이며 따라오듯이 함대를 뒤쫓아 왔다.

그 굉장한 검은 연기를 보면 그 배에 실린 석탄이 다른 함보다도 유난히 조악하다는 것을 알 수 있었기 때문에 기함 스와로프의 막료들은 판단하기가 어려웠다.

"무리도 아니다."

그렇게 보는 사람도 있고

"저것은 저 녀석들의 수단이야."

그런 소리를 하는 사람도 있었다. 일부러 조악탄을 골라 태우며 함대에서 뒤떨어지려고 한다고 보는 것인데 로제스트벤스키가 그런 생각을 가진 대표적 인물이었다.

캄차카는 로제스트벤스키로부터 꾸중을 들은 이튿날, 다시 자기네 석탄이 나쁘다는 것과 속력 문제에 대해 기함 스와로프로 신호를 보냈다.

시각은 불행하게도 밤이었다. 깃발로 신호할 수가 없어 발광 신호를 보냈다.

이런 것이 캄차카의 몰상식이었을 것이다. 조악탄에 대한 호소 같은 것은 화급한 일이 아니다. 낮에 신호기를 올려 호소해도 될 일을 야간에 발광 신호를 보내는 따위의 어리석은 짓을 굳이 할 필요는 없었다.

어둠 속에서 캄차카의 탐조등이 점멸하기 시작했을 때 기함 스와로프의 신호병은 당연히 긴장했다.

몹시 흥분했는지도 모른다.

——이 밤중에 무슨 변이 생겼는가?

당연히 그렇게 생각했다. 그렇기 때문에 기함 스와로프의 신호병은 신호를 잘못 읽고 말았다.

"그대(기함)는 수뢰정을 보았는가?"

어떤 착각으로 그렇게 읽었는지, 석탄이 수뢰정이 되고 문장까지 완전히 달라지고 말았다. 원래 기함의 신호병은 어느 나라 해군에서나 특별히 우수한 자를 선발하여 태우는 것이 보통이었으나, 러시아 해군의 약점 가운데 하나는 러시아 사회의 약점이 반영되어 병사들이 교양이 없었다는 것이다. 이 신호병도 별로 다를 것이 없었다.

그는 덤벙대며 당직 장교에게 보고했다. 당직 장교는 당황하여 모든 사관들을 두들겨 깨우며 부산하게 알리러 다녔다.

"곧 일본 수뢰정이 습격해 온다."

이윽고 전함대에 정보하기 위해 나팔이 울려 퍼지고 북소리가 터져 나왔다.

로제스트벤스키도 벌떡 일어났다. 그는 함장에게 고함을 질렀다.

함장도 조치에는 빈틈이 없었다. 탐조등으로 해면을 수색하고 모든 포에는 포원들이 배치되었다.

소동은 1시간 가량 계속되었으나 그럭저럭 진상이 밝혀졌다.

신호병은 사관에게 실컷 얻어맞았고, 로제스트벤스키는 '캄차카' 함장에게 처벌하겠다고 위협했다.

수사영 (水師營)

203고지가 함락된 뒤에도 여순 요새의 공방전은 계속되었다.

달라진 것은 전세의 역전상이었다. 포병력도 우세해지고, 공병의 활동면에서도 갱도를 파고 들어가서 적의 포루를 폭파하는 작업도 용이해졌다.

그리고 보병의 돌격전에서도 막대한 손해를 보지 않게 되었다. 모든 일이 수레가 비탈길을 내려오는 것처럼 용이해졌다. 말하자면 잔적 소탕전에 들어선 셈이었다.

"203고지는, 세바스트폴리 공방전의 말라코프 포대에 해당한다. 영국군이 말라코프를 점령하자 세바스토폴리 요새는 하루 사이에 함락돼 버렸다."

이 기사는 그해 12월 3일자 도쿄 아사히 신문의 논조다. 일본은 러일전쟁을 통해서 처음으로 서양과 대결했기 때문에 서양의 사력과 비교하면서 사물을 분석 평가하는 풍조가 이때부터 일기 시작했다. '세바스토폴리'의 공방전은 크리미아 전쟁(1853~56)의 결전장이었고, 그 전투의 치열상은 근대전의 양상을 넉넉히 짐작케 했다.

그때, 아직 27살의 청년인 톨스토이가 하급 장교로서 종군했는데, 농성중인 진지에서 소설《세바스토폴리》를 쓰면서, 애국과 영웅적 행동을 감동 깊게 찬양하는 한편, 살육만을 일삼는 전쟁에 대한 인간의 심각한 충격을 가혹하게 묘사했다.

소련측은 이 전쟁을 통해서 톨스토이로 하여금 국가를 초월한 인간의 과제에 도달하게 만들었고, 포위군 측에서는 적십자를 창설한 나이팅게일이 나오게 만들었다.

이 전쟁이 일어난 1853년은 페리 함대가 일본에 와서 개항을 강요한 해로, 이 사건은 일본 역사상 가장 큰 충격을 일으켰다.

또 이 해에, 페리보다 조금 뒤떨어져서, 러시아의 프차친이 나가사키에 나타나 페리와 같은 요구를 하면서 막부에 압박을 가해 왔다. 일본의 위치가 러시아와 미국 두 나라 세력 신장의 교차 지점이라는 지리적 조건이, 이처럼 역사적 사실로 드러나게 된 것은 전무후무한 일이었다.

그러나 이 해에 크리미아전쟁이 일어나서 프차친은 위기에 직면한 조국으로 돌아갔기 때문에 일본으로서는 다행이었다.

크리미아전쟁은 러시아가 국가 발전을 바탕으로 책정한 남진 정책의 강행에서 발생된 것이었다. 러시아의 남진 정책은 한편으로는 극동으로 손을 뻗치고 있었지만, 다른 한편으로는 터키를 향해 침투 공격을 감행하다가 열강을 자극시키게 되었다. 이것이 전쟁 발발의 동기였다. 이 점은 러일전쟁이 러시아의 남하 정책에 기인한 것과 그 본질에 있어서 매우 흡사하다. 다만 터키 제국은 이미 노쇠해서 러시아군의 침략을 막아 낼 수 없었다는 것만이 상황으로 보아서 약간 다를 뿐이었다. 그때, 영국이 그 나라의 식민지 정책을 보호하기 위해서 터키의 편이 되어 준 것도 러일전쟁의 경우와 다를 바 없다.

그 반면에, 영국이 프랑스를 비롯해서 다른 국가들과 함께 직접 참전한 것만은 러일전쟁 때와 달랐다.

크리미아 전쟁과 러일전쟁이 서로 같은 점과 다른 점에 관해서 좀 더 말해 두기로 한다.

이 전쟁에서 보여준, 터키 제국 군대의 허약상은 그야말로 비참한 것이었다. 러시아 제국의 영광은 터키 제국의 노쇠한 육체 위에서 이루어졌다고 해도 과언은 아닐 것이다.

전쟁이 영웅을 만든다고 하지만, 이 전쟁에서 최대의 영웅은, 러시아의 흑해함대를 이끌고 싸운 사령관 나히모프였다고 해야 할 것이다.

"나히모프"

이 이름은 후세에 이르기까지 러시아 해군의 영광스러운 상징이 되었다. 그는 페테르스부르크에 있었던 해병단에서 교육을 받은 뒤 반평생을 해상에서 보냈기 때문에, 문자 그대로 파도가 육성해 준 바다의 장군이었다.

그가 이끄는 흑해함대는 1780년대(일본의 도쿠가와 십대 장군 이에하루 시대) 러시아 제국 팽창 정책을 추진했던 예카테리나 여제가 흑해연안에 세력을 확립시키기 위해서 건설한 것이다. 동시에 이 함대를 수용할 군항도, 요새도 흑해 북쪽 해안인 크리미아 반도 끝에 위치한 세바스토폴리에 구축했다. 여순 군항과 요새의 원조격이었다고 할 만한 것이었다.

나히모프는 전쟁이 발발하자 재빨리 흑해 남쪽 해안의 시노프에서 터키 함대와 해전을 벌여서 이를 격파해 버리고 흑해의 제해권을 확립했다. 그의 역사적인 명성은 이 해전에서 얻어진 것이었다.

그런데 러일 개전 후 여순함대의 사령관으로 부임한 마카로프 제독은 불행하게도 승선 함정이 기뢰에 부딪혀 전사했고, 러시아 전 해군의 장교급들은 모두 그를 '나히모프의 재현'이라고 떠들어 댔다. 그만큼 기대가 컸던 것이다. 마카로프가 여순에 부임한 즉시 사관 일동을 고무한 훈시의 구절이 남아 있다.

"나히모프의 교훈을 명심하라."

이 대목은 후쿠로 잇페이(袋一平)의 번역문을 빌려보기로 한다.

"……나히모프는 어떻게 가르쳤던가……. 발견되는 대로 그 숫자가 많고 적음을 불문하고 적을 공격하라고 했다. 시노프(시노프 해전)는 우리들에게 좋은 범례를 남겨 주었다."

"그러나 각하, 지금은 범선 시대가 아닐 뿐만 아니라 일본인은 터키인이 아닙니다. 그저 용감하다는 것만으로는 어떻게 될지 걱정스럽습니다."

선임 사관인 콜프 남작이 제독에게 직접 이의를 제시했다.

"물론 용감성만으로는 말이 되지 않는다. 전투 기술에도 익숙해야 한다. 그러나 여기서 우리가 무엇보다도 먼저 마음속에 굳게 새겨 두어야 할 것은 일본인은 무서울 것이 없다는 이 한 가지다. 일본인은 소문난 것처럼 그렇게 대단한 존재는 아니다."

이 크리미아 전쟁은, 영·불·사르디니아가 연합군을 조직해 러시아를 상대로 터키를 지원해서 벌어진 전쟁이다. 그런데 연합국측 상호간에 정치적, 전략적 조화와 통일이 이루어져 있지 않았기 때문에 정치의 힘으로 전쟁을 조절해 가는 바탕을 마련하지 못했다. 그래서 승부 없는 전쟁이 막연히 장기화되어서 쌍방의 사상자만 방대한 숫자에 이르렀다.

이것이 이 전쟁의 특징이었다. 전쟁은 정치가 비상 수단으로 일으켜 놓은 최대의 죄악이라고는 하나, 그 죄악을 한낱 죄악으로만 바라보고 있을 것이 아니라 그 전쟁을 소멸시켜 버리는 것도 역시 정치의 수단일 것이다. 러일전쟁에서 일본측이 전쟁을 재빠르게 해치워 버릴 수 있었던 것은 러시아측보다도 정치의 이념과 지도성이 명쾌했기 때문이라고도 할 수 있을 것이다.

크리미아 전쟁과의 비교를 계속한다. 요컨대 세바스토폴리 요새의 공방전이 여순의 공방전과 서로 닮은 점이 있는가 없는가, 그 상황에 대해서 약간 생각해 보자는 것이다.

영·불·터키 기타 연합군은 액체처럼 확산되어, 그 실태를 파악할 수 없는 전선의 어느 지점을 어떻게 다뤄야만 전쟁을 매듭지을 수 있을 것인지에 대하여 냉정한 판단력을 가지지 못했다. 그래서 전략의 시행착오만 되풀이했다.

그런 차에 마침 현실적인 처방에 눈을 뜨게 되었다.

"크리미아 반도를 제압하면 전쟁 그 자체가 제압된다. 그리고 크리미아 반도를 제압하자면 세바스토폴리 요새만 제압하면 된다. 또한 세바스토폴리 요새를 제압하자면 그 요새의 한 고지를 점거한 말라코프 포대를 공격하면 가능하다."

여기까지 작전 코스를 알아내기는 했지만, 세바스토폴리 요새를 공격해야 한다는 판단은 개전 후 1년 반 동안 무참한 피를 흘릴 대로 흘린 다음의 일이었다. 그리고 세바스토폴리 요새를 함락시키자면, 말라코프 포대를 공격해야 한다고 깨닫게 된 것은, 또 그 뒤 1년이 지나서였다. 이 1년 동안에 4번이나 총공격을 감행했으나 그때마다 격퇴되었다. 5번째 공격에서 비로소 말라코프 고지에 공격 주력을 돌렸다.

그러나 러시아군은 세바스토폴리 요새를 방어하는 전투에서, 경탄할 만큼 저력을 발휘했다. 후년에 여순 요새를 방위한 전투와 같은 양상이었다.

러시아군측의 요새 육군 병력은 3만 5천 정도였다. 거기에 남녀 시민들이 참가해서 요새 보강 공사를 지원했다. 이때 흑해함대는 이 항만 안에 잠입해 있었다.

그때 나히모프 제독의 후임인 코르니로프가 스스로 함대를 항구 입구에 침몰시켜서 적 함대의 침입을 막았다는 점은 여순의 경우와는 약간 상황을 달리한 것이었다.

군함의 함포를 육지로 끌어 올려서 요새의 화력을 비약적으로 증강시킨 점은 여순에서 보여준 전술과 같다. 또한 해군의 장병들이 육지에서 싸운 것도 여순의 예와 다를 바 없다.

요새 공방전의 말기에 이르러서 러시아군의 병력은 7만인데, 연합군은 20만으로 증가했다.

결국은 '말라코프 고지'의 함락으로 러시아군의 방위 체제는 중심을 잃고 와해됐지만, 그동안 러시아군이 이 요새의 농성 전투에 견디어 낸 기간은 무려 3백 49일간이었다.

특히 요새 공방전을 결전장으로 삼은 연합군은 엄청난 희생자를 냈다. 이 전쟁에서 영국은 3만 3천, 프랑스는 8만 2천 명을 잃었다.

말라코프 고지가 함락되자 러시아군은 북방으로 퇴각했으나 그들은 이 고지의 공방전을 러시아의 명예로 삼았다.

거듭 말하자면 '3백 49일'이라는 장기간의 농성을 견디어내면서 적측에 방대한 사상의 손해를 입혔다. 요새의 전략 가치와 목적은 충분히 활용하고 달성시킨 셈이라고 해도 과언은 아니었다.

여순에서도 똑같이 일본군의 엄청난 출혈을 강요했다. 그러나 스테셀의 농성 방어 전투는 '1백 55일'에 불과했다.

사실 여순 요새의 사령관인 아나토리 미하이로비치 스테셀 장군이 기록한 방어전의 기간은 '세바스토폴리 요새의 3백 49일'에 비해 너무 짧았다. 3백 49일의 기록은 러시아 제국과 그 국민이 가진 영광의 기록이었고, 후세에 오래도록 고무시켜갈 영웅적 기록이었다.

아시아인은 숫자와 기록에 둔감하지만 유럽인은 사물을 수량적으로 다루기를 좋아하고 역사에서도 숫자의 기록에 친근하다. 러시아인도 유럽인인 이상 그 습관에 젖어 있지 않을 까닭이 없다.

스테셀은 벽돌로 구축한 방책에 청동으로 만든 화포를 가설한 세바스토폴리 요새와는 달리 거대한 콘크리트 방벽에 근대적인 화포를 비치한 요새를 맡았으면서도, 세바스토폴리의 절반도 안 되는 1백 55일이라는 시일밖에 견디어 내지 못했던 것이다. 이 비교 검토가 그 뒤에 스테셀을 불행하게 했다.

　전쟁이 끝난 뒤에도 종군했던 러시아 육해군의 사령관들은 거의 그 영예로운 지위를 보존할 수 있었는데 스테셀만은 가혹한 처우를 받았다.

　스테셀은 페테르스부르크의 군법 회의에서 금고형을 받았다. 스테셀의 처벌에는 또한 보다 더 큰 이유가 있었다.

　크리미아 전쟁에서 세바스토폴리 요새를 끝까지 지킨다는 것은 작전의 성과에 대한 기대보다도 러시아 제국과 민족의 명예에 관한 긍지 때문이었다. 이것은 러시아의 종합 작전 전망에서 얻어낸 평가였다. 그런데 명예와 작전적 중요성에서 말한다면 스테셀에게 맡긴 여순 요새의 방어가 훨씬 더 큰 것이었다.

　그 중요성으로 첫째는 발틱함대가 극동에 도착할 때까지 견디어 내야 한다는 점이다. 항만 안에 잠복해 있는 여순함대를 그 요새의 날개로 보호해야 한다. 발틱함대가 극동에 왔을 때 방어력이 박약한 블라디보스토크를 단 하나의 모항으로 제공한다면, 발틱함대는 비참한 곤경에 빠지게 된다. 이러한 작전상의 실정을 생각한다면, 발틱함대가 도착할 동안은 돌을 던지고 풀을 먹는 한이 있더라도 여순 요새는 적의 공격에 견디어 내야 하는 것이다. 만약에 그동안을 견디어 내지 못하고 항복해 버린다면 그것은 조국에 대한 모반이라고도 할 만한 것이었다.

　그 다음의 크나큰 중요성은 만주 평야에서의 일본 야전군과의 주력 결전을 여순의 방어전으로 유리하게 한다는 점이다. 그렇잖아도 병력이 부족한 일본군이 여순 요새 공방전에 10만을 그대로 매어 두어야 한다는 것은 전략상 러시아측에 여간 큰 이익이 아닐 수 없는 것이다. 반대로 말하면, 만약 여순 요새가 항복해 버리면 노기군은 이 방면의 구속에서 풀려나와 만주 평야의 주력 결전장으로 달려가게 될 것이다. 여기서 얻는 일본군의 이점은 막대한 것이 될 것이다. 즉 스테셀이 항복하면 일본의 이득이 엄청나게 클 것이므로 이것 또한 단순한 항복이라기보다 조국에 대한 모반으로 간주될 만한 크나큰 손실을 주게 된다.

　여순 요새의 공방전은 그러한 의미에서 러일전쟁의 승부를 결정짓는 초점이라고 할 만한 것이었다.

——스테셀은 항복하지 말았어야 했다.

그러면 이러한 관점에서 생각해 보기로 한다.

스테셀이 항복했을 그 당시, 여순 요새는 수량면으로 보아서 한 달 이상 또는 두 달 이상 더 싸울 수 있을 병력과 물자를 가지고 있었다. 잔존 병력은 장교 8백 명, 하사관 이하 2만 7천의 대부대와 입원중인 1만 5천 명이 있었다.

물자는 포탄 8만 3천 발, 소총탄 2백 30만 발, 거기에 사람과 말이 먹을 양·말의 보유량은 가령 백 일 농성을 한다고 치더라도 그 반수 이상이 굶주림을 면할 수 있는 분량이었다.

203고지의 함락으로 비록 공방전의 고비는 넘은 셈이었지만, 그러나 전략적인 면으로 따져서 좀더 산병전(散兵戰)을 계속해 가야 했던 것이었다. 여순 요새에 가설된 그 많은 포대들 중에서 개전 이래 마술적인 힘을 가장 강렬하게 발휘해 온 동계관산 북포대, 송수산 포대, 이룡산 포대들이 일본군의 포병, 공병, 보병에 의한 거듭되는 돌격으로 그 위력을 상실하고 점령당했다고 하더라도, 스테셀의 결의만 있었더라면 동계관산 포대를 비롯한 기타 잔존 포대들을 급히 보수 강화해서 반격의 거점을 삼을 수도 있었던 것이었다. 또한 최후에는 노철산 일각에 잠복해서 결사적인 항전을 해보는 것도 전술상 합리적인 것이라 할 것이다.

일본군은 여순 요새가 극히 견고한 데 경탄하고 때로는 절망할 정도의 심리적 충격을 통해서 이렇게 생각하기도 했다.

"스테셀 장군은 정말 용감하고 집요한 정신을 가진 군인이다."

또한 그 요새가 훌륭한 것을 스테셀의 인격의 소치로 보기도 했다. 그 요새는 러시아인의 민족성과 능력, 그리고 사상이 만들어 낸 철벽이라 하더라도 일본 군인들의 눈에는 그 성벽이 스테셀의 화신으로 보였을 것이다.

그렇지만 스테셀이라는 인물이 과연 무쇠처럼 굳센 사람인지 아닌지는 여러 면으로 의문되는 점이 없지 않았다.

얘기가 조금 뒤바뀐다.

스테셀이 항복하고 여순이 일본군의 손에 들어온 뒤, 일본군은 스테셀을 비롯해서 3만 명의 러시아 군인들을 국제법과 그 관례에 따라서 가장 모범적으로 처리해 갔다.

장교들에 대해서는 포로로서 일본으로 보내어지는 길과 자기 본국으로 송환되는 길을, 각자 의사에 맡기기로 했다. 이런 경우 군인으로서의 명예를 존중하는 사람은, 서슴없이 포로가 되는 길을 택했다. 본국으로 돌아가고 싶은 사람은 먼저 "교전 중에는 일체 적대 행위를 하지 않는다"라는 것을 일본측에 선서해야 한다. 군인된 자로서, 전쟁 시기에 적국에 대해서 적대 행위를 하지 않겠다고 선서하는 것처럼 욕된 일은 없다. 그런데 스테셀은 스스로 그 욕된 길을 택했다. 그는 선서를 하고, 1백 15일 동안 싸워온 부하들을 내버려두고 고국으로 돌아가려 했다. 사실 그는 돌아갔다. 이때 부하 장교들 중에는 부끄러움을 느끼고 포로가 되는 길을 택한 자도 4명이나 있었다. 이 4명 중 1명을 제외하고는 일선 지휘관으로서 용맹을 떨친 사람들이다.

스테셀이 농성 중에 부하 장병들의 신망을 받고 있었다는 사실은 아무데서도 찾아 볼 수 없었다.

전투를 하고 있는 군대 속에서 부하들로부터 신망을 얻는다는 것은 군대 심리에 비추어 매우 단순한 것이다. 가장 잘 싸우는 지휘관이어야 한다는 것뿐이다. "잘 싸운다"는 뜻은 용감하고도 정확한 판단력을 가지고 전투를 진행시키는 것이며, 그 이외에는 다른 생각이나 감정을 일체 갖지 아니하는 것이 절대적인 조건이다.

병사라는 것은 오로지 명령대로만 움직이는 불쌍한 집단이기는 하지만, 명령을 받는 입장인 만큼 자기들을 사지로 끌고가는 지휘관이 어느 정도의 인품인가, 그것을 판단하는 데는 거의 동물에 가까운 본능을 간직하고 있는 것이다.

또한 그들이 항상 바라고 있는 것은, 훌륭한 전투인의 자질을 가진 지휘관이다. 그의 명령대로 싸우면 이긴다는 신념을 갖고 있는 지휘관의 명령이라면 전투가 아무리 처참해도 병사들은 잘 견디어 낸다. 그렇지 않은 지휘관에 대해서는 그 지휘관이 아무리 교태를 부리고 추켜올려 주고 재치 있는 연설을 해도, 그들은 결코 들뜨지 않고 도리어 경멸하는 마음이 깊어지게 마련이다.

여순의 러시아군 하급 장교들과 병사들의 태만은, 자기네들의 운명을 쥐고 있는 스테셀의 능력을 별로 좋게 평가하지 않았다.

"저 장군 가지고는 전쟁이 잘될 것 같지 않아."

이렇게 보는 까닭은 단순 명확했다. 그들은 스테셀의 관료적인 체취(귀족 기질)를 진작부터 냄새 맡고 있었다. 또 스테셀은 조국에 대한 관심보다도 자기 개인의 영달에만 정신을 쓰고 있는 장군이란 것도 눈치채고 있었다. 이렇게 보는 것이 일반적인 상식처럼 되어 있었다.

스테셀은 사실 유능하다고 볼 수는 없었다.

무능한 지휘관이 자기의 무능함을 감추기 위해서 공연스레 군기나 풍기에 관한 주의 사항만 시끄럽게 떠들어 대는 실례는 군대 사회에 흔히 있는 일이다. 스테셀도 바로 그러한 인물이었다. 그는 의장병의 지휘관처럼 사병의 품행에 잔소리가 많고 포대에 먼지 하나만 떨어져 있어도 호통을 쳤다. 그는 군대의 장중미를 무엇보다도 좋아했다.

이런 점은 발틱함대 사령장관인 로제스트벤스키를 닮았다고 할 수 있을 것이다.

로제스트벤스키는 너무 까다로웠기 때문에 고독했다. 그러나 고독을 겁내지 않는 강한 데가 있었다. 그는 막료들을 아무도 사랑하지 않았다. 측근들을 멀리하면서도, 태연할 수 있는 신경을 가진 인물이었다.

반면 스테셀은 여성적인 성격의 소유자였다. 전쟁 전부터 여순 사교계의 중심 인물이었던 그는 사교장의 친구들을 좋아했다. 막료들 중에서도 자기에게 아첨하는 자를 편애했고, 또 그러한 막료의 충고는 다 받아 주었다. 그래서 스테셀의 주위는 항상 아첨의 분위기로 충만되어 있었고, 어리석은 사람만 모인 곳이라고 할 수는 없더라도 지혜와 용기 있는 자들의 의견은 소외되기 마련이었다.

그러나 스테셀에게는 평화시대의 살롱을 지키는 장군 같은 일면이 없지도 않았다. 그는 자기의 영역에 대한 의식이 남달리 강했다. 그는 여순에서 해군과 맞서 싸웠다.

여순 공방전의 초기에, 그의 적은 일본군이라기보다도 오히려 항내에 있는 함대라고 생각했다.

"함대는 떠나가라."

공사의 자리를 가리지 않고 미친 사람처럼 주장했다.

또한 여순함대 사령관 마카로프가 아직 살아 있었을 때, 마카로프는 노철산을 전략상 요지로 보았다. 항만 안에는 여순함대가 있고, 노철산(老鐵山)

을 끼고 바깥 해상에는 일본 함대가 있다. 그 일본 함대의 일부에서, 때때로 노철산 너머로 포탄을 쏘아 보내 왔다. 산이 가로막고 있기 때문에 조준을 맞추어서 발사한 것은 아니었으나, 그래도 약간의 심리적 동요를 함대에 주었다.

"쾅!"

그는 쏘아 놓고는 도주를 했다. 도주하는 속도로 보아서 그 함정이 순양함인 것을 러시아측은 알고 있었다. 일본 해군은 청일전쟁 이후 군함 건조 기술을 연마에서 주력 함정만은 외국제로 하고 보조함들은 모두 국산으로 한다는 원칙을 실행해 왔다. 러시아군측에서는 '저렇게 묘한 군함을 일본이 만들었던 말인가' 하고 놀랐다. 묘하다고 말한 것은 도망가는 속도도 속도지만, 노철산 포대에서 바깥 바다를 노려보고 있는 대포들의 사정거리 밖에서 쏘아대고 있기 때문이다. 넉넉히 2만 미터의 사정거리가 된다.

그 군함은 1등 순양함 '가스가'였다. 일본제가 아닌 이탈리아제로 그 주포의 특징은 아주 높은 곳을 쳐다보고 쓸 수 있는 앙각(仰角)의 기능이 좋았다. 마치 하늘을 보고 쏘는 것처럼 포구를 치켜 올려 노철산 너머로 항내를 향해 포탄을 쏘아 놓고는 노철산 포대의 탄환을 피해서 달아나 버리는 것이었다.

마카로프는 그것을 보고 이렇게 판단했다.

——그 반대도 또한 가능하지 않겠는가.

그리고 항내의 여순함대에서 노철산 너머로 항외의 일본 함대를 사격할 계획을 세웠다. 그렇게 하자면 먼저 노철산 꼭대기에 관측소를 설치해야 한다. 그래서 스테셀에게 신청했다.

그러나 스테셀은 냉혹하게 거절해 버렸다. 이유는 노철산이 육군의 관할 구역이라는 것뿐이었다.

"노철산에 해군 관측소를 세우게 하면 곧 이어서 해군은 백랑만과 노호미 반도에도 관측소를 설치하겠다고 서둘 것이고, 이렇게 되면 요새는 결국 해군에게 점령당하게 될지 모른다."

상식적으로도 생각할 수 없는 일을 스테셀은 이렇게 말했다는 일설도 있다.

결국은 노철산에 해군 관측소를 세우기는 했지만 소용이 없었다. 명장으로 알려져 있는 마카로프에게도 오산은 있었다. 여순함대의 포의 사정거리는 항내에서 노철산 너머로 항외를 사격할 수 있다 하더라도, 그것은 한낱 발사할 수 있다는 것뿐이지 일본의 '가스가'와 같은 사정거리는 따르지 못했다.

그러한 마카로프의 오산은 여담에 불과한 것이지만 사실 스테셀은 해군에게 육군 관할 영역을 침해당하지 아니할까, 하는데 지나치게 신경을 썼다.

여순에서 스테셀이 극히 현명한 조치를 취한 점은 콘트라쳉코 소장을 그의 한 팔로 채용한 일이었다.

개전 당시 스테셀은 콘트라쳉코에게 이런 말을 했다.

"자네는 언제나 내 옆에 있어 주기를 바라네."

그러나 콘트라쳉코 소장은 스테셀 사령부의 참모장은 아니었다. 참모총장 로즈나토프스키라고 하는 온화한 군인이었다. 게다가 머리 좋은 드미트리예프스키 중령이라는, 창의력은 약간 모자라나 처리 능력이 우수한 참모가 붙어 있었다.

"여순의 영웅이다."

공격하고 있는 일본군 수뇌들도 그렇게 인정해 온 로만 안드로비치 콘트라쳉코 소장은 제7 동시베리아 저격 사단장으로서 일선 부대를 지휘하고 있었다. 스테셀은 그를 신뢰했고 막료가 아닌데도 상담의 상대로 삼았다. 그리고 특히 개전 후 포대를 증강하는 과정에서 광대한 권한을 맡겨주었다. 여순 요새의 원형은 콘트라쳉코가 만든 것은 아니었지만 개전 후 그것을 완성시킨 주역으로서 공이 컸다.

그는 공병과 출신의 장군이다. 공과대학을 나왔기 때문에 축성은 그의 장기였다.

그러나 콘트라쳉코는 공병과 출신이면서 보병과 포병에도 정통했고 그리고 무엇보다도 독창성이 풍부한 작전가였다.

작전가의 칭호를 받는 사람들은 대개 일선의 맹장이라 할 수 없는 경우도 많지만 콘트라쳉코는 일선의 포화 속에서 병사들을 사지로 몰고 가는 군인으로 단련되어 있고, 그래서 그는 항상 전선에 있었다.

스테셀은 중요한 문제가 있으면 참모장을 전선으로 보내서 콘트라쳉코의 의견을 묻게 했다. 스테셀이 콘트라쳉코를 신뢰하는 태도에 있어서는 결코 고집이 센 장군은 아니었다.

한편 거기에는 콘트라첸코 자신의 성격과도 관련이 없지 않을 것이다. 스테셀의 살롱에서는 언제나 조심스러워했고 과묵했다. 남이 말을 걸어오면 언제나 미소로 대응했고 화제가 군사 문제 이외일 경우에는 늘 이랬다.

"예, 좋으시도록 하시지요."

이런 말솜씨로 상대편에 양보하는 자세를 취했다. 그러한 점이 스테셀의 마음에 들었다. 그보다 더 중요한 인연은 스테셀이 소중히 여기는 여순 사교계의 여주인공인 스테셀 부인 베라 알렉세예브나도 좋게 보고 있다는 점이었다. 베라 부인은 스테셀의 작전 명령을 때때로 체크한다는 소문까지 있는 여성으로 그녀의 미움을 받게 되면 군사 행동에까지 지장을 가져오게 할 우려가 없지 않았다.

여순 육군에 있어서 스테셀 다음의 위치에 있는 사람은 육군 중장 포크였다. 포크는 콘트라첸코와 마찬가지로 사단장이었다. 제4 동시베리아 저격 사단을 지휘하고 있었다.

여위고 키 큰 군인인 포크는 러시아 군인들의 공통적인 고질처럼 질투심이 강하여 동료인 콘트라첸코를 미워했고 그의 욕을 할 때에는 사단을 지휘하는 것보다도 훨씬 정열적이었다. 그는 스테셀에게나 그 부인에게도 기회 있을 때마다 콘트라첸코의 욕을 했다. 포크의 제4사단과 콘트라첸코의 제7사단은 좁은 요새의 전선에서 당연히 협동해야 할 것임에도 불구하고 포크는 언제나 협동을 거부해 왔다. 포크는 소극적인 성격이어서 적극적인 콘트라첸코에게 자기 영역을 침범 당하지나 않을까 하여 언제나 신경을 곤두세우고 있었다.

"여순 요새가 반도 구축되어 있지 않다."

개전 당시 콘트라첸코 소장은 이 점을 지적했다. 그는 또한 극언을 하기도 했다.

"요새라고는 사실상 어디에도 만들어져 있지 않다."

그러한 상황이었기 때문에 개전 당시의 여순 요새는, 이 용맹스럽고 공병학과에 정통한 군인의 안목으로는 서글프게 보였던 것이다.

요새를 만드는 시공 부문은 콘트라첸코와 같은 공병과 출신의 군인이 담당하는 것이 아니고 요새 기술부라는 기술 장교 그룹이 맡아서 해야 할 일이었다. 그리고랭코라는 기술 대령이 그 책임자였다.

"그리고랭코는 사사로운 욕심만 채우고 있다."

여순에서는 이러한 소문이 공공연히 나돌았다. 러시아 제국의 관리들은 이런 면에서는 약간 아시아적인 데가 있어서 담당관이 공금을 착복하거나 유용을 해도 어쩐지 너무 관용하는 경향이 없지 않은 것 같았다.

요새 기술부장 그리고랭코는 전쟁이 발발하기까지 4년의 세월을 보냈으나 공사를 완전히 끝낸 곳은 적함대에 대비한 해안 포대군뿐이었고, 적의 상륙 작전을 방어하기 위해 하는 공사는 콘트라쳉코가 말한 것처럼 "아직 절반도 되지 못했다" 하는 실정이었는지도 모르는 일이다. 개전 당시 아직 터 닦기 도 채 끝내지 못한 포대도 있었고, 포대와 포대를 연결하는 중간 포대나 참 호 또는 소구경의 포병 진지들도 미완성 상태였다.

일설에는 그리고랭코 기술 대령이 중국 노무자들에게 줄 노임을 착복했기 때문에 노무자들이 일을 하지 않아서 공사가 늦어지고 있다고도 했다.

이와 같은 미완성 요새를 노기 장군의 군대가 당도하기 전까지 돌관 공사 로 준공시킨 공로자는 병과 장교인 콘트라쳉코였다. 스테셀이 그 중요한 공 사의 권한을 콘트라쳉코에게 일임한 그 용단이 여순의 방위력을 높여 주는 근원이 되었다.

그러한 콘트라쳉코도 203고지가 당시 대요새의 최대 약점이었다는 데에는 미처 생각이 가지 않았다. 이 203고지는 개전 당시 참호 같은 것은 없었고 보병호가 산 중턱에 산재해 있었을 뿐이었다.

이 고지가 중요하다는 것을 콘트라쳉코에게 알려준 것은 일본군이었다. 9 월 19일, 제2차 총공격을 했을 때에 제1사단이 노기군 사령부의 승낙을 받 아가지고 이 고지를 공격했으나, 극히 시험적인 공격을 해본 것뿐이었다. 군 사령부에서는 철저하게 공격을 계속시키지 않고 그 고지의 존재에 대한 관 심을 표시하지도 않았다.

"203고지가 취약 지구이다."

콘트라쳉코는 비로소 이것을 발견하고 서남 산정에 완강한 보루를 구축케 하고 동북 산정에도 보루를 축조케 한 다음 군함의 보조 포를 떼내서 이 지 대에 가설케 했다. 또한 가로돛대 내호, 교통호, 녹채 경포대를 만들었다. 노기군을 그렇게 처참하게 희생시킨 것은 콘트라쳉코의 전략이라고 해도 과 언은 아니다.

콘트라첸코는 거의 불면불휴의 열성으로 방어전투를 지휘했다. 여순 요새가 완강했던 것은 콘크리트 구축이 견고했기 때문이 아니라 콘트라첸코가 강력했기 때문이라고 했다.

노기군 사령부에서 완강한 보루에 대한 강습전술을 반복하고 있을 때에, 콘트라첸코는 교통호를 왕래하면서 각 보루를 격려하였고 한 곳의 참호가 침범당할 우려가 있으면 곧 예비대를 투입해서 침투 적군을 격퇴했다. 그는 자기 담당 방면의 보루는 한 곳도 빼앗기지 아니한 채 노기군의 203고지 공격을 맞이했던 것이다.

이 전투중 콘트라첸코는 전선에 가까운 북태양구에 지휘소를 두고 전선을 완전 장악하고 있었다. 어느 지점엔가 허점이 생기면 즉각 예비군을 보내서 최후의 한 사람까지 싸우게 하고, 이어서 수병 부대의 원군을 청해서 방어 전투를 계속시킨 끝에 그것도 부족해서 병원 근무병까지 예비 부대로 동원했다. 전투의 마지막 단계에 가서는 콘트라첸코의 휘하에는 부관만 살아남아 있고 다른 전투병은 한 사람도 살아남지 않았다.

203고지를 빼앗긴 뒤 러시아군의 방어 체제는 붕괴 상태에 빠지고 사기도 떨어졌으나 콘트라첸코의 투지만은 조금도 꺾이지 않았다. 그것이 도리어 전투 의욕이 박약했던 포크 중장과 같은 부류들에게는 거추장스러웠던 모양이었다.

203고지가 함락된 이틀 후인 12월 7일, 스테셀은 여순 요새 사령부에서 작전 회의를 소집했다. 말할 것도 없이 '이제부터 어떻게 해야 할 것인가' 하는 것이 주제였다.

콘트라첸코는 침울한 회의장의 공기를 내려치는 것 같은 어조로 말했다. 203고지가 함락되고 여순 시가와 여순 함내에 일본군의 포탄이 쉴 새 없이 떨어지고 있기는 하지만, 보루의 대부분은 아직도 살아 있으므로 이것을 재편성하면 된다는 것을 이유로 들어서 항전을 역설했다. 그의 말은 이러했다.

"203고지를 빼앗긴 지금에 와서는 구만 부근의 진지에 전투병을 배치시켜 둘 필요는 이미 없어졌다. 이 방면의 수비 부대를 노철산으로 퇴각시켜 그 곳의 방어를 공고히 하고 이 노철산을 방어 전선 좌익의 거점으로 삼는다."

이 설명에 포크 중장은 놀랐다. 노철산은 요새의 최후방이고 그 배후는 바로 바다이다. 마지막에는 노철산에서 방어하겠다는 그 발상은 최후의 한 사람까지 싸운다는 것으로, 그보다도 먼저 노철산 방어의 진을 치는 동안에 현재 병력의 3분의 2는 잃게 될 것이고 정세에 따라서는 스테셀 사령관도 자기도 살아남지 못하게 될지 모른다. 포크는 이렇게 생각하면서 반대 의사를 표명했다.

"자네 구상은 훌륭하네만 그러면 군사는 어디에 있는가? 싸울 수 있는 병사들의 태반은 병원에 입원하고 있지 않는가?"

태반이라고 한 말은 과장일지 모른다. 지금 현재 여순의 각 병원에는 부상병들이 들끓고 있지만 그래도 정확한 인원은 6천 2백 76명에 불과하다. 콘트라쳉코는 그 숫자를 밝히면서 주장했다.

"이들 환자에게 충분한 영양을 섭취하게 해서 건강을 빨리 회복케 한 다음 차례로 전선에 복귀시켜야 한다. 또 그리고 함대는 현상황에 비추어 조만간 모두 침몰할 것이므로 미리 그 요원들을 상륙시켜서 육상 방위에 돌리겠다."

이 작전 회의가 진행되는 중에도 일본군의 포탄은 시가지에 연달아 떨어지고 있었다. 여기에 질려서 스테셀과 포크 중장은 더욱 의기가 소침해졌다. 포크는 그럴수록 콘트라쳉코의 기세를 야유하는 발언만 거듭했다.

주장인 스테셀은 포크의 발언을 제어하려 하지 않고 도리어 가담하는 것 같은 태도였다. 스테셀이 항복으로 기울어진 것은 이미 이때부터였을 것이다.

철저한 방위를 주장한 콘트라쳉코의 의견을 적극 지지한 장교는 평소에 과묵한 동쪽 정면 지휘관인 골바토프스키 소장이었다.

"우리는 해군을 잃어버리기는 했지만 아직도 여순 요새의 가치는 높습니다. 포탄과 식량이 다 떨어질 때까지는 싸워서 북만주군을 위해 견제해야 합니다."

그러나 포크는 엉뚱한 말을 끄집어냈다.

"그 북만주군이 어떻게 돼 있는지 전혀 소식이 없지 않는가?"

무의미한 발언이었다. 북만주군의 연락이 두절돼 버렸다는 것은 농성군의 심리 상태로서는 뼈아픈 일이기는 하지만, 그것은 지난 가을 이래의 상황이므로 지금 이 단계에 와서 새삼스럽게 발언할 것은 못된다.

이날 12월 7일의 작전 회의에서 결정된 새로운 방침은 모두 콘트라쳉코가 발의한 것이었으므로 그 점에서는 매우 전진적이었으나, 막상 실천 단계에 들어서면서부터는 스테셀의 태도가 눈에 뜨이도록 완만해졌다.

전선에 있는 콘트라쳉코는 그 완만해진 태도가 스테셀 자신의 의도로 꾸며낸 어떤 의미의 사보타지로밖에 생각되지 않았다.

어느 날 격투와 혼란 속에서 콘트라쳉코는 골바토프스키 소장에게 이런 말을 한 적이 있었다.

"귀관도 알아 두기 바라오. 나는 비상 조치를 취할지 모르오."

"스테셀과 포크를 체포해서 페테르스부르크로 보내버리겠소."

콘트라쳉코는 평소 대인 관계에 있어서 매우 온화했을 뿐만 아니라 쓸데없는 마찰을 피하려고 무척 애쓰는 인물이었다. 골바토프스키는 그 성품을 잘 알고 있었던 만큼 그의 격한 어조에 놀라지 않을 수 없었다. 그러면서 그는 동의하기를 꺼렸다. 하급 지휘관이 상급 지휘관을 체포한다는 것은 러시아 육군의 질서를 위해서 매우 좋지 못한 선례를 남기는 것이 될 뿐만 아니라, 그와 같은 과격한 수단은 농성 작전 중에는 바람직한 것이 못된다. 그 비상 수단 자제가 지금 페테르스부르크에서 유행하고 있는 혁명 소동과 같은 것이 되고 만다.

"귀관은 뒷날 궁정 요인들로부터 탄핵을 받게 될 거요."

골바토프스키는 만류했으나 콘트라쳉코의 태도로 보건대 언제 어떻게 해치우려 할지 모를 일이었다. 적어도 스테셀이 항복을 결정했을 때, 콘트라쳉코가 호위병을 인솔하여 스테셀을 체포할 것이 틀림없었다.

콘트라쳉코의 이 중대 발언이 어떻게 전해졌는지는 모르겠으나 스테셀의 귀에 들어간 모양이었다. 물론 그저 그런 모양이라고만 말할 수 있을 뿐이지 그 이상 알아볼 만한 길은 없었다.

콘트라쳉코는 12월 15일에 전사했다.

그의 죽음은 일본군에게도 지대한 관심사였다. 콘트라쳉코가 전사한 그날부터 여순의 방어력은 현저히 감소되어 갔다.

이 사실은 일본측의 많은 기록으로 문헌에 남겨졌고 적장으로서의 콘트라쳉코에 대한 찬양과 경탄, 그리고 평가는 결코 적지 않았다.

그의 전사를 일본군은 나흘 뒤에야 알게 되었다. 그 경위는, 일본군 공병이 12월 18일 하오 2시 15분 동계관산 북쪽 보루의 전면 방벽을 파괴하자, 보병이 돌격해 들어가서 9시간의 격투 끝에 이 보루를 점령했을 때 투항한 포로가 실토한 데서 단서가 잡힌 것이었다.

——그 사람이 죽었으므로 이 이상의 항전은 어렵게 될 것이다.

그 포로는 이렇게 말하면서 슬픈 표정으로 머리를 저어 보였다. 사병들이 콘트라첸코에게 얼마나 심복해 왔는지 알 만할 것이다.

그리고 22일에는 의자산 포대에서 투항해 온 러시아 병사들도 이 사실을 말해 주었다. 노기군 사령부는 비로소 확실하다고 보고 그날 밤에 도쿄 대본영에 전신으로 보고했다.

다음날 23일, 이 정보가 신문에 보도되었다. 각 신문들은 콘트라첸코 장군에 관한 예비지식이 없었기 때문에 별로 논평은 가하지 않고 이런 정도의 기사가 게재되었을 뿐이었다.

"여순 포위군 전진, 적 사단장 전사"

"스테셀이나 포크가 그를 죽음으로 이끌어 간 것은 아니었을까?"

러시아군의 일부에서는 이렇게 억측하며 쑤군대기도 했다. 사실 콘트라첸코는 항복하는 것을 방해하는 편이었고, 그가 살아있는 한 항복은 그렇게 쉽게 못했을 것이다.

그러나 억측은 결국 억측에 불과했다.

콘트라첸코가 전사한 그 전날 스테셀은 그에게 전선 시찰 명령을 내렸던 것이다.

그 까닭은 일본군의 갱도가 통계관산 북쪽 보루의 진지 앞 30미터 거리까지 뚫어져 그들의 방벽이 폭파될 상황에 다다랐기 때문이었다. 포크는 이렇게 주장했다.

"그 보루를 이 이상 사수한다는 것은 무익한 일이다. 거기 있는 수비병을 줄여서 다른 진지로 전용하는 것이 유익하다."

그러나 콘트라첸코가 들어주지 않았기 때문에 스테셀이 전술 전환이 옳은지 아닌지 결정짓기 위해서 콘트라첸코에게 먼저 일선 정찰을 명하게 된 것이었다.

다시 말하면 일본군의 폭파 작전을 그때의 러시아군으로서는 아무리 방어 갱도를 파놓아도 막아 낼 수 없다고 폭파를 기정사실로 인정하고, 폭파된 뒤에 제2저항선의 사용이 가능한가, 않는가를 조사하기 위해 전선 시찰을 시켰던 것이다. 만약에 사용이 가능하다면 포크의 말대로 그 보루를 포기하는 것은 무의미한 조치가 된다는 것이었다.

콘트라첸코는 포화를 무릅쓰고 동계관산 북쪽 보루까지 가서 상세히 살펴본 결과 제2저항선은 안전하며 거기에 의지해서 저항을 계속해 가야 한다고 보고했다.

14일의 정찰에서는 콘트라첸코에게 아무 변고도 없었다.

다음날인 15일, 콘트라첸코는 전투 지휘소에서 문제가 되었던 동계관산 북쪽 보루로부터 전화 연락을 받았다. 놀라운 급보였다.

"일본군이 이상한 것을 투입했습니다. 유독 가스가 발생해서 견디어 낼 수가 없습니다."

독가스라고 하면 제1차 대전에서 독일군이 처음으로 사용한 것이었으므로 그 당시에는 그러한 전술용 무기의 존재도 개념도 없었던 것이다.

그러나 콘트라첸코는 하찮은 전장 현상에도 세밀한 관심을 기울여 왔다. 그 정도의 것이라면 대개 장군 스스로 전선에 갈 것 없이 막료나 또는 젊은 장교만 보내도 될 일인데, 콘트라첸코는 전선을 보살피기 좋아하는 사람이었다.

"곧 가지."

대답을 하자마자 출발 준비를 서둘렀다. 그는 일본군의 '신병기'를 검사하는 일에 필요로 하는 공병인 라세스키 중령을 대동했다. 막료인 나우멩코 중령도 수행했다.

벌써 날이 저물었다.

동계관산 북쪽 보루에 당도했을 때는 하오 8시를 좀 지날 무렵이었다.

"대체 무엇이 어떻다는 건가?"

마중 나온 보루 책임자인 프로로프 중위에게 물었다. 중위가 설명을 했다. 그 현장은 보루의 밖, 일본군과 가장 가까운 곳에 일본군 갱도 굴진을 방해하기 위한 이쪽의 갱도가 만들어져 있다. 그 갱도 안에 있는 러시아 군사들이 그 독가스 때문에 비명을 올리고 있다는 것이었다. 일본군이 독가스 발생제를 투입했다는 것이다.

그 독가스의 정체가 무엇인지 그것은 오늘날까지도 밝혀지지 않고 있다.

전투의 실태는 이렇다. 일본군이 갱도를 파 나가고 있는데, 러시아군이 그것을 방해하기 위한 갱도를 파 나가다가 갱도 내에서 처참한 격투가 벌어지곤 했다는 것이다. 그러한 격투가 되풀이되는 사이에 일본군의 한 병사가 이런 말을 했던 모양이다.

——우리네 고향에서는 사냥꾼이 너구리를 연기로 잡는데 이러한 방법을 쓰고 있단 말야.

그 방법이란 송진이나 유황 같은 것을 기름 헝겊으로 싸서 가스가 발생하는 재료를 만들어, 그것을 러시아군의 갱도 안에 던져 넣은 일이었던 모양이다.

그것은 어쨌든 간에 콘트라첸코는 현장을 가보려고 했다. 그래서 먼저 보로의 목통에 있는 지하실로 들어갔다.

이때에 일본군의 28센티 유탄포 진지에서 대단한 발포 소리가 울려오는 순간에 포탄이 날아와서 이 지하실 천정을 뚫고 그 안에서 폭발했던 것이다.

보루의 책임자인 프로로프 중위는 날라가기는 했으나 중상을 입었을 뿐이었다. 초연이 사라지고 별하늘이 보인 것을 프로로프 중위는 기억하고 있다.

등불이 꺼져 버렸기 때문에 주위의 광경을 당장 알아볼 수는 없었으나 그때 이미 콘트라첸코의 옥체는 사방으로 찢어져 흩어지고 수행한 장교들도 모조리 죽었으며 실내에 있었던 하사관들도 대부분 즉사했다.

이날 밤 스테셀은 이 비보를 듣고 곧 포크 중장을 콘트라첸코의 후임으로 발령했다.

여순 요새의 보루가 하나둘씩 떨어져 나갔다.

203고지가 함락되자 일본군의 활동 주역은 공병과 포병이었다. 공병은 갱도를 파고 들어가서 적의 보루를 폭파하고 포병은 보루에 쉴 새 없이 포탄을 쏘아 보냈다.

이 포위 전투에서 가장 큰 위력을 떨쳐온 보루의 하나인 이룡산(二龍山) 보루가 일본 공병의 손에 폭파되고, 이어서 수류탄과 기관총으로 무장한 보병의 박격전에 마지막 급소를 찔린 것은 12월 28일이었다. 이 이룡산이 함락되자 러시아군의 사기는 눈에 뜨일 만큼 저하되었다.

그 다음날 아침에 스테셀은 부하 간부들을 모두 모아놓고 이제부터의 방어 작전에 대한 회의를 열었다.

"작전 회의"

그러나 통수인 스테셀의 심정에는 벌써 방어 전투의 앞날에 대한 희망은 사라져 버렸다고 해야 할 것이다.

테이블 주위에 둘러앉은 장성들은 다음과 같다.

요새 사령관 스미르노프 중장

육상 정면 방어 사령관 포크 중장

군포병부장 니끼이친 소장

요새 포병부장 삐에루이 소장

요새 정면 지휘관 골바토프스키 소장

요새 저격병 제7사단 나디인 소장

함대 사령관 뷔렌 해군 소장

해안 방어 사령관 로시친스키 해군 소장

북 정면 지휘관 세묘노프 대령

서 정면 지휘관 이르맨 대령

기타 각단 대장, 각 참모장

그리고 스테셀의 참모장인 레이스 대령.

앞으로의 작전안은 세 갈래로 나누어서 검토되었다. 각자의 의견은 이 세 가지로 나누어져 있었다.

"제1선을 사수해야 한다."

제1선은 일본군의 공격으로 다 허물어지기는 했으나, 그래도 아직 잔존 보루에는 여력이 있으므로 이 여력을 살려서 끝까지 일본군의 진격을 제지한다. 이 안은 스테셀 휘하에서 가장 용감한 간부들이 주장한 것이다.

니끼이친, 삐에루이, 나디인, 골바토프스키, 뷔렌, 로시친스키 장군, 그리고 세묘노프 대령도 지지했다. 인원수로 보아서 압도적 다수였다.

제2안은 그 중간이었다.

"제1선으로부터 점차적으로 퇴각하면서 확산되어 있는 방어선을 압축시키고 병력을 중앙의 방벽 안으로 집결시켜서 이곳을 방어의 최대 거점으로 삼는다."

이 안은 서쪽 정면 지휘관인 이르맨 대령이 발의한 것이었다.

제3안은 직선 퇴각 전술이었다.

"점차적인 퇴각이 아니라 일제히 제1선을 포기하고 단번에 제3선까지 퇴각해서 그곳에 전투력을 집중시켜 저항에 전력을 쏟는다."

이 안에 표시된 제3선이라는 것은 중앙 방벽을 가리킨 것이며 왕가둔 보루에서 교장구 제2포대에 이르기까지의 방어선이었다.

회의는 갑론을박에 때로는 살기등등해지기도 했으나, 항복안만은 아직 나오지 않았고, 각 안의 제안 지지자들 모두가 방어전을 계속해야 한다는 점에서만은 일치하고 있었다. 이것만을 보더라도 스테셀 휘하 각급 지휘관들의 투지는 전체적으로 아직 왕성하다고 할 만한 것이었다. 이 회의가 항복하기 3일전에 열렸던 것을 생각한다면 기묘한 느낌이 없지도 않다고 하겠다.

각 안(案) 검토에서 의견들은 나올대로 다 나왔다. 토의는 세 종류의 안으로 분류되어 갑론을박으로 발전했지만 여기에 대한 결론은 참모장인 레이스 대령이 내려야 할 차례였다.

레이스 대령의 이름은 빅토르 알렉산드로비치라고 불렀다. 그는 아마빛 머리에 단정한 용모와 뛰어난 이해력을 지닌 수재이기는 했으나 작전의 독창력과 자신의 독창성을 밀고 나갈 만한 강인한 의지력이 없었다. 참모장이라기보다는 오히려 부관이 그에게는 격에 맞는 직분이었을지 모른다.

레이스 참모장은 이번 회의가 소집되기 전부터 민감하게 관찰해 왔다.

"스테셀은 벌써 절망에 빠져 있는 게 아닌가."

레이스는 주장의 그러한 기분에 영향을 받기가 쉬웠다. 본래 레이스의 이해력은 수동적인 편이어서 그 자신이 생각한 것을 구상의 기초로 삼는 것보다도 상사의 생각이나 기분을 잘 이해해서 그것을 실무화하는 경향을 가진 인물이었다.

그런 까닭에 지금 레이스가 말하려는 작전안은 자기 자신의 것이 아니었고 어디까지나 천재적인 감각으로 판단해서 입안한 것이었다.

'이거라면 스테셀이 만족해하겠지.'

그러므로 그 입안은 러시아 제국을 위한 것도 아니고 일본군을 격멸하기 위한 것도 아니었다.

"항복."

물론 이렇게 말하지 않는다.

"항복"이라는 말은 이런 경우 여간 큰 용기 없이는 입 밖에 내지 못한다. 스테셀에게 그만한 용기가 없다는 것쯤은 레이스도 알고 있었다. 스테셀이 바라고 있는 것은 '잘 싸웠다' 이러한 인상을 본국 정부가 갖게끔 하면서 항복의 길을 더듬어 가는 것이었다.

그렇게 하자면 "항복은 불가피했다"는 전투경과를 조작해야 하는데, 레이스는 스테셀의 다시없는 막료로서, 그 뜻에 맞도록 안을 생각했다. 보다 더 분명히 말하면 그 안을 만든 스테셀의 의식은 어디까지나 대내적인 것이었기 때문에, 그의 눈앞에 일본군의 존재는 없고 오직 스테셀뿐이었다. 스테셀은 말할 것도 없이 본국 정부의 동정에만 눈을 보내고 있었다. 제정 말기의 러시아 육군은 이러한 상황 아래서도 그 악폐를 노출시키고 있었다.

레이스는 일어섰다. 그가 서두에 말한 것은 여순 전선에서 싸운 러시아군에 대한 찬양이었다.

"여순 요새는 태평양함대(여순함대)의 가장 중요한 근거지였으나 그 함대는 소멸되어 지금은 존재하지 않고 요새만 그대로 남아 있는 현상이다. 전략상의 필요성은 이미 없어졌다고 해야 할 것이다. 그렇기는 하나 이 요새는 15만의 일본군을 여순에 잡아매둔다는 점에서 중요한 역할을 다해 왔다. 그동안의 방어전 기간은 7개월이었다. 그 방면의 임무도 완수했다고 해야 할 것이다."

레이스 대령은 이 설명 내용을 아름다운 수식어로 꾸며 가면서 늘어놓았다.

참모장 레이스가 말을 계속하려 할 때, 요새 사령관 스미르노프 중장이 말을 가로막았다.

"빅토르 알렉산드로비치."

그는 레이스를 향해서 정중히 입을 열었다.

"귀관은 대체 무엇을 말하려는 것인가. 설마 항복하자고 하려는 것은 아니겠지?"

스미르노프 중장은 스테셀과 그 측근의 분위기 속에 항복설이 나돌고 있는 것 같다는 풍문을 듣고 있었던 것이다.

레이스는 당황했다.

레이스의 계산 속에는 들어 있지 않은 반문이었다. 그가 이제부터 늘어놓으려는 수사학은 항복이라는 말을 쓰지 않고도 그 말의 뜻을 은근히 비치면서 거기에 또 금상첨화격으로 감동적인 표현을 수식해서 좌중의 기분을 하나의 예정했던 방향으로 풀고 가려는 것이었다.

그런 차에 스미르노프 중장은 그 말을 중간에서 가로채어 '항복'이라는 노골적인 말을 앞질러 놓았기 때문에 레이스로서는 더 이상 겉돌 것 없이 실토를 할 수밖에 없었다.

"현재로서는 전투병이 1만여 명에 불과합니다. 이들 병사도 채소 부족으로 괴혈병에 걸려서 기력이나 운동 기능이 충분치 않습니다."

이 말은 실정 그대로였다. 식량은 아직 넉넉한 편이지만, 이른바 농성병이라고 할 수 있는 비타민 C의 결핍에서 생기는 빈혈이며 경골의 통증을 호소하는 사병이 많아지고 증세가 중환자는 입원까지 하고 있었다.

그러나 포탄 8만 5천, 소총탄 2백 50만 발의 풍부한 탄약을 보유하고 있는 이상 이런 단계에서 항복한다는 것은 아무래도 수긍이 가지 않는 일이었다.

그러나 레이스로서는 이미 여기까지 말이 구체화되었기 때문에 자기의 주장을 논리적으로 합리화시키려고 애썼다.

"이미 이룡산의 보루는 함락되었습니다. 이 함락은 그 정면에 있는 제삼소지구 전역을 파탄으로 몰아넣게 될 것입니다——뿐만 아니라……."

레이스의 설명은 계속되었다.

"제2선에서 방어를 한다는 것은 사실 말뿐이지, 그 지형은 독립된 구룡이기 때문에 보병의 저항을 도울 수는 없는 지형입니다. 그리고 일본군의 일부가 여순 시내에 돌입하면 어떻게 될 것 같습니까. 처참한 시가전이 벌어질 것이며 그 때문에 수많은 부상병들도 거의 적군의 손아귀에 들어가고 말지 않겠습니까?"

이 말은 평소에 스테셀이 걱정해 온 그대로를 옮긴 것이었다. 스테셀은 개전 당시에 부인을 본국에 돌려보내지 않았다. 다른 장군들도 거의 가족을 여순에 머물러 있게 했다. 스테셀의 걱정 속에는 그러한 비군사적인 요소도 포함되어 있었다. 레이스는 부상병의 이름을 빌어 스테셀의 이러한 심려를 대변한 것이었다.

"그런데 그것보다도"

레이스는 말머리를 다시 되돌렸다.

"제2선이 아직 함락되지 않은 이 상태 하에서 개성담판(항복회담)을 하도록 하는 것이 어떻겠습니까. 우리 편에 아직 전력이 남아 있는 이상 담판에 유리한 조건을 보장받을 수 있으리라 봅니다."

"바보 같은 소리 마라!"

요새 사령관 스미르노프 중장은 말했다.

"과연 수비병은 반감됐고 대포도 반감됐다. 식량도 앞으로 한달분 정도 남앉을까말까 하지만 이런 상태는 농성전에는 으레 있는 일이므로 그렇게 심각한 문제가 될 수는 없다. 이 시기에 성문을 열어주겠다는 따위의 발의를 하는 것은 어리석기 짝이 없는 소리다."

"여순 요새 사령관"

이 직책은 스테셀이 앞서 역임했던 자리다. 스테셀은 개전 후 넓은 지역의 지휘권이 부여되어 있는 관동주 방위 총독으로 승진하고 여순 요새 사령관에는 스미르노프 중장이 그 후임으로 취임했다.

──여순 개성에는 반대한다.

스테셀이 비록 상관이라곤 하지만 이렇게 말하는 이상 가볍게 다룰 수는 없는 것이다.

뿐만 아니라 스미르노프의 반대 발언을 골바토프스키 소장이나 해군의 뷔렌 소장이나 다른 여러 장교들이 다같이 지지하고 있기 때문에 레이스 대령은 고립 상태에 빠졌다.

스미르노프는 말을 계속했다.

"아직은 더 싸울 수 있다. 야전 진지를 포기하고 방위 정면을 축소시키면 소수의 병력을 가지고도 넉넉히 방어할 수 있다. 구체적으로 말해서 제1선의 구 방위벽을 방어하는 데 전력을 기울이는 것이다. 그렇게 해서 적에게 희생을 강요하면서 점차 후방 방어선으로 퇴각하는 것이 상책이다."

그렇게 하는 것이 요새 방어전의 상도일 것이다. 탁자를 치면서 그에게 찬동하는 자도 있었다.

레이스는 더욱더 고립되었다.

스테셀도 여느 때 같으면 심복인 참모장을 구제하려 들었을 것이다. 즉 자신이 생각했던 대로 항복하자는 말을 이 석상에서 해버렸을 것이다.

그러나 아무리 보아도 공기가 심상치 않았다. 좌중의 거의가 전투를 계속해야 한다고 굳이 주장하고 있는 마당에서 최고사령관인 자기가 항복을 제안한다면 금후의 진급에 영향이 미치게 될 뿐만 아니라 군법 회의의 법정에 끌려 나가게 될지도 모르는 일이었다.

'이건 서투른 짓이야.'

스테셀은 생각을 돌렸다. 레이스의 발언은 군사 용어로 말하면 탐색 사격이었다. 저쪽 숲 속에 적이 잠복해 있는가 없는가 알아보려 할 때에는 탄환을 쏘아 보면 안다. 있다면 응사해 올 것이고 없다면 반응이 없을 것이다. 요컨대 스테셀은 결과적으로 레이스를 시켜서 탐색 사격을 해보도록 한 셈이다. 적은 응사해 왔다. 즉 스테셀은 자기의 부하들이 자기가 생각하고 있었던 것보다도 훨씬 투지가 왕성한 군인이었다는 것을 알아 낸 셈이었다. 스테셀의 입장으로서는 만약 이 석상에서 자기 입으로 항복이란 말을 끌어내게 되면 군사 관료로서 몰락해 버리고 말 것이다.

스테셀은 레이스를 돌보아 줄 생각을 버렸다.

"나도 싸우겠소."

이렇게 결론을 내렸다.

"나는 스미르노프 중장의 견해에 찬동하오. 즉 극력 제1선을 방어할 것이며 부득이한 정황에 이르게 된다면 제2선으로 후퇴하여 거기서 최후까지 저항토록 하겠소. 신의 가호가 있으시기를."

그래서 전략 방침은 결정되었다.

그런데 이때 골바토프스키 소장이 일어서서 발언했다.

"지금 이 회의중에도 전황은 진행되고 있습니다. 일본군이 지난밤에 이룡산 보루를 빼앗은 다음 그 보루를 개조해서 여순 시가를 포격할 수 있도록 포대 구축 공사를 시작했다는 보고가 들어왔습니다. 그러므로 포병을 시켜서 이 공사를 방해하도록 해야 한다고 생각합니다."

"그 일은 뻬에루이군의 소관이 아닌가. 그렇게 전선에 명령하게나."

스테셀은 요새 포병부장인 뻬에루이 소장에게 명령했다.

전투는 계속되었다.

골바토프스키 소장은 스테셀의 의지가 지속되기를 마음속으로 빌었다.

그때 골바토프스키 소장은 그의 부관에게 이러한 말을 들려주었다.

"우리는 지난 2백 일 동안 일본군과의 전투에서 승리를 거듭해 왔다. 그러던 것이 203고지를 빼앗긴 뒤부터는 전세가 역전되었다. 그리고 전투는 날이 갈수록 처참해지고 있다. 군인이 그 진가를 심판받는 것은 승리하고 있을 때가 아니라 오히려 지금과 같은 때인 것이다."

이 경우, 군인이란 스테셀을 지적한 것이리라. 골바토프스키가 말한 의미는, 군의 사령관이 된 자로서 싸움에 이기고 있을 때에는 후방에서 술이나 마시고 있어도 무방하지만, 지고 있을 때에는 술잔을 던져 버리고 스스로 칼을 뽑아들고 전선에 나서서 병사들을 독려하고, 그들로 하여금 군인으로서의 의무를 다하도록 격려하는 것이 본연의 자세라는 것이다.

그러나 골바토프스키가 보는 바로는 스테셀은 그러한 인물이 못되었다. 전투 상황이 좋을 때에는 어쩌다가 포대 순시를 한 적도 있었으나 203고지가 함락된 뒤에는 전선에 나가볼 생각조차 하지 않고 여순 시내에만 줄곧 앉아 있었다.

스테셀은 후방에만 틀어박혀 있었기 때문에 전선의 참상보다도 병원의 참상을 더 잘 알고 있었다.

여순의 병원 설비는 결코 빈약하지 않았다. 육군병원은 11곳이나 있었고 보조 설비로서 육군 환자 수용소가 5, 해군 환자 수용소가 9, 그리고 러시아 적십자사 병원이 2, 거기에 병원선 '카잔'호 1척까지 합해서 29개소나 되었다. 이렇게 숫자상으로 보아서는 부족하지 않을 것 같았으나 환자 수는 그 수용량에 비해서 훨씬 많았다. 부상자 수는 1만 7천 명이나 되었고 어느 병동에도 그 수용력의 두세 배가 넘는 환자로 꽉 차 있었다. 침대가 부족해서 복도에 삿자리를 깔고 누운 환자들이 문간까지 넘쳐 있는 실정이기도 했다. 게다가 의약품이며 위생재료 등이 부족하고 생선, 채소의 보급 부족까지 겹쳐서 외상 환자의 치료와 회복이 어려워졌을 뿐만 아니라 발광하는 환자도 늘어나서 포성이 울려올 적마다 울부짖기도 하는 그 참상은 차마 볼 수가 없었다.

스테셀의 부인 뻬라 알렉세예브나는 특별 지원 간호부들의 대표자로서 그 병원들을 자주 둘러보아 왔는데, 그녀는 참상에 질려서 환자들보다도 자신의 신경이 병적인 증상을 일으키기 시작했다.

"더 이상 싸워야 할 필요가 있을까요? 이토록 싸웠으면 신도 황제도 가상하다 하시지 않겠어요?"

이렇게 밤낮 그녀는 남편 스테셀에게 졸라 댔다.

게다가 일본군의 포탄은 밤낮을 가리지 않고 여순의 신시가와 구시가에 날아들고 있었다. 멀리서 우렛소리가 진동하고 포탄이 날아와 떨어져서 창, 마루, 천정 할 것 없이 마구 흔들어 대는 폭음이 터져 나올 때에는 뻬라 부인의 신경을 한층 더 괴롭혔다.

병원의 참상이건 포성의 공포이건 전쟁에는 으레 있는 현상이므로 스테셀 자신은 그 현상에 견디어 낼만 한 신경은 가지고 있었지만, 그의 아내인 뻬라의 비명은 차마 들을 수가 없는 노릇이었다.

　"이룡산 보루의 함락"

　참상이야 어떠했건, 스테셀은 이런 중대 사태가 있은 그 다음날인 29일 작전 회의를 열었다.

　"극력 제1선을 지킬 것이며 부득이한 상황에 이르게 되면 제2선으로 퇴각하여 거기에서 최후의 저항을 한다."

　이런 방침을 결정했다. 그런데 다음 30일, 일본군은 여순 요새 서쪽의 요충인 송수산 보루에 엄청나게 치열한 공격을 가해 왔다.

　송수산 보루가 여순의 많은 보루들 중에서 가장 큰 것은 아니었지만 보루의 뒤쪽 고지에는 송수산 제1포대에서 제4포대까지 망라되어 있었고, 거기에 또 다른 포대로부터도 협공해 주고 있기 때문에 그 위력은 대단했다.

　이 방면의 일본군 담당은 제1사단(도쿄)이었다.

　이 시기에 이르러서 일본군은 이미 절망적인 상태를 극복하고 승세의 기운이 전군에 넘쳐흐르게 되어 각 사단은 경진적인 상태에서 서두르고 있었다. 벌써 제1사단 (젠쓰지)은 북 보루를 점령했고 제9사단(가나자와)은 이룡산을 함락시켰다. 그러나 제1사단의 송수산 보루 공략은 뒤떨어져 있었다.

　"만약 함락되지 아니하면 내가 직접 돌격 지휘를 하겠다."

　마쓰무라 사단장은 막료들을 인솔하고 송수산 기슭에까지 진출했다. 기세라는 것은 인간에게 용기뿐만 아니라 상호 경쟁 정신까지 북돋워 주는 모양이다. 203고지가 함락되기 전에는 사단장이 이처럼 전선에까지 진출한 적은 없었다.

　공격 방법은 다른 보루에서와 같이 보병이 돌격해갈 길을 타개하기 위해 공병이 먼저 진출해서 소라 껍질을 닮은 보루의 흉벽부터 폭파해야 한다. 대폭파의 설계는 공병 제1대대장인 지카노(近野) 중령이 담당하고 대폭파와 동시에 공병을 보호하면서 보루에 뛰어 들어가는 보병 부대는 나카무라 소장이 인솔하고 있었다.

　이 전투에 참가한 일본군은 제1사단 전부가 아니라 보·공·포병 합해서 3천 2백 명이었으며, 러시아군측은 스프레도프 대위가 지휘하는 2백 명에 불과했다. 이 전황을 해전에 비유한다면 그 보루는 전함이라 할 수 있고, 일본군의 돌격 부대는 전함에 덤벼드는 어선의 떼와 같은 것이었다.

다만 203고지 함락 이전의 일본군과 다른 점은 포병력에 여유가 생겼다는 것과 그 여력을 송수산과 그 부근에 있는 측면 방어 구조물을 때려 부수는 데 집중시킬 수 있게 되었다는 점이었다.

31일 상호 8시부터 일본군의 치열한 포격이 시작되었다. 상오 9시 각 돌격대는 소정의 지점에 진출해서 전투 준비를 갖추고, 10시에 공병 폭파반이 먼저 돌진해서 적의 방벽에 장치해 둔 폭약에 일제히 불을 질렀다.

그 폭발 소리는 너무 엄청나서 천지가 어두워지는 것 같았고, 이어서 흙모래가 비 오듯 쏟아졌다. 검은 연기가 사라진 뒤에 일본 병사가 얼굴을 들자 전면의 산 형태가 전혀 몰라보게 변해 있었다. 그 뒤에 보병이 뛰어 들어가서 기관총과 수류탄으로 교전하다가 끝에 가서는 칼을 휘두르면서 격투를 했다.

이 싸움을 보고 포크 중장은 참다못해 수비병의 퇴각을 명령했으나, 골바토프스키 소장은 반대로 전투 계속을 명령하고 자기 직속 예비병까지 증파해서 러시아군의 명령 계통에 대혼란을 일으키게 했다. 그런 상황 아래에서 12월 31일 송수산 보루는 마침내 떨어지고 말았다.

'망대'

이렇게 일컬어지고 있는 2백 85미터의 고지는 러시아군에서 말하는 제2 방어 전선의 하나로서 지형상 여순 요새의 핵심에 해당하며, 그 이름대로 거기에 올라가면 여순의 시가와 항만이 일목요연하게 시야에 들어온다. 일본 군측에서는 러시아군이 이 망대를 지키기 위해서는 아마도 죽을 힘을 다해서 분전할 것이라고 예상하고 있었다.

일본군은 젠쓰지 출신인 제1사단이 담당했다.

"초하루를 기해서 망대를 공격하라."

제11사단은 벌써 군사령부의 이러한 명령을 받고 31일부터 준비를 진행시켰다.

그러나 망대 주변에 산재한 포대들은 조금도 쇠퇴해진 빛이 없이 활동을 계속하고 있었고, 거기에 공격을 가하고 있는 일본군 각 부대들의 손해는 막대해서 30일부터 31일까지의 전투는 일진일퇴의 상황이었다.

반룡산 동쪽 보루 남쪽에 있는 구방위 벽은 일본군에게 폭파, 점령되었으나 그 주변의 러시아군 진지들은 여전히 완강해서 일본군 점령 부대에 대한 집중 포화는 조금도 쇠퇴하는 것 같지 않았다.

이 방위전의 지휘를 골바토프스키 소장이 계속하고 있었다.

그러나 골바토프스키 소장보다도 상급직에 있는 포크 중장은 이 전투를 쓸데없는 저항이라고 생각하고 스테셀에게 아군의 고전을 과장해서 보고하였다.

"이 이상 이 방면을 사수하는 것은 헛된 일입니다. 이젠 그 진지를 포기하고 군사를 제2방어선까지 후퇴시켜야 할 때입니다."

이렇게 전화로 퇴각의 허가를 요청했다.

스테셀은 그 즉석에서 대답했다.

"동의함."

그러나 이 경우 스테셀도, 포크도 중대한 실태를 노출시켰다. 그것은 명령 계통을 무시한 처사였다. 포크는 먼저 요새 사령관인 스미르노프 중장에게 의사를 물어야만 했던 것이다. 그러나 스미르노프는 완강한 저항론자였기 때문에 포크는 그를 기피하여 한 단계 뛰어넘어서 총수인 스테셀의 판단을 바랐던 것이다.

퇴각이 결정되자 포크는 곧 요새 사령관 스미르노프에게 전화로 통보했다.

"아니 귀관은 농담을 하고 있는 건가?"

스미르노프의 반문은 살기띤 어조였다.

"철퇴의 여부는 내가 알아서 판단할 문제다. 귀관은 누구의 명령을 받았단 말인가?"

포크는 차마 스테셀 이름만은 끄집어 낼 수가 없어서 임기응변의 거짓말을 했다.

"실은 골바토프스키 소장의 요청에 따른 것이오."

골바토프스키는 동쪽 정면 진지의 탄우 속에서 한 발자국도 물러서지 않고 과감한 방어 전투를 감행하고 있는 중이었고, 그러한 요청은 한 바 없었다. 스미르노프는 그 진부를 확인하기 위해서 골바토프스키를 전화로 불러 내어 물어 보았다.

"그것은 음모입니다. 우리는 음모에 가담하지 않고 황제의 군인으로서의 의무를 다할 뿐입니다."

골바토프스키는 이렇게 대답해 놓고 전투를 계속해 갔다. 스테셀과 포크의 위신은 이 시점에 와서 현저하게 빛을 잃고 말았다.

러시아군은 악전고투를 계속했다.

그러나 일본군의 조직적인 공격은 대단해서 마침내 정원 초하루 하오 3시 35분에 망대를 점령했다.

이때 스테셀은 항복을 결의하고 있었으나 전선 지휘관들과는 상의하지 않았다. 요새 사령관 스미르노프 중장에게까지도 입을 다물고 있었다.

육지 정면 방어 사령관인 포크 중장은 거의 전의를 상실해 버린 모양이었으나 동쪽 정면 지휘관인 골바토프스키 소장은 '싸움은 이제부터다'라고 하면서 망대가 그 반은 벌써 일본군에 점령된 상황인데도 그 방면의 지휘관인 가리친스키 대위에게 전령을 급히 보내서 분투를 독려했다.

"온갖 어려움을 무릅쓰고 진지를 사수하라."

가리친스키 대위는 이 지령에 고무되어 수비병의 사기를 진작시키면서 두세 차례 일본군을 격퇴했다. 골바토프스키 소장은 휘하 직속 수비부대를 두 차례나 더 보내 주었고 가리친스키 대위는 그 원병의 힘을 얻어 계속 일본군에게 타격을 주었다. 그러나 하오 3시경, 일본군의 집중 포화에 러시아군의 수류탄 집적소가 폭파되고 가리친스키 대위도 부상을 입어 할 수 없이 퇴각하고 망대는 일본군에게 넘어갔다.

골바토프스키 소장은 망대를 잃어버린 뒤에도 희망을 버리지 않고 새로운 방어 작전을 결정했다.

"아직 살아남은 동계관산 제2보루와 그곳 포대를 연결시키고, 거기에 병행해서 교장구 제1포대 부근으로부터 송수산 제4포대(잔존 부분)에 이르기까지 진지를 다시 편성하여 이것을 새 저항선으로 삼는다."

이러한 방침이었다. 그러나 실은 골바토프스키 소장에게 여기에 대한 결정권은 주어져 있지 않았다. 포크 중장의 동의를 얻지 않으면 안 되었기 때문에 연락 장교 스테파노프 대위를 보내서 의논했으나 포크는 잠자코 대답이 없었다. 포크는 이미 항복의 뜻을 품고 있는 스테셀의 뜻을 눈치 채고 있었던 모양이다. 골바토프스키 소장은 독단으로 지휘를 시작했다.

전장의 명령 계통은 혼란해졌다. 골바토프스키는 동계관산 제2보루에 지령을 내렸다.

"그 보루를 사수하라."

마침 이때 그 보루는 일본군의 격렬한 공격을 한창 받고 있었다. 보루장은 비명을 올리면서 퇴각 허가를 한 단계 뛰어 넘어서 스미르노프 요새 사령관에게 애원했다. 스미르노프는 골바토프스키와 같은 의견이었으므로 이 말을 되풀이했다.

"사수하라."

그래서 보루장은 너무나도 궁한 나머지 포크 중장에게 호소했다.

"골바토프스키 소장이 철퇴를 허락하시지 않으십니다."

포크는 골바토프스키에게 철퇴를 허락하도록 지시했다. 골바토프스키는 할 수 없이 그 지시에 따르기로 했으나 그 수비병에게 휴식할 기회를 주지 않고 그길로 바로 북두산 포대 부근에 수용시켜서 그곳을 사수하도록 명령했다. 오후 8시 반이었다.

그러나 이보다 6시간 전에 스테셀은 이미 항복의 의사를 일본군측에 표명하기 위해서 군사를 보내고 있었던 것이다.

스테셀이 항복을 결의한 것은 공의를 거쳐서 이뤄진 것이 아니었다. 그 개인의 결단이었다. 비록 독단이라고 할지라도 그에 대한 수속 절차는 밟아야 할 것이었는데 그것마저 자기 본위로 처리해 버린 셈이었다. 뒤에 페테르스부르크의 군법 회의에서 문제 삼은 한 가지는 이 점에 있었던 것 같다. 스테셀이 여순에 있어서 러시아 황제의 대리로 전단권을 가지고 있다고는 하지만, 항복에 관한 문제를 집행할 때는 당연히 관습상——이를테면, 막료며 사단장 이상의 합의를 얻는 절차 같은——일정한 수속을 밟아 두어야 했던 것이다. 자기 개인의 사유물을 내버리는 것처럼 대요새를 내버릴 수는 없는 것이다.

그러나 그때는 아직 전선의 지휘관들이 일본군의 집중 포화를 무릅쓰고 병사들을 질타하면서 방어전에 열중하고 있었을 뿐만 아니라, 골바토프스키 소장 같은 지휘관은 맨손으로 일본군과 격투할 기세로 전선을 뛰어다니고 있었다.

러시아군이 방어전에 매우 과감했다는 사실은 1월 1일 망대를 수비한 병력이 겨우 2백 명 안팎이었다는 것만으로도 증명된다.

산꼭대기에 있는 2백 명을 상대로 4천 명의 일본군이 밑에서부터 공격을 시작했다. 다른 포대의 러시아군이 일본군 보병에게 포화를 퍼붓기는 했지만, 공성포병대를 주력으로 편성된 일본군은 적의 열 배에 해당하는 포화로 응수하면서 측면 방위 시설들을 차례차례로 침묵하게 했다. 그러한 상황 하에서도 산꼭대기에 있는 2백 명은 소총, 수류탄, 기관총을 가지고 반격했고 접근하려는 일본군을 격퇴시키기도 했다. 이날의 망대 전투는 상오 9시 조금 지나서 시작됐으나 일본군의 조직적 공격은 하오 1시경부터였다. 하오 3시, 일본군 공성포병이 산 위에 있는 적병을 향해 집중 포격을 가하자 러시아군의 병력은 크게 줄어서 40명밖에 남지 않게 되어 이미 방어전이 불가능해져서 마침내 남방계곡으로 하산 퇴각했다. 퇴각이라고 했으나 실은 그 고지의 뒤쪽으로 거점을 바꾼 것에 불과한 것이었다.

일본군이 산꼭대기를 점거한 뒤에도 이 방면을 지휘하고 있는 골바토프스키는 끝까지 단념하지 않고 부근의 대소 포대에 명령하여 망대 산정의 일본군을 향해서 산마루가 낮아질 정도로 포격을 가해 왔다.

이러한 격투가 전개되고 있는 시간에 후방의 스테셀은 항복을 결의했던 것이다.

──망대가 일본군에게 점령되었기 때문에 스테셀은 항복을 결의했다.

훗날 이렇게 전해지기도 했다. 그러나 일본군이 망대를 점거한 시간은 하오 3시 반이었고, 스테셀이 항복 군사를 파견한 시간은 그보다 약 1시간 전이었으니까 스테셀은 전선에서 적과 아군의 공방전이 한창일 때에 항복하기 위한 군사를 출발시킨 셈이 된다.

스테셀은 이 중대한 소임을 아직 소년처럼 젊은 견습 사관에게 맡겼다. 마르첸코라고 부르는 청년이었다. 한 장의 서장을 전달하는 소임에 불과하다고는 하겠으나 관록이 붙은 사관을 골라서 그 임무를 명하지 않은 것은 무슨 까닭이었을까? 마르첸코는 비록 견습 사관이기는 하나 스테셀 사령부 안에서는 고급 급사 정도의 처우를 받고 있었다. 그러한 청년이라면 스테셀에게 거역할 리도 없을 뿐 아니라, 전투중인 자기편 진지를 통과해서 빠져 나간다고 해도 아무도 이상스럽게 보지는 않을 것이다. 그러한 배려에서 마르첸코가 지명되었을지도 모른다.

여기에 대한 경위를 중복을 무릅쓰고 좀 더 살펴보기로 한다.

스테셀이 마르첸코를 여순에서 출발시킨 것은 망대 부근의 전투가 한창인

1월 1일 하오 3시 경이었다.

——이제는 항복할 수밖에 없다.

이렇게 결심을 하고 행동을 개시한 것은 이미 이날 아침부터였다. 전선에서는 골바토프스키 소장이 각 진지를 뛰어다니면서 한창 사수를 독려하고 있을 때였다. 말하자면 스테셀은 이날 아침에 일본군이 망대(여순 요새지에 있어서 제2선 방어 진지)를 공격하기 시작했을 때에 항복을 결의한 것이었다.

스테셀로서는 이미 예정해 놓았던 것을 실천에 옮긴 것뿐이었다. '제2선에서 철저하게 저항한다'기보다도 '일본군이 제이선 공격을 시작하면 그것을 계기로 해서 항복하리라' 하고 전부터 예정해 놓은 것 같이 생각된다.

그는 이날 아침, 항복 문서를 기초하기에 앞서 해안 방어 사령관 로시친스키 소장을 불러다 놓고 일렀다.

"만약 필요하다면 언제든지 구축함을 지부에 파견할 수 있도록 준비해 두라."

일본군 포격에 항내 함대가 전멸했다고는 하지만, '스타쓰느이' 이외에 수 척의 구축 항만은 피해가 경미했으므로 산동 반도 동북쪽에 있는 중립항인 지부까지라면 항해가 가능했다.

한편 심복인 포크 중장에게는 군기와 중요 관계 서류를 한곳에 비치해 두도록 명령했다. 스테셀은 구축함 스타쓰느이에 지시해서 이 준비된 물건들을 여순에서 실어낼 작정이었다.

하오 2시반경, 포크 중장의 전화가 걸려왔다.

"원통하게도 망대 방어는 절망 상태에 빠졌습니다. 앞으로 한 시간도 견디어 내지 못할 것 같습니다. 일본군의 공세는 치열합니다. 만약 망대를 잃게 되면 그들은 곧장 제3방어선을 공격해 올 것입니다. 이 제3방어선에서 최후의 저항을 한다는 것은 탁상 공론에 불과한 것입니다."

포크는 전날 최후의 작전 회의에서 결정한 전략을 간단하게 뒤집어 버렸다. 스테셀은 즉석에서 동의했다.

바로 그때 스테셀은 옆에 있던 참모장 레이스 대령에게 명하여 일본군에 제출할 문서를 만들게 했다.

문서는 영문으로 작성되었다. 러시아인들에게는 세계어가 프랑스어였으나 일본인에게는 영어가 세계어인 것을 스테셀이나 레이스는 알고 있었다.

문서 작성이 끝나자 단단히 밀봉한 다음 마르첸코 견습 사관을 불러 일본군의 최전선까지 가서 이것을 전하도록 명령했다.

마르첸코는 사령부 전속 하사관과 병사 및 사람을 대동하고 새 시가를 출발했다.

그는 새 시가 서북쪽에 있는 서태양구 제1보루의 산기슭을 오른쪽으로 돌아서 보루 사이를 누비며 북쪽으로 통한 길로 접어들었다. 바람이 불고 날씨가 무섭게 차가웠다. 길바닥이 얼어붙어서 군화 밑창이 퉁겼다.

아마도 땅 속으로 1미터 이상이나 얼어붙은 것 같았다.

"어디에 가는 건가?"

우군이 물으면 그는 하사관에게 대답하게 했다.

"적십자와 교섭하러 가는 길이다. 병원이 포격되어 큰일이야."

그는 포성이 울리는 속을 3킬로 가량 걸어 겨우 러시아군 진지의 최전단을 떠났다. 이때 그는 백기를 높이 올렸다.

마르첸코 견습 사관의 백기를 목격한 것은 일본군 제1사단의 보병 제2연대의 최전선에 있는 병사였다.

——항복!

아무도 이렇게 생각하지 않았다. 일본군 전선의 실감으로는 여순 요새의 전투력은 의연히 강인하리라고 생각되었던 것이다. 러시아측이 백기를 들고 군사를 보내오는 일은 가끔 있었다. 시체 수용에 관한 건이며 여순 시가에 날아오는 일본군 포탄이 병원에 조종 명중한다, 어떻게 안 되겠는가? 하는 그런 종류의 용건이었다.

그러나 보병 제2연대에서는 장교를 마르첸코에게 내보내기로 했다. 그 장소는 일본군의 지리적인 호칭으로 말하면 '수사영 남쪽의 C보루 앞'이 된다. 이 C보루는 이 무렵 일본군이 점령한 곳이었다.

그 봉서를 고기산에 있는 제1사단 사령부가 받고 곧 사단 참모가 유수방에 있는 노기군 사령부에 전화를 했다.

전화를 받은 것은 군참모인 시라이 중령이었다.

"어떤 서한인가?"

"군사령관 각하께 보낸 거다."

제1사단 참모가 말했을 때 시라이 중령은 직감했다.

'항복이다.'

그러나 이런 경우의 군인 심리는 묘하다.

──그것은 성을 열기 위한 군사가 아닌가?

이렇게 말하려다가 그 말이 입에서 나오려는 것을 겨우 참았다. 실은 일본 군측도 공격으로 녹초가 되어 있으며, 군사령부는 제1선을 독려해서 상당한 무리를 강요하고 있었다. 이 경우 그러한 수월한 관측을 하면 군참모로서 무언가 얼빠진 것 같이 생각되는 것이 싫어서, 일부러 냉정한 목소리로 말했다.

"그럼 이쪽으로 보내 주게."

그리고 당황해서 덧붙였다.

"직접 이쪽으로 전보로 보내 주게."

어쨌든 전선의 제1사단 쪽은 그다지 중대한 군사라곤 생각하지 않았기 때문에 이렇게 말하는 것이었다.

"아니, 아직도 우리 사단 사령부로선 제2연대로부터 전화를 받았을 뿐 그 문서를 보지 않았어."

"그럼 사단 사령부에 도착하는 대로 전기로 군사령부에 전달하지."

제1사단 참모는 그렇게 말했다. 어쨌든 전선인 C보루에서 사단 사령부가 있는 고기산까지는 4킬로 거리다. 그 사이를 보초들이 차례로 전해서 사단 사령부로 보내져 오는 것이다.

고기산에 도착하기까지 3시간은 넉넉히 걸렸다.

그 고기산의 제1사단 사령부에서 후방인 유수방의 노기군 사령부까지 10킬로 이상 된다. 여기까지 전군이 전진하고 있을 때에 군사령부는 여전히 유수방 후방에 계속 있었기 때문에 시간이 멋대로 오래 걸렸다.

이 중대한 문서가 노기 사령부에 도착한 것은 오후 8시경이다.

시라이 중령이 받아서 그는 손수 자기 손으로 봉을 뜯었다. 손이 떨릴 만큼 긴장했다.

실내였으나 난로의 불이 꺼져서 온도는 0°에 가깝다. 시라이 중령은 외투를 어깨에 걸치고 서장을 석유 램프 아래로 들고 가서 폈다.

영문이다.

맨 처음에 눈에 들어온 문자는 '캐피츌레이션(Capitulation : 항복)'이라는 글자였다. 시라이 중령은 와아, 하고 함성을 올리고 싶을 정도의 충동을 가까스로 누르고 마음을 가라앉혀서 통독하려고 했다. 그러나 그는 전공이 프랑스어였기 때문에 영문을 읽는 것이 매우 힘들었고, 힘드는 것 이상으로 지금의 이 기분으로 서투른 외국어를 읽기란 아무래도 불가능에 가까웠다.

시라이 중령은 그 서장을 들고 참모장 이지치 고스케의 방문을 두드렸다.

"들어와."

들리는 목소리보다도 빠르게 시라이는 벌써 이지치 앞에 서 있었다.

"이것을"

시라이는 서장을 내주었다. 운수 나쁘게도 이지치는 독일 유학을 오래해서 독일어에는 능했지만 영문에는 낯설다.

"항복한다는 말인가?"

이지치는 감동을 누르면서 애써 작은 목소리로, 그러면서도 눈만은 저격하는 것처럼 날카롭게 시라이 중령을 응시했다.

"이 글자는 영어로는 어떻게 발음합니까? 프랑스어에서는 '까삐뛸라시옹'입니다."

그는 그 단어를 손가락질했다.

"──알았어."

이지치는 노기의 방문을 두드리고, 노기 사령부 전속인 아리가 나가오(有賀長雄)의 방문을 두드렸다. 모두 나왔다. 그들은 이지치 고스케의 방에 모였다.

아리가 나가오는 만엔(萬延──1860년) 원년 태생이다. 국제법의 권위자로서 알려져 있지만, 도쿄 대학에서는 문과 대학에서 사학을 배웠으며 법학박사 외에 문학박사의 학위도 가지고 있었다. 법률은 비엔나에서 공부했으며 특히 전시 국제법에 밝았다.

이런 아리가 나가오를 노기군 사령부 전속 문관으로 외정군에 참가시킨 점에, 이 당시의 일본 정부의 전쟁 수행 감각의 특징이 있을 것이다. 일본 정부는 메이지 원년(1868년) 이래 불평등 조약의 개정에 관해서 애를 써왔는데, 그것을 위해서는 무엇보다도 국제법을 지킨다는 일에선 우등생이 되려고 했다. 이번의 대 러시아 전쟁에 있어서도 군사령관들에게 대본영은 정성들여 훈령을 내리고 있었다.

──국제법에 위반되는 일이 조금이라도 있어서는 안 된다.

아리가 나가오가 노기의 국제법의 막료로 임명된 것은 그 때문이었다.

그는 전후에 이 러일전쟁에서의 일본의 '국제법 준법 활동'이라는 것에 대해서 저술했다.

"러일전쟁 국제법은"

이 한 권의 서적에 의해서 일본은 후진국이면서도 국제법에 대해서는 가없을 정도의 우등생이었음을 유럽에 알렸다.

"항복하겠다는 겁니다. 틀림없습니다."

아리가 나가오는 주욱 읽고 나서, 이 짧은 문장을 우선 영어로 음독하고 이어 일본어로 번역했다.

경탄할 것은 아리가가 번역을 끝낸 뒤에도 모두 한 마디도 말을 하지 않았다는 사실이다.

이 야릇한 침묵에 대해서 아리가 박사는 나중에까지 문하생들에게 이야기했다.

"여순에서 죽은 수만의 유혼이 모두 이 방에 모여온 듯해서 어느 막료의 얼굴을 보아도 희열 따위의 표정이 없고, 마치 무엇엔가 짓눌려 짜부라질 것 같은 그런 고뇌가 엿보였다."

만약 이 자리의 공기를 서양 사람이 보았다면, 일본인의 이상야릇한 감정 표현에 오히려 무서움을 느꼈을 것이다. 기뻐하기에는 너무나도 희생이 컸고, 곧 뛰어오르며 웃는 표정을 지을 마음도 될 수 없을 만큼, 이 7달 동안의 심로는 너무나도 컸던 것이다.

"아리가 나가오군, 조치를 해주오."

노기가 아리가 나가오에게 말을 걸었을 때야 마법이 간신히 풀린 듯이 방 안의 공기가 움직이기 시작했다.

아리가가 말했다.

"스테셀의 말은 성을 여는 조건에 관해서 의논하고 싶다, 이에 대한 노기 남작 각하의 동의를 바란다, 하는 것이니까 회답은 우선 동의함, 이라는 문장부터 시작되어야 합니다. 그리고 스테셀은 만약 노기 각하께서 동의하신다면 성을 열 조건 및 수속 등을 토의하기 위한 일본측 위원을 지명해 주기 바란다고 했습니다. 그리고 러시아와 일본의 양측 위원이 서로 만날 장소를 노기 각하께서 선정하기 바란다고 되어 있으니까 회담은 사무적인 편이 바람직합니다."

군사령부는 바빠졌다.

위원은 아리가의 진언에 따라 이지치 고스케 단 한 사람이 선출되었다. 물론 아리가를 위시해서 많은 사람이 따라가지만, 그것은 이지치의 수행원으로 족하다고 아리가가 말했다.

장소는 수사영으로 결정되었다.

일시는 빠르면 빠를수록 좋다. 농성중인 군대에는 예측하지 못한 사태가 일어나기 쉽기 때문이다.

"내일(1월 2일)정오로 하십니다."

이지치는 그제야 목소리가 격해졌다. 노기도 미소로 그 말에 동의했다.

남은 것은 답서를 작성하는 일이었다. 이것은 국제법 학자인 아리가 나가오의 독무대였다.

아리가는 아마도 스테셀의 막료보다 더 국제법에 통해 있었을 것이다. 이 경우의 위원이란 '전권 위원'이어야만 한다. 이지치는 개성 교섭에 대해 전권을 갖는다. 그 전권에 대해서는 노기 마레스케가 서명한 위임장을 필요로 한다. 스테셀측에도 그러한 자격자의 파견을 요구하도록 아리가는 답서에 썼다. 더욱이 양쪽이 서로 회동했을 때, 각기 그 주장의 전권 위원임을 증명하는 그 위임장을 교환하지 않으면 안 된다고 덧붙여 썼다. 만약 아리가가 러시아측에 대해서 이렇게 친절할 정도로 상세히 쓰지 않았다면 개성 담판은 그 결과가 나타내는 것 같이 순조롭게 진행되지 못했을 것이다.

아리가가 기초한 문서에 노기 마레스케는 서명하고 이튿날인 2일 아침 일찍 야마오카 구마지 소령을 군사로 해서 러시아 진지로 보냈다.

스테셀은 그것을 받았다.

그는 일본군의 이지치에 상대되는 러시아측 위원으로서 레이스 참모장을 임명했다.

이윽고 휴전으로 진전된다.

휴전에는 당연히 수속이 필요하다. 왜냐하면 2일 정오부터 수사영에서 있을 양군 위원의 개성 담판이 무사히 끝났을 때를 기하여 양군이 각각 자기 군대에 대해서 휴전 명령을 내리는 것인데, 놀라운 것은 전선의 양군 병사들은 그 전에 이미 그것을 해치웠던 것이다.

단계적으로 말하면 노기는 스테셀로부터의 서장을 받아든 날 밤, 여러 부대에 대하여 '공격 중지'라는 명령을 내렸다. 무엇 때문에 중지한다는 내용은 밝히지 않았다.

──스테셀이 항복장을 보내 왔다.

이 사실을 전선에 알리거나 하면 사기가 일시에 꺾여서 만약에 성공하지 못한 채 끝났을 경우 공격을 재개하기가 어려워지기 때문이다.

"공격 중지."

이 명령은 이날 밤 사이에 일본측 전군에 골고루 전달되었다. 다만 제11사단 일부에 그 명령이 전달되는 것이 늦어졌다. 그것을 약간의 예외로 하고 전쟁터는 갑자기 조용해졌다.

1월 2일은 개성에 대한 담판이 정오부터 시작되게 되어 있는데도 불구하고 새벽부터 러시아 병사들이 진지에서 연달아 나오기 시작했다.

"미친 듯이 이 개성(엄밀하게는 아직 개성이 아니다)을 기뻐했다."

병참 장교였던 사토 기요카쓰(佐藤淸勝)는 이렇게 썼다. 사실 러시아 병사들은 보루 위에 온몸을 드러내어 서로 끌어안고 춤을 추는가 하면, 일부 전선에선 일본병도 호에서 나와 서로 손짓으로 불러다가 양군 병사가 서로 끌어안고 춤추는 광경을 볼 수 있었다.

일본 병사가 러시아군의 보루에까지 올라가서 술을 퍼마시기도 했다. 더욱이 취한 김에 일본 병사가 러시아 병사의 어깨를 끌어안고 적의 진지인 여순 시가까지 나가 거리의 술집에서 술을 마시는 광경까지도 볼 수 있었다. 물론 군규 위반이었다. 그러나 이 인간으로서의 환희의 폭발을 누를 만한 장교는 한 사람도 없었다.

"졌어도 좋다, 이겼어도 좋다. 아무튼 이 처참한 전쟁이 끝난 것이다."

이 해방감이 양군의 병사에게 병사의 신분임을 잊게 했다. 아직도 교전하고 있을 단계에서 양군의 병사가 이와 같이 장난을 했는데도 한 건의 사고도 생기지 않았다는 것은 인간이라는 것이 본래 국가, 또는 그 유사 기관에서 의무가 부과되지 않고는 무기를 잡고 서로 죽이는 일에 적합지 않다는 것을 증명하는 것이리라.

"참으로 신통하게 싸움질도 없이 끝났군."

나중에 양군 관계자가 이 '비공인 휴전'의 반나절을 되돌아보고 신기하게 생각했을 정도였다. 어제까지 육탄전을 벌이는 듯, 사투를 되풀이하던 양군 병사가 말이다.

——아무래도 휴전, 개성이 되는 모양이다.

'모양이다의 단계'에서 이러한 광경을 나타냈다는 것은 인간의 신기한 점이라고 해도 좋을 것이다.

이런 광경이 있을 수 있었다는 것은 아직도 전쟁에 도덕이 존재했던 시대였기 때문이라고도 할 수 있으며, 나아가서는 이 여순 공방전이 인간이 견디기에는 너무나도 길고 너무나도 비참했기 때문이라고도 할 수 있을 것이다.

이지치 고스케와 레이스와의 사이에 개성 담판이 끝난 것은 2일 오후 4시 35분이었다.

노기군은 곧 각 부대에 대하여 '전투 행위 정지'를 명령하고 다시 7시에는 점령과 개성에 관한 명령을 내렸다.

이 소식은 빠르게 온 세계에 퍼졌다.

그러나 이 소식을 가장 빨리 알아야 할 권리와 이해관계의 필요성을 지니고 있을 터인 로제스트벤스키 중장과 그 대함대는 바다 위에 있어서 그 소식을 접하지 못했다.

발틱함대는 이 시기에 마다가스카르 섬(프랑스령)의 동해안을 북상하고 있었다.

그들은 여순 요새의 함락을 몰랐다곤 해도 그에 필적할 만한 불행한 사실을 알고 있었다. 203고지가 함락되고, 이 때문에 여순항 내에 있는 러시아 함대가 모조리 침몰되었다는 소식을 이미 12월 29일, 마다가스카르섬 동해안에 있는 센트마리 섬의 해협에 정박했을 때, 케이프타운에서 온 병원선 '아료르'의 승조원들이 케이프타운에서 발행하는 신문에서 그 기사를 보았다고 했던 것이다.

"설마!"

누구나 그렇게 생각했다. 여순함대만한 대함대가 한 척도 남김없이 바다 속에 가라앉는다는 일이 있을 수 있을까? 이 정보는 페스트균처럼 전함대에 퍼져서 승조원들의 사기를 현저하게 꺾었다. 그러나 확실한 소식은 아니다. 확실한 소식이 아니라는 것이 그들의 유일한 희망이었다.

물론 온 세계의 정보에서 격리되어 있다는 점에서는 제독 로제스트벤스키도 마찬가지였다.

"꼬마는 어디를 어정거리고 있는 거야?"

로제스트벤스키는 이따금 고함을 쳤다. 꼬마란 기선 '루시'였다.

루시는 사냥개처럼 함대 앞으로 앞으로 나가고 있다.

그의 첫번째 임무는 다음 정박지——다시 말해서 석탄을 실을 곳——를 찾는 일이었다. 앞서 가고 있는 독일의 석탄 회사의 기선과 서로 약속하고 만나서는 항구를 찾아 마치 운송상의 나이 어린 점원처럼 프랑스 관인에게 묻고 다닌다.

"이 항구에서 석탄 탑재 작업을 해도 좋겠는가?"

전의 우호국이었던 프랑스는 지금은 분명히 영국에 대한 조심성 때문에 러시아 함대와 관계하고 싶지 않은 방침을 취하고 있어 이 한마디로 일축했다.

——프랑스 항만 시설이 있는 장소에선 하지 말아 주길 바란다.

"루시"는 그러한 외교 사정이 있는 바다를 돌아다니면서 적당한 정박지를 발견하고는 함대에 알리러 돌아오는 것이다. 그때마다 가는 곳곳에서 신문을 사들이기도 하고, 러시아 본국에서 온 전보를 받기도 해서 로제스트벤스키에게 알린다. 그러한 '꼬마'가 돌아오면 머지않아 알게 될 것이다.

그런데 '루시'는 1월 1일에야 겨우 돌아왔다.

"여순함대는 이미 없습니다. 이건 확실합니다."

루시의 함장은 로제스트벤스키에게 보고했다.

그러나 여순함대뿐 아니라 이날 여순 요새의 스테셀이 노기에 대해 개성에 관한 문서를 보냈다는 것을 물론 로제스트벤스키는 알지 못했다.

여순의 혹독한 추위처럼 발틱함대가 머물고 있는 마다가스카르 섬의 더위 또한 굉장했다.

이 섬은 일본 본토의 약 2배의 면적을 갖고 있다. 함대의 좌현쪽이 그 동해안으로 짙은 녹색으로 덮인 풍경은 단조로워서 먼 북국에서 온 이 함대 승조원들의 향수를 불러일으키거나 마음을 부드럽게 하거나 할 만한 풍경은 아니었다.

1월 6일은 러시아 달력으로 말하면 크리스마스 전야이다. 이날 함대는 마다가스카르 섬의 동해안을 여전히 북상중이었다. 북으로 가는 데 따라 이 섬의 해안선은 굴곡이 심하여, 이윽고 안튼질 만의 입구를 가로지르려고 했을 때 루시가 함대로 돌아왔다. 이 기선이 처음으로 크나큰 불길한 소식을 가지고 왔던 것이다.

"1월 2일 여순 요새가 개성했습니다."

이 소식을 자기 방에서 들은 로제스트벤스키는 "믿을 수 없다"고 중얼거릴 뿐 곧 눈빛이 어두워져서 센트마리섬의 바위 표면과 같은 표정으로 침묵했다. 그러나 믿지 않을 수가 없다.

루시가 가지고 온 정보는 숫자를 자세히 써 넣은 상세한 보고였다.

"스테셀은 4만명에 가까운 수비병과 함께 노기에게 항복했다. 4만 명……."

아직 싸울 수 있지 않는가, 하고 누구나가 생각했다. 노기가 어지간한 명장이든가 그렇지 않으면 일본군의 병기(兵器)가 러시아군의 그것보다도 훨씬 정교하고도 풍부하게 정비되어 있었단 말인가?

이 소식이 순식간에 온 함대에 전달되었을 때 그들은 해군인 만큼 제일 먼저 생각했다.

——병기다.

해군의 승패에 있어서 절대 조건이라고 할 만한 것은 병기다. 해군은 땅을 파고 들어가거나 풀 속에 숨어서 달아나거나 하는 육군의 병사보다도 그러한 감각은 제2의 천성처럼 갖추고 있다.

"수백만 루블이라는 막대한 돈을 써서 만들어 낸 여순 요새를 때려 부술 수가 있는 것은, 그것을 능가할 만한 병기를 일본군이 갖추고 있었다는 것을 의미한다. 일본 육군이 그것을 갖추고 있는 이상, 일본 해군이 그것을 갖추지 않았을 리가 없다."

수병들까지도 겁을 집어먹고 이런 말들을 수군거렸다.

"우리 함대는 본국으로 돌아가야 한다."

이렇게 외친 사관도 있었다.

그 점은 로제스트벤스키의 고민이기도 했다.

"발틱함대 동으로 운항."

왜냐하면 이 대작전이 여순 요새와 여순함대를 잃음으로써 작전 논리의 구성이 뿌리째 허물어진 것이다. 도고 함대와 결전하기에는 일 대 일로는 벽차다. 적에 대해 배가 되는 병력으로 싸운다는 것이 러시아의 전통적 작전 사상이었는데 그 조건을 지금 단 한번에 잃은 것이다.

"본국의 지시를 기다려야 한다."

로제스트벤스키는 막료 회의가 끝난 후 일동이 알아들을 수 없을 정도의 목소리로 중얼댔다.

그러나 로제스트벤스키의 함대는 마다가스카르 섬 동해안을 북상하면서 노시베로 향했다.

어째서?

"노시베"와 같은 전혀 이름 없는, 섬의 원주민들조차도 그 이름을 알지 못할 만큼 빈번한 어촌으로 향해야 했는가? 러시아 황제와 그 대제국을 대표하는 이 함대가 말이다. 이 프랑스령 마다가스카르 섬에는 인도양을 지나는 뱃사람들에게 예부터 알려진 좋은 항구가 얼마든지 있다. 그 가운데서도 섬 북쪽 끝의 디에고 수아레스라는 항구는 프랑스가 막대한 비용을 들여서 항만 시설을 만든 당당한 항구로 알려져 있다.

──어째서 노시베로 갔는가?

이 점에 있어서는 러시아 제국의 전시 외교의 서투름이 있었다.

"우리 함대가 마다가스카르 섬을 통과할 때 디에고 수아레스 항에서 석탄을 탑재하게 허락해주기 바란다."

전부터 러시아 외무성은 프랑스에 대하여 이렇게 교섭했던 바, 동맹국인 프랑스 외무성은 전 프랑스가 온통 얼굴을 찡그린 듯한 태도로, 그것은 좀 곤란하다고 대답했던 것이다. 이 시대의 러시아 정부의 외무성이라는 것은 다른 강국에 비해 그 능력이 부족했고 외교관에게 큰 권한도 주고 있지 않았다. 러시아 제국에는 열강에 비할 수 없을 정도의 크나큰 존재가 있다. 첫째는 제왕의 권한이 제한도 없이 크며, 둘째는 군사력이 강대하며 셋째는 대내적인 비밀 경찰 능력이 높고 컸다. 러시아 제국은 이 세 가지 힘에 의해 지탱하고 있었다고 해도 과언이 아니다. 외무성이란 제한없이 큰 제권 때문에 뛰어다니는 급사 역할이라고 해도 좋을 만한 점이 있었다.

이 때문에 러시아의 외교관이 유럽에서 크나큰 업적을 올린 것도 없거니와, 설사 우수한 외교관이 있어 그 국제 정세의 분석에서 나온 결론을 러시아 궁정에 보고하여 의견을 말해 본다 해도 그것이 받아들여지는 경우는 드물었다.

──러시아는 독재국이라서 진다.

이것을 러일전쟁이 시작되기 전에 예언했던 미국 대통령 테어도어 루스벨트의 말은 러시아 외교의 이런 면에도 적용될 것이다.

러시아의 동맹국인 프랑스의 태도에 대해서는 이 글에서 자주 언급했다. 원래 프랑스로선, 러시아와의 동맹은 유럽에서의 프랑스의 안전을 위해 필요했지만 그 러시아가 프랑스의 이익에 관계없는 극동에서의 침략 도락을 시작했기 때문에 러일전쟁이 일어났다. 이 때문에 프랑스가 의지하고 있던 러시아의 군사력이 극동으로 이동하고 말았다.

이 결과 프랑스의 안전 보장은 약체화하고 그 약해진 분량만큼 프랑스는 그다지 달갑지 않은 나라인 영국에 추파를 던지지 않을 수 없게 된 것이다. 이번 기항지에 대해서도 영국이 간단히 말하면 프랑스에 요구했던 것이다.

──러시아에 좋은 항구를 빌려 주지 말라.

프랑스는 자국을 에워싼 외교 역학상 영국의 비위를 건드릴까 두려워, 설사 러일전쟁으로 전환한 러시아의 기분을 상하게 하는 한이 있어도 그러한 태도를 취했던 것이다.

"노시베라면 빌려주겠다."

노시베란 큰 섬이라는 뜻이다. 그 항구는 섬으로 바람을 막고 있는 천연적 정박지라고 한다. 모두 그렇게 듣고 있었다. 노시베로 가는 도중은 군함이라는 큰 강철덩이가 열대 지방의 태양에 견딜 수 없는 더위였으나 인도양 특유의 삼각파가 일면서도 대체로 잔잔했다. 그 도중의 바다 위에서 이 함대는 크리스마스(러시아 일력)를 맞았다.

함대는 해상에서 정지했다.

순양함 이상의 배에는 어느 배를 막론하고 예배실이 있다. 기도식은 거기서 거행되며, 작은 구축함의 경우에는 갑판에서 거행되었다. 이윽고 각 함마다 그리스도의 탄생을 경축하고 또한 이 함대에 신의 가호가 있도록 31발의 축포를 발사했다. 순식간에 이 세계적인 대함대는 검은 화약의 발사연으로 완전히 싸이고, 바람이 없기 때문에 연기는 움직이지 않아 포수의 시계를 완전히 가리어 버렸다.

"일본의 화약은 이렇게 굉장한 연기가 나지 않는다는데 정말일까?"

이렇게 수군대는 수병들도 많았다. 사실 일본의 시모세(下瀬) 화약은 러시아 해군의 구식 화약과는 달리 그러한 결점이 적었다. 그러나 함대의 승조원들은 그에 대한 지식은 극히 적게 가지고 있으면서도 남모르는 공포를 떨쳐 버리지 못하고 있었다.

이 무렵 구축함 '보오드루이'(350톤)에 '잔탄량 극소'라는 뜻의 신호가 올랐다.

"멍텅구리가 저런 신호를 올리고 있어!"

보는 눈이 빠른 로제스트벤스키가 맨 먼저 그것을 발견하고 고함을 쳤다. 어째서 석탄이 적어진 것이 멍텅구리라는 건지 막료 중에는 아무도 알지 못했다. 게다가 구축함은 로제스트벤스키에게 석탄을 달라는 것이 아니라, 석탄선 '아나드이리'(12,000톤)에게 연료를 주문했을 뿐이다.

"함장의 무능을 증명하고 있는 것이다."

로제스트벤스키는 말했다. 그러나 그 구축함은 연락과 정찰을 위해 그 주위를 돌아다니고 있는 것이다. 달릴 때에는 함대가 통일하고 있는 경제 속도인 10노트로 달려서는 따라 붙지 못한다. 아무래도 석탄을 많이 때서 기관의 증기를 올려야 하며 이 때문에 석탄이 곧 소비된다. 이 물리적 현상과 함장의 능력과는 아무런 관계도 없었지만 그러나 로제스트벤스키의 감정 속에서는 그것이 일치되어 있었다. 그는 무엇보다도 분열 행진과 같은 질서 정연함을 좋아하고, 그것이 어떤 이유든 간에 마구 흐트러지는 것을 좋아하지 않는 것이다.

함대는 정지했다. 석탄선 '아나드이리'가 '보오드루이'에 접근해 가서 석탄을 옮겨 싣는 작업을 시작했다.

조금 뒤 석탄 탑재가 끝나고 함대는 일제히 전진하기 시작했는데 해가 지고 하늘에 희미하게 잔광이 남았을 때였다.

"아군에 괴함 4척 뒤따라 옴."

이 신호를 전함 '보로지노'가 말했다. 이 때문에 전함대가 신경증 환자처럼 초조하지 않을 수가 없었다.

──아군에 괴함 4척 뒤따라 옴.

이 신호를 보낸 것은 전함 보로지노뿐이다.

다른 어느 함도 그러한 배를 보지 못했다. 보르지노의 착각이었을까?

그것을 본 것은 마스트에 올라가 있던 감시병이었다. 4척의 괴함은 아득히 먼 뒤쪽이지만 이 함대와 같은 방향을 전진해 오고 있었다.

그것도 전함 또는 중순양함 같은 대형 군함이었다. 이윽고 그 중 3함은 되돌아갔는지 수평선 저쪽으로 사라져 버렸으나 1척만은 여전히 뒤따라온다. 조금 뒤 그 군함이 등불을 켰는가 했더니 항로를 바꾸어 차츰 그 불빛이 멀어져서 어둠 속으로 사라졌다.

"일본 순양함대가 우리를 습격하려 하고 있는 것이다."

이런 관측이 전 함대를 지배했다. 그러지 않아도 일본 함대가 어디선가 숨어서 기다리고 있을 거라는 불안감과 소문이 이 함대의 신경을 쉴 새 없이 건드리고 있었던 것이다.

이날 밤, 전함대는 경계 태세로 들어갔다.

"그런 일은 있을 수 없다. 영국 함대의 심술이겠지. 그렇지 않다면 그들의 스파이 행위다. 영국 해군은 전력을 다해서 일본인을 위한 스파이가 되려고 하고 있다. 그들은 우리의 위치를 일본에 통보하고 있는 것이다. 그것뿐이다."

로제스트벤스키는 이렇게 말했는데 그의 관측은 아마도 옳았을 것이다. 아니, 그보다도 그는 내부의 현상에 대해서는 몹시 화를 잘 내는 성질이어서 사소한 질서의 문란도 용납하지 않았지만, 외계의 현상에 대해서는 매우 낙관론자였다. 그는 지금도 또한 일본 해군 따위는 하찮은 벌레처럼 생각하고 있었고, 만약 이 영광스러운 대제국의 대함대를 극동에 이끌고 가면 그들 일본인은 벌벌 떨거라는 어린 아이와 같은 유치한 공상이 그 만만한 자신감의 밑바탕이 되어 있었다. 군인이란 나이를 먹으면 좌관급에서 장성급이 되어 가고 겉보기엔 매우 훌륭한 것처럼 보이게 마련이지만, 그 정신 능력은 때로 계급이 올라감에 따라 퇴화해 가는 일이 많은 이상한 직업이다. 그런 의미에서 로제스트벤스키의 어린 아이 같은 생각은 무리가 아닌 일인지도 몰랐다. 하기는 이 경우 혹은 다른 해석을 할 수가 있을지도 모른다. 그로선 억지로라도 낙관설을 취해서 자신에게 그렇게 타이르지 않으면, 그렇지 않아도 흥분하기 쉬운 그 성격이 벌써 외계의 압박(상상으로의) 때문에 파괴되어 버릴는지도 몰라 그 자신 오히려 그 본능이 그렇게 될 것을 낙관설로 막고 있는지도 알 수 없다.

그런데 그의 낙관설은 그만을 위한 것이라 다른 승조원들에게는 견딜 수 없는 것이었다.

이 경우도 포수는 포 옆에서 자게 했으나 막상 전투가 벌어졌을 때 필요한 조직은 밤새도록 자지 못하게 했다. 이 조치는 로제스트벤스키 개인의 정신

적 위로도 되고, 또 그 낙관설을 지키기 위해서는 필요했지만 다른 사람들로 선 견딜 수 없는 일이다. 이제부터 긴 항해를 계속해 가면서 이처럼 비관적 인 상상에서 온 긴장을 계속하게 해서는 도저히 전함대의 신경이 견디지 못 하게 될 것이다.

일본 함대란 일본 근해에서 외적과 결전하여 일본 근해를 지키기 위해서 만 만들어져 있다. 그러한 냉엄한 사실을 보면 일본 해군이 그렇지 않아도 적은 함대에서 중순양함대를 할애해서 마다가스카르까지 파견할 리가 없는 것이다.

로제스트벤스키가 이끄는 발틱함대가 이 북쪽 사람들에겐 견디기 힘든 더 위 속을 노시베를 향하여 항해를 계속하고 있을 때, 그들이 도착하려던 보급 자리라고 생각했던 여순에서는 스테셀과 노기 마레스케의 회견이 행해졌다.

이 회견은 1월 5일이다. 이미 개성에 대한 회담은 끝났으며, 또한 개성에 수반된 양군의 업무도 진행되어 가고 있었으므로 이 두 장군의 회견은 법적 으로 꼭 필요한 것은 아니었다.

그런데 스테셀 쪽에서 "만나고 싶다"고 해왔다. 항복한 스테셀로선 이 이 상의 의무——다시 말해서 적장을 만나는 것 같은——는 필요치 않았다. 그러나 군인은 반면 의례적인 요소가 가득한 직업이며, 더욱이 이 시대의 군 인에겐 아직도 기사적인 예의를 중요시하는 미풍이 남아 있었다. 이와 같은 이른바 군인이 극적인 예의를 중히 여기는 기품은 이 러일전쟁을 마지막으 로 최후의 막이 내렸다고 봐도 무방할 것이다. 거듭 말하면 노기 마레스케와 스테셀의 회견은, 전쟁이라는 그 참화를 그 결말에는 미적으로 처리하고 싶 다는 기분의 마지막 시대의 마지막 장면이었다고 할 수 있을 것이다.

회견 장소는 수사영이었다. 수사영이란 마을의 이름이며, 그 회견 장소로 지정된 것은 유라는 사람의 농가였다. 전투중 이 집은 일본군의 야전 병원으 로 사용되었다.

"뜰앞 한 그루 대추나무엔"

후년의 《초등학교 일본어 독본》의 '수사영 회견'의 노래 가사에 있듯이, 문을 들어서서 왼쪽 흙담 옆에 대추나무가 있었다. 수령1백년 이상이라고 일컫고 있지만 가사에 "탄환 박힌 흔적도 매우 많구나"라고 노래했듯이 무 수한 탄흔이 나무껍질을 찢어 맨살을 드러내고 있었다.

허물어지다 남은 농가에서
이제야 두 장군 마주 대하네

이렇게 노래는 계속된다.
약속된 시간은 '오전 11시'였다. 스테셀은 막료를 이끌고 5분 전에 수사영 유가네 집 문을 들어섰다.
일본 위병이 정중하게 받들어총의 예를 보냈고 스테셀은 걸으면서도 그에 대해 깍듯이 답례했다.
노기는 아직 도착하지 않았다.
스테셀은 회장에 안내되었다. 입구에서 왼쪽으로 접어든 방이 그것이다.
방은 중국식 봉당인데 거기에 안뻴라 돗자리가 깔려 있다.
책상이 있다.
너비가 팔길이 정도이고 길이는 1미터 80센티 가량의 조잡한 것인데 이 농가가 야전 병원이었을 때의 수술대였다. 이 수술대가 수술에 사용되고 있었을 때, 이따금 총알이 창문에서 튀어 들어왔다. 그 탄흔이 여기저기 나 있었다. 그것이 보기에 흉하다 하여 흰 보가 씌워졌다. 스테셀과 그 막료는 이 책상 주위의 의자에 앉아 노기를 기다렸다.

노기 마레스케와 그 수행원은 유수방에서 온다. 길 안내를 하는 야스무라 참모의 스위스제의 시계가 30분 가량 늦어 있었다.
수행원은 이지치 참모장과 야스무라, 그리고 부관들이었다.
스테셀은 40분간 기다렸다.
이윽고 노기 일행이 회장의 문을 통과한 것은 오전 11시 30분이다.
노기는 문안에 들어와 말에서 내려 먼저 와 있던 쓰노다(津野田) 참모의 경례를 받았다. 쓰노다는 통역인 가와카미 도시히코(川上俊彦)와 함께 스테셀을 영접하는 일을 보았다.
쓰노다는 거수경례한 손을 내리고 나서 보고했다.
"스테셀 각하는 이미 도착해 계십니다."
노기는 고개를 끄덕이고 큰 걸음으로 재빠르게 본채를 향했다.
조금 후 노기는 방에 들어가자 느닷없이 상좌로 되어 있는 마루 옆에 섰다. 이 경우 승리자라는 것 외에 노기가 대장이고 스테셀이 중장이라는 것으로 노기에게 상좌가 준비되어 있었던 것이다. 노기는 선 채 스테셀을 향하여 팔을 뻗쳤다.

스테셀도 팔을 뻗쳐 악수했다.

'노기란 이런 사람이었구나.'

스테셀의 막료가 내심 놀랐을 정도로 노기의 용모에는 거만스러움이란 조금도 없고 다소 늘어진 두 눈만이 미소로 가늘어져 있었다.

노기는 선 채 인사를 했다.

그 인사를 가와카미 통역이 러시아로 번역했다.

"우리는 조국을 위해 역전했소. 그러나 이미 전투 행위는 끝나고 오늘날 이렇게 각하와 여기서 회견할 수 있음을 본관은 최대의 기쁨으로 아오."

스테셀은 그 말을 받아 이렇게 말했다.

"본관 또한 조국을 위해 여순 요새를 방어했소. 그러나 이미 개성할 것을 결심한 오늘날 각하를 여기서 뵙게 되는 기회를 얻은 것은 본관이 깊이 영광으로 생각하는 바이오."

그리고 다시 노기는 선 채 말한다. 그는 어제 참모총장을 거쳐 그에게 전해진 전보 내용을 공포했다. 메이지 천황의 뜻에 관해서였다.

——장관 스테셀이 조국을 위해 다한 공을 기리고 무사의 명예를 지니게 할 것을 바란다.

전문이란 이것으로, 이 때문에 스테셀과 그 수행원에게 칼을 찰 것을 허용했던 것이다.

노기는 그 말을 전하고 다시 말했다.

"본관 또한 가능한 한 각하를 위해 편의를 보아드리고 싶소."

그러자 스테셀은 조금 전과는 다른 사람처럼 밝은 표정이 되어 그것을 감사했다.

이런 응답이 끝나자 노기는 잡담으로 옮기려고 상대편에게 앉을 것을 독촉하고 자신도 딱딱한 의자에 앉았다.

"자아, 앉으시오."

스테셀이 먼저 말한 것은 갱도전을 해낸 일본 공병의 용감성에 대해서였다.

"세계의 그 유례를 찾아볼 수 없이 용감했소."

이렇게 말하고 다시금 포병의 사격 능력이 탁월했던 것을 칭찬하고 계속해서 말을 이었다.

"특히 28센티 포의 위력은 참으로 컸소."

스테셀이 일본군에 대해 칭찬한 것은 전선에서 갱도 굴진을 해치운 공병의 용감성과 포병의 사격력과, 그리고 28센티 포라는 물리적 위력에 대해서였다.

——이 3대 요소 때문에 우리는 개성하지 않을 수 없었다.

이것은 단순한 의례적인 찬사뿐만이 아니라 극히 냉정한 군사적 소견이라고 할 수 있었다. 왜냐하면 가장 용감하고 사상률이 높았던 일본 보병에 대해서는 한 마디도 칭찬을 하지 않았던 것이다.

여순에서 양군의 병력 손해를 비교하면 러시아군의 전투원은 3만 5천, 이 중 사상자는 일만 2천 여명, 더욱이 이 가운데서 죽은 자는 겨우 2, 3천 명에 불과하다. 이 대요새에 방위되어 거대한 화력을 가지고 있었다곤 하더라도 이만한 격전에서 전사자가 2, 3천이라는 것은 공격측인 일본군에 비해서 극히 적다.

일본군의 경우는 병력 10만 명.

그 중 사상자 6만 2백 12명으로 6할의 손해란 세계 전사상에도 드문 일이다. 그리고 이 가운데서 전사자는 1만 5천 4백여 명으로 1할 5부라는 처참한 상태다. 그리고 제1선에서 격투한 장교의 사상률은 가장 많아, 전 기간을 통해서 무사히 개성까지 전선에 서 있을 수 있었던 것은 겨우 10여 명에 지나지 않았다. 특히 하급 장교는 군도를 휘두르며 대의 맨 앞에 서서 돌진해야 하기 때문에 제일 먼저 기관총의 희생물이 되어 버렸던 것이다.

스테셀은 그것을 잘 알고 있다. 일본군의 주력 보병은 그토록 용감하게, 아마도 이것 또한 세계 전사에 유례없을 정도로 용감하게 싸우면서 그 죽음의 대부분은 단순히 요새의 포화의 기계적 희생이 되었을 뿐으로, 특히 전반은 요새 방어를 위협할 정도의 효과가 있었다고는 생각되지 않는다. 스테셀은 일본 보병에게는 분명히 이겼다는 실감 아래 공병과 포병 그리고 28센티 유탄포의 기계력을 칭찬했을 것이다.

그 뒤 스테셀은 두 보병의 죽음에 대해 에도의 뜻을 말했다.

노기의 아들인 가쓰스케(勝典)와 야스스케의 전사에 관해서다.

"참으로 애도의 말씀을 이루 다할 수 없습니다."

가와카미 통역이 통역하자 노기는 계속 미소를 띤 채 대답했다.

"본관은 나의 두 아들이 무임으로써 그 죽을 자리를 얻은 것을 기뻐하고 있소."

회견은 2시간 계속되었다.

"내가 이 반생 동안에 만난 사람 가운데서 노기 장군만큼 인상적이었던 사람은 없다."

스테셀은 그 뒤 막료들에게 이렇게 말했다는데, 분명히 그랬던 모양으로 그 존경심은 한평생 변하지 않았다 한다.

여담이지만 스테셀은 그 후 본국에서의 군법 회의에서 '병력, 포탄, 자재, 식량이 충분히 남아 있음에도 적에게 항복했다'고 하여 사형이 선고되었다.

이 말을 들은 노기는 그 당시 파리의 주재 무관으로 있던 제3군 당시의 참모 쓰노다 소령에게 구명 운동을 할 수 없겠는가 하는 내용의 의사를 전했다. 쓰노다는 스테셀이 항복할 수 밖에 없었다는 면밀하게 논증해서 파리, 런던, 베를린의 여러 신문에 투고했기 때문에 그것이 다소 효과가 있었던 모양으로 사형은 면할 수가 있었다.

노시베를 향하여, 로제스트벤스키와 그 함대는 전진하고 있다.

말은 없었으나 그 대신 무수한 별이 남해를 북상하는 해군 병사들에게 위안을 주고 있었다. 각 함마다 앞서 가는 함의 불빛을 지켜보면서 그 항적을 좇고 있다.

날이 밝고 태양이 솟았다. 우현은 끝없이 퍼져 있는 인도양이다. 좌현은 여전히 마다가스카르 섬이었다. 다만 해안이 갑자기 움푹 들어가기도 하고 별안간 툭 튀어나오기도 해서 섬 북단에 접근하고 있다는 것을 나타내고 있었다.

수송선인 '루시'가 여전히 바쁘게 앞서 나가며 향도선(嚮導船) 구실을 하고 있다. 이 배는 목적지인 노시베와의 사이를 왕복하고 있기 때문에 다른 배보다 항로를 잘 알고 있었다. 어쨌든 이 부근의 해도는 그다지 정밀하지 않아, 어디에 암초나 얕은 여울이 있는지 해도만으로는 의지가 되지 않는 것이다.

그러한 루시가 오후 2시경 갑자기 마스트에 신호기를 올려서 기함 '스와로프'의 막료실을 놀라게 했다.

"승조원 반란을 일으킴."

이런 놀라운 내용이었다.

"꼬마가 어떻게 되었나?"

로제스트벤스키는 이렇게 말하고 구두를 신었다. 두어 걸음 걷다가 몸을 굽혀 양말이 접힌 것을 폈다. 이윽고 함교에 서서 망원경으로 보았더니 과연 신호병이 읽은 대로의 신호가 올라가 있다.

"베드위(구축함)에게 달려가도록 하라."

로제스트벤스키는 명령했다. 이 경우 그에게 있어 구축함은 경찰관의 역할로서 달려가게 하는 것이다. 로제스트벤스키는 천성적으로 검찰관이었던 편이 어울렸을지도 모를 사나이로서, 그는 경찰관적 태도로 항상 전함대에 임하였다.

그는 '베드위' 함장에게 터무니없는 명령을 내렸다.

──필요하다고 인정될 경우는 함장의 독단으로 루시를 격침시켜도 좋다.

"다루기 벅차면 베어 버려도 좋다"라는 뜻이다. 일군의 장으로서 부하에 대한 태도가 너무 지나치게 냉혹하다 할 것이다.

베드위는 함대의 대열에서 빠져나오기 시작했다. 곧 25노트의 속력으로 루시에게 따라붙어, 포구를 루시에게 향하면서 배를 멈추라고 명령했다.

오래지 않아 알게 된 바로는 반란이니 폭동이니 할 만한 것은 못되었다. 어느 화부가 병결자의 대리 근무하기를 거부했기 때문에 사관이 그에게 체벌을 가했다. 그런데 화부가 반항적 태도로 나왔고 다른 많은 화부도 그에게 동조했다. 그러나 대단한 소란에 이르지는 않고, 베드위가 접근했을 때는 이미 진압되었다.

그 정도의 사태가 반란이니 폭동이니 하는 군대 내부에서 가장 두려워하는 현상으로 루시 함장의 눈에 비쳐서 순간적으로 그러한 중대 신호를 올린 것이다. 이는 루시가 정보 수집선이어서 영자 신문이나 프랑스어 신문을 사들여 거기에 씌어져 있는 기사를 너무 지나치게 읽고 있었기 때문이었다. 극동에서 러시아 육해군의 잇따른 패전 소식 때문에 러시아 국내가 크게 동요하고 흑해 해군 수병들 사이에서도, 페테르스부르크에서도 폭동이 빈번히 일어나는 형세에 있다는 기사가 종종 실려 있기 때문이었다.

그러나 '루시'의 폭동은 별일 없이 끝나고 함대는 다시 북으로 전진했다.

실은 이 마다가스카르 섬의 노시베에 로제스트벤스키와 그 함대를 기다리는 함대가 있었다.

러시아 제국의 해군 소장 패리켈잠이 인솔하고 있는 전함 2척, 순양함 3척으로 된 함대였다.

그들은 주력 함대와 함께 러시아의 리바우 항을 나왔는데 모로코의 탕지르 항까지 왔을 때 분리되었던 것이다.

"우리들은 두 편으로 나뉘어서 다른 코스를 잡아야겠다."

로제스트벤스키가 이렇게 제안하여, 페리켈잠 소장에게 명령했다. 이유는 석탄 때문이었다.

"귀관은 지중해를 지나 수에즈 운하를 거쳐 인도양으로 들어가게. 마다가스카르 섬에서 서로 만나세."

이 정도의 대함대가 소비하는 석탄량이라는 것은 막대한 것이어서 독일의 석탄 회사가 전력을 다해 공급해도 좀처럼 대기 힘들다. 함대를 둘로 나누어 도중에서 만나는 편이 좋지 않겠는가, 하는 것이 이 안(案)이 나오게 된 이유였다. 이 안은 순조롭게 실시되었다.

지중해 코스를 취한 페리켈잠 소장은 통솔력이 풍부한 사령관으로 항해는 모두 순조롭게 진행되었다. 게다가 문명 지대를 지나온 만큼 항구마다 식량을 싣는 것도 잘 되었고, 항구마다 병사들의 휴양도 그만하면 충분해서 아프리카를 반쯤 돌아 희망봉 항로를 잡은 주력 부대처럼 폭풍에 시달리지도 않았다. 그 페리켈잠 소장의 지대가 주력 부대보다 훨씬 빠른 12월 28일에 마다가스카르 섬 북단에 이르렀다. 다만 프랑스가 그 최고의 항구인 디에고 수아레스를 사용할 것을 거절하여 부득이 노시베라는 어항에 들어가지 않을 수 없었던 것이다. 그들은 여기에 정박해서 주력이 도착하기를 기다리고 있었다.

"이미 페리켈잠 소장의 지대가 노시베에 도착해서 대기하고 있다."

이 사실은 로제스트벤스키가 '꼬마'라고 부르며 함대에서 급히 뛰어다니는 심부름꾼으로 쓰고 있는, 수송선 루시가 먼저 노시베에서 돌아와서 로제스트벤스키에게 보고했다.

"노시베에 가면 페리켈잠과 그 막료들을 만날 수가 있다."

깊은 함대 승조원의, 객관적으로는 극히 작은, 그러나 위안을 받을 만한 일이 전혀 없는 이 항해 속에서는 소년처럼 순진하게 즐거워할 만한 것이 있었다. 누구의 얼굴을 보고 어떻게 된다는 것도 없지만 그러나 폐쇄적인 군대 내에서는 그 정도의 일이라도 마음이 뛰는 듯한 축제였다.

함대는 이윽고 마다가스카르 섬 최북단의 드안블 곶을 돌아 다도해라고까지는 말할 수 없지만, 섬과 암초가 멋대로 많은 해역의 들어간 부근에서 먼저 도착한 페리켈잠 소장이 보낸 구축함 '부이누이'가 왔다. 그때는 1월 8일의 해가 저물어 있어 배를 다루는 데 위험이 따르기 때문에, 로제스트벤스키는 바깥 해상에서 이틀날 해가 뜨기를 기다리기로 했다. 항해자로서의 그의 신중성을 제1급의 뱃사람의 그것이었으리라.

로제스트벤스키와 그 함대가 노시베 항에 입항할 때, 군악대가 갑판에 정렬하여 '소러시아 행진곡'을 연주했다. 기함 '스와로프'의 기사 폴리토우스키는 방에서 나와 갑판으로 뛰어올라갔다.

새파란 하늘에서 쨍쨍 내리쪼이는 굉장한 더위를 빼놓고는, 높은 산으로만의 입구까지 완전히 에워싸인 이 지세는 정박지로 적합했다. 강우량이 상당히 많다는 증거로 어느 산이고 울창한 삼림으로 덮여 있었다.

물론 매우 무덥다. 이 노시베는 이 섬에 있는 유럽인들 사이에서 건강에 좋지 않은 무서운 곳으로 알려져 있어, 이 어촌에는 백인이라곤 극히 소수밖에 살고 있지 않았다.

유럽인은 원래 아시아인에 비해서 당당한 골격과 좋은 살집을 타고 났으나 자연 조건에 대한 적응력이 아시아인보다 약하여 "노시베는 질병의 소굴이다"라고 일컬어졌다. 노시베는 7월의 평균 기온은 23도 3분, 3월은 이보다 높아 27도 2분, 연중 강우량은 2천 6백 70밀리에 달했다.

이런 자연 조건이 이 함대의 승조원 사이에 많은 병자를 내게 했는데, 그러나 입항 당시에는 모두가 동해안 풍경의 단조로움에 싫증이 나 있었던 만큼 산과 물과 섬이 만들어 내고 있는, 이 만의 복잡한 풍경에 충분히 만족했다.

만내는 호수처럼 조용했다. 지나칠 정도로 짙은 푸른 빛 수면에 이미 먼저 와 있던 페리켈잠 소장의 함선들이 닻을 내리고 있었다.

전함 시소이 벨리키 (10,400톤)

전함 나와린 (10,206톤)

순양함 스베틀라나 (3,727톤)

순양함 젬츄그(3,106톤)

순양함 야르마즈(3,285톤)

이밖에 구축함, 석탄선, 수송선, 징용 기선 등이 종자처럼 대기하고 있고, 그것들 사이를 몇 척의 배들이 바쁜 듯이 돌아다니고 있었다.

이 선착 함대와 지금 입항하고 있는 함대 사이에 음악이 교환되었을 뿐 아니라 각함의 승조원은 갑판에 떼를 지어 서서 "우라아!"라는 환성을 지치지도 않고 감격적으로 서로 주고받았다.

기함 '스와로프'가 닻을 던지자 기다렸다는 듯 기정이 다가와서, 이윽고 페리켈잠 소장이 그 거구를 들어 올리는 것처럼 하면서 갑판으로 올라왔다.

마중 나온 로제스트벤스키 중장은 팔을 내밀어 페리켈잠 소장을 포옹했다.

이어서 두 사람은 사령관실에서 이야기를 나누었다.

"본국 해군성에서 무슨 서장이 와 있지 않은가?"

로제스트벤스키가 묻자 페리켈잠은 온후한 표정을 약간 우울해하며 고개를 젓고, 지중해 항에 있을 때나, 수에즈의 포트사이드에 있을 때 본국 정부에 몇 번이나 전보를 쳐서 곧 서장을 보내달라고 부탁했으나 아직 한 통의 서장도 받지 못했노라고 대답했다.

"믿을 수 없어."

로제스트벤스키는 고개를 저었다. 본국에는 도대체 작전 중추라는 것이 존재한단 말인가?

이 함대가 놓여 있는 운명이라기보다 입장이라는 것에 대해 생각해 보고자 한다.

그들은 놀랍게도 이 마다가스카르 섬의 어항인 노시베에 '방치'된 것이다. 두 달이나 말이다.

"본국의 군령부로부터 아무런 서장도 와 있지 않습니다. 이쪽에서 전보로 재촉해도 그렇습니다."

지중해를 경유해서 온 페리켈잠 소장이 로제스트벤스키에게 말했듯이 노시베에 대집결한 뒤에도 본국에서는 아무런 소식이 없었다.

"여순이 함락됐다. 여순함대가 모조리 바다 속에 침몰됐다. 출발 당시와는 상황이 달라진 것이다. 어떠한 지시가 있어야 할 것이다."

전함대의 모든 사관이 고대하고 있는데도 아무런 지시가 없는 것이다.

"우리는 귀국하는 것이 옳다."

거의 모든 사관이 그렇게 생각했다. 이 열대의 좋지 못한 환경이 그들을 그렇게 생각하게 했다기보다, 그것이 해군 전략상 타당하지 않느냐고 대부분의 사관들은 생각했다.

이미 고립된 군대다.

한문적인 수사를 쓴다면 이렇게 말할 수 있을 것이다.

"천애 만리에 표박하다."

사실 이 함대의 전략적 가치는, 여순함대와 극동 해역에서 합류해야만 일본 함대를 격멸할 가능성이 있으며 그러므로 따로 떨어진 고립된 군대가 되어서는 어쩔 수도 없다. 양함대 합류주의라는 전략 방침의 원리에 충실하려면 그 원리의 기반이 허물어진 지금 본국으로 돌아가야만 한다.

"왜냐하면 이 남해 어항에 떠 있는 우리가 러시아 해군의 전부인 것이다. 우리가 극동의 바다에서 소멸하고 만다면, 러시아는 이미 세계의 바다에서 힘이라는 것을 잃고 만다."

해군이 소멸한다. 표트르 대제 이래, 러시아의 힘을 세계의 해상에 과시해 온 대러시아 해군이 멸망하는 것이다. 마땅히 그것을 잘 보전하기 위해 다시금 러시아로 돌아가야 할 것이다, 하는 것이 대부분의 의견이었다.

로제스트벤스키도 내심 그렇게 생각했으나, 그러나 조국으로부터 원정을 명령받고 떠난 사령관 자신이 "원정을 중지하면 어떻겠는가?" 이러한 의견을 본국 작전 기관에 상신할 수는 없다. 그는 다만 입을 다물고 한결같이 최초의 명령에 의하여 함대 행동을 계속해 갈 수밖에는 도리가 없는 것이다.

이 무렵 확실히 러시아 본국은 갈피를 잡지 못하고 있었다.

"불러들여야 한다."

이러한 의견이 있었고 그 이유도 충분한 설득력을 지니고 있었다. 그러나 질서가 노후화한 군사 국가의 군사 관료란, 국가를 구하려는 기분보다는 오히려 보신에 대한 배려를 항상 더 중요시하기 쉬워서, 이른바 군인으로서는 자신이 자멸하는 것을 두려워하여 소극적인 발언을 함으로써 다른 표현으로 그것을 말하던가 혹은 안 듣는 데서 그런 말을 하는 데 그쳤다. 공식적인 자리에서는 항상 거칠고 크며 용감한 의견이 이기며 이러한 의견이 당당히 통하고 있었다.

"일본 함대를 과대시할 것은 없다."

이 함대의 기사인 폴리토우스키가 "일본인을 원숭이라고 생각하고 있는 환상에서 본국 사람들은 아직도 깨어나지 못했다"고 그의 아내에게 보내는 편지에 쓴 것과 같은 공기가 분명히 본국 페테르스부르크에는 존재했다.

일찍이 이 함대가 북해에서 영국 어선을 잘못 알고 발포했을 때, 영국과 러시아 사이에 중대한 국제 분쟁이 일어나려고 했다.

이때 황제 니콜라이 2세는 비고 항에 입항해 있던 이 함대에 대하여 로제스트벤스키에게 칙전을 쳤다.

"나는 잠시라 할지라도 경과 나의 함대를 잊은 일이 없다. 이번 외교 문제에 관해서는 나는 나의 관리에게 명령해서 절충하도록 하고 있으니까 오래지 않아 처리될 것이다. 러시아 제국은 깊이 경들을 믿고, 경들의 전도에 절대적인 희망을 지니고 있다."

이러한 것을 보더라도 지금 천애 만리에 떠있다 하더라도 러시아 제국으로부터 잊혀졌을 리는 없을 것이다.

"우리는 결코 잊혀지지는 않아."

로제스트벤스키는 전에 온 칙전(勅電)을 꺼내서 페리켈잠 소장에게 내보였다. 그러한 칙전은 이른바 의례적인 성질의 것이며, 하등 군사상의 근거를 갖는 것은 아니라 할지라도 출정할 때까지 궁정에서 시종무관을 지냈던 로제스트벤스키의 심정으로선 이것을 들고 나오지 않을 수가 없었을 것이다.

그러나 로제스트벤스키에 대하여 페리켈잠 소장은 꾸밈없이 소박한, 얼핏 보아 대장간 주인과 같은 모습으로 약간 미소를 띠며 듣고 있었으나 이렇다 할 대답은 하지 않았다.

'역시 이 사람은 관함식(觀艦式)의 사령관인지도 모르겠다.'

이렇게 내심 생각했을지도 모르고 혹은 최근 줄곧 계속되고 있는 미열 때문에 적당히 맞장구를 치기가 귀찮았는지도 모른다. 그는 러시아를 출발할 때, 그다지 자각 증상을 느끼고 있지 않았으나 아무래도 폐에 균이 번져가고 있었던 모양이어서, 끝내는 이 함대가 극동에 접근할 무렵에 폐렴 증세를 나타내고 사망한다. 페리켈잠은 그 이름대로 독일계의 러시아인인데 부하에 대한 동정심이 많아 그의 죽음은 그의 전대의 병사들에게 심각한 타격을 주기에 이른다.

병이라면 로제스트벤스키도 러시아 있을 때에는 자각하지 못했던 질병을 이 고난에 찬 항해 가운데서 스스로 발견하지 않을 수가 없었다. 신경통이겠지, 하고 그 자신은 생각하고 있었는데, 얼마 되지 않아 관절이 붓고 심한 통증과 함께 열까지 있어, 군의관은 아무래도 류머티즘인 것 같다고 진단했다. 심할 때에는 식욕도 없어져서 식사 시간이 되어도 자기 방에 틀어박힌 채 있는 일이 종종 있었다.

병사를 사이에도 병자가 속출했다.

발광하는 자도 있고, 이 심한 습기와 더위 때문에 여러 가지의 온갖 병자가 생겨 병원선 '아료르'는 매우 바빴다.

"유럽 사람의 육체는 높은 습도나 더위에는 적합지 않아."

아료르의 군의는 한탄했다. 유럽인이란 유색 인종보다도 자연 환경에 대한 적응력이 적다는 설이 이 시대의 의학계에서는 통설로 되어 있었다. 이 두 달간에 걸친 함대의 체류는 이 통설을 증명하는 거나 다름없는 결과가 되었다.

발틱함대가 이 노시베에서 두 달이나 머물러 있게 된 이유 가운데 하나에는 석탄 문제가 있다.

"질이 좋은 영국탄이 아니면 기민한 함대 활동을 할 수 없다"는 것은 러시아 해군의 수뇌들도 물론 잘 알고 있었다.

그 때문에 여러 가지 조치도 취했다.

러시아 정부는 독일의 함부르크 아메리칸 회사와 이미 계약하고 있었다.

"극동으로 회항하는 동안은 계속 해산 급탄할 것."

이러한 것과

"그 석탄은 무연탄일 것."

이것이 그 계약의 중요 조건이었다.

그런데 그 무연탄은 영국에서 사야만 한다. 그러나 영국 정부는 일본과의 동맹을 충실히 이행하기 위해 러시아 함대의 행동을 합법적으로 방해하는 한 수단으로써 독일의 석탄 회사에 파는 무연탄을 일방적으로 제한해 왔던 것이다.

함부르크 아메리칸 회사로는 난처해져서 발틱함대에 공급할 석탄의 대부분을 독일산 유연탄으로 대처했다. 유연탄은 당연히 화력이 약하고 그 약한 것만큼 증기가 오르지 않아, 그 때문에 군함의 속력이 오르지 않는다.

러시아 정부는 앞에서 말한 회사를 크게 힐책하고, 드디어 소송 문제에까지 발전하게 되었던 것이 바로 이 노시베 항 정박 기간 중 생긴 일이다. 러시아 정부로선 함대의 회항 중엔 유연탄으로도 괜찮다 하더라도 막상 전투 행동에 들어갔을 경우 무럭무럭 검은 연기를 토하는 석탄을 로제스트벤스키에게 주는 것을 원치 않았다. 함대가 검은 연기를 길게 끌고 가면 적에게 빨리 발견될 것이다. 더욱이 화력이 약한 석탄으로 적항보다도 느릿느릿 행동하다가는 이길 수 있는 전투도 지고 말 것이 틀림없었다.

"좋은 석탄이 필요하다."

이것은 로제스트벤스키의 열망이기도 했고 러시아 정부도 그에 응하려고 하기는 했다. 그러나 분하게도 영국이 그것을 방해해서, 로제스트벤스키에게는 때로 진흙 같은 석탄이든가 그렇지 않으면 독일의 탄밖에 전달되지 않았다. 이 한 가지를 보더라도 영국과 동맹을 맺을 수 있었다는 것은 일본의 행운이리라.

러시아 정부는 단념하지 않았다.

——어떻게든 이 문제를 타개하고 싶다.

이러한 이유로 발틱함대를 노시베에서 대기하게 했던 것이다. 그러나 결국은 이 석탄 문제는 잘되지 않았다.

이것이 러시아 본국으로서는 또 하나의 대기 이유였다.

"한 함대를 더 편성해서 로제스트벤스키가 맘대로 부릴 수 있는 말을 늘여주겠다."

여순함대를 잃은 대신 다른 힘을 로제스트벤스키에게 주고 싶다는 것이었다.

——그때까지 노시베에서 기다리게 해두자. 이것이 러시아 본국의 생각이었다.

"한 함대를 더."

요컨대 러시아에 남아 있는 노후된 군함을 긁어모으는 일이었다.

"아직 발트 해에는 러시아의 군함이 있다."

러시아 해군이라면 수병에 이르기까지 모두 알고 있다. 로제스트벤스키가 이 함대를 편성함에 있어 너무나도 노후했기 때문에 내버렸던 군함들이었다.

이를테면 전함 '니콜라이 1세'가 바로 그런 것인데, 이것은 전함은 1만 톤 이상이라는 이 시대에(이를테면 기함 스와로프 13,516톤) 9,672톤이라는 구식함이었다. 현재 노시베에 있는 전함은 20세기에 들어와서 준공된 것인데, 이 니콜라이 1세는 19세기말의 산물이다.

1등 순양함 '블라지밀 모노마프'(5,593톤)도 흑해에 매어 있는데, 이것도 전 세기말의 산물로 속력은 15노트밖에 나오지 않는 노후함이다.

속력을 생명으로 하는 순양함이 15노트밖에 내지 못한다는 것은 이미 20 세기의 개념에서의 순양함은 아니다. 이를테면 지금 노시베에 있는 1등 순양함 '오료그'(6,675톤)는 20세기에 들어와서 3년 만에 준공된 것인데 속력은 23노트였다. 15노트와 23노트의 군함이 한 조가 되어 함대 행동을 할 경우, 23노트는 15노트 쪽에 맞추어야만 하는 것이다.

"물에 뜬 다리미."

이렇게 뒷날 수병들이 흉을 본 것도 그것들이 구식 군함이었기 때문이다.

——그런 흑해의 군함을 수리해서 제3태평양함대를 전성하여 네보가토프 소장에게 지휘케 해서 로제스트벤스키의 지휘하에 넣는다.

이러한 안을 러시아 본국은 세우고 이윽고 곧 그 뜻을 노시베에 있는 로제스트벤스키에게 통고해 왔다.

"무슨 소리야!"

로제스트벤스키가 외친 것도 무리는 아니었을 것이다.

대체로 러시아 해군의 최신예 군함군은 여순함대에 집결되어 있었다. 그 절반 이상이 러시아제가 아니고 외국제라는 것이 러시아인에게 신예(新銳)라는 최대의 증거였다. 이를테면 '레토뷔잔'은 미국제이며 '체자레비치'는 프랑스제였다. 두 군함 다 건조된 지 얼마 되지 않아 새것이었고 그 기계는 최신의 기술로 만들어져 있었다. 그것이 모조리 바다 밑에 격침되고 만 것이다.

"황해 해전은 아무리 생각해도 승산이 없었다."

훗날 아키야마 사네유키가, 그런데도 이길 수 있었다는 요행을 항상 이상히 여기고 있었듯이 황해 해전 때의 상대는 이러한 신예 군함들이었기 때문이었다.

로제스트벤스키가 제1태평양함대인 여순함대에 대하여, 제2태평양함대인 발틱함대를 편성할 때 군함을 고르는 데 고심했다. 어느 군함이나 여순함대의 군함에 비하면 어딘지 떨어져 있었다. 그것은 긁어모으다 내버린 군함을 이번에 "네보가토프 소장에게 인솔케 해서 귀관과 합류케 한다" 하고 본국에서 말해 왔기 때문에 누구보다도 분개한 것이 로제스트벤스키였다는 것은 무리도 아니다.

"그런 군함은 필요치 않을 뿐더러 우리들의 전력을 저하시킬 뿐이다."

노시베의 로제스트벤스키는 너무나도 흥분해서, 류머티즘의 통증을 일시 잊었을 정도였다.

그는 곧 참모장인 코롱 대령에게 본국으로 전보를 치도록 명령했다.

그가 구두로 말한 내용은 3개 조항으로 되어 있다.

제1항은 중요한 발언이었다.

"본관이 지금 기다리게 된 함대로는 해상 세력을 만회할 희망을 가질 수가 없다."

단적으로 말하면,

──진다

이런 말이다. 로제스트벤스키가 본국을 출항한 이래 계속 지니고 있던 '원숭이'에 대한 우월감과 자신은 여순함대와 여순 요새가 건재함으로써 지탱하고 있었다. 그랬던 것이 두 가지를 다 잃은 이상 승리에 관한 계산은 뿌리째 허물어졌다. 군인인 로제스트벤스키가 싸움터로 향하고 있는 이 마당에 자기가 진다는 것을 본국에다 말하지 않을 수 없었을 때는 그 심정이 오죽했겠는가.

계속해서 네보가토프 소장이 이끌고 올 제3함대에 관해서는 이렇게 썼다.

"노후함 및 건조 불량(러시아 국산)인 여러 함으로 되어 있는 함대가 아무리 증원해서 와준다 하더라도 우리 함대로서는 부담만 늘 뿐이며 환영할 수 없다."

분명히 전력이 증강되는 것보다도 함대 운동의 통일이라는 면에서 본다면 속도가 각각 다른, 그리고 함형이 맞지 않는 노후한 전대를 받았다 해도, 우수함이 거기에 상태를 맞추어 나가지 못하는 경우 우수함까지 그 노후한 운동 능력으로 끌어내리지 않을 수가 없는 것이다.

제3항에서는 이 절박한(여순함대 전멸이라는) 현상 아래에서 로제스트벤

스키로서 취해야 할 결심을 말하고 있다.

그 결심은 도고 함대가 정면으로 결전한다는 것은 아니었다. 오히려 그것을 피하고, 한 방향으로 블라디보스토크를 향하여 힘차게 나아가 그곳을 근거지로 하여 적의 해상 교통을 위협한다는 것이었다.

"그것이 본관이 취할 수 있는 가장 좋고도 유일한 방책이다."

로제스트벤스키는 이렇게 단언하고 있다.

이 제3항의 그의 작전 방침이 타당한가 어떤가 하는 것은 별도로 하고 그 방침을 취한다고 하면, 노후 함대가 참가해서는 블라디보스토크로의 "힘차게 나아가는 것"이 불가능해진다. 그렇게 되면 그들이 참가해서 비틀걸음으로 극동에 접근해 가면, 당연히 도고 함대와 정면으로 결전하지 않으면 안 되게 된다. 로제스트벤스키는 그것을 피하여 블라디보스토크로 달아나 들어갈 방법을 취하고 싶었다.

그런데 본국은 그것을 무시했다.

"네보가토프 소장의 제3함대는 리바우 항을 출발함."

이런 통보에 접했을 때, 로제스트벤스키는 병을 이유로 본국에 해고해 줄 것을 간청했을 정도였다. 본국은 그것을 용납하지 않았다.

어쨌든 이렇게 해서 그와 그 함대는 마다가스카르 섬의 노시베에 두 달이나 체류했던 것이다. 일본측으로서 이것은 최대의 행운이었다.

흑구대(黑溝台)

전선은 사하 선(線)에서 동결되고 있었다.

"동영(冬營)"

이 군사 용어는 이때 처음으로 생겨났는데 글자 그대로의 동결이었다.

만주 평야는 죽음의 갈색 빛깔로 뒤덮였고 새하얀 눈의 빛깔이 그것을 더욱 처절하게 만들었다. 기온은 평균 영하 20도였으나 바람이 불면 영하 30도 이하로 내려갔고 가끔 밤에는 영하 40도 이하로 떨어지기도 했다.

러일 양군은 모두 길고 큰 호를 파서 기둥을 세우고 그 위에 지붕을 씌워 풍설과 포탄에 견딜 수 있도록 하고 있었다. 이를테면 이 두 나라의 대군이 모두 지하 진지에 파고 들어간 셈이었다.

러시아측의 총수 크로파트킨이 어전에 사하 회전을 하게 된 것은 순수한 작전상의 필요에서보다도 다분히 그의 관료적인 자기 보존을 위해 생각해 낸 것이었다는 것은 이미 말한 바 있다. 다시 말하면 크로파트킨의 종래의 작전 지도에 대해서 페테르스부르크의 궁성은 대단한 불만이었고, 심지어 이렇게 비웃는 자도 있었다.

"퇴각 장군."

마침내는 제2군의 창설이 결정되어 그 총수로 그리펜베르그 대장이 임명되었다. 크로파트킨이 이런 본국의 동향에 타격을 주기 위해 적극 공세로 나온 것이 사하 회전이었다.

그러나 이 공세는 일본군이 거꾸로 달려 나와 맹공세를 퍼부었기 때문에 크로파트킨은 기가 질려——즉 주장되는 자의 심리적인 동기 때문에——이 사하 회전은 러시아측의 패배 상태인 채로 막을 내렸다. 그 뒤 양군은 동영에 들어간 것이었다.

이 사하 작전에서 크로파트킨이 입은 손해는 막대하여 병사의 피해가 6만 5천이라는 방대한 숫자를 기록하게 됨으로써 공격의 재개 따위는 도저히 생각할 수 없었다.

"본국의 증원 병력을 기다린다."

이것이 크로파트킨이 내세우는 사하 동영의 구실이었다.

물론 그 병력 보충이나 보급을 위해 시베리아 철도는 충분히 돌아가고 있었다. 10월의 사하 회전이 끝난 후, 그는 말했다.

"우리는 다소의 상처를 입었다. 그러나 11월 하순에 우리는 다시 일어설 것이다. 이전보다 더 많은 병력이 전선에 전개될 것이다. 행동은 그때부터다."

그렇게 장담하고 있었으나 막상 11월 하순까지 도착된 것은 1만 5천밖에 안 되었다. 현실적인 수송이 크로파트킨의 계산과 엄청나게 달라진 이유는 극히 간단했다. 시베리아 철도는 병력만을 수송하는 것이 아니라 포탄, 식량, 피복 등의 물자도 수송하지 않으면 안 되기 때문이었다.

새로 도착한 병력은 방한 피복을 안 가진 자가 많았고 그것들은 뒤에 도착한다는 것이다. 또 호를 파는 데도 토구가 크게 모자랐다. 그런 것들을 급송하라는 것도 크로파트킨은 본국에 요구하지 않으면 안 되었다.

자연히 동영은 길어지게 되었다.

그러나 12월에 접어들자, 시베리아 철도의 수송량은 상당히 늘어났다.

"1월 한달 사이에 10만의 병력이 도착될 것이다."

이런 전망이 섰을 때 크로파트킨에게 희소식이 날아왔다.

10월의 본국 정보로는 그가 총사령관의 자리에서 밀려나 제1군만의 지휘권을 가지게 된다는 것이었으나, 결국은 '극동 육해군 총사령관'이라는 직명이 그에게 주어졌다.

그러나 지금까지 하나였던 만주군을 일본군의 편제를 본받아 제1군에서 제3군까지 나누게 되었다.

그 군사령관은 다음과 같다.

제1군 르네비치 대장

제2군 그리펜베르그 대장

제3군 카울리발스 대장

그런데 이 중의 그린펜베르그 대장이 10월의 정보로는 크로파트킨과 동격이 되기로 내정되었다는 인물이다. 그리고 이것은 단순한 정보가 아니라 일단은 그렇게 되어 있었다. 그린펜베르그가 본국을 출발할 때는 그 자신도 그렇게 알고 있었다. 그런데 도착한 뒤에야 르네비치 등과 동격이며 여전히 크로파트킨은 자기 위에 있는 것을 알고는 펄펄 뛰었다.

"크로파트킨이 본국에 공작을 했다."

사실 크로파트킨은 그런 공작을 했었다.

본국에서는 크로파트킨의 공작 때문에 애를 먹다가 결국 문제의 극동 총독 알렉세예프를 해임하고 크로파트킨을 그 후임에 임명하는 형식으로 관료 인사 문제의 말썽을 없애려고 했으며 실제로 그렇게 해버렸다.

"크로파트킨은 일본과 싸워 이기려고는 하지 않고 본국 정부에만 이기려고 든다."

이런 욕을 먹게 된 것도 그의 그런 점을 지적한 것이었다.

새로 겨울 전장에 온 그린펜베르그 대장으로서는 도무지 유쾌할 턱이 없었다.

이 독일계 러시아인은 평소에 크로파트킨의 계속되는 패전을 보고 신랄한 공격을 퍼부었었다.

"저 사나이는 결국 페테르스부르크의 서류 속에 파묻혀 있어야 했을 군인이야."

그리고 사령이 내렸을 때에도 장담을 했었다.

"진짜 야전은 지금부터 시작된다."

마치 자기가 야전을 지도하면 일본군 따위는 하나도 살려두지 않는다는 기세였다. 그는 페테르스부르크에서의 송별식 석상에서 "나는 전 유럽을 위하여 나간다"고 말했을 만큼 인종적인 우월감이 강하여 백인이 아시아인에게 진다는 따위의 일은 유럽 전체가 통렬한 모욕을 받는 것과 다를 것이 없다고 까지 말했다. 하기야 그리펜베르그는 자기 조국을 형성하고 있는 슬라브 민족마저 경멸하고, 자기가 독일계인 것을 자랑하는 사람이기 때문에 이런 구실도 그의 다른 구실이 그랬던 것처럼 자기 감정만의 것이지 듣는 사람들의 공감은 얻지 못했다. 그를 환송하는 사람들의 걱정은 좀더 사회적인 문제여서 그런 점에서 그리펜베르그의 용맹성에 기대를 걸었다.

"이대로 패전이 거듭되면 혁명당의 세력이 점점 강해질 것 아니냐."

그리펜베르그는 당연히 그 기대에 보답할 작정이었다.

만주에 있는 일본군의 병력은 12개 사단 정도밖에 안 되었다.

그런데 만주에 있는 러시아인은 현재에도 17개 사단이나 되는데, 다시 유럽과 러시아에 있는 대병력을 끌어들여 이것을 28개 사단으로 증강시키려 하고 있었다. 그 동원과 수송, 그리고 만주에서의 집결 등으로 연결되는 움직임은, 유럽과 러시아 그리고 시베리아와 온통 모래 먼지에 뒤덮일 정도로 활발했다.

이 사하의 동영중에도 크로파트킨은 가만히 있었던 것은 아니었다.

"여순이 위기에 직면했다."

이점을 중시하고 거기에 대한 작전 구상에 골몰하고 있었다.

그의 계획은 만주의 본부에서 일본군의 주력을 격파하고 그 여세를 몰아 여순의 노기군 배후를 돌파할 만한 대작전을 일으키는 것이었다. 이렇게 되면 여순의 스테셀을 구하게 될 뿐만 아니라 노기군에게 타격을 가할 수도 있는 것이다.

"여순이 함락되면 노기군이 북진해 온다."

성가신 이 일을 미리 방지하고 그 위에 스테셀군을 구축해 내자는 것이 크로파트킨의 큰 구상이었다. 장군으로서 이만한 구상을 세울 수 있다는 것은 크로파트킨이라는 사나이의 그릇과 도량이 크다는 것을 가리키는 것일 것이다.

실제로 그는 그 구상을 이미 11월 상순에 참모차장(웨벨트 소장)에게 명령하여 구체적으로 세워놓고 있었다.

그러나 이만한 작전을 수행하려면 방대한 병력과 화력이 필요하게 될 것이다.

그런데 사하 회전의 피해가 너무나 커서 아직은 엄두도 못 낼 형편이었다. 그러므로 본국으로부터의 보충과 보급을 기다릴 수밖에 없었으나, 시베리아 철도에 의한 수송 활동이 크로파트킨의 계산처럼 원활하지 못하다는 것은 앞에서 말했다.

"그 행동 개시는 12월 중순."

크로파트킨은 그렇게 생각했고 참모장인 사와로프 중장에게도 검토를 시켰다.

사와로프는 이 큰 구상에 대해서는 원칙적으로 찬성이었으나, 그때까지 유럽과 러시아의 새로운 병력이 도착할 수 있을는지 의문이었다.

그런데 크로파트킨이 끝까지 새로운 병력이 올 것이라 믿고 이 계획을 고집하고 있을 때 "그런 터무니없는 짓을 하다니" 하며 크로파트킨의 옹고집 같은 완전주의를 비웃는 것이 그리펜베르그 대장이었다.

"유럽과 러시아에서 새 병력이 도착하는 것을 기다리다가는 봄이 되어 버릴 것이다. 그동안에 여순은 함락되고 노기군은 마음 놓고 북진해 올 것이다. 기다리기보다는 행동을 해야 해. 지금 우리에게는 이미 일본군을 능가할 만한 병력이 있지 않은가."

그리펜베르그는 그 병력을 현명하게, 그리고 과감하게 써야 된다고 주장했다.

그가 기병의 정찰과 그 정보로 입수한 바에 따르면 일본군의 최좌익이 다른 어느 방면보다 훨씬 허술하다는 것이었다. 따라서 그 일본군의 최좌익에 강력한 압력을 가하는 동시에 정면 공격을 감행하면 포위 섬멸할 수 있다는 것이다. 일본군의 최좌익이라는 것은 아키야마 요시후루의 기병 여단을 가리키는 것이었다.

사하를 사이에 두고 일본군은 최대한으로 전개하고 있었다. 따라서 그 긴 진지의 최좌익은 허술했으며, 아키야마 지대가 부피 없는 '기막'을 치고 있는 데 지나지 않았다.

러시아군으로서는 이 최좌익에 대군을 집중하여 공격을 퍼붓는다면 일본군의 좌익은 산산조각이 날 것이다. 더욱 러시아군이 동시에 일본군 정면에 주력 공격을 한다면 병력이 적은 일본군은 도저히 전선을 유지할 수가 없다. 그리펜베르그 대장의 생각은 전술적으로 완벽한 것이었다.

"나는 극동 육해군 총사령관이다."

이런 위치가 크로파트킨에게는 있었다. 아니, 그것보다도 관료 기질이 강한 사람들에게 흔히 있듯이 크로파트킨 역시 그 '위치'라는 것을 무척이나 좋아하는 사람이었다.

"나의 책임은 정면에 있는 사하의 적만이 아니다. 여순의 적으로부터 스테셀을 구출해야 하는 것도 내 책임 범위에 속하는 것이다."

이런 데서 크로파트킨의 기질이 나타나는 것 같다. 그로서는 눈앞의 일본군에게 이기는 것보다도 그 '책임 범위' 안에 있는 모든 것을 포함하여 영롱한 구슬처럼 티 없는 큰 덩어리를 만들고 싶은 것이다.

——여순의 구원을 포함한 대작전을.

끝내 그것을 고집하는 크로파트킨의 전술은 여기에서 구상된 것이다. 작전도 역시 예술처럼 그 작가의 기질이나 개성을 벗어날 수 없다.

그러나 전쟁은 상대가 있는 동적인 것이고 극단적으로 말하면 아군의 결함과 적의 결함을 뒤섞어 반죽한 것이다. 그러므로 완전주의는 본국의 참모본부에서 생각할 것이지 현지의 총사령관으로서는 적을 격파하기 위한 보다 현실적인 작전을 그때그때 추진해 가지 않으면 안 된다.

크로파트킨은 의당 여기에서 "여순을 포기한다"는 현지 지휘관다운 용단을 내려야 했었다. 원래 그의 야전군 주력으로서의 여순에 대한 의의는 일본군의 견제에 있었다. 이미 노기군 10만을 2백일 이상이나 여순에 붙들어 둔 이상 그 목적은 달성했다고 볼 수 있었다.

하기야 구출할 수 있다면 구출해야 할 것이다. 그것은 당연한 일이었다. 그러나 그렇게 하기 위해서는 유럽과 러시아에서 올 대병력의 도착을 몇 개월이나 (크로파트킨의 탁상 계산으로는 그 수송이 극히 단기간에 이루어질 것이었으나 실정은 그렇지 못했다) 기다리지 않으면 안 된다. 그렇다면 완전주의라는 것은 굉장히 시간이 걸려야 하는 것인데 현실적인 전쟁은 그것을 기다려주지 않을 것이다.

이 경우 '전쟁의 현실주의자'는 그리펜베르그 그쪽이었다. 그의 말에 의하면 사하를 사이에 두고 동서로 전개하고 있는 일본군이야말로 일본군의 전부라는 것이다. 그것을 분쇄해 버린다면 일본 육군 그 자체가 멸망하여 일본은 전쟁을 할 수 없게 된다는 것이며 그것을 분쇄할 시기는 바로 지금이라는 것이다.

그러나 이론이라는 것은 이론에 의해 돌고 도는 모양이다.

크로파트킨의 말은 또 다르다.

"그리펜베르그야말로 비현실주의자다. 그는 겨우 12월 상순에 전장에 왔기 때문에 일본군에 대해서는 아무것도 모르고 있어. 그는 자기 명예를 얻기 위하여 이기적인 작전에 우리를 끌어넣으려는 것이다."

그렇게 말하는 것이다.

분명히 그리펜베르그 대장에게 그런 마음이 없는 것은 아니다.

"크로파트킨이 얼마나 평범하고 용렬한 총사령관인가를 내가 굉장한 승리를 거둠으로써 증명해 보이겠다."

그런 속셈이 있었다.

봉천의 총사령부에 있는 크로파트킨은 그의 마음을 이심전심으로 훤히 들여다보았다.

그렇다고 하여 그들이 페테르스부르크의 혁명주의적인 학생들처럼 맞대놓고 큰 논쟁을 벌인 일은 없었다. 그런 유치한 짓은 어쩌면 프랑스 귀족의 사교장 이상으로 품위를 자랑하는 러시아 사교계의 습관으로서는 있을 수 없는 일이었다.

그들은 서로의 참모들을 통하여 의견을 교환한 것에 불과했다.

결과적으로는 이런 그리펜베르그의 완강한 고집에 크로파트킨은 지고 말았다.

"그럼 한번 해보기나 하자."

크로파트킨은 그렇게 말했다. 그러나 속으로는 이 작전이 실패하게 되기를 바라면서도 어쩔 수 없이 승낙했다는 것이 그 뒤의 크로파트킨의 행동으로 보아 명백했다. 제정 말기의 낡아빠진 러시아 관료들의 생각으로 본다면, 그리펜베르그의 성공은 바로 자기에 대한 악평이나 또는 실각과도 연결될지 모른다는 공포를 크로파트킨에게 끼쳐주기에 충분했다.

"언제 공격을 개시할 것인가."

크로파트킨은 자기 참모를 시켜 그리펜베르그의 참모에게 물어 보도록 했다.

그러나 막상 공격을 시작한다고 하자 "곧 실시해야 되겠다"고는 그리펜베르그도 말하지 않았다.

병력에 대한 욕심이 생겼던 것이다. 본국에서 보낸 통보로는 유럽과 러시아로부터 신예 부대인 제16군단이 현재 전상으로 이동중이라는 것이다. 그 위에 또 저격병 여단도 몇 개 여단이 이동중에 있다는 것이었다.

"그 도착을 기다린 다음⋯⋯."

그리펜베르그의 이런 회답을 받은 크로파트킨은 회심의 미소를 지었다.

"그리펜베르그도 이제야 겨우 책상에서 벗어나 전장의 흙을 밟은 것 같군."

탁상 계획에서 현실적인 방향으로 돌아섰다는 의미였다.

그렇게 되자 크로파트킨은 직접 신중한 작전을 세웠다.

"새로 도착할 예정인 제16군단을 전략 예비군으로 대기시킨 다음 작전의 진행과 더불어 남북 도로의 서쪽으로 이동시키겠다."

그것이 결론이었다. 그러나 어쨌든 그들의 도착을 기다리지 않으면 안 되었다.

공격 개시는 1월 하순까지 연기하기로 되었다. 그것을 제2군 사령관 그리펜베르그 대장과 제3군 사령관 카울리발스 대장에게 통고한 것은 12월 31일이었다.

크로파트킨은 다음날인 1월 1일, 여순의 스테셀이 노기 마레스케에게 항복하게 되리라고는 꿈에도 생각하지 못하고 그런 계획을 세운 것이다. 그런데 여순의 스테셀은 바다와 육지 양면에서 포위되어 있었기 때문에 크로파트킨과의 통신을 전혀 교환할 수 없었던 것이다.

"여순이 함락되었다."

이런 벽력 같은 소식은 크로파트킨과 그리펜베르그가 구상한 동기 대작전의 작전 계획 일부가 거의 불가능하게 되었다는 것을 의미하는 것이다.

그리펜베르그는 그것을 도리어 능동적으로 받아들이려고 했으나 크로파트킨의 구상은 풍선이 줄어들 듯 소극적으로 되어 버렸다.

"유럽 러시아에서 오는 증원 부대가 충분한 병력이 될 때까지 기다리는 것이 좋지 않겠느냐."

이런 태도에 대하여 제2군 사령관 그리펜베르그 대장의 의견은 반대였다.

"당장 공격을 개시해야 된다"는 것이었다. 앞으로 병력이 충분해질 때까지 기다릴 수 없을 뿐 아니라, 현재 시베리아 철도로 이동중인 제16군단의 도착마저 기다릴 수 없다는 것이었다.

"그것을 기다리고 있을 동안 여순의 노기군이 북진하여 일본 야전군과 합세하게 될 것이다. 공격은 그보다 앞서야 한다."

그것이 그리펜베르그의 주장이었다.

크로파트킨은 그것을 반대했다. 그러나 이미 진행되기 시작한 공격 계획을 정지시켜야 할 만큼 강력한 이유를 그는 가지고 있지 못했다.

결국은 "제2군의 공격을 허가한다"고 하는, 군인으로서는 극히 애매한 태도를 취하지 않을 수 없었다. 이 러시아 제일의 작전가라는 사람이 실전장에서 드러낸 성격의 취약성이 이만큼 두드러지게 나타난 일은 없었다.

"그러나 일본군이 좌익을 공격할 때 너무 깊이 들어가지 않는 것이 좋겠다."

그는 작전가나 총사령관이라기보다는 마치 관청의 담당자가 업자에게 허가 사업을 청부시키는 것 같은 태도를 취했다.

즉, 일본군의 좌익을 공격하기는 하되 진격하는 것은 어느 일정한 선에서 그만두라는 말이었다.

"어느 일정한 선"이란 일본군 좌익의 돌출 진지인 흑구대의 선이었다. 이런 데서 크로파트킨은 상당히 마음 약한 사령관이라고 말할 수 있을 것이다.

일본군은 전체적으로 병력이 부족하여 동서로 뻗친 진지의 종심은 결코 깊지 않았다. 실오라기 정도는 아니라도 밧줄만한 것이 옆으로 한 줄 쳐 있을 정도였기 때문에 돌파 작전을 강행하면 그 배후를 뚫을 수도 있는 것이다.

거기에 비하여 러시아군 진지는 횡적인 전개가 클 뿐 아니라 종적인 두께가 충분하여 이른바 종심 진지를 이루고 있었다. 크로파트킨은 자기 나라의 그러한 야전상의 습성이나 법칙 때문에 일본군의 진지도 틀림없이 그럴 것이라고 개전 이래 계속 착각하고 있었지만, 그 쓸데없는 상상벽을 그만큼 전투를 거듭해왔는데도 아직 버리지 못하고 있었다.

"그 따위 바보 같은 공격이 어디 있어. 공격을 처음부터 제한하면 어떻게 하겠다는 거야."

그리펜베르그는 참모를 시켜 반박했다. 여기에는 크로파트킨도 어지간히 감정이 상하여 퉁명스럽게 말했다.

"그렇다면 좋을 대로 하라."

그러나 총사령관으로서 무책임하다고 생각했던지 어중간한 계획을 내놓았다.

"귀관의 공격이 성공한다면 그것을 확인한 다음 제1군은 일본군 정면을 공격하겠다."

전술상 이런 계획은 있을 수 없다. 말하자면 이런 것이다.

"그리펜베르그, 네가 먼저 공격해 봐. 그 공격이 성공하게 되면 우리도 움직이겠다."

"상황을 보고 제2의 결심을 하겠다"는 것인데, 그것은 필요하게 되면 그 공격 목표에 최대한의 병력과 화력을 집중한다는, 전술의 원칙에서 거의 벗어난 조치였다.

러시아 제일의 전술가인 크로파트킨으로서는 자기의 이런 태도가 분명히 전술가답지 않다는 것을 틀림없이 알고 있었을 것이지만, 그러나 적어도 이번 경우의 결정만은 그의 목표가 일본군은 아니었다. 일본군이 상대라면 이런 터무니없는 방침을 취할 까닭이 없는 것이다.

——그리펜베르그를 실각시켜 버려야지.

그의 속셈은 이것이었을 것이다. 왜냐하면 이 작전이 시작되고, 그리고 끝났을 때, 크로파트킨은

"그것은 그리펜베르그가 나의 지휘를 벗어나 제멋대로 한 작전이었다."

그런 소리를 했고 그리펜베르그도 이런 놀라운 태도에 분격하여 사표를 내던지고 귀국해 버렸던 것이다. 절대적인 명령에 따라 전장에 나선 군사령관이 사표를 내던지고 전선을 이탈한다는 것은 꽤나 희한한 일이었다. 그리펜베르그는 본국에 돌아가 크로파트킨의 욕을 마구 퍼부었기 때문에 이 뉴스는 전 세계의 신문에 게재되었다. 어느 편의 잘못이냐는 것이라기보다 러시아 육군이라는 것이 세계 제일의 웅대한 병력을 자랑해 오면서, 이렇게까지 관료화되어 질서가 엉망이 되었다는 것이 오히려 문제되었을 것이다.

그러나 크로파트킨의 태도가 전부 잘못된 것은 아니었다. 그는 이때 그리펜베르그의 제2군에 대하여 과분할 만큼 증강을 해주었던 것이다.

정예 부대로 이름을 떨친 시베리아 제1군단을 제1군의 예하로부터 제2군에 옮겨 주었고, 다시 러시아 육군에서 최강 최대의 기병단인 미시첸코 중장의 기병 지대를 임시로 제2군에 배속시켰던 것이다. 이 미시첸코 지대는 기병 72개 중대 반, 승마엽병 4개 부대, 그 위에 포 22문이 붙어있는 강대한

부대로서, 필요하면 보병 3개 연대라도 데리고 갈 수 있다는 정도의 것이었다. 빈약한 일본 기병쯤은 이 대기병단의 일격에 흔적도 없이 날아가 버릴 것이다.

이들의 움직임은 시베리아 철도에 의한 증원군의 수송 등으로 말미암아 유럽에서도 알 수 있을 만큼 큰 규모였다.

이 무렵 유럽 지역의 일본측 정보 수집 본부는 런던의 일본 공사관이었는데, 그 당시 첩보 활동을 위해 유럽 각지를 뛰어 다니고 있던 아카시 모토지로(明石元二郎) 등도 정보는 모두 런던으로 보냈으며, 그 정리와 일본에 대한 보고는 우쓰노미야 타로(宇都宮太郎) 중령이 맡고 있었다. 그 우쓰노미야 타로로부터 수차에 걸쳐 대본영에 보고가 들어왔다.

"러시아군은 만주에서 새로운 공세를 준비하고 있다."

대본영은 그것을 현지의 오야마와 고다마에게 통보했다.

유럽을 경유한 이런 첩보에 대해서 일본의 만주군 총사령부는 놀라울 만큼 둔감했다.

"러시아군이 공격에 나서다니, 그런 터무니없는 일이 있을 수 있는가?"

시종 그런 태도였다.

"이런 엄동에 대병력을 이동할 수는 없다."

이것이 유일한 이유였다.

이런 태도는 참모인 마쓰카와 도시타네 대령이 처음부터 가지고 있었는데, 고다마 겐타로는 마쓰카와의 능력을 전적으로 믿고 있었기 때문에 그도 또한 그럴 것이라고 생각했다.

전술가가 자유로워야 할 상상력을 어떤 고정관념에 스스로 묶어 버린다는 것은 가장 경계할 일이었으나 오랫동안 계속된 작전의 피로 때문이었던지, 아니면 정보를 대수롭지 않게 생각하는 일본 육군의 이후와 유전적인 결함이 이때에 이미 싹튼 것이었는지, 생각할수록 그들이 똑같이 이런 고정 관념을 가지고 있었다는 것은 이상한 노릇이었다.

"이런 추위 속에……."

미야기 현(宮城縣) 태생인 마쓰카와가 입버릇처럼 말하는 만주의 추위란 일본 동북 지방의 겨울과는 도저히 비교가 안 된다. 소변을 보면 그 자리에서 얼어 버리고 대변은 곡괭이로 찍어도 쉽사리 부서지지 않는다. 땅속까지 얼어붙었기 때문에 새로운 호를 파려고 해도 곡괭이가 튕겨져 지면에 조그만 흠이나 남길 뿐이어서 하루 종일 7센티밖에 파지 못했다는 실례도 있었다.

도로는 진흙탕이 그대로 얼어붙었기 때문에 가로 세로 깊은 고랑을 이루어 포차를 끌고 가려면 앞에서 말이 끌고 사람이 바퀴를 굴려야 할 만큼 힘이 들었다.

"첫째 러시아군의 습성은 일본군처럼 땅 위를 마구 달리며 맹공에 맹공을 거듭하는 것이 아니다. 그들은 대군단이 전진하면 그 자리에 호를 파고 말뚝을 박고 철조망을 둘러치는 등의 진지 전진주의를 취한다. 러시아병이 제아무리 힘이 세다 하더라도 이 얼어붙은 지면에 호를 파는 따위의 작업을 해낼 턱이 없다. 그러므로 봄까지는 공세에 나오지 않는다."

마쓰카와는 그렇게 생각하고 있었다.

고다마도 같은 의견이었다.

같은 의견일 뿐만 아니라 일단 그런 고정관념을 만들어 놓으면 완강하게 그것을 고집하면서 그 개념을 통해서만 사물을 보기 때문에 그것과 다른 어떤 정보가 들어와도 "터무니없는 소리 마라" 하면서 들은 척도 않는 것이다.

이 개념은 단 한 가지의 유력한 증거에 의하여 충분히 분쇄될 수 있는 것이었다.

러시아인이 나폴레옹의 상승군을 러시아 본국에 끌어 들여 격파한 것은 이 겨울철을 이용했기 때문이었다. 그들의 활동은 오히려 겨울철에 더욱 익숙했으며, 더구나 자기 군대의 특성을 러시아군 자체가 전통적으로 알고 있었기 때문에 적이 동장군에 시달릴 때 일대 반격을 가하는 것이 전사장의 습성이었다.

러시아군이 나폴레옹의 대군을 겨울철에 격파했다는 그 전통과 습성을 고다마도 잘 모르고 있었고, 고다마의 심복이라고 할 수 있는 마쓰카와 도시타네 대령도 약간 알고 있기는 했으나 옛날이야기 정도로밖에는 평가하고 있지 않았다.

첫째 때때로 영하 40도까지 내려가는 이 추위 속에서는 총을 쥐기도 어려웠다. 만일 맨손으로 포신을 만지거나 하면 감전된 것처럼 손가락이 파닥, 소리를 내듯이 강철에 붙어 버리는 것이다.

밤에 보초를 설 때 계속 걷고 있지 않으면 구두 바닥을 통해 냉기가 뚫고 올라와 습기 찬 발은 동상을 입을 염려가 있다. 기병도 계속 말을 타고 있으면 발이 위험했다. 때때로 걸으면서 혈액 순환을 좋게 하여 행동하지 않으면 안 된다.

이 전쟁에서 일본군의 방한 피복은 실로 허술하기 짝이 없었다. 구두는 안에 털을 붙인 방한화가 아니었고, 외투도 보통의 겨울 외투였으며 모자도 보통 모자여서, 호 밖에 나가 잠시 바깥 바람을 맞기만 하면 머리가 얼어 도는 것 같고 심한 두통을 느낄 때가 많았다.

그러나 러시아군 병사들의 방한 피복은 일본군의 그것에 비해 값으로 따져도 세 배는 비쌀 것이다. 그들은 모자, 외투, 장화 등 모든 것이 모피여서 잘 보온되어 있었고 게다가 빙설 속의 생활에 익숙해진 민족이었다. 겨울철의 군대가 러시아와 일본의 어느 쪽이 유리할 것인가는 어떤 면에서 보더라도 너무나 분명했다.

"겨울에는 러시아군이 움직이지 않을 것이다."

마쓰카와의 이러한 고정 관념은, 이런 상식적인 사실만으로도 간단히 깨뜨려질 것 같았으나 일본 민족이 최초로 집단적으로 체험한 이 가공할 겨울 속에서는 무의식중에 이렇게 생각하게 되었을지도 모른다.

──적도 우리와 같을 것이다.

일본군의 최좌익을 담당하고 있는 아키야마 요시후루는 기병 임무의 하나인 적정 수색을 활발하게 전개하면서, 마침내는 나가누마 정진대라는 대규모의 장거리 정진대를 파견하여 멀리 몽고 지방의 적의 후방에까지 침투, 철도 파괴와 후방 교란을 해가면서 정보를 수집하는 모험적인 작전까지 실시하고 있었다.

따라서 요시후루는 풍부한 적의 정보를 입수하고 있었고 그때마다 총사령부에 보고했다. 특히 이번의 러시아군 공세에 대해서는 적의 동향을 추측할 수 있는 정보가 쏟아져 들어와 수시로 보고했으나 그때마다 마쓰카와는

"또 기병이 보고야?"

거의 코웃음을 칠 뿐 한 번도 깊이 살펴보려고는 하지 않았다.

"러시아군이 동기(冬期)에 공격을 할 리가 없다."

이제는 신앙화되었다고도 할 수 있는 마쓰카와의 고정 관념 때문이었다.

그 이유의 하나는 마쓰카와 등의 피로 때문이기도 했겠지만 또 하나는 상

승군으로서의 교만이 생긴 까닭일 것이다. 과거에 그들이 강대한 러시아군과 맞붙어 승리는 얻을 수 없더라도 비참한 패배만은 면하려고 마음을 긴장시키고 있었을 때는 바늘 떨어지는 소리에도 귀를 기울일 만큼 세심했었다. 그런데 연전연승을 거듭하여 교만심이 생기자 무턱대고 마음만 커져 자연히 자기가 생각하는 '적'의 개념에 맞지 않는 정보에는 귀 기울이지 않게 되어 버린 것이다.

일본군의 최대의 위기는 오히려 이때였을 것이다.

"미시쳉코 대기병단의 습격은 상하 체진의 일본군을 놀라게 했다."

흑구대 회전의 서막이 된 이 대기병단의 움직임에 대해서 일본측의 많은 기록들은 그렇게 적혀 있다. 말하자면 "동영에서 태평양 꿈에 잠겨 있던 일본군을 당황하게 했다"는 표현이다.

봉천의 총사령부에 있는 크로파트킨은 총공격에 앞서 일본군의 실정을 파악하려고 했다. 그 진지의 배치, 상태, 약점, 그리고 보급 능력의 실태 등을 알기 위해 위력 정찰을 실시하기로 하고 미시쳉코 중장과 그의 기병대를 동원하려고 하였다.

그런데 여순이 함락되었다. 이 소식이 봉천의 크로파트킨 총사령부에 알려진 것은 1월 2일 저녁 무렵이었다.

"작전을 근본적으로 변경하는 수밖에 없다."

이렇게 되어 총사령부는 큰 소동이 벌어져 한밤중까지 회의가 계속되었다.

——우선 여순을 구출하지 않으면 안 된다.

크로파트킨의 작전상의 부담은 이 함락 때문에 한 가지는 덜어지게 되었다. 그렇기는 하나 노기군이 북으로 뛰어 들어온다는 중대한 사태에 대처하지 않으면 안 되었다. 될 수만 있다면 노기군이 전선에 도착하기 전에 총공격을 실시하지 않으면 안 될 것이다.

또한 적극적으로 노기군의 도착을 지연시킬 수도 있을 것이다.

"노기군이 이용하는 철도를 파괴해 버리면 될 것이다."

이런 것쯤은 누구라도 알 수 있다. 참모차장인 웨벨트 소장이 그것을 주장하면서 말했다.

"미시쳉코 각하에게 그것을 부탁하면 어떻겠습니까?"

모든 계획이 튼튼한 것을 좋아하는 크로파트킨도 이때만은 즉석에서 '모범적인 전술안'이라면서 선뜻 받아들였다. 일본군의 후방 깊숙이 기병 집단을 보낸다는 것을 얼핏 보기에는 모험적인 계획으로 보이지만, 실제로 기병이라는 기동 부대의 운용에 대해서 러시아인들은 역사적으로나 지리적으로 익숙해져 있었기 때문에 견실한 크로파트킨마저 이것을 큰 모험이라고는 생각하지 않았다.

　그렇게 되면 미시쳉코의 임무는 단순한 위력 정찰뿐 아니라 철도와 다른 군사 시설의 파괴도 아울러 하지 않으면 안 되기 때문에 그 편제도 대대적인 것이 될 것이다.

　크로파트킨은 미시쳉코 중장의 기병 72개 중대 반이라는 대병력 외에 승마엽병 4개 부대, 포 22문을 배속시켜 주기로 했다. 병력은 약 1만 명이었다. 그 기동력과 화력을 병력으로 환산하면 일본 후비 사단의 10만 병력과 맞먹는다고 해도 좋을 것이다.

　미시쳉코 중장이 눈에 덮인 봉천에 도착한 것은 3일 오후였다. 그는 총사령부로 크로파트킨을 찾아갔다.

　참모차장인 웨벨트 소장이 작전 계획을 설명했다. 미시쳉코는 테이블 위의 큰 지도를 들여다보면서 영구(營口) 지점을 가리키며 말했다.

　"여기까지 가기로 합시다. 영구는 일본의 대보급 기지요. 여기를 습격하여 포탄, 식량 등을 모조리 불태워 버립시다."

　크로파트킨은 대단히 기뻐하며 러시아군에서 손꼽히는 그 맹장의 의견을 받아들였다.

　미시쳉코 중장이 지도를 들여다보며 자기가 장거리 습격을 간행할 최종 목표로 가리킨 영구에는 그의 말대로 일본군의 중대한 보급 기지가 있었다. 유럽인들은 이 영구를 '뉴챤(牛莊)'이라고 불렀다. 그러나 실제의 우장은 그 북쪽에 있었고 영구와는 구별되어야 할 지역이었다. 영구는 요하가 요동만으로 흘러 들어가는 강구에 있는데, 대련항이 러시아에 의해 개항되기 이전에는 만주 전체의 관문으로서 번성한 도시였다. 따라서 만주 주둔 일본군에 보내는 보급 물자는 대련항과 영구항에 양륙되었다. 그러므로 창고도 영구에 있다.

　그런데 이 무렵이 일본군 병참 중심지는 요양에 있었으며 요양으로 물자를 실어 보내는 장소의 하나가 영구였다.

한편 미시쳉코가 계획한 영구까지의 기동 거리는 2백 킬로 이상이었다. 소부대의 경쾌한 기병 활동이라면 몰라도 포차나 포탄, 그 위에 식량까지 끌고 도중에 전투 행진을 하면서 움직여야 한다는 점에서 보면 이 작전이 상당히 웅대하다는 것을 알 수 있다.

미시쳉코는 우선 부대의 집결부터 하지 않으면 안 되었다.

그에게 예속될 여러 부대는 여러 진지에 흩어져 있었다. 그것들을 제일 집결지인 봉천 서남쪽 20킬로 지점에 모았다. 그리고 그 집결이 끝나자 제2집결지인 사방대 마을 근처까지 전진하여 숙영했다.

이 집합과 이동에 며칠이 걸렸다. 아무튼 기병과 포병, 거기에 또 새로 배속된 보병 1개 연대 등의 각종 병과가 눈 덮인 평원을 이리저리 이동하는 광경은 장관이었고 도저히 그 이동을 숨길 수는 없었다.

당연히 일본군의 최좌익을 방어하면서 적정을 정찰하고 있는 아키야마 기병 여단의 수색망에 걸려들었다. 아키야마 요시후루는 그때마다 총사령부에 보고했다.

"적은 무엇인가 대규모의 작전을 계획하고 있는 것 같다."

그리고 끈질기게 그 동향에 대한 의견까지 덧붙여 보냈으나, 그때마다 총사령부는 "또 기병의 보고야?" 그것으로 그만이었다. 총사령부는 총참모장인 고다마 겐타로를 비롯한 모든 참모가 아무 근거도 없는 고정관념에 사로잡혀 있었던 것이다.

"러시아군은 동기(冬期)에 활동하지 않는다."

뒤에 일어난 흑구대의 참담한 전투는 그 첫머리에서부터 이미 그런 운명에 빠져들도록 마련되어 있었다.

그 전후에 요시후루가 실시한 기병의 장거리 수색과 후방 교란 작전은 미시쳉코가 실시한 그것보다 훨씬 기병적이었다. 미시쳉코가 움직이기 시작한 1월 9일, 그는 나가누마(永沼秀文) 중령이 지휘하는 정진대를 저 멀리 몽고 지방까지 내보냈고, 다시 12일에는 하세가와(長谷川成吉) 소령이 이끄는 제2정진대를 적진 속에 침투시켰으며, 또한 다테카와(建川美次) 주위의 정진 척후를 파견하는 등 활발한 수색 활동을 했으나 그 보고는 거의 총사령부에서 묵살해 버렸다.

미시쳉코군은 일 때문에 영구로 향하였다.

"별로 은밀 행동을 할 필요는 없다."

미시쳉코는 그렇게 말하면서 당당한 태도로 남하했다.

"일본군의 소부대를 발견하면 격파하고 가라."

전위 부대에 그런 명령도 내려놓았다. 말발굽으로 짓밟고 갈 작정이었다.

그는 부대를 4개 지대로 나누어 남하했다. 도중, 철도를 파괴하기 위해 기병의 많은 소부대들을 먼저 보냈다. 그 결과부터 말하자면 26개소에 폭약을 장치하여 그 중에서 폭발한 것은 12개소였다. 전신용 전주도 베어 버렸다.

또 그 행군중에 자주 몇 기씩으로 편성된 일본 기병과 마주쳤다. 아키야마 요시후루가 파견한 기병 척후였다. 그들 일본 기병은 아마 생전 처음 보았을지도 모르는 기병의 대지단이 나타난 것을 보고 소스라치게 놀라 달아나 버렸다.

"앞으로는 놓치지 마라."

미시쳉코는 명령을 내렸다. 그 다음부터는 일본 기병을 발견하는 대로 쾌속으로 뒤쫓아 포위하고 최대한으로 죽였다.

이 집단에 정면으로 대항한 것은 그들의 경로인 접관보 부근에 주둔하고 있던 기병 1개 중대였다.

일본군의 최좌익을 담당하고 있는 아키야마 요시후루가 자기 진지의 좌익을 경계하기 위해 보내놓은 야스하라(安原政雄) 대위의 1개 중대가 그것이었다.

야스하라는 자기 척후의 보고에 따라 '아무래도 전방에 기병이 오는 것 같다'는 것을 알고 그들을 격파하기 위해 접관보를 출발한 것이 10일 오전 10시쯤이다. 그 병력은 70기였다. 70기를 가지고 미시쳉코의 대군과 싸우려고 한 이 사나이의 용감성은 무엇보다도 적정을 잘 몰랐기 때문이다.

그는 설마 그만한 대군이 남하하고 있으리라고는 생각하지 못했던 것이다.

"집관보에서 8킬로 저쪽에 있는 소마분포 근처에 1백 50기 정도의 적이 있다."

도중에 척후를 계속 보대면서 알아본 바로는 이것뿐이었다. 야스하라가 1백 기(도중에서 다른 연대의 척후를 수용)의 빈약한 말로 이루어진 일본 기병을 데리고 카자크 기병 1백 50기를 격파하겠다고 나선 그 용기는 대단한 것이었다.

그런데 소마분포 가까이 접근해 보니 적은 5백 기로 불어나 있었다.

또 어느 장교 척후는 그보다 후방에 있는 미시첸코의 주력을 멀리서 보았는데 처음에는 지평선을 가로막은 그 대기병단을 보고 생각했다고 한다.

"혼하(渾河)의 제방이 아닌가."

그런데 눈이 좋은 부하 하나가 그것을 부정했다.

"아닙니다. 저것은 제방이 아니라 숲인 것 같군요."

카자크의 창이 수풀처럼 즐비한 것을 보고 그렇게 생각했던 것이다. 그 동안에 숲이 움직였기 때문에 그것이 적의 주력인 줄 알았다고 한다. 이 장교 척후가 소마분포까지 달려 왔을 때는 야스하라 대위를 비롯한 1백 기가 적 5백 기의 포위에 빠져들기 직전이었다.

야스하라는 끝까지 이것을 격파할 결심을 했으나 보통 방법으로는 도저히 그 많은 적을 대항할 수 없었기 때문에, 소마분포 후방 2백 미터 지점에 있는 요지까지 후퇴하여 거기에 말을 매어 놓고 전원이 보통 전부의 진형을 갖추어 사격전을 개시했다.

"저 일본 기병은 왜 달아나지 않느냐?"

미시첸코의 부하인 테레쇼프 소장은 이상하게 생각했다고 한다. 이 야스하라 대위의 백 기를 포위한 것이 그가 지휘하는 돈 카자크 제4사단과 코카시스 기병 여단의 일부들이었다.

이 요지에 방형진을 치고 사격 자세를 갖춘 야스하라 등 1백 명의 기병의 용맹성은 놀라운 것이었다.

5백 기의 카자크는 처음 요지를 빙글빙글 돌면서 말 위에서 사격을 시도했으나 야스하라 부대의 사격에 밀려 일단 후퇴했다. 이 후퇴 도중 러시아군에 종군하고 있던 프랑스의 관전 무관 벨텐 해군 대위가 말 위에서 총을 맞고 전사했다. 프랑스가 왜 해군 사관을 러시아 기병대에 관전 종군을 시켰는지는 잘 알 수 없다.

러시아군은 일단 후퇴하여 일본군처럼 전원이 도보로 사격전을 시작했다. 특히 러시아군에게 유리했던 것은 요지 동쪽에 세 채의 민가가 있었기 때문이다. 그들은 그 집들을 점령하여 지붕 위에서 요지를 내려다보면서 저격하기 시작했다.

야스하라는 놀랐다.

'저 세 채의 민가 때문에 전멸하겠구나.'

그는 그것을 빼앗기 위해 2개 소대에게 돌격을 명령했다.

이 전투에 참가한 바이칼 카자크의 병사들은 작년 10월에 만주에 도착하고 이 전투가 처음이었다. 그들은 일본군의 돌격에 놀라 민가 지붕에서 일제히 뛰어내렸으나 그래도 민가를 버리지 않고 그 담장에 의지하여 다시 맹렬한 사격전을 벌였다.

야스하라는 직접 전원을 이끌고 이 민가를 탈환하려다가 복부에 관통상을 입고 쓰러져 선임 소대장인 이와이(岩井) 중위가 대신했으나, 이와이 역시 목언저리에 총탄을 맞았다. 그러나 계속 지휘중 다시 총탄에 오른팔 뼈가 부서졌는데 그래도 지휘를 계속하며 마침내 민가에 접근했을 때 이번에는 총탄이 등을 꿰뚫고 나갔다. 이와이는 그대로 쓰러지지 않고 드디어 격전 세 시간 만에 민가 세 채를 점령하고 해진 뒤에는 이 민가를 토치카 삼아 다시 사격전을 계속했다.

그러나 러시아군의 병력은 점점 불어나 끝내는 이 민가에 불을 지르고 포병을 시켜 집중 포격을 퍼부었다. 민가는 타버리고 그 안에 있던 일본군은 거의 타죽었으며 나머지는 이와이 중위가 데리고 후퇴했다. 그 뒤에 온 러시아병들은 중상을 입고 쓰러져 있는 일본군의 머리와 발을 잡고 구령을 붙여가며 한 사람씩 불 속에 던져 버렸다.

이 전투에 대해서는 격전이 두 시간이나 계속되어도 아직 일본군의 사격이 여전하기 때문에 미시쳉코 중장은 "그 따위 적의 소부대와 싸우는 것은 우리에게 아무 이익도 없다. 포기해 버리고 전진을 계속한다"라고 했으나, 전진하게 되면 사상자를 버리고 가지 않을 수 없었기 때문에 사상자를 수용하기 위해 증원 부대를 동원했다. 증원 부대만으로도 용기병 2개 중대, 포병 1개 소대였다. 포병은 일본군의 민가에서 불과 8백 미터 떨어진 근거리에서 연속 사격을 퍼부었다.

러시아군의 피해는 장교 8명, 사병 42명, 말 59필이었다.

미시쳉코군은 그날 밤 그 부근에서 숙영하고 다음날 아침 다시 태풍 같은 기세로 남하했다.

이 무렵이 되어서야 일본군 총사령부는 비로소 미시쳉코가 영구 부근의 일본군 병참 기지를 습격하려 한다는 것을 눈치챘다.

미시첸코 중장의 기병 집단의 남하와 그 파괴활동은 8일간 계속되었다. 말발굽과 장창과 대포로 상징되는 이 집단은 일본군의 후방을 폭풍 같이 휩쓸었다.

"병력 불명의 적 기병 집단, 아군의 전방을 향해 전진 중!"

이런 비명에 가까운 급보가 각 방면에서 병참을 지키는 수비군 사령부에 밀려들자, 원래 미약한 전투력밖에 없는 사령부에서는 다시 총사령부에 급보하여 응원을 청할 수밖에 없었다. 그러나 크로파트킨의 대군과 대치하고 있는 총사령부에도 충분한 병력이 있을 리가 없었으므로 상황에 따라 적은 병력을 조금씩 내보내어 돕게 할 정도였다.

병참을 지키는 수비군으로는 원래 전투력이 없는 병참, 수송병들에게 무거운 육각 총신의 러시아 총(노획품)을 들려 급조 진지를 만들게 했다. 그리고 철도 수비를 위한 병력을 증강하고 특히 철도에 대해서는 '사수하라'는 극단적인 표현(이 당시의 명령 용어에는 사수라는 표현은 적었다)을 써서 세계 최강의 카자크 기병과 맞붙게 하려고 했다.

미시첸코는 특히 철도 파괴를 위해 3개의 집성 부대를 편성했다.

그 제1대는 '돈'과 '코카서스'의 2개 카자크 기병 연대이다.

제2대는 '우랄'과 '바이칼'의 2개 기병 연대이며 제3대는 러시아 육군의 정규 기병이라고도 할 수 있는 용기병 연대와 국경 수비 카자크 기병 중대였다.

그 모두가 용맹하며 수족을 움직이듯이 말을 달리는 데 익숙한 병사들이었으나 단지 억지로 결점을 든다면 수색 능력이 일본 기병보다 좀 뒤떨어지는 점일 것이다.

이것은 양국의 국민 교육의 차이와 관계가 있을지도 모른다. 일본군은 거의 글자를 읽고 쓸 줄 알았으나 러시아군, 특히 카자크에서 글자를 아는 병사는 3할도 못되었다. 또 농촌 출신보다 도시 출신의 병사가 적정 정찰을 하면 재치가 있어서 잘 한다고 하는데, 그런 점에서 말하자면 카자크병은 러시아 변경의 농촌에서만 살아서 일본 농촌 출신보다 머리를 쓸 일이 훨씬 적었다고 말할 수 있다.

그렇기 때문에 3개의 집성 부대 중 전투에는 최강이라는 '돈'과 '코카서스'의 카자크──제1대──는 애써 해성 북방의 철도선에 도착했으면서도 긴요한 철교를 발견하지 못하고, 더구나 밤에 길을 잃어 헤매다가 작전 중에 아침이 되었기 때문에 허무하게 철수해 버렸다.

제2대는 해성 북방 2킬로 지점에서 철도에 폭약을 장치했으나 요양 방면에서 남하해 온 일본군의 병참 열차는 무사하게 통과해 버렸고, 어찌된 셈인지 통과한 뒤에야 폭발했다. 제3대도 밤에 철교를 찾지 못해 허무하게 되돌아갔다.

미시쳉코는 이런 보고를 듣자 어이가 없어 채찍을 쳐들어 땅바닥을 치면서 말했다.

"어느 연대나 하나같이 밤눈이 어둡단 말인가?"

"미시쳉코의 8일간"을 계속한다.

미시쳉코 중장과 그 병단은 11월 밤 우장성의 남쪽 부근에서 숙영했다. 습격 목표는 해성, 우장, 영구였는데 이날 밤 중국인 스파이의 보고로 일본군의 상황을 대충 파악했다.

"우장성에는 3백, 해성에는 4천 5백, 영구에는 2천의 일본군이 있습니다. 그리고 그 병사들은 후비의 노병과 병참 수송병뿐입니다."

그 스파이의 보고였다.

미시쳉코는 이날 밤 증가둔이라는 마을의 큰 농가에 머물렀다.

그는 그 숙소에 각급 지휘관을 소집하여 적성을 검토했다.

"아키야마는 오지 않는 모양이군."

미시쳉코는 지도에서 얼굴도 들지 않고 중얼거렸다. 미시쳉코는 자기와 대항할 수 있는 일본군 기병대의 우두머리가 아키야마 요시후루라는 것을 알고 있었고, 더욱이 지난날 요시후루가 시베리아에서 실시한 러시아군의 대연습을 견학하러 왔을 때 요시후루를 연대 막사로 초청하여 환대한 기병 장교도 이 자리에 몇 사람 있었다.

"아키야마는 사하 강 건너편에서 꼼짝 못하고 있을 겁니다."

호라노프라는, 학자형의 대령이 지도의 한 지점을 집으면서 말했다. 그들은 일본 기병이 자기들의 카자크 대집단에 대해서 꼼짝달싹 못하리라는 것을 알고 있어서 오히려 동정을 표시할 만한 여유를 가지고 있었다.

"그러나 소부대는 이 근처에까지 흩어져 있는 모양이더군."

삼소노프 소장이 말했다. 그 옆에서 아브라모프 소장이 웃으면서 대꾸했다.

"우리한테 먹히러 오는 거야."

그런데 크로파트킨의 주변에 있는 고급 장교들은 일본군에 대하여 상당히 겁을 먹고 있었으나, 미시쳉코 휘하의 기병 장교들에게는 그런 경향이 전혀 없었다. 병과로서의 전통과 실력이 일본 기병보다 월등하다고 생각하고 있었기 때문일 것이다.

이윽고 부서가 결정되었다.

"호라노프 대령은 그 집성 부대를 지휘하여 남부, 잔유수구를 거쳐 영구 정거장을 공격하라."

그밖에 5개 종대가 편성되어 각각 공격 목표가 결정되었다.

스와로프 대령의 종대는 대석교——영구 사이의 철도 파괴가 임무이다. 테레쇼프 소장의 종대는 그 지원을 담당하고 스트야노프 소장의 중대는 우가둔 방면에 진격하여 부근의 일본군을 격파하며, 삼소노프 소장의 종대는 유격적인 임무였다.

아브라모프 소장의 종대는 미시쳉코 자신이 예비대로서 장악한다. 슈베시니코프 대령의 중대는 치중대가 되어 예비대와 긴밀한 연락을 취한다는 것이었다.

1월 21일 아침부터 일제히 행동을 개시하여 일본군의 후방에 있는 종대는 돌풍이 되고, 어느 종대는 선풍이 되며 어느 종대는 불덩어리의 비를 퍼붓듯이 하여 종횡으로 휩쓸어 대는 것이다.

"미시쳉코의 8일간."

다시 계속한다.

일본군의 후방을 교란하려고 하는 이 대기동군의 출발은 전략적으로나 전술적으로나 뛰어난 것이었다. 그러나 막상 실시하는 단계가 되자 이 당시 러시아인의 결함이, 어느 계획에서나 헌솜처럼 삐죽이 드러나 대부분이 실패에 가까운 결과가 되었다.

가령 대석교와 영구 간의 철도를 파괴하는 중요한 임무를 맡은 스와로프 대령의 종대는 다른 종대보다 앞서 출발하게 되어 있었다. 스와로프 종대가 숙영지(우장성 남쪽)를 출발할 예정 시간은 12일 오후 2시로 명령되어 있었다.

"시간을 어기지 않도록."

미시첸코가 특히 스와로프 대령에게 재삼 다짐한 것은 이 선발대의 행동이 지연되면 다른 관련 종대의 행동 계획에 차질이 생기기 때문이었다.

그러나 그들은 출발부터 2시간이나 늦었다. 긴요한 폭약 상자가 그 종대에 도착하는 것이 늦었기 때문이었다.

"나는 마술사가 아니야. 폭약 없이 철도를 폭파할 만한 재주는 없단 말이야."

스와로프 대령은 후방 병참을 담당하고 있는 슈베시니코프 대령에게 전령까지 보내어 전령의 입을 통해 야유를 퍼부었다.

이 종대가 간신히 철도에 접근했을 때는 해가 기울어지기 시작하고 있었다.

이때 스와로프 대령에게 행운이었는지 어쨌든지, 북쪽 대석교 방면의 지평선에 연기가 보여 기차가 남하하고 있는 것을 알았다.

"즉시 폭약을 장치하라!"

대령은 폭약을 휴대한 제1중대에 전진을 명령했으나 그때는 이미 레일에 폭약을 장치하기에는 시간이 너무 촉박했다. 열차는 벌써 저만치 오고 있었다. 그 열차는 무개차 16량으로 되어 있었고 일본군을 가득 싣고 있었다. 열차는 영구를 향하여 달리고 있었다. 미시첸코의 내습을 듣고 증원 부대로 달려온 후비 보병 제8연대(오사카)의 병사들이었다.

"열차를 습격하자!"

스와로프 대령은 그렇게 결심했다. 그는 기병 2개 중대를 떼어 도보 공격을 명령하는 한편 주력을 동원하여 열차와 병행하여 달리려 했다.

그는 그렇게 명령을 내리는 것과 동시에 그 자신, 칼을 빼들고 달리기 시작했다. 카자크들은 말 위에서 열차를 사격했다. 다행히 기관사를 쏘아 죽이면 열차는 어떻게 될 것이라고 스와로프 대령은 생각하고 명령했다.

"기관차를 쏘라!"

그러나 그 종대는 화포를 가지고 있지 않았기 때문에 소총 사격으로는 대수로울 것이 없었다.

일본군도 맹렬히 응사하기 시작했다. 그들은 무개 열차이기는 했으나 화차의 측면을 방패삼아 이용할 수 있었기 때문에 유리했다. 열차와 병행하여 달리는 기병을 차례로 넘어뜨렸다.

결국 일본군의 열차가 증기를 끌어 올려 전속력으로 달리기 시작했기 때문에 카자크는 경주에 지고 전투는 흐지부지 끝나고 말았다. 이 희한한 경주 와 전투 때문에 부대 질서가 흐트러져 스와로프 대령은 다시 병력을 집결시키는 데 상당한 시간이 걸렸다.

——일본군 보병 1개 대대가 대석교 방면으로부터 전진 중에 있음.

그 병력 집결 중에 그런 보고가 들어왔기 때문에 대령은 그것과의 충돌을 피하기 위해 전화선을 절단하고 철도 5개소를 폭파하고 후퇴했으나 이 정도 의 철도 파괴는 일본군에게 그렇게 큰 지장은 아니었다.

"미시첸코의 8일간."

계속한다.

영구에 돌입할 임무를 띠고 있는 것은 호라노프 대령이 지휘하는 종대였 다.

이 종대는 각 기병 연대에서 우수한 병사를 선발하여 편성된 부대로서 그 활동은 예정대로 진행되었다. 그들이 영구 정거장 서북쪽 5킬로 지점에 있 는 유수구 가까이 전진했을 때 멀리 동남쪽 방향에서 포성이 들려오기 시작 했다.

"영구의 포위가 완료되었군."

호라노프는 그렇게 생각했다. 그 포성은 이를테면 신호와 같은 것이라는 것을 이 대령은 알고 있었고 또 그 포병 진지에 미시첸코 중장이 있다는 것 도 알고 있었다.

호라노프가 공격 제대의 편성을 마치고 전개하여 막 전진하기 시작했을 때 미시첸코로부터 전령이 달려왔다.

"영구 정거장에 일본군이 없다."

실로 놀랄 만한 정보였다. 나중에 안 일이지만 미시첸코의 그릇된 적정 판 단 때문이었다. 일본측의 수비 사령관은 그 부하들이 노병이나 병참 수송병 들이었기 때문에 적을 충분히 끌어들여 사격하기 위하여 병사들을 여러 곳 에 숨겨 두고 있었던 것이다.

미시첸코는 이런 적정(敵情) 판단에 따라 즉시 호라노프 종대에 돌입을 명령했다. 그리고 그 돌입 부대 때문에 미시첸코는 포격을 중지시키겠다는 의사도 호라노프에게 전달했다.

호라노프는 급히 종대를 진격시켰다. 도중, 영구 서북쪽 들판에 얼어붙은 소택지가 있었다. 그는 거기에서 기병들을 말에서 내리게 한 다음 말을 보호하기 위해 기병 3개 중대를 남겨 놓고 일제히 영구를 향해 전투 행군을 개시했다. 이미 해는 저물어 희미한 별빛이 있을 뿐이었다.

이때 조금 전까지 포격을 퍼부었던 영구 정거장에 화재가 일어나 그 부근이 갑자기 밝아졌다.

그것이 창고나 그 밖의 방어 진지에서 러시아군의 습격을 기다리고 있던 일본측에 유리한 조건이 되었다. 일본군은 7백 미터까지 접근해 온 호라노프 부대에 맹렬한 사격을 개시했던 것이다. 호라노프 부대는 거의 순식간에 궤멸했다. 밤이어서 호라노프는 그의 부대를 장악할 수 없었기 때문에 사방에 전령을 내보내어 그들의 소재를 찾고 있는 사이 사상자는 계속 늘어나기만 했다. 호라노프는 할 수 없이 나팔병을 불렀다. 이 유능한 기병 지휘관이 기병으로서는 가장 기병적인 이 기동 작전에서 최초로 내린 전투 명령은 나팔병에게 후퇴 나팔을 불게 하는 일이었다.

그때가 오후 7시 40분이었다.

그동안 미시첸코는 포병 진지에 있었으나 그도 더 이상 이 급습 작전을 계속할 것인지에 대해서는 판단을 망설이고 있었다. 이미 많은 정보가 그의 수중에 들어와 있었다. 일본군 몇 개 대대가 대석교에서 접근해 오고 있다는 것, 또 우장성 방면에도 일본군의 1개 부대가 나타나 요하강을 건너는 지점을 장악하고 미시첸코의 퇴로를 차단하려 하고 있다는 것(그런 사실은 없었다) 등, 그가 후퇴를 결정하지 않을 수 없게 만들 자료들이 수없이 나타났다.

미시첸코는 마침내 이 급습 작전을 끝마치기로 결정하고 각 종대에 명령을 내렸다. 대체로 그의 이번 대기동 작전은 그들이 소비한 에너지에 비한다면 거의 실효가 없었다고 할 수 있을 것이다.

그동안 아키야마 요시후루도 미시첸코와 비슷한 장거리 작전을 러시아군 후방에서 감행하고 있었다.

싸움터에는 행운과 불운의 우연이 수도 없이 흩어져 있지만 작전에도 우연의 일치가 많다.

미시첸코 중장의 1만 기가 남하를 시작한 것은 1월 10일이었으나 그 전날인 9일에는 아키야마 요시후루의 휘하에서도 역시 같은 목적을 지닌 정진

기병단이 러시아군 후방을 향해 출발하고 있었다. 마치 유성이 엇갈려 가는 것 같았으나 쌍방은 물론 알지 못했다.

기병 제8연대장 나가누마 히데부미 중령이 지휘하는 '나가누마 정진대'가 그것이었다.

"나가누마는 살결이 희고 온후하여 마치 큰 사업가 같이 보이는 신사였다. 만약 평시에 사교장 등에서 담소하고 있다면 도저히 저 신사가 그런 귀신 같은 활약을 했다고는 아무도 상상할 수 없을 것이다."

요시후루는 만년에 곧잘 그런 소리를 했다.

미시쳉코가 1만 기의 병력을 가진 것에 비하여 나가누마의 병력은 불과 1백 70기에 지나지 않았다. 물론 포병이나 보병의 협력 없이 순수한 기병만이 기병의 특성만을 살려 행동한 점에도 차이가 있다.

그러나 그보다 더 큰 차이는 그 결과였다.

미시쳉코의 기동 작전은 극히 어설펐다. 가장 긴요한 철교도 폭파하지 못하고 해성, 우장성, 영구의 일본군 병참 기지도 부수지 못한 채 불과 8일만에 작전을 마치고 북으로 가버린 데 비해, 나가누마의 작전은 철두철미했다.

그는 1백 70기를 이끌고 미시쳉코의 수십 배에 달하는 원거리를 행동했다. 그의 기동 기간은 2개월이었고 그 거리는 실로 1천 6백 킬로에 달했다. 그동안에 적의 병참 창고를 습격하고 수 백의 카자크 기병과 격전을 벌여 그들을 격파했으며 끝내는 신개하(新開河)의 철교를 폭파하기도 했다.

요시후루는 이 나가누마 정진대가 출발한 3일 후에 제2정진대로서 하세가와 이누키치 소령이 이끄는 거의 같은 규모의 기동 부대를 출동시켰다. 이 제2정진대도 나가누마와 거의 같은 거리를 행동하며 60여 일 동안 적중을 돌파하여 마침내 제2 송하강 선까지 진출했다.

그 전에 출발한 야마우치(山內) 소위 이하 44기의 장교 척후대는 18일간에 걸쳐 1천 킬로를 달렸고, 또 그 뒤에 출발한 다테카와 중위를 비롯한 6기의 장교 척후대는 23일간에 1천2백 킬로, 3천 리를 기동했던 것이다.

다테카와 중위가 귀환하여 보고를 위해 도요키치(豊吉) 군조를 총사령부에 파견했을 때, 총사령관인 오야마 이와오는 일개 군조에게 경의를 표하며 머리를 숙였다.

"정말 인간으로서는 할 수 없는 장한 일을 했네."

뿐만 아니라 총참모장인 고다마 겐타로 대장은 방명록을 꺼내어 "부탁하네. 휘호를 해주게” 그러면서 도요키치 군조를 졸라대어 당황하게 만들었다.

오야마나 고다마는 모두 유신의 풍운을 뚫고 나온 사나이들이었으나, 그들마저 일본인에게 이러한 모험적인 행동과 지구력이 있을 줄은 그때서야 처음으로 알았다고 뒷날 술회한 적이 있다.

요시후루는 일본군의 최좌익을 방어하고 있었다.

따라서 이런 방어 태세로는 그와 그의 기병들은 기병의 특성을 전혀 살릴 수가 없었다. 기병은 전략적인 높은 견지에서 급습이나 기습의 목적으로 사용되어야만 그 특성을 살려나갈 수 있는 것이다.

‘일본군의 고위층은 기병을 몰라.’

요시후루는 그것이 은근히 불만이었고 고다마 겐타로에 대해서도 그렇게 생각하고 있었다.

“기병의 1개 부대를 파견하여 적의 후방 교란이나 견제, 병참의 습격, 철도나 철교 폭파를 하고 싶습니다.”

요시후루는 미리 그런 상신을 했었다. 그러나 그때마다 총사령부는 묵살했다.

고다마 겐타로와 그가 신뢰하는 마쓰카와 도시타네 대령의 생각에는 기병 용병에 대한 사상이 거의 없었고, 약간 있다고 하더라도 아군의 능력에 대한 불신감이 있었다.

“일본의 기병이 뭘 하겠는가.”

사실 러시아는 세계 최대 최강의 기병국이었고 그들 카자크의 교묘한 승마술과 말의 체격이나 기수의 웅대한 체격을 생각한다면 일본 기병은 겉으로 보기에도 보잘것이 없었다. 그들은 카자크에 대한 요시후루의 전술이 그런 것처럼, 말에서 끌어내려 도보병으로서 참호나 지형지물에 의지하여 사격할 수밖에는 도리가 없다고 생각하고 있었다.

“기병은 쓸모가 없다.”

이런 의견은 전쟁 전부터 육군의 수뇌부들이 품고 있었다. 일본 육군의 보수적 성격은 뒤에 항공기나 전차에 대해서도 소극적이었던 것처럼 거의 체질적인 것 같다.

요시후루는 그런 환경 속에서 혼자 기병의 필요성을 강조하고 기병의 용병을 역설하면서 곧잘 이런 소리를 했다.

"기병이란 명장이 출현해야만 비로소 제대로 운영되는 것이지, 신통찮은 지휘관 아래서는 오히려 방해물밖에 되지 못한다. 이것이 기병의 불행인 것이다."

일본 육군은 분명히 기병에 대한 연구에 소홀했다. 일본의 근대 전술의 스승인 메켈 소령도 출신이 보병이었던 까닭인지 기병 운영에 대한 감각이 부족했는데, 그런 영향이 기병을 경시하는 풍조를 부채질했다. 일본 육군이 한낱 대위에 지나지 않던 시절의 요시후루에게 기병 연구의 모든 것을 떠맡겼던 것도, 이를테면 경시의 증거였던 것인지도 모른다. 그 후에도 기병은 요시후루에게 계속 맡겨둔 채였다.

요시후루는 이 전쟁이 시작되기 전, 기병 실시학교의 교장으로서 장교 교육을 맡고 있을 때에도 '기병의 정진 행동'을 열심히 주장하고 또 가르쳤다. 그리고 그 요령을 가르치면서 하는 방법에 따라 그 전략적 가치가 얼마나 큰 것인가를 역설해 왔다.

나가누마 정진대의 나가누마 히데부미도 전후에 사람을 만날 때마다 그런 말을 했다.

"나는 아키야마 각하의 제자였기 때문에 각하로부터 배운 대로 한 것에 지나지 않습니다."

나가누마 정진대의 파견이 총사령부와 제2군 사령부로부터 허가되었을 때 요시후루는 출발하는 나가누마를 보고 간곡히 당부했다.

"많은 괴로움을 겪게 되겠지만 이것이 진정한 기병적인 행동이니까 수고를 해주게. 만약 좋은 성과를 얻게 되면 아무튼 지금까지 괄시를 당해 온 기병의 진가를 알려주는 셈이 될 테니 말일세."

그 당시의 일본 육군은 요시후루가 이렇게 말할 만큼 자기 군대의 기병에 대해서는 자신도, 지식도 가지고 있지 않았고 오직 미시첸코와 레넨캄프의 기병대만 두려워하고 있었다.

——나는 항상 그것을 분하게 생각한다.

요시후루가 그의 친구에게 편지로 쓴 것처럼 그는 적과 아군의 기병단이 마상 전투를 하는, 이른바 '기병전'이라는 것을 정면으로 시도해 볼 수가 없었다. 싸운다면 지게 될 것이리라.

그것을 뼈저리게 잘 알고 있었다.

요시후루뿐만이 아니라 이 극한의 광야에 군대를 풀어 놓고 있는 일본군의 고급 지휘관들은 거의가 구미 지역에 유학했거나, 또는 시찰 여행을 해본 경험자이기 때문에, 그쪽 군대의 우월함을 뼈저리게 인식하고 있었다. 러일전쟁의 지도 원리 그 자체가 고다마 겐타로가 개전 직후에 술회한 말 속에 잘 드러나 있다.

"승패의 전망은 반반씩이다. 그것을 전략 전술에 의해 꼭 6대 4의 비율로 만들고 싶다."

말하자면 이긴다기보다도 지지 않도록 한다는 것이 전군의 작전 사상을 일관하는 원칙처럼 되어 있었다.

이랬기 때문에 부대를 움직이는 데도 도박적인 행위를 되도록 삼가고 있었다. 1개 군대를 순전히 작전상의 통쾌감을 만족시키기 위해서, 또는 어떤 종류의 정치 목적을 위한 도박에 투입하는 따위의, 그 뒤의 일본 육군이 저질렀던 정신병리학적인 성벽(가령 시베리아 출병, 노먼한 사 임펄 작전)과 같은 경향은 전혀 없었다.

"기병을 양성한 이상, 세계 제일의 카자크 기병단과 맞붙어 싸워 보고 싶다."

이런 어린애 같은 망상은 요시후루의 마음속에도 약간은 있었지만, 그러나 그런 충동을 억제해 가는 것이 그의 전투 지도의 원리고, 따라서 그의 기병 부대는 전투에 임할 때 도보병이 되어 사격전의 형태를 취함으로써 카자크와 싸워 간신히 전투를 6할의 승리로 이끌어 가고 있었다.

이런 요시후루의 불만과 울분이 1백 기 이상의 단위를 멀리 적중에 파견하는 정진 기병 전법이 되어 분출구를 찾았다고 해도 좋다.

그가 출발 직전에 나가누마 중령에게 이렇게 말한 것은 그런 까닭이었으리라.

"계속해서 제2, 제3정진대도 파견하겠다. 나도 시기가 허락하면 여단 전부를 이끌고 나갈 작정이야."

하지만 결정권을 쥐고 있는 총사령부가 병력 부족 때문에 요시후루의 기병 집단을 좌익의 수비용으로만 쓴다는 태도이기 때문에, 이런 조건 아래에서는 미시첸코처럼 대기병단 그 자체가 수풀이 움직이는 것처럼 행동할 수 있는 작전으로 비약할 수가 없었다.

"내가 한 일은 아키야마님이 하려고 했던 것을 대리로 한 것과 같은 것이었습니다."

나가누마는 그렇게 말하고 있으나 그는 그 대담 무쌍한 적진 가운데로 나아갔을 때, 마침내 몇 배에 달하는 카자크 기병 부대와 조우하는 상황에 놓여졌다. 보통 같으면 도보 전투로 옮기거나 또는 물러나 피해야 할 것이었으나, 그는 과감하게 그들을 습격하고 마상 전투를 벌여 드디어 그들을 도주하게 만들고 '아키야마님의 숙원'을 만족시켰다.

요시후루는 이 나가누마 정진대가 출발하던 날, 말을 구릉 위에 세우고 배웅했는데, 때마침 눈보라가 휘몰아쳐 1백 70기의 외로운 부대의 그림자는 금방 눈속에 사라져 버렸다. 요시후루는 몇 번이나 말을 달려 뒤쫓아 가서는 그들을 바라보는 동작을 되풀이했다.

나가누마 정진대의 활약.

그들의 최종 목표는 저 멀리 야오멘이라는 지점까지 가서 러시아군의 보급 동맥인 대철교를 폭파하는 데 있었다.

"그런 일이 가능할까?"

이 계획을 세울 때 고다마 겐타로는 의심스럽다기보다 믿을 수 없다는 표정을 지었을 정도였다. 러시아군의 전선은 봉천 남방에 전개되어 있으나, 그 끝 쪽, 아주 깊숙한 끝 쪽이기 때문에 일본군의 전선에서 6백 킬로나 북쪽인 것이다. 거의 도쿄에서 고베(神戸)까지의 거리에 해당할 것이다.

그들은 흑구대 남방의 소마보에서 행동을 일으켜 서쪽으로 크게 우회하여 북으로 올라갔다. 서쪽으로 돌아가는데도 곧장 혼하는 건너지 않고 혼하의 왼쪽 기슭을 따라 일단 남하하면서 소북하라는 지점에서 얼어붙은 혼하를 건너 그 오른쪽 기슭으로 나왔다.

"그 오른쪽 기슭"

이것에 중대한 의의가 있었다. 이때 마치 약속이라도 한 듯이 미시쳉코 대기병단의 남하가 시작되고 있었는데, 그것이 우연히도 같은 혼하의 오른쪽 기슭을 남하하고 있었던 것이다.

나가누마는 혼하를 건넌 다음 척후의 보고로 그것을 알았다.

——마치 거리 그 자체가 송두리째 이동하는 것 같은 광경이었다.

그러므로 그 어마어마한 위용은 상상할 수 있을 것이다.

나가누마는 그들에게 발견되지 않도록 기도라도 하는 심정으로 슬쩍 서쪽으로 빠져나가 마침내 미시쳉코와 엇갈려 가며 북으로 달렸다. 그는 대강자를 거쳐 더욱 북상했다.

그동안 적에게 들키지 않도록 낮에는 움직이지 않고 민가를 빌어 말까지 집안에 끌어들여 숙영했다. 밤에만 전진했다.

이 나가누마 정진대는 일본군이 '마대(馬隊)'라고 부르는 무리들이 수행하고 있다. 이른바 마적이었다.

마적이라는 것은 만주의 불안한 치안 상태 속에서 생긴 특수한 조직이었다. 이 일대는 옛날부터 근대적인 의미로서의 국가가 있어 본 적이 없었기 때문에, 마을들은 저마다 도적 떼들로부터 스스로를 지킬 필요가 있어 마을 자위대를 만들었으나, 그 무력이 차츰 독립되기 시작하자 불량배 등을 끌어들여 어느새 그것이 다른 마을을 습격하는 등 비적(匪賊)이 되었던 것이다.

러일전쟁이 일어나자 쌍방이 모두 이 마적들을 자기편으로 끌어넣어 그들을 조종하여 첩보나 모략 작전에 이용했다.

일본군 총사령부의 마대 조종 총지휘자는 아오키 노리스미(靑木宣純) 소장이었으며 그 밑에 상당수의 중국통 장교들이 실무를 담당하고 있었는데, 그들은 모두 중국 옷을 입고 그들과 같이 행동하고 있었다.

나가누마 정진대가 출발할 때 첩보 활동을 위해 2백 기의 마대를 데리고 갔다.

나가누마는 마지막 목표를 달성할 때까지 적과의 접촉을 회피하며 전진했으나 피할 도리가 없어서 전투를 하지 않으면 안 될 경우 '전투는 마대에 일임한다'는 방침 아래, 그들을 표면에 내세움으로써 일본군 기병이 북상하고 있다는 것을 깨닫지 못하게 했다.

"일본 기병들은 러시아군을 무서워한다."

그래서 마적들은 이렇게 경멸할 정도가 되었으나 나가누마는 개의치 않았다.

이것이 그가 거둔 성공의 기초가 되었다.

나가누마 정진대의 북상은 한 달이 걸렸다. 산과 들은 얼어붙어 하루 종일 달려도 사람의 그림자조차 볼 수 없는 날도 있었다.

그동안 나가누마는 원주민이나 지방의 관리들을 매수하여 행동을 수월하게 하기도 하고, 적성 마적의 두목을 사로잡아 적에게 행동이 탐지되지 못하게 하는 등 되도록 계획을 숨기는데 전력을 다했다.

"앞으로 하루 행군이면 '야오멘'에 도착한다."

마침내 2월 9일, 이 지점까지 다다라 납납둔이라는 눈에 갇힌 작은 마을에 숙영하게 되었을 때, 평소 감정을 얼굴에 잘 나타내지 않는 나가누마도 눈시울을 붉히면서 말했다.

"마침내 적의 전선보다 6백 킬로나 후방에 들어왔다. 내일 전사해도 여한은 없다."

그러나 이 조심성 많은 모험가는 그래도 더욱 전방의 경계와 정보 수집을 게을리 하지 않고 적정을 탐색하고 있었는데, 뜻밖의 사실이 속속 입수되었다.

이미 크로파트킨의 정보망에 나가누마 기병대의 행동이 입수되고 있었던 것이다.

"일본군 기병 1만 기가 북상중."

그러나 이것은 과장된 것이었다. 아무튼 요시후루가 파견한 정진대는 나가누마 부대가 선발대로 되어 있으나, 그 뒤에 출발한 하세가와 정진대도 북상하고 있고 또 규모가 작기는 하지만 야마우치, 다테카와 등 두 개의 장거리 척후대가 출몰하고 있었기 때문에, 그들이 점이 되고 선이 되고 면이 되어 출몰하는 동안에 '1만 기'라는 방대한 인상으로 변하여 크로파트킨의 귀에 들어갔을 것이다.

그런데 이들 나가누마, 하세가와, 야마우치, 다테카와 등 여러 부대의 움직임은 같은 시기에 벌써 유럽까지 알려져 페테르스부르크의 육군성을 놀라게 했다.

"거기에 대한 대책을 세우고 있는가."

도리어 봉천의 크로파트킨에게 성가시도록 재촉을 해 올 정도가 되었다.

"일본군 기병 1만, 마적 2만이 러시아군 후방에 침투했다."

페테르스부르크에 알려진 정보로는 이런 것이었다. 과대하게 평가하는 것은 러시아군의 일반적인 폐단이었고, 반대로 과소 평가하는 것은 일본군의 폐단이었다.

여하튼 크로파트킨이 여기에 대해 지나치게 손을 쓴 것이 그의 봉천 회전을 패배로 이끌게 된 원인이 되었다. 왜냐하면 그는 앞서 영구로 남하한 미시첸코 중장이 대군을 급히 북쪽으로 진격시킴으로써 사하 전선에서 떠나게 하여 멀리 북쪽의 송화강 부근에 배치했던 것이다. 이때 미시첸코의 병력은 1만에서 3만으로 증강되어 있었다. 그러므로 뒤의 봉천 회전에서는 러시아 군의 최강 부대인 카자크군이 일본군이 없는 북쪽에서 떠돌고 있는 꼬락서 니가 되었다.

나가누마 정진대는 전략적으로는 그만한 효과를 올렸으나 실제로 활동하고 있던 시기에는 나가누마도 자기들의 행동이 페테르스부르크에까지 알려져 있으리라고는 생각하지 못했다.

단지 정보 수집을 통해 미시첸코가 다시 북쪽에 돌아와 있는 것을 알고 놀랐다. 목표인 야오멘의 대철교 부근을 몇 킬로에 걸쳐 카자크 기병을 주력으로 한 보병과 포병이 두터운 진지를 구축하여 지키고 있다는 것을 알았던 것이다.

나가누마 히데부미는 모험적 작전의 실시자로서 뛰어난 데가 있었다.

"반드시 야오멘이 아니라도 좋다."

이러면서 최초의 목표를 고집하지 않고 경쾌하게 방침을 변경한 것이었다. 요컨대 철교라면 된다. 러시아군 후방의 철교를 폭파하는 것이 목적인 이상 어느 철교라도 좋다.

러시아군이 사용하고 있는 철교 중에서 최대의 것은 하얼빈 남쪽의 제2 송화간에 걸려 있는 그것이지만 이것은 너무 멀다. 너무 멀다는 이유로 그 다음의 대철교인 야오멘을 골랐지만, 그것도 어렵다고 하면 다시 그 남쪽에 있는 신개하를 택하면 된다.

나가누마 히데부미는 철저하게 신개하(新開河) 방면의 러시아군 수비 상황도 조사하도록 했다.

──어떻게 해낼 것 같습니다.

그런 보고를 받자 그는 결심을 변경하여 새 목표에 모든 것을 집중했다.

"신개하의 철교를 폭파한다."

신개하는 공주령 북쪽에 있다.

덧붙여 이야기하자면 공주령은 전쟁 후 만주에 있는 일본군 기병의 병영이 되었다가 다시 쇼와 10년대(1935년대)가 되어 기병이 기갑화되고부터 그 남쪽의 사평가와 함께 발상지가 된 곳이다.

다시 덧붙이자면 나가누마 히데부미의 정진대와 함께 눈의 광야를 전진하면서 철교 폭파의 기회를 노리고 있던 하세가와 이누키치 소령은 전쟁 후 이 공주령의 기병 제18연대장으로 재직 중, 부하인 경리관이 부정을 저지른 것에 자책을 느껴 자결해 버린 곳이 공주령이었다. 메이지 39년(1906년)의 일이었다.

이야기가 좀 빗나가지만, 하세가와 이누키치는 그 최후가 증명하는 것처럼 극히 청렴한 군인이었다. 그러나 이 무렵, 1백 70기를 끌고 잠행 이동하고 있을 때의 그는 불운을 겪었다. 그가 목표로 삼은 철교는 모두 미시쳉코 휘하의 우세한 부대가 경비하고 있었다. 하세가와는 장춘 북방의 장가만(야오멘의 남쪽)의 철교를 습격하려고 하다가 성공하지 못하고, 나가누마보다도 더욱 북진하여 사리점의 적 병참 창고를 폭파하고 다시 이동하여 철교로 되돌아왔으나 우세한 카자크병의 추격을 받고 그것을 떼어 버리지 못한 채 이동을 거듭하는 동안 인마의 피로가 격심했다.

더욱이 동행하던 마대가 하세가와의 옹색한 지휘에 복종하지 않고 사보타주를 시작했기 때문에 마침내 귀환하지 않을 수 없게 되었다. 그 귀환 길에 하세가와는 여력을 다하여 사평가 정거장 북쪽으로 육박, 철교 폭파를 노렸으나 적의 습격을 받아 이루지 못하고 그대로 돌아갔다.

하세가와는 전쟁 후 수훈갑, 특히 공삼급 긴시 훈장(功三級 金鵄勳章)을 받았다.

"나는 많은 고생을 했으나 공이 별로 없기 때문에 이 훈장을 받기가 민망하다."

그러나 그는 항상 그렇게 말하면서 전쟁 후 스스로 지나칠 정도로 근신하고 있더니 마침내 자결하기에 이르렀다. 메이지 시대 군인의 전형이라고 할 수 있으리라.

거기에 비해 나가누마는 상황을 보아 가며 행동을 결정해 나가는 자세가 유연했다.

그는 마침내 신개하의 철교를 폭파하고 말았던 것이다. 2월 12일 오전 6시였다. 그 사이 철교를 수비하는 적 기병과 싸웠으나 고난은 오히려 폭파 후에 더욱 커졌다. 나가누마 부대는 후퇴했으나 미시쳉코는 휘하의 각 기병 부대에게 명령을 내렸던 것이다.

"일본 기병을 찾아 발견하는 대로 섬멸하라."

나가누마 정진대는 이동을 계속했다.

2월 13일 팔보둔이라는 부락까지 왔을 때는 놀라운 보고를 받았다.

"우세한 적 기병, 아군을 추격중"

'마침내 왔군.'

나가누마는 그렇게 생각했다.

나가누마는 후년에 러시아측 기록을 보고 알았지만, 미시첸코가 파견한 추적 부대의 하나는 이미 나가누마 부대의 소재를 탐지해 내고 있었다. 나가누마는 이때 그 병력을 정확하게 파악하지 못했지만 실제는 2백 기였다. 포도 가지고 있었다. 그 위치는 나가누마가 있는 팔보둔으로부터 동남방 20킬로 지점에 있다는 것이다.

'싸워야 하느냐, 어쩌느냐?'

나가누마는 결심을 하기 전에 우선 적정을 되도록 상세하게 알아보려고 그날은 팔보둔에 머무른 다음, 다음날 아침 신집창을 향해 전진했다.

——적 기병의 소식 없음.

그런 보고가 있었기 때문이었다.

이 나가누마 정진대를 수색하며 추적한 것은 레니키 대위가 인솔하는 기병 삼 개 중대와 포 두 문이었다. 병력 2백 기인 것이다.

레니키 대위가 입수한 정보로는 나가누마의 병력은 과대하게 부풀어져 있었다. 나가누마는 보병도, 포도 가지고 있지 않았다.

"기병 4개 중대를 주력으로, 보병 4개 중대, 거기에 포 4문, 그밖에 마적 3천 명."

이것이 전부였다.

결국 레니키는 실제로는 자기쪽이 우세했지만 도리어 일본군이 우세하다고 생각했다. 그러나 그는 용감하게도 이것을 습격하여 격멸하려고 했다. 얼굴이 반이나 수염으로 뒤덮인 이 중년의 사나이는 카자크 출신의 장교인데 드물게도 귀족은 아니다.

"일본군은 철교를 파괴할 목적으로 신집창 방면으로 이동하고 있는 것 같다. 우리는 신집창으로 전진하여 그 퇴로를 차단하려 한다."

레니키는 자기의 의도를 밝힌 다음 급진했다.

레니키가 신집창을 12킬로 앞둔 지점에 이른 것은 14일 오후 4시쯤이었다.

이때 레니키는 흰 눈에 뒤덮인 설원 속을 이동하는 일본군 종대를 육안으로 발견했다.

레니키의 전술은 서툴렀다. 일본군을 격멸하려면 포위해야 할 것인데 부대를 전개하지도 않고 포를 구릉 사면으로 앞장서 나가게 한 뒤 포격을 명령했던 것이다.

포성이 울리고, 포탄이 나가누마 정진대 전방에 폭발하여 검은 연기가 솟았다. 바람이 세어 검은 연기는 금방 사라졌다.

나가누마로서는 이렇게 별안간 포탄이 떨어져 온 것은 실로 뜻밖이었으나 이 포탄 덕택으로 적의 소재를 알았다.

곧 마대를 산개하여 정찰시키는 한편 말을 달려 부근의 고지 그늘에 병력을 집중했다.

이윽고 돌아온 마대의 보고는 과장된 것이었다.

──카자크 약 1천 기, 포 수문.

나가누마는 당장에는 그 숫자를 믿을 수 없었으나 제아무리 6배에 가까운 적이라 하더라도 이들과 정면에서 교전하려고 생각했다. 이미 신개하에서의 철도 폭파의 목적을 달성한 이상 이제는 물러날 필요가 없다.

"해볼 테다."

나가누마는 결심했다.

나가누마 히데부미는 생각했다.

'해가 저문 뒤에 전투를 시작하자.'

열세의 병력으로 우세한 적을 격파하기 위해서는 야간 전투 이외의 방법은 없다. 더구나 적은 포를 가지고 있다. 포는 야간에 조준이 곤란했다.

이날은 열하루의 달이었다. 이미 저녁 무렵부터 동쪽 하늘에 걸려 있었으므로 야간 행동에 도움이 될 뿐 아니라, 지상은 끝없이 펼쳐진 하얀 은세계여서 행동에 부자유는 없었다.

나가누마는 정찰에 의해 적의 소재는 거의 파악하고 있을 뿐 아니라, 적은 필요 이상으로 넓은 정면에 흩어져 있었다. 카자크는 밀집하고 있을 때는 무섭지만 흩어져 있을 때는 상당히 그 위력이 떨어진다. 아마 소부대의 하급 지휘관들의 지휘 능력이 일본 기병과 비교하여 굉장히 낮다는 것도 그 이유 중 하나가 될 것이리라.

나가누마는 우선 부상자, 예비 말을 데리고 있는 자, 비전투원 등을 철수시켰다.

동시에 주력을 이끌고 적의 퇴로를 차단하기 위해 급히 가서, 장가와자(張家窪子) 부락 북방 2킬로 지점에서 적지대(敵支隊)의 모습을 발견했다. 나가누마는 즉시 도보전으로 옮겨 약진해 가면서 맹렬한 사격을 가했으나 적은 말 위에서 대응하며 싸우면서도 차츰 멀어져갔다. 이 때문에 나가누마는 다시 전원에게 승마를 명령하여 사정거리 안에까지 접근하기 위해 전진했다.

이때의 행진 서열은 우선 누마다 소위가 지휘하는 여섯 기를 첨병으로 먼저 전진시킨 다음 그 뒤는 종대가 되어 부대 본부가 선두, 나카야(中屋) 중대, 아사노(淺野) 중대가 그 뒤를 따랐다.

이윽고 장가와자 부락에 접근하자 마치 부락 그 자체가 불을 토하듯이 적은 총, 포화를 퍼부어 왔다.

나가누마는 마치 훈련의 지휘를 하고 있는 것처럼 침착했다.

먼저 아사노 리키타로(淺野力太郎) 대위의 중대를 일렬 횡대로 전개시켜 부락 정면을 향해 습격하도록 했다.

나가누마 자신은 나카야 시게와자(中屋重業) 대위의 중대를 직접 이끌고 종대를 지어 적 포병 진지의 측면을 달려 퇴로를 차단하려고 했다. 나가누마는 일본군의 상투적 전법인 포위의 형태를 갖추려고 했다.

"때는 오후 8시께로 겨울 밤의 달이 중천에 높이 떠 있었다."

나가누마 자신의 보고 내용이다.

정면으로 돌격할 작정인 아사노 중대는 탄환 속을 뚫고 말을 한껏 달려 부락에 접근하자 뜻밖에도 호가 있었다. 부락의 자위용 호였는데 폭이 넓어 도저히 말을 타고 뛰어 넘을 수가 없었다.

"호(濠)가 있다!"

선두가 소리치며 정지했을 때, 적은 퇴각을 시작했다. 2문의 포를 말에 매달고 움직이기 시작했다.

후방을 차단하려고 한 나가누마, 나카야 부대도 해자 때문에 전진이 저지되었다. 해자는 굉장히 길게 뻗어, 아마 몇 킬로나 될 것처럼 생각되었다.

러시아측의 포병과 그 엄호 기병 60기는 이 해자를 따라 퇴각했다. 나가누마, 나카야 등도 60기를 이끌고 이 호를 따라 적과 나란히 달렸다. 적과

적이 필사적으로 말을 달려, 이 때문에 러시아의 포는 포신이 춤을 추는 것 같았다.

이와 같이 2킬로를 나란히 달려 가다가 마침 호폭이 좁아진 것을 나카야 대위가 발견하여 칼을 빼들고 전원에게 도약을 명령했다. 쌍방이 백병전을 벌여 격투한 끝에 적을 패주시키고 포 1문과 보급차 1량을 빼앗았다.

적진의 정면 공격을 담당한 아사노 중대 60기의 전투는 처절했다.

중대장 아사노 리끼따노는 부락 앞 호에 가로막혀 일단 정지했으나, 곧 도약 가능한 장소를 발견하여 건너편으로 뛰어 넘었다.

60기가 잇달아 뛰어 넘었으나 전방에 또 부락을 에워싼 흙담이 있었다.

아사노는 흙담을 따라 가다 겨우 무너진 곳을 발견, 훌쩍 뛰어 넘어 담 안에 말의 앞발이 닿았을 때 말이 앞으로 고꾸라졌다.

아사노가 말을 일으켜 세우려고 했을 때 카자크병이 장창을 들고 덮쳐 왔다.

이 부락 안에는 레니키 대위가 이끌고 있는 2백 기가 있었다. 그들은 먼저 포와 60기의 엄호 기병을 퇴각시켜 놓고 그 뒤를 따라가기 위해 일단 부락 안에 집결하고 있었던 것이다.

거기에 아사노 대위가 뛰어들어 말이 앞으로 고꾸라졌다. 그것을 일으켜 세우려고 하는 아사노 대위의 오른쪽 가슴을 카자크의 장창이 꿰뚫어 버렸다. 이때 카자크 10기가 아사노를 포위하여 다시 장창을 치켜들려고 했을 때 아사노는 말에서 떨어졌다. 그는 몸을 일으켜 군도를 들고 싸우려고 했으나 오른손에 힘이 빠져 부득이 허리의 권총을 빼들고 한 발을 쏘아 적의 말을 쓰러뜨렸다. 그리고 다시 한 발을 쏘았을 때는 달을 쏘았다——고 러시아측 기록에 남아 있다. 뒤로 넘어지면서 하늘을 쏜 것을 마지막으로, 아사노 대위는 숨이 끊어졌을 것이다.

그의 부하들은 흙담이 무너진 곳으로 해서 1기씩 마을 안으로 뛰어들었는데, 카자크들은 그것을 하나씩 에워쌌다. 좁은 길에서 적과 아군의 인마가 뒤섞여 창과 일본도와 칼이 번뜩이고, 소총과 권총이 울리는 가운데 서로가 서로의 피로 옷을 물들었고, 그 피는 금세 얼어붙었다.

이 아사노 중대와 동행했던 사람이 나가누마 중령의 참모격인 구나이 히데구마(宮內英熊) 대위였다. 그는 러일전쟁 초에는 육군 대학교의 학생이었는데, 중국어에 능통하다 해서 개전 후 북경에 파견되어 중국을 상대로 첩보 활동에 종사했었다.

그 후 총사령부 근무로 전속되었다가 나가누마 정진대를 파견하게 되자, 만주의 지리에 밝다는 이유로 그의 막료가 되었다.

지나친 혼전으로 구나이는 아사노의 죽음을 몰랐으나, 아사노의 모습이 보이지 않음으로 자기가 지휘를 하려 했다.

그는 흙담 위에 올라가 전원에 퇴각을 명했다. 퇴각을 하지 않으면, 불과 60기밖에 안 되는 일본 기병은 2백 기의 카자크 기병의 창에 찔려 전멸을 면치 못하리라.

그러나 카자크의 손해는 훨씬 더 컸다. 그들은 명령도 없이 삼삼오오 떼를 지어 물러나기 시작해서 마을 안에 남아 있었던 자는 50기 정도밖에 되지 않았다.

구나이는 군사를 장악하여, 말을 끌며 사격전을 폈다. 그 결과 레니키 대위 이하 최후까지 남아 있던 50기도 대위의 명령이 내려 퇴각하기 시작했다. 이 퇴각을 일본 기병이 도보전을 펴며 집요하게 뒤쫓았기 때문에 마침내 레니키 부대는 크게 뭉그러져 궤주했다.

이튿날 아침 군사를 점검하니 전사는 아사노 대위 한 사람이고 부상이 59명이었다.

거의가 창에 찔린 상처였으니, 처참했던 격투를 짐작할 만하다. 소수의 병력으로 대병을 궤주시킨 점으로 따진다면 압도적인 승리라 할 수 있으리라.

나가누마 등의 정진대는 각 대를 합쳐서 3백 기 남짓했으나, 그 전략적인 효과는 적지 않았다. 우선 크로파트킨의 심리에 날카로운 아픔을 준 것이 최대의 수확일 것이다. 그들이 각처에서 활동하는 것을 보고 '일본 기병 1만과 마군 2만이 후방에 침입했다'는 정보가 입수되어 크로파트킨의 그 후의 작전에 구속을 주게 된 것은 앞에서 언급한 바 있다.

이 정보에 겁을 먹은 크로파트킨은, 미시첸코 중장의 기동 부대가 러시아 군 가운데서 최강이었는데도 불구하고, 이것을 적극적으로 타격대로 쓰지 않고 먼 후방인 두 번째 송화강 부근으로 돌려 후방 경계를 시켰다는 것도 앞서 기술했다.

아키야마 요시후루로서는 3백 기 남짓한 장거리 기동 부대를 파견함으로써, 1만의 카자크 기병을 북방에 묶어 놓은 것이다. 그래서 봉천회전에서는 그들로부터의 압박을 모면할 수가 있었다. 봉천 회전 때 만약 크로파트킨이 어느 기회를 잡아 미시첸코의 1만 기를 일본군의 후방으로 우회시켰다면 일본군의 전투는 훨씬 처절한 것이 되었음에 틀림없다.

"난 그렇게까지 효과가 있을 줄은 몰랐다. 단지 크로파트킨 장군은 신경이 과민한 사람이어서 미시첸코라는 영걸을 잘 쓰지 못한 것 같다."

그는 전쟁이 끝난 뒤에 술회하고 있다.

또 한 가지, 그의 활동이 예기치 않은 효과를 거둔 것은 강화 교섭 때였다.

나가누마 정진대는 일본군의 전선보다 훨씬 북방에 돌입하여 행동했는데, 신개하의 철교를 폭파할 때 다무라(田村) 중위와 모치즈키(望月) 상등병이 러시아군의 감시 초소를 돌격하여 전사했다.

이 전투에서 러시아군의 계속적인 병력 증가로 나가누마 등은 끝내 두 사람의 시체를 유기하고 철수했는데, 나중에 러시아측은 두 사람의 용감성에 감탄하여 정중히 장사를 지내주고 묘비까지 세워주었다. 묘비의 높이는 자그마치 열 두 척이었다.

"묘비를 높이 세워라."

이것이 미시첸코의 명령이었던 모양이다.

여기서 한 마디 부연하자면, 당시의 전쟁 법규에서는, 전승국이 양도받는 땅과 교통선은 대개 그 군대가 점령한 지역으로 정해져 있었다. 나중 일이지만, 일본군이 봉천 회전 후에 진출한 지역은 불과 사평가 부근의 창도 선까지였다. 러시아측은 창도 이남이라고 주장했었으나 사실이 다르다 하여 그보다 북쪽의 장춘 이남의 철도가 양도되는 결과를 초래했다. 그 증거로써 러시아군이 세운 다무라 중위들의 묘비가 내세워지기도 했다.

"미시첸코가 일본의 장교와 병사의 묘를 세웠는데, 그의 기사도 취미 때문에 러시아는 철도를 잃었다."

러시아의 육군성에서는 이런 말을 하는 자까지 있었으나, 미시첸코의 위대한 점은 바로 그 점이다. 철도 따위는 문제될 바 아니다, 하고 변호하는 자도 있었다.

이러한 전쟁 법규, 미시첸코가 비석을 세운 일, 또는 미시첸코를 변호하는 말 등이 모두 이 시대까지의 전쟁에서는 일종의 애교로 살아 있었던 것이다.

이 사이에 사건이 좀 뒤범벅이 되어 있다.

시간적인 경로를 따져본다면, 미시첸코 기동 부대의 남하 작전은 다가오는 흑구대 격전 이전이다. 전조라고도 할 수 있는 작전이었다.

일본군의 나가누마 정진대는 미시첸코와 거의 같은 시기에 러시아군의 후방을 향해 행동을 개시해서, 미시첸코가 8일만에 기동을 중지한데 비해 60일쯤 활동했기 때문에, 그 동안에 발생한 흑구대 격전은 몰랐었다. 그러므로 그들의 활동은 흑구대의 싸움과는 전혀 관계가 없다.

그에 반해서 미시첸코의 군대는 흑구대 작전에 참가하여 오히려 주역에 가까운 역할을 했다.

이야기를 그 시점으로 돌린다. 즉, 미시첸코 중장이 기동 작전에서 귀환했을 시기이다. 그가 친히 봉천이 크로파트킨의 총사령부에 가서 위력 정찰의 결과를 보고한 것은 1월 16일이었다.

"일본군은 두려워할 것이 못됩니다."

미시첸코는 지도를 일일이 가리키며 설명했다.

"일본군은 병력이 여간 부족하지 않은 것 같습니다."

미시첸코의 말에 의하면, 일본군은 동서에 걸쳐 광대한 진지를 전개한 듯이 보이지만, 두텁고 엷음의 차이가 많다는 것이다.

사실이었다.

미시첸코는 정말 정확하게 일본군 진지 상황을 설명했다.

우선 중앙은 두텁다.

중앙에 남북으로 뻗은 봉천 가도가 있는데, 그 좌우가 특별히 두텁다. 즉, 제2군인 오쿠군(奧軍)과 제4군인 노즈군(野津軍)의 접촉 지대이다.

다음으로 두터운 곳은 동부의 산악 지대이다. 이곳에는 제1군인 구로키군이 포진하고 있다.

"종잇장처럼 엷은 곳은 일본군의 최좌익입니다. 즉, 이 지도로 말씀드리자면……"

미시첸코는 혼하와 요하 사이의 넓은 평야를 가리키며 말했다.

"이곳입니다."

그 최좌익 쪽의 넓은 평야를 지키고 있는 부대는 곧, 기병 1개 여단과 보병 약간을 늘린 아키야마 요시후루의 지대였다.

"이토록 넓은 평야에 근소한 보병을 지원 부대로 하는 기막(騎幕)이 있을 뿐."

미시첸코는 이렇게 표현했다. 요시후루가 장막을 치듯이 기병 막을 쳐놓은 것을 가리킨다.

"기병을 방어용으로 배치하고 있습니다."

기병의 지휘관인 미시첸코 중장으로 본다면, 기병을 방어용으로 쓰고 있는 일본군 총사령부의 생각은 수수께끼와 같다. 기병이란 원래 최고 사령관이 그의 수중에 장악하여 전국(戰局)의 추이를 봐서 전기(戰機)를 포착, 가장 좋은 시기에 적이 뜻밖이라고 생각하는 곳으로 그것을 대량 투입하는 것이다. 기병이 총을 겨누고 일정한 진지에 흡사 농부가 논밭을 지키듯이 정착하고 있다는 것은, 기병의 기동력을 중시하는 러시아인으로서는 이해하기 어려운 일이었다.

"아마 일본군의 병력 부족 때문인 것 같습니다. 이 최좌익에 공격의 중점을 두는 것이 좋을 듯합니다."

크로파트킨과 그의 막료는 검토한 결과, 미시첸코의 보고를 토대로 그의 의견을 좇아 일본군 좌익의 아키야마 지대에 방대한 병력을 동원하기로 결정했다.

크로파트킨은 공격을 개시하기에 앞서 유럽 방면에서 투입되는, 제8군단과 저격 보병 제1여단 그리고 같은 제5여단의 신예 병력이 모두 봉천에 도착하기를 기다렸다.

그 모든 부대가 도착한 것은 1월 20일이었다.

크로파트킨은 그것이 차례로 러시아군의 우익으로 이동해 가는 것을 보며 말했다.

"굉장한 군사들이다. 승리는 그리펜베르그에게 빛나리라."

그는 병사들을 칭찬함과 동시에, 페테르스부르크에서 자기의 대항지로 보낸 그리펜베르그 대장에 대한 야유를 중얼거렸다.

크로파트킨은 새로 온 그리펜베르그가 자기를 가리켜 '퇴각 장군'이라는 별명을 붙여 빈정거리는 것을 알고 있었다. 또한 이 새 작전의 입안자이자 실시자가 된 그리펜베르그가 새 작전의 성공에 따라서 페테르스부르크 조정의 인기를 얻어, 경우에 따라서는 만주군 총사령관의 지위를 노린다는 것도 알고 있었다.

또한 자기를 '탁상 작전의 수재'라고 빈정대는 것도 알고 있었다. 참고로 말하거니와, 그리펜베르그가 대장이 된 시기는 크로파트킨보다 늦었지만, 사관학교의 졸업년도로 봐서는 훨씬 선배로서 이미 노장군이라 할 수 있었다.

"낡아 빠진 고집쟁이."

크로파트킨은 페테르스부르크의 따스한 살롱에서 이 극한의 전장으로 파고든 경쟁 상대를 비꼬았다. 그리고 다시 말했다.

"저 늙은이는 일본군이 어떤 적인지 아무것도 모른다. 그는 단지 자기의 영예를 위해 화려한 연출을 해보고 싶은 거야."

크로파트킨이 그리펜베르그의 대공세를 위해 할애한 병력은, 시베리아 제1군단과 보병 1개 사단, 그리고 새로 도착한 유럽에 있던 제8군단과 저격 보병 제1여단, 제5여단, 그리고 미시첸코 중장의 기동 부대였다.

이것만으로도 그들이 공격하려는 아키야마 요시후루가 거느린 병력의 6배가 넘는다.

"우선 공격을 하시오. 그것이 성공하면 우리 주력은 일본군의 중앙을 찌르겠소."

이것이 크로파트킨이 그리펜베르그에게 약속한 말이었다.

——성공하면 자기도 움직이겠다.

러시아 육군의 최고의 전술가 소리를 듣는 크로파트킨의 말치고는 이보다 기괴한 것이 없었다.

——성공할 것인지 구경하겠다.

이 말과 같은 뜻인데, 요는 크로파트킨 자신이 자진해서는 안 움직인다는 말이다.

이 경우 마땅히 크로파트킨은 그의 수하에 있는 제1군을 움직여 일본군의 중앙에 대해 강한 압력을 가할 일이었다. 그러면 일본군은 중앙에 고통을 느껴 위기에 처할 좌익의 아키야마 부대를 구원하지 못한다. 그러다 보면 아키야마 부대가 무너지고 그리펜베르그가 일본군 좌익을 석권하면서 일본군 후방의 총사령부를 위협하는 사이, 크로파트킨은 일본군 중앙을 돌파한다는 작전을 쓴다면, 일본군은 마침내 무참한 패배를 겪으리라.

그런데 일본군에게 크로파트킨은 다행스럽게도 그의 동료와의 암투 때문에 그것을 하지 않았다.

러시아군의 그리펜베르그 작전이 총사령관인 크로파트킨의 비협조적 태도 속에서 발동했을 때, 일본군 총사령부도 그 이상으로 어리석고 졸렬한 상태에 놓여 있었다.

"——적의 전초 활동이 활발하다. 무슨 대작전을 일으킬 전조인 것 같다."

이런 중대한 경보가 아키야마 요시후루한테서 연대의 총사령부로 자주 통보되었으나 총사령부에서는 '또 그렇고 그런 기병 보고겠지' 하는 정도로 간주해서 묵살해 버렸다.

"러시아군은 동기에 대작전을 일으키지 않는다."

그리고 끝내 이런 전혀 근거가 없는 고정관념에 사로잡혀 있었다. 이 점은 이미 언급했다.

일본측 전사의 표현을 빌면 "흑구대의 일전은 불의에 벌어져 우리 약점을 찔렀다" 하고 씌어 있는데, 러시아가 이만한 대작전을 전개하려는 것을 "불의에 벌어져" 하는, 한 마디로 처리될 수는 없을 것이다.

기습이라면 몰라도, 당당한 대작전을 러시아군이 펴려고 하는 상태에서는 그 조짐이 얼마든지 있다. 척후라든가 전장의 첩보를 통해 충분히 미리 알 수 있는 일이며, 그러한 정보는 사실 총사령부의 책상 위에 수북이 쌓여 있었다. 개중에는 유럽 주재의 일본 무관이 보낸 첩보까지 도쿄 경유로 이 연대의 총사령부에 와 있었던 것이다.

"불의"는 아니었다.

단지

"이 극한기에 러시아 녀석들이 그런 큰 작전은 펴지 않으리라."

이 한 가지 관념으로 총사령부 참모들이 방심을 했던 것뿐인데, 믿기 어려운 이런 정신 상태는 아마 피로 때문이었을 것이다. 이 점도 이미 언급했다.

더욱이 그렇게 사로잡힌 이 두뇌는 '아무래도 러시아군이 움직이기 시작한 것 같다'고, 알았을 단계에도 그저 이렇게 생각했다.

"위력 정찰이겠지."

고다마 겐타로의 오른팔 소리를 듣는 마쓰카와 대령조차 새 현실에 대해 솔직히 눈을 돌리려 하지 않았다.

점차 적의 압력이 커져서 이것은 위력 정찰 따위가 아니라고 깨닫고부터 연대의 총사령부가 당황한 꼴은 개전 이후 처음 보는 가관이었다.

날마다 갈팡질팡 당황의 연속이었다. 아침에 내린 명령이 낮에는 다른 명령으로 바뀌었다. 더욱이 총사령부가 전방에 직접 명령한 것이 전방 사령관의 명령과 상반되어 부대는 도처에서 갈피를 못 잡고 허둥거리다가, 각 부대는 따로따로 멋대로 작전을 펴는 등, 군대에서는 있을 수 없는 혼란까지 야기되었다.

또한 총사령부는 구원군을 조금씩 보낸다는, 전술의 원칙에 위배되는 짓을 계속 범했다. 그 때문에 구원군은 각기 전멸의 위기에 봉착하는 결과가 되어, 마침내는 중앙부에서 병력을 떼어서 최좌익의 응급 조치를 취하는 아슬아슬한 짓까지 하였다.

이 때문에 중앙의 병력이 크게 감소했다. 만약 이때 크로파트킨이 그리펜베르그와의 약속대로 일본군의 중앙을 찔렀다면 일본군의 대패배는 확정되었는지도 모른다.

이 흑구대의 참담한 싸움을 지탱한 것은 총사령부의 두뇌가 아니었다. 오히려 그 두뇌가 방해하는 것을 전방 부대의 필사적이고 놀라운 악전 고투가 그것을 지탱했다는 것이 옳다.

"불의에 벌어졌다"고 기록된 흑구대의 일본측 악전을 자세히 살펴보기로 한다.

그 전에 아키야마 지대에 대해서 좀 설명을 해야겠다.

'지대'

이 것은 임시로 독립된 전투 능력을 부여한 각 병과의 혼합 집단을 말한다. 아키야마 요시후루는 기병 제1여단이었으나, 거기에 보병과 포병 따위를 합쳐서 그 지휘하에 두었기 때문에 전투 단위로서의 여단이라기보다는 지대인 것이다.

러시아측의 미시쳉코의 경우도 기병을 중심으로 여러 병종이 혼성된 임시 편성의 독립 전투력이었기 때문에, 미시쳉코 지대라 부르기로 한다.

'이대인둔'

요시후루는 이 마을에 사령부를 두고 있었다. 그 위치는 사령부의 위치로 볼 때 변칙적인 것으로, 적의 전방에 가장 가깝고 그의 휘하 부대의 여러 진지를 봐서는 가장 오른쪽에 해당한다. 그 우익에 오쿠군이 있었다. 즉, 오쿠군과의 연락이 편리하도록 요시후루는 그 위치에 사령부를 설치했지만, 적의 전선에서 불과 5킬로도 채 안 떨어진 곳이다. 이곳에 사령부를 둔다는 자체가 여간 대담해서는 어려운 일이다.

그 후방에 사하가 서남쪽으로 흐르고 있고 전방 저쪽에 혼하가 흐르고 있다. 혼하의 남쪽으로 러시아군의 진지가 전개되고 있다.

이 근처의 지세는 혼하와 사하의 범람과 물줄기의 변화에 의해 형성된 것이어서, 언덕이 가파르고 들이 심하게 우묵주묵해서 상당히 거친 느낌을 주고 있다.

요시후루 휘하의 병력은 다음과 같다.

지대 주력(이대인둔 부근)

보병 제9연대 중의 증강된 1개 대대. 기병 제3연대, 제6연대(구마모토) 중의 각 1개 중대사람 포병 제13연대 중의 1개 중대. 공병 제8대대(모리오카)의 주력. 기관 총 5정.

미다케(三岳) 지대(한산대 부근)

보병 제9연대 중의 2개 중대. 기병 제9연대(가나자와), 제10연대(히메지) 중 각 1개 중대 부족. 기포병 중의 1개 소대.

이밖에 공병 이 개 소대와 기관총 1정.

도요베(豊邊) 지대(심단보 부근)

기병 제1여단(나라시노). 후비 보병 제2연대(미도) 중의 1개 대대. 기포병 1개 중대. 공병 1개 중대. 이밖에 기관총 3정. 다네다(種田) 지대(흑구대 부근)

기병 제5연대(히로시마), 제8연대(히로마에). 후비 보병 제2연대(미도) 중의 1개 중대.

이 배치에서 재미있는 점은, 요시후루 자신은 원래는 남의 것인 사단 소속 기병을 약간 거느리고 있을 정도이고, 그 자신이 아끼고 가꾼 일본 최강의 기병 집단인 기병 제1여단은 자기 막하에 두지 않고, 적이 침입한다면 그 진로가 될 것으로 보이는 심단보에 배치하여 자기 부하인 도요베 신사쿠(豊邊新作) 대령에게 맡긴 일이다.

"나는 명령 전달용의 사단 기병만 있으면 되는 거야. 전력으로서의 기병 (기병 제1여단)을 심단보에 배치하여 러시아군의 남하를 막는다."

이러한 이유였다. 이 기발한 병력 배치는 나중에 심오한 아키야마 전술이란 말을 들었다.

1월 20일이 지나서 요시후루는 자랑하는 기병 척후의 보고들을 종합한 결과, 아무래도 전면의 적 동태가 활발해지는 데 대해 의문을 가졌다.

'적은 나의 정면에 대대적인 공세를 취하는 것이 아닐까?'

이런 추측을, 추측이라기보다는 거의 확신에 가까운 판단을 내렸다. 그래서 이것을 총사령부에 보고했으나 총사령부는 이 판단조차 묵살해 버렸다.

'총사령부가 깨달을 때까지는 독자적인 힘으로 감당해야겠군.'

이렇게 생각하고 요시후루는 각 거점의 지휘관에게 엄중한 경계를 명하고 사태를 지켜보았다.

그는 정면에 자그마치 40킬로에 달하는 넓은 지역을 담당하여 그것을 불과 8천 남짓한 병력으로 지켜야 했다.

나중에 안 일이지만, 이 요시후루의 정면에 대해 대진격을 감행할 그리펜베르그의 병력은 10만 이상이었다. 10만의 군대가 움직이는 상황은 아무리 그 기도를 은폐한다고 해도 육감이 빠른 전장의 경험자라면 그 공기로 이미 느끼게 되는 모양이다.

요시후루는 20일 전후해서 그것을 농후하게 느끼고 있었다.

그러나 총사령부는 그것을 이해하지 못했다. 그렇다면 요시후루와 그의 엷은 수비진은 전멸하지 않을 수 없으리라. 비록 전멸이 장렬할지라도 요시후루는 여느 군인들처럼 그 비창함에 도취하는 그런 체질을 가지고 있지 않았다.

그렇다고 이 사나이는 총사령부와 격론을 벌이지도 않고 울고 매달려서 원군을 청하지도 않았다.

'스스로 지키는 수밖에 없다.'

그는 이렇게 생각한 동시에 또한 전멸의 위기를 느끼면서, 어디까지나 전멸은 하지 않겠다는 각오를 했다.

'아무리 악전고투를 할망정 적의 노도를 저지해야만 하며, 저지를 못하면 전 일본군이 붕괴하는 것이다.'

요시후루가 취하고 있는 전법은 '거점식 진지'라는 특수한 것이었다.

기병이 본래부터 갖고 있는 특질에서 본다면 급습과 기습 혹은 정진이라는 기동 전법을 취할 것이었으나, 그가 총사령부에서 명령받고 있는 임무는 전군의 좌익을 경계하고 방어한다는, 말하자면 비기병적인 임무였다.

혹은 그것이 병력이 적은 일본 기병으로서는 당연한 일이었는지 모르지만, 그 경계와 방어라는 임무가 불과 8천의 병력으로 40킬로나 되는 넓은 지역을 지킨다는 것은 거의 불가능에 가까운 일이다.

그 때문에 그는 '거점식 진지'라는 방법을 택했다. 그 거점을 가운데서 사대 거점이라고 할 수 있는 것이 그의 사령부가 있는 이대인둔 부근과, 미다케 오도가쓰(三岳於菟藤) 중령(기병 제10연대장)이 지휘하는 한산대 부근, 그리고 도요베 신사쿠 대령(기병 제14연대장)이 지휘하는 심단보 부근, 거기에다 다네다 조타로 대령(기병 제5연대장)이 지휘하는 흑구대 부근이었다.

이 사대 거점에서 각각 가지가 뻗어서 다시 소거점이 여러 개 있었다. 저마다 마을 주위에 산병호를 파고 전면에 장애물을 설치하고, 흙벽에는 총안을 뚫어 견고한 성곽을 만들었다.

이것에 의거하여 소병력으로 적의 대군과 대결하려는 것이다.

'적이 3만 정도만 온다면 어떻게든 막아낼 텐데.'

그런 자신이 요시후루에게는 있었다. 그러나 실제로 몰려온 적은 10만 이상이었다.

이보다 얼마 전에 일본이 보유하는 단 2개 기병 여단 가운데 하나인 기병 제2여단의 여단장이 바뀌었다.

지난번 본계호 전투에서 기관총의 위력을 가지고 러시아의 대군을 격파했을 때는 간인노미야(閑院宮)가 여단장이었다. 그는 그 후 총사령부로 진급되고 대신 다무라 히사이(田村久井) 소장이 취임했다.

이 기병 제2여단이 22일 가토 히로시(加藤弘) 소위가 인솔하는 장교 척후 15기를 내었다가 조방우 부근에서 적 기병 3개 중대의 습격을 받아 생환자 2명이라는 사고를 내었다.

이 사고가 총사령부에 대해 소위 경종 역할을 하게 되었다.

그런데도 여전히 총사령부는 적의 병력을 과소 평가하고 있었다.

"2개 사단쯤이 남하하고 있는 것이 아닐까?"

이런 정도였는데, 이 무렵 아키야마 요시후루의 지대 전방에서 투항해 온 러시아병이 있었다. 그 포로가 밝힌 바에 의하면 그리펜베르그 대장이 총지휘를 하고 있다고 했다.

크로파트킨과 거의 동격인 이 노장군이 총지휘를 하는 한, 몇 개 사단이라는 단위가 아니고 몇 개 군단이라는 단위이리라.

요시후루는 총사령부에 급히 보고했다.

그제야 총사령부는 비로소 반응을 보였다.

"제8사단을 그쪽으로 돌리겠다."

이 말은 불과 1개 사단 1만 수천 명을 구원으로 보낸다는 것이다.

하지만 이때 일본군은 총사령부가 수하에 예비로 거느리고 있는 총예비병력이 이 제8사단밖에 없었으며, 이것을 내보내면 총사령부는 이제 솥밑까지 씻은 결과가 되어, 손님이 다시 온다 해도 한 접시의 요리도 내지 못하는 딱한 사정이었다.

제8사단은 사단 사령부가 히로마에(弘前)에 있었다. 군사들은 아오모리(靑森), 아키다, 야마가타, 모리오카(盛岡)의 네 현 출신자들이었으며, 구마모토의 제6사단과 함께 육군 최강의 사단으로 손꼽히고 있었다. 사단장은 중장 가운데서는 최고참인 다쓰미 나오부미(立見尙文)였다. 다쓰미는 막부 말엽에 구와나 번의 서양식 보병 대장으로서 막부가 와해된 뒤에도 막부를 위해 각지를 전전했고, 특히 호쿠에쓰(北越) 전쟁에서는 나가오카 현과 연합하여 사쓰마, 조슈의 군대를 종종 패주시켜 그 존재를 관군이 두려워하였다는 말은 이미 서술했다.

그와 그의 사단은 여순 포위전의 말기에 참가한 아사히가와(旭川)의 제7사단과 함께 개전 후에 줄곧 전략 예비군으로 일본에 머물러 있었다. 그것을 만주에서의 손해가 격증하기 때문에 기어이 전장으로 끌어냈는데, 도착 후에는 전선의 가장 후방에 배치되어 출동 명령을 기다리고 있었던 것이다.

총사령부가 이 사단에 대해 출동을 명한 것은 1월 25일 정오였다.

그러나 이미 때가 늦었었다.

이때 이미 아키야마 지대의 전면에는 지평선까지 새까맣게 덮을 정도로 적의 대군이 출현하고 있었다. 특히 서북방으로 돌출한 흑구대를 향해서는, 다네다 기병 대령이 거느리는 기병 이 개 연대와 소집에 응해 온 늙은 병사들로 구성된 보병 2백 명과 기관총 2정으로 포도 없는 초라한 진지에 시베리아 제1군단이 그 전병력을 투입하여 덮치고 있었으니, 다네다 대령 이하 전원은 지옥 불 속에 떨어진 것 같은 총포화를 받으며 절망적인 전투를 하고 있는 중이었다.

마침 눈보라가 세차게 몰아쳐 가시 거리는 불과 50미터밖에 안될 때도 있었고, 러시아군의 포탄은 눈 덮인 벌판을 거꾸로 뒤엎을 듯이 작렬했다.

일본인은 원래 방어 정신과 기술이 빈약하다.

일본의 전쟁 역사는 불과 몇 개의 예를 제외하고는 거의 진격 작전이었다.

방어전이 성공한 최대의 예로, 전국시대 말기 오다 노부나가의 군단을 수년 동안이나 저지한 이시야마 혼 간사(石山本願寺)——지금의 오사카 성 부근——의 항거가 있다. 혼간사는 싸움에서는 끝까지 전투력을 잃지 않고 전세를 유지했으나, 결국은 외부의 외교 사정이 불리해져 화의를 맺었다.

소위 이 이시야마 결전의 경우도 방어전을 위한 공학적인 배려와 물리력이 존재한 것이 아니고, 물리력이라 해도 '성을 둘러싼 해자 하나'뿐이라는, 가냘픈 것이었다. 이 결전에서 혼간사측의 방어력을 지탱해 준 것은 신도들의 신앙심밖에 없었다.

이 점은 도쿠가와 초기의 '시마바라(島原)의 난'에서의 그리스도교 신자들의 폭동과 같은 경주이다.

일본인의 사고방식은 대륙 속에 위치하는 나라가 아니었기 때문인지 물리적인 힘으로 방어력을 구축한다는 점이 부족한데, 그 유일한 예는 도요토미 히데요시가 구축한 오사카 성 정도인지도 모른다. 히데요시는 일찍이 자기가 속했던 오다 군단이 그토록 이시야마 혼간사의 방어력 앞에 골탕을 먹은 것을 상기하여, 같은 이시야마의 땅에 오사카 성이라는 대요새를 구축했었다. 그 규모의 크기는 성 안에 10만 이상의 군사를 수용할 수 있는 것으로서 그 이전의 일본 역사상 이보다 큰 성은 없었다.

그러나 그것도 결국은 오사카의 여름 전투에서 이에야스의 야전군에 의해 함락되고 말았다. 물리적인 구조물이 존재해도, 방어전이라는 극히 심리적인 여러 가지 조건을 필요로 하는 어려운 싸움을 하기에는 민족적 성격이 그것에 어울리지 않기 때문일 것이다.

가가(加賀)의 마에다 도시이에(前田利家)는 만년에 가서 자기의 옛 주군인 오다 노부나가의 역사를 회고하면서 예찬했다.

"노부나가 공은 언제나 남의 땅에 들어가서 싸움을 하셨다."

이러한 노부나가의 진격 사상이 일본인의 사고방식의 대표인지도 모른다.

이야기를 다시 제자리로 돌린다. 사하의 대진은 러일 양군이 야전 진지를 구축하여 일시적으로 방어 태세를 취한 것이었다. 그런데 일본군 총사령부가 행한 대진 작전상의 결함은 일본군의 좌익 방어에 요시후루의 기병 여단을 배치한 일이었다. 장기로 말하자면 포와 장의 기능을 갖지 않은 차에게 방어를 시키는 것과 같았다.

하기야 요시후루에게 약간의 보병과 포병을 주어서 포와 졸의 기능을 주기는 했다. 그러나 원래가 차의 역할을 하는 기병이 방어에 주력을 두는 이상, 그 전체의 전력이 대단할 리가 없다.

——총사령부는 기병의 사용법을 모른다.

이 점은 요시후루가 개전 초부터 은근히 개탄했던 점이다. 이 경우에 총사령부는 진지 방어법을 모른다는 안타까운 실정을 노출시켰다. 이것이 원형을 거슬러 올라가면 일본인의 성격 또는 사상에 그러한 점이 다분히 있다는 결론이 나온다.

이것은 선비 집안의 사상일지는 모른다. 기병의 사상은 유목 민족에서 발생한 것이며 방어전은 중국과 유럽의 오랜 도시의 방어 구조를 파서 알 수 있듯이 대륙인 농업 지대에서 발생한 것이다.

일본은 상고부터 농업 지대로 계속되어 왔지만 대륙처럼 이민족의 습격으로부터 촌락을 방어할 필요가 적었기 때문에 그 어느 쪽의 기능도 고유한 성격이 형성되지 않고 있었던 것이다.

흑구대 결전을 서술하기에 앞서, 다소 고려할 점이 있기에 여기서 잠시 객담을 적기로 한다.

공병과 러일전쟁에 대한 이야기이다.

공병의 할 일은 굉장히 많다. 야전용 축성을 해야 되고 도로와 교량을 가설해야 되고 공성을 위한 굴도 파야 하고, 적의 시설을 폭파도 해야 되는데 이 병과도 메이지 유신 후 30여 년밖에 안된 일본의 기술 사정으로는 성립이 어려웠다.

처음에는 외국의 본을 떠서 공병과를 만들기는 했으나 그것은 어디까지나 겉치레였다.

메이지 8년, 현재 제4군 사령관으로 있는 노즈 미치쓰라(野津道貫)의 집에 서생(書生)으로서 기식을 한 같은 사쓰마 출신의 수재가 육군 사관학교에 입학을 했을 때, 노즈는 명을 내렸다.

"너는 일본의 공병을 본격적으로 만들기 위해 공병과를 택하라."

이 청년이 아키야마 요시후루와 동기인 우에하라 유사쿠(上原勇作)이다. 우에하라는 후일 원수까지 진급했다.

우에하라는 요시후루가 기병을 본격적인 것으로 만든 것처럼 공병을 그렇게 만들었다. 그는 소위 때 프랑스에 유학하여 이탈리아와의 국경에 가까운 그르노블에 있었던 프랑스 공병 제4연대에 배치되었다.

메이지 14년 이 무렵, 그르노블과 같은 시골에서는 세계 지도상에 일본이라는 나라가 있다는 것을 어슴푸레하게나마 안다는 사람은 상당한 지식인이었다. 그래서 우에하라가 정거장 부근의 식당에서 식사를 하고 있으면 여러 사람이 몰려와 물으며 신기하게들 여겼다.

——그대는 어느 인종이냐.

우에하라가 프랑스 육군의 군복을 입고 있었기 때문에 사람들은 더욱 진기하게 여겼던 모양이다.

우에하라가 일본의 지리적 위치를 설명하자 입을 모아 말하면서 딱하게 생각했다.

"그렇게 먼 곳에서 징집되어 왔느냐?"

어떤 나라인지 모르지만 극동에 있는 프랑스의 식민지려니, 하고 그들은 생각했던 것이다.

이 우에하라는 귀국 후 공병의 육성에 나섰으나, 그때 육군에서는 요시후루를 기병에 전념토록 한 것과는 달리 우에하라를 다른 데로 돌려썼기 때문에 그가 본격적으로 공병에 전념하게 된 것은 공경감이 된 후부터였다. 그 기간은 러일전쟁 전의 2년 반밖에 안 된다. 이 기간 동안에 일본의 공병 기술은 확실히 면목을 일신했다.

다만, 워낙 많은 분야에 걸쳐 혁신을 해야 되었기 때문에 요새 공격을 위한 갱도 굴진의 기술만은 소홀히 다루었다.

우에하라는 나중에 술회했다.

"그것이 잘못이었다. 공병의 갱도 굴진 기술이 충분했다면 여순 요새의 공격법도 달랐을 것이고, 그토록 많은 희생도 내지 않았을 것이다."

그리고 전후에 곧 '갱도 교범'을 만들어 메이지 39년 고쿠라 공병대에서 갱도전에 관한 최초의 특별 연습을 거행했다.

요컨대, 일본의 공병 기술의 수준은 거의 이런 것이었다.

사하 대진에서는 1개 사단에 1개 대대 정도로 배속된 공병이 진지 구축 때문에 동이 나서 늘 공급 부족의 상태였다. 그래서 아키야마 요시후루 지대의 진지 구축까지는 미처 돌아오지 않아 공병이 기술 지도를 하고 기병과 보병이 전투 사이사이에 노동을 하여 자기 진지를 구축하는 판국이었다.

그런데도 역시 우에하라가 개전 전 2년 반 동안에 공병의 능력을 일신시켰기 때문에, 유럽에서 발달한 야전 축성이 그럭저럭 아키야마 요시후루의 지대를 적의 총포화로부터 지켜주게 되었던 것이다.

요시후루가 러시아군의 굉장한 중압이 자기의 지대에 덮치고 있다는 것을 안 것은 1월 25일의 첫새벽이었다.

오전 3시에, 최전방인 흑림대에 내어 보내놓고 있는 약 2개 중대의 전초 부대가 적 대병력의 야습을 받고 부득이 퇴각했다는 전화 연락을 받았을 때부터, 요시후루는 직감했다.

'이건 상상 이상의 사태가 발생하겠구나.'

기병이란 병과는 기상관과 같은 임무여서 요시후루는 그 보고에 의해 태풍의 내습을 미리 짐작했다.

그 짐작이 정확한 사실이 된 것은 오전 10시쯤이다. 포성과 포탄의 작렬음이 천지를 뒤흔들었다. 요시후루가 사령부로 쓰고 있는 민가는 주위에 포탄이 떨어질 때마다 벽의 흙이 떨어져 내려 책상 위의 지도는 털기가 바쁘게 먼지가 내려앉곤 하였다.

한 번 더 각 거점의 위치를 살펴보면 요시후루 지대의 대형은 동서로 가로 놓여 있었다.

우측이 이대인둔의 사령부

중앙이 한산대의 미다케 중령

중앙의 좌익이 심단보의 도요베 대령

최좌익이 흑구대의 다네다 대령

이런 배치였다.

나중에 안 일이지만 아키야마 지대에 압력을 가하고 있는 러시아군 제10 군단(군단장 최르비키 중장)의 작전은 일본군 우익의 이대인둔에 맹렬한 포격을 가함으로써 요시후루의 작전 감각을 교란시키려 했던 것이다. 러시아군은 현지 중국인의 첩보에 의해 '이대인둔에 적의 사령부가 있다'는 것을 알고 있었다.

이대인둔을 맹렬히 포격함으로써 일본군을 견제하고 심단보 공격을 수월하게 만들려 했다. 사실 요시후루는 한동안 생각이 막혔었다.

'적의 공격의 중점은 이 이대인둔에 있는 것이 아닐까?'

포격을 맹렬히 한다는 것은 그 다음에 있을 보병과 기병의 돌격을 용이하게 만들려는 상식적인 수단이기 때문에, '그런 의도인가?' 생각했으나 웬일인지 크고 작은 포탄만 날아올 뿐 적의 그림자가 나타나지 않았다.

그런데 오전 10시가 지나자 왼쪽 심단보와 흑구대의 거점 전방에 적의 보병과 기병이 활발히 출몰하기 시작했다.

'이 이대인둔을 포탄으로 두드리고 있는 것은 견제를 하자는 거구나. 적이 노리는 곳은 심단보가 아니면 흑구대다.'

이러한 판단이 내려졌다. 이런 육감의 판단은 여단장 이상의 장군의 자질로써 최소한 필요한 것이지만, 요시후루에게는 그것이 천성적으로 풍부하게 부여되어 있었다.

만약 이런 판단력이 없었다면 그는 자기가 있는 사령부를 향해서 맹렬히 포탄을 퍼붓는 적(敵)에 놀라서, 심단보에 있는 도요베 대령의 일부 병력을 끌어와 이대인둔의 방어력을 증가했을 것이고 그렇게 되면 적장의 작전에 말려든 결과가 되었으리라.

최르비키 중장도 대단한 자는 아니었다. 그는 요시후루가 흑림대에 돌출시켜 놓고 있던 불과 2개 중대의 기병 전초 병력을 대병력으로 착각하여 말했다.

"흑림대를 점령하고 싶습니다."

그의 상급 사령관인 그리펜베르그 대장에게 허가를 청하자 그리펜베르그는 전화로 호통을 쳤다.

"귀관이 진격할 목표는 이미 명령했잖은가. 심단보로 가라."

러시아측 전사(戰史)에는 이 회전(會戰)을 가리켜 '심단보의 회전'이라 부르고 있다. 공격의 주목표가 심단보였기 때문이리라.

피동의 입장에 서게 된 일본측의 호칭은 '흑구대 부근의 회전'이라고 한다. 두 거점은 전략적 지리적으로 관계된 곳이니 그 어느 쪽이든 상관없다.

그러나 요시후루도 처음에는 '적의 공격 목표는 심단보'라고까지 판단을 내리지는 못했다.

요시후루가 있는 진지의 중앙에서 약간 우측이 미다케 중령이 있는 한산대이다.

'한산대를 노리는 게 아닐까?'

이렇게 느껴지는 전황이 오전 내내 계속됐다. 왜냐하면, 한산대 거점에서 적지를 향해 북쪽으로 돌출시켜 놓고 있는 금산둔의 소거점을 노려 다른 진지와는 비교가 안 될 무거운 압력이 가해졌기 때문이다. 금산둔은 부득이 러시아군에게 빼앗기고 일본군 기병은 눈보라에 뒤섞여 퇴각했다. 이때 금산둔 곁에 있는 황지라는 소거점도 빼앗겼다.

"나는 러일전쟁에서는 줄곧 지기만 했다."

요시후루가 만년에 자주 지껄였던 말은 이런 전황을 가리킨 것이다.

요시후루는 곧 한산대에 있는 미다케 중령에게 전화로 명령을 내렸다.

"금산둔과 황지를 회복하라."

요시후루는 참모를 거느리고 있지 않았기 때문에 생각하는 것도, 수배하는 것도, 그리고 꾸짖는 것도 모두 혼자서 했다.

한산대의 미다케 중령은 그 준비에 착수했으나 병력이 부족했다.

요시후루는 심단보의 도요베 대령을 전화로 불러내어 명령했다.

"미다케를 도와줘라."

전쟁은 쌍방의 착오의 누적이라고 하지만 요시후루가 이 전투의 초기에 범한 최대의 착오는 '심단보보다 금산둔이 중대하다'고 관찰한 점이었다.

그 때문에 심단보를 지키는 도요베 대령은 그로 봐서는 큰 병력을 할애해야만 했다. 말하자면 자기 마을의 불보다도 이웃 마을의 불을 끄려고 서둘게 된 것이다.

요시후루의 조치에도 충분한 이유가 있다.

──적은 우리 지대의 중앙을 돌파하려 한다.

이러한 요시후루의 판단에 잘못이 있었다고 해도──실은, 러시아군은 심단보와 흑구대의 아키야마 지대의 좌익을 돌파하려 했다──그 착오 위에서 본다면, 중앙의 한산대를 지키는 미다케 중령의 병력은 도요베 대령의 병력보다 다소 박약했으며, 박약할 뿐만 아니라 가장 넓은 지역을 담당하고 있었다.

거기에 러시아의 대군이 밀어닥친다면 어쩔 도리가 없을 것이다.

심단보의 도요베 대령이 미다케 중령에게 할애한 병력은 후비 보병 1개 중대와 기병 2개 중대 그리고 기관총 1정이었다.

이 임시 편제의 부대 지휘관은 기병 제13연대장인 고이케 쥰(小池順) 중령이었다.

'아무래도 적은 나한테로 닥치는 모양이다.'

그런데 이튿날 밤이 되자 심단보의 도요베 대령 정면의 전황이 처참해져서 이 사실이 확실해졌다. 도요베 대령은 요시후루에게 연락할 겨를이 없어서 그의 독단으로 후방에 있는 별도 계열의 후비 보병 제31연대(히로마에)의 연대장인 오하라 후미히라(小原文平) 중령에게 연락하여 상황을 전하고 지원을 청했다. 오하라 중령은 도요베를 위해 2개 중대를 떼어 구원을 보냈다.

전투 상황은 이 시기부터 착잡해져서 점점 중대해졌다.

1월 25일, 추위는 매섭고 눈보라가 몰아쳐 적과 아군은 자주 가시 거리를 잃었다. 그런 중에 만주 평야에서 가장 격렬한 전투가 진행되고 있었다.

이날이 되어서야 이대인둔에 있는 아키야마 요시후루는 적의 기도를 완전히 파악할 수가 있었다.

"러시아군은 우리 심단보와 흑구대를 격파하여 일본군 좌익으로 남하하여 거대한 포위 작전을 펴려 한다."

러일전쟁 사상 두 나라 중에서 가장 웅대한 작전을 전개시키고 있는 것이 러시아 육군의 원로인 그리펜베르그 대장이었다.

그의 대작전이 성공하면 일본군은 깡그리 붕괴하리라.

적어도 탁상에서만은 그러했다.

현실적으로도 또한 그렇게 진행되고 있었다. 요시후루가 총사령부에 쉴 새 없이 경고해 온 예측이 불행하리만큼 정확하게 적중한 것이다.

총사령부도 당황했다.

그 당황하는 꼴은 비참할 정도였다. 참모는 비명을 지르는 것처럼 전화통에 대고 소리소리 지르고, 또 다른 참모는 전선으로 전령을 보내서 그 전화와 반대의 명령을 내렸다.

이런 것을 총괄해야만 하는 마쓰카와 대령조차 자주 핏대를 올려 고함을 지르고, 총참모장인 고다마 겐타로마저 지도 앞에 서 있는가 하면 어느새 전화통에 달라붙곤 하면서, 참모를 호통치니 마치 작전실은 호떡집에 불이 난 것처럼 시끄러웠다.

특히 25일 아침의 시끄러움이란 극에 달한 듯했다.

그러는 사이에도 오야마 이와오(大山巖)는 모습을 나타내지 않고 줄곧 총사령관실의 침대에 누워 있었다.

그는 일본을 떠날 때 친지에게 말한 바 있었다.

"이기는 동안에 고다마군에게 맡기겠소. 지는 싸움이 되면 여러 부대를 정비하기 위해 내가 지휘를 해야만 할 거요."

그는 혹시 이때 이런 생각을 하고 있었는지 모른다.

'그럭저럭 지는 싸움인가.'

또한 그는 입궐하여 총사령관의 명을 받은 다음, 곧 그 길로 해군성을 찾아가 해군 대신인 야마모토 곤노효에(山本權兵衛)를 만난 이야기는 이미 언급했다.

"만주에 가면 모든 패들(여러 장군을 가리킴)을 잘 뭉치게 하여 사이좋게 싸움을 시키도록 하지요."

그때 그는 이렇게 말했다.

그때 오야마 이와오가 사이좋게 싸움을 시키도록 하지요, 하며 '사이 좋게'라고 말할 때 그는 암탉이 달걀을 품는 시늉을 손으로 했다는 것이다.

그 오야마가 마침내 불난 집 같은 작전실에 비대한 모습을 나타내었다. 고다마 겐타로의 책상에 다가가서 실내를 한 바퀴 살펴본 다음 물었다.

"고다마 장군, 아침부터 제법 대포 소리가 들려오는데 대체 어딥니까?"

고다마는 오야마를 멍하니 쳐다보기만 했고, 젊은 참모들 가운데는 웃음을 간신히 참는 자가 있었는데, 이윽고 한 구석에서 웃음이 터져 방안의 공기는 금세 일변했다.

"예, 좌익 방면에 상당히 덮치고 있는 것 같습니다."

고다마는 겨우 대답했다.

'좌익입니까, 수고가 많겠소이다' 하고 오야마는 방안을 천천히 한바퀴 돈 다음 자기 방으로 돌아가고 말았다.

흑구대 싸움에서 가장 인상적이었던 것은 오야마 대장이었다, 라는 말을 그 자리에 있었던 대부분의 참모들이 갖가지 장소에서 말했던 것이다.

이 무렵, 총사령부가 장악하고 있는 총예비군으로서 히로마에의 제8사단이 전군의 후방에 대기하고 있었다. 유일한 예비 병력이었다.

이 사단의 사령부는 대람기에 있었다. 최전선에서 20킬로 후방이며, 사단 예하의 각부대는 동만 철도의 주로 서쪽에 배치되어 있었다. 그 군사들은 아오모리와 아키다, 야마가타, 모리오카 출신으로서 동계 전투에 강했다.

그러나 지금까지 겨우 사하 회전에 참가했을 따름이었다.

왜냐하면 이 사단은 아사히가와의 제7사단과 함께 얼마 전까지 일본 전체의 전략 예비군으로서 일본 본국에 머물러 있었던 것이다.

그것이 만주의 전쟁 상황이 치열해짐에 따라 일본군의 병력 부족이 심각해져 기어이 전략 예비군까지 동원하지 않을 수가 없게 되었다.

이 사단에게 동원령이 내린 것은 작년 8월이며, 9월에는 오사카에 집결하여 대본영의 명령을 기다리고 있었다.

그러나 막상 대본영에서는 이 사단을 어디에 어떻게 쓸 것인지, 사단 병력이 오사카에 집결할 때까지도 결정을 못하고 있었다.

대본영에서는 제7사단과 함께 이 최후의 전략 예비군에 대해서 인색한 생각이 들었으며, 이 병력을 전장에 투입해 버리면 일본 본토에는 현역의 육군이 단 한 명도 없게 되고 만다.

──몇 군에 소속시킬 것인지 그것을 미리 정하지 않고 만주에 있는 총사령부에 넘기면 어떤 낭비를 할지 모른다.

이런 불안까지 있었다.

결국 제8사단은 만주 평야에서의 결전용으로 쓰기로 하고, 그 후에 동원한 아사히가와의 제7사단은 노기군의 요청에 의해 여순 공격의 보충 병력으로 사용키로 했다.

제8사단은 대련에 상륙하여 사하 회전에 참가한 다음 총사령부의 예비군이 되어 동영(冬營)을 하고 있었다.

이건 객담이지만, 이 동영중에 사단장 다쓰미 나오부미 중장이 막료에게 물었다.

"군속 가운데 늙은이가 있는 모양인데, 그 늙은이가 신센조의 생존자라는 소문이 사실인가?"

그러나 소문의 진위는 끝내 알려지지 않았다. (필자주──신센조는 막부 말엽 근왕 지사들을 처치하기 위해 막부가 조직한 살인 경찰대임)

다쓰미는 구와나 번 출신으로서 보신(戊辰)전쟁 때 막부의 육군을 지휘하여 각지에서 당시의 관군을 크게 괴롭혔다는 말은 앞서 기술했다. 그는 나중에 대장으로 진급을 하는데 막부를 지지한 사람으로서 대장이 된 사람은 이 사람뿐이었다.

그는 막부 육군에 있을 때 프랑스식 교련을 배운 이외에는 아무런 군사 교육도 받은 적이 없으나 전쟁을 시키면 일본의 장군 가운데서 으뜸간다는 정평이 있었고 그 자신도 은근히 자부하고 있었다.

그런 그가 총사령부의 예비군이 되어 있었다. 그것을 적지 않게 불만으로 여기고 있는 판인데 "흑구대를 구원하라"는 명령을 24일 아침에 받았다. 엄밀히 따진다면 이 명령은 준비 명령이라 할 수 있었고, 만 하루가 지난 이튿날 정오에 총사령부에서 비로소 정식 명령이 있었는데 전쟁의 상황이 만만치 않다는 전갈을 아울러 받았다.

"귀관은 가급적 많은 병력을 거느리고 즉시 전진하여 흑구대와 비채하(菲菜河) 방면의 적을 공격하라."

이 명령을 받았을 때 다쓰미 사단장에게 알려진 적정(敵情)은 "우리 흑구대의 정면에 적 1개 사단이 나타났다" 하는 정도였다. 다쓰미는 흑구대에 배치된 아군의 병력과 상황에 대해서도 알고 있었다.

아키야마 지대에서 배치된 다네다 기병 대령이 지휘하는 기병 4개 중대와 보병 1개 중대가 포진하고 있을 뿐인데, 그들이 땅을 뒤덮을 정도의 적 대군의 공격을 받아 전멸 일보 직전에 처해 있다는 것이다. 아마 흑구대가 적에게 유린되는 것은 시간문제이리라.

다쓰미 중장은 그에게 배속된 제8사단 이외의 부대인 오카미(岡見) 소장의 제8여단에 대해 선발하라는 명령을 내렸다. 자기의 다른 예하 부대를 단시간에 모은다는 것은 어려운 일이었기 때문이다. 사단이라는 대단위는 여단, 연대, 대대, 중대로 나누어져 각기 넓은 지역에 산재해서 숙영하고 있는 것이다.

"곧 남동구 부근에 집결하라."

그는 그런 명령을 내렸으나 각 부대들이 거기에 집결하자면 아무래도 7, 8시간이 소요될 것이었다.

——우선 후비 보병 제8여단을 선발시킨다.

여단장 오카미 소장에게 명령은 했으나 이 부대 또한 제8사단 이상으로 목적지를 향해 경쾌하게 움직이기가 어려운 상황 아래 있었다.

오카미의 제8여단을 구성하는 연대는 막 삼차하(三叉河)에서 돌아온 때여서 군사들은 피로했고, 또 어떤 연대는 수일간의 도보 행군중에 명령을 받아 서둘러 행군 방향을 남동구로 돌려야만 했기 때문에 병사들의 피로가 극도에 달해 있었다.

그런데 총사령부는 이 시기까지도 아직 적의 움직임을 경시하여 낙관하고 있었다.

"다쓰미에게는 그의 제8사단 외에 1개 여단이라는 증강 부대까지 붙어 있다. 적의 1개 사단쯤을 격퇴하는 것은 어렵지 않으리라."

그런데 전황은 시시각각 중대화하고 있었다. 그래서 총사령부에서 다쓰미에게 내린 명령과 다른 선발 부대에 내린 명령이 반대되는 행동을 요구하는 등, 개전 이래 일찍이 없었던 대혼란이 야기되었다.

"총사령부는 머리가 돈 모양이다. 이쪽에서 판단해서 행동하는 수밖에 없다."

명령을 받는 쪽인 다쓰미는 그런 경험이 많았기 때문에 이렇게 적당히 정리하면서 예하 부대를 움직였으나 행군은 어쩔 수 없이 밤에 하게 되었다. 밤을 도와 행군하지 않으면 적은 흑구대에서 다시 남하하리라. 전장에 단 일 분이라도 빨리 도착하는 것이 지금의 경우 어떠한 전술보다도 중대한 일이었다.

이날 밤 기온은 영하 27도였다.

거기에다 바람이 세고 눈이 무섭게 내려 몸으로 느끼는 기온은 영하 35도를 넘을 것 같았다.

대지가 얼어붙었을 때는 괜찮지만 강설중의 행군은 내려 쌓이는 눈이 군화 밑바닥에 얼어붙어서, 걸을수록 군화 바닥의 눈얼음이 두터워져, 몇 걸음 걷다가는 군화 바닥을 차서 눈을 떼내어야만 하는 동작을 되풀이해야 했다. 거기다가 휴대하고 있는 주먹밥과 수통의 물이 꽁꽁 얼어붙어서 먹을 수도, 마실 수도 없었다.

이런 곤란을 무릅쓰고 동북 출신의 병사로 구성된 이 사단은 밤을 새워 행군한 끝에 26일 새벽에는 전사단이 대곡이라는 곳까지 진출했다.

그러나 전반적인 전황으로 봐서는 그러한 강행군을 했는데도 전쟁을 하기에 좋은 시기를 놓친 감이 있었다.

다쓰미의 제8사단 참모장은 유히 고에이(由比光衛)라는 보병 대령이었다.

유히는 고치(高知) 현 출신으로서 사관학교는 아키야마 요시후루보다 2기 아래인 제4기이며 총사령부의 마쓰카와 대령과 동기였다.

다쓰미 사단의 최초의 전장 경험인 사하 회전때는 참모장이 하야시 다이치로(林太一郞) 대령이라는 이시카와 현 사람이었는데 하야시가 다른 데로 전출하자 유히가 그 뒤를 맡게 되었다.

이 신임의 유히가 전장에 익숙하지 못한데다가 러시아군의 습성에 어두웠던 것이 그 후의 전황을 더욱 참담하게 만들었다.

다쓰미 사단은 움직이기 시작하면서부터 흑구대 정면의 전황이 처참한 것을 확실히 알게 되었다.

"흑구대 따위는 포기하는 것이 좋다."

유히는 대담한 착상을 해버린 것이다. 즉 다쓰미 사단은 흑구대를 구원하러 가는데, 흑구대에 남아 있는 다네다 기병 대령 이하 얼마 안 되는 병력으로 이것을 지탱하기보다는 "일단 이곳을 버렸다가 다시 빼앗는다"는, 이상한 전법을 생각해 낸 것이다.

말하자면

"러시아군은 서쪽으로 일본군의 좌익을 우회하려 한다. 그런데 일본군이 흑구대를 사수하여 일본측의 왼쪽으로 돌려는 러시아군을 억지로 저지하고 있는 것은 무의미하다. 오히려 다네다 대령에게 흑구대를 포기하고 퇴각을 하라 하면 러시아군은 마음 놓고 운동을 할 것이 아닌가. 그 동안에 흑구대에서 7킬로 남쪽에 있는 동이보(佟二堡)에 다쓰미 사단의 전병력을 집결시켰다가 일거에 비어 있는 흑구대를 회복하면 된다."

이러한 전법이었다.

전법으로는 제갈 공명의 전법을 닮았는지 지나치게 복잡한 느낌이 있다. 그리고 이 복잡한 작전을 한다 해도 과연 상대의 러시아군이 곱게 말려들어 올지 의문이었다. 즉, 러시아군이 다네다 대령이 버린 흑구대를 비워놓고 서쪽으로 떠날 것인가, 하는 점이다.

유히는 다쓰미에게 상의했다. 다쓰미 정도의 인물이 어쩐 일인지 '귀관이 그렇게 생각한다면 그래 보자꾸나' 했던 것이 실패였다. 사실 다쓰미도 만주의 전장이 생소하여 러시아군의 습성을 잘 알지 못한다.

러시아군의 습성은 일정한 선까지 전진하면 거기에 방어 진지를 구축했다가 다시 기회를 봐서 진지를 전진시키는 것이었다. 일본군처럼 함부로 뛰어다니지 않는다.

일본군이 흑구대를 버린다면 러시아군은 흑구대의 일본군 진지를 한층 강화하여 눌러앉을 것이다.

유히는 총사령부에 전화를 걸어 동기생인 마쓰카와 참모를 불러 허가를 요청했다.

"버린단 말이지?"

마쓰카와는 놀라서 그것은 좋지 못하다고 했으나, 유히는 일시적이며 그 이유는 이러이러하다고 면밀히 계획을 설명했다.

"그것은 너무 복잡해서 못써."

마쓰카와는 이렇게 말하면서도 결국은 현지 사단의 계량에 맡겨 승낙하고 말았다. 승낙을 한 마쓰카와 대령의 생각 속에 러시아군의 공세에 대한 과소 평가가 깔려 있었던 것은 부인할 수 없다.

총사령부의 모든 기본적인 과오가 잇달아 말단의 과오를 자아내는 것만 같았다.

전장에 가장 어두운 유히 대령의 이러한 경과를 밟아 실시되고 말았다.

"흑구대 일시 포기안."

명령 계통이 얼마나 혼란을 빚고 있었는가는, 흑구대의 다네다 기병 대령은 분명히 아키야마 요시후루의 지휘하에 있는데도 불구하고, 구원군인 다쓰미 사단의 사령부안을 승낙한 총사령부의 직접적인 퇴각 명령을 받았다. 물론 이 방면의 러시아군의 대공세를 저지하고 있는 주역인 아키야마 요시후루에게는 한 마디 인사조차 없었다. 요시후루가 모르는 새에 자기 전선의 다네다 대령이 흑구대를 버리고 퇴각해 버린 것이다. 25일의 일몰 후였다.

요시후루는 다쓰미 사단 유히 참모장의 전단적인 이 일시 포기 작전에 대해 지극히 불만이었다. 싸움 자체를 망치는 것이라고 생각했으나 이미 엎질러진 물이었다.

요시후루는 안색에 나타내지도 않고 거친 인사도 토하지 않고 다만 포탄의 작렬음 속에서 되풀이할 따름이었다.

"이런 짓은 못쓰는데……."

전쟁이 끝난 후에도 흑구대의 전술을 검토할 때마다 이렇게 말하였다.

"그런 짓은 못쓰는 거야."

러시아의 전병력을 둘로 쪼갠 대병력이 눈앞에 닥치고 있는데 그런 잔재주를 부리는 전술이 통할 리가 없다는 말이었다. 작전을 짜낸 자의 그 정신 자체가 못쓴다는 말이었다.

바꾸어 말하자면, 흑구대의 상황 아래서는 다네다 대령 이하 수비병 전원이 우둔하다는 소리를 들을 정도로 그 진지를 사수하는 수밖에 없었다. 최후의 한 사람이 남을 때까지 버티면, 구원군인 다쓰미 사단은 살아 있는 흑구대를 축으로 하여 어떻게든 선회할 수 있는 것이다.

요시후루는 적의 정면에 몇 개의 진지를 구축하고 있었는데 그 중에서 가장 중요한 곳이 흑구대와 도요베 대령이 지키는 심단보였다.

구미의 군사학계에서는, 이 회전을 흑구대 회전이라 하지 않는다.

"심단보 회전."

이렇게 말하고 있다. 왜냐하면 이 같은 시기에 심단보가 흑구대 이상의 치열한 공격을 받았으나 끝까지 사수하여 마침내 일본군이 반격전에서 지축이 되었기 때문이었다.

요시후루는 그동안 심단보의 도요베 대령에게 '고수하라'는 명령만 되풀이해 왔다.

요시후루가 도요베 대령을 가리켜 '도요베는 나보다도 끈질기다'고, 항상 말한 것처럼 도요베는 기병의 성격 이외에도 진지 수비 대장과 같은 끈질긴 성격을 가졌기 때문에 소수의 병력이면서도

"나는 1개 사단 이상의 적이 아니면 물러나지 않는다. 또 설사 1개 사단 이상의 적이라도 3일간은 저지시킨다. 사흘만 버티면 무슨 수가 나는 거야."

이렇게 말하고 있었다. 그런데 막상 도요베 앞에 나타난 적은 1개 사단이 훨씬 더 되는 병력이었으나 그는 외로운 군사를 이끌고 용케 지탱하였다.

"심단보는 이제 단 한 명의 일본군도 없겠지, 하고 몇 번이나 생각했는지 모른다."

요시후루가 나중에 이처럼 술회했을 정도의 상황 아래서도 도요베는 잘 배겨내었다.

아무튼 흑구대의 일시 포기로 인해 사실상의 흑구대 회전이 시작되고 만

것이다.

다쓰미 사단 2만의 군사가 밤을 꼬박 새우며 눈보라 속을 강행군했다는 것은 일본 동쪽 지방 현역병들의 체력을 과시한 훌륭한 기록이었다.

한 사람도 낙오병이 없었다.

이 군대를 이끄는 다쓰미는 이때 나이 예순이었으며, 현역 중장으로서 최고참이었다. 그는 외투의 깃을 세우고 모자를 푹 내려 쓰고는 수염에 얼어붙는 입김을 연방 털어가며 행군했다. 가끔 말에서 내려 도보로 걸었다. 말을 계속 타고 있으면 혈액 순환이 잘 안 되어 장화 속의 발이 얼 염려가 있었기 때문이다.

"난 보신전쟁 때 적군이었다."

이 사실이 어느 의미에서는 자랑이었던 이 노장군은 자신의 오랜 전력을 회고할 때 이 때보다 괴로운 행군을 없었으리라.

그러나 실은 그 이상으로 다쓰미 나오부미의 전력에서 가장 처절한 전투가 앞길에 기다리고 있었는데, 그는 총사령부가 알려준 적정(敵情)밖에 몰랐기 때문에 전투 그 자체에 대해서는 낙관하고 있었다.

새벽녘에 대해에 도착하여 장시간 휴식을 취했으나 군사들의 태반은 적설 위에 앉을 수가 없어서 선 채 지냈다.

아침을 먹어야 했으나, 주먹밥이 얼어서 먹을 수가 없었다. 총검으로 찌르면 겨우 깨질 정도는 되었으나 이렇게 언 밥은 식용은 되지 않는다.

이런 판에 간신히 남동구의 병참 사령부에서 중소포라는 건빵이 도착되어 모두들 그것을 씹고 허기를 모면했다.

다쓰미는 이 동안에 1개 대대를 고성자까지 내보내어 흑구대에서 퇴각해 오는 다네다 대령의 부대를 수용했다.

남은 일은, 스스로 포기한 흑구대를 탈환하는 것만이 다쓰미 사단의 임무였다.

"흑구대를 구원하라."

이것만이 총사령부가 다쓰미 사단에게 시달한 임무였다. 오직 그것뿐이었다.

아키야마 지대의 정면은 흑구대뿐만 아니라 심단보도 그렇고 요시후루가 있는 이대인둔도 마찬가지였다. 흡사 바다 물결이 밀려오는 듯한 러시아군의 공격을 받고 있었으나, 총사령부의 안이한 적정 판단은 흑구대 전면의 적만 밀어 붙이면 다른 적은 자연 사라지는 것으로 알고 있었다. 이 점은 다쓰미의 책임도 아니고 그의 참모장인 유히 대령의 책임도 아니었다.

다만 유히 참모장의 잔재주가 고스란히 적에게 역이용당하고 만 것을 알게 된 것은, 해가 뜬 다음에 돌아온 척후의 보고에 의해서였다.

"러시아군이 흑구대에 눌러 앉았다. 더구나 대규모로 진지를 구축하기 시작했습니다."

이런 보고였다. 러시아군이 유히의 작전을 역이용했다는 말은 합당치가 않으리라. 러시아군은 그들의 습성을 좇아 진지를 구축했을 뿐, 유히의 속임 전법이 단지 스스로 속아 넘어간 것뿐이다.

"으흠, 버린 흑구대의 일본군 진지를 다시 찾기 위해 본격적으로 공격을 해야 하다니."

다쓰미는 자기가 놓인 입장에 대해 매우 불쾌한 느낌을 가지며 생각했다.

'싸움을 이 유히에게는 못 맡기겠구나.'

이윽고 흑구대를 공격하기 위한 부서를 정했다.

오카미 소장의 여단을 우익으로 하여 흑구대로 향하게 하고, 요리다(依田) 소장의 여단은 사단의 좌익으로서 우회시켜 흑구대의 남쪽으로 진출케 했다. 그리고 다베(田部) 소장의 여단은 예비대로 남겨 적의 기습에 대비케 하고, 아울러 심단보에서 방어전을 펴고 있는 도요베 대령을 응원토록 했다.

흑구대만을 목표로 한다면 우선은 모범적인 배치라 할 수 있을 것이다.

그런데 사태가 급변했다.

흑구대만을 목표로 하여 부대 배치를 완료한 다쓰미 사단은 배치가 완료된 직후에 거의 삼면으로부터 적의 대군에게 포위를 당하고 말았다.

"적정이 다르지 않은가."

유히 참모장이 총사령부에 대해 전화로 고함을 질러댄 것은 우스울 정도였다.

총사령부에서도 이미 그런 상황을 아키야마 지대로부터 보고를 받았기 때문에 그 당황하는 꼴은 말이 아니었다.

러시아군으로서는 수비가 허술한 일본군 좌익의 아키야마 지대를 마치 종이막을 뚫듯이 하고 남하하려는 판에, 다쓰미 사단이 출현했기 때문에 그 전력을 기울여 공격을 개시한 것이었다.

그 때문에 다쓰미 사단이 난감하게 되었을 뿐만 아니라 아키야마 지대의 각 거점은 더한층 궁지에 몰리게 되었다.

그 중에서도 도요베 대령이 지키는 심단보가 가장 치열했다. 심단보를 지키는 병력은 불과 기병 2개 중대와 후비 보병 1개 중대밖에 안 되는데, 이에 대해 러시아군은 1개 사단이 넘는 병력을 투입했을 뿐만 아니라, 이 시대의 사단화력을 훨씬 넘는 포병력을 심단보 전면으로 옮겨다 놓았었다. 그 포반도 야포 50여 문에다 15센티 중포 2문이라는 어마어마한 것이어서 도요베 대령이 가지고 있는 요시후루의 자랑인 기관총 삼 정이 아무리 불을 뿜어내어도 솜뭉치로 바위를 깨자는 격이었다. 사격을 하면 할수록 상대방으로부터 집중 포화만 입을 뿐 아무런 효과가 없었다.

한편 다쓰미 사단은 세 방면으로 적에게 포위되어 흑구대를 탈환하기는 고사하고 심단보를 구원할 수조차도 없는 지경이었다.

이런 상황이 26일 하루 동안 계속되었다. 총사령부가 대혼란을 일으켜 명령이 뒤범벅이 되어 방어전을 하고 있는 각 부대를 더욱 혼란하게 만들었고, 그 때문에 손해가 점점 더 증대했으나, 아무튼 이 날은 최악의 날이었다.

이 26일 밤 총사령부는 결단을 내렸다.

"다시 1개 사단을 어디서 차출해야겠다."

그리고 이런 결정 아래 제4군인 노즈군의 주력 사단이라 할 수 있는 히로시마 출신의 제5사단을 급행시키기로 했다.

노즈군은 일본군의 중앙부에 포진하고 있었는데 여기서 1개 사단을 빼면 중앙부가 허술해지지만 당장에는 그런 것을 생각할 겨를이 없었다.

만약 일본군의 이런 상황을 크로파트킨이 알았다면 그는 이 때를 틈타 일대 공격을 일본군 정면에 가하였겠지만 그러나 그는 그렇게 하지 않았다.

전술상의 불명예는 크로파트킨뿐만이 아니었다. 일본군의 총사령부도 전술상 가장 졸렬한 방법인 '병력의 점차적 투입'이라는 짓을 하기 시작했던 것이다.

좌익 전선의 참상은 1개 사단쯤을 투입한다해도 빨갛게 단 솥에 물 붓기였다. 이런 경우의 전술상의 상식으로는 대담하게 대량의 병력을 투입해야 하며, 그렇게 되면 아군의 손해도 적어지고 짧은 시간에 적을 격퇴할 수도 있는 일이었지만 일본군은 전반적으로 병력이 부족했기 때문에 자꾸만 인색하게 되다보니 결국은 손해만 증가시키고 말았다.

"일본군 총사령부는 병력 부족 때문에 병력 차출을 인색하게 군 나머지 마침내 병력의 점차적 투입이라는 전술의 초보적인 금기를 범하고 말았다."

이렇게 말했으나 문제는 그뿐이 아니었다. 총사령부 적정 판단의 밑바닥에는 씻기 어려운 안이한 생각이 여전히 도사리고 있었다.

"적 병력이 제법 많은 모양이군."

고다마 겐타로조차 제8사단의 파견에 이어 제5사단의 전병력을 급파하고도 이런 정도의 생각을 하고 있었다.

그래서 전후에, 이때 공격해온 러시아군은 자그마치 그들의 전병력의 절반이라는 것을 알고는 참모들은 한숨을 몰아쉬었다.

"그 인원으로 용케 지탱했었구나."

정말이지 러시아군은 '큰 면'을 노리고 덮쳐왔다.

일본군 좌익을 맡을 이대인둔, 한산대, 심단보, 흑구대 따위의 기점을 지키는 아키야마 지대는 '한 점'으로서의 존재에 불과하다. 말하자면 육지를 향해 밀어 붙이는 바다의 거센 파도 속에서 이 거점들은 점점이 산재하는 암초와도 같다. 거세게 몰아치는 노도에 할퀴고 잠기면서 어쩌다가 해면 위로 잠깐 머리를 드러내어 겨우 존재한다는 것을 알릴 따름이었다.

이대인둔의 사령부에 있는 아키야마 요시후루는 자기 정면에 밀어닥치는 노도에 견디면서 각 거점의 방어를 지휘했다. 그러면서 말했다.

"도요베 대령의 심단보는 벌써 어디론지 사라졌을 거야."

이런 생각을 몇 번 가졌는지 모른다고 그는 전후에 술회했다.

요시후루의 이 거점 방어에서 최대의 위력을 발휘한 것은 그가 각 거점에 몇 정씩 배치한 기관총이었다.

이 당시의 용어로는 이랬다.

"기관포."

세는 것도 '정'이 아니고 '문'이었다.

이 신무기는 러시아군도 충분히 장비하고 있었다. 그들의 야전군은 말 두 마리가 끄는 포가를 사용했는데, 여수 요새에서는 그것을 각 보루에 비치하여 소낙비처럼 탄환을 퍼부어서 일본군 병사를 쓸어 버렸다.

여담이지만, 여순 공격을 담당했던 노기 마레스케는 공격 초기에 러시아군 보루에서 들려오는 콩 튀듯 하는 연속적인 총소리를 듣고 막료에게 물었다.

"저 타타타, 하는 소리가 뭐야?"

"맥심입니다" 하는 대답이었다.

하이어럼 스티븐스 맥심이 기관총을 발명했기 때문에 맥심이라 불리우고 있었다.

"아, 저게 맥심인가."

노기는 처음으로 그 소리를 들었으나, 아키야마 요시후루는 이미 10년 전 중령으로 기병학교 교장을 할 때부터 그것을 기병에 장비하도록 진언을 해서, 마침내 러일전쟁의 개전직전에 그의 기병 제1여단과 제2여단에만 기관포대가 설치되었다.

바퀴를 달아서 말이 끌었으나 진지에 거치할 때는 삼각을 사용했다. 기병여단의 이 기관총은 그것을 갖지 않은 일본 육군에서는 예외적인 존재였으며, 요시후루로서는 육체적으로 뒤떨어지는 일본 기병이 약점을 이 화력으로 보충하려 했던 것이다.

이때의 상황, 즉 노도 속에서 명멸하는 한 개의 '점'으로서의 각 거점이 가까스로 궤멸을 면하게 된 것은 이 무기 덕분이었다.

아무튼 요시후루는 사력을 다하여 방전했다.

이 마당에서는 전술이고 뭐고 소용이 없었다.

'달아나지 않는다.'

오직 이런 단순한 의지만이 그의 전투 지휘의 모든 원리가 되어 있었다.

'그 외에 무슨 전술이 있단 말인가.'

이런 생각뿐이었다.

그가 가장 비통하게 생각하는 점은 진격을 병과의 원리로 삼는 기병 여단이, 공병이 설계해 준 방어 진지에 붙박여 기병이 가장 꺼리는 서툰 방어전을 하는 데 사력을 다하고 있다는 사실이었다. 하기야, 이 거점 방어의 전법은 그가 열세인 일본 기병의 취약점을 은폐하기 위해 부득이 취한 방법이다. 이외에는 적에게 지지 않을 방법이 없다고 생각했던 것이다.

불덩이와 쇳덩이의 비 속을 뚫고 총사령부에서 참모인 다무라 모리에(田村守衛) 중령이 고다마 겐타로의 명령을 받고 단기로 전선의 후방을 달려왔다.

상황을 보기 위해서였다.

이에 요시후루의 사령부 정면에 한참 적 기병을 충돌하여 언제 대거 돌격 해올지도 모르는 위험 상태에 놓여 있었다. 만약 적이 대거 내습한다면 사령 부의 방어력이란 뻔한 것이어서 요시후루 자신이 칼을 휘두르며 나가 싸워 야만 될 상황아래에 있었다. 하기야, 요시후루가 생각하기에 날이 선 일본도 따위는 가지지 않고, 날이 없는 칼 한 자루를 가졌을 뿐이니 격투를 할 수도 없었다.

다무라가 사령부로 쓰는 민가에 들어가 보니 요시후루는 더러운 돗자리 위에 책상다리를 하고 앉아서 등을 구부리고 지도를 들여다보고 있었다.

그 옆 기둥에 장교용 수통이 걸려 있었다. 수통 속에서 브랜디가 들어 있 는데 그것을 수통 뚜껑에 따라서 마시곤 했다.

다무라 중령은 입구에서 한참 동안 요시후루의 동태를 살피다가 이윽고 인사를 했다.

"총사령부의 다무라올시다."

요시후루는 천천히 고개를 돌려 말했다.

"다무라, 진급을 했는가."

그것이 첫마디였다. 요시후루는 다무라가 아직 소령인줄 알고 있었던 것 이다.

'지금 그런 말을 할 땐가?'

다무라는 다가서서 물었다.

"각하, 상황을 보고 왔습니다. 어떻게 되었습니까?"

요시후루는 말했다.

"보는 바와 같이 무사하네."

이 말은 나중에 유명해졌다. 그 외에는 할 말이 없었으리라.

요시후루는 수통 곁에 장탄을 한 권총을 놔두고 있었다. 적의 기병이 이 사령부에 달려들 때는 하는 수 없이 '탕, 하고 쏠 작정이었다'고, 나중에 술 회했지만 실재로 그 이외의 방법이 없다.

"앞으로 어떡하시겠습니까?"

"뭘 어떻게 해?"

요시후루는 다무라의 얼굴을 보고 싱긋이 웃었다.

예비대까지 통틀어 출동시켰을 뿐 아니라 원군으로 나선 다쓰미 중장의 제8사단 자체가 도중에서 적에게 포위되어 난감한 처지에 놓여 있는 이상 요시후루로서는 자기가 송장이 될 때까지 이곳에 버티고 있는 수밖에 다른 방도가 없었다.

그동안에도 사령부의 전후 좌우에 적의 포탄이 수없이 떨어져 작렬했다. 이대로 간다면 이 사령부가 날아가 버리는 것도 시간문제인 것 같았다.

"내가 할 수 있는 일은 이렇게 이곳에 앉아 있는 일뿐이야."

요시후루는 중얼거리면서 다무라에게 수통 뚜껑을 주며 브랜디를 따라 주었다. 다무라가 망설이자 이렇게 말했다.

"마시라구. 소주보다는 낫다니까."

그러는 판에 심단보의 도요베 대령한테서 전령이 왔다. 전령은 모자 밑의 얼굴이 새까맣게 그을은 조장이었다.

조장은 요시후루의 부관에게 무엇인가 말했다.

"그건 안돼."

요시후루는 장화를 신고 일어서면서 우선 그렇게 말했다. 요시후루는 말하면서 도요베 대령이 아직 살아서 활동하고 있다는 사실 자체가 기적인 것만 같은 느낌이 들었다.

도요베가 상신해 온 용건은 이런 것이었다.

"말을 후방으로 물리고 싶다."

기병이 말을 타지 않고 도보병이 되어 방어전을 하고 있었다. 그래서 말은 뒤쪽 호 속에서 매어 두고 있는데, 워낙 포화가 맹렬하기 때문에 말이 잇달아 쓰러지고 있다. 말이 불필요한 이상 후방으로 물리는 것이 어떠냐는 도요베 대령의 상신은 당연한 말이었다.

그러나 요시후루의 생각은 달랐다.

'그렇게 되면 완전히 보병이 되는 것이 아닌가?'

이런 생각이 우선 들었다.

요시후루가 일본의 기병과를 만들었으나 일본 육군의 고위층들은 기병이라는, 단시간에 장거리를 뛰는 능력을 가진 이 기묘한 병과를 잘 이해하지 못해서 항상 '기병 따위는 무용의 병과'라는 말을 지껄이고 있었다. 거기에다가 고다마 겐타로와 그의 부하 참모인 마쓰카와 대령은 그 기병 집단인 아키야마 지대를 방어전에 써먹고 말았다.

말하자면 보병이 되고 만 것이다.

실제로 도요베 기병 대령은 지금 심단보에서 보병이 되어 적을 막고 있다. 말이 필요 없게 되었다.

——그러나 말이 필요 없게 된 것을 이 자리에서 내가 인정해 버리면 어떻게 되느냐.

요시후루는 생각하는 것이다.

최고 사령부의 몰이해는 고사하고라도, 기병 자신이 자기가 기병이라는 의식이 엷어질 것이 아닌가.

요시후루는 그 때문에 반대했다.

"기병이란 것은……."

말을 이었다.

"말 곁에서 죽는 거야."

'어려운 문제구나.'

옆에서 듣고 있던 다무라 기병 중령은 이런 생각이 들었다.

다무라도 말하자면 요시후루의 제자이다. 그렇지만 이 경우에는 말을 생각하는 것이 옳지 않을까? 말의 보충이 충분한 것도 아니니 공연히 말을 전선에 붙들어 매어 놓고 아깝게 죽일 필요가 없지 않을까.

실제로 도요베 기병 대령이 거느린 부대의 말은 1백 50여 필의 사상을 냈으니 큰 손해였다.

그러나 요시후루는 훨씬 뒷날까지도 자기의 주장을 철회하지 않았다.

"그것으로 족했어."

그는 최후의 한 사람이 될 때까지 진지를 사수하라는 극단적인 말은 끝내 입 밖에 내지 않았으나, 이것은 그 말을 대신한 표현인지도 모른다.

요시후루에게는 색다른 유머가 있었다.

그의 진지 정면에 러시아군의 제19군단의 일부가 맹렬한 습격을 감행해 왔다. 전투는 처참했다.

사나운 강풍과 눈보라 때문에 적의 병력도 알 수가 없었다. 요시후루가 일본군으로서는 가장 화력이 우수한 병단을 거느리고 있었던 것이 그나마 다행스러운 일이었다.

그가 자랑하는 기병포가 쉴 새 없이 불을 뿜고, 일본의 보병은 만질 줄도 모르는 기병 특유의 기관총이 측방 화기의 구실을 감당해서 어쨌든 화력전에서는 적과 아군이 거의 대등했다. 다만 적은 계속해서 병력을 투입했다.

요시후루는 단지 권총을 옆에 놓고 브랜디만 마시고 있었을 뿐이었지만, 그의 전면에 산재해 있는 거점들은 큰 물결을 판자 한 장으로 막는 것 같은 절망적인 싸움을 계속했다.

이때 요시후루는 동북방의 거점의 하나인 흑림대에 포병을 약간 증강하려 했다. 그가 가지고 있는 포라고는 전리품인 러시아의 야포 2문뿐이었다.

요시후루는 한 장교를 불러

"저 2문을 흑림대의 이 지점으로 배치하라."

지도를 가리키면서 말하자 장교는 변색을 하며 의견을 말했다.

"명령을 내리셨습니다만, 아시다시피 적의 포화는 저토록 우세합니다. 고작 2문으로는 금시 침묵을 당하고 말 테니 다른 곳에서 2문을 차출해서 4문을 끌고 갔으면 합니다."

그러자 요시후루는 큰 소리로 꾸짖으며 소리쳤다.

"하라는 대로 하란 말이다."

이런 경우 요시후루는 유머를 모른다. 그렇다고 평소에 부하가 보고하는 의견을 압박한 적도 없었다. 이 경우에는 4문이나 끌고 갈 포의 여유가 없었기 때문이었다.

아무튼 이날 전투는 5시간을 지나서 적이 물러가 주었다. 적이 퇴각한 다음의 전장에는 적이 내다버린 숱한 인마의 시체가 어지럽게 흩어져서 흰 눈을 붉게 물들이고 있었다.

"저것들을 묻어줘라."

요시후루는 정면에 있는 보병 부대에게 명을 내렸다. 그는 전투가 끝날 때마다 적의 유기 시체를 묻어주는 버릇이 있었다.

——적이 불쌍하다.

이 따위의 성자 같은 말을 요시후루가 한 적은 없었다. 다만 그는 군인이면서도 피를 보는 것을 무척 싫어했다.

그런데 땅이 꽁꽁 얼어서 구덩이를 팔 수가 없었다. 군사들은 하는 수 없이 눈을 긁어모아 그것들을 덮었다.

그날 밤, 밤새도록 열풍이 몰아쳤다.

이튿날 아침, 요시후루는 적정을 살피기 위해 망루에 올라갔다.

시야에 다시 적이 들어왔다.

요시후루는 깜짝 놀랐다. 그러다가 곧 그것들이 시체인 것을 알게 되었다. 어젯밤의 바람으로 덮어놓은 눈이 날아가 버린 것이다.

"기요오카(淸岡), 저걸 봐."

사령부 소속의 대위를 돌아보았다.

"러시아 놈들, 제멋대로 쳐들어 왔다가 제멋대로 죽어 있잖아."

뜻을 알 수 없는 유머였으나 그것이 무척 우스웠던지 한바탕 껄껄 웃었다.

기요오카 대위는 그것이 어째서 우스운지 영문을 몰라 전후에도, 아키야마 각하는 별난 분이야, 라고 남에게 이야기하였다.

시간이 흐를수록 각 소거점에 의거하는 일본군 소부대의 퇴각이 늘어났다. 막아낼 수 있는 상태가 아니었다. 때로는 전멸에 가까운 타격을 받기도 했다.

특히 심한 예를 들자면 우거라는 마을을 거점으로 하고 있던 1천 명 정도의 보병 부대는 날이 밝아서 살펴보니 가까운 오가자라는 거점에 있던 우군이 보이지 않았다.

우거의 지휘관은 이토라는 중령이었다.

"연락도 없이 달아나다니 말이 되느냐?"

이토는 분개했으나 적중에서 고군(孤軍)이 된 이상 이토도 계속해서 거점을 지킬 방도가 없었다. 그런 판에 전방에서 행동하던 소부대가 퇴각해 오는 바람에 함께 휩쓸려 그만 후방의 동이보라는 대거점까지 퇴각해 버리고 말았다.

──일본군은 전선에 걸쳐 붕괴의 조짐이 보임.

시베리아 제1군단 산하의 1개 부대를 이끄는 레이스 대령이 군단장 시타케리베르그 중장에게 보고한 내용이다.

그러나 아키야마 요시후루의 지대만이, 흑구대를 포기하고 후퇴한 다네다 대령의 부대를 제외하고는 한 거점도 퇴각하지 않았다.

물러서지 않은 것은 요시후루가 개발한 거점 방어 전법 덕분이었다.

"거점 방어"

이런 것은 일본식의 급습주의와는 서로 상반되는 방식이었으나 약세인 일본의 기병으로서는 그 이외에 적과 대등하게 싸울 방법이 없었다.

이 무렵, 파도가 돌려오듯 밀어닥친 러시아군을 상대하여 일본 기병의 궤멸을 가까스로 지탱해준 것은 유감스럽게도 흙이었다.

요시후루는 만년에 회고하고 있다. 기병의 특징인 운동성이 일본 기병을 궤멸에서 지켜준 것이 아니라, 어떠한 포탄에도 견디어낸 엄개호(掩蓋壕) 덕분이었다는 뜻이다.

일본 기병은 구덩이 속에 틀어박혀 카자크 기병과 절대적으로 우세한 러시아 포병과 끝까지 싸웠다.

요시후루의 기병 제1여단 외에 일본군은 기병 제2여단을 가지고 있다는 것은 앞서 말했다.

또 이 기병 여단이 전애 본계호(本溪湖) 전투에서 기관총 6정을 가졌던 덕택으로 러시아의 대군을 격파했다는 말도 적었다.

그런데 이 제2여단이 총사령부의 명령에 의해 아키야마 지대보다 더 좌익으로 이동한 것은 이 흑구대 격전의 직전이었다. 그러나 그들은 이동한 직후여서 아키야마식 진지를 구축할 여유가 없었기 때문에, 배나 넘는 카자크 기병의 공격을 받아 옴짝달싹도 못하게 되어 마침내 퇴각만 거듭하게 되었다.

"기병은 도망치는 것이 전문이냐!"

그래서 총사령부 참모한테 잔뜩 이런 욕을 먹었지만 그만큼 러시아의 기병은 강했고 일본 기병은 약했던 것이다. 일본 기병은 그 약점을 화력이라든가 진지 구축으로 보충하지 않고는 대항할 수가 없었다.

요시후루는 자기 군대의 약점을 훤히 알고 있었다.

"전쟁에는 이기기 위한 연구가 필요하다."

이런 생각이 낳은 것이 그의 비통하다고도 할 수 있는 거점 방어 전법이었다.

"다쓰미 사단이 오도가도 못 할 궁지에 처해 있다."

이런 소식이 일본군 총사령부에 들어갔을 때 총사령부의 당황이 극에 달했다는 말은 이미 언급했다.

만주에 있는 일본군 가운데 최신 사단인 이 제8사단이 아키야마 지대를 구원하러 가다가 구원은 고사하고 도중에서 전멸의 위기에 봉착할 정도로, 일본군 좌익에 내습한 러시아군이 방대한 대군이라는 것을 일본군 총사령부는 그제야 깨달은 것이다.

궁지에 빠진 이 다쓰미 사단을 구출하기 위해 다시 1개 사단을 급파하는 조치를 취한 얘기도 했다.

그것은 기고시 야스쓰나(木越安綱) 중장이 이끄는 히로시마의 제5사단이었다. 이런 방법이 전술적으로 말하자면 '병력의 축차적 투입'이라는 것도 이미 기술했다.

기고시 중장은 1월 26일 밤중에 십리(十里)강의 머물렀던 숙소를 출발하여 야간 행군을 감행해서, 이튿날 오전 8시 반에 남동구에 도착했다. 그러나 다쓰미 중장은 이 히로시마 사단이 구원하러 온다는 말을 듣고는 "이보다 더한 치욕이 있단 말인가" 하고 눈에 덮인 고성자의 민가에서 소리소리 질러, 참모장 이하 모든 잡병들을 난처하게 만들었다.

다쓰미 나오부미라는 인물은 원래 그런 사나이였다. 남달리 당찬 데가 있다. 이 당찬 점이 그가 젊었을 때 막부의 보병 수백 명을 이끌고 각지를 전전하면서 야마가타 아리토모(山縣有朋)가 거느리는 관군을 때로는 궤멸시키기도 하고, 때로는 고전하게 하여 잔뜩 골탕을 먹였던 것이리라.

"아무튼 군사령관패들은 유신에서 살아남은 영웅들이기 때문에."

전날 오야마 이와오가 그 통제가 만만찮다는 뜻의 말을 해군의 야마모토 곤노효에에게 했었지만, 다쓰미 중장은 군사령관은 아니었으나 오야마가 말하는 '패들'의 부류에서도 으뜸가는 인물이라 해도 과언은 아니다.

구원을 치욕이라고 한다.

전략적인 입장에서 본다면 구원군의 파견은 당연한 것인데 그것을 치욕이라고 흥분할 정도의 인간이 아니면, 전쟁이라는 별난 행위를 운영하는 군대의 통솔자로는 맞지 않을 것이다.

그러나저러나, 시베리아 제1군단의 포위 아래 있는 다쓰미 중장의 사단은 시간이 지남에 따라서 전멸에 가까워가고 있었다.

"명령 수령자를 집합시켜라."

다쓰미는 명을 내렸다.

다쓰미는 이세 구와나 번 출신이면서도 심한 동북 지방의 사투리를 썼다. 왜냐하면 구와나 번의 마쓰다이라 가문은 분세이 6년 오우 시라카와(奧羽白河)에서 전봉 되어온 번이어서, 유신까지 45년 동안 구와나 사족의 말은 오우 사투리였기 때문이다.

"명령 수령자"

이 경우, 대대 이상의 부대에 속한 자를 말한다.

각 부대들은 고개도 제대로 못 드는 포화 속에서 싸우고 있었지만, 아무튼 사단 사령부의 명령이었기 때문에 각 여단, 연대, 대대 본부에서 조장 이상을 차출해서 보냈다. 그들은 포화 속을 때로는 포복까지 하면서 사단 사령부로 모여 들었다.

이윽고 명령 수령자가 집합했다.

참모장은 그들을 사령부 앞에 모아 놓고 필요한 명령과 주의를 필기시켰다.

그동안에도 포성이 계속 지축을 뒤흔들고 눈보라가 흩날려 참모장의 말소리가 잘 들리지 않았다. 연필을 쥐고 필기를 하는 각 부대의 명령 수령자들이 자주 얼굴을 들고 되풀이를 부탁할 정도였다.

"한 번 더 말씀해주시오."

전황은 갈수록 비참해졌다. 심지어는 후방인 3천포에 있는 구급소까지 적의 습격을 받아, 그 수비를 맡고 있던 1개 중대는 병사의 절반이 사상하고 중대장까지 전사해서 몇 차례나 사단 사령부에 위급을 전해왔다.

"원병이 없으면 더 이상 지탱할 수가 없습니다."

그러나 사단 사령부는 그곳을 구원할 병력이 단 한 명도 없었다. 하는 수 없이 퇴각을 명했다. 간신히 생존한 병사 70명이 시체와 부상자를 병참대와 수레에 싣고 도망가는데, 도중에도 카자크 기병이 몇 차례나 습격해와서 장창으로 찔러 죽이는 등 참담하기가 말할 수 없었다.

구급소는 소마보까지 후퇴했다. 야전 의무대까지 습격을 당한다는 것은 드문 일이었다. 다른 부대는 짐작하고도 남음이 있으리라.

"우리 사단은 개전 후 줄곧 본토에 남아 있다가 전선에 뒤늦게 나왔다. 그래서 여전히 다른 사단에 비하면 상처가 거의 없다. 이게 처음으로 적을 만난 것인데 이 꼬락서니들이 한심하다. 싸움이란 지지 않겠다고 마음먹으면 지지 않는 법이다. 다른 사단을 보라. 어느 사단이든 대여섯 차례나 대격전을 치러서 개전 당시의 장료로서 생존한 자는 손꼽을 정도밖에 남지 않았다. 우리 제8사단은 일찍이 일본 제일의 정강 사단이라 칭송을 받았는데, 이 정도의 싸움으로 고전을 하다니 될 법이나 한 말이냐. 오우 건아가 다른 사단에 뒤질쏘냐, 하고 결심만 한다면, 다른 사단이 5, 6차의 싸움에서 입은 상처를 한 번쯤 입어도 될 것이 아니냐. 그런 각오로 싸워라."

참모장의 시달이 끝나자, 사단장 다쓰미 중장이 중국의 옷궤짝 위에 올라서서 이 말을 하고, 발을 힘껏 굴렀기 때문에 그만 딛고 올라섰던 궤짝이 찌그러지고 말았다.

이 이야기는 전후에도 오랫동안 사단에 전해 내려와서, 다쓰미는 그의 능숙한 용병 솜씨로 군신처럼 추앙받았다. 그러나 다쓰미는 전후 이 전쟁으로 인한 고생 때문에 병을 얻어 메이지 40년에 죽었다. 그는 죽기 전에 종종 술회했었다.

"나는 흑구대에서 죽었어야 했는데 이상하게도 2년 이상을 더 살았다."

──적의 병력은 예상 외로 많다.

다쓰미는 이 연설을 할 때 이렇게 생각했었지만, 전후에 러시아측 자료를 검토해본 결과 아키야마 지대와 그의 사단을 포위한 그리펜베르그 대장의 병력은 약 10개 사단이었다는 것을 알았다. 거기다가 별도로 일본군이 가장 두려워했던 미시첸코 중장의 기동 병력이 2개 사단 반이나 되었다는 것을 알았다.

"나는 그렇다 치더라도 아키야마는 그때 어떤 얼굴을 하고 막고 있었을까."

그는 자기가 체험한 일이지만 거짓말 같이 생각되었고, 또 남에게도 정직하게 고백했다.

이윽고 기고시의 제5사단이 도착하여 다쓰미 사단의 우측에서 작전을 전개, 유조구와 이가와붕의 적을 공격했으나 적의 증원 부대는 점점 더 많아져 마치 웅덩이에 돌을 던지는 격이었다.

──적은 엄청난 대병력이다.

일본군 총사령부가 이것을 깨닫게 된 것은 아키야마의 응원을 보낸 다쓰미가 아키야마와는 연계 작전도 펴보지 못하고 포위된 데다, 그 다쓰미를 구원하러 보낸 기고시도 도착과 동시에 고전에 빠졌다는 것을 안 다음이었다.

그런데 기고시는 전장에 도착과 동시에 예정의 작전을 펴기보다도 먼저 급한 불을 끄는 일을 해야만 했다.

그것은 다쓰미 사단이 그 후방의 의무대와 병참대를 공격 받고 있는 일이다. 습격하는 적은 미시첸코 기동 부대의 일부인 카자크 기병이었다.

기고시는 이것을 구출하기 위해서는 동이보의 일본군 진지를 점령한 적을 격퇴해야 한다는 것을 알고 사단의 절반을 쪼개어 지대를 만들어서 무라야마 소장에게 지휘를 맡겼다.

이렇게 사단 병력을 분산시키고 나니 이제는 구출 작전의 최종 목적인 심단보와 아팔대(啞叭臺)에 의거하는 아키야마 지대에까지 손을 뻗칠 수가 없었다.

이런 형편이 되고 보니 기고시 사단이 무엇을 하러 나왔는지 모르게 되었다. 말하자면 적에게 이리저리 놀림감이 되어 전장에 표류하는 결과가 되고만 것이다.

"적은 대병력을 가지고 아군의 좌익을 돌파하여 아군 후방으로 나와 포위를 하려 한다."

총사령부는 그제서야 그리펜베르그의 의도를 알게 되자 사태의 중대성에 비추어 개전 이후 공전의 대결단을 안 내릴 수 없게 되었다.

그 결과 일본군 우익을 지키고 있는 제1군인 구로키군에서 몰래 병력을 빼돌리게 되었다. 이미 총사령부로서는 예비병을 단 한 명도 가지고 있지 않은 이상, 위험이라기보다는 자멸을 건 대모험을 안할 수 없었다.

"어쩔 수 없다."

고다마 겐타로는 이 계획을 짜낸 마쓰카와 대령에게 고개를 끄덕였다.

구로키군의 제2사단(센다이)을 차출하게 되었다. 차마 사단 병력을 몽땅 빼낼 수는 없어서, 개중의 1개 여단과 1개 연대, 거기에다 포병 1개 대대를 빼내어 니시지마 스케요시(西島助義) 사단장이 직접 이끌게 했다.

그런데 이 제2사단의 행군이 가장 난행이었다. 그들은 눈보라와 혹한 속을 밤새워 행군해서 28일 오전 7시에 간신히 전장 부근인 대람기에 당도했다. 그러나 인마가 모두들 몹시 지쳐 있었다.

"그것으로도 부족할지 모른다."

총사령부는 다시 이번에는 제2군인 오쿠군에 속해 있는 나고야 출신 제3사단(사단장 오시마 중장)을 뽑아 좌익으로 나가 심단보의 도요베 대령을 구원하라는 명을 내렸다.

병력의 축차 투입이라는 전술의 금기 사항이 자꾸만 되풀이되었다. 걸출한 작전가였던 고다마 겐타로의 작전 능력이 가장 저하했을 시기가 이때였을 것이다.

그 이유는 최초의 착오 때문이었다. 맨 처음에 적을 너무 과소하게 보았던 것이다. 그것이 이토록 과오를 크게 만들었다.

결국에 가서는 심단보, 흑구대, 이대인둔을 사수하고 있는 아키야마 지대의 응원군이 총계 4개 사단에다 후비 여단 1개, 그리고 포병 2개 연대라는 엄청난 병력으로 늘어났다.

작전의 목적은 하나였다.

이토록 병력이 팽창한 작전 부대가 되고 보면 당연히 이 병력을 한 사람의 지휘하에 두어야만 한다.

그래서 이것을 '임시 다쓰미군'이라 이름을 붙여 다쓰미 나오부미 중장으로 하여금 임시로 군사령관직을 맡게 한 것은 28일이 되어서였다.

'임시 다쓰미군.'

갑작스러운 명령이었다.

'군(軍)'이란 일본군의 야전 편지에서는 최대의 전투 단위이다.

반복하는 것 같지만, 제1군은 구로키 다메모도, 제2군은 오쿠 야스카다, 제3군은 노기 마레스케, 제4군은 노즈 미치쓰라로서 이 4개군 밖에 없었다. 사령관의 계급은 모두 육군 대장이었다. 이 군 아래 몇 개의 사단과 특별 편제의 여단을 가지고 있었다. 사단장은 중장이고 여단장은 소장이었다.

그런데 이 '임시 다쓰미군'의 사단장인 다쓰미는 중장이었다. 그는 나이와 경력과 전공으로 봐서는 다른 대장들에 비해 손색이 없었으나, 보신 전역 때 막부군이었고, 또 사쓰마나 조슈 출신이 아니었기 때문에 대장의 진급이 늦어지고 있었다.

여기서 골치 아픈 일이 하나 생겼다. 다쓰미의 임시군 휘하에 속하게 된 중장 사단장들 중에 다쓰미보다 먼저 중장이 된 사람이 하나 있었다.

제3사단(나고야)을 지휘하는 오시마 요시마사(大島義昌) 중장이었다. 그는 조슈 출신이었다.

"내가 다쓰미의 지휘를 받는다면 군대 질서가 밑바닥에서부터 무너진다."

오시마의 이 말은 무리가 아니었다. 결국 그는 '임시 다쓰미군'을 무시하고 모든 명령을 그의 직속 상관인 오쿠 대장에게 받아서 움직였다.

물론 오쿠는 심단보나 흑구대 방면의 전황에 대해 밝지 못했다. 그러나 군대 질서의 면에서는 오시마가 취한 행동이 잘못은 아니었다.

"총사령부는 돌았나?"

오시마는 소리쳤다. 총사령부가 돌지 않을 수 없는 상황이었다고는 하지만, 전군의 존망이 경각에 달려 있는 위기에서도 여전히 연공(年功)과 서열을 주장하여 끝내 다쓰미의 지휘를 받지 않은 오시마에 대해서, 총사령부의 한 참모가 '정말 한심하다'고 빈정거렸는데, 역시 그릇된 말은 아니다.

그러나 잘못은 역시 총사령부의 조치에 있었는지 모른다.

왜냐하면, 다른 사단장들도 실제로 그것이 불가능하다는 것을 총사령부에 주장했다.

"다쓰미의 지휘를 받으라고 하지만 다쓰미와는 전화조차 가설할 수 없잖아."

다쓰미는 흑구대에 가까운 고성자(古城子)의 사단 사령부에 있다.

다쓰미 자신이 전후 좌우의 적과 싸우는 것도 벅찰 지경인데, 다른 사단에 대해 지시를 내릴 여유가 있을 턱이 없었다. 또 그럴 수 있는 전화라든가 전령 따위의 통신 기능도 없었다.

"군(軍)"을 운영하려면 군사령부에 전장 첩보를 위한 기능을 가져야만 하는데, 사단 사령부는 다쓰미에게는 그런 것이 없기 때문에 전반적인 걱정도 모르고 몇 개 사단이라는 대군을 움직일 수는 없는 것이다.

"어차피 연공과 서열을 무시한다면 적정에 밝은 아키야마 요시후루를 임시 군사령관으로 하면 좋지 않겠나."

오시마가 이런 말까지 했다지만, 물론 소장이 중앙을 지휘할 수는 없었다.

이런 실정과 혼란한 상황 아래 있었기 때문에 각 사단장은 다쓰미의 지휘를 받지 않고 직접 사령부의 지휘를 받았다.

'임시 다쓰미군.'

이것은 결국 전사(戰史)에만 나오는 허수아비의 호칭이 되고 말았다.

한편 총사령부는 27일 저녁때쯤부터 공기가 가라앉기 시작했다. 냉정을 되찾은 것이다.

고다마 겐타로는 한 때는 몹시 흥분했으나 "내가 흥분을 한대서야 말이 아니지."

그러더니 한바탕 웃고 난 다음 덧붙여 말했다.

"총사령부는 이기게끔 명령을 내려야 한다. 떠들어 댄다고 될 일인가."

어린애가 무엇을 한 가지 새로 배운 것처럼 순진하게 지껄였다.

이 무렵 오야마는 방안에서 신문을 읽고 있을 때가 많았다.

'아무래도 지는 싸움이 벌어졌나?'

그도 인간인 이상 이렇게 아니 생각할 수가 없었을 것이다.

원래 오야마는 고다마와 마찬가지로, 이 러일전쟁을 어떻게든 6대 4의 승리로 끌고 갈 것만을 생각했다. 그 이상은 불가능하다고 생각했다. 즉 냉정히 계산을 하면, 아무리 일본군이 용전 분투를 해도 5대 5가 되면 성적이 양호한 편이었고, 이것을 어떻게든 작전면에서 적을 능가하여 6대 4로 만들려는 것이 오야마와 고다마의 목표였다.

지금까지는 그럭저럭 그렇게 끌고 왔다.

그것이 작전상의 착오 때문에 지금 좌익에서 대소동이 벌어지고 말았다. 좌익이 붕괴하면 러일의 전세는 역전하여 경우에 따라서는 일본군의 궤멸을 초래할지도 모른다.

틀림없이 그렇게 될 것이다.

그렇다면

──지는 싸움일 때는 내가 지휘를 하겠소.

일본을 떠날 때 그대로 실현될지도 모른다.

그러나 그는 사태가 여기에 이르렀는데도 참모들이 있는 작전실을 기웃거리는 짓을 하지 않았다. 그가 바라는 것은 작전실의 기능이 기계처럼 냉정하게 움직이는 일이었다. 자기가 방안에 들락날락하면 그렇지 않아도 흥분되기 쉬운 공기가 더욱 그렇게 되리라 생각했던 것이다.

그는 신문을 구석구석까지 샅샅이 훑어 읽다가 문득 독자 투고란에서 노래를 발견했다.

신문은 도쿄 니치니치 신문(東京日日新聞)이었다.

젊은 출신 장교의 새 아내가 읊은 노래인 듯하다. 노래의 뜻은 바느질을 하다가 옷깃에 눈물이 떨어졌다. 그것이 점점이 얼룩졌다는 것이다.

용서하세요, 옷깃에 지워진 얼룩 자국, 그리워 울다 흘린 눈물이에요.

오야마는 이 노래에 몸부림칠 정도로 감동하여 곧 탁상의 종이를 끌어당겨 적어놓았다.

──뉘 집 가인인가, 이방에 원정간 남편을 그리누나.

그는 마침 방에 들어온 부관인 후루카와 포병 소령(후일 소장까지 승진)에게 그 노래를 보이면서 말했다.

"후루카와 소령, 이 노래를 한번 읽어 보라구. 얼마나 아름다운 마음씬가."

그 뿐만 아니라 오야마는 이 노래를 한시로 번역하려고, 기승전결 가운데서 전구와 결구만을 만들어 후루카와에게 보였다.

勿嫌襟上班班色
是妾燈前和淚縫
싫어 마세요, 깃에 묻은 얼룩 점, 이 아내가 등잔 밑에서 꿰매다 흘린 눈물이랍니다.

보여 놓고는 금방 부끄러운 듯, 도로 받아들고는 중얼거렸다.

"역시 본래의 노래가 좋아. 지은이는 필경 아름다운 규수일 거야."

후루카와가 부동 자세로 서 있자 그는 물었다.

"고다마 장군은 뭘 하시나?"

후루카와는 고다마의 거동을 알려 주었다.

"아, 그래."

오야마는 이렇게 대꾸했을 뿐이었다.

후루카와는 흑구대 격전 당시의 오야마에 대해 평생토록 이 이야기를 했다.

이 원고는 전투 묘사를 하는 것이 그 목적이 아니라, 신흥 국가 당시의 일본인의 어떤 능력과 또는 어떤 정신 상태를 어렴풋이나마 더듬어 보려는 것이 말하자면 주제다.

그러나 막상 흑구대 회견의 처참한 전투 결과를 자세히 살펴가다보니, 그들 동북 지방의 젊은이들이 전 일본군을 대붕괴로부터 구한 그 움직임 하나하나를 안 적을 수 없게 되었다.

제8사단 즉 통칭 다쓰미 사단이라 불리는 히로마에 사단은, 구마모토의 제6사단과 함께 일본 최강의 사단이란 말을 들어왔다.

이 사단의 고향인 히로마에에서는 전후, 겨울의 화롯가에 앉아서 지껄이는 이야기라곤 이 흑구대의 처절한 싸움뿐이었다. 또 거기서 살아남은 군사들은 누구 한 사람 사단장인 다쓰미 나오부미를 칭찬하지 않는 사람이 없었다. 그가 있었기 때문에 이겼다는 말이 그 회고담의 결론이 되어 있었다.

다쓰미가 히로마에에서 오랫동안 군신으로서 추앙받는 것을, 필자는 이 대목을 조사할 무렵에야 알았다.

그런데 역사라는 것은 역사 그 자체가 하나의 저널리즘인 면을 가지고 있다. 다쓰미 나오부미는 동북 지방의 곳곳에서는 '군신'이었으나, 다른 지방에서는 거의 알려지지 않고 있었다.

갑자기 이상한 말을 하는 것 같지만, 하야시야 다쓰사부로(林屋辰三郎) 씨의 표현을 빈다면 역사상의 인물로서는 선전 기관을 가진 사람이 유명해졌다.

미나모토 요시쓰네(源義經)는 '기케이 기(義經記)'를 가졌고, 구스노키 마시시게(楠木正成)는 '다이헤이 기(木平記)'를 가짐으로써 후세의 사람들 입에 오르내리게 되었다.

여순 전투에서의 노기 마레스케는 마지막 한 시기까지는 사상 유례가 없는 패장으로서, 그의 불행한 능력에 의해 일본이라는 나라 자체를 멸망의 직전까지 몰고 갔던 사람이었으나, 전후 백작이 되어 귀족이면서도 콩 파는 거리의 소년에게 온정을 베풀었다는, 메이지 때의 사람들에게 큰 감동을 불러일으키는 미담 때문에, 신파 연극과 만담의 좋은 재료가 되어 마치 '기케이 기'의 요시쓰네와 같은 행운을 누릴 수가 있었다.

노기 마레스케는 이런 점에서 복 받은 사람이었으나, 다쓰미 나오부미는 노기의 경우처럼 조슈 파의 혜택을 입을 수도 없는 옛 막부 계열의 사람이어서, 메이지 때의 육군에서는 고독한 존재였다.

이상은 객담이다.

다쓰미 사단이 전장에 도착한 첫날에 맞게 된 러시아군의 병력은 8개 사단이었다.

그 예하 부대인 요리다 고타로(依田廣太郎) 여단 따위는 소총만의 장비였는데, 50문 이상의 러시아 포병의 집중 포화를 입고 의거할 지물도 없는 눈 벌판에서 거의 전멸의 위기에 직면했다.

러시아군은 교묘히 포진지의 배열을 변화시켜 북쪽에 16문, 남쪽에 12문, 남서에 12문, 북서에 8문, 그밖에 8문 하는 포진을 쳐서 요리다 여단을 포위하여 기막힌 화망을 구성해 가며 보병을 육박시켰다.

그 결과 쓰가와 대령의 연대 따위는 쓰가와가 부상하고 쓰가모토(塚本)라는 소령이 연대를 지휘했는데, 그는 지휘뿐만 아니라 직접 소총을 들고 사격까지 하다가 끝내는 포탄을 맞아 몸뚱이가 풍비박산이 되었다. 병력의 4분의 3이 쓰러져 시체가 눈 벌판을 덮었는데 마치 사람의 도살장을 보는 것 같은 광경이었다.

한편, 아키야마 지대의 처절한 전투는 다쓰미 사단의 유가 아니었다.

구원군인 다쓰미 사단도 구원 도중에 고군이 되어 버렸지만 아키야마 지대는 더한 고군이었다.

적의 포위는 점점 더 두터워지고 포화가 치열하게 터져 호흡마저 간신히 할 정도였다. 가끔 적의 기병이나 보병이 습격해와서 근접 전투나 배병전을 전개할 때가 있었는데, 그때만은 적의 포화가 멎기 때문에 오히려 숨을 돌릴 수 있었다.

도요베 대령이 지키는 심단보는 개전 이후 이때까지의 야전에서 한 지점에 그만큼 대량의 쇳덩이가 퍼부어진 예가 없었다.

그것은 당연한 일이었다. 이 대 공세의 지휘자인 그리펜베르그 대장은

"어쨌든 심단보를 점령하라. 그곳에 큰 구멍을 뚫어야만 우리 남하 작전이 수월해진다."

그런 의도였던 것이다.

일본군으로서 다행했던 점은 아키야마 요시후루의 두뇌가 대국을 살필 줄 아는 능력을 가진 일이었다.

요시후루는 그의 좌익이 부서지면 전 일본군이 붕괴하는 것을 알고 있으며, 사수하는 것만이 유일한 전략이라는 것도 알고 있었다.

"사수"

이 경우의 어려움은 그가 담당한 정면의 넓이만 봐도 짐작이 간다. 자그마치 30킬로가 넘는 넓이였다. 30킬로의 정면을 지키자면 6, 7개 사단이 필요하다는 것이 전술상의 상식이었다. 그것을 불과 8개 연대로 지키고 있는 것

이다. 상식으로 봐서는 10분의 1의 병력이었다.

　요시후루로서는 어떻게든 사수하고 있으면 다쓰미 사단이 온다. 그때까지 최후의 한 사람이 되더라도 거점을 붙들고 있는 일이었다. 사수만 하고 있으면 원군이 왔을 때, 그것을 거점으로 해서 공세로 전환시킬 수가 있는 것이다.

　"도요베는 에치고 사람이니까……."

　삼단보의 거점에 대해서 요시후루는 자주 되뇌고 있었다. 도요베는 니가타(新潟) 현 출신으로서, 에치고인 특유의 완고함과 끈질긴 의지를 가진 점에서 전형적인 인물이었다. 그는 사관학교 5기의 기병과 출신으로 평소에는 우둔하다는 평을 듣고 있었다. 요시후루는 도요베가 약삭빠른 잔재주꾼이 아닌 점에서 심단보 방위라는 일본군 전체의 운영에 관계되는 임무의 담당자로서 최적임이라는 것을 알고 있었다.

　요시후루는 심단보 거점의 진지 공사에 두 달을 소모했다. 겨울철이기 때문에 산병호를 충분히 파지도 못했고, 장애물도 북쪽과 남쪽은 충분했으나 다른 곳은 빈약했으며, 녹채도 한 줄에 불과했고 철조망도 폭이 5미터 남짓밖에 안 되었기 때문에 기존 가옥과 토벽을 이용하는 수밖에 없었다. 러시아군의 공병 상식으로 본다면 이것은 진지가 아니었다.

　그런데 1월 25일의 러시아군 중야포의 포격을 받아 마을 안의 가옥이 거의 부서져 일본군은 방패가 될 흙벽의 태반을 잃었다.

　26일에는 러시아군 1개 사단과 1시간 동안이나 격투를 해서 그것을 격퇴시켰다. 이때 러시아군은 5백의 유기 시체를 눈 위에 남겼으나 그 뒤 러시아군은 포병 진지를 앞으로 내어 심단보에 철저한 포격을 가해왔다. 중포와 야포가 합쳐서 3, 40문이나 되는 대화력이었다. 그 중에서도 15센티 중포탄의 위력은 굉장했었다.

　러시아군은 포격이 끝나자 다시 보병에 의한 공격을 가해왔는데, 이것은 요시후루가 도요베 대령에게 주었던 세 정의 기관총이 무서운 위력을 발휘하여 격퇴했다. 러시아군의 제14사단만도 1천 2백 20명이라는 사상자를 냈는데 거의 태반이 일본군 기관총에 의한 피해였다.

　"임시 다쓰미군"의 각 사단이 군으로서 연계 작전을 개시한 것은 28일 아침이 되어서였다.

핵심인 다쓰미의 제8사단 좌우로 각 사단이 병진했다. 특히 가장 우익으로 나가던 제3사단 중의 보병 제18연대가 약진해서 아키야마 지대의 거점의 하나인 아팔대로 진출, 그 거점을 포위중인 적 2개 연대를 격퇴한 것이 작전 성공의 시작이 되었다.

다시 포병 제13연대는 한산대의 거점에 들어가 전방의 금산대와 황지에 밀접해 있는 적에게 포화를 퍼부었다. 2주 밤을 꼬박 행군에 온 제5사단 주력 부대는 금방 유조구와 이가와붕을 점령하고 포병 제17연대가 이들에게 협력했다. 더욱이 이 사단 소속의 1개 여단은 다쓰미 사단의 좌측 뒤에 있는 적을 격퇴시켜, 다쓰미 사단의 전진을 안전하게 해주었다.

거기에다 이날 좀 늦게 전장에 도착한 제2사단도 히로마에 사단을 포위하고 있는 적을 격퇴하여 다쓰미의 흑구대를 향한 행동을 수월하게 해주었다.

이렇게 해서 다쓰미의 제8사단이 적의 포위에서 풀러난 것은 오전 11시경이었다.

"흑구대로."

이것은 다쓰미 사단의 강렬한 목표였다.

그런데 러시아군은 흑구대를 고수하고 있었다.

그들은 이미 흑구대 주변의 여러 촌락을 진지화시켜 놓고 있었다. 따라서 이곳으로 향한 다쓰미 사단의 전투는 처절했다. 특히 사단 중앙에 위치한 다베 소장의 여단은 흑구대 남쪽의 소마보에서 발이 묶였다. 다베 소장까지 부상해서 후송되고, 격투를 5시간이나 전개했으나 전세는 조금도 호전되지 않았다. 오후 3시 20분, 마침내 나카무라 대위가 인솔하는 1개 중대 2백 명이 총검 돌격을 감행하여 적 1백여 명을 찔러 죽이고 2백여 명을 포로로 함으로써 겨우 활로를 뚫었다.

그러나 흑구대 그 자체에 밀집해 있는 러시아의 대군은 여전히 활발했다. 일본군의 여러 부대가 접근할 때마다 그들은 맹렬한 총포화를 퍼부어 눈 벌판을 피로 물들이곤 했다.

다쓰미 중장은 이런 난전에 가장 적합한 지휘관이었다.

이 사나이의 이성은 이런 경우에 신기하리만큼 명석해진다. 그 대신 그 정신은 광기를 띠게 되는 수가 있다. 오후 10시, 마침내 크게 분개한 그는 놀랄 만한 결심을 하여 곧 예하 부대에 명령을 시달했다.

"오늘 밤 사단의 전력을 기울여 야습을 감행한다."

사단 병력의 야습이란 이론적으로는 가능해도 그것이 성공한 예는 극히 드물어서 보통 잘 쓰지 않는다. 그러나 다쓰미는 야습의 명인이었다. 지난날 막부 군사를 이끌고 관군을 괴롭힌 것은 이 야습이었다.

그는 결심을 하자 즉시 제5사단의 기고시 중장에게 연락하여 협력을 요청했다.

이미 다쓰미 사단은 3주동안 밤낮을 쉬지 않고 행군과 전투를 거듭했었다. 그동안 사상자가 속출해서 병력의 3분의 1이 줄어든 실정이었다.

29일 오전 2시 전후부터 3개 여단의 다쓰미 사단은 눈보라를 무릅쓰고 돌진하여 격전 끝에 기어이 그 일부가 흑구대의 한쪽 모퉁이에 달라붙었다.

그러나 사단의 주력 부대는 적의 기관총에 저지되어 사상자가 속출했으며 사망자만 2천을 헤아리는 숫자였다. 다쓰미는 그래도 말을 최전선까지 몰고 가 군사들을 질타하며 전진시켰다. 마침내 오전 5시 반쯤 적은 동요하여 퇴각하기 시작했다.

흑구대를 완전히 점령한 것은 오전 9시 반이었다.

이 전투를 통해 다쓰미 사단이 입은 손해는 사상이 무려 6천 2백 48명이나 되었고 그 중에서 전사자만 1천 5백 55명이었으니, 한 전장에서 한 사단이 입은 손해가 많기로는 이 시기까지 세계의 전쟁사에 그 유례가 없다고 한다.

아침 태양이 다시 눈에 덮인 대지를 비추었으나, 어지럽게 흩어져 있는 적과 아군의 사체 때문에 눈 벌판은 온통 붉게 물들어 있었다.

다쓰미 사단이 매장한 적의 시체만 해도 7천 8백 34구였다. 유기된 소총이 2천 4백 87정, 포로 4백 14명이었으니, 러시아군의 손해도 개전 이후 한 전장에서는 최대의 것이었다.

일본군에 의해 "불의에 일어났다"고 하는 흑구대 격전은 1월 29일 여명, 러시아군의 퇴각으로 그 막을 내렸다.

이 격전에 참가한 일본군의 전투 병력은 최종적 집계로 5만 3천 8백 명이었고, 그 중에 사상이 9천 3백 24명이었다.

러시아군의 전투 병력은 10만 5천 1백 명이고, 그 사상은 1만 1천 7백 43명이었다.

러시아군으로 봐서는 최대의 승기를 놓친 셈이리라. 그만한 대군이 그토록 정연한 조직적인 작전을 전개하여 각지에서 일본군의 소부대를 격파하면서 남하했다가 소기의 목적을 달성하지도 못하고 9할의 건강한 병력을 남긴 채 퇴각했다는 것은 아무래도 기묘한 일이 아닐 수 없다.

이 대작전을 담당한 그리펜베르그 대장이 하루만 더 싸움을 계속했다면, 이미 절반으로 줄어든 다쓰미 사단을 궤멸시키기는 수월했을 것이며, 만약 그렇게 해서 일본군의 후방으로 그의 10만 대군을 진격시켰다면, 연대의 일본군 총사령부는 보따리를 꾸려서 도망을 아니 갈 수가 없었으리라.

그 외에도, 당시 일본군 정면에서 대병력을 쥐고 있던 총사령관 크로파트킨이 그의 대병을 움직여 일본군의 중앙과 우익을 공격했다면——전술에서는 초보적인 상식이지만——종심(縱深)이 짧아, 이를테면 눈가림으로 포진을 한 일본군은 사분오열되어 마침내는 궤멸했을 것이다. 그렇게 되었다면 아마 러일전쟁은 그 일전으로 끝장이 났음에 틀림없다.

그런데 기괴하게도 격전이 전개되고 있는 28일에, 즉 러시아군으로서는 압도적으로 우세한 상황하에 있는 판국에 총사령관 크로파트킨은 "퇴각하라"고, 제2군 사령관인 그리펜베르그 대장에게 명령을 내렸던 것이다.

믿을 수 없을 만한 명령이었다.

이 명령은 28일 오후 8시에 하달되었다. 그런데 그보다 15분 전에

"공격을 계속하라."

이런 명령이 그리펜베르그에게 내려지고 있었던 것이다. 불과 15분 후에 정반대의 명령이 내려진 셈이다.

극단적으로 의지력이 결여된 이 명령 변경의 이유에 대하여 크로파트킨은 이런 이유를 들고 있다.

"일본군이 우리의 중앙을 찌르려 한다."

사실 오야마와 고다마는 중앙의 병력을 거의 좌익의 위급한 자리로 이동시켰기 때문에 그것을 적에게 기만하려고 위장 공격을 약간 중앙부에 감행했었다.

이 미약한 양동 작전에 크로파트킨의 과민한 신경이 즉각 반응을 보인 것이다.

"퇴각하라."

이것은 제2군 10만을 거느리는 그리펜베르그에게 명을 내린 것이지만 아무리 미숙한 자가 총사령관이었다 해도 크로파트킨과 같은 명령은 하지 않

았을 것이다.

일본군이 러시아군 중앙에 공격을 해온다면 거꾸로 그것에 대해서 반격을 가할 일이었고, 그랬으면 종이를 뚫듯이 수월하게 일본군의 중앙을 궤란시킬 수가 있었던 것이다.

그렇게 되면 일본군은 좌익으로 보냈던 수개 사단을 도로 불러와야 했을 것이고, 그렇게 되면 좌익의 아키야마 지대는 전멸하고, 그리펜베르그는 일사천리로 일본군의 심장부를 찌를 수가 있었던 것이었다.

흑구대 격전은 러시아군이 발동하고 그들의 주도 아래 치러졌다.

그 도중에 러시아군은 성공 직전까지 몰고 갔다가 퇴각하고 말았다.

아무튼 이 회전은 결코 일본군의 승리라고 할 수는 없다.

총사령부의 작전상 착오와 안이한 판단을, 아키야마 요시후루와 다쓰미 나오부미의 병사들이 사력을 다해 싸움으로써 간신히 정상 상태로 되돌릴 수가 있었다는 것이 정확한 표현이다. 말하자면 방어전의 성공이었다.

동원 병력의 1할의 손해를 본 그리펜베르그는 여전히 9할의 팔팔한 병력을 보유한 채 크로파트킨의 괴상한 명령 때문에 작전을 중지하고 물러서게 되었다.

"그 자의 진의는 알고 있다. 나의 성공을 두려워한 거야. 내가 이 작전에 성공하면 그 자의 지위가 위태롭게 된다. 단지 그것뿐인 이유로 러시아 제국의 승리를 그 자는 오야마에게 팔았다."

그날 밤 그리펜베르그는 부하 장군들 앞에서 이렇게 크로파트킨을 욕했다는 것도 무리가 아니었다.

그는 처음에는 이 명령을 무시하려 했다. 그러다가 자기 군이 고군(孤軍)이 되는 것을 두려워했다. 명령을 무시하면, 크로파트킨은 설사 그리펜베르그가 위기에 빠져도 구해주지 않을 것이다.

하는 수 없이 그리펜베르그는 광대한 전선에 전개하고 있는 여러 사단에 대해 퇴각 명령을 내렸다. 전령 기마가 사방으로 달려 나간 것은 28일의 한 밤중이었다.

그리펜베르그는 29일 아침 북쪽으로 떠나면서 페테르스부르크에 사직서를 띄우기 위해 전문 초안을 부관에게 쓰게 했다.

"러시아 제국의 적은 일본인이 아니라 크로파트킨이다"라고 하려다가 참았다.

왜 크로파트킨은 움직이지 않고, 또 그리펜베르그에게 공격을 중지시켰는지에 대해서는 "그의 보신술이다. 내가 전공을 세우는 것을 두려워한 거다"하는 그리펜베르그의 해석도 있으나, 설사 크로파트킨이 그런 생각을 했다손 치더라도 그것만이 동기였는지 그것은 분명치가 않다.

"제2군인 그리펜베르그가 성공하면 그것을 본 다음에 제1군을 쥐고 있는 나도 움직이자."

단지 명백한 것은 이처럼 이중 대비를 했던 것만은 확실한 것 같다.

완전함을 좋아하는 크로파트킨은 항상 결심을 이중으로 실시하려는 버릇이 있었다. 이 점은 개전 이후의 그의 작전을 봐도 알 수가 있다. 이 흑구대의 지명으로 상징되는 이 작전의 경우에도 그것이 노골적으로 나타났다고할 수 있다.

어쨌든 그리펜베르그는 이 작전 뒤에 유럽 러시아로 돌아가 버리고, 만주에 있는 러시아군은 명실공히 크로파트킨이 장악하여 그는 관료로서 일단성공을 했다. 그가 이 결과에 충분히 만족했던 것은 사실이다.

다만 유럽——러시아로 돌아간 그리펜베르그가 신문과 그 밖의 보도물에크로파트킨을 공격하는 글을 게재하여, 그것이 각국의 신문에 보도되었기때문에 크로파트킨으로서는 그 점이 번거로웠다.

"최후에는 일본군을 하얼빈까지 북상시켜 그 보급을 곤란하게 하여 일거에 궤멸시킨다."

그러나 그는 이러한 최종적인 성공 가능안을 가지고 있었기 때문에, 그리펜베르그의 성가신 중상에 동요한 기색은 조금도 찾아 볼 수가 없다.

크로파트킨의 이 하얼빈 결전안에 대해서는 적인 고다마 겐타로도 그렇게추측하고 만약 그것이 실현된다면 일본군의 패배라는 것도 알고 있었다.

고다마로서는 그렇게 되기 전에, 크로파트킨에 대해 결정적인 승리를 거둘 대작전을 전개할 필요가 절실했다.

봉천 회전의 작전 계획은 이 흑구대 회전 직전에 이미 그의 손으로 안건이만들어져 있었던 것이다.

지은이
시바 료타로(司馬遼太郎)

그린이
전성보(全聖輔)

옮긴이
박재희 창춘사도대학일문학전공 김문운 니혼대학일문학전공
김영수 와세다대학일문학전공 문호 게이오대학일문학전공
유정 조지대학일문학전공 추영현 서울대학교사회학전공
허문순 경남대학불교학전공 김인영 숙명여대미술학전공

대망 35 언덕위 구름 2

지은이 시바 료타로/책임편집 박재희 추영현 김인영
1판 1쇄/1979. 12. 1
2판 1쇄/2005. 8. 8
2판 9쇄/2023. 7. 1
발행인 고윤주/발행처 동서문화사
창업 1956. 12. 12. 등록 16-3799
서울 중구 마른내로 144(쌍림동)
☎ 546-0331~3 (FAX) 545-0331
www.dongsuhbook.com

*

*
사업자등록번호 211-87-75330
ISBN 978-89-497-0375-6 04830
ISBN 978-89-497-0364-0 (3세트)